Emma Mieko Candon

STAR WARS™

Ronin

Emma Mieko Candon

Ronin

Deutsch von Andreas Kasprzak

blanvalet

Die amerikanische Originalausgabe erschien 2021 unter dem Titel »Star Wars™ Visions – Ronin« bei Del Rey, an imprint of Random House, a division of Penguin Random House LLC, New York.

Penguin Random House Verlagsgruppe FSC® N001967

1. Auflage

Redaktion: Alexander Groß
Umschlaggestaltung: Isabelle Hirtz, Inkcraft nach einer Originalvorlage © & TM 2021
LUCASFILM LTD
Umschlagillustration und Lettering: Kotaro Chiba
Umschlagdesign: Ella Laytham
HK · Herstellung: sam
Satz: GGP Media GmbH, Pößneck
Druck und Bindung: GGP Media GmbH, Pößneck
Printed in Germany
ISBN 978-3-7341-6341-8

www.blanvalet.de

An jede Seele,
die je den Sternen ihr Herz ausschütten wollte.

*Es war einmal vor langer Zeit
in einer weit, weit entfernten Galaxis …*

In den Randgebieten der Galaxis streift ein einsamer Wanderer durch das Outer Rim. Ungeachtet der imperialen Gesetze trägt der RONIN eine eigentümliche Waffe an seiner Seite. Niemand kennt seinen Namen, niemand weiß, wonach er sucht – nur, dass Tod und Unheil nie fern sind, wo immer es ihn hin verschlägt. Zweifellos haben die Götter selbst seinen vergessenen Namen verflucht …

1. Kapitel

Zwei Monate nachdem der Ronin auf der Welt Genbara am Outer Rim angekommen war, hatte er all seine Credits aufgebraucht. Ihn störte das aber weniger als B5–56, der keine Gelegenheit ausließ, um sich darüber zu beklagen.

»Sieh es mal so«, sagte der Ronin zu seinem dahinrollenden Begleiter. »Jetzt müssen wir uns keine Gedanken mehr darüber machen, wo wir schlafen.«

Ein Mann ohne Geld hatte keinen Grund, sich bei seiner Wanderung an Außenposten oder Gasthäusern zu orientieren; er konnte sich schließlich kein Zimmer leisten. Also konnte er gehen, wohin er wollte, und die dicht bewaldete Landschaft von Genbara belohnte ihn dabei mit herrlichen Ausblicken. Weite Abschnitte aus Nadelbäumen wurden vereinzelt von Farmland unterbrochen, wo Siedler sich ein neues Leben aufbauten, fernab des Galaktischen Kerns und der Narben des Krieges.

In jener Nacht schlief der Ronin in einem kleinen Unterstand, von welchem ihm ein Holzfäller erzählt hatte – der Ronin war am Vortag auf seinem Weg ins Gebirge an der Hütte des Mannes vorbeigekommen.

»Die Berge, Herr? Seid Ihr sicher?«, hatte der Holzfäller gefragt, während er den Atem einsog. Sie hatten auf der

Veranda seiner Hütte gesessen und eine Tasse alten Tee getrunken. Es war der letzte Rest aus dem Vorrat des Ronin gewesen, aber er hatte ihn bereitwillig geteilt, und im Gegenzug hatte ihm der Holzfäller heißes Wasser und Gesellschaft angeboten. »Ihr solltet dieser Straße folgen, am Bergrücken entlang. Sie wird Euch zu einem Dorf in einem Tal führen. Sofern es noch da ist …«

Was für eine ominöse Bemerkung. Der Ronin schloss daraus, dass er auf dem richtigen Weg war. Als B5 den Ausdruck in seinen Augen sah, blinkte der Fotorezeptor des Droiden rot und blau unter seinem Strohhut, und er pfiff eine Warnung.

Der Holzfäller, der kein Binär verstand, schien das Geräusch des kuppelköpfigen Droiden als Zeichen der Nervosität zu interpretieren, denn er grinste breit. »Als ich mein bescheidenes Haus baute, gab es vier Dörfer da oben, kleiner Droide. Später noch drei, dann zwei … und jetzt nur noch eines. Angeblich haben sie einen Geist erzürnt – einen Geist, der nichts für Siedler übrighat.«

Aber gegen ihn, so glaubt er offensichtlich, hat dieser Geist nichts, wisperte eine Stimme im Ohr des Ronin.

»In den Bergen gelten andere Regeln als hier«, murmelte er nur.

Der Holzfäller glaubte, die Worte hätten ihm gegolten, und er nickte weise. B5 schwenkte sein tadelndes Auge herum – eine Bewegung, die zweifellos vorwurfsvoll wirken sollte. Der Ronin tat so, als hätte er es nicht bemerkt, doch gleichzeitig ermahnte er sich zur Vorsicht. Wenn er in Gegenwart anderer mit der Stimme sprach, wurden seine Worte in der Regel mit einem Stirnrunzeln abgetan. Manchmal aber auch nicht, und dann konnte es Ärger geben. Falls das Dorf auf dem Berg noch stand, würde er bald ihre Bewohner treffen, und sie klangen nach einem abergläubischen Haufen.

Am folgenden Morgen streckte er die Glieder, um die Kälte zu vertreiben, und nahm anschließend einen Bissen von dem letzten Rationsriegel in seiner Tasche. Jede langsame Kaubewegung bereitete ihm Schmerzen, und er rieb das alte Metall, das seinen Kiefer von Ohr zu Ohr stützte.

B5 meckerte unterdessen leise vor sich hin. Er nannte seinen Meister alt und einfältig; schließlich hatte er doch einen Schatz bei sich, mit dem er diese närrische Reise finanzieren – oder sich zumindest eine etwas modernere Prothese leisten – könnte. Doch stattdessen hortete der Ronin seine Beute. Wenn er so weitermachte, würde der Tod ihn eher früher als später holen, und zwar auf beschämend ruhmlose Weise. Vielleicht durch eine Lungenentzündung. Oder eine Infektion. Oder etwas noch Erbärmlicheres.

»Du weißt, wie töricht es wäre, sie zu verkaufen«, erwiderte der Ronin, wobei er auf die Schätze klopfte, die unter den Falten seiner Robe verborgen waren. »Was sollte ich denn sagen, wenn man mich fragt, wo ich sie herhabe?«

Was willst du dann mit ihnen machen? Sie einfach weiter sammeln?, fragte die Stimme in verbittertem Ton.

Darauf hatte er keine Antwort. Zumindest keine, die ihm gefiel.

Von reflexartigen Schuldgefühlen erfüllt, öffnete er seine lange kapuzenbesetzte Robe und blickte auf die Innenseite hinab. Das Gewicht der Robe hatte sich seit fast einem Jahr nicht mehr verändert – seit er seine Sammlung das letzte Mal erweitert hatte. Die Kristalle, die in den Saum eingenäht waren, zwinkerten ihm glänzend zu, und ihr rotes Licht tanzte über seine Finger, als würden sie seine Aufmerksamkeit genießen. Sie wollten, dass er sie herausnahm, sie in seine Waffe einsetzte und ihnen etwas zu tun gab.

Der Ronin zog die Robe wieder zu, ohne die Kristalle zu berühren. Solange er sie mit sich herumtrug, konnten sie kein Leid anrichten. Das war doch ein guter Grund, oder?

Die Stimme sah das anders: *Abgesehen von dem Leid, das du anrichtest*, sagte sie.

»Wenn du mich tot sehen willst«, murmelte er, während er auf den nadelbestreuten Pfad zwischen den Bäumen hinaustrat, »musst du mich nur in die richtige Richtung führen.«

Na schön, dann geh doch zu deinem kleinen Dorf.

Er wusste aus Erfahrung, dass er keine nützlichen Informationen von ihr erwarten konnte. Was immer ihn in dem Dorf erwartete, die Stimme würde ihn lieber tot als siegreich sehen.

Die Kälte der Nacht schmolz dahin, als die Sonne aufging, und der Ronin blieb auf einem Felsgrat stehen, um zu dem letzten Dorf hinüberzublicken, das es in den Bergen noch gab. In der Ferne, auf der anderen Seite eines weiten Tals, stach die weißlich silberne Hülle eines abgestürzten Schiffes zwischen den dichten Kiefern hervor – ein schlanker, eleganter Transporter, der mit dem Bug voran in die schräg ansteigende Talwand gerast war. Die Hülle schimmerte im harten Licht des Morgens wie ein gefallener Stern.

Poetisch, nicht wahr?, fragte die Stimme.

»Ich würde es eher einen Totalschaden nennen«, brummte der Ronin.

B5 piepste enttäuscht.

»Was soll das denn bitte heißen, *nicht schon wieder*?«

B5 seufzte, so tief und missmutig, wie es auf Binär nur möglich war.

Anschließend betraten sie gemeinsam den Pfad, der zum letzten Dorf in den Bergen führte. Irgendwo dort würden sie die Beute des Ronin finden ... oder vielleicht auch nicht. Ein feiger Teil von ihm hoffte Letzteres. Vermutlich war es auch dieser Teil, der seine Schritte verlangsamte, als sie den letzten Hügel vor dem Eingang des Dorfes erreichten. Ein Teehaus stand hier im Schatten eines uralten gekrümmten Baumes, und ein unangenehmer Geruch wallte von dem Gebäude auf die Straße hinaus. Trotz B5s mahnendem Gurren – sie hatten etwas Wichtiges zu erledigen, oder etwa nicht? – ließ sich der Ronin von diesem Geruch zum Eingang führen. Der Wirt war ein stolz dreinblickender Sullustaner, dessen runde Wangen im Alter ergraut waren. Er saß auf dem ordentlich gefegten Boden und schraubte an einem rechteckigen Energiedroiden herum, dessen Surren und Murren auf eine temperamentvolle Natur hindeuteten.

Der Schatten des Ronin erschreckte den Wirt, und er kämpfte sich rasch auf die Beine hoch, um den Fremden zu mustern. Der Blick seiner müden schwarzen Augen wanderte an der einschüchternd großen Gestalt des Ronin auf und ab, über seine von der Reise verstaubte Kleidung ... und verharrte auf den beiden Schwerthüllen, die unübersehbar von seiner Mitte herabhingen.

Du siehst aus wie ein Schurke, sagte die Stimme.

Der Ronin fletschte die Zähne, und der Wirt zuckte zusammen. »Nein, das galt nicht Euch«, versicherte der Ronin ihm hastig und fluchte dann gepresst – was die Sache nicht gerade besser machte. »Euer Energiedroide. Er leckt. Ich konnte es von der Straße aus riechen. Falls Ihr wollt, repariere ich ihn.«

Der Wirt blieb misstrauisch, bis B5 hinter der Robe des Ronin hervorlinste. Der Droide grüßte den Sullustaner und entschuldigte sich noch im selben Zwitschern für das Benehmen und die Erscheinung seines Begleiters. *Gebt ihm zu essen,* trillerte er anschließend, *und er wird jeden Droiden reparieren, der Euch Probleme bereitet.*

Vor zehn Jahren hätte der Ronin vermutlich noch um seiner Würde willen protestiert – niemand sollte glauben, dass er ein Bettler war, der im Gegenzug für Essen niedere Arbeiten verrichtete. Doch das Alter hatte ihn Demut gelehrt, und als der Wirt schließlich nickte, fragte der Ronin lediglich, wo er sein Werkzeug aufbewahrte.

Die Stimme schwieg, aber ihre Ungeduld lastete schwer auf seinem Geist wie die drohenden Wolken vor einem Regenguss. Offensichtlich wäre es ihr lieber gewesen, er hätte sich sofort in die Gefahr gestürzt. Doch der Ronin zog es vor, sich erst nützlich zu machen.

Den Energiedroiden zu reparieren, war nicht weiter schwer. Alles, was der Ronin tun musste, war, die fleckige Hüllenplatte abzunehmen und das Innere abzutasten, bis er das Leck fand. Als er die Finger zurückzog, waren sie schwarz von den ausgetretenen Abgaspartikeln, die die Energiekupplung blockierten. Er fragte den Wirt, ob er einen größeren Transmitter oder vielleicht ein Chrono hätte, auf das er verzichten könnte. Der Sullustaner brachte ihm daraufhin einen antiquiert aussehenden Holoprojektor, und der Ronin machte sich daran, das Gerät zu zerlegen. Wie sich herausstellte, war nur eine der beiden Siegelkappen aus dem Projektor nötig, um das Leck zu verschließen. Danach musste das Innenleben des Droiden nur noch gereinigt werden. Binnen einer Stunde war die Einheit wieder vollkommen einsatzfähig.

»Erschreckend, nicht wahr?«, flüsterte der Wirt B5 zu, während sie dem Ronin bei der Arbeit zusahen. »Früher, während des Krieges, hätte ich einen Astromech wie dich im Schlaf reparieren können. Wer weiß, vielleicht könnte ich es immer noch. Aber sie haben uns Spezialisten nie an zivilen Einheiten arbeiten lassen. Und jetzt bin ich vollkommen hilflos, wenn mein Energiedroide keinen Tee mehr kocht.«

Als der Ronin aufstand, winkte der Wirt ihn zu einem schattigen Sitzbereich direkt vor dem Teehaus. Er bestand darauf, sich mit einem Kessel seiner besten Mischung erkenntlich zu zeigen, und sein nun wieder summender Energiedroide machte sich sofort an die Arbeit. »Ha, und erst habe ich Euch für einen Banditen gehalten!«, lachte der Sullustaner.

Der Ronin nickte lediglich zum Dank. Von seinem Sitzplatz aus konnte er das gesamte Dorf überblicken. Es war eine bescheidene Siedlung, die größtenteils aus zwei Reihen Häusern mit Holz- oder Strohdächern bestand. Hier und da waren ihre Wände durch Durastahlplatten der Schiffe verstärkt, die während des Krieges hier abgestürzt waren. Daneben gab es noch eine Handvoll peripherer Gebäude und zwei schlichte, nicht weiter befestigte Wachtürme. Die Mitte des Dorfes wurde von einem großen Lagerhaus dominiert, welches mit Bannern behängt und durch die alte Hangartür eines Schiffes geschützt war. Die meisten der Einwohner arbeiteten auf den Reisfeldern ringsum, andere standen auf dem zentralen Platz vor dem Lagerhaus und unterhielten sich über dieses und jenes, während Kinder lachend durch die Straßen rannten. Ein friedlicher Anblick. Aber hier draußen, tief im Outer Rim, war solche Ruhe fast nie von Dauer.

Frieden ist selten und in der Regel teuer erkauft, kommentierte die Stimme.

Diesmal schaffte es der Ronin, sich auf die Zunge zu beißen. B5 bemerkte jedoch ein leichtes Zucken seiner Lippen, und er piepste verärgert. Das brachte ihm einen irritierten Blick des Wirtes ein, der gerade den Tee auf den Tisch stellte. B5 informierte ihn daraufhin knapp, dass es unhöflich war, Dinge zu sagen, die andere nicht verstehen konnten.

»Danke«, sagte der Sullustaner in der Sprache des Imperiums – offenbar glaubte er, dass der Tadel ihm gegolten hatte. Er füllte eine Tasse für den Ronin, und dieser kostete höflich. Der Geschmack war eigentümlich, aber angenehm, mit einem leicht süßlichen Kiefernaroma.

»Wie kommt es, dass Ihr zu Fuß durch diese Gegend reist, Herr?«, erkundigte sich der Wirt.

»Es gibt da einen gewissen Jemand, der darauf besteht, dass ich in Form bleibe«, erwiderte der Ronin.

B5 trillerte gereizt.

Der Wirt lachte. »Natürlich hast du recht. Er tut gut daran, auf deinen weisen Rat zu hören.«

Der Ronin war versucht, B5s selbstgefälliges Schweigen mit einer schnippischen Bemerkung zu beenden, aber da erregte etwas anderes seine Aufmerksamkeit. Sein Blick folgte seinen Ohren in Richtung des näher kommenden Grummelns, das von den Berghängen widerhallte. Wenig später tauchte die Quelle des Geräusches auf dem Pfad auf, den der Ronin vor nicht einmal einer Stunde herabgestiegen war.

Ein breites, hohes Schwebefahrzeug, ganz offensichtlich für den Krieg gebaut, donnerte in das Tal hinab, an dem Teehaus vorbei auf das Dorf zu. Obwohl es durch den Wald pflügte, war nirgends das Bersten von Ästen zu hören; offenbar benutzte das Fahrzeug diesen Weg nicht zum ersten Mal. Das Teehaus erzitterte unter dem Windstoß, und der Wirt verfluchte die Neuankömmlinge, während seine Teetassen um die Wette klapperten.

Das Geräusch des Gefährts hatte inzwischen auch das Dorf erreicht, und die Gestalten auf den Feldern ließen ihre Werkzeuge fallen. Erwachsene packten ihre Kinder und rannten zu den Häusern, wobei sie versuchten, ihren Nachwuchs mit ihren Körpern abzuschirmen.

So viel zu Frieden und Ruhe.

»Das sind Banditen, deren Stützpunkt ein verlassenes Dorf auf der anderen Bergseite ist«, brummte der Wirt leise und unheilvoll, während er sich hinter die Wand seines Teehauses duckte und sorgenvoll zu seinen Nachbarn am Fuß des Hügels hinabspähte. »Soldaten. Ehemalige Soldaten ... oder die Überreste von Sith-Truppen. Schwer zu sagen. Nicht dass es einen Unterschied macht.«

Das erklärte dann wohl, was mit den anderen Bergdörfern geschehen war. Banditen waren nach den Erfahrungen des Ronin viel zahlreicher als wütende Geister. Und auch viel aggressiver.

Willst du denn nicht rübergehen?, fragte die Stimme, wie um ihn zu reizen. Oder um ihn anzustacheln. Ja, vermutlich wäre es ihr ganz recht, wenn er dem erstbesten Impuls folgte und sich in tödliche Gefahr stürzte. Aber er hatte noch etwas zu erledigen, bevor er sterben durfte. Davon abgesehen wusste er nicht, ob die Banditen die größere Bedrohung darstellten … oder etwas, was in diesem Dorf lauerte. Doch das würde sich schon bald zeigen.

B5 wimmerte leise, als hätte er die Gedanken seines Meisters gelesen. Der Ronin war nicht sicher, was B5 zu dieser Reaktion trieb: Wollte der Droide, dass er jetzt gleich hinüberging? Oder wäre es ihm lieber, er würde überhaupt nicht gehen? Vielleicht hoffte er auch, dass sich eine alternative Lösung offenbarte. B5 hasste es, den Ronin bluten zu sehen, und es schien ziemlich sicher, dass es heute wieder mal so weit war.

Unter ihnen kam das gepanzerte Fahrzeug auf dem Dorfplatz zum Stehen; es war gut und gerne doppelt so groß wie die Häuser ringsum. Dann sprangen die Türen an seinen Seiten auf: Sie klappten nach außen und senkten sich, sodass sie Rampen formten, über welche die Banditen auf den Boden hinabsteigen konnten. Sie trugen eine bunte Mischung alter Rüstungsteile – weiße Helme mit Blasterbrandspuren, Schulterplatten, Beinschienen –, ansonsten aber nicht viel mehr als Lendenschürze, Halstücher und Armbänder, vermutlich, damit sie sich untereinander leichter identifizieren konnten. Doch obwohl sie halb nackt waren, schienen sie sich ziemlich mächtig zu fühlen.

Andererseits war es ziemlich leicht, sich mächtig zu fühlen, wenn man nur hölzerne Türen eintreten und weinende Dorfbewohner schikanieren musste.

Die Stimme lachte. Der Ronin knirschte mit den Zähnen und nippte an seinem Tee.

»Herr, es ist gefährlich. Bitte, geht nach drinnen«, drängte der Wirt, einen Arm um B5s Kuppel gelegt, als hätte er Angst, der Astromech könnte einfach davonrollen.

Tatsächlich schien es, als würden zwei der Banditen zu

dem Teehaus hochstarren. Der Ronin zog die Brauen zusammen. Die Entfernung war zu groß, als dass sie ihn im Schatten des Gebäudes erkennen könnten, und abgesehen davon hatte er keine Angst vor Blastern.

Nein, es waren nicht die Banditen, denen seine Sorge und Aufmerksamkeit galten … sondern eine andere Präsenz. Verborgen, angespannt, wie eine Schlange vor dem Zuschnappen. Noch hatte der Ronin seine Beute nicht erspäht, aber er vermutete, dass es nicht mehr lange dauern würde.

Und so sah es im Dorf aus: Die Banditen trieben die Bewohner auf dem staubigen Platz zusammen. So wäre es leichter, sie niederzumetzeln, falls sie nicht spurten. Schließlich war auch das letzte Familienmitglied eingefangen, herbeigezerrt und gemeinsam mit den anderen auf die Knie gezwungen – ein Bild völliger Hilflosigkeit.

»Vielen Dank für den Empfang«, rief ein Bandit, der das orangefarbene Schulterstück eines Kommandanten trug. »Und jetzt öffnet den Speicher. Die jährliche Steuer ist fällig.«

Der langhaarige Bandit neben ihm grinste bösartig. »Das war ein Befehl! Wo ist dieser Nichtsnutz von Dorfvorsteher?«

Eine Gestalt trat aus der Menge hervor, klein, dünn, mit ungezähmter Mähne. Es war ein Kind, unmöglich älter als zehn, aber es ging hoch aufgerichtet, und seine Stimme war klar, als es verkündete: »Ich bin der neue Dorfvorsteher. Und ihr … habt schon genug genommen.«

Der Kommandant neigte den Kopf zur Seite und musterte den Jungen. »Du? Ich kenne dich doch. Du bist der Sohn des Dorfvorstehers.« Er spuckte aus. »Dein Vater ist weggerannt und hat das Dorf einem Kind überlassen? Was für ein Feigling!« Er brach in schallendes Gelächter aus, und die anderen Banditen lachten mit ihm.

Oberhalb des Dorfes perlte Schweiß auf der Stirn des sullustanischen Wirtes. »Der Dorfvorsteher ist krank«, flüsterte er dem Ronin zu, seine Stimme rau vor Wut und Furcht. »Der Junge … Er hat zu viel Mut.«

»Da haben wir ja einen richtigen Helden!«, spottete im gleichen Moment ein Bandit auf dem Platz.

»›Ihr habt schon genug genommen‹«, äffte ein anderer Bandit den Jungen nach. »Der Kleine ist wirklich zum Totlachen.«

»Das sind tapfere Worte, Junge«, sagte der Kommandant, als sein Lachen schließlich verstummte. »Aber das Wort eines Mannes ist nur so gut wie seine Waffe. Und wo ist deine, hmm?«

Der kindliche Dorfvorsteher begegnete furchtlos dem hämischen Blick des Kommandanten. Das reichte beinahe, um den Ronin von seinem Platz aufstehen zu lassen. Beinahe.

Der Junge reckte den Arm in die Luft …

Und zwei Schüsse blitzten auf, einer von der linken Seite des Dorfes, einer von der rechten. Der Ronin verfolgte die Flugbahn der Lichtblitze zu ihrem Ursprung zurück.

Einer stammte von einem Dach nahe des Platzes, der andere von einem der Wachtürme. Auf dem Dach stand ein dreiäugiger Gran in leichter Rüstung, bewaffnet mit einem Gewehr samt aufgestecktem Bajonett, seine schräg stehenden Zähne gefletscht. Und auf dem Wachturm legte ein unter Stoffstreifen verborgener Tusken mit einem langen Scharfschützengewehr auf sein nächstes Ziel an. Er feuerte, dann noch einmal, und der Gran tat es ihm gleich. Ihre Schüsse kamen in rascher Folge, und sie waren beeindruckend präzise: Bei jedem Lichtblitz ging ein weiterer Bandit zu Boden.

»Gut gemacht, Söldner – sie gehören euch!«, rief der junge Dorfvorsteher, dann rannte er los und führte die Dorfbewohner in einer dicht gedrängten Gruppe vom Platz. Kein einziger wurde zurückgelassen. Offenbar hatten sie diese Evakuierung gründlich geübt.

Was für ein cleverer Haufen Mäuse, sagte die Stimme. *Sie haben den Katzen eine Falle gestellt.*

»Verspotte sie nicht«, sagte der Ronin.

Der Wirt war zu nervös und zu sehr auf die Gewalt konzentriert, um das Gemurmel seines Gastes zu beachten.

Unten im Dorf tauchten weitere Verteidiger aus ihren Verstecken auf – ihrer zusammengewürfelten, zweckmäßigen Montur nach zu urteilen, schienen es Kopfgeldjäger zu sein.

Ein silberner Protokolldroide mit Käferaugen und schwarzem Chassis stakste aus einer Gasse und mähte mit seiner rotierenden Blasterkanone mehrere Banditen auf dem Platz nieder.

Ein sehniger, schuppiger Trandoshaner kam auf der Hauptstraße herbeigestürmt und schwang seine langen Arme und noch längeren Waffen – ein Schwert und eine Naginata – gegen jeden Banditen, der ihm in die Quere kam.

Und hinter mehreren Kisten schwebte ein Sondendroide in die Höhe, gesteuert von einem zusammengekauerten Dug. Jeder der fünf insektenartigen Arme der Sonde hielt eine Klinge, die wild zu wirbeln und zu stechen begann, während sein Pilot einen Kampfschrei ausstieß.

Ein verirrter Blasterstrahl jaulte von dem Kampfgeschehen fort und traf einen der Stützträger des Teehauses. Der Wirt sog den Atem ein, entsetzt trotz des nahenden Sieges.

Der Ronin runzelte unterdessen die Stirn. Seine Aufmerksamkeit galt nach wie vor dem großen Schwebetransporter; er achtete weder auf die Söldner noch auf die Banditen, die verzweifelt versuchten, irgendwo Deckung zu finden. Diese lauernde Präsenz war noch immer da, ungerührt von dem Blutbad, das die Söldner anrichteten. Ihre Kälte fraß sich in Ronins Gliedmaßen, und die Stimme schien es ebenfalls zu spüren. Und dann entlud sich die Anspannung, als eine Luke auf der flachen Oberseite des Transporters aufglitt.

Eine Gestalt wurde auf einer Liftplattform durch die Öffnung gehoben. Ihr dunkler Mantel und ihre Kapuze verbargen sie vor der grellen Sonne, während sie auf dem Dach des Fahrzeuges stand, ihre Hand locker um einen kurzen Stab geschlossen. Der Ronin schauderte, als er sie erblickte.

Da ist sie ja, sagte die Stimme. *Worauf wartest du noch?*

Der Nachgeschmack des Tees in seinem Rachen wurde bitter, und seine Finger schlossen sich fester um die Tasse. Was seine Augen ihm zeigten, war eindeutig.

Dennoch hielt ihn etwas zurück. Vielleicht lag es daran, dass beinahe ein ganzes Jahr vergangen war, seit er seine letzte Beute gestellt hatte. Oder vielleicht hatte es auch damit zu tun, dass ihm noch der endgültige *Beweis* fehlte. Die Haltung der kapuzenverhüllten Gestalt war ihm nicht bekannt – aber sie hätte ihm bekannt sein *sollen*.

Als hätte ich dich je in die Irre geführt. Was könnte sie denn bitte sonst sein?

Er wusste es nicht. Aber er blieb, wo er war. Die Welt drehte sich ohne ihn weiter.

Der Trandoshaner stand inzwischen in einem Kreis aus Leichen, sein Schwert und seine Naginata kampfbereit erhoben, während er sein Gesicht mit den scharfen Zähnen dem Fahrzeug der Banditen zuwandte. »Ergebt euch«, grollte er in Richtung der Gestalt, die über ihnen allen aufragte. »Dann werden wir euch am Leben lassen.«

Die Banditin hob den Stab an ihre Schulter. Ihre Stimme war ein Fauchen, durchzogen von einem hämischen Unterton. »Ihr seht das falsch.«

»Was?«, fragte der Trandoshaner.

»*Ihr* werdet euch ergeben.« Sie legte den Kopf zurück. »Und ich werde euch trotzdem umbringen.«

Kaum dass sie zu Ende gesprochen hatte, eröffnete der Protokolldroide am Rande des Platzes das Feuer mit seiner Blasterkanone, untermalt von einem Strom wilder Verwünschungen. Doch die Frau brauchte nur einen Wimpernschlag, um ihre eigene Waffe zu aktivieren.

Aus dem Ende ihres Stabes zuckten sechs rote Klingen hervor wie die Blütenblätter einer tödlichen Blume. Als die Banditin den Stab drehte, verschwammen die Klingen zu einem Schild aus weißrotem Licht, der jeden einzelnen Schuss ablenkte.

»Rote Lichtschwerter – sie ist eine Sith!«, entfuhr es dem Protokolldroiden.

Es war weniger eine Feststellung als vielmehr eine Warnung.

Das darauffolgende Trommelfeuer der Söldner wirkte panisch. Sie kämpften nicht länger, um zu gewinnen, sondern um zu überleben. Falls sie im Krieg gekämpft hatten, wussten sie zweifellos, welch höllische Zerstörung den Kriegern der Sith auf Schritt und Tritt folgte.

Der Lichtschwertschirm der Banditin verwandelte sich in einen Wirbel aus Farben, während sie jeden einzelnen Blasterschuss abwehrte. Einer der Lichtblitze, die jaulend abgelenkt wurden, raste direkt auf das Teehaus zu.

Der Ronin bewegte sich mit einer Schnelligkeit, die er seinem Körper schon seit Jahren nicht mehr abverlangt hatte; binnen eines Herzschlags war er von seinem Platz an dem niedrigen Tisch aufgesprungen und zu dem gekrümmten Baum vor dem Teehaus geeilt. Ein Blick über die Schulter zeigte ihm Rauch und brennende Trümmer; der Schuss hatte ein Loch in die Wand des Gebäudes gesprengt. Der Sullustaner lag ausgestreckt auf dem Boden, aber zum Glück konnte der Ronin kein verbranntes Fleisch riechen.

Umso stärker war dafür der Gestank von versengtem Metall.

B5–56 lag zuckend neben dem Wirt auf dem Boden. Sein Strohhut war verrutscht, und Blitze blauer Elektrizität tanzten über seine Oberfläche. Eine vertraute Hitze brannte sich durch die Eingeweide des Ronin bis in seinen Kopf, doch gleichzeitig fühlte sich sein ganzer Körper eiskalt an.

Er hatte zu lange gezögert.

Ich hab's dir doch gesagt, oder?, wisperte die Stimme in schneidendem Ton. Die Gefühle, die sie ihm entgegenbrachte, waren eine Sache, aber den Droiden hatte sie immer leiden können.

»H… Herr, was sollen wir …?«, stammelte der Wirt, zu entsetzt, um sich hinter den verbliebenen Wänden seines Teehauses in Deckung zu bringen oder – besser noch – in die Berge zu flüchten.

»Wirt«, rief der Ronin ihm zu. »Glaubt Ihr, Ihr könnt ihn reparieren?« Er hob den Teekessel auf, der durch die Explosion zu Boden geschleudert worden war, und als er sich wieder aufrichtete, nickte der Sullustaner unsicher. »Er muss wieder voll funktionsfähig sein, wenn das Wasser in diesem Kessel kocht«, sagte der Ronin.

Der Wirt blickte mit großen schreckstarren Augen von ihm zu B5, dann nickte er erneut. »Ja … ja, sicher.«

Ein bisschen was von einem Commander steckt also immer noch in dir, kommentierte die Stimme, während der Ronin das Teehaus hinter sich ließ. Er war zu angespannt, um darauf zu antworten.

2. Kapitel

»Feuert weiter! Gebt ihr keine Gelegenheit anzugreifen!«, rief der Trandoshaner seinen Kameraden zu.

Wie schnell sie in Panik gerieten, diese Ratten! Die Banditin – die *Sith* – schmunzelte unter ihrer Halbmaske – ein Stück lackierter Rüstung, welches ein zähnestarrendes, grinsendes Dämonenmaul darstellte. Es war lange her, seit man sie bei ihrem richtigen Titel genannt hatte. Die Bergbewohner hielten sie für einen bösen Geist, eine Hexe, eine Göttin des Unglücks und dergleichen abergläubischen Unsinn, oder sie schimpften sie eine Banditin, eine Diebin, eine Schurkin. Aber eine Sith? Nein. Dafür klammerten sie sich viel zu sehr an dem Glauben fest, dass die Sith ausradiert waren.

Dementsprechend genoss sie es, wenn sie ihrer wahren Natur freien Lauf lassen konnte.

Die Kopfgeldjäger – denn genau das waren sie – nahmen sie mit hektischen Salven unter Beschuss, und die Sith schwenkte ihr Lichtschwert nach vorn. Der Aufsatz auf dem Griff leitete die Energie des Kyberkristalls erst gerade nach oben und spaltete sie dann in sechs schmale Klingen. Wenn sie die Waffe drehte, entstand so der Eindruck eines Sonnenschirms; viel wichtiger aber war, dass jeglicher Beschuss an diesem tödlichen Schild abprallte.

Nun nutzte sie den Aufwind, der durch die rotierende Bewegung des Sonnenschirms entstand, um in die Luft zu springen und sich langsam auf den Boden hinabgleiten zu lassen. Die Schüsse der Feinde surrten harmlos um sie herum. Sie hatten Angst. Und der Herzschlag der Sith beschleunigte sich im Rhythmus ihrer Furcht.

»Zurück!«, heulte der Trandoshaner in Richtung seiner Spießgesellen. »Lasst euch nicht auf einen Nahkampf ein! Hrk …«

Die Sith landete vor ihm. Noch während sie sich aufrichtete, schnellte ihre Hand hoch, und die unsichtbare Faust der Macht schloss sich um den Hals des Trandoshaners. Als sie ihn würgte, fühlte es sich so unmittelbar an, als lägen ihre eigenen Finger um seine schuppige Kehle. Sie hob ihn vom Boden hoch, berauscht von ihrer Macht, und drückte zu, bis ihm die Augen aus den Höhlen quollen. Normalerweise konnte sie lebende Wesen nicht so einfach manipulieren, aber heute lag etwas in der Luft, was ihre Fähigkeiten geschärft hatte.

»Wie war das? Nicht auf einen Nahkampf einlassen?«, wiederholte sie.

Der Kopfgeldjäger brüllte, ein verzweifelter Hilferuf an seine Kameraden, aber um die musste die Sith sich keine Sorgen machen. Hinter ihr ertönte nun erneut Blasterfeuer; ihre Männer hatten sich wieder erhoben, ermutigt durch das Auftauchen ihrer Meisterin. Sie wussten, solange sie mit ihnen kämpfte, konnten sie nicht verlieren.

Der Trandoshaner würgte und trat mit den Füßen um sich. Sein Blick zuckte von einer Seite zur anderen, während er beobachtete, wie seine Leute von denen der Sith niedergestreckt wurden. Sie selbst hielt die Augen fest auf ihr Opfer gerichtet, aber sie hörte die Schreie ringsum, das dumpfe Geräusch, wenn Leiber auf dem Boden aufprallten. Und dann das Keuchen des Trandoshaners. Offenbar war gerade jemand gestorben, der ihm nahegestanden hatte.

Ein Teil der Sith verstand die Emotion, aber sie verspürte kein Mitleid mit Wesen, für die es kein höheres Gut als eine Handvoll Credits gab.

»Habt ihr wirklich geglaubt, ihr hättet eine Chance gegen einen Dunklen Lord?«, fragte sie.

Der Kopfgeldjäger versuchte zu sprechen, aber die Worte schlüpften nur in Form eines Röchelns durch den Würgegriff der Macht. »L… lauft! Wir können sie nicht …«

Wesen ohne Überzeugung hatten keine letzten Worte verdient. Die Sith ließ den Trandoshaner los, und im selben Moment, als er auf den Boden hinabsank, stieß sie ihren Schwertarm vor. Die sechs schmalen Klingen durchbohrten ihn, um hinter seiner Leiche wieder ihre rot gleißende Schirmform zu bilden.

Auf der anderen Seite des Platzes erzitterte der Protokolldroide. Dann fluchte er. Und dann eröffnete er das Feuer mit seiner Rotationskanone.

Die Sith schleuderte die Überreste der Leiche von ihrer Waffe und schnellte dem Droiden entgegen. Seine Schaltkreise konnten nicht mit ihren Bewegungen mithalten; sie war wie eine lebende Sturmböe, erfüllt vom weißen Knistern der Macht. Ein kurzer Hieb schnitt die Protokolleinheit in zwei Hälften, dann … hielt die Sith inne.

Rauch stieg in ihre Nase, während der Droide klappernd in den Staub zu ihren Füßen fiel. Blasterfeuer erhitzte die Luft, und der Geschmack der Asche verriet ihr, dass eine weitere Gestalt das Schlachtfeld betreten hatte.

Die Sith richtete sich auf und spähte über die Schulter. Jenseits des Platzes entdeckte sie den dunklen Umriss eines Mannes auf der Dorfstraße. Er war hochgewachsen, gehüllt in zerfranste, flatternde Kleidung, und seine stämmige Statur und gleichmäßigen Schritte ließen ihn wie eine Naturgewalt erscheinen – so unbeirrbar und unaufhaltsam wie ein Gletscher.

Rauch kräuselte zwischen ihnen empor, und ganz unvermittelt spürte die Sith, dass etwas mit der Gestalt nicht stimmte: Gewaltige Macht knisterte unter seinem zerlumpten Äußeren.

»Du bist nicht aus dem Dorf«, stellte sie fest. »Wer wagt es, mich herauszufordern?«

»Ich bin nur ein Reisender«, erwiderte er. Seine Stimme zerrte an einer lange vergessenen Erinnerung wie ein Windstoß an einem losen Dachziegel.

Unter ihrer Maske verzog sie die Lippen. Der Kerl war gefährlich, das erkannte sie so instinktiv, wie ein Raubtier ein anderes erkannte – ganz gleich, wie unscheinbar er aussehen mochte.

Die Sith löste den Aufsatz von ihrem Lichtschwert und warf ihn davon, sodass er mit der Spitze voran auf dem Kies des Dorfplatzes landete. Ihr Blut wisperte ihr zu, dass sie diesem Gegner mit der Klinge gegenübertreten musste.

Sie sprang in einem hohen Bogen nach vorn, das Schwert erhoben, dann ließ sie es surrend auf den Schädel des Fremden hinabsausen …

Die Sith erstarrte – und der Rest der Welt mit ihr. Sie hing in der Luft, unfähig, sich zu rühren. Ihre Muskeln erzitterten, als die Energie ihrer Bewegung auf sie selbst zurückfiel. Und ihr Lichtschwert … schwebte Zentimeter über dem emotionslosen Gesicht des Mannes. Er hatte es mit bloßen Händen abgefangen.

Nein, nicht mit den Händen. Wenige Zentimeter trennten seine Haut von der zischenden Klinge, und diese schmale Lücke pulsierte vor fiebriger Energie, weiß glühend und gleichzeitig von Finsternis durchzogen. Die Macht.

»Du ... du bist ein Jedi«, schnappte sie.

Allein das Wort erfüllte sie mit Abscheu. Hier, an der Grenze der Zivilisation, hatte sie schon lange keinen Grund mehr gehabt, es auszusprechen oder auch nur zu denken. Bis jetzt. Doch was könnte ein Jedi, einer der berühmten Beschützer des Imperiums, hier draußen am Outer Rim wollen? Außer ... *sie* natürlich. Sie, die letzte überlebende Sith in diesem halb vergessenen Sektor der Galaxis. Der Kerl glaubte, er könnte sie besiegen.

Sollte er es nur versuchen.

Der Fremde – der Jedi – stieß sie ruckartig von sich fort. Eine Woge weiß schäumender Energie prügelte auf jedes Molekül ihres Körpers ein, und ihre Glieder wirbelten wie die einer Marionette, als sie durch die Luft segelte. Einen brutalen Moment lang fühlte es sich an, als hätte sie keinerlei Kontrolle. Die Sith verdankte es allein ihren Instinkten, dass die Koordination ihrer Arme und Beine rechtzeitig zurückkehrte. Sie drehte sich in der Luft und landete hart auf den Fußballen.

Die Klinge vorgereckt, blickte sie zu dem Mann hinüber, ihre Augen weit, während sie jeden seiner Atemzüge verfolgte. Er hatte eine Hand auf die Hüfte gelegt, dicht neben eine der beiden Hüllen, die unter seiner Leibbinde steckten. Aus einer von ihnen ragte ... ein Schwertgriff. Dann war er also nicht nur irgendein Jedi, sondern ein *Rit-*

ter, der sich das Recht verdient hatte, so eine Waffe zu führen.

Umso besser. Sie würde es genießen, ihm das Schwert aus den sterbenden Händen zu reißen.

»Es ist lange her, dass ich einen deiner Art getötet habe.« Die Sith erinnerte sich gut an jenen Tag. Sie selbst war noch ein Mädchen gewesen, er ein zähnefletschender Berg von einem Mann. Am Ende war er zu Boden gegangen, ebenso fein säuberlich in zwei Hälften geteilt wie der Protokolldroide auf der anderen Seite des Platzes, der immer noch Funken spie.

Nun, ihre Wünsche allein würden den Jedi nicht umbringen. Also griff sie ihn ein zweites Mal an.

Und einmal mehr kam ihr Schwert abrupt zum Stillstand. Diesmal war es aber eine andere Klinge, die ihren Hieb abblockte. Zwei Lichtlanzen überkreuzten sich – und beide leuchteten blutrot.

Kein Jedi benutzte ein rotes Lichtschwert. Es sei denn … Wollte er sie verspotten? Nein.

Die Sith wirbelte nach hinten, ihre Klinge abwehrend erhoben. »Du …«

Die Hand des Mannes glitt zu seiner Hüfte. Die Sith spannte die Muskeln, bereit, sich seinem nächsten Angriff entgegenzustemmen. Doch stattdessen erklang ein kreischendes Geräusch hinter ihr, und sie wirbelte herum.

Der abgetrennte Oberkörper des Protokolldroiden flog auf den unsichtbaren Schwingen der Macht auf sie zu. Die Sith hackte ihn entzwei und wandte sich wieder ihrem Gegner zu … der in der Zwischenzeit mit erhobener Klinge vorgesprungen war.

»Feigling«, zischte sie, während sie erneut zurückwich.

»Zu schade, dass ich kein Jedi bin«, sagte er, als er vor ihr landete, den Kopf entschuldigend zur Seite geneigt. »Dann hättest du vielleicht eine Chance.«

Die Sith bleckte unter ihrer Maske die Zähne, dann streckte sie den Rücken und warf ihren Mantel ab, sodass ihr wogendes weißes Haar und die ebenso weiße Narbe auf ihrer Stirn zum Vorschein kamen. Sie wollte sich unbehindert bewegen können, wenn sie gegen diesen Feind kämpfte.

Er hatte recht: Es war wirklich zu schade, dass er kein Jedi war. Die Motive eines Jedi hätte sie verstanden. Aber bei ihm ... Nun, eines war zumindest sicher: Sie konnte es sich nicht leisten, einen von ihresgleichen zu unterschätzen.

Die Banditen haben einen weiteren Söldner getötet, verkündete die Stimme in seinem Ohr.

Der Kiefer des Ronin zuckte. Musste sie ausgerechnet jetzt seine Konzentration stören? Andererseits wollte sie ja, dass er durch die Hand dieser Sith-Banditin sein Ende fand.

Oh, entschuldige, lenke ich dich etwa ab?

»Ja«, murmelte er leise.

»Führst du Selbstgespräche, alter Mann?«, spottete die Banditin, während sie vortrat, ihr Gesicht eingerahmt von einer Wolke weißen Haares.

Er lockte sie Schritt für Schritt vom Dorf weg, über ein Feld auf den Fluss zu, der durch die Mitte des Tales strömte. Oben auf dem Hügel hatte er zwischen den Bäumen das Weiß von Stromschnellen hervorblitzen sehen. Jetzt konnte er es sich nicht länger leisten hinüberzublicken, aber das Rauschen von Wasser verriet ihm, dass es nicht mehr weit war. Die Strömung war stark, und falls es ihm gelang, die Banditin hineinzustoßen ...

Ihre nächste Attacke zwang ihn, auf den umgestürzten Stamm eines alten Baumes zurückzuweichen, der halb über die Uferböschung hinausragte. Doch auch hier war er nur kurz außerhalb ihrer Reichweite. Sie sprang ihm nach, und ihre Klinge blitzte hinter ihr, als sie durch das Holz schnitt.

Gemeinsam mit dem vorderen Teil des Baumstamms stürzten sie in den Fluss hinab. Der Ronin wankte, während er versuchte, auf dem nunmehr dahintreibenden Stamm das Gleichgewicht zu wahren.

Die Banditin nutzte den Moment, um sich nach vorne zu werfen, quer über den abgestorbenen Baumstamm. Der Ronin wich aus, wirbelte um sie herum und schlug zu. Der Hieb spaltete ihre Maske und ließ sie in zwei Hälften durch die Luft fliegen. Doch eine Sekunde später hatte sich seine Gegnerin bereits wieder zu ihm umgedreht, scheinbar gleichgültig – als hätte sie nicht gerade einen wichtigen Bestandteil ihrer Rüstung verloren.

Es war offensichtlich, dass sie vor vielen Jahren eine Ausbildung durchlaufen hatte. Sie schwang ihr Lichtschwert mit einer wilden Vehemenz, jeder Schlag hatte den Tod ihres Feindes zum Ziel – genau die Art von Kampftechnik, wie man sie auf dem Schlachtfeld erlernte. Doch schon ihr nächstes Ausweichmanöver war so fließend und elegant, dass sie es garantiert irgendwo auf einer Trainingsmatte einstudiert hatte.

Jetzt haben sie die letzten Dorfbewohner zusammengetrieben, meldete die Stimme. *Perfektes Timing, könnte man sagen.*

Bevor der Ronin etwas erwidern konnte, hämmerte die Banditin ihr Lichtschwert gegen seine eigene Klinge, wieder und wieder. Die schiere Kraft der Schläge ließ den

Baumstamm im reißenden Wasser auf- und abwippen. Alles, was ihm zu tun blieb, war, nach jedem Hieb seine Position anzupassen – was seine Gegnerin nur noch wütender machte.

Das wird allmählich langweilig, klagte die Stimme. *Lass dich schon von ihr töten oder erledige sie, aber tu endlich was.*

So viel Selbstsicherheit … Die konnte er jetzt selbst gebrauchen. Er spürte, wie seine Muskeln erlahmten, wie seine Knochen schmerzten. Vielleicht war es das Alter, vermutlich aber eher die Tatsache, dass er schon lange nicht mehr richtig trainiert hatte. Wenn man seine Verbindung mit der Macht nicht pflegte, verblasste sie, und er hatte viel zu viel Zeit mit seiner Suche verbracht. Diese Banditin hingegen hatte ihre Kräfte so weit gestählt, dass sie mit ihrem Lichtschwert ein tödliches Inferno entfesseln konnte.

Er musste dieses Duell schleunigst beenden. Die Strömung unter den gischtenden Wellen wurde immer schneller, und nicht weit entfernt hörte er das Tosen eines Wasserfalls. Der Ronin verspürte keine Lust, sich diesem Hindernis zu stellen – oder den Kampf danach fortzusetzen.

Da ertönte eine neue Stimme: Ein Mann rannte auf einen Felsvorsprung oberhalb des Flusses. Es war einer der überlebenden Banditen, und in den Händen hielt er ein Banner. »Herrin! Die Kopfgeldjäger sind erledigt – und wir haben den jungen Anführer des Dorfes!«

Die Lippen der Sith-Banditin verzogen sich zu einem Grinsen, während sie den Ronin anfunkelte. »Da haben wir wohl eine Gemeinsamkeit. Wir kämpfen auch nicht fair. Und jetzt wirf das Schwert weg.«

Der Ronin reckte den Kiefer vor. Wie viel Zeit war wohl vergangen, seit er das Teehaus verlassen hatte?

Lange genug, versprach sie ihm, so als würde sie direkt neben seinem Ohr stehen. Es widerstrebte ihm, sein Leben in ihre Hände zu legen, aber gleichzeitig bezweifelte er, dass sie ihn anlügen würde; sie hasste es zu lügen, und wenn sie etwas hasste, tat sie es nicht.

Der Ronin steckte sein Lichtschwert in die Hülle zurück, welche neben seiner zweiten Waffe unter seiner Leibbinde hervorragte. Den anderen Arm ließ er gelassen an der Seite herabhängen, aber er spähte kurz auf das schmale schmucklose Band um sein Handgelenk.

»Ich sagte, wirf es weg, nicht, steck es weg«, knurrte die Banditin. Ihre Augen funkelten. »Oder ist dir egal, wenn andere deinetwegen sterben?«

Wo kommen all diese Zweifel her?, fragte sie. *Entweder du vertraust ihm, oder du tust es nicht.*

Sein Daumen strich über den Teil des Armbandes, der nach innen gerichtet war, und ein kleiner Kreis, ungefähr so groß wie ein Knöchel, begann zu blinken. Rot, Rot, Blau. Rot, Rot, Blau …

Die Stimme erklärte es ihm später so:

B5-56 erwachte unter den Händen des Wirts zu bebendem Leben. Der Sullustaner hatte versucht, die Schreie und das Heulen seiner Nachbarn aus dem Dorf zu ignorieren, sich stattdessen ganz auf den Droiden konzentriert und hektisch an ihm gearbeitet, obwohl seine Furcht ihn zu lähmen drohte. Innegehalten hatte er nur, um kurz zu dem sich erhitzenden Teekessel hochzublicken.

Es wirkte regelrecht poetisch, dass der Kessel im selben Moment zu pfeifen begann, als B5 schrillend zum Leben erwachte. Der Sullustaner konnte gerade noch ausweichen, bevor der Droide aus den Überresten des Teehauses herauspreschte und sich von den Energieleitungen losriss.

B5 schoss über die Kuppe des Hügels und zündete seine Düsen, um wie ein bizarrer Marschflugkörper ins Tal hinabzufliegen. Sein Meister hatte jahrelang an seiner Hydraulik gefeilt, was ihm eine untypische Agilität verlieh, und die nutzte er nun, um nach seiner Landung über die Dorfstraße zu rasen. Als er sich dem großen Platz näherte, schnappte die rechteckige Klappe an seiner Vorderseite auf, dann fuhr ein kleiner Kasten heraus, mit zwei Reihen kleiner Geschosse besetzt. Eine Sekunde später zündeten die Sprengkörper bereits und flogen in die Luft empor.

Sie zuckten hin und her, während sie aufstiegen wie Fische, die einen Schweif aus Licht hinter sich herzogen. Doch als sie sich wieder nach unten neigten, schossen sie so zielsicher auf ihre Opfer herab wie Raubvögel.

Jedes Geschoss explodierte beim Aufprall in einem kleinen Feuerwerk. Das erste donnerte gegen die Brust eines Banditen; das zweite schaltete seinen Nebenmann aus und immer so weiter. Als sich der Rauch schließlich klärte, stand kein einziger Bandit mehr auf den Beinen. Nur die Dorfbewohner, ihr kleiner Vorsteher und die letzten der angeheuerten Söldner hatten die Salve überlebt.

Die Sith-Banditin erfuhr, welchen Preis ihre Männer gezahlt hatten, als der letzte von ihnen – der, der auf dem Felsvorsprung gestanden und ihr zugerufen hatte – von seinem Aussichtspunkt geschleudert wurde. Der Kerl stürzte in die Tiefe und blieb am Ufer liegen, wo der Fluss an seinen schlaffen Gliedern zerrte.

Eine letzte Rakete jaulte durch den klaren Himmel, über

die Bäume und Wellen hinweg, direkt auf die Sith zu. Sie fegte das Geschoss mit ihrem Lichtschwert aus seiner Flugbahn, ohne ihren Widersacher dabei aber auch nur einen Moment aus den Augen zu lassen.

Auf der anderen Seite des wippenden Baumstamms hob der alte Mann langsam den linken Arm, die Handfläche ihr zugedreht, sodass sie den blinkenden Kreis an seinem Armband sehen konnte. Blau, Blau. Blau, Blau.

Verspottete er sie etwa? Dieses Monster!

Sie konnte das Dorf von hier aus nicht sehen, aber sie wusste, was er getan hatte. Er war ein Sith, so wie sie, und dementsprechend empfand er keinerlei Mitleid mit denen, die er als seine Feinde betrachtete. Er wollte sie töten, und wenn er dabei all jene vernichten musste, die sich ihr angeschlossen hatten, dann würde er es tun, ohne mit der Wimper zu zucken.

Welche Schicksalsschläge diese Männer – oder ihre Anführerin – zu Banditen gemacht hatten, scherte ihn nicht. Und wäre sie keine Sith, dann wäre er vermutlich so gleichgültig wie ein kalter Windhauch an diesem Dorf vorbeigezogen.

Doch sie war eine Sith. Und er war auch einer. Und aus irgendeinem Grund hatte er entschieden, dass er das Recht hatte, sie zu töten. Vermutlich hatte ihn der Wahnsinn des Verräters angesteckt, dieses Hundes, der mit seiner gewissenlosen Klinge die Rebellion zerschlagen hatte. Die Banditin fletschte die Zähne, während die weißen Flammen der Macht wie eine Feuersbrunst in ihr hochloderten.

Der Baumstamm drehte sich im Wasser, und sie sah, dass sie auf einen reißenden Wasserfall zutrieben. Ein passender Endpunkt für ihr Duell. Sie würde ihm keine Gelegenheit geben, ans Ufer zu springen – obwohl das bedeutete, dass sie sich selbst auch nicht in Sicherheit bringen konnte. Ein hoher Preis, aber einer, den sie gerne zahlte.

Die Sith griff an. Sie war jetzt allein, doch er war es ebenfalls. Das weiße Lodern füllte ihre Brust, und sie hieb mit aller Kraft auf das Schwert ihres Gegners ein, noch bevor er es ganz aus der Scheide gezogen hatte.

Die Vehemenz des Angriffs ließ ihn von dem Baumstamm kippen, und er stürzte rücklings über den Rand des Wasserfalls.

Die Sith fluchte, als er in der Dunstwolke unter ihr verschwand. Sie bereute ihre Aggressivität nicht; das tat sie nie. Aber diese weiß glühende Flamme in ihrem Inneren hatte ihre Konzentration getrübt. Sie hatte die Oberhand gehabt – die Klinge des alten Mannes hatte noch immer halb in ihrer seltsamen Hülle gesteckt. Er war völlig hilflos gewesen, und sie hätte ihn von Kopf bis Fuß aufschlitzen können. Stattdessen hatte sie ihn in die Tiefe geschleudert, und es gab keine Garantie, dass er wirklich tot war.

Sie wahrte ihre Haltung auf dem Baumstamm und brachte ihn mithilfe der Macht am Rand des Wasserfalls zum Stillstand – halb, um sich selbst zu beweisen, dass sie noch immer die finsteren Ströme der Macht beherrschte, diese kühle Kraft, die es ihr erlaubte, ihre Umwelt ebenso mühelos zu kontrollieren wie ihre Finger –, dann trat sie ans Ende des Stamms vor und starrte in das brodelnde Becken am Fuß des Abgrunds hinab.

Doch sosehr sie sich auch konzentrierte, sie konnte keine Leiche entdecken.

Mit einem weiteren Fluch auf den Lippen sprang die Sith von dem Stamm. Sie ließ sich an den niederprasselnden

Wassermassen entlang hinabfallen und landete federleicht auf einem moosbedeckten Felsbrocken, der aus dem Becken emporragte.

Von hier aus konnte sie einen festgetretenen Pfad sehen, der zuvor durch einen dunstumwogten Überhang verborgen gewesen war. Er führte von oben an der Felswand herab, bis er sich um das Becken herumkrümmte und hinter dem Wasserfall an einem in den Fels gehauenen, kantigen Durchgang endete. Vermutlich führte diese Öffnung zu einem Tempel oder Schrein oder einer anderen vergessenen Stätte; der gesamte Bereich war jedenfalls staubig und verwahrlost.

Weswegen man die Fußspuren umso deutlicher erkennen konnte, die durch den Eingang führten. Deshalb hatte sie also keine Leiche gesehen.

Hinter dem Vorhang aus rauschendem Wasser entdeckte die Sith endlich ihre Beute: Ein roter Lichtfinger leuchtete in der Düsternis. Sofort schlug sie zu, aber ihre Klinge berührte nur Wasser. Der Kerl musste sich weiter hinten verborgen haben.

Sie grinste gehässig. Der alte Mann konnte umherschleichen und sich verstecken, so viel er wollte. Er war müde und verletzt, und sie würde ihn für seine Taten büßen lassen.

Die Sith hob die Hand und ließ den Baumstamm ein Stück über den Rand des Wasserfalls nach vorne rutschen, sodass er die herabstürzenden Wassermassen teilte und eine Lücke in dem schillernden Vorhang entstand – eine Öffnung.

Sie wartete nicht, bis ihre Augen sich an die Dunkelheit gewöhnt hatten, sondern sprang nach vorn, erfüllt vom Feuer der Macht, und schlug zu, bevor er blocken oder einen Gegenangriff starten konnte.

Erst als sein Oberkörper seitlich wegrutschte, erkannte sie ihren Irrtum. Die Hände hinter dem Wasserfall, die das rote Lichtschwert hielten, waren leblos und kalt und aus Metall. Was entzweigehackt vor ihr auf dem Tempelboden lag, war eine Statue.

Im selben Moment blitzte eine weitere rote Klinge in den Schatten auf – ein drittes Lichtschwert. Seine Spitze bohrte sich durch den Leib der Sith, gleichzeitig heiß und kalt. Und sie verfluchte es.

Die dritte Klinge löste sich auf, und die Sith-Banditin kippte vornüber, ebenso lautlos wie die Statue. Ebenso lautlos wie der Mann, der sie getötet hatte.

Der Ronin deaktivierte die Klinge seiner Ersatzwaffe und befestigte sie wieder an seiner Seite. Der Durastahlzylinder mit den zusammengewürfelten Ersatzteilen hatte keinerlei Ähnlichkeit mit dem eleganten Griff des Lichtschwerts, das er normalerweise benutzte. Aber genau darin lag der Vorteil; keiner seiner Gegner vermutete, dass er mehr als *eine* rote Klinge bei sich trug – nicht mal die, die es eigentlich besser wissen sollten.

Er zog die Brauen zusammen, während er die alte, entweihte Jedi-Statue betrachtete, die neben der Leiche der jungen und eindeutig toten Sith-Kriegerin lag.

Also, das ist wirklich poetisch, kommentierte die Stimme in nachdenklichem Ton.

Falls sie enttäuscht war, dass er nicht durch die Hand der Banditin den Tod gefunden hatte, ließ sie es sich zumindest nicht anmerken.

Er reagierte nicht auf ihre Worte, sondern sprach ein kurzes stummes Gebet vor den Überresten der Statue und der Sith. Anschließend nahm er das Lichtschwert aus ihren schlaffen Fingern und zog sein eigenes aus den metallenen Händen der Statue – es summte noch immer in seinem endlosen roten Schein, zumindest, bis der Ronin die Waffe zurück in ihre Hülle schob.

Wann wirst du dieses grässliche Ding reparieren?, fragte sie. *Heute hätte es dich fast das Leben gekostet.*

Auch jetzt blieb er stumm; sie wusste genau, warum, und außerdem hatte er keine Lust, darüber zu sprechen, schon gar nicht mit ihr.

Der Marsch zurück zum Dorf dauerte länger, als er gedacht hatte. Sein Körper schmerzte noch immer von seinem Sturz und der Anstrengung des Duells. Vermutlich sollte er sich glücklich schätzen, dass er überhaupt noch gehen konnte. Als er die Häuser erreichte, war seine Robe fast schon wieder trocken, und die Sonne hatte ihren höchsten Punkt bereits überschritten.

B5–56 erblickte ihn am Ende der Hauptstraße, bevor irgendeiner der anderen Notiz von ihm nahm, und er rollte hastig auf ihn zu, wobei er ein tadelndes Trillern ausstieß. An einem Kabel zog er den Klingenspalteraufsatz der Sith hinter sich her. Der Ronin hob beschwichtigend die Hand. Er sah, dass die Dorfbewohner ihm mit einer nervösen Ehrfurcht entgegenblickten, die ihm ganz und gar nicht gefiel.

Der Wirt des Teehauses kam aus der anderen Richtung die Straße herabgerannt, dicht gefolgt von seinem dahinhüpfenden Energiedroiden. »Meister Ronin!«, rief er, nachdem er stehen geblieben war und keuchend die Hände auf die Knie stützte. »I… Ihr wart unglaublich!«

Der Blick des Ronin glitt nach oben zu der rauchenden Hülse des Teehauses. Es würde viel Zeit, Arbeit und Ressourcen kosten, um so ein Gebäude wieder zu reparieren, vor allem hier, am Rand des kolonisierten Raums. »Ich habe Euch Unannehmlichkeiten bereitet«, sagte er.

Der Wirt schnaubte, hatte aber nicht genug Puste, um zu protestieren. Was dem Ronin nur recht war, denn so konnte er den Lichtschwertaufsatz hinter B5 aufheben und ihn dem Sullustaner in die Hand drücken. »Hier. Als Bezahlung für Eure Hilfe mit dem Droiden.«

Der Wirt nahm den Zylinder mit einem faszinierten Murmeln entgegen – das Geschenk abzulehnen, wäre vermutlich zu anstrengend gewesen – und hielt ihn mit erfahrenen Händen ins Licht. Ein weiterer Beweis, dass er Erfahrung als Mechaniker gesammelt hatte, bevor er auf dieser entlegenen Welt am Outer Rim gestrandet war. Er hatte nicht gesehen, wie die Sith den Aufsatz benutzt hatte, trotzdem erkannte er ganz offensichtlich, womit er es zu tun hatte; ein elegantes Stück Technologie, für das er in den richtigen Kreisen jede Menge Credits bekommen würde.

Bevor der Wirt irgendwelche unerwünschten Fragen stellen konnte, kam der kindliche Dorfvorsteher zu ihnen herüber. Er stand genauso hoch aufgerichtet wie vorhin, als er seinen Söldnern den Befehl zum Angriff gegeben hatte, und er stemmte selbstbewusst die Hände in die Hüften, als er verkündete: »Unser Dorf steht in Eurer Schuld.«

»Schon gut«, erwiderte der Ronin.

»Eure Bescheidenheit ehrt Euch. Gewiss seid Ihr ein Jedi-Ritter«, sagte der Junge. »Bitte, wir müssen den Namen unseres Retters erfahren.«

Der Ronin presste die Lippen zusammen.

Oh? Warum nicht?, fragte sie.

Er drehte sich zur Seite, zog das Lichtschwert der Banditin aus den Falten seiner Robe und ließ es zu Boden fallen. Der junge Dorfvorsteher beobachtete das Ganze verwirrt, doch dann erstarrten seine Züge, erhellt von rotem Glühen, als der Ronin seine eigene Klinge aus der Hülle zog.

Überall auf dem Platz wurde Keuchen laut. Wenige Meter entfernt spannte der einzige überlebende Söldner – der Gran, der die Banditen vom Dach aus unter Beschuss genommen hatte – instinktiv die Muskeln; er hielt nicht länger eine Waffe, aber es war offensichtlich, dass er sich eine in die Finger wünschte.

B5 zirpte eine Warnung: keine Dummheiten.

Die Klingenspitze durchbohrte den Schwertgriff der Banditin. Der Ronin achtete nicht bewusst darauf, wo er zustoßen sollte; die schwarze Strömung der Macht lenkte seine Hand, und er zerstörte den Griff mit der Mühelosigkeit langer Erfahrung. Die Durastahlhülle brach auf, und der summende Kybersplitter, der die Waffe der Banditin befeuert hatte, kam zum Vorschein.

Der Ronin beugte sich vor, umgeben vom heiseren Gewisper der Dorfbewohner, hob den Kristall auf und heftete ihn unter die anderen an die Innenseite seiner Robe. Es war der erste Neuzugang in seiner kleinen Sammlung seit über einem Jahr. Und wie jedes Mal schien sich dabei ein tonnenschweres Gewicht auf seine Schultern zu legen.

»Ihr ... Wer seid Ihr?«, hauchte der Wirt. Eben noch hatte er mit verzweifelter Entschlossenheit einen eigensinnigen Astromech repariert, während sein Dorf von Banditen belagert wurde. Jetzt duckte er sich hinter den Dorfvorsteher, als der Ronin ihm auch nur einen Blick zuwarf.

Nun ja. Jeder hatte eben sein Limit.

Der kindliche Dorfvorsteher hingegen rührte sich nicht vom Fleck. Er starrte mit harten Augen zum Ronin hoch, sein Mund eine bewusst ausdruckslose Linie. Er war furchtloser, als gut für ihn war.

Da ist er nicht der Einzige, sagte sie. *Wo habe ich diese Miene nur schon mal gesehen?*

Der Ronin presste die Zähne zusammen, ganz kurz, als würde er einen dünnen Knochen durchbeißen. Dies war das Gesicht eines Kindes, das nur zu bereit war, erwachsen zu werden. Und schon bald würde es das Gesicht eines Mannes werden, der nur zu bereit war zu sterben. Konnte man einen Jungen überhaupt beschützen, wenn er entschlossen war, seinem eigenen Tod schnellstmöglich entgegenzurennen? Falls es einen Weg gab, kannte der Ronin ihn jedenfalls nicht.

Er griff wortlos unter seine Robe und zog den Kyberkristall hervor, den er gerade erst eingesteckt hatte. Der Junge streckte bereitwillig die Hand aus, um ihm entgegenzunehmen. Er schien lediglich ein wenig überrascht zu sein, wie wenig der Splitter wog.

»Er wird böse Geister von hier fernhalten«, erklärte der Ronin. »Also passt gut darauf auf.«

Mit diesen Worten wandte er sich von dem Jungen ab. Die Stimme in seinem Inneren lachte bitter.

Der Ronin verließ das Dorf in Richtung des abgestürzten Schiffes auf der anderen Seite des Tals. Erst drängte B5-56 ihn umzukehren – um Essen zu verlangen oder eine Unterkunft oder Credits. Doch der Ronin ging entschlossen weiter, unbeeindruckt von den Forderungen des Droiden, und nach ein paar Minuten ging B5 dazu über, sich zu beschweren.

Was war nur in ihn gefahren, dass er den Dorfbewohnern den Kyberkristall überlassen hatte? Wie sollten sie so einen Schatz vor den Agenten des Imperiums beschützen? Erkannte er denn nicht, dass er sie schutz- und ahnungslos mit einem illegalen Artefakt zurückließ?

Diese letzte Bemerkung entlockte dem Ronin ein Schnauben. Er war kein Beschützer; B5 sollte das inzwischen eigentlich wissen. »Es war das Einzige, was ich ihnen für den Tee anbieten konnte«, brummte er. »Oder wäre es dir lieber, ich hätte ihnen *dich* gegeben?«

B5 zwitscherte, eine Mischung aus Empörung und Ungeduld, verfiel danach aber in Schweigen.

Seine Rüge hatte den Ronin jedoch tiefer getroffen, als er zuzugeben bereit war. Der logische Teil von ihm bedauerte es, dass er den Kristall zurückgelassen hatte. Falls die Dorfbewohner seinen Wert erkannten, würden sie vielleicht versuchen, ihn zu verkaufen. Und die Einzigen, die sich für Kyber interessierten, waren entweder Feinde des Imperiums oder seine fanatischen Anhänger. Beide würden wissen wollen, wo der Kristall herstammte. Die Wahrheit würde dem Dorf nur Ärger einbringen. Und anschließend würde dieser Ärger der Spur des Ronin folgen.

Er hoffte, dass die Dorfbewohner das erkannten. Es war in ihrem eigenen Interesse, den Kristall zu behalten. Kyber erblühte, wenn man ihn pflegte. Er wollte, dass Lebewesen ihm Aufmerksamkeit schenkten. Falls die Einheimischen es richtig anstellten, könnte der Kristall dem Dorf viele Generationen lang Gesundheit und Kraft schenken. Das wäre definitiv ein besserer Geist als das Phantom des Krieges, unter dem sie bis jetzt gelitten hatten. Ein Phantom, das eigentlich schon längst hätte verfliegen sollen.

Als der Ronin und B5 an diesem Abend ihr Lager aufschlugen – im Windschatten eines kleinen Hügels, da sie keinen anständigen Unterschlupf gefunden hatten –, sahen sie die Rauchwolke eines Scheiterhaufens, die in der Richtung des Dorfes zum Himmel emporstieg.

»Ah, ich habe ihnen gar nicht gesagt, dass sie sich den Tempel ansehen sollen«, murmelte er.

Noch wäre Zeit, umzukehren und es nachzuholen, meinte die Stimme, was dem Ronin verriet, dass er genau das *nicht* tun sollte.

»Gibt es hier noch irgendetwas für mich?«, fragte er stattdessen. »Oder sollte ich mich sofort wieder auf die Suche machen?«

Sie schwieg eine Weile, während er auf dem letzten Rest seines Rationsriegels herumkaute und die Rauchsäule beobachtete, die in das sternenbesprenkelte Violett des späten Abends emporragte.

Er rechnete schon nicht mehr mit einer Antwort, als sie wisperte: *Du bist nicht so allein, wie du vielleicht denkst.*

Das war das Letzte, was sie sagte, und der Ronin brauchte eine ganze Weile, ehe er an diesem Abend Schlaf fand. Eine eisige Kälte war in seine Knochen gekrochen.

3. Kapitel

Hast du nicht etwas zu erledigen?

Auf dem feuchten Boden des Tempels hinter dem Wasserfall bewegte sich etwas. Dann eine weitere Bewegung, noch stärker und abrupter, dann setzte sich die Banditin auf und keuchte. Die Dunkelheit der Welt ringsum verwirrte sie im ersten Moment. Eine Hand glitt zu ihrer pochenden Stirn, die andere zu ihrem Bauch.

Wo die Klinge des alten Mannes sie durchbohrt hatte, klaffte ein Loch in ihrem Brustpanzer, seine Ränder glatt und geschwärzt. Sie erinnerte sich noch genau an die weiß glühende Hitze und das rote Lodern, als das Lichtschwert aus ihrem Bauch ausgetreten war. Doch der Schmerz aus ihrer Erinnerung war der einzige, den sie verspürte, als sie nun die Handfläche auf die Stelle presste. Die Haut unter der Kleidung war unversehrt; da war nichts, was ihr hätte Pein verursachen können.

Das ergab keinen Sinn. Sie wusste in ihrem Blut und in ihren Knochen, was geschehen war – ihr Duell, ihr Tod –, und selbst wenn sie Zweifel gehabt hätte … Die Beweislage war eindeutig: das Loch in ihrem Brustpanzer, die halbierte Jedi-Statue, die neben ihr auf dem Boden lag. Von dem Lichtschwert, das die Figur gehalten hatte, fehlte jede Spur, ebenso wie von ihrer eigenen Waffe. Nur sie selbst war noch hier, aber das war schon rätselhaft genug.

Berge. Eine Erinnerung aus einer lange vergangenen Lektion. *Berge sind seltsam,* hatte ihr Meister gesagt. *Götter und Geister leben in ihnen und Dinge, für die wir keine richtigen Namen haben.* Gerne hätte sie darüber die Nase gerümpft. Während all ihrer Jahre in den Bergen von Genbara war sie nie einer größeren oder furchteinflößenderen Präsenz als ihrer eigenen begegnet.

Bis jetzt. Bis zu dem Mann, der sie getötet hatte.

Bis zu ... nun, was immer seinen tödlichen Hieb wieder ungeschehen gemacht hatte.

Sie war ganz sicher, dass sie gestorben war. Ihr Blick ruhte auf dem Loch in ihrer Rüstung, während sie sich an den Moment erinnerte. Erst die Hitze, dann Kälte, dann nichts mehr. Und doch ...

Und doch atmete sie nun wieder. Sie. Die Banditin. Die Sith. *Kouru.* Das war ihr Name: Kouru. Und sie lebte.

»Was zur Hölle ...?«, ächzte Kouru. Sie setzte sich auf den Sockel der halbierten Statue und starrte zum rauschenden Vorhang des Wasserfalls hinüber, hinter dem das orangefarbene Licht des Abends zu sehen war. Ohne es zu wollen, musste sie daran denken, dass der Mistkerl ihr Schwert genommen hatte.

Na und? Dann nimm eins von seinen.

Kourus Lippe zuckte. »Ich will beide.«

Das ist alles?

Nein. Das war nicht alles, was sie wollte. Kouru war noch nicht fertig mit dem alten Mann. Sie würde nicht eher ruhen, bis er aus dieser Welt entfernt wäre. Es war ihr bestimmt, ihn zu töten, das spürte sie. Tatsächlich spürte sie es deutlicher als das meiste, was die schwarzen Strömungen der Macht ihr sonst preisgaben.

Ja. Konzentriere dich. Und jetzt los. Er hat bereits einen großen Vorsprung.

Kouru dachte noch eine ganze Weile über diese wispernde Stimme nach, die dem lauschenden Teil ihrer Seele gut zuredete – ein Wispern, das Blut und Rache verlangte. Nach einer Weile entschied sie, dass es ein Teil von ihr selbst sein musste, und sie dachte nicht weiter darüber nach.

4. Kapitel

Da er keinen anderen Ort gefunden hatte, schlief der Ronin unter den Sternen, und sein ganzer Körper war feucht, als er wieder erwachte. B5-56 fragte, ob ihn die Rast wieder zur Vernunft gebracht hätte, doch B5s Hoffnung wurde zerschlagen, als der Ronin weiter auf der Straße vom Dorf fortmarschierte.

»Du willst doch immer, dass ich Gutes tue«, brummte der Ronin, während seine Kleidung in der morgendlichen Wärme trocknete. »Und jetzt soll ich ihnen wieder wegnehmen, was ich ihnen geschenkt habe?«

B5s Erwiderung war alles andere als höflich. Zum Glück waren keine Kinder in der Nähe.

»Wo hast du denn diese Ausdrücke gelernt?«

Sie verfielen in eine weitere Wiederholung des Streits, den sie schon seit Monaten führten, aber das störte den Ronin nicht, im Gegenteil. Es hatte etwas Zyklisches an sich, und es half ihm, ein Gefühl für die Zeit zu behalten, während sie von Sektor zu Sektor zogen, von Mond zu Planet zu Mond.

Die Straße vor ihm war breit und leer; sie hatte sich geweitet, nachdem sie das Dorf hinter sich gelassen hatten, und jetzt, da sie der Absturzstelle näher kamen, erblickte der Ronin unterhalb der im Dreck vergrabenen Nase des Schiffes eine Kreuzung, wo ihr Pfad sich mit einer anderen, sogar noch breiteren Straße traf. Ringsum erhoben sich Bäume mit rosafarbenen Blättern.

Aus den blütenbedeckten Schatten wehte eine Melodie herbei, gespielt auf einer Art Flöte. Das musikalische Motiv schwoll an, verstummte und begann dann in einer anderen Höhe. Da übte wohl jemand.

Der Ronin verlangsamte seine Schritte. Zwischen den Bäumen konnte er inzwischen eine Gestalt sehen; sie saß auf einem Felsen und spielte verschiedene Hand- und Mundbewegungen durch, während sie sich etappenweise durch ihr Lied arbeitete. Manchmal wirkte die Melodie vertraut, meistens aber nicht.

Das Stück scheint dir ja richtig zu gefallen, bemerkte die Stimme.

»Es ist nicht mal ein richtiges Lied«, brummte der Ronin.

»Danke für die Kritik«, sagte der Musiker, wobei er den Kopf hob. Seine Stimme klang freundlich, doch sein Gesicht lag größtenteils hinter einer Fuchsmaske verborgen – weiß mit roten Linien an Mund und Stirn, die ihm einen verschlagenen Ausdruck verliehen. Seine schlichte Kleidung, bestehend aus einem Kimono über einer Hose, war fleckenlos, aber sie wirkte verblasst wie in der Sonne getrocknete Knochen. Einst mochte sie farbenfroh gewesen sein; jetzt war sie genauso bleich wie das Haar des Wesens, das es hinter dem Kopf zu einem Knoten gebunden hatte. »Schau nicht so verlegen drein«, lachte er. Im Gegensatz zu seiner Kleidung war seine Stimme voller Leben, erfüllt vom fließenden Rhythmus eines geborenen Geschichtenerzählers. »Ich übe immer ein paar Variationen, bevor ich versuche, mir damit ein Abendessen zu verdienen. Willst du zum Raumhafen?«

»Wenn diese Straße dorthin führt«, sagte der Ronin.

»Dann lass uns gemeinsam dorthin gehen.«

Der Musiker ließ die Flöte unter seinem Überwurf verschwinden, hüpfte von seinem Felsen und trat auf die Straße hinaus.

B5 zwitscherte.

»Freut mich, dass es wenigstens dir gefallen hat«, erwiderte der Musiker. »Aber beim Gehen kann ich nicht spielen. Nicht gut, jedenfalls.«

»Mein Begleiter will manchmal zu viel«, sagte der Ronin, um das ungehaltene Trillern des Droiden zu übertönen.

»Wenigstens hat er Geschmack. Wie wäre es, wenn ich euch stattdessen eine Geschichte erzähle? Leider sind die meisten davon ziemlich traurig. Aber so ist das eben, wenn man einen Krieg hinter sich hat und dem nächsten entgegenblickt ...«

»Ich habe kein Interesse an Kriegsgeschichten.«

Der Musiker blickte vielsagend auf die beiden Hüllen hinab, die an der Seite des Ronin hingen. »Siehst aber so aus. Man trifft nicht oft Leute, die sich wie Krieger kleiden und mitten im Nirgendwo am Outer Rim herumspazieren, Meister ...«

Er wartete auf seinen Namen, doch der Ronin schwieg. Das schien dem Musiker aber nicht deutlich genug zu sein, denn er wandte sich erwartungsvoll zu B5 um.

Und der kleine Verräter trillerte munter drauflos.

»Oh, wirklich? Na gut, dann Meister Ronin.« Er neigte nachdenklich den Kopf. »Und Ihr könnt mich Schweifling nennen. Das passt doch prima zusammen.«

»Warum sollte ich Euch überhaupt irgendwie nennen?«, fragte der Ronin. Was er eigentlich meinte, war: *Warum wollt Ihr mit mir reden?*

»Die Kameradschaft der Straße«, verkündete der Schweifling, als würde das alles erklären.

Er passte seine Schritte an die des Ronin an und plauderte mit B5, während sie weitergingen. Schließlich erreichte das Trio die Kreuzung, wo der Musiker sich in Richtung des Raumhafens wandte – ebenso wie B5. Der Droide schwenkte nur kurz seine Kuppel herum und pfiff tadelnd, weil der Ronin stehen geblieben war.

Eigentlich hatte er nicht vorgehabt, zum Raumhafen zu gehen. Letztlich folgte er B5 und dem Schweifling aber doch, wenngleich er darauf achtete, ein Stück hinter ihnen zu bleiben. Unter anderen Umständen hätte er überlegt, wie er seinen neuen, neugierigen Reisebegleiter am Raumhafen schnellstmöglich loswerden könnte. Doch jetzt zögerte er.

Nicht so allein, wie du vielleicht denkst, hatte die Stimme gesagt.

Eine genauere Erklärung war sie ihm schuldig geblieben, aber die brauchte er auch gar nicht. Die Stimme führte ihn nur zu einer Art von Wesen – denen, die sie einst ihre Brüder und Schwestern genannt hatte. Jene, die letztlich versuchen würden, ihn umzubringen. Sith. Es gab nicht mehr viele von ihnen – sie waren nie so zahlreich gewesen wie die Jedi, die sie hintergangen hatten, und jetzt, da der Ronin Jagd auf sie machte, schrumpfte ihre Zahl mit jedem Jahr weiter. War der »Schweifling« vielleicht sein nächstes Ziel? Noch konnte er nicht sicher sein.

Innerlich verfluchte er seine Nachlässigkeit; er hatte sich viel zu lange gestattet, seine Verbindung zur Macht ruhen zu lassen, und jetzt, da er wieder von ihr zehrte, war er so schwerfällig wie ein Stein. Zugegeben, selbst in seinen besten Tagen war es ihm schwergefallen, das weiße Lodern und das schwarze Wogen zu kontrollieren; meistens waren sie einfach über ihn hinweggeschwappt, so, wie sie über alles Leben hinwegströmten. Die feinen Details der Macht entzogen sich seinem Verständnis. Er wusste nur, dass Wesen mit einer ausgeprägten künstlerischen Ader oft besonders eng von jenem weißen Züngeln und schwarzen Kräuseln umgeben waren – und der Musiker stellte da keine Ausnahme dar.

Was ihn zurückhielt, war in erster Linie die Tatsache, dass er den Schweifling nicht erkannte. Und er war alt genug, dass der Ronin ihn eigentlich erkennen *müsste*, wäre er ein Sith. Ja, es hatte eine Zeit gegeben, da hatte er jeden Krieger gekannt, der sich mit diesem Titel schmückte … Na gut, fast jeden. Die Banditin zum Beispiel nicht.

Andererseits war die aber sicher noch ein halbes Kind gewesen, als der Krieg geendet hatte.

Er massierte die blauen Flecken, die er sich bei seinem Sturz vom Wasserfall zugezogen hatte, und versuchte, das Gespräch zwischen dem Schweifling und seinem Droiden auszublenden.

»Kannst du mir denn gar keinen Hinweis geben?«, flüsterte er.

»Wie bitte?«, fragte der Schweifling.

B5 entschuldigte sich hastig für seinen Meister; er sei senil und exzentrisch, piepste er. Das schien den Schweifling aber nur noch neugieriger zu machen, weswegen der Ronin sich gezwungen sah, in vager Zustimmung die Schultern hochzuziehen. Man hatte ihn schon Schlimmeres geschimpft.

Eigenbrötlerisch, sagte die Stimme. Das war nicht die Information, nach der er gefragt hatte.

Gerne hätte er sie daran erinnert, dass er am Vortag eine Sith getötet hatte. Doch stattdessen nannte er B5 ein Plappermaul und beschloss, den Rest des Weges seinen Begleitern zu lauschen. Noch war es möglich, dass sich sein Weg und der des Musikers wieder trennten, ohne dass einer von ihnen versuchte, den anderen umzubringen.

Die Straße zum Raumhafen von Osou, dem Nabelpunkt aller interplanetaren Flüge auf Genbara, füllte sich im Lauf der Zeit immer mehr. Gegen Nachmittag fanden sie sich schließlich in einer bunt gemischten Karawane aus Karren mit Laufketten anstelle von Rädern, Landgleitern und Fußgängern wieder. Die meisten stammten aus den umliegenden Dörfern und wollten ihre Waren auf dem zentralen Markt von Osou verkaufen – weswegen der Ronin und seine Begleiter umso mehr aus der Menge hervorstachen.

Der Schweifling schien sich nicht an der Aufmerksamkeit zu stören, im Gegenteil, er erzählte weiter Geschichten, und seine helle Stimme (die deutlich seltener ins Stocken geriet als sein Flötenspiel) verlangte förmlich danach, dass man ihr zuhörte. Ein paar Kindern, die hinten auf dem Karren ihrer Mutter saßen – welcher von einem riesigen schuppenhäutigen Eber gezogen wurde –, erzählte er Märchen; ein Schwesternpaar, das ihre frischen roten Früchte schleppte, unterhielt er mit dem letzten Klatsch und Tratsch aus dem Kern; und für den alten Onkel, der mit seinem stotternden Landspeeder den Abschluss der Karawane bildete, hatte der Schweifling eine Gespenstergeschichte parat. Der Ronin zog es vor, den Neuigkeiten zu lauschen, welche die meisten Erwachsenen zu beschäftigen schienen.

»O ja, die imperiale Vereinigung, wie wundervoll«, sagte ein Tantchen. Sie trug einen Stab über den Schultern, der an beiden Enden mit Körben voll Reis beladen war. »Zwanzig

Jahre Frieden! Erzähl das mal meinem Cousin. Letztes Jahr erst wurde er von einem Banditen angeschossen. Wir hatten kaum genug Geld, um die Bactabehandlung zu bezahlen. Schöner Frieden!«

»Ich sage euch, es wird nur noch schlimmer«, erwiderte der alte Onkel neben ihr, während er ein Lasttier vor sich hertrieb – eine Kreatur mit zotteligem Fell und Geweih, mit hohen Schultern und niedriger Hüfte und groß genug, dass alle in der Nähe in seinem Schatten dahinstapften. »Der Imperator musste sich nicht mit seinen Geschwistern um den Thron streiten, weil es egal war, wer darauf saß. Das Imperium gehörte ohnehin den Lords. Aber die Prinzen? Jetzt, da ihr Vater auf dem Totenbett liegt, glauben sie, sie haben etwas, worum es sich zu kämpfen lohnt.«

»Sollen sie sich ruhig die Schädel einschlagen.« Das Tantchen rümpfte die Nase und balancierte ihre Last neu aus. »Gegen die Piraten hier draußen helfen sie uns sowieso nicht.«

Eine Greisin, die eine Kiste mit vielen kleinen Schubladen auf dem Rücken trug, saugte an ihren Zähnen. »Und wer soll uns gegen die Piraten verteidigen, wenn die Prinzen unsere Kinder fortholen, damit sie ihre Kriege für sie führen? Ihr werdet gleich die Plakate sehen. Am Raumhafen wird wieder rekrutiert.«

Es folgte grimmiges Murmeln. Der Ronin konnte ihre Unzufriedenheit verstehen, aber er blieb lieber stumm. Sie beobachteten ihn auch so schon aus den Augenwinkeln, und die Worte eines hochgewachsenen, bewaffneten Fremden würden ihre Angst vor zukünftiger Gewalt nur weiter schüren – oder ihnen zumindest etwas Konkretes geben, worüber sie sich Sorgen machen konnten. Vermutlich duldeten sie ihn nur deswegen in ihrer Mitte, weil er in der Begleitung eines Musikers war; das ließ ihn mehr wie eine Kuriosität und weniger wie eine Bedrohung erscheinen; zumindest, solange niemand sah, dass die Hüllen an seiner Hüfte keine metallenen Waffen beherbergten.

»Sie rekrutieren ständig«, ertönte eine zerbrechliche alte Stimme. »Das ist nichts Ungewöhnliches.« Es war der Onkel in dem Landspeeder, der gerne Geistergeschichten hörte. Der Schweifling, der inzwischen neben ihm auf der Sitzbank des Gleiters saß, neigte neugierig den Kopf zur Seite. »Macht euch lieber Sorgen wegen der Toten. Es verschwinden schon wieder Leichen.«

Weiteres Gemurmel schwappte über die Karawane hinweg, eine Lawine unheilvoller Gerüchte. Wenn man nervös in die Zukunft blickte, wollte man lieber gemeinsam nervös sein. Aber das Unbehagen, das der Ronin spürte, war viel stärker als die Sorge wegen einer möglichen Dürre oder einem hartherzigen neuen Gouverneur. Nein, was er auf den verkniffenen Gesichtern seiner Reisebegleiter sah, war deutlich schwerer zu verdrängen: blanke Angst.

»Nicht«, sagte jemand. »Darüber sollten wir nicht …«

Die Stimme wurde von der Greisin mit der Kiste auf dem Rücken unterbrochen. »Das habe ich auch gehört.« Jenen, die sie mit wütenden Blicken zum Schweigen blicken wollten, reckte sie herausfordernd das Kinn entgegen. »Ein Dorf auf dem kleinen roten Mond über Buna. Sie wurden von Piraten drangsaliert. Also schickte der hiesige Lord ein paar seiner Jedi los, aber die Berichte brachen ab. Da entsandte er noch mehr Jedi, und als sie dort ankamen, war niemand mehr da. Keine Piraten, keine Jedi, keine Dorfbewohner. Niemand.«

»Das sind doch bloß Geschichten.«

»Nein, ich habe es im HoloNetz gehört. Sie mussten sich bei den Familien entschuldigen, weil sie keine sterblichen Überreste nach Hause schicken konnten.«

»Natürlich nicht! Jedi hinterlassen keine Knochen. Jedenfalls nicht die guten. Die Geister holen sie.«

»Du meinst die Macht, Tantchen.«

»Ist doch dasselbe! Und jetzt hört auf damit. Solches Geschwätz ist morbide. Das bringt nur Unglück.«

»Geschwätz«, wiederholte die Greisin. Sie hatte die Hände unter dem Trageriemen ihrer Kiste eingehakt, und man konnte verblasste Brandnarben an ihren Knöcheln und Handflächen erkennen – die Art Narben, die man sich als Kanonierin einhandelte, zum Beispiel auf den Schiffen, die oben in den Bergen abgestürzt waren. »Es ist kein Geschwätz. Ich weiß es noch. Auf jedem Schlachtfeld gab es Leichen – bis diese Sith-Hexe auftauchte.«

Neben dem Ronin stieß B5–56 einen leisen warnenden Pfiff aus. Ein alter Mann interpretierte es fälschlicherweise als Angstgeräusch und legte dem Droiden eine tröstliche Hand auf den Strohhut. B5 kam sich bevormundet vor und murrte entsprechend. Daraufhin lachte jemand halbherzig, aber er war der Einzige.

Jeder hier kannte die Geschichten. Die unheilige Magie der Sith. Der dunkle Lord und seine Hexe. Er mordete, sie ließ die Toten wiederauferstehen, damit sie nicht eins mit der Macht werden konnten ... oder mit den Geistern; oder mit der Herrlichkeit jenseits der galaktischen Ordnung, je nachdem, wen man fragte. Aber ganz gleich, woran man glaubte, Geister zu stehlen, war unbeschreibliche Blasphemie. Die Dämonenarmee der Hexe hatte die natürliche Ordnung verhöhnt und war deswegen gefürchtet worden – und wegen der unsterblichen Treue, mit der sie die Ziele der Sith verfolgt hatte.

Vermutlich war das auch der Grund, warum die Blicke der Einheimischen nun langsam, aber unvermeidlich in Richtung des Schweiflings wanderten. Wenn jemand die dunklen Rätsel der Welt erklären konnte, dann doch gewiss ein Geschichtenerzähler. Der Ronin wollte eigentlich weiter geradeaus starren, doch selbst seine Augen blickten in Richtung des Schweiflings. Die Art, wie er über die Sith sprach, könnte viel über ihn verraten.

Der Schweifling war inzwischen wieder aus dem Landspeeder des Onkelchens geklettert, um weiter vorne im Zentrum der Gruppe zu gehen. Mit einer Hand umfasste er nachdenklich sein Kinn, und obwohl sein Gesicht unter der Fuchsmaske nach unten geneigt war, wusste er offensichtlich, was von ihm erwartet wurde.

»Ich habe viele Dinge gesehen«, begann er, »und auch viel gehört. Geister. Dämonen. Götter. Mit jedem Namen ist etwas anderes gemeint – und doch dasselbe. Ich schätze mich glücklich, Eure Worte gehört zu haben, Mütterchen. Ihr habt vieles gesehen, und Ihr seid bereit, es mit uns zu teilen. Also sollten wir zuhören, von Euren Worten lernen und sie nie vergessen. In Geschichten über die Toten steckt nämlich viel Wahres, selbst wenn sie nicht stimmen. Findet Ihr nicht auch?«

Die Greisin mit den vernarbten Händen brummte nur und wandte sich ab.

Der Ronin runzelte die Stirn. Einige der Einheimischen schien die Antwort zufriedenzustellen, aber er selbst fand sie schrecklich vage.

Danach senkte sich Schweigen über die Karawane, und sie zog sich auseinander, als kleine Grüppchen von Freunden und Nachbarn ihre Schritte verlangsamten oder beschleunigten, um ungestört miteinander zu flüstern. Hier und da konnte man leises Lachen hören. Als die Sonne unterging, kamen voraus die beeindruckenden weißen Mauern des Raumhafens von Osou in Sicht. Sie hatten die Wärme und das Licht der Zivilisation erreicht, wo niemand Angst vor Geistern haben musste –außer man wollte es.

Außer man ist du, sagte die Stimme.

Manchmal konnte sie ein richtiges Miststück sein.

Während der letzten Kilometer trieb eine Wolkenfront die Karawane vor sich her, und kurz bevor sie das Tor von Osou erreichten, setzte plötzlich ein heftiger Regen ein. Die meisten Reisenden rannten los. B5–56 zog es vor, sich unter die tief herabhängenden Äste eines großen Baumes am Straßenrand zurückzuziehen; er hasste es, wenn sein Hut nass wurde. Der Ronin gesellte sich zu ihm, wenn auch nur, um zu sehen, was der Musiker tun würde.

Die Frage war nicht, *ob* er bei ihnen bleiben würde; die Frage war, wie er es *rechtfertigen* würde. Und er rechtfertigte es ... gar nicht. Er stellte sich lediglich unter den Baum und blickte mit neugieriger Miene in den Regen hinaus. Schließlich griff er in die Tasche, die er über der Schulter trug, und zog einen kleinen Beutel hervor. Als er ihn dem Ronin hinhielt, sah er eine Auswahl fleckiger roter Früchte.

»Mir bekommen sie leider nicht«, erklärte der Schweifling.

»Werden sie mir denn bekommen?«, fragte der Ronin.

»Wenn Ihr damit meint, ob sie vergiftet sind, dann beschwert Euch bei diesen beiden lieben Mädchen, die ihre

Waren zum Markt tragen. Von denen habe ich sie nämlich. Was für ein unhöflicher, unhöflicher Mann Ihr doch seid!«

Der Ronin nahm die Früchte. Sie waren eher bitter als süß, aber weich genug für seinen Kiefer, der wegen der Feuchtigkeit wieder von Schmerzen heimgesucht wurde. Nicht, dass der Schweifling von diesem speziellen Leiden hätte wissen können … Es sei denn, er wusste weit mehr über ihn, als er zugeben wollte.

Nachdem sie längere Zeit geschwiegen hatten, seufzte der Musiker. »Ihr seid verärgert.« Er verschränkte die Arme vor der Brust. »Verzeiht. War meine Reaktion Euch nicht dramatisch genug?«

»Mein Leben ist schon dramatisch genug.«

Er lachte und schnalzte mitfühlend mit der Zunge. »Oh, die Sorgen eines alten Kriegers, der offen eine illegale Waffe mit sich herumträgt.«

Er warf einen wissenden Blick auf den Griff seines Lichtschwerts und die Hülle, in der es steckte. Das Stirnrunzeln des Ronin tat er mit einer wedelnden Handbewegung ab.

»Ich habe nichts gesehen, Ronin. Ich erwähne es nur, weil unsere Freunde recht haben mit den Plakaten. Die Prinzen lassen sie an jedem Raumhafen in der Galaxis aufhängen, sogar auf dieser winzigen Welt. Wenn Euer Leben nicht noch dramatischer werden soll, rate ich Euch, ein wenig vorsichtiger zu sein, sobald der Regen nachlässt und wir den Raumhafen erreichen.«

Der Ronin erwiderte nichts darauf, was B5 ihm mit einem musikalischen Trillern dankte. Der Schweifling schien nicht die Art Person zu sein, vor der man gewarnt werden musste. Gut möglich, dass die Stimme jemand anderen gemeint hatte.

Andererseits waren Sith-Krieger für ihre Gerissenheit bekannt.

Der Ronin beschloss, dass sie lange genug Reisegefährten gewesen waren. Falls der Schweifling etwas anderes von ihm wollte als seine Gesellschaft und ein paar Geschichten, würden sie sich wiederbegegnen, dann vermutlich mit dem Schwert in der Hand. Sollte es dazu kommen, würde er tun, was er tun musste. Und falls *nicht* ... nun, dann hätte er zumindest eine Antwort. In jedem Fall schien es ihm das Beste, sich von ihm zu trennen.

Es war nicht weiter schwer, ihn abzuhängen. Als der Regen nachließ und das Trio den Markt erreichte, wurde es bereits dunkel. Der Schweifling blieb zwischen einem Teehaus und einer Cantina stehen, deren Betreiber ihn beide als Gast gewinnen wollten. Während sie auf ihn einredeten, verschwanden der Ronin und B5 in einer der namenlosen Gassen von Osou. Sie würden schon jemanden finden, der bereit war, einem Reisenden im Gegenzug für ein paar Reparaturen eine Mahlzeit zu spendieren.

Wie der Tratsch der Karawane schon angedeutet hatte, entdeckte der Ronin tatsächlich Plakate. Die gipsverputzten Mauern eines kommunalen Lagerhauses waren förmlich damit übersät. Einige von ihnen bewarben Holodramen, andere priesen den Lord des hiesigen Systems oder den Prinzen, dem dieser Lord die Treue geschworen hatte. Die meisten aber verkündeten, welche Ehre (und Besoldung) jene erwartete, die sich der Armee dieses Prinzen anschlossen. Ein paar zeigten außerdem das Datum der jährlichen Prüfungen an, die man absolvieren musste, wenn man ein Bürgerbeamter des Imperiums werden wollte.

Das neueste Plakat, dessen Ecken noch glatt an der Wand klebten, zeigte ein finster dreinblickendes vernarbtes Gesicht: ein Mann, der wegen Banditentum, Erpressung und Ruhestörung gesucht wurde. Offenbar hatte er ein Bergdorf heimgesucht, das nur einen zweitägigen Fußmarsch von Osou entfernt lag. Das Bild war alles andere als schmeichelhaft, die ausgesetzte Belohnung überraschend üppig.

B5-56 zirpte empört.

»Du bist doch nur wütend, weil nirgends von dir die Rede ist«, sagte der Ronin.

Eine Klappe an der Seite des Droiden schnappte auf, und er fuhr einen Werkzeugarm aus, von dessen Metallspitze Funken sprühten. Doch egal, ob es nun eine unhöfliche Geste oder der Beginn eines Angriffs sein sollte, er wurde jäh unterbrochen.

»Oh, das ist aber beunruhigend«, sagte der Schweifling, als er neben den Ronin trat. Über der Wölbung seiner Maske war ein Stirnrunzeln zu erahnen. »Ihr seid ja eine regelrechte Berühmtheit.«

Der Ronin blickte sich um, sah aber niemanden sonst auf der Straße. Sie befanden sich hier in der Nähe der Docks, die den Großteil des Raumhafens ausmachten. Tagsüber wurde vermutlich jede Menge Fracht über diese Straße geschleppt, aber auf einer entlegenen Welt wie Genbara wurde das Leben der Bewohner vom Stand der Sonne diktiert, nicht vom Chronometer. Sobald es dunkel genug wurde, dass die Flussfrösche zu singen begannen, war Osou wie ausgestorben. Der Ronin hatte gehofft, dass niemand ihn und B5 behelligen würde. Dass der Schweifling ihnen gefolgt war, war in der Tat beunruhigend.

»Ich möchte nicht aufdringlich wirken«, fuhr er fort, »aber Ihr solltet wissen, dass ein Gran in der Cantina die wildesten Geschichten über einen dunklen Krieger erzählt – einen Sith, falls Ihr das glauben könnt –, der ein armes Bergdorf direkt südlich von hier in Angst und Schrecken versetzt hat. Ich erzähle selbst gern Geschichten, aber seine war so absurd, dass ich ihn einfach unterbrechen musste. Schließlich hatte ich doch gerade erst jemanden getroffen, der aus dem Süden kam, und der hätte es doch sicher erwähnt, wären die verhassten Feinde des Imperiums zurückgekehrt.«

»Ist das eine Warnung?«, fragte der Ronin.

»Vermutlich wäre es eine – würde seine Geschichte stimmen.«

Zu spät. Ein Stück die Straße hinab ertönte eine neue Stimme. »Du – Sith-Abschaum!«

Der Ronin blickte hinüber. An der Kreuzung zur Hauptstraße, wo sich der zentrale Marktplatz erstreckte, waren mehrere Wesen aufgetaucht, alle in primitiver Rüstung und mit primitiven Waffen. Und dann war da noch der Gran-Kopfgeldjäger aus dem Bergdorf. Der, dessen Kameraden von den Banditen abgeschlachtet worden waren.

B5 summte nervös. Der Ronin blickte in die andere Richtung. Von diesem Ende der Straße rückte eine weitere Gruppe näher. Noch war sie weit genug entfernt, dass man sie in den Schatten der dunklen Stadt nur erahnen konnte, aber ihre Bewegungen machten klar, dass sie einen Kampf erwarteten.

Da findest du ein Mal *einen Freund*, wisperte die Stimme, *und schon holt dich der Ärger wieder ein.*

Der Ronin schnaubte. Eine genauere Erklärung blieb sie ihm schuldig, aber er erwartete nichts von der Stimme, insofern konnte er auch nicht enttäuscht sein. Er brauchte keine Freunde, schon gar nicht die Art, die in einer Cantina voller Kopfgeldjäger herausposaunte, dass sie gerade mit der profitabelsten Beute im gesamten Sektor in die Stadt spaziert war.

Auch jetzt konnte er keine Feindseligkeit in dem Fremden spüren. Das war beunruhigend. Jeder kannte die Geschichten über die Gräuel der Sith-Rebellion, insofern hätte er angewidert oder zumindest verängstigt sein sollen, doch alles, was der Ronin spürte, waren ein Hauch von Neugier und eine seltsame Aufregung; selbst wenn das Wesen nicht die Art Ärger darstellte, die er am meisten fürchtete, hatte es ein morbides Interesse an der Unruhe, welche es gerade gestiftet hatte. Eine hässliche Eigenschaft, aber für sich genommen noch kein Grund, ihn zu töten.

In jedem Fall durfte der Ronin nicht länger zögern. Er seufzte und beugte sich zu B5 hinab. »Behalt ihn im Auge.«

Anschließend sprang er in die Luft und landete auf dem Ziegeldach des Lagerhauses, an dem all die Plakate angebracht waren. Unter ihm fluchte B5 in Binär, und die Kopfgeldjäger stimmten in einer Handvoll weiterer Sprachen mit ein, während der Reaktionsschnellste von ihnen bereits mit seinem Blaster das Feuer eröffnete.

Der Ronin blickte nicht über die Schulter, um nachzusehen, wer ihn verfolgte, aber während der Flucht kehrten seine Gedanken immer wieder zu der Vorfreude des Schweiflings zurück, und ein unbehagliches Prickeln breitete sich in seinem Hinterkopf aus.

5. Kapitel

Alarmglocken schrillten. Eine Handvoll Scheinwerfer leuchtete in der Stadt auf, und Blasterfeuer zischte in dunkle Schatten, wo sie jedoch nur leere Luft und gelegentlich einen zum Trocknen aufgehängten Teppich durchbohrten. Aber schon bald fiel weiteres Licht aus Häuserfenstern und Türen, als der Lärm die Bewohner von Osou aus dem Schlaf riss.

Die imperialen Truppen, die in Osou stationiert waren, ließen auch nicht lange auf sich warten. Der Ronin konnte immer wieder ihre polierten rot-schwarzen Rüstungen sehen. Bislang war es nur eine Handvoll, und er vermutete, dass sie nicht von einem Jedi angeführt wurden – andernfalls wäre er nämlich längst entdeckt worden.

Doch er wusste, dass er sich nicht auf diese Vermutung verlassen konnte, also rannte er weiter über die – noch – schattenverhangenen Dächer, seine Schritte auf den Lehmziegeln sicher und lautlos. Erst als er eine hell erleuchtete Kreuzung erreichte, zwangen ihn die umhertastenden Scheinwerfer eines Kommturms innezuhalten. Als kurz wieder Dunkelheit herrschte, sprang er über die Straße hinweg auf das gegenüberliegende Schrägdach und setzte seine Flucht fort.

Seine Verfolger waren besser koordiniert, als ihm lieb sein konnte. Nicht nur, dass kleine Grüppchen von Kopfgeldjägern an strategischen Kreuzungen in Position gegangen waren und helle Laternen hin und her schwenkten, damit ihnen keine Bewegung am Boden oder auf den Dächern entging – darüber hinaus surrten auch kleine Aufklärungsdroiden über den Häusern umher, und ihre Scheinwerfer überkreuzten sich, während sie versuchten, ihre Beute aufzuscheuchen.

Einer dieser Droiden, eine flache handgroße Scheibe mit zwei dünnen Werkzeugarmen und einem starrenden weißen Auge in der Mitte, schwebte direkt über dem Ronin hinweg, als er sich in den Schatten eines Balkons zusammenkauerte. Kurz wurde die Einheit langsamer, und ihr Auge ruckte in seine Richtung herum. Hastig machte er eine Handbewegung, und auf der anderen Straßenseite klapperte ein loser Ziegel das Dach hinab. Sofort leuchtete das Auge des kleinen Droiden auf, und er surrte hinüber, um nach dem Ursprung des Geräuschs zu suchen.

Der Ronin atmete erleichtert aus und nutzte den Moment, um sein Armband zu überprüfen. Der kleine Kreis war nach wie vor dunkel. B5-56 hatte nicht versucht, ihn zu kontaktieren. Das war gut: Es bedeutete, dass der Astromech keinen Grund dafür sah. Sie hatten keinen Treffpunkt vereinbart, aber früher oder später würden sie einander schon wiederfinden. So war es immer.

Vorsichtig schälte sich der Ronin aus den Schatten, um seine weitere Flucht zu planen.

Das wäre viel einfacher, wenn du die Sache ernst nehmen würdest, sagte die Stimme.

»Ich weiß nicht, was du meinst«, log er.

Du weißt, wer du bist – was *du bist. Dieser Abschaum kann dir nichts anhaben. Warum tust du so, als müsstest du vor ihnen fliehen?*

Etwas zupfte an seiner Seite, so als hätte sie eine Hand auf sein Lichtschwert gelegt. Der Ronin presste die Lippen zu einer Linie zusammen. Sie kannte die Antwort. Er würde seine Waffe nie gegen jemanden einsetzen, der sich nicht dagegen verteidigen konnte.

Du hast Alternativen, beharrte sie.

Kurz strichen seine Finger über den zweiten Griff an seiner Mitte.

Nein. Das war nicht nötig.

Es überraschte ihn selbst, wie sehr er die Ereignisse dieser Nacht bedauerte. Er war schon lange nicht mehr gejagt worden – nicht mehr, seit er der Galaxis das letzte Mal gezeigt hatte, was für ein Wesen er wirklich war.

Glaubst du tatsächlich, niemand kann dich sehen?, fragte sie.

»Ist das nicht offensichtlich?«, brummte er, weil er wusste, dass es sie ärgern würde. Ihre Frage bezog sich nicht darauf, dass er in einem unbedeutenden Nest über die Dächer huschte; sie meinte seine Waffen, die er offen bei sich trug. Dafür hatte ihn schon der Schweifling kritisiert. Aber er hatte nicht vor, sie zu verbergen, ganz gleich, ob es nun illegal war, sie zu führen. Ganz gleich, ob Fremde ihn deswegen für einen Jedi halten mochten. Jedes Wesen verdiente eine Warnung, bevor der Ronin ihm gegenübertrat.

Zu dumm nur, dass manche Leute diese Warnung als Einladung missverstanden.

Du denkst immer noch über sie nach, seufzte die Stimme. *Glaubst du, dieser kleine Fuchs ist nur hinter einer neuen Geschichte her, die er erzählen kann?*

Die Augen des Ronin funkelten, so als würde sie ihm direkt gegenüberstehen. Aber er war allein, und vor ihm erstreckten sich mehrere dunkle Dächer, die fast bis zum hohen Eingang eines Hangars reichten. »Selbst wenn er nur eine neue Geschichte will, ist es schlimm genug.«

Die Stimme wusste es ebenso gut wie er. Er musste allein bleiben. Selbst ein vertrauenswürdiger Freund wäre eine Bürde und ein Risiko. Worauf also wollte sie hinaus?

Plötzlich erhellte ein greller, scharf umrissener Lichtstrahl den Eingang zum Raumhafen. Ein Landspeeder. Er hatte eine Ecke umrundet und kam jetzt in seine Richtung, bemannt von zwei Kopfgeldjägern; einer saß am Steuer, der andere hielt einen langen Stab mit einem Scheinwerfer am Ende, den er hin und her schwenkte, um jeden Winkel der Straße zu erhellen.

Der Ronin warf sich nach vorn, zu dem Dach hinüber, das dem Hangar am nächsten war. Seine Finger bekamen den Rand zu fassen, seine Fußballen stemmten sich gegen die Wand, und er verharrte in dieser Position, um in den Schatten zu bleiben. Der Strahl des Scheinwerfers erstarrte. Dann schwenkte er herum ... Die Arme des Ronin zitterten vor Anstrengung, und ihm blieb nichts anderes übrig, als sich auf das Dach hochzuziehen.

Hinter ihm begann der Landspeeder, sich in einem engen Kreis zu drehen. Die Kopfgeldjäger waren noch immer an Bord, aber es war offensichtlich, dass sie das Fahrzeug nicht länger kontrollierten.

Der Speeder drehte sich weiter und schwebte dabei höher und höher über der Straße empor – dann kippte er auf den Rücken. Der Fahrer klammerte sich am Armaturenbrett fest, sodass seine Beine fünf Meter über dem Boden strampelten.

Der Beifahrer versuchte, auf die Unterseite des Gleiters hochzuklettern, aber das protestierende Ruckeln der Repulsoren drohte, sie beide abzuwerfen.

Einen Moment später raste der umgedrehte Gleiter ruckartig auf die Straße hinab. Die Kopfgeldjäger schrien, als der Speeder während des Sturzflugs seinen Kurs änderte, direkt auf eine Gruppe weiterer Söldner zu, die wegen des Lärms herbeigestürmt waren. Wie ein wütendes wildes Tier pflügte der Gleiter durch ihre Reihen.

Glotz nicht, zischte die Stimme. *Lauf.*

Der Ronin war bereits in Bewegung. Anstatt auf die Straße zurückzukehren – die Flammen der Katastrophe hinter ihm tauchten alles in flackernde Helligkeit –, rannte er weiter über die Dächer, dann ließ er sich in die Gasse zwischen den Häusern und dem Hangar hinabfallen und huschte durch den dunklen Eingang.

In den Schatten zwischen den abgestellten Schiffen hielt er inne, um dem Geschehen hinter ihm zu lauschen. Blasterfeuer – natürlich. Schreie – sicher. Das mechanische Heulen einer Maschine, die über die Grenzen ihrer Funktion hinausgetrieben worden war – da lag das Problem.

Der Landspeeder flog noch immer auf dem Rücken dahin, obwohl seine Gravitationssysteme das eigentlich unmöglich machen sollten. Es gab nur eine Kraft in der Galaxis, die die Gesetze des Universums so mühelos außer Gefecht setzen konnte. Jemand hatte den Speeder mit der Macht gepackt, und das so sicher und zielstrebig, wie der Ronin es schon seit Jahrzehnten nicht mehr gesehen hatte. Eine schamlose Demonstration obszöner Kontrolle. Aber wozu? Um seine Verfolger abzulenken?

Oder um dich dorthin zu treiben, wo er dich haben will.

Ja. Ein Akt großer Macht diente in der Regel einem Ziel von gleichwertiger Bedeutung. Wer immer die dunklen Ströme gegen die Kopfgeldjäger eingesetzt hatte, wollte mehr als nur eine Ablenkung erzeugen. Er zwang den Ronin dadurch von der Stadt fort, zwischen die Schiffe.

Und hier war er nun und huschte unter den Hüllen der pockennarbigen Scoutschiffe, Transporter und Frachter dahin. Die Stimme enthielt sich weiterer Kommentare, wartete nur stumm ab. Was immer als Nächstes geschehen mochte, sie hatte ihn bereits davor gewarnt. Noch konnte der Ronin nicht sagen, was ihn erwartete. Er hatte zu viele kleine Feuer entzündet, um abzuschätzen, welches von ihnen am hellsten und höchsten loderte.

Er wusste nur, dass er in den Bergen zu unachtsam gewesen war. Dass Monate galaktischer Unruhen vollkommen an ihm vorbeigegangen waren – es hatte einen politischen Wandel gegeben, so drastisch, dass die Diener des Imperiums nah und fern in Aufruhr gerieten. Das hatte zwar nichts mit ihm zu tun, aber die Konsequenzen betrafen auch ihn. Und dann war da noch die Sache mit den Kopfgeldjägern.

Zugegeben, er verdankte es dem Schweifling, dass gerade Jagd auf ihn gemacht wurde, aber es war vollkommen ausgeschlossen, dass eine so große Ansammlung von Kopfgeldjägern rein zufällig auf dem entlegenen Genbara herumlungerte. Und diese wenig schmeichelhaften Plakate mit dem Gesicht des Ronin waren sicher nicht erst aufgehängt worden, seit er den Schweifling abgeschüttelt hatte. Nein, er war nur für einen winzigen Bruchteil dieses Schlamassels verantwortlich. Jemand anderer hatte einen Preis auf seinen Kopf ausgesetzt. Vielleicht derselbe Jemand, der den Speeder wie ein Spielzeug durch die Luft gewirbelt hatte.

Jedi, dachte er – ein alter Reflex, der ebenso durch seine Brust zuckte wie durch seinen Kopf. Die Möglichkeit – die Bedrohung – desorientierte ihn kurz, als wäre er in die Wogen eines reißenden Flusses geschleudert worden. Doch kaum dass er den Gedanken gehabt hatte, kamen ihm auch schon Zweifel daran. Was für ein Jedi benutzte solche Tricks, solche Hinterlist? Was für ein Jedi gefährdete andere, um seine Beute in die stille Düsternis eines leeren Hangars zu locken?

Einer, den er nicht unterschätzen durfte. Der Ronin konnte den nächsten Trick seines Widersachers bereits spüren: Ein Schiff, ein leichter Frachter mit spitzer Nase und breiten geschwungenen Flügeln, gab ein fast unhörbares Summen von sich. Noch waren seine Lichter dunkel, und keines der internen Systeme, das größeren Lärm verursacht hätte, war aktiviert. Aber jemand wartete dort. Vielleicht sogar mehrere Jemande.

Der schwarze Fluss der Macht hatte ihn schon immer zuerst zu den feinen Strömungen elektrischer Mechanismen geführt. Es fiel ihm leichter, eine Fehlfunktion in einem vorbeirollenden Droiden zu erfassen als die komplexen Vorgänge im Kopf eines anderen Wesens, selbst wenn es direkt vor ihm stand. Nun, in diesem Fall gereichte ihm das zum Vorteil. Die Wesen in dem Frachter wollten keine Aufmerksamkeit erregen, während sie ihr Schiff starteten, aber den Ronin konnten sie nicht täuschen.

Was hatten sie vor? Wollten sie das Feuer auf ihn eröffnen? Nein, wenn sie wussten, dass er ein Sith war, dann wussten sie auch, wie sinnlos so ein Versuch wäre. Vielleicht wollten sie schlagartig ihre Düsen hochfahren und ihn verbrennen. Nun, das sollte sich leicht vermeiden lassen.

Oder … hatten sie vielleicht gar keine Ahnung, wer er war? Dass sie Angst vor ihm haben sollten?

Die Finger des Ronin zitterten unmerklich. Seine Brust zog sich zusammen, und er ballte die Fäuste, um diesen Anflug von Schwäche zu verdrängen. Er musste ruhig bleiben, konzentriert, und einen Weg fort von diesem Raumhafen finden – fort von *Genbara* –, bevor …

Erneut zupfte etwas ganz leicht an seiner Hüfte. Vermutlich wäre es ihm nicht einmal aufgefallen, hätte er nicht mit angespannten Sinnen nach Anzeichen von Gefahr gesucht. Der Gedanke, dass es ihm womöglich entgangen wäre, verschlimmerte seinen Schrecken nur, als er schließlich feststellte, was man ihm geraubt hatte.

Das unverkennbare Summen eines Lichtschwerts ließ ihn herumwirbeln, seine Hand glitt zu seiner Hüfte … und ertastete lediglich einen Griff. Das andere Schwert war verschwunden – geraubt. Und das rote Flackern der Klinge, die keine drei Meter entfernt in der Dunkelheit leuchtete, kam ihm schrecklich vertraut vor. Der Schein der gestohlenen Waffe erhellte das Gesicht der Sith-Banditin aus dem Bergdorf. Ihre Zähne, in einem Grinsen entblößt, schimmerten im blutigen Licht.

Seine Knochen erkannten ihre Präsenz, noch bevor sein Gehirn das Bild verarbeitet hatte. Sein Blut verwandelte sich in Eiswasser, und sein Herz setzte einen dunklen, tiefen Schlag lang aus. Es war so lange her, seit er jemandem wie ihr begegnet war. Kurz glaubte er, ihr Lachen in seinen Ohren zu hören, aber da war nur sein eigener Atem, flach und zitternd, während die Banditin ihn fixierte.

Dieser eine Moment war alles, was sie ihm gab, bevor sie angriff. Der Ronin wich zurück. Seine Füße rutschten über den staubigen Hangarboden, und er musste springen, um nicht über ein Gewirr von Energieleitungen zu stolpern. Die Banditin folgte ihm, wobei sie das Lichtschwert wild vor sich herwirbelte. Egal, wohin er sich zurückzog, sie war sofort bei ihm, und die Klinge zog eine funkensprühende Spur aus zerfetztem Durastahl hinter sich her.

Der Ronin griff nach seiner Ersatzwaffe, um ihre Angriffe abzublocken – die einzige Waffe, die einem Lichtschwert standhalten könnte –, aber etwas in seinem Körper, in seinem Geist, in seiner *Seele*, warnte ihn, sich nicht auf einen Kampf einzulassen. Es war wie der verzweifelte Trieb eines Ertrinkenden. Er musste weg von hier, eine bessere Position finden. Der denkende Teil von ihm befürchtete schon, dass er in Panik geraten war. In einem früheren Leben hätte ihm die Vorstellung endlose Scham bereitet – aber nicht jetzt. Nicht in diesem Moment, da die drohende Gefahr so offensichtlich war.

Eine gefallene Kriegerin, die eigentlich tot sein sollte. Ein lebendiger Fluch. Ein Dämon – so hatte man ihresgleichen während des Krieges genannt. Er wusste, dass die Banditin ihn immer weiter verfolgen würde; sie würde nicht eher ruhen, bis sie ihn mit seiner eigenen Klinge aufgespießt und seine Überreste zu ihrer Zufriedenheit verstümmelt hätte. Oder zur Zufriedenheit ihres Meisters.

Und er? Er war müde, verunsichert und alt. Seine Müdigkeit wurde offensichtlich, als er sich bei einem Sprung um einen halben Meter verschätzte und die kantige Hülle eines Transporters hochklettern musste. Seine Verunsicherung zeigte sich, als ihm die Banditin eine schwere Frachtkiste entgegenschleuderte und er seine Ersatzklinge zündete, um sie entzweizuhacken, obwohl es doch viel einfacher, viel *klüger* gewesen wäre auszuweichen …

Und er spürte sein Alter, als die Banditin über die zerbeulte Hülle eines uralten Transporters herbeipreschte, ihren Arm vorgereckt, und er um ein Haar von einer Woge purer schwarzer Energie von den Beinen geschleudert worden wäre. Nur eine heftige Kraftanstrengung bewahrte ihn vor einem Sturz, während seine Roben unter der Wucht ihres Machtstoßes flatterten.

Die Banditin wurde nicht langsamer. Sie sprang vor, das Lichtschwert eine rote Wunde in der Nacht. Der Ronin hatte sein Gleichgewicht noch nicht ganz wiedergefunden, und nun blieb ihm nichts anderes übrig, als ihre Klinge mit der seinen abzufangen. Die Lichtschwerter zischten und knisterten, als sie aufeinanderprallten, und kurz trafen sich auch die Blicke der beiden Kämpfer.

Ihre Augen waren weit, leuchtend wie Feuer und erfüllt von dem Wunsch, ihn zu vernichten. In diesem Moment erkannte der Ronin tief in seinem zitternden Innersten: Er würde sie noch einmal töten müssen, andernfalls würde sie nie aufgeben.

Ein Blasterstrahl störte ihr Duell. Er zischte über dem Kreuz hinweg, das ihre Klingen in der Düsternis formten, und als die Banditin mit einem Knurren über die Schulter blickte, sprang der Ronin hastig zurück. Dabei deaktivierte er sein Lichtschwert, und einen Moment später verschmolz er mit den Schatten unter dem nächsten Scoutschiff.

Die Kopfgeldjäger hatten sie gefunden, angelockt von den unverkennbaren Geräuschen ihres Kampfes. Weitere Blaster eröffneten das Feuer auf die Banditin, aber sie wehrte die Schüsse ab und hob anschließend in einer groben Geste die Hand.

Dem Ronin blieben nur ein paar Augenblicke, um zu begreifen, was geschah, bevor ein Kopfgeldjäger – der arme, törichte Gran aus dem Dorf – auch schon mit strampelnden Gliedern auf ihn zugeflogen kam.

Diesmal wich der Ronin aus – eine Entscheidung, getroffen am zerfaserten Rand seines Bewusstseins. Der Gran flog an ihm vorbei und landete wie durch ein Wunder in einem Haufen aus Frachtnetzen. Ein Haufen, der – das hätte der Ronin schwören können – vor einem Moment noch weiter entfernt gewesen war. Nun federte er jedenfalls die Landung des Kopfgeldjägers ab.

Was für ein glücklicher Zufall, kommentierte sie.

»Nicht jetzt«, blaffte er.

Die Banditin hatte sich wieder ihm zugewandt. Sie sprang von dem Transporter und segelte direkt auf sein Versteck zu. Der Ronin rollte sich unter dem Bauch des Schiffes hindurch und sprintete in einem Bogen zurück in Richtung des Eingangs. Inzwischen war ihm klar, was sich zuvor abgespielt hatte: Es war die Banditin, die ihn auf die Docks zugetrieben hatte, und wenn dieser Hangar ihre Todesfalle war, musste er schleunigst von hier verschwinden.

In perfektem Einklang mit diesem Gedanken summte sein Armband. Ein kurzer Blick zeigte ihm einen Kreis blauen Lichts und eine blinkende Nachricht.

»Nach oben«, sagte B5. Das war alles.

Und schon hörte der Ronin ein Knirschen, als die Kuppel des Hangars über ihm aufglitt. Helles Mondlicht ergoss sich über die abgestellten Schiffe.

Nach oben. Ja, keine schlechte Idee.

Der Ronin beugte die schmerzenden Knie und sprang auf die Hülle des nächstbesten Schiffes – das verbeulte Scoutschiff –, um sich von dort zu den laserversengten Flügeln eines Frachters hinüberzukatapultieren, der schon längst nicht mehr produziert wurde. So arbeitete er sich Sprung für Sprung zu einer Pyramide von Frachtkisten vor, über der sich mehrere Laufstege und ein Verladekran befanden. Die sollten ihm helfen, weiter nach oben zu klettern, bis das Dach in Reichweite wäre.

Der Ronin wusste, dass ihm die Banditin noch immer auf den Fersen war – das sagte ihm nicht Macht, sondern Instinkt und Logik. Es gab keinen Grund, sich nach ihr umzusehen oder auf ihre Schritte zu lauschen; sie folgte ihm so sicher, wie die Gezeiten dem Mond folgten.

Und sie kam unerbittlich näher. Zumindest *das* verriet ihm die Macht durch ein Lodern in ihrer finsteren Strömung. Die Banditin war wie weiße Gischt auf einer schwarzen Woge. Die Vision einer Kriegerin. Oh, was für eine Sith sie doch abgegeben hätte!

Die Erschöpfung zwang ihn, einen Moment lang innezuhalten, und er wagte es, sich zu ihr umzudrehen. Kurz standen sie sich im fahlen Licht gegenüber, er auf dem Arm eines Verladekrans, mit dem die Mannschaften ihre Schiffe beluden, sie geduckt auf einem der Wartungslaufstege, das pulsierende Lichtschwert kampfbereit an ihrer Seite. Alles, was sie trennte, waren mehrere Meter leere Luft. Das war zwar deutlich mehr Abstand als auf dem Baumstamm in dem reißenden Fluss, trotzdem fühlte es sich an, als könnte sie ihm gleich hier und jetzt die Fänge in die Kehle schlagen.

»Hör auf wegzurennen«, zischte sie. Ihre Stimme klang genauso wie beim letzten Mal, als sie ihn zum Kampf gefordert hatte. »Das hier endet erst, wenn du dich mir stellst.«

Er wusste, dass sie recht hatte. Doch dann endete es plötzlich auf ganz andere Weise – mit dem Heulen eines Schiffsantriebs. Es war der langgezogene Frachter mit der spitzen Schnauze, der zuvor unauffällig seine Systeme hochgefahren hatte. Jetzt stieg er vom Boden hoch, und die Kopfgeldjäger stoben auseinander, während das Schiff seine breiten narbigen Flügel ausklappte. Dann kam es zwischen dem Ronin und der Banditin zum Stillstand. Die aufgedruckten Schriftzeichen auf der Seite zeichneten den Frachter als die *Arme Krähe* aus, und die Luke an seinem Bauch stand weit offen, die Rampe dem Ronin zugewandt. Am oberen Ende dieser Rampe erblickte er B5, der ihm schrill zupfiff, er solle springen.

»Seit wann hast du hier das Kommando?«, murmelte der Ronin.

Aber darüber konnten sie später streiten. Er setzte zu einem letzten Sprung an und segelte durch die Luft, die Arme nach der Rampe der *Krähe* ausgestreckt.

Doch er hatte sich verschätzt. Die Banditin sprang nämlich ebenfalls.

In einem Teil seines Bewusstseins, der ihm immer wieder solche Dinge zeigte, sah er, was als Nächstes geschehen würde – ein kurzes Flackern vor seinem geistigen Auge, gebadet in die schillernden Farben einer möglichen Zukunft.

Die Banditin würde ihn entweder am Bein oder an der Robe zu fassen bekommen. Wo genau, war nicht wichtig, denn so oder so würde es reichen, um ihn aus seiner Flugbahn zu reißen. Sie würden gemeinsam zu Boden stürzen, und selbst wenn B5 und die Mannschaft der *Krähe* wieder landeten, wäre es zu spät, denn die Banditin hätte dann schon zu lange die Oberhand gehabt, und er wäre bereits tot.

Doch im selben Moment, in dem er die Unausweichlichkeit seines Schicksals erkannte, zersplitterte es in tausend Scherben.

Der Körper der Banditin krümmte sich in der Luft, als hätte sie etwas in die Seite getroffen, dann stürzte sie in die Dunkelheit hinab, und ihr Lichtschwert schnitt durch die übereinandergestapelten Frachtkisten, an denen sie vorbeifiel. Der Ronin starrte hinter ihr her, während er sicher landete und die Rampe hochkletterte.

Die Banditin war nicht einfach gestürzt – sie war in die Tiefe *geschleudert* worden. Nicht von der züngelnden schwarzen Strömung, die sie selbst vor ein paar Minuten eingesetzt hatte, sondern durch den gezielten Stoß einer ganz ähnlichen Energie. Vielleicht war sie zu sehr auf den Ronin fixiert gewesen, um diesem Stoß standzuhalten; vielleicht war der Angriff auch zu präzise und kräftig gewesen. In jedem Fall war sie gestürzt.

Und der Ronin war entkommen.

Wenn auch nur, um weiter davonzurennen. Und das – das war ihm schon vor langer Zeit klar geworden – hatte nichts mit echter Freiheit zu tun.

6. Kapitel

Der Ronin richtete sich auf, als die *Arme Krähe* den Hangar hinter sich ließ und in den Nachthimmel emporraste. Hinter ihm schloss sich die Einstiegsrampe, und vor ihm wippte B5-56 von einer Seite auf die andere, während er in einem mürrischen Tonfall, irgendwo zwischen Nervosität und Verärgerung, drauflostrillerte. Neben dem Droiden kauerte der Schweifling. Als der Ronin näher kam, wischte sich das Wesen die Handflächen an seiner weiten weißen Hose ab und legte den Kopf schräg. Unter der Wölbung seiner stilisierten Maske war der Hauch eines Lächelns auszumachen.

»Es sah aus, als könntet Ihr Hilfe gebrauchen«, sagte er.

»Ja«, erwiderte der Ronin. »Mir scheint, Ihr seid von uns beiden der bessere Lügner.«

»Nur wenn es nicht anders geht.« Der Schweifling wandte ihm den Rücken zu, als hätte er nichts von ihm zu befürchten, und trat mit einem auffordernden Wink in einen hell beleuchteten Korridor. »Dass ich Euch bei der Flucht geholfen habe, war vermutlich für alle das Beste. Diese Sith-Kriegerin scheint es wirklich auf Euch abgesehen zu haben, was vermutlich bedeutet, dass sie Euch verfolgen wird, anstatt weiter die armen Einheimischen zu belästigen. Was für einen Dienst ich Genbara doch erwiesen habe ...«

Der Ronin folgte dem Schweifling, die Hände unter seinen Ärmeln verborgen, und B5 bildete den Abschluss, wobei er beschwichtigend auf seinen Meister einzwitscherte. Die Signale, die der Droide an das Armband des Ronin schickte, sprachen jedoch eine andere Sprache: ein blau blinkendes Warnmuster.

Ja, du solltest erst einmal mitspielen, wisperte die Stimme. *Ich meine, wann hat das letzte Mal jemand erkannt, dass du ein Sith bist, ohne dass er dir sofort eine Klinge zwischen die Rippen rammen wollte?*

Ihre Aufforderung machte ihn nur noch misstrauischer. Schließlich hatte sie ihn zu dem Schweifling geführt. Was erhoffte sie sich von dieser Sache?

Die *Krähe* war sauber und in gutem Zustand, wenn sie auch einen schmucklosen Eindruck machte und größtenteils aus zusammengewürfelten Ersatzteilen zu bestehen schien. Er konnte keine anderen Passagiere hören. Irgendjemand musste das Schiff im Hangar startklar gemacht haben, und irgendjemand musste es gerade fliegen, doch davon abgesehen schienen nicht viele Personen an Bord zu sein. Das war eine Erleichterung. Der Korridor weitete sich zu einer kleinen behelfsmäßigen Gemeinschaftskabine samt Bordküche. Die Wandplatten ließen sich zusammenschieben, um mehr Wesen Platz zu bieten, aber im Moment war der Raum verlassen. Gerade als sie eintraten, veränderte sich die Geräuschkulisse des Schiffes ebenso wie das Gefühl des Decks unter ihren Füßen. Der Ronin wusste, was das bedeutete: Die *Krähe* verließ die Atmosphäre von Genbara und raste der Schwärze des Alls entgegen.

Er überdachte seine Situation. Nicht, dass ihm viele Optionen offenstanden. Er traute dem Schweifling nicht, ebenso wenig wie seinen Motiven für diese Rettungsaktion, und B5 ging es genauso. Schließlich zog er mit einem müden Seufzen die verborgene Waffe unter seiner Leibbinde hervor.

Der Blaster besaß eine ungewöhnliche Eleganz, was teils an seinem Alter lag und teils daran, dass er öfter gereinigt als benutzt wurde. Aber nun feuerte der Ronin die Pistole ab, noch in derselben Bewegung, in der er sie gezogen hatte, und der Strahl traf eine Wandtafel auf dem Korridor, neben der B5 bereits strategisch in Position gegangen war. Die Tafel fiel rauchend zu Boden, und dahinter kam ein Gewirr von Röhren, Drähten und Schaltkreisen zum Vorschein.

Der Ronin verfügte über ein gewisses technisches Talent, doch das elektronische Innere der *Krähe* schien genauso bunt zusammengewürfelt zu sein wie ihre Hülle. Insofern war es gut möglich, dass er diese Aktion noch bereuen würde. Aber falls der Schweifling ihn in eine Falle lockte, würde er das garantiert *mehr* bereuen. Das Wesen war beim Jaulen des Blasterschusses herumgewirbelt, und dem Ronin blieb weniger als eine Sekunde, um zu handeln.

Er hob die Hand, stieß ein stummes Gebet aus und benutzte die schwarze Strömung der Macht, um den erstbesten Kabelstrang aus der Wand zu reißen.

Die Schwerkraft fiel aus. Puh!

Der Schweifling stieß ein überraschtes »Ah!« aus, als seine Füße den Bodenkontakt verloren, dann noch eines, als der Ronin ihn mit der Macht am Nacken packte. Es war kein Würgegriff, aber es hielt ihn an Ort und Stelle fest, und es ließ keinen Zweifel an der Absicht des Ronin. Wegen der Maske konnte er den Gesichtsausdruck des Wesens nicht sehen, aber es schien nicht in Panik zu verfallen, was entweder bewundernswert war – oder töricht.

»Ich fürchte, ich brauche jetzt Antworten«, sagte der Ronin, dessen Füße noch immer fest auf dem Boden standen, obwohl alles andere im Innern des Schiffes durch die Luft trieb – außer B5, der die magnetischen Klammern an seinen Beinen aktiviert hatte. »Bei jeder Lüge werde ich ein weiteres System lahmlegen.«

»Wie dramatisch«, erwiderte der Schweifling, vordergründig belustigt. Man musste schon Erfahrung mit Verhören haben, um den angespannten Unterton aus seiner Stimme herauszuhören. »Aber gut, legt los. Ich würde nur ungern ersticken.«

»Ihr habt die Banditin zurückgeschleudert.«

»Ja.«

»Ihr habt den Speeder auf den Kopf gestellt.«

»Ja. Entschuldigung … ich dachte, Ihr hättet *Fragen*.«

Der Ronin schwieg einen Moment, und der Schweifling hob beschwichtigend die Hände.

»Ihr habt nach mir gesucht, nicht wahr?«, fuhr er fort. »Auf der Straße nach Osou. Warum?«

»Oh, das ist ganz simpel. Ich …«

Bevor der Schweifling den Satz beenden konnte, gleißte im vorderen Korridor ein weißer Lichtblitz auf, gefolgt von statischem Jaulen. Eine Art Granate, dachte der Ronin, einen Moment, bevor sich die Spitze eines Stabes in das weiche Fleisch unter seinem Brustbein bohrte. Eine elektrische Ladung sprang aus dem Metall in seinen Körper über.

Der unsichtbare Griff des Ronin erschlaffte, als er zusammenklappte, und einen Moment lang sah es so aus, als würde der Schweifling versuchen, sich in der Luft aufzurichten. Dann stellte jemand irgendwo auf dem Schiff die künstliche

Schwerkraft wieder her, und alles, was nicht festgeschraubt gewesen war, fiel wieder auf den Boden zurück, einschließlich des Schweiflings und seines Retters.

Bei Letzterem handelte es sich um eine alte Frau mit grauem Haar, gekleidet in eine wogende schwarze Robe. Sie landete leichtfüßig wie ein Grashüpfer und ließ ihren Stab um die Hand kreisen. Er pfiff durch die Luft, und als die Spitze wieder zum Stillstand kam, war sie auf den Kopf des Ronin gerichtet. Falls sie jetzt zuschlug, würde sie ihm mit knochenzerschmetternder Wucht die Nase ins Gehirn rammen.

B5 hatte nicht vor, das zuzulassen. Er stieß ein schrilles Kreischen aus und rollte los, um die Knie der Frau zu rammen. Gleichzeitig flog ein Dutzend Klappen an seinen Seiten auf, aus denen glänzende, surrende, schneidende, hackende Werkzeuge hervorkamen. Eigentlich waren sie für Schweißarbeiten an Durastahl gedacht, aber sie eigneten sich auch hervorragend, um Fleisch in Fetzen zu reißen.

Der Schweifling, der zusammengekauert auf dem Boden gelandet war, hob die Hand, um durch ein weiteres chirurgisch präzises Manöver den schwarzen Fluss der Macht zu beeinflussen. B5 wurde zur Seite gefegt, was er mit einem protestierenden Trillern quittierte.

Nun befand sich jeder in einer anderen Ecke der kleinen Kabine, und sie blickten einander kampfbereit an, während sie überlegten, in welche Richtung sie zuerst losschlagen sollten.

»Nein! Nein, nein, nein. Wie oft muss ich es noch sagen? Kein Macht-Hokuspokus auf meinem Schiff!«

Die Stimme, die aus dem Bordkomm ertönte, wirkte weiblich, jung … und wütend.

»Die Macht hat nichts damit zu tun, liebe Ekiya«, brummte die alte Frau, ohne dabei die Augen von dem Ronin abzuwenden. Mit einer Hand verlagerte sie ihren Griff um den Elektrostab, mit der anderen tastete sie nach ihrem Gürtel, dessen schwere Ausrüstungstaschen zweifellos mit allerlei desorientierenden Tricks gefüllt waren. »Das ist nur gute Vorbereitung.«

»Es ist ein Fehler, wenn du mich fragst.« Während der Schweifling das sagte, richtete er sich auf und hob beschwichtigend die Hände. »Wir haben nur ein paar Unklarheiten aus der Welt geschafft, Tantchen. Niemand …«

»Ja, jetzt habe ich völlige Klarheit«, bemerkte der Ronin.

Du verstehst überhaupt nichts, knurrte die Stimme.

Ihr ungewohnter Ton ließ den Ronin zusammenzucken. Da war etwas, kalt und schneidend, und hätte er sie nicht besser gekannt, hätte er es für Furcht gehalten.

Aber nein. Sicher versuchte sie nur, ihn aus dem Gleichgewicht zu bringen. Das war die einzig logische Erklärung. Schließlich wollte sie seinen Tod. Und wie immer würde er versuchen, ihr einen Strich durch die Rechnung zu machen.

Die Hand des Ronin sank zu seiner Mitte. Sein richtiges Lichtschwert mochte er verloren haben, aber er trug noch immer seine Ersatzwaffe. Damit ließen sich die Eingeweide der *Krähe* zwar nicht so präzise durchschneiden, doch er hatte das Überraschungsmoment verloren, und nun war keine Zeit, sich etwas Besseres einfallen zu lassen. Er würde tun, was er tun musste, selbst wenn er dem Schiff dadurch irreparable Schäden zufügte.

Die Idee war ganz simpel, pragmatisch und direkt, aber im Hintergrund kräuselte sich grausam kaltes Unbehagen. Er stellte fest, dass seine Handfläche verschwitzt war, und ein abgestandener Geruch erfüllte seine Kehle.

Der Ronin hatte schon zuvor Schiffe zerstört. Es war brutal, und es war nie angenehm ... aber manchmal war es die einzige Wahl.

Die einzige Wahl? Diesmal erfüllten hundert Emotionen aus hundert Leben ihre Stimme, sich überlagernd und zu einem dröhnenden Klang vereint. Vor seinem geistigen Auge sah der Ronin ihr Gesicht, erstarrt in einem Ausdruck von Zorn und Trauer. *Du hast immer eine Wahl.*

Ihr anklagender Ton machte ihn einen Moment lang sprachlos. Seine Finger lockerten sich um den Griff des Blasters.

Sie hatte es geschafft. Die Reflexion ihrer Trauer hatte ihn so tief getroffen, dass er sich nicht mehr richtig verteidigen konnte. In einem dunstigen Teil weit hinten in seinem Bewusstsein breitete sich das Gefühl aus, dass er bald sterben würde.

Doch niemand nutzte den Moment der Schwäche aus. Rechts von ihm machte der Schweifling eine langsame, vorsichtige Handbewegung in Richtung der alten Frau, woraufhin diese zähneknirschend ihren Stab senkte.

Der Ronin atmete leise aus, dann nahm er die Hand von der verbliebenen Waffe an seiner Hüfte und strich sich über die Stirn. B5 surrte, seine rotierenden und funkensprühenden Werkzeuge noch immer ausgefahren, aber sein Meister schüttelte den Kopf. »Was wollt Ihr?«, fragte er anschließend in barschem, müdem Ton.

»Nun«, antwortete der Schweifling, nachdem mehrere Sekunden Stille in der Kabine geherrscht hatte. »Eigentlich wollen wir dir nur helfen. Ich darf doch du sagen?«

»Du fragst dich sicher, warum wir solche Mühe auf uns nehmen, nur um einen umherziehenden Sith zu retten«, sagte der Schweifling, während er drei schmucklose Tassen mit Tee füllte. Die Tassen standen auf einem hölzernen Tisch, der auf einen Knopfdruck hin aus dem Deck der Bordküche hochgefahren war. Dieses Holz war voller Kerben und Kratzer, aber es war echt, und der Ronin fragte sich unwillkürlich, wo es wohl herstammte. Doch eine Antwort auf diese Frage hatte er vermutlich noch nicht verdient.

Er saß auf einer Seite des Tisches, mit B5-56 an seiner Seite. Ihm gegenüber hatten der Schweifling und die alte Frau Platz genommen. Letztere hörte offenbar auf den Namen Chie, und sie wirkte völlig gelassen und ruhig, als sie nun eine der Tassen nahm. Das konnte aber nicht über die Intensität hinwegtäuschen, mit der sie jede Bewegung des Ronin beobachtete. Ihre Vorsicht ließ darauf schließen, dass sie schon einmal gegen einen Sith gekämpft hatte. Sie war äußerst wachsam.

»Dann hast du mir also die einheimischen Kopfgeldjäger auf die Fersen gehetzt, um mich zu retten?«, fragte der Ronin, nachdem er selbst eine Tasse entgegengenommen hatte.

»Das hast du ganz allein geschafft«, entgegnete der Schweifling. »Und mit dem Steckbrief hatte ich auch nichts zu tun, sollte das deine nächste Frage sein. Das ist einfach die natürliche Konsequenz, wenn die Einheimischen ohnehin schon verängstigt sind und jemand mit einem Lichtschwert herumfuchtelt. Wir stehen am Rande eines neuen Krieges, weißt du?«

B5 summte vorwurfsvoll.

Der Schweifling breitete die Hände aus. »Na gut, ich habe

die Situation ausgenutzt, um dich an Bord unseres Schiffes zu locken«, gestand er. »Aber für lange Erklärungen war keine Zeit.«

»Es ist *mein* Schiff, Fuchs. Und fürs Protokoll: Mir gefällt nicht, dass du ihn an Bord geschleppt hast. Wer keinen Respekt vor Schwerkraftgeneratoren hat, dem kann man nicht trauen.« Diese Worte erklangen von der anderen Seite der Kabine. Die Pilotin der *Armen Krähe* war eine junge Frau mit rundem Gesicht und einem Schopf dichten schwarzen Haares. Ein beeindruckendes Gewirr von Tätowierungen – von denen die meisten bunte Blumen darstellten – schlängelte sich über ihre muskulösen Arme. Sie saß nicht bei den anderen am Tisch, sondern hatte es sich im Schneidersitz auf der Anrichte gemütlich gemacht, während sie die Platte polierte, die der Ronin aus der Wand geschossen hatte. Jedes Mal, wenn sie den Kopf hob, schien der Anblick des Ronin sie aufs Neue zu irritieren. So auch jetzt. »Sag ihm doch bitte, wenn er das nächste Mal einen Wutanfall auf meinem Schiff hat, werfe ich ihn aus der Luftschleuse.«

B5 trillerte empört.

»Übertreib nicht, Ekiya«, beschwichtigte der Schweifling. »Es war weniger ein Wutanfall und mehr eine kalkulierte Drohung, uns alle umzubringen. Aber zurück zum Thema ... Ich würde dir gern unsere Beweggründe erklären, Meister Ronin. Aber ich fürchte, dafür müssen wir noch einmal ein Thema ansprechen, auf das du beim letzten Mal sehr empfindlich reagiert hast.«

»Es wäre mir lieber, ihr würdet einfach mit der Sprache herausrücken«, erklärte der Ronin. »Ich bin es leid, Fragen zu stellen.«

»Ich werde versuchen, es kurz zu machen.«

Zumindest das wusste der Ronin zu schätzen, auch wenn er keinerlei Interesse hatte, sich diese Geschichte anzuhören.

Nach dem, was die Leute so erzählen, fing alles mit jemandem an, der sich der Dunkle Lord nannte. Er soll zuerst ein Jedi gewesen sein – ein Ritter, versteht sich … Wie könnte er sonst mit einem Lichtschwert umgehen? Aber er war nicht für diese Rolle geeignet. Temperamentvoll, arrogant, machthungrig. Es ist also kein Wunder, dass er sich irgendwann gegen seine Ordensbrüder wandte und seinem Ehrgeiz nachgab. Er rebellierte gegen die Klans – gegen das Imperium selbst! – und rekrutierte Dutzende skrupelloser Krieger für seine Sache.

Diese Armee wurde als die Sith bekannt – benannt nach dem legendären Dämonenheer. Sie waren sich für keinen ehrlosen Trick zu schade, um die Jedi niederzumetzeln, und den Toten nahmen sie ihre Lichtschwerter und Kyberkristalle ab. Dann entweihten sie diese einst heiligen Kristalle, bis der Kyber blutete, und sie schufen daraus allerlei neue hässliche Waffen. Sie pervertierten das Gesetz des Schwertes … Tut mir leid, ich sagte, ich würde mich kurzfassen, und hier sitze ich nun und langweile dich mit Details.

Also gut, um zum Punkt zu kommen: Diese dunkle Armee zog umher und eroberte einen Planeten nach dem anderen. Sie setzte die heilige Macht gegen genau die Unschuldigen ein, die sie eigentlich beschützen sollte. Ein übler Haufen, nicht wahr? Und schließlich wählten sie die Tempel auf den Gipfeln des alten Rei'izu zu ihrem nächsten Ziel. Das heilige Herz des Imperiums – der Ort seiner Gründung! Was für Monster.

Es war ein schmerzhafter Schlag. Zu sehen, wie Rei'izu von jenen erobert wurde, die keinerlei Respekt vor seinem Erbe hatten. Andererseits könnte man aber auch sagen, dass das Imperium erst an diesem Tag wieder zum Imperium wurde. Sicher, es existierte schon seit Jahrhunderten, aber zu jenem Zeitpunkt waren die Lords in ihre kleinlichen generationenlangen Fehden verstrickt, und sie stritten untereinander um dieses oder jenes Fleckchen Raum. Erst das Sakrileg der Sith gab ihnen einen Grund, sich wieder zu vereinen.

Nicht, dass der Ausgang des Krieges wirklich durch diese Allianz entschieden wurde. Denn die siegestrunkenen Sith begannen nur wenige Tage nach der Unterwerfung von Rei'izu auseinanderzubrechen. Machtkämpfe und Intrigen in den eigenen Reihen, so etwas zerstört einen schneller als jeder Feind. Niemand weiß genau, was der Auslöser war. Vielleicht waren sie von wütenden Göttern und Geistern besessen. Vielleicht hatte Rei'izu selbst sie mit einem Fluch belegt. Vielleicht entweihten sie etwas, wovon sie lieber die Finger gelassen hätten – in den heiligen Tempeln von Rei'izu wurden allerlei Artefakte aufbewahrt, und den Legenden nach sollen viele von ihnen jene bestrafen, die sie missbrauchen. Der sagenumwobene Kyberspiegel des Shinsui-Tempels, zum Beispiel. Aber ich schweife ab.

Aus welchem Grund die Sith auch untergingen, sie rissen Rei'izu mit in den Abgrund. Die Welt verschwand. Wo sie sich befunden hatte, gibt es nur noch leeren Raum. Vakuum. Nichts. Es schmerzte das Imperium, dass seine Gründungswelt erst erobert, dann geschändet und schließlich vollkommen ausgelöscht wurde. Aber gleichzeitig war das Imperium auch erleichtert, dass sich das Böse selbst aufgefressen hatte. Wie praktisch.

In den zwanzig langen Jahren seither hat das Imperium Frieden und Ruhe genossen. Nicht einmal von Streitereien unter den Lords hört man mehr. Und all diese Harmonie verdanken wir den Sith.

An dieser Stelle hielt der Schweifling inne, um von seinem Tee zu trinken. Seine Worte waren fließend und musikalisch, seine Pausen ebenso genau gewählt wie seine Formulierungen. Diesmal hielt die Stille länger an.

Vielleicht erwartete er, dass sein Gegenüber das Wort ergriff. Der Ronin wartete ebenfalls, aber erst nach mehreren Sekunden Stille erkannte er, welche Stimme er eigentlich hören wollte: die in seinem Kopf. Doch *sie* blieb stumm.

War sie wütend auf ihn? Sie hätte jedenfalls allen Grund dazu gehabt.

Andererseits hatte sie ihn ja zu diesem Schweifling geführt – und ihn gedrängt, dem Wesen zuzuhören. Was könnte sie sich davon erhoffen, wenn nicht seinen Tod? Er wagte es nicht, sie danach zu fragen; weniger aus Angst vor ihrer Antwort als vielmehr aus Angst davor, dass sie weiterhin schweigen würde.

Der Schweifling erbarmte sich schließlich. »Die Sache ist die«, sagte er, wobei er seine Tasse zurück auf den Tisch stellte. »Wir haben Grund zu der Annahme, dass die Sith nicht ganz verschwunden sind. Diese Kriegerin zum Beispiel, mit der du gekämpft hast? Sie kam mir ein wenig seltsam vor. Dir etwa nicht?«

»Ja«, erwiderte der Ronin. »Vor allem, weil ich sie vor zwei Tagen getötet habe.«

Das ließ den Blick der alten Frau einen Sekundenbruchteil zu Eis erstarren. Sogar die Pilotin hörte auf, so zu tun, als würde sie sich auf die Metallplatte in ihrem Schoß konzentrieren; stattdessen starrte sie den Ronin an, ihre Augen hart und voller Misstrauen.

»Sie machte keinen sonderlich toten Eindruck auf mich«, sagte der Schweifling, so heiter wie eh und je. »Was einige beunruhigende Fragen aufwirft. Es ist lange her, dass die Galaxis derart mächtige Geister gesehen hat. Obwohl … Wenn man dem Gerede auf der Straße glaubt, ist es schon eine Weile so, und wir fangen nur gerade an, es zur Kenntnis zu nehmen. Die verschwundenen Leichen – erinnerst du dich noch? Ich vermute, wir wissen jetzt, was mit diesen getöteten Jedi geschehen ist. Ich bin nicht sicher, ob sie *alle* als Dämonen wiederauferstanden sind, um Jagd auf die Lebenden zu machen, aber … Wie schätzt *du* die Sache ein?«

»Willst du wissen, ob sich noch mehr Sith wieder erhoben haben, nachdem ich sie getötet hatte?«

»Ist das denn vorgekommen? Nein? Nun, das zeigt lediglich, wie neu dieses Phänomen ist. Und wie drängend. Wir suchen nach dem Grund für diese rätselhaften Wiederauferstehungen, musst du wissen. Diese berüchtigte Hexe? Sie hat sich doch wohl nicht einfach in Luft aufgelöst. Leider haben wir keine Ahnung, wo wir nach ihr suchen müssen.«

»Und was, *falls* ihr sie findet?«

Der Ronin zwang sich, eine gleichgültige Miene zu wahren, während er diese Frage stellte. B5 neben ihm blieb ausnahmsweise still. Die alte Frau und die Pilotin waren ebenfalls verstummt, aber der Schweifling neigte den Kopf. Die Bewegung wirkte beinahe bedauernd.

»Was würdest *du* denn tun?«, fragte er. »Du trägst selbst das Mal eines Sith, aber du scheinst nicht allzu viel für sie übrigzuhaben. Andernfalls hättest du wohl kaum die Frau umgebracht, die jetzt hinter dir her ist. Und es gab andere vor ihr, nicht wahr? Ja, wir wissen von deinem Feldzug. Wie sonst hätten wir dich wohl hier draußen aufspüren können? Aber sei dem, wie es sei ... Wir brauchen jemanden, der uns zu dieser gerissenen alten Hexe führen kann. Und angesichts deines unbestreitbaren Talents, andere deiner Art zu finden ... Nun, wir hatten gehofft, dass du uns vielleicht deine Dienste zur Verfügung stellen würdest.«

Eine spürbare Anspannung erfüllte die Bordküche – wie eine Schlinge zog sie sich um die vier Anwesenden zusammen. Die alte Frau und die Pilotin hatten das gleiche Misstrauen in ihren Augen, nur dass die Alte es besser verbarg. Und unter seiner heiteren Fassade verspannte sich sogar der Schweifling.

Der Ronin wünschte, die Stimme würde ihm sagen, was er von alldem halten sollte, aber sie wahrte ihr Schweigen. Andererseits ... Selbst wenn sie gesprochen hätte, hätte sie ihm vermutlich nicht die Antworten gegeben, die er brauchte.

Was hatte sich verändert? Er bezweifelte, dass sie es je wirklich genossen hatte, ihn in tödliche Duelle mit anderen Sith zu führen, aber sie hatte ihm seine Siege stets zugestanden. Die Jagd war seine letzte Pflicht. Er musste sie fortsetzen, bis er selbst besiegt wurde, und sie hatte stets dafür gesorgt, dass ihn nichts von dieser Mission abbrachte ...

Der Ronin beschloss abzuwarten, zumindest, bis er mehr über die Hexe und ihr Schicksal in Erfahrung gebracht hatte. Das war er ihr schuldig.

»Rei'izu«, sagte er. »Die Hexe hat den Planeten für sich selbst beansprucht. Wir müssen einen Weg dorthin finden.«

Seine Kooperationsbereitschaft schockierte seine neuen Kameraden sichtlich. Der Blick der alten Frau fuhr zu ihm hoch, und die Pilotin riss die Augen auf.

Der Schweifling verbarg seine Reaktion ebenso geschickt wie zuvor seine Anspannung, aber unter dem Rand seiner Maske war der Hauch eines Lächelns auszumachen. »Und wo sollten wir mit dieser Suche beginnen, Meister Ronin?«

Der Ronin stand auf, und sofort kehrte das Misstrauen in die Züge der alten Frau zurück. Die Hand der Pilotin senkte sich unbewusst an ihre Seite, wo ihr Blaster in seinem Halfter ruhte. Der Schweifling zeigte keinerlei Anzeichen von Furcht. Am liebsten hätte der Ronin ihn einen Narren geschimpft, aber er befürchtete, dass er diesen Titel von ihnen beiden mehr verdient hatte.

»Setzt Kurs auf Dekien«, sagte er in Richtung der Pilotin. »Wir werden dort ein Relikt finden, das den Sith heilig ist. Es sollte uns den Weg offenbaren.«

Die kleine Mannschaft tauschte unsichere Blicke. Doch was immer die Pilotin in der Haltung des Ronin sah, es schien ihr zu gefallen, denn sie stand ebenfalls auf und verschwand mit einem Nicken in Richtung Cockpit. Die alte Frau blieb vor ihrer Teetasse sitzen, eine Hand auf den Arm des Schweiflings gelegt, um ihn zurückzuhalten, damit er nicht dem Ronin folgte, der nun auf dem Absatz kehrtmachte und in die andere Richtung davonging.

B5 verharrte ebenfalls an seinem Platz, so als würde er spüren, dass sein Meister allein sein wollte. Oder zumindest versuchte der Ronin, sich einzureden, dass das der Grund war. Er wusste, wie wenig der Droide von seinen Taten in jener lange vergangenen Zeit hielt, an die sie gerade beide erinnert worden waren.

7. Kapitel

Kouru trieb durch den Raum, und sie hasste es. Sie fühlte sich hier draußen noch lebloser, als sie es in dem alten Tempel hinter dem Wasserfall gewesen war. Andererseits hatte sie das All schon immer gehasst; seit sie das erste Mal in seine Schwärze eingetaucht war ... seit die Jedi gekommen waren, um sie zu einem fernen Klan zu bringen ... Seitdem waren die Sterne für sie nur hungrige, gierige Augen.

Dass sie sich ihrem Blick nun willentlich aussetzte, sprach Bände darüber, wie verzweifelt sie war. Sie saß vorgebeugt über den Kontrollen des kleinen Scoutschiffes, das sie entführt hatte, ihre Augen fest auf den Schirm gerichtet, der die Flugbahn der *Armen Krähe* anzeigte.

Doch sie konnte sich nicht gänzlich darauf konzentrieren. Das gestohlene Lichtschwert wisperte ihr zu, und das mit einer Aufdringlichkeit, die sie nie zuvor in der Macht wahrgenommen hatte.

Was hältst du davon?

Halb glaubte Kouru, eine echte Stimme zu hören, aber sie blickte sich nicht um. Die ersten paar Male hatte sie sich noch nach dem Ursprung der Worte umgeblickt, das war peinlich genug. Und sie hasste es, sich wie eine Närrin vorzukommen. Also würde sie es nicht wieder tun. Sie würde nicht auf diese Worte hören, die außerhalb ihrer eigenen Gedanken ertönten.

Stattdessen widmete sie sich wieder ihrer gestohlenen Waffe. Oder genauer: deren Einzelteilen.

Sie hatte den Defekt des Lichtschwerts erkannt, nachdem sie das Schiff gestohlen hatte: Die Waffe des alten Mannes ließ sich nicht deaktivieren. Ganz gleich, wie sie den Griff auch abtastete und drehte, die rote Klinge löste sich einfach nicht auf. Das erklärte zumindest, warum er es in dieser lächerlichen Hülle herumgetragen hatte. Kouru besaß leider keine Schwertscheide. Also hatte sie es stattdessen in seine Bestandteile zerlegt. Sie wusste selbst nicht, warum es ihr so schnell und mühelos gelungen war. Vielleicht alte Instinkte. Oder einfach nur Notwendigkeit?

Egal. Nun lagen die Komponenten größtenteils intakt vor ihr auf der Konsole und warteten darauf, dass man sie wieder zusammensetzte. Was nicht leicht werden würde. Kouru hatte einst ihr eigenes Lichtschwert konstruiert, ebenso wie ihren Schwertaufsatz, aber sie war keine Technikerin.

Du kannst auf meine Hilfe zählen, wenn du sie brauchst.

Kourus Hand ballte sich über den Einzelteilen zur Faust, und sie schüttelte den Kopf, um das Wispern zu verscheuchen. Sie musste sich konzentrieren.

Während ihr Blick über die Komponenten glitt, fiel ihr etwas Seltsames auf: Die Teile waren in einwandfreiem Zustand. Ganz gleich, wie genau Kouru sie auch inspizierte, sie konnte keine sichtbaren Mängel entdecken, und es fehlte auch nichts. Allein der Klingenemitter wies ungewöhnliche Gebrauchsspuren auf, aber das war zu erwarten gewesen, immerhin hatte sich die Waffe dauerhaft in einem aktiven

Zyklus befunden. Vielleicht eine bewusste Entscheidung des Besitzers?

Doch als Kouru daranging, das Lichtschwert wieder zusammenzubauen, konnte sie keinen Mechanismus finden, der einen solchen Zyklus auszulösen vermochte. Also doch nur ein Defekt? Aber in dem Fall war es kein schwerer Defekt gewesen; wie hätte sie das Problem sonst so mühelos lösen können? Denn als sie den zusammengesetzten Griff in die Hand nahm, geschah nichts. Die Klinge zündete erst, als sie auf den Aktivator drückte.

Nun fiel ihr noch etwas Seltsames auf: die Verzierungen. Das Lichtschwert sah alt aus – älter als alt sogar. Als wäre es über viele Generationen hinweg von einem Mitglied eines Jedi-Klans ans nächste weitergegeben worden. Kouru drehte den jetzt wieder zusammengesetzten Griff zwischen ihren Fingern, strich mit den Daumen über die Lederstreifen, mit denen das schimmernde Metall umwickelt war, betastete die Wölbung des schlichten Stichblattes an seinem Ende.

Als Waffe betrachtet, war dieses Schwert wunderschön. Als Waffe eines *Sith* betrachtet, war es ein Rätsel. Kouru aktivierte die Waffe, wie um sicherzugehen, in welcher Farbe sie glühte, obwohl sie den Kyberkristall gerade erst selbst eingesetzt hatte. Die rote Klinge stach in die Luft, und der Kyber im Innern schien unter ihrer Handfläche zu summen.

Ein wenig erinnerte es sie an ihre eigene, nunmehr verlorene Waffe. Bei ihrem Lichtschwert hatte sie immer das Gefühl gehabt, dass es sich irgendwie gegen sie auflehnte. Kouru hatte es unter dem wachsamen Auge ihrer Meisterin in den Schatten eines Schlachtfeldes zusammengebaut, nur wenige Stunden nachdem sie einen Jedi niedergestreckt hatte, um den Kyberkristall aus seinem Schwert zu stehlen.

»Ist es nicht Verschwendung, eine bereits geschmiedete Waffe zu zerstören?«, hatte sie damals gefragt.

»Es ist besser, seine eigene anzufertigen«, hatte ihre Meisterin entgegnet. »Ich kann verstehen, dass es dir nicht gefällt. Mir hat es seinerzeit auch nicht gefallen. Aber du hast den Bauplan. Wir können einander helfen, Kouru. In Ordnung?«

So hatten die Sith ihre Lichtschwerter konstruiert: nach holografischen Bauplänen, die zwischen den einzelnen Zellen ausgetauscht wurden. Diese speziellen Pläne stammten von einem Sith, der einen einzigartigen Instinkt für das Mechanische besessen hatte – das war Kouru spätestens klar geworden, als er ihnen die Anleitung für einen Aufsatz geschickt hatte, der die Klinge ihrer Meisterin in einen rot glühenden Fächer verwandelte.

Kourus Lichtschwert hatte nie so gleichmäßig gesummt wie dieses Erbstück. Es hatte gebockt und sie angezischt. Sie hatte es dafür geliebt, dass es so schwer zu beherrschen gewesen war, denn das hatte sie gezwungen, im Kampf stets konzentriert und entschlossen zu bleiben. Diese gestohlene Klinge fühlte sich ganz anders an – wie eine Erweiterung ihres eigenen Fleisches. Ein Meisterwerk. Das beunruhigte sie, teils, weil sie einem Symbol der Jedi keine Bewunderung entgegenbringen wollte, und teils, weil es eigentlich gar nicht existieren sollte.

Kein Erbe der Jedi hatte sich je den Sith angeschlossen. So etwas wäre völlig unvorstellbar. Die Ritter waren die fleischgewordene Grausamkeit ihrer Klans; der Feind, den die Sith mehr hassten als alles andere.

Aber wie lässt es sich sonst erklären?

Die Frage klang aufrichtig ... auch wenn Kouru nicht sagen konnte, woher sie stammte. Mehr noch, sie verlangte nach einer Antwort. Und zu ihrem eigenen Entsetzen glaubte Kouru, dass sie diese Antwort liefern konnte.

Ihr Blick wanderte am roten Glühen des Lichtschwerts entlang nach oben zur *Armen Krähe*, die voraus in der Schwärze des Alls lauerte. An Bord wartete ein Mann auf sie. Ein Mann, den sie hassen wollte. Weil er sie umgebracht hatte. Weil er ...

Ihr Atem stockte. Ganz gleich, wie sehr sie auch die Zähne fletschte, spürte sie doch, wie Furcht durch ihre Adern kroch.

Unter den Sith hatte es einen gegeben, der eine seltsame Form für sein Lichtschwert gewählt hatte. Kein cleverer Aufsatz, nein. Er hatte seinen Griff dem Erbstück eines Jedi-Ritters nachempfunden – einer Ahnenklinge. Die Botschaft war offensichtlich gewesen: Ich habe meine eigene Blutlinie, meine eigenen Brüder und Schwestern. Ich werde nie wieder den Jedi dienen. Ich werde nie wieder vor ihren Lords das Knie beugen.

Die Erinnerung an diesen Mann war wie das Vakuum des Alls; sie blies alle anderen Gedanken aus ihrem Kopf. Kouru richtete sich im Pilotensessel des Scoutschiffes auf und sog den Atem ein, aber nicht so tief, wie sie gern wollte. All ihren Bemühungen zum Trotz ergriff ein kaltes Gefühl Besitz von ihrem Geist.

Ja, Kouru. Furcht. Furcht kommt immer zuerst. Nähre sie. Hege sie. Damit du den Zorn ernten kannst, wenn du ihn brauchst.

Nur wenige Tage nach ihrem Sieg auf Rei'izu erreichte sie die Nachricht: Die Lords hatten neue Allianzen geschmiedet, und das Imperium stand vereint. Es war keine Zeit mehr, um sich zu erholen, zu genesen und der Toten zu gedenken. Unter dem Banner des Imperators zog sich eine gewaltige Flotte zusammen, und die Sith würden diese Welt, die sie für sich beansprucht hatten, verteidigen … oder sterben.

Kouru und ihre Meisterin wurden auf das Flaggschiff geschickt, den Kreuzer des Dunklen Lords höchstselbst. Stolz ließ ihr junges Herz höherschlagen, als sie zu seiner mächtigen pockennarbigen Hülle emporblickte. Es war ein hässliches Monstrum, das zahllose grausame Schlachten überstanden hatte. Kouru sah nur, wie mächtig es war, und sie war glücklich, an Bord ihrem Lord dienen zu können. Dem Lord, den sie gewählt hatte.

Leider sollte sie ihn nie zu Gesicht bekommen. Jeder wusste, dass er wütend war. Dass er sich mit der Hexe gestritten hatte. Kouru dachte nicht weiter darüber nach – *sie* stritt sich ständig mit ihrer Meisterin, aber letztlich liebten sie sich doch, und sie würden einander bis zum Tod beistehen. Das war das Versprechen der Sith-Rebellion; der Lord und die Hexe hatten es selbst verkündet. Und Kouru glaubte ihnen bedingungslos. Schließlich hatte sich auch ihr letztes Versprechen erfüllt – sie hatten Rei'izu erobert. Es war nicht einmal sonderlich schwer gewesen. Zumindest hatte es damals so gewirkt.

Das Ende begann, als sie einen Arm der imperialen Flotte stellten, der aus Lazarettfregatten und Transportern bestand. Die Schlacht um Rei'izu hatte sie bereits einen Großteil ihrer Vorräte gekostet, also beschlossen sie, die Schiffe zu kapern. Kouru wusste, dass es brutal werden würde. Sie war erschöpft, ebenso wie alle anderen, aber sie hatten der Galaxis bewiesen, was sie erreichen konnten, wenn sie zusammenhielten. Sie konnten ganze Welten verbrennen.

Kein einziger Schuss wurde abgegeben, bis das Flaggschiff des Dunklen Lords den Feind erreichte. Kouru erinnerte sich noch, wie die Düsternis der Bordkorridore durch blinkende Lichter ersetzt wurde. Dann das Kreischen der berstenden Hülle. Tanzende Funken und würgender Rauch.

Sie hatten es für einen Angriff der Jedi oder eines anderen imperialen Gräuels gehalten. Ein Entermanöver, fluchte jemand. Irgendwo im Bauch ihres Schiffes drohte gerade alles zu scheitern. Kouru sagte: »Lasst uns hinuntergehen.« Und ihre Meisterin sagte: »Ja.«

Doch sie log. Kouru folgte ihrer Meisterin ohne Zögern, voller Vertrauen, aber dass das ein Fehler war, erkannte sie erst, als sie in einer Rettungskapsel eingeschlossen wurde – allein.

Das Letzte, was Kouru durch das Bullauge sah … Inzwischen glaubte sie, dass das Bild nur ein Produkt ihrer Träume war. Ihrer Albträume. Aber während der ersten Jahre hätte sie schwören können, dass sie ihre Meisterin sah, ihr Lichtschwert zu einem eleganten Fächer aufgeteilt. Als wäre seine Klinge viel mehr als substanzloses Licht. Also könnte diese Waffe, die erschaffen worden war, um Fleisch zu zerschneiden, ein auseinanderbrechendes Schiff zusammenhalten. Oder … als wäre da ein Feind irgendwo in dem dichten Rauch, den sie zum Kampf stellen musste. Ein Mörder. Jemand, dem es nicht reichte, eine Schiffshülle aufzureißen. Jemand, der Blut vergießen wollte. Ein Mann trat auf Kourus Meisterin zu, vor sich eine lange rote Klinge, die auf einem ebenso alten wie schönen Griff saß.

Und dann war Kouru allein. Sie trieb durchs All, nicht tot, nicht lebendig, aber heulend und weinend. Am liebsten hätte sie sich durch die Hülle der Rettungskapsel geschnitten und versucht, ihre Klinge in feindlichem Fleisch zu versenken. Jemanden auszulöschen, ganz gleich, wen.

Doch die Antriebsdüsen trennten sie immer weiter von solcher Genugtuung. Kouru brüllte ihren Zorn hinaus, bis ihre Kehle wund war und kein Geräusch mehr hervorbringen konnte. Irgendwann landete sie im Schlamm eines entlegenen Planeten am Outer Rim, wo es wenig mehr gab als windschiefe Brennereien.

Sie brauchte Tage, um sich bis zum nächsten Raumhafen zu schleppen und die Neuigkeiten aus der Galaxis jenseits dieses trostlosen Loches zu erfahren: Der Krieg war vorbei. Die Sith waren tot. Tot, weil sie lieber gestorben waren, als Rei'izu aufzugeben, sagten die einen. Tot, weil sie sich gegenseitig ermordet hatten, sagten andere. Tot, weil sich die Geister, die die Hexe gestohlen hatte, letzten Endes gegen ihre grausame Herrin gewandt hatten ...

Aber das stimmt nicht. Denn du kennst die Wahrheit.

Kouru schloss die Hand fester um den Griff der gestohlenen Klinge – sie fühlte sich so elegant an, so *vertraut* – und blickte starr zu dem Transporter hinüber, der sich in der Ferne von der Schwärze abhob. Die *Krähe*. Ihre Beute.

Die Sith hatten sich nicht gegenseitig ermordet. Sie waren alle demselben zum Opfer gefallen. Und letztlich hatte er auch Kouru getötet.

Würdest du dich denn als tot bezeichnen, Kouru?

Im Moment würde sie sich vor allem als eines bezeichnen: hasserfüllt.

Kourus Daumen zitterte auf dem Druckknopf des Lichtschwerts, dann deaktivierte sie die Klinge und ließ zitternd den Atem entweichen.

Sie wusste nicht, warum der alte Mann nicht in der Lage –

oder willens – gewesen war, seine Waffe zu reparieren, aber sie hatte es getan. Sie hatte Erfolg gehabt, wo er gescheitert war. Jetzt stand es ihr zu, die Klinge zu führen. Zu kontrollieren.

Mit einem Schnauben schüttelte sie ihre Arme aus. Die Panik war verflogen, und sie konnte wieder klar denken. Klar genug, um über sich selbst den Kopf zu schütteln. So viele Jahre hatte sie damit verbracht, im Staub des Outer Rim die Banditenanführerin zu spielen, sich eine Existenz in völliger Bedeutungslosigkeit aufzubauen, nur damit sie sich lebendig fühlen konnte.

Dabei hätte sie die ganze Zeit über *ihn* jagen können. Den Mann, der sie um ihren Lebensinhalt und alle anderen um ihr tatsächliches Leben gebracht hatte. Den Mann, der vor wenigen Tagen auch sie niedergestreckt hatte, mit demselben Lichtschwert, dem ihre Meisterin zum Opfer gefallen war. Dasselbe Lichtschwert, das sie nun in Händen hielt.

Sie hatte sich den Verräter also nicht nur eingebildet. Er war nicht das Hirngespinst eines trauernden Mädchens, das in seiner Verzweiflung jemanden brauchte, dem es die Schuld für sein Leid zuschreiben konnte. Er war ebenso real wie die gnadenlose Klinge, die sie ihm von der Hüfte gerissen hatte. Er …

Achtung.

Kourus Blick huschte zu dem Schirm hoch, gerade als die *Arme Krähe* in den Hyperraum sprang. Sie scannte den Vektor, berechnete die Flugbahn und tippte gleichzeitig Befehle in die Kontrollen ihres Scoutschiffes ein.

Sie wunderte sich nicht darüber, dass ihr die Systeme des Schiffes so vertraut waren. Oder darüber, dass sie sie mühelos bedienen konnte. Diese seltsamen Details verblassten im

Angesicht ihrer neu gefundenen Entschlossenheit: Sie würde den alten Mann umbringen. Das wusste sie. Das hatte sie schon seit Tagen gewusst. Was sie nun beflügelte, war das Wissen, *warum* sie ihn umbringen würde.

Sein Tod würde etwas bedeuten. Er würde Raum für einen neuen Lebensinhalt schaffen – für eine Wiedergeburt. Die Flamme der Rebellion, die er erstickt hatte, würde sich an der Glut seines Untergangs neu entzünden. Dafür würde Kouru sorgen.

8. Kapitel

Ein Gesicht, schreckverzerrt, der Mund im Tode aufgerissen, verwandelte sich in ein anderes, dieses im Schock erschlafft. Dann wurde daraus eine zornerfüllte Grimasse. Ein Gesicht folgte auf das nächste. Mal waren die Augen weit und dunkel glänzend, mal trüb und blicklos. Ein Tod nach dem anderen. Der Gestank von verbranntem Stoff und Metall und Fleisch, der sich so tief in seiner Nase eingenistet hatte, dass er selbst Monate später noch hatte würgen müssen.

Und zuletzt, *ihr* Gesicht. Ihr langes schwarzes Haar zerzaust durch die Wildheit ihres Zorns und ihrer Resignation. Ihrer Trauer. Das lange Krächzen, das ihrer Kehle entfloh. Das wortlose Heulen, das sich in einen Fluch verwandelte.

Er wünschte, er wäre damals vor ihr auf die Knie gegangen und hätte seinen Hals vorgereckt, um das Todesurteil ihrer Klinge zu akzeptieren. Doch stattdessen hatte er seine eigene rote Klinge erhoben und …

Der Ronin schreckte hoch. Jemand hatte ihn mit dem Finger an der Wange angestupst.

Er war noch immer dort, wo er zuvor gewesen war: in einem Seitengang, der nahe dem Heck vom Hauptkorridor der *Armen Krähe* abzweigte – nur ein paar Meter von der unteren Luke entfernt, durch die er an Bord gekommen war. Dieser Seitengang endete an einem Lagerschrank, wo man Ausrüstung für unwirtliche Wetterbedingungen und dergleichen verstaute. Folglich war der Ronin davon ausgegangen, dass er hier niemandem im Weg sein würde. Er hatte sich im Schneidersitz auf den Boden gesetzt, den Rücken gegen die Schranktür gelehnt und nachgedacht. Jetzt schmerzte jeder Muskel in seinem Körper.

Der Schweifling stand über ihn gebeugt, die Hand mit dem ausgestreckten Zeigefinger noch immer erhoben. Aus diesem Winkel konnte der Ronin das Gesicht hinter der Fuchsmaske nicht sehen, aber er war sicher, dass sein Gegenüber selbstgefällig lächelte.

»Du musst wirklich erschöpft sein«, bemerkte der Schweifling. »Du hast mich nicht mal gehört.«

»Du stellst keine Gefahr dar«, entgegnete der Ronin. Mit anderen Worten: *Hättet Ihr mich umbringen wollen, hätte ich es gespürt.*

»Du schmeichelst mir.« Der Schweifling richtete sich auf und bedeutete ihm mit einem Nicken, ebenfalls aufzustehen. »Komm jetzt. Das hier ist ein schrecklich deprimierender Ort für ein Nickerchen.«

»Ich habe meditiert.«

»Dann meditier in einer Koje.«

Es würde ein paar Tage dauern, bis sie Dekien erreichten, erklärte der Schweifling, während er ihn durch den Hauptkorridor der *Armen Krähe* führte. Hier draußen am Outer Rim gab es nur wenige sichere Hyperraumrouten, und weil sie nicht entdeckt werden wollten, hatten sie sich für einen umständlichen Kurs entschieden. Von wem genau sie nicht entdeckt werden wollten, erwähnte er allerdings nicht.

»Du hast nicht zufällig einen verborgenen Instinkt für diese Art von Navigation, oder?«, fragte er über die Schulter. »Nein? Kannst du das Schiff vielleicht abschirmen oder tarnen? Auch nicht? Hm, dann ist mechanische Sabotage also dein einziges Talent? Schade.«

»Du bist zu neugierig«, brummte der Ronin.

»Ich bin *gesellig.*« Der Schweifling hielt an und öffnete eine Tür, die zu einer tristen Kabine führte. Wäre ein Schloss an der Tür gewesen, hätte man sie ebenso gut für eine Zelle halten können. Die Einrichtung beschränkte sich auf ein Bett, einen Tisch, eine Lampe und ein leeres Regal. »Hör zu«, sagte das Wesen. »Du leidest an Schlafmangel, du bist unterernährt, und du bist schrecklich eingerostet.«

Der Ronin wusste das alles selbst, aber um seiner Würde willen zog er die Brauen zusammen.

»Ich sage das nur, weil du in Topform sein musst, wenn wir dein ominöses Relikt finden wollen. Wir werden ein paar Stunden brauchen, um einen Übungsbereich frei zu räumen, und zumindest so lange solltest du dich hinlegen. Und etwas essen. Und falls du etwas wegen der erschreckenden Menge Dreck unternehmen willst, die du mit dir herumträgst, würde ich einen Abstecher in diesen kleinen Raum da drüben empfehlen. Wir nennen es einen Erfrischer ...«

»Ich weiß, was ein Erfrischer ist. Aber du ...«

Der Schweifling hob die Hand vor seine Brust. »Was ist mit mir?«

»Schweifling, Fuchs. Wie soll ich dich ansprechen?«

Schweigen. Dann: »Wie immer du willst.«

»Das ist viel Spielraum.«

»Und ich vertraue darauf, dass du das Beste daraus machen wirst.«

Mit diesen Worten ging der Schweifling davon. Der Ronin stellte fest, dass er noch immer die Brauen zusammengezogen hatte. Etwas an der Gleichgültigkeit des Maskierten war echt, und es fand ein Echo tief in seinem eigenen Herzen.

Er wollte nicht darüber nachdenken, warum er dieses Gefühl erkannte, also blickte er rasch auf sein Handgelenk hinab. Das Armband war dunkel. Er hatte B5–56 nicht mehr gesehen, seit er sich zurückgezogen hatte, und kurz musste er einen Anflug von schlechtem Gewissen unterdrücken.

Jemand hatte ein Tablett mit Essen auf den Tisch neben der Koje gestellt: eine Schale gedämpften Reis, gekochtes Gemüse und eine nicht genauer identifizierbare, aber wohlschmeckende Proteinpaste. Alles in allem weit besser, als man erwarten sollte. Auf jeden Fall besser als ein Rationsriegel.

Er war nicht sicher, ob er mit vollem Magen Schlaf finden würde.

Letztlich döste er aber doch ein, wenn auch erst nach einer gefühlten Ewigkeit, während der er mit geschlossenen Augen in der Koje lag und dem Brummen des Schiffes unter ihm lauschte – und der Abwesenheit der Stimme in seinem Inneren.

Ein paar Stunden später wurde er bereits wieder geweckt. »Lass uns üben«, sagte der Schweifling, als er ihn zum Frachtraum im Bauch der *Krähe* führte. »Du musst diesen Rost abschütteln, wenn dich nicht der erstbeste Dämon zerfleischen soll.«

Der Ronin betrat den frei geräumten Bereich des langgezogenen Frachtraums. Man hatte mehrere Kisten in Position geschoben, um Hindernisse zu simulieren, und alles andere war an den Wänden aufgetürmt worden.

Obwohl er geschlafen und gegessen hatte, fühlte er sich nicht gut. Da war ein seltsames Gefühl der Einsamkeit in ihm ... Auf dem Weg hierher waren sie an B5 vorbeigekommen, aber der Astromech hatte nur kurz gesurrt, bevor er sich wieder einer Debatte zwischen der Pilotin und dem Navigationscomputer zugewandt hatte. Und die Stimme gab noch immer keinen Ton von sich. Vielleicht war das der Grund, warum er sich bereit erklärt hatte, diesen Leuten zu helfen und seine alten Feinde zu stellen.

Der Schweifling setzte sich auf eine niedrige Kiste auf der anderen Seite des Frachtraums und musterte den Ronin abschätzend, so, wie man einen Feind vor einem Duell musterte. So, wie der Ronin auch ihn musterte. Er hatte einen kurzen Einblick in die Fähigkeiten des Wesens bekommen – seine Präzision, seine Extravaganz –, aber er hatte ihn noch nicht im Kampf erlebt.

Doch noch mehr als seine Fähigkeiten wollte der Ronin *ihn selbst* sehen. Natürlich nahm er die Präsenz des Schweiflings in der Macht wahr, aber er konnte sie nicht einordnen. Die Banditin war gleichzeitig ein strahlendes Leuchtfeuer und ein tiefschwarzer Schlund gewesen; der Schweifling wirkte eher wie ein Schatten auf der Oberfläche eines mondbeschienenen Teiches. Der Ronin fragte sich, ob ein Übungskampf etwas Licht in die Sache bringen würde.

Ein ungewohntes Prickeln erfüllte seine Glieder. Es war Jahrzehnte her, seit er das letzte Mal gegen jemanden gekämpft hatte, den er nicht verletzen wollte. Die Vorstellung ließ sein Blut aufgeregt wogen. Und das beunruhigte ihn.

Doch es war die alte Frau, Chie, die ihm in dem behelfsmäßigen Übungsbereich gegenübertrat, den Elektrostab gelassen an ihrer Seite. Die Verwirrung des Ronin musste ihm deutlich anzusehen sein.

»Ist das dein Ernst?«, schnaubte Chie nämlich. »Vor ein paar Stunden hätte ich dir fast den Schädel eingeschlagen, schon vergessen?«

Da hatte sie recht. Aber sie irrte sich, was den Grund für sein Zögern anging. Egal. Er hatte nicht vor, sie zu beleidigen, also neigte er in stummem Einverständnis den Kopf.

Sie traten sich gegenüber und gingen in Position, während der Schweifling sie weiter von seiner Frachtkiste beobachtete. »Na dann«, sagte er. »Fangt an.«

Chie kam mit schnellen, flüssigen Bewegungen auf den Ronin zu, dann wirbelte sie geduckt um ihn herum. Er spürte, dass es eine Finte war, also blieb er ruhig stehen. Die Spitze des Elektrostabs zischte so dicht an seinem Gesicht vorbei, dass sie vermutlich seine Nasenspitze gestreift hätte, hätte er in diesem Moment eingeatmet.

Aus den Augenwinkeln sah er, wie Chie die Lippen zusammenpresste. War das Verärgerung oder Zufriedenheit? Schwer zu sagen. Es schien, als würde sie ihre Gefühle seit ihrem letzten Gespräch noch argwöhnischer hüten. Dafür war ihre Präsenz in der Macht umso klarer – viel klarer, als der Ronin es normalerweise gewohnt war. Sie pulsierte als schwarze Woge, in deren Innerem eine Linie aus weißem Feuer tanzte. Das war die unerschütterliche Entschlossenheit, die sie antrieb. Auch jetzt, bei ihrem nächsten Angriff.

Er konzentrierte sich auf die Linie, um ihren Hieb vorauszusehen. Diesmal wollte sie ihn wirklich treffen. Chie wirbelte um die eigene Achse, sprang in die Luft und holte weit über die Schulter aus, um all die Wucht ihrer Bewegung in einen zischenden Schlag zu legen.

Der Ronin huschte zur Seite, dann wieder zurück, um einem schnell nachgeschobenen Rückwärtstritt auszuweichen.

Sie schnalzte mit der Zunge. »Wir sind nicht hier, damit du vor mir wegrennst.«

Die schneidende Bemerkung war der erste Treffer, den sie gegen ihn landete. »Ich habe keine Lust auf einen Stromschlag«, erklärte er, während er eine Pyramide aus Frachtkisten zwischen sie brachte.

»Dann parier.«

Er zog eine Augenbraue hoch.

Sie lächelte, aber es sah mehr wie ein Zähnefletschen aus. »Liegt es daran, dass ich keine Jedi bin?«

»Das bist du in der Tat nicht.«

»Und du bist auch keiner.« Sie kletterte auf die Kisten und sprang auf der anderen Seite wieder herunter, wobei ihr knisternder Elektrostab direkt auf seinen Kopf zielte. »Vermutlich warst du nicht mal früher einer.«

Er wehrte die Attacke mit dem Griff seines Lichtschwerts ab, und sein finsterer Blick ließ Chies Grinsen in die Breite wachsen.

»Denk jetzt nicht, ich wäre parteiisch«, fuhr sie fort, nachdem sie wieder auf die Pyramide zurückgesprungen war. »Meiner Meinung nach hat keiner dieser Kerle, die heute mit ihren Lichtschwertern herumrennen, den Titel ›Jedi‹ verdient. Ich spucke auf ihre Klans und Blutlinien. Sag, hat man dir beigebracht, was die Jedi früher waren? Oder ging es immer nur um Blut und Mord, seit sie dich zu einem der Ihren machten?«

Der Ronin drehte den Schwertgriff in der Hand und beobachtete Chie, während sie auf der Kiste in die Hocke ging – er der Wolf am Boden, sie der Falke in der Höhe. »Die Meister haben uns Geschichten erzählt«, sagte er. »Über unser stolzes Erbe. Über die Blutlinie, zu der wir nun ebenfalls gehörten. Darüber, dass die Macht uns als Klan verband. So bereiteten sie die Kinder darauf vor, ihr Leben zu opfern.«

»Das klingt, als hätte es dir nicht gefallen.«

Es war keine Frage, sondern ein Ablenkungsmanöver. Diesmal ließ sich der Ronin von Chie zurückdrängen. Sie wollte seine Reflexe auf die Probe stellen, und zu seiner Überraschung wollte er sich ihr gegenüber beweisen. Es dauerte nicht lange, bis sie einen Rhythmus gefunden hatten: ihre Hiebe, seine Paraden. Ihr wilder Tanz führte sie quer durch den Frachtraum, bis der Schweifling schließlich von seinem Platz nahe dem Eingang fliehen musste, um nicht zwischen sie geraten.

»Ich kann verstehen, warum ihr rebelliert habt.« Obwohl Chie weiter ihren Stab wirbelte und ihn mit jedem Hieb aufs Neue herausforderte zurückzuschlagen, klang ihre Stimme so ruhig wie die des Schweiflings, wenn er eine Geschichte erzählte. »Die Jedi waren es nicht wert, dass man ihnen dient. Sie sind nur noch ein Schatten dessen, was sie einst groß gemacht hat.«

Der Ronin sog den Atem ein. Diesmal hätte sie um ein Haar sein Knie erwischt.

»Heiler«, fuhr sie fort. »Künstler. Verteidiger. Mönche! Diener der Schwachen und der Götter. Aber dann beschlossen sie, ihren Lords zu dienen und nicht länger dem Volk. Und schau, was aus ihnen geworden ist. Sie fuchteln nur noch mit ihren Schwertern herum. Und dabei sind sie nicht mal halb so gut, wie sie glauben.«

Chies Hand verschwand unter ihrer Robe. Der Ronin sah es, aber er erwartete, dass sie ein Messer zücken würde – keinen Blaster.

Zwei Schüsse in rascher Folge. Der erste schwärzte die Wand, der zweite versengte die Seite seines Stiefels, weil Chie die Richtung seines Ausweichmanövers vorausgeahnt hatte. Ein dritter Schuss schien unausweichlich, doch da hob der Schweifling den Arm und riss der alten Frau den Blaster mit einem gekonnten Zupfen an der schwarzen Strömung aus den Fingern.

»Tantchen, bitte!« Er fing die Waffe auf und hielt sie angewidert zwischen Daumen und Zeigefinger. »Ich habe Ekiya versprochen, dass wir uns benehmen würden. Dazu gehört auch, dass wir einander nicht umbringen.«

»Dann sag ihm, dass er sich endlich anstrengen soll.«

Der Ronin *strengte* sich an, aber das sprach er nicht laut aus; er war zu sehr damit beschäftigt, wieder zu Atem zu kommen. Chie beherrschte ihren Körper auf so tiefgreifende Weise, dass sie selbst den kampferfahrensten Jedi – oder Sith – Konkurrenz machen könnte. Ja, sie wäre für jeden eine furchteinflößende Gegnerin, selbst für jene, die bereitwilliger zum Schwert griffen als der Ronin.

»Das hier hat keinen Sinn, solange du dich mir nicht wirklich stellst«, erklärte Chie. Im Moment befand sie sich auf dem Boden und er oben auf einer Kiste, und sie balancierte auf ihrem Stab, während sie darauf wartete, dass er wieder herunterkletterte. »Komm schon, Sith.«

Er blieb, wo er war. »Du sagst, du kannst unsere Rebellion verstehen. Und doch verabscheust du mich.«

»Weil ihr euch wie Kinder benommen habt.«

Ihre Verachtung kratzte an seinen Nerven.

»Wie aufsässige Kinder«, fuhr Chie fort. »Ihr machtet die schlimmsten Eigenschaften der Jedi zu euren Tugenden. Ihr habt Planeten unter dem Banner der Befreiung unterworfen, habt junge Leute als Fußsoldaten zwangsrekrutiert, genau so, wie man es zuvor mit euch machte. Das lässt sich durch nichts rechtfertigen. Es sei denn, du wurdest erst später einer von ihnen.«

Der Ronin versuchte, ruhig zu bleiben, aber die Ruhe konnte seine Emotionen nicht beschwichtigen – also sprang er. Eingehüllt in den aufgebauschten Stoff seiner Robe stieß er auf Chie herab ... und an ihr vorbei. Sie riss den Stab zur Seite, um ihn von den Füßen zu fegen, doch er sprang darüber hinweg, den Blick fest auf die Bewegung ihrer Füße und Hände gerichtet.

Dass er ihr weiterhin auswich, schien Chie noch wütender zu machen als sein Schweigen. »Raus damit«, forderte sie. »Bist du nur in die Fußstapfen anderer Verräter getreten, oder warst du einer der Ersten, die ihre Klinge gegen ihre Brüder und Schwestern richteten? Als du deinen ersten Sith erschlugst, glaubte er da noch, du wärst sein Bruder?«

Dröhnendes Feuer loderte im Kopf des Ronin. Er konnte den Ruß in seiner Nase riechen, die Asche in seinem Mund schmecken.

Chie hatte ihn nun in eine Ecke gedrängt, und ihr Stab stieß ein weiteres Mal vor. Sie erwartete, dass er sich mit einem Sprung nach rechts in Sicherheit bringen würde, aber stattdessen packte er das Ende des Stabes, dicht unter der elektrisch knisternden Spitze, und riss die Waffe ruckartig zu sich heran.

Anstatt sich nach vorne ziehen zu lassen, ließ Chie die Waffe los und sprang instinktiv nach hinten, außerhalb seiner Reichweite. Diesmal war ihr Lächeln von echtem Vergnügen erfüllt. »Na also, geht doch.«

Der Ronin empfand … nichts. Nichts, weil ihm die Alternative unerträglich gewesen wäre. Er umfasste den Stab fester. Sein Körper wollte es zu Ende bringen: vorspringen, zuschlagen. Aber er zwang sich, stehen zu bleiben.

Er wusste, dass Chie ihn erneut angreifen würde, sei es nun mit einem Messer oder mit Händen und Füßen. Sie würde nicht aufhören, bis sie hatte, was sie wollte; bis er etwas Drastischeres tat, als ihr nur die Waffe wegzunehmen. Bis er sie *brach* …

»Das sieht erschöpfend aus. Warum machen wir nicht eine Pause, bevor du dir noch den Rücken verrenkst?«

Der Ronin atmete ein. Lautes Donnern brachte ihn in die Realität zurück. Rings um ihn fielen die Frachtkisten, die bebend in die Luft hochgeschwebt waren, auf den Boden zurück.

War das das Werk des Schweiflings? Nein. Das Wesen mit der Fuchsmaske stand nahe dem Eingang, die Hände erhoben, um die schwarze Sturmwoge der Macht zurückzuhalten, sollte es nötig werden. Aber noch hatte er nichts getan.

Chie stand ihrerseits in der Mitte des Frachtraums, die Augen fest auf ihren Gegner gerichtet. Ihr Blick war durchdringend, ihr Mund eine harte Linie – anklagend, aber nicht wütend. Als wäre sie einfach nur von ihm enttäuscht.

Er war eine verdammenswerte Kreatur, das wusste er seit dem Tag, als er seinen ersten Sith erschlagen hatte.

Aber noch hatte ihn das nicht aufgehalten.

»Ich glaube, wir sind für heute fertig.« Der Schweifling senkte die Hände und trat vor ... Nur um schnell wieder stehen zu bleiben, als der Ronin den Elektrostab in seiner Hand drehte.

»Das würde ich auch sagen«, fügte Chie hinzu.

Sie ging zu dem Schweifling hinüber und führte ihn aus dem Frachtraum. Aber sie tat es nicht aus Rücksicht auf den Schweifling, wie ihre geflüsterten Worte deutlich machten, während sie durch die Tür verschwanden.

»Ich weiß, du willst ihm vertrauen«, wisperte Chie. »Und genau deshalb kann *ich* es nicht. Es gibt viele Gründe, vorsichtig zu sein. Ich hoffe, ich konnte dir gerade einen davon zeigen.«

Als der Schweifling antwortete, waren die beiden bereits zu weit entfernt, als dass der Ronin die Worte noch verstehen konnte. Alles, was er hörte, war der Lärm fauchender Flammen und kreischenden Metalls, der aus seinem Gedächtnis hervorhallte.

Sie ließen ihn mehrere Stunden allein, aber er fand schon bald eine Beschäftigung, die die Zeit schneller vergehen ließ.

Nun lag seine Ersatzwaffe in ihre Einzelteile zerlegt vor ihm. Die Emittermatrix, die Fokussierlinse, der Feldaktivator, der Fluxleiter, der Stabilisatorring und so weiter. Nicht zu vergessen der Kyberkristall. Natürlich befanden sich inzwischen viele davon im Besitz des Ronin, aber dieser Kristall war der älteste in seiner Sammlung. Er hatte ihn schon lange nicht mehr überprüft, ebenso wenig wie die anderen Komponenten der Waffe. Um ehrlich zu sein, hatte er nicht recht gewusst, was er damit machen sollte.

Doch als die Banditin seine Hauptklinge gestohlen hatte, war klar gewesen, dass er von nun an mehr auf seine Zweitwaffe angewiesen sein würde. Kurz fragte er sich, ob sie es wohl geschafft hatte, das Lichtschwert zu reparieren. Vermutlich. Der Fehler hatte schließlich nie wirklich in der Waffe gelegen, sondern vielmehr in ihrem Träger.

Er musterte seine Schwerthülle. Sie hatte einen Zweck erfüllt – mehr als einen sogar. Sie hatte als Gefängnis gedient und als Ablenkung. Aber auch wenn er sich im Lauf der Zeit daran gewöhnt hatte, war ihre Form doch unpraktisch. Und nun hatte er einen handfesten Grund, sie zurückzulassen und eine neue Waffe zu konstruieren, um die verlorene zu ersetzen.

Genug Komponenten dafür hatte er jedenfalls. In jüngeren Jahren hätte er tagelang darüber nachgesonnen, was er mit so vielen Kyberkristallen alles anstellen könnte. Aber es war eine Sache, sie mit sich herumzutragen, und eine völlig andere, sie auf einem fremden Schiff zur Schau zu stellen.

Schritte näherten sich dem Frachtraum, schwer und sorglos. Dann konnte es weder Chie noch der Schweifling sein. Die Pilotin also. Wie nannte sie sich gleich noch? Ekiya.

Die Schritte verharrten am Eingang. Aus den Augenwinkeln sah er, wie sie sich sammelte und die Fäuste ballte. Bislang hatte Ekiya ihn größtenteils gemieden und sich stattdessen an ihre Mannschaft und B5-56 gehalten. Nun betrat sie den Frachtraum. Sie war nervös, aber auch entschlossen, sich davon nicht abhalten zu lassen.

»Bee meinte, du würdest schmollen«, sagte sie laut, um ihre Anwesenheit anzukündigen. »Das ist in Ordnung. Ich würde vermutlich auch schmollen, wenn jedes Wesen in der Galaxis Grund hätte, mir die Pest an den Hals zu wünschen.«

Der Ronin hatte keine Erwiderung darauf, also wandte er sich wieder den Schwertkomponenten zu. Ekiya ignorierte ihn ebenso bereitwillig, während sie ihre Fracht überprüfte. Aber nachdem sie mehrere Kisten gerade gerückt hatte, die seinetwegen durcheinandergeraten waren, erkannte er, dass dies der falsche Ansatz war.

Also wickelte er die Komponenten in dem Tuch ein, auf dem er sie ausgebreitet hatte, und ging hinüber, um ihr seine Hilfe anzubieten. Ekiya musterte ihn skeptisch, dann deutete sie auf die Kiste, die ihm am nächsten war.

Während er sich an die Arbeit machte, öffnete sie den Verschluss an einer der Kisten, die von der Spitze der behelfsmäßigen Pyramide gefallen war. Sie wollte den Inhalt überprüfen, sichergehen, dass nichts beschädigt worden war.

Der Ronin war nicht sicher, was er erwarten sollte – er hatte nie darüber nachgedacht, was die *Krähe* transportierte. Aber alles, was Ekiya unter mehreren Schichten weichen Packmaterials hervorzog, waren Päckchen in unterschiedlichen Größen und Formen, die sie anschließend mit ihrem Datenblock scannte, um den Zustand zu prüfen.

Das Ganze schien zu ihrer Zufriedenheit zu sein, und nachdem Ekiya alles wieder zurückgelegt und die Kiste verschlossen hatte, wandte sie sich der nächsten zu. Inzwischen hatte der Ronin den Frachtraum größtenteils in seinen ursprünglichen Zustand zurückgerückt, mit Ausnahme des Bereichs, wo Ekiya gerade ihre Inspektion durchführte.

»Wenn du weiter helfen willst, leere diese beiden Kisten da drüben, in Ordnung?«, sagte die Pilotin, ohne aufzublicken. Sie neigte nur leicht den Kopf in Richtung der betreffenden Container.

Der Ronin tat wie ihm geheißen. Die Päckchen unterschieden sich in ihrem Gewicht ebenso wie in ihrer Größe und Form, und hin und wieder erkannte er einen der darin eingeschlossenen Gegenstände. Ein Paket, das er mit beiden Händen tragen musste, weil es so schwer war, enthielt beispielsweise ein archaisches Zeitmessgerät. In einem anderen befand sich eine kleinere Version davon, knapp handgroß und rund. Dann war da ein Objekt, das aufleuchtete, als er es aus der Kiste nahm – wohl eine Art Lampe. Waren das Artefakte? Er vermochte es nicht zu sagen.

Das nächste Päckchen passte mühelos auf seine Handfläche, und es klapperte leise. Das Klappern von etwas Kaputtem, Geborstenem. Der Ronin verzog das Gesicht und legte es zu den anderen. Aber da war ein Prickeln, das in seinen Fingern zurückblieb, ein seltsam vertrautes Gefühl. Ekiya kam herüber, ohne dass er sie rufen musste. Sie schnitt ebenfalls eine Grimasse, als sie sich hinkniete und das Objekt scannte, anschließend legte sie ihren Datenblock beiseite und begann vorsichtig, das Päckchen zu öffnen.

Mit jeder Schicht, die sie auseinanderfaltete, wurde das prickelnde Gefühl in den Fingern des Ronin stärker. Seine Hand glitt zu der verborgenen Sammlung an der Innenseite seiner Robe, aber den Grund dafür erkannte er erst, als Ekiya schließlich fertig war.

Was die Pilotin freigelegt hatte, war eine gelbliche Elfenbeinschnitzerei, kaum größer als ein Daumen, deren Details gewölbte Äste und zwei kleine Vögel inmitten eines Blütenmeers darstellten. Ursprünglich war das Schmuckstück rund gewesen, aber jetzt zog sich ein Riss über seine Mitte, und unter Ekiyas nervöser Berührung drohte es, ganz auseinanderzubrechen.

Doch dieser Riss hatte etwas im Innern freigelegt: ein leichtes Schillern, so diffus wie Staub im Sonnenlicht, kristallin und irgendwie lebendig. Sein Ursprung war unverkennbar, zumindest für den Ronin. Kyber.

Ekiya bemerkte seinen Blick, und sie seufzte schwer. »Wir können vermutlich nicht so tun, als hättest du nichts gesehen, oder?«

Es war nicht wirklich eine Frage. »Nein. Ich habe es sofort gespürt, als ich es berührte ... Aber als es noch in der Kiste war, konnte ich nichts fühlen.«

Sie blickte mit nachdenklich gefurchter Stirn auf die Schnitzerei hinab. »Na ja, ich schätze, wenn es so weit kommt, dass Jedi in unserer Fracht herumwühlen, sind wir ohnehin erledigt.«

Wie viel Kyber transportierten sie an Bord der *Krähe*? Inzwischen glaubte der Ronin zu wissen, wie sie die Kristalle verborgen hatten. Ein herausragendes Stück Handwerkskunst hatte immer eine Präsenz in der Macht – ein Echo der Arbeit und des Könnens, das hineingesteckt worden war –, genauso wie ein meisterhaft angelegter Garten seine Umgebung überstrahlte. Kyber erzeugte stets eine Vibration in die Macht, aber wenn man diese Vibration mit dem Echo eines Meisterwerks überlagerte, war es möglich, dass seine Präsenz unbemerkt blieb.

Die wichtigere Frage war jedoch: Was hatte Ekiya mit all diesen Kristallen vor? Falls auch nur ein Bruchteil dieser Päckchen Kyber enthielten, wäre es die größte Ansammlung, die sich nicht im Besitz der Jedi befand – oder an der Innenseite seiner Kleidung befestigt war. Ekiya war keine Jedi. Keine Sith. Ihre Präsenz in der Macht war viel schwächer als die des Schweiflings oder die von Chie. Sie war lebendig in der Macht, aber sie erzeugte keine Verwirbelungen. Sie konnte die schwarze Strömung nicht kontrollieren.

Welchen Grund hatte sie also, diese Splitter zu horten?

Ekiya las ihm die Frage an den zusammengezogenen Brauen ab. »Ich bringe sie dorthin zurück, wo sie hingehören«, sagte sie. Eine genauere Erklärung blieb sie allerdings schuldig.

Stattdessen wandte sie sich wieder der beschädigten Schnitzerei zu und begann, etwas auf ihrem Datenblock zu tippen. Der Ronin beschloss, sich der nächsten Kiste zu widmen, aber ihre nächste Frage hielt ihn zurück.

»Warum hast du es getan? Dich gegen die Jedi gewandt, meine ich.« Ihre Augen blieben auf den Datenblock gerichtet. »Und sag mir nicht, welche Gründe die *Sith* hatten. Was waren *deine* Gründe?«

Niemand hatte ihm je zuvor diese Frage gestellt. Er achtete darauf, seine Anonymität zu wahren, und wenn er sich doch zu erkennen gab, dann in der Regel nur, um ihn zu töten. Die Worte ließen ihn zusammenzucken wie ein unerwarteter Ellbogenstoß in die Rippen. Ihm wollte keine Antwort einfallen, zumindest nicht auf die Schnelle.

»Du bist nicht der erste Sith, dem ich begegne, weißt du?«, sagte sie. »Ich habe keine Angst vor dir.«

»Das merke ich.«

Sie warf ihm einen kurzen Blick zu, bevor sie sich wieder ihrer Arbeit widmete. »Ich habe euch gesehen, als ihr nach Rei'izu kamt.«

Schlagartig wurde dem Ronin einiges über Ekiya klar. Jetzt wusste er noch viel weniger, was er sagen sollte. Also stand er schweigend da, die Hände hilflos an seinen Seiten, bis sie von sich aus fortfuhr.

»Ich muss wohl kräftig genug ausgesehen haben, um eine Waffe zu halten, und ich war schlau genug, mich nicht zu wehren. Also habt ihr mich mit der ersten Ladung Zwangsrekruten abtransportiert.«

Mit »ihr« meinte sie die Sith. Der Ronin war während jener ersten Tage auf Rei'izu anderweitig beschäftigt gewesen. Das entband ihn jedoch nicht von seiner Mitschuld, wie er wohl wusste.

»Wir waren gerade eine Woche fort, da kam die Nachricht. Keine Ahnung, was ihr getan habt, aber Rei'izu war nicht mehr da. Und da standen wir nun, ich und ein Haufen anderer verängstigter Kinder, an der Frontlinie auf irgendeinem unbedeutenden Mond, uns gegenüber die Jedi und das Imperium, während unser Sith-Kommandant den Verstand verlor. Er erklärte, wir müssten bis zum letzten Mann weiterkämpfen.« Ekiya zog die Nase kraus. »Versteh mich nicht falsch. Die Jedi hätten uns liebend gern abgeschlachtet. Also mussten wir uns selbst um den Kommandanten kümmern. Es war ... nicht schön.«

Der Ronin wusste, dass er etwas sagen sollte. Aber alles, was er in diesem Moment beisteuern könnte, wäre belanglos.

Ekiya schnaubte. »Danach wusste niemand, wie man mit uns verfahren sollte. Ein Haufen panischer Kinder, die keine Heimat mehr hatten. Na ja, sie haben es immerhin versucht. Aber letztlich hatten wir nur einander und sonst niemanden. Das war ... Ach, vergiss es. Was ich sagen will, ist: Ich habe eine Antwort verdient, oder etwa nicht?«

Ja, das hatte sie. Daran bestand kein Zweifel. Sein Instinkt beschwor ihn, den Mund zu halten, doch diese Option stand ihm nicht zu. »Was willst du hören?«, fragte er.

»Eine Entschuldigung wäre nett.« Sie schüttelte den Kopf. »Nein, wäre es nicht. Wem mache ich hier etwas vor? Ich will es einfach nur wissen. Was war so schrecklich an den Jedi, dass ihr uns ohne Zögern unterjocht und gequält habt?«

Der Ronin hatte keine Antwort darauf – es gab keine Rechtfertigung. Es gab nur die Wahrheit. Und die war er ihr schuldig, das spürte er mit qualvoller Intensität. Er berührte das schmerzende Metall an seinem Kiefer, während er vorsichtig seine Worte wählte, dann sagte er langsam: »Mein Lord befahl mir, jemanden zu töten, und ... ich habe es nicht getan. Ich konnte nicht. Damals dachte ich, ich hätte mich ihm widersetzt. Aber ich tat nichts, um ihn aufzuhalten. Mir war nicht klar, was aus ihm werden würde. Und ich ... ich kann nicht ...«

Anfangs starrte Ekiya noch auf ihren Datenblock, und ihre Finger mit den hell lackierten Nägeln strichen über den Schirm. Aber als der Ronin abbrach und nach Worten suchte, die sie zufriedenstellen könnten, blickte sie über die Schulter, ihre Mundwinkel reuevoll nach unten gezogen. Sie akzeptierte seine Fehler, auch wenn sie wusste, wie schwer sie wogen. Sie verstand, was er sich selbst nie würde eingestehen können.

»Du solltest dich ein wenig ausruhen«, murmelte sie, bevor sie sich wieder an die Arbeit machte.

Der Ronin verließ dankbar den Frachtraum. Doch er konnte seine Schuldgefühle nicht loslassen – das Wissen, dass er etwas Schreckliches getan hatte. Sich diesem Wissen zu stellen und seinen Frieden damit zu machen, war noch viel wichtiger, als seine Reflexe zu entstauben oder seine Kontrolle über die Macht aufzufrischen. Bislang hatte er sich einfach geweigert, darüber nachzudenken, aber Chie hatte nur ein wenig in der alten Wunde stochern müssen, um ihn aus der Fassung zu bringen. Die Hexe würde es zweifellos noch viel leichter schaffen.

Er konnte seinen Sünden nicht länger aus dem Weg gehen. Sie hatten ihn eingeholt, und nun war er der Gejagte.

9. Kapitel

Der Ronin setzte das Schwert in der Ungestörtheit seiner Kabine zusammen, und als er Chie das nächste Mal im Frachtraum gegenübertrat, tat er es mit der roten Klinge, so, wie sie es von Anfang an gewollt hatte. Die alte Frau drückte ihre Zufriedenheit aus, indem sie alles in ihrer Macht Stehende tat, um ihm den Schädel einzuschlagen. Er wartete, bis sie sich beide fast völlig verausgabt hatten, dann enthüllte er das Geheimnis seiner neuen Waffe: Er deaktivierte die Klinge und klappte den Griff aus, sodass er beinahe ebenso lang war wie der Stab seiner Gegnerin. Sie gestand ihm diese Alternative zu, aber sie kritisierte bei jeder sich bietenden Gelegenheit seine Form. Und wieder und wieder hieß es: »Du solltest mehr essen.«

Die Mahlzeiten an Bord der *Armen Krähe* wurden stets gemeinschaftlich eingenommen. Ekiya hatte die Bordküche aufgerüstet, sodass der Speiseplan deutlich mehr zu bieten hatte als nur aufgewärmte Feldrationen. Zu jeder Mahlzeit gab es Reis, frische Proteinpaste und Gemüse, entweder roh oder eingelegt. Nach dem nächsten Abendessen fragte der Ronin Ekiya mit gedämpfter Stimme, ob auch mechanische Artefakte beschädigt worden waren. Falls ja, könnte er sie vielleicht reparieren. Zunächst wirkte sie irritiert, aber dann summte ihr B5-56 aufmunternd zu, und Ekiya meinte mit zusammengezogenen Brauen, dass sie darüber schlafen würde.

Letztlich ließ sie ihn doch nicht wieder in die Nähe der Artefakte, aber als sie das nächste Mal sah, wie er seinen Kiefer rieb, bot sie ihm ein schmerzlinderndes Mittel an.

»Wofür?«, fragte er.

B5 protestierte vernehmlich, und Ekiya musterte den Ronin unbeeindruckt. »Nein, du hast nicht übertrieben, Bee. Er ist sicher absolut unerträglich, wenn er eine Erkältung hat.«

Selbst ohne Schmerzmittel schlief der Ronin während des langen Fluges meist tief und fest ... Es sei denn, der Traum ließ ihn jäh hochfahren. Er war nicht mehr so intensiv wie beim ersten Mal, als der Ronin auf dem Seitengang der *Krähe* eingenickt war, aber er war noch immer brutal. Während der letzten paar Jahre hatte er so gut wie nie geträumt. Vermutlich hätte er allein schon deswegen alarmiert sein sollen. Doch stattdessen beschloss er, die Träume als Gelegenheit zu betrachten. Er schob sie nicht von sich fort – obwohl er es wollte –, sondern drehte und wendete sie, beschäftigte sich mit jeder Facette, ganz gleich wie schmerzhaft. Und so kam es, dass er mehr als einmal während eines Nachtzyklus wach lag, erfüllt von Unruhe und einem Gefühl schrecklicher Einsamkeit.

Der Schweifling bemerkte es als Erster. Er begann, zu den ungewöhnlichsten Zeiten an der Kabine des Ronin vorbeizuschlendern, rein zufällig stets mit einer Tasse Tee in der Hand, die er ihm anbieten konnte, bevor er ihn zu einer Runde Shogi einlud.

»Ich fürchte, dafür bin ich zu müde«, sagte der Ronin beim ersten Mal.

»Ich weiß«, erwiderte der Schweifling. »Ich möchte ja auch gewinnen.«

Der Ronin hatte das Spiel während seiner Ausbildung erlernt. Als er noch jung gewesen war, hatten viele Jedi-Meister Shogi benutzt, um ihre vielversprechendsten Schüler an das Taktieren auf dem Schlachtfeld heranzuführen. Damals hatte der Ronin dem Ganzen nicht viel abgewinnen können, aber später, als er nicht länger ein Jedi gewesen war, hatte er einen neuen, viel persönlicheren Respekt vor dem Spiel entwickelt. Dennoch war es Jahre her, seit er zum letzten Mal über einem Shogi-Brett gesessen hatte.

Dass der Schweifling Shogi beherrschte, ließ vermutlich auf eine ähnliche Ausbildung schließen. Es gab noch immer so wenig, was der Ronin über das Wesen wusste. Es schlängelte sich geschickt aus jeder Situation heraus, die mehr über es verraten könnte.

Stattdessen erzählte der Schweifling Geschichten, und der Ronin war ihm dankbar dafür; Stille ließ sich zu leicht mit seinen eigenen Gedanken füllen, und die waren zu so später Stunde selten angenehm.

Also lauschte er Märchen, Geistergeschichten, Fabeln und dem Tratsch von hundert Welten vom Kern bis zum Outer Rim. Manches war wahr, manches alt und manches neu.

Zum Beispiel die Geschichte über seine neuen Begleiter …

Chie ist eine Idealistin, musst du wissen. Ihr Geld verdient sie als Kopfgeldjägerin. Oder als Spezialistin, wie sie selbst es beschreibt. Sie nimmt Aufträge nur an, wenn die Aussicht besteht, dass sie dabei einen Jedi-Ritter umbringen kann. So haben wir uns übrigens auch kennengelernt.

Oh, ich sehe deinen Blick. Was für ein Vorwurf! Ich – ein Jedi?! Nein, ich war lediglich als Beobachter dort. Ein kleiner Mond am Outer Rim litt unter den Gelüsten eines Lords. Dieser hatte in einem benachbarten System eine neue Mine eröffnet und brauchte Arbeiter. Leider ließen seine Rekrutierungsmethoden einiges zu wünschen übrig.

Chie forderte ihn zu einem Duell heraus. Jedi lieben Duelle, also nahm der Lord an. Ich warnte ihn noch, oder zumindest versuchte ich es, aber natürlich hörte er nicht auf die Worte eines einfachen Geschichtenerzählers, und ich hatte zu viel Angst, um ihm zu widersprechen. Außerdem konnte ich nicht glauben, dass einem Jedi-Ritter etwas entging, was für mich selbst so offensichtlich war.

Nun, sei's drum. Er hatte sein Ende verdient. Ich beobachtete das Ganze – aus höflicher Entfernung, versteht sich –, und zu meiner Besorgnis kam Chie nach ihrem Sieg auf mich zu. Ich glaubte schon, sie hätte mich als ihr nächstes Opfer auserwählt. Aber ich konnte sie überzeugen, dass ich von einem viel drängenderen Problem wüsste. Sith dies, Sith das. Zum Glück für mich war ihr Hass nicht nur auf Jedi beschränkt; sie wünschte jedem den Tod, der es wagte, die Macht für seine selbstsüchtigen Ziele zu missbrauchen. Und so schloss sie sich mir an.

Ich war mir lange nicht sicher, was sie so schnell überzeugt hatte. Vertrauen sicher nicht – selbst heute habe ich das Gefühl, dass sie mir nicht ganz traut. Aber sie glaubte mir. Ich vermute, letztlich lag es an ihrer Ausbildung ... wo immer sie die auch bekommen hat. Vielleicht bei einem dieser Orden, die das Imperium so dringend ausmerzen wollte, nachdem ihm die Klans die Treue geschworen hatten. Du weißt schon, Stämme, die die Macht auf eine Weise interpretierten, die den Ansichten des Imperiums widersprach.

Du solltest dir mal anhören, wie Chie über Götter spricht. Sie glaubt, dass sowohl die Jedi als auch die Sith einer völlig falschen Ideologie aufgesessen sind. Andererseits ist sie ein Tantchen, und die glauben schließlich immer, dass alle anderen Trottel sind, ganz gleich, worum es geht.

Der Ronin hüstelte bei dieser Bemerkung. Er war schon lange nicht mehr jung, aber Chie war definitiv noch ein paar Jahrzehnte älter, und er war es gewohnt, Älteren mit Respekt zu begegnen, selbst wenn ... nein, *ganz besonders* wenn sie ihm den Schädel einschlagen wollten.

Der Schweifling lachte, seufzte und nickte, aber es war ein verschwörerisches Nicken. Der Ronin konnte nicht anders, als ebenfalls zu lachen. Natürlich würgte er den Laut sofort wieder ab, doch der Schweifling wirkte zufrieden. Als hätte er einen Erfolg errungen.

Ich sollte ihn nicht weiter anspornen, dachte der Ronin.

Und dennoch hörte er weiterhin zu, als sein Gegenüber fortfuhr.

Oh, Ekiya. Ich fürchte, wir waren ein schlechter Einfluss für sie. Bevor sie in unseren Größenwahn hineingezogen wurde, konzentrierte sie sich darauf zu reparieren, was alte Narren wie wir kaputt machten.

Wir suchten einen Piloten, Chie und ich. Ekiya war offensichtlich für den Posten qualifiziert, auch wenn ich nicht sagen würde, dass das Fliegen ihre Berufung ist. Wir brauchten jemandem, der sich auf Rei'izu auskennt – ja, ja, wir vermuteten schon, dass der Planet unser endgültiges Ziel sein würde, lange bevor du angeschlurft kamst. Nennen wir es einfach sagenhafte Intuition meinerseits.

Nun, wir waren jedenfalls auf der Suche nach Flüchtlingen von Rei'izu, und nahe einer Handelsstation am Mid Rim stolperten wir schließlich über Ekiya und ihre Mannschaft.

Ach ja, ihre Mannschaft ... die Überlebenden. Diese Kinder, die sich gegen ihren Sith-Kommandanten aufgelehnt hatten. Sie steht ihnen noch immer sehr nahe. Ich fürchte aber, die meisten von ihnen erklärten Ekiya für verrückt, als sie sich uns anschloss. Und wer weiß, vielleicht haben sie sogar recht.

Ihre Freunde versuchten, auf ihre eigene Weise Gutes zu tun, weißt du. Zum Beispiel, indem sie illegale Artefakte vor einem imperialen Ermittler verbargen. Ganz recht, die Art von Artefakten, die du im Frachtraum gesehen hast. Die Art, in der sie Kybersplitter verstecken ... Doch das ist eine Geschichte, die du nicht von mir hören solltest. Belassen wir es einfach dabei, dass diese Artefakte eine persönliche Bedeutung für Ekiya und ihre Freunde haben und dass sie wirklich wichtig sind. Aber du weißt ja, wie empfindlich das Imperium reagiert, wenn Kyberkristalle im Spiel sind.

Also halfen wir ihnen. Ich log ein wenig, Chie teilte ein paar Tritte aus, und gemeinsam überzeugten wir den Jedi-Begleiter des Ermittlers, dass er sich in einer Rettungskapsel einschließen und nicht mehr herauskommen sollte. Das machte alles viel einfacher, du verstehst?

Vielleicht hat Ekiya deshalb entschieden, ihre handfeste Arbeit für unseren närrischen Kreuzzug aufzugeben. Ich tue nicht so, als wüsste ich es. Aber ich hoffe, dass es sich für sie lohnt. Was immer sie sich hiervon erhofft, die Galaxis ist ihr ein wenig Genugtuung schuldig.

Das sah der Ronin ähnlich. Es war nicht schwer, sich zu wünschen, dass man andere Entscheidungen getroffen hätte oder dass die Ruinen, die man zurückgelassen hatte, aufs Neue erblühten. Aber sich den Opfern seiner Taten zu stellen, mit ihnen zu sprechen, auf irgendeine Weise zu ihrer Heilung beizutragen ... *das* war schwer. Und er hatte sich dieses Recht noch nicht verdient.

Er vermutete – hoffte? –, dass ihm die Geschichte des Schweiflings weniger schwer im Magen liegen würde, aber das Wesen weigerte sich, diese Geschichte zu erzählen, sowohl in jener Nacht als auch in den darauffolgenden. So blieb dem Ronin nur, seinen maskierten Begleiter zu studieren. Folgendes fiel ihm dabei auf ...

Erstens: Er war sicher, dass er einen Jedi vor sich hatte. Oder zumindest jemanden, der von einem Jedi ausgebildet worden war. Die Fähigkeiten des Schweiflings waren für ihn genauso offensichtlich wie seine eigenen – auch wenn *seine* Fähigkeiten gerade ein wenig eingerostet waren, wie er spätestens durch Chies Lektion wusste. Und falls er sich nicht irrte, gab es außerhalb der Jedi-Klans keinen Weg, seine Machtempfänglichkeit derart zu schärfen.

Zweitens: Natürlich erwartete man von einem Jedi mit solchem Talent, dass er ein Lichtschwert bei sich trug, und an der Hüfte des Schweiflings war offensichtlich keines zu finden. Er hatte nur seine Maske, seine Flöte – die er mehr schlecht als recht beherrschte – und seine Hände, die sich stetig im Rhythmus seiner Worte bewegten. Der Ronin vermutete, dass das Wesen eine starke Abneigung gegen Gewalt hatte, und in gewissem Maße konnte er es sogar nachvollziehen. Wie gesagt, in gewissem Maße.

Drittens: Die Vorliebe der Sith, die Macht auch außerhalb

des Kampfes einzusetzen, faszinierte den Schweifling. Manchmal wirkte er bei diesem Thema aufgeregt, manchmal geradezu neidisch. Aber das musste ein Irrtum sein, schließlich waren die Sith die Quelle der Bedrohung, welche sie gerade zu beenden suchten. Das führte den Ronin zu seiner nächsten Frage: Warum? Wer oder was hatte den Schweifling zu diesem Kreuzzug bewogen? Und warum wollte er es nicht verraten?

Viertens: Er war ein schamloser Betrüger.

Das Shogi-Brett bestand aus schmucklosem Holz, und viele der Spielsteine hatten ihre schwarzen Schriftzeichen längst eingebüßt. Während der ersten paar Züge – wenn sie ihre Steine in Position brachten und abwarteten, wer von ihnen in die Offensive gehen würde – hielt der Schweifling sich brav an die Regeln. Eine Weile setzten sich die Partien auf diese entspannte Weise fort. Sie wagten mit ihren Spielsteinen erste Vorstöße oder zogen sich zurück, eroberten Steine des Gegners und schickten sie als ihre eigenen aufs Feld zurück.

Doch früher oder später begannen die Spielsteine, unauffällig von einem Feld aufs nächste zu gleiten, wenn der Ronin gerade an seinem Tee nippte oder wenn er den Kopf drehte, weil B5 besonders lautstark Kritik an seiner Strategie übte. Der Droide war es nach drei Tagen an Bord leid gewesen, seinem Meister die kalte Schulter zu zeigen, und inzwischen begleitete er ihn wieder öfter. Natürlich sprach keiner von ihnen über das Ende dieser kurzen Entfremdung; so war es ihnen beiden lieber.

Über die Schummelei des Schweiflings verlor B5 ebenfalls keinen Mucks, auch wenn sie ihm zweifellos auffiel. Aber der Ronin machte ihm keinen Vorwurf; er selbst sagte ja auch nichts. Erst wollte er seinen Gegner auf frischer Tat ertappen. Das machte die Partien zu einem Test genau der Fähigkeiten, die der Schweifling so harsch kritisiert hatte.

Für deine Maßstäbe ist das beeindruckend tolerant, sagte die Stimme während der vierten Nacht.

Der Ronin brummte, die Hand unter seinem Kinn, während er das Brett betrachtete. Der Schweifling hatte gerade einen seiner silbernen Generäle in die Beförderungszone bugsiert – ein gewagtes Manöver, das der Ronin leider nicht rechtzeitig gesehen hatte.

Ihr amüsiertes Schweigen zwang ihn, sich etwas einzugestehen, was er lieber ignoriert hätte: Das Interesse des Schweiflings hatte ihm gutgetan und ebenso die Gespräche, die ihm das maskierte Wesen aufgezwungen hatte. So hatte sein Geist die nötige Zeit und den nötigen Freiraum gehabt, um die Tiefe und Schwere der vielen kleinen Wunden zu erkennen, an welche er immerzu erinnert wurde. Auf gewisse Weise war der Schweifling fast so etwas wie ein Anker für ihn geworden.

Vorsicht. Wir wollen doch nicht, dass du leichtsinnig wirst. Ihr Ton war spöttisch, aber auch ...

Die Hand des Ronin sank nach unten, und seine Brust zog sich zusammen. Sie war mehrere Tage fort gewesen, und ihre Abwesenheit hatte geschmerzt; ihre Rückkehr schmerzte ebenfalls, so wie die Lunge beim ersten Atemzug schmerzte, nachdem man zu lange die Luft angehalten hatte.

Und gleichzeitig ... beunruhigte es ihn auch. Das Ganze ergab noch immer keinen Sinn. Die Stimme hatte ihn stets nur zu Sith-Kriegern geführt, die ihm liebend gern den Kopf abgehackt hätten, wäre er ihnen nicht zuvorgekommen. Es gab nur eine einzige Ausnahme von dieser Regel, und die saß dem Ronin nun gegenüber, den Kopf in erwartungsvollem Schweigen zur Seite geneigt.

Daran, *dass* die Stimme ihn zum Schweifling geführt hatte, gab es keinen Zweifel. Aber der Schweifling war kein Sith – oder zumindest nahm der Ronin das an –, und ebenso wenig schien er irgendwelche gewalttätigen Absichten zu verbergen. Zumindest keine, die auf den Ronin abzielten. Falls doch, hätte er schon oft Gelegenheit gehabt, um zuzuschlagen. Nein, das einzige Wesen, dem er Böses wollte, war die Hexe. Deshalb hatte er den Ronin doch überhaupt erst um Hilfe gebeten.

Warum also hatte die Stimme sie zusammengebracht? Was *wollte* sie?

Der Schweifling musterte ihn weiterhin, das Kinn auf die Handfläche gestützt. In einem kalten, dunklen Teil seines Hinterkopfes vermutete der Ronin, dass er ihm eine Erklärung schuldig war. Und nicht nur irgendeine Erklärung – die Wahrheit. Aber die könnte sämtliches Vertrauen zunichtemachen, das man ihm inzwischen entgegenbrachte.

Gerade als der Ronin den Mund öffnete, streckte der Schweifling die Hand aus, um ihm einen Rationsriegel anzubieten. »Ich weiß«, sagte er. »*Widerlich.* Aber ich fürchte, bis Ekiya aufsteht, kann ich dir nichts Besseres anbieten.«

»Ich habe in den letzten vier Tagen genug gegessen, um einen Bantha satt zu machen«, wehrte der Ronin ab.

»Oh. Es ist nur, du sahst gerade aus, als wolltest du um Futter bitten wie ein Vogelküken. Oder ... als hättest du mir etwas zu sagen.«

Der Ronin war nicht verärgert; das wäre kleinlich gewesen. Aber dass ihm die Bemerkung überhaupt nichts ausmachte, störte ihn.

»Oh, schau.« Der Schweifling lächelte auf das Spielbrett hinab. »Ich habe gewonnen.«

In der Tat, aber nur weil er seinen Turm verschoben hatte, während der Ronin abgelenkt gewesen war. Sie könnten noch ein paar Züge weiterspielen, doch der Sieg war ihm nicht mehr zu nehmen.

Der Ronin schnaubte. »Du musst mir wirklich beibringen, wie du das macht.«

»Und meinen Vorteil einbüßen?«

Er war darauf und dran, eine Revanche zu fordern, bevor er sich zusammenriss. Er konnte es kaum glauben, aber ... er hatte *Spaß*. Und es alarmierte ihn nicht halb so sehr, wie es eigentlich der Fall hätte sein sollen. Das Echo der Stimme hallte in seinen Ohren wider, verspielt und kryptisch: *Vorsicht, Vorsicht, Vorsicht.*

Er konnte dem Schweifling nicht trauen. Aber aus irgendeinem Grund wollte er es.

»Und wenn du mir deine Tricks nicht verraten willst, dann verrate mir etwas anderes«, sagte er. »Etwas über dich selbst.«

Der Schweifling verspannte sich unmerklich, wahrte aber seine sorglose Haltung. »Da gibt es weniger zu wissen, als du vielleicht glaubst.«

Der Ronin biss sich auf die Zunge. Er war sicher, dass der Schweifling Stille hasste und dass er sie früher oder später selbst füllen würde, wenn er damit konfrontiert wurde.

Das Wesen seufzte theatralisch und zog in einer nicht minder theatralischen Bewegung die Schultern hoch. »Na schön ... sagen wir einfach, ich war einmal jemand anders, und ich bin froh, dass ich es nicht mehr bin. Aber wer kann schon sagen, ob dieses neue Ich wirklich besser ist? Ich bin sicher, du verstehst, was ich meine.«

Dass er dem Schweifling diese Erklärung abgerungen hatte, fühlte sich befriedigender an, als er zugeben wollte. Seine Worte enthüllten aber auch eine Gefahr, und er gestattete sich ein heimliches, verbittertes Lächeln, während der Schweifling die Spielsteine wieder auf ihren Ausgangspositionen platzierte.

Er wusste genau, wer er war; solange die Stimme in seinem Kopf umhergeisterte, würde er es auch nie vergessen. Die Mannschaft der *Krähe* kannte ihn inzwischen, aber nur ein Stück weit. Er war sicher, dass sich das noch ändern würde. Der Moment würde kommen, da sie die ganze Wahrheit über den Mann erfuhren, den sie an Bord ihres Schiffes eingeladen hatten.

Vielleicht wäre es fairer oder gnädiger gewesen, es ihnen sofort zu erzählen und ihnen später die Gewissenskrise zu ersparen. Aber es wäre unklug. Er brauchte diese Verbündeten jetzt mindestens ebenso, wie sie ihn brauchten. Darum konnte er es sich nicht leisten, sie zu verscheuchen. Nicht jetzt. Nicht, bis er wusste, was aus der Hexe geworden war. Nicht, bis er wusste, ob er sie töten musste.

Die Stimme lachte ihn aus, und ihr Kichern begleitete ihn die gesamte nächste Partie hindurch.

10. Kapitel

Der Schüler war gekommen, um sich tadeln zu lassen. Die Tür aus Holz und Papier glitt zur Seite, und ein junger Twi'lek mit kerzengeradem Rücken und ordentlicher Robe betrat das Arbeitszimmer. Er strahlte die Art Steifheit aus, die aus Furcht geboren wurde, während er sich auf den Boden kniete und seinen hellblauen Kopf beugte. Was für einen Kontrast er doch zu der fetten alten Tooka-Katze darstellte, die auf dem Sims vor dem runden östlichen Fenster lag und das warme gelbe Licht der Zwillingssonnen von Watoru genoss.

»Ich höre, man hat dich in der Bibliothek gefunden«, sagte Hanrai von seinem Platz hinter dem niedrigen hölzernen Schreibtisch.

Der Schüler blieb stumm. Vermutlich hatte man ihn angewiesen, nicht zu sprechen. Die Rufe und das Ächzen der anderen Schüler, die unten auf dem Hof ihre Kampfpositionen übten, hallten durch das Fenster herein. Die Katze gähnte und rollte sich auf den Rücken, die Beine von sich gestreckt. Hanrai seufzte. Das ließ einen Moment lang tiefe Falten auf der Stirn des Jungen entstehen, bevor sie sich rasch wieder glättete.

»In meiner *privaten* Bibliothek«, fuhr Hanrai fort. »Nachts. Mehrere Stunden nach der Abendglocke ... Aber ich schätze, es hat keinen Sinn, dich auf etwas hinzuweisen, was du selbst bereits weißt, nicht wahr, Yuehiro?«

Nun hob der Junge doch den Kopf, seine Augen hell vor durchdringendem Interesse. »Ihr kennt meinen Namen.«

»Ja. Ich kenne den Namen jedes Jedi-Schülers in meinem Klan. Schließlich habe ich euch alle adoptiert.«

Yuehiro runzelte erneut die Stirn, aber Hanrai gestand es ihm zu. Sie hatten noch nie miteinander gesprochen. Für die Schüler war ihr Jedi-Lord – der in rechtlicher Hinsicht die Rolle ihres Vaters einnahm – nur eine brütende Präsenz hinter einem fernen Fenster, die gelegentlich mit ihren Beratern und Gästen durch die Gänge streifte und so gut wie nie mit den Rittern übte.

Yuehiro hatte seit seiner Ankunft vor vier Jahren schon drei Namen getragen. Wenn neue Schüler adoptiert wurden, ließ man sie selbst entscheiden, wie sie fortan genannt werden wollten. Einige Klans legten sogar besonderen Wert darauf. Yuehiros Namensänderungen waren eher persönlicher Natur gewesen; die erste, als er in den Schlafraum der Jungen eingezogen war, die zweite, als er erwachsener wurde. Offenbar hatte er angenommen, dass sein Lord solche Details nicht zur Kenntnis nahm. Doch Hanrai *hatte* es zur Kenntnis genommen, und das machte den Jungen nervös.

»Welchen Grund hättet Ihr, meinen Namen zu kennen?«, sagte er. »Ihr kommt uns nie besuchen. Ihr unterrichtet uns auch nicht, jedenfalls nicht mehr … mein Lord.«

Yuehiro neigte erneut den Kopf, blickte aber rasch wieder auf, als er Hanrais Seufzen hörte. Neugier huschte über die Züge des Schülers, während er seinen Lord musterte. Hanrai wusste, was er sah: einen alten Ritter, der seine besten Jahre längst hinter sich hatte, auch wenn seinen rundlichen Hüften und seinen breiten Schultern noch immer Stärke innewohnte. Ein Staatsmann mit dem Schatten eines Kriegers. Yuehiro schien jedoch nach etwas anderem zu suchen als dem Jedi oder dem Lord. Vielleicht nach Humor.

»Ob du es glaubst oder nicht, Lord zu sein, bringt eine ganze Flut an ermüdenden Pflichten mit sich«, erklärte Hanrai. »Sie nehmen mehr von meiner Zeit ein, als mir lieb ist, und nicht selten geht es um Dinge, denen ich überhaupt nichts abgewinnen kann.«

»Warum habt Ihr den Titel des Lords dann angenommen?«, fragte Yuehiro. »Ihr hättet ein Ritter bleiben können, so wie die meisten Jedi es tun.«

Hanrai hob die Hand. »Ich habe deine Frage beantwortet. Jetzt … wirst du meine beantworten.«

Yuehiro verstummte und klappte vorsichtig den Mund zu. Das ließ Hanrai innehalten. Kein Zweifel, der Junge war schon für seine Fragen getadelt worden. Und das überaus harsch, wie es aussah.

»Was hast du in meiner Bibliothek gesucht, was du nicht auch in der großen Bibliothek finden könntest?«, wollte Hanrai wissen. »Und warum sollte niemand wissen, dass du danach suchst?«

Yuehiro ballte die Hände auf den Knien zu Fäusten. »Die Toten, mein Lord.«

»Ah.« Hanrai sank auf seine Fersen zurück, dann wechselte er in den Schneidersitz und seufzte erneut. »Ja, natürlich. Du hast die Geschichten gehört.«

Yuehiro runzelte einmal mehr die Stirn, ebenso verwirrt wie fasziniert, und diesmal konnte er seine Zunge nicht im Zaum halten. Ah, die Jugend! »Ja«, sagte er. »Alle haben sie gehört. Noch glaubt es nicht jeder – aber es ist wahr, richtig?

Ist dasselbe auch mit Meister Numoda passiert? Er ist doch fort, oder? Ich meine, tot.«

»Warum sagst du das?«

»Ihr habt ihn vor Wochen ins Engai-System geschickt, um Schmuggler zu bekämpfen. Dann kam die Nachricht, dass es Komplikationen gab. Und seitdem hat niemand mehr etwas gehört. Die Meister wollen nicht darüber sprechen. Aber Meister Numodas Knochen wurden nicht zurückgeschickt – und sie hätten doch zurückgeschickt werden müssen, für den Schrein. Also ... wollte ich mir die Texte über die Sith-Rebellion durchlesen. Über die Hexe.«

Hanrai nickte, während er den Worten des Jungen lauschte. Als Yuehiro fertig war, wurde sein Enthusiasmus wieder von steifer Furcht verdrängt. Hanrai ließ die Stille ein paar Sekunden in der Luft hängen, bevor er sprach. »Verstehst du, warum diese Texte privat sind?«

»Nein.« Mit welcher Sicherheit der Junge das sagte! »Wir sollen Jedi werden. Also müssen wir auch wissen, was uns erwarten könnte. Wie sollen wir uns vor einer Gefahr schützen, wenn wir sie nicht erkennen?«

Das ließ Hanrai lächeln – ein echtes, zufriedenes Lächeln. Er vermisste diese Art von Schüler, diese Art von Diskussion. »Da hast du wohl recht, Yuehiro. Aber ich fürchte, du hast nicht über die Beweggründe deiner Lehrer nachgedacht. Glaubst du denn nicht, dass sie dir alles Wichtige erzählen werden – wenn die richtige Zeit dafür gekommen ist?«

Yuehiros Stirn furchte sich. Nein, er vertraute seinen Lehrern nicht, aber zumindest schämte er sich, es zuzugeben. Zu dumm nur, dass ihm seine Gefühle deutlich am Gesicht abzulesen waren.

»Also gut.« Hanrai streckte den Rücken, öffnete dann eine Schublade seines Schreibtisches und förderte einen kleinen grünen Stempelstein hervor, in dessen flache Seite ein Wappen eingeritzt war. »Dieses Siegel gewährt dir Zugang zu meiner Bibliothek«, erklärte er. »Aber nur während der Stunden vor der Abendglocke.«

Yuehiro nahm den Stein so behutsam entgegen, als könnte er jeden Moment zu Staub zerfallen. »Warum gebt Ihr mir das?«

»Weil du deinen anderen Meistern nicht traust«, antwortete Hanrai. »Vielleicht hilft dir das, *mir* zu vertrauen. Ich möchte, dass du ein Jedi wirst, Yuehiro. Aber ich will nicht noch einmal hören müssen, dass du die Abendglocke ignorierst oder eine Übung ausfallen lässt. Verstanden?«

Yuehiro hielt den Stein mit beiden Händen umschlossen, während er sich verbeugte – aber weniger aus Höflichkeit oder Dankbarkeit, wie Hanrai vermutete, sondern vor allem, um sich Zeit zum Nachdenken zu verschaffen. »Ihr … Ich glaube, Ihr wärt ein guter Lehrer, mein Lord. Warum unterrichtet Ihr nicht mehr?«

Hanrai spürte, wie sein Lächeln angespannt wurde. Die Erinnerung fühlte sich noch immer wie eine Niederlage an. Solchen Dingen nachzuhängen, brachte niemandem etwas, erst recht nicht jenen, die die Folgen dieser Niederlage getragen hatten. Nein, er musste seinen Fehler akzeptieren, die nötigen Schlüsse daraus ziehen und in Zukunft weiser handeln. Das war seine Pflicht.

Aber natürlich hatte er nicht vor, ein Kind mit solchen Gedanken zu belasten. Dafür war später noch Zeit, wenn der Junge älter und weiser wäre – und seine Zunge besser im Zaum halten konnte.

»Ich schätze, die Galaxis hatte eine andere Aufgabe für mich«, sagte er nur. »Doch heute Abend konnte ich kurz zu dieser alten Berufung zurückkehren, und dafür danke ich dir.«

Er schickte Yuehiro fort, und sein Berater, Masamu, trat ein. Offensichtlich hatte er bereits auf der anderen Seite der Tür gewartet. Ihm kam es sicher wie Zeitverschwendung vor, dass Hanrai so viel Zeit für einen Schüler opferte, anstatt sich die jüngsten Berichte durchzulesen oder seine nächsten politischen Züge zu planen.

»Ihr seid zu nachsichtig, mein Lord«, sagte Masamu, nachdem er sich auf die andere Seite des Schreibtisches gesetzt hatte.

»Bin ich das?« Hanrai streckte den Arm zum Fenstersims aus und streichelte den Bauch der faulenzenden Tooka. »Von jetzt an wissen wir wenigstens, wann Yuehiro in der Bibliothek ist – und welche Texte er durchstöbert.«

Am wichtigsten war ihm jedoch, dass er so das Vertrauen des Jungen gewinnen würde. Hanrai hatte nicht vor, alte Fehler zu wiederholen.

Masamu atmete geräuschvoll durch die Nase aus. »Die Prinzen verlangen eine Antwort, mein Lord. Sie werden Eure Neutralität nicht mehr lange tolerieren, falls Ihr mir die Einschätzung erlaubt. Jeder von ihnen fürchtet, dass er die Loyalität seiner Jedi verlieren könnte, falls Ihr Euch mit einem seiner Brüder verbündet.«

»Und Ihr habt ihnen hoffentlich gesagt, wie lächerlich diese Sorge ist. Kein echter Jedi würde je den Lord verraten, dem er die Treue geschworen hat.«

»Mein Lord …« Masamu wand sich auf seinem Platz.

Hanrai lachte leise. »Ich weiß. Halten sie wirklich so wenig von uns? Dass wir die Bande untereinander höher schätzen als die Bande mit unseren Meistern?« Er seufzte. »Sagt ihnen, dass ich keine Sith-Ketzerei in den Klans dulde. Und dann sagt ihnen, dass sie sich ihre engstirnigen Streitereien gerne in …«

Aus den Augenwinkeln sah er ein blinkendes Licht, dumpf und unauffällig. Es stammte von dem Datenblock, den er im unteren Fach seines Schreibtisches aufbewahrte. Dieser Datenblock erfüllte nur eine Aufgabe, und Hanrai ließ ihn nie aus den Augen.

Masamus Pupillen weiteten sich, als er den Blick seines Meisters bemerkte.

Hanrai holte den Datenblock unter dem Tisch hervor und las die Nachricht, die er gerade erhalten hatte. Sie war kurz und präzise, wie es bei solchen Meldungen immer der Fall war. Was aber deutlich seltener vorkam, war, dass sie ihn zum Lächeln brachten.

»Nun«, wandte er sich an Masamu, dem bereits der kalte Schweiß ausgebrochen war, »jetzt könnt Ihr diesen treulosen Prinzen sagen, dass ich fortgerufen wurde. Und dass ich nach meiner Rückkehr vielleicht eine Antwort für sie haben werde.«

»Mein Lord …« Masamu geriet ins Stammeln, als Hanrai aufstand. »Was, wenn sie fragen, wohin Ihr gegangen seid?«

Hanrai grinste. »Nach Dekien. Sollen sie ruhig glauben, dass ich mir ein wenig Urlaub gönne. Vielleicht hilft ihnen das ja, die Dinge in die richtige Perspektive zu rücken.«

11. Kapitel

Einen großen finster dreinblickenden Sith-Krieger an Bord zu haben, brachte einige Probleme mit sich, nicht zuletzt, dass man nicht mehr wirklich schlafen konnte. In der vierten Nacht überlegte Ekiya ernsthaft, ob sie ein Mittel nehmen sollte, aber das wäre eine Verschwendung ihrer medizinischen Vorräte gewesen.

So kam es, dass sie sich völlig übermüdet die Hand am Teekessel verbrannte, bevor sie ins Cockpit schlurfte, um zu sehen, ob ihre Kontaktperson eine Nachricht geschickt hatte; Ekiya hatte um Ausrüstung gebeten, die ihnen auf Dekien von Nutzen sein könnte. Chie war bereits dort und tippte mit verkniffener Miene auf der Kommunikationskonsole herum.

Es war nicht das erste Mal, dass Ekiya sie dabei erwischte, wie sie über dem zusammengewürfelten Kommsystem der *Krähe* brütete. Chie hatte ihre eigenen Leute, mit denen sie sich in Codes und Chiffren austauschte. Ekiya hatte kein Problem damit, und solange Chie sie nicht nach ihren Kontakten fragte, würde sie auch keine Fragen stellen. Der Fuchs war da schon neugieriger, aber zum Glück für Chie hatte er keine Ahnung von moderner Technologie. Alles, was komplexer als ein Leuchtstab war, überstieg seinen Horizont. Dennoch achtete Chie darauf, ihre Nachrichten nur zu schicken, wenn niemand in der Nähe war. Fragen ließen sich am einfachsten vermeiden, wenn niemand wusste, dass es überhaupt welche zu stellen gab …

Der Gedanke ließ Ekiyas Nase jucken, während sie auf ihren Sitz sank.

Dann schluckte sie all diese Gedanken mit ihrem nächsten Gähnen hinunter. »Tantchen, du weißt, dass ich Nachrichten für dich senden kann.«

Chie schnalzte mit der Zunge und drückte eine Taste. »Ich möchte dir keine Unannehmlichkeiten bereiten.«

»Das könnte ich im Schlaf machen.«

Chie musterte sie. »Schade nur, dass du kaum noch schläfst. Oder zumindest siehst du so aus.«

»Es ist nichts.« Ekiya ließ die Augen über die Lichter der *Krähe* schweifen. Auf den ersten Blick sah alles in Ordnung aus, aber sie kannte sich: In ein paar Stunden würde sie trotzdem anfangen, Systemchecks durchzuführen und Leitungen zu überprüfen, nur um auf Nummer sicher zu gehen. Wer konnte schließlich sagen, wann ihr griesgrämiger Sith wieder die Macht spielen ließ und die elektronischen Eingeweide der *Krähe* durcheinanderbrachte? »Ich bekomme keine kalten Füße, falls du das meinst. Ich vertraue dem Fuchs.«

»Andernfalls wäre es auch ziemlich dumm, ihm zu folgen«, bemerkte Chie.

»Vielleicht bin ich nicht dumm, sondern einfach nur verzweifelt.«

Chie zog eine Braue hoch, als wollte sie sagen: *Sind wir nicht alle verzweifelt?* Sie ließ von der Konsole ab, lehnte sich zurück und blickte in den Lichterstrudel vor dem Cockpit hinaus. »Nun, im Moment klingst du nicht sonderlich vertrauensvoll.«

»Vielleicht ist es nur, weil es sich nicht fair anfühlt. Ich meine, du hast sie auch gehört, oder? Neulich nachts in der Bordküche? Als der Fuchs ihm von uns erzählt hat.«

»Aber über sich selbst gibt er nichts preis.«

»Ja, genau.« Ekiya presste die Knöchel gegen ihre Stirn. »Ich weiß auch nicht … Er war offensichtlich mal eine Art Jedi – oder ein Sith.«

»Oder etwas völlig anderes.«

»Etwas anderes?«

»Es gab viele Gruppen, die sich der Macht auf ihre eigene Weise angenähert haben. Leider hatte das Imperium eine Vorliebe dafür, diese Gruppen auszulöschen. Insofern ist die Wahrscheinlichkeit zugegebenermaßen gering.«

Andererseits … Hegten Chie und Ekiya nicht beide auch solche ketzerischen Ansichten? Ekiya hatte ihr Artefakte, und Chie hatte … nun, was immer sie so entspannt und ruhig machte, wenn sie das flüssige Licht des Hyperraums betrachtete.

Die alte Frau trug eine Energie in sich. Eine Kraft. Natürlich war Ekiya froh, so jemanden auf ihrer Seite zu haben, aber es machte sie auch nervös. Was sie selbst anging: Sie konnte kämpfen. Das war eine Notwendigkeit, wenn man hier draußen allein ein Schiff flog. Sie verstand es, ihre Fäuste, Füße und Zähne einzusetzen, und wenn es hart auf hart kam, zögerte sie auch nicht, zum Blaster zu greifen. Aber Chie sprach über das Töten, wie nur eine Soldatin es tat oder eine Jedi, und es erfüllte Ekiya jedes Mal mit Unbehagen. Doch das war allein ihr Problem, und sie wusste es. Letztendlich hatten sie beide einen guten Grund, Blut zu vergießen; Chie vergoss nur mehr davon.

Die alte Frau blickte sie an. Jeden anderen hätte Ekiya

vermutlich angefahren, dass sie nicht angestarrt werden wollte, doch bei Chie hatte sie einfach nur das Gefühl, gesehen zu werden. Die alte Frau lächelte trocken. »Aber falls es dich interessiert, ich würde auch wetten, dass er ein Jedi ist.«

»Als hättest du je in deinem Leben gewettet!«

»Na schön, dann sagen wir eben, ich bin mir sicher.« Chie neigte nachdenklich den Kopf, und Ekiya wartete ungeduldig. »Ich habe ein paar Nachforschungen angestellt. Es gibt da einen bestimmten Jedi-Klan, der gerade dabei ist, einem anderen Klan einverleibt zu werden. Der Lord ist vor Kurzem gestorben, und sein ausersehener Erbe wird schon seit einer ganzen Weile vermisst.«

»Und was hat das mit dem Fuchs zu tun?«

Chie bedachte sie mit einem tadelnden Blick. »Ich hatte nach Informationen über ihn gebeten. Und das war die Antwort, die ich erhielt.«

»Von wem?«

»Ich bezweifle, dass du sie mögen würdest.«

Die Worte klangen nicht abweisend; Chie zog es einfach vor, nicht über ihre Kontakte zu sprechen. Ekiya könnte natürlich weiter nachhaken, aber eine Antwort würde sie trotzdem nicht erhalten, und außerdem hatte sie zu großen Respekt vor diesem unausgesprochenen Einverständnis zwischen ihnen. Sie wussten genug übereinander, um die Geheimnisse der anderen akzeptieren zu können. Beim Fuchs verhielt sich die Sache ein wenig anders.

Oder taten sie ihm unrecht? Es fühlte sich ein wenig so an.

Einerseits stimmte es natürlich, dass er auf einem riesigen Haufen von Geheimnissen saß, andererseits war Ekiya sicher, dass er wirklich wichtige Informationen mit ihnen teilen würde. Falls das stimmte – und sie *musste* glauben, dass es stimmte, denn andernfalls wäre es wirklich dumm von ihr, ihm zu folgen –, dann verletzte Chie seine Privatsphäre nur, weil sie glaubte, das Recht dazu zu haben. Wer weiß, vielleicht hatte sie dieses Recht sogar. Der Fuchs verlangte viel von ihnen. Bislang hatte Ekiya ihm einen Vertrauensvorschuss gewährt.

Aber dann hatte er einen Sith an Bord gebracht. Das machte es schwerer, ihm zu vertrauen. Viel schwerer.

»Soll ich vielleicht auch Nachforschungen anstellen?«, fragte sie. »Ich kenne da ein paar Leute …«

»Du musst nicht nach Informationen suchen, die ich bereits gefunden habe«, erwiderte Chie. Was sie damit meinte, war: Du musst dir nicht die Hände schmutzig machen, wenn meine es bereits sind.

»Na ja, falls es irgendetwas gibt, was ich wissen sollte …«

»… würde ich es dir sagen. Glaub mir, ich würde mich nicht allein gegen einen Jedi stellen. Und erst recht nicht gegen einen Jedi *und* einen Sith. Wir beide sitzen im selben Boot.«

»Danke«, murmelte Ekiya. Es fühlte sich besser an, als sie zugeben wollte.

»Nur damit wir uns verstehen: Ich bin nicht wütend auf ihn. Und es ist auch nicht so, als würde ich ihm nicht mehr glauben. Wenn man erst mal so alt ist wie ich, bekommt man ein Gespür dafür, wann jemand so tut, als würden die Götter durch ihn sprechen – und wann die Götter es wirklich tun. Ich habe keinen Zweifel daran, dass er uns ans Ziel führen wird … was immer uns dort auch erwarten mag.«

»Du glaubst also, es stimmt? Rei'izu?« Allein den Namen auszusprechen, erfüllte Ekiya mit Unbehagen.

Chie wirkte zu gleichen Teilen verwirrt und neugierig. »Du nicht?«

»Na ja, muss ich wohl, oder?«, murmelte Ekiya, während sie sich an die überflüssigen Systemchecks machte, genau so, wie sie es vorausgesehen hatte. Sie brauchte etwas, um ihre Hände und ihren Geist zu beschäftigen, damit ihre Gedanken nicht zu den Relikten im Frachtraum zurückkehrten. Jedes einzelne davon hatte man ihr im Austausch für ein Versprechen anvertraut: *Ich werde sie nach Hause bringen.*

Es fühlte sich noch immer wie eine Lüge an, ganz gleich, wie oft sie die Worte in ihrem Gedächtnis wiederholte.

Die meisten Flüchtlinge von Rei'izu, die ihr im Lauf der Jahre ihre alten Relikte gegeben hatten, hatten es vermutlich als eine Art Ritual betrachtet. Gib der netten Frau von Rei'izu die Kyberlaterne, die du nach dem Tod deiner Großmutter angefertigt hast. Sie sagt, sie bringt sie dorthin zurück, wo die Geister unserer Vorfahren ruhen sollten. Keiner von ihnen hatte eine Garantie, dass sie ihr Ziel erreichen würde oder dass man ihrem Wort überhaupt trauen konnte. Aber die Lebenden sollten die Toten nicht bei sich behalten. Nicht so. Knochen konnte man beerdigen, aber Kyber – der Geist, die Seele –, das gehörte in den Tempel.

Was sollte sie nur mit all diesen Relikten und all diesem Kyber anstellen, falls der Tempel fort war … weil ganz Rei'izu fort war … weil die Sith den Planeten wirklich ausgelöscht hatten? Dann könnte sie nur beten und hoffen, dass die Toten von sich aus einen Weg fanden, diese Welt zu verlassen.

Vier der Relikte im Frachtraum gehörten Ekiya und ihrer Mannschaft. Den Freunden, die sie allein auf das Wort des Fuchses hin zurückgelassen hatte – auf sein Versprechen hin, dass sie den Toten Frieden schenken könnte.

Sie war nicht sicher, warum sie ihm geglaubt hatte, während alle anderen nur den Kopf geschüttelt hatten. Es hatte nichts mit der Macht zu tun gehabt, so viel stand fest. Diese Zaubertricks hatten nach ihren Erlebnissen mit den Sith jeglichen Reiz verloren. Und es war auch nicht die Redegewandtheit des Fuchses gewesen; er hatte sie nicht beschwatzt wie ein Scharlatan oder Straßenzauberer, der seinen Opfern ihre letzten Credits aus der Tasche ziehen wollte.

Vielleicht lag es daran, wie er mit Kindern umging. Oder mit alten Tantchen und Onkelchen. Oder daran, dass er genau wusste, wann man lieber eine leise, ruhige Geschichte hören wollte anstatt einer lauten, grandiosen.

Wenn man ihm zuhörte, war es einfach zu hoffen. Zu hoffen, dass diese dreckige, brutale Realität schöner und besser werden konnte, wenn man sich nur anstrengte.

Ekiya glaubte dem Fuchs, musste ihm glauben. Welchen Grund hätte sie sonst, immer noch nach Überlebenden von Rei'izu zu suchen und sie zu fragen, ob sie ihr ihre Geister anvertrauen wollten? Sie war keine gewiefte Lügnerin, die sich an ihrem eigenen Volk bereichern wollte – denn sie würde diese Relikte niemals verkaufen (sollte sie es doch versuchen, würde eine so große Menge an Kyber garantiert das Imperium auf den Plan rufen). Damit blieb nur eine Erklärung: Sie glaubte wirklich, dass sie all diese Geister nach Hause bringen konnte, indem sie dem Fuchs zu der Hexe folgte. Und dieser Glaube saß so tief, dass sie während der letzten zwei Jahre nicht einmal daran gedacht hatte aufzugeben. Bis jetzt.

Das war das Problem mit dem Sith-Grimassenschneider. Seine bloße Präsenz hatte Zweifel in Ekiya geweckt. War ihre Furcht vor seinesgleichen so groß, dass sie schlichtweg nicht in der Lage war, mit ihm zusammenzuarbeiten? Oder lag das

Problem woanders? Fühlte sich ihre unmögliche Mission plötzlich zu *real* an, jetzt, da sie einen Sith aus Fleisch und Blut an Bord hatten?

»Du machst dir immer noch Sorgen«, stellte Chie fest. Sie war weder Jedi noch Sith, aber sie war ein Tantchen, und Tantchen spürten solche Dinge.

»Wir haben einen Sith in unserer Mitte. Natürlich mache ich mir Sorgen.«

»Ich verstehe.«

»Verstehst du nur, oder siehst du es auch so?«

Chie blickte aus dem Fenster, während sie in die kalte Schwärze des Normalraums zurückfielen. »Ich denke, wir sollten auf jeden Fall vorsichtig sein.«

Vorsichtig zu sein, war am einfachsten, wenn Ekiya den Mann nicht sehen musste. Der Gedanke an den Sith – das *Konzept* des Sith – machte ihr Angst. Aber wenn sie ihm von Angesicht zu Angesicht gegenüberstand ... Er hatte diesen zerknirschten Ausdruck wie ein depressiver Mynock. In seinen Gesprächen mit B5 und dem Fuchs und sogar mit Chie kam immer wieder trockener Humor zum Vorschein. Und wie vorsichtig er mit den Relikten umgegangen war! Beinahe hatte Ekiya ihm erklären wollen, dass es Geister waren. Aber dann war ihr wieder eingefallen, dass er der Grund war, warum diese Geister keinen Frieden finden konnten.

Insofern war es vielleicht richtig, dass er ihnen half, Rei'izu zu finden. Doch vertrauen würde sie ihm deshalb noch lange nicht.

Diese Gedanken begleiteten sie, während sie ihrem Kontakt eine weitere Nachricht schickte, um ein weiteres Stück Ausrüstung anzufordern. Vermutlich würden ihre Freunde es nicht beschaffen können, bevor die *Krähe* das Dekien-System erreichte, aber mit ein wenig Glück würde es bereitliegen, wenn sie Dekien wieder verließen.

Später, als sie die erste Lieferung von ihrer Kontaktperson erhielten, reichte Ekiya dem Sith – wie sollte sie ihn nennen? Grimasse? Nein, Grimm, das klang doch nicht übel – seine Ausrüstung. Seine Brauen zogen sich weiter und weiter zusammen, während er in dem Bündel auf seinem Schoß herumwühlte. »Ich weiß nicht, ob das das Richtige für diese Mission ist.«

Was hatte er erwartet? Eine Höhlenforscherausrüstung? Wusste er denn nicht, was aus Dekien geworden war? Halt, vermutlich wusste er es wirklich nicht. Das kam davon, wenn man die ganze Zeit in den entlegensten Winkeln der Galaxis umherwanderte und die Einheimischen mit einem Lichtschwert bedrohte.

»Die Alternative wäre, eingesperrt zu werden«, sagte Ekiya. »Das heißt, sofern die Kopfgeldjäger dich nicht vor dem Imperium erwischen.«

Steckbriefe waren schneller als jeder Schiffsantrieb, und da die *Arme Krähe* eine weitschweifige Route genommen hatte, war Grimms Fahndungsbild vermutlich schon vor Tagen im Dekien-System angekommen. Natürlich würde nicht jeder glauben, dass da wirklich ein Sith auf freiem Fuß war, aber das Kopfgeld würde Aufmerksamkeit erregen. Folglich musste Grimm den Kopf unten halten, falls er ihn nicht verlieren wollte.

Der Sith schürzte die Lippen, während er den Pass beäugte, der gefaltet unter seiner Ausrüstung lag. »Ein subtilerer Ansatz wäre mir lieber, das ist alles.«

»Überlass einfach dem Fuchs das Reden.« Ekiya klopfte ihm auf die Schulter. »Oder gib mir und Chie ein Zeichen, falls wir eine Rettungsaktion starten sollen. Und falls dir jemand zu nahe kommt, schneide einfach deine Grimasse.«

Grimm blickte zu ihr hoch, einen Anflug von Nervosität in seiner ansonsten stoischen Miene.

»Ja, genau so.«

Aber sein Blick hatte sie ebenfalls nervös gemacht. Zum einen konnte sie nicht glauben, dass sie gerade versucht hatte, einen Sith-Krieger zu beruhigen – noch dazu einen, der aussah, als hätte man zwei Wesen von normaler Standardgröße unter einer zerschlissenen Robe zusammengezurrt. Und zum anderen: Wenn das, was sie auf Dekien erwartete, ausreichte, um *ihn* nervös zu machen, wie sollte sie sich dann erst fühlen?

12. Kapitel

Die Gestalt in dem Holo trug einen unscheinbaren gelben Kimono, der mit weißen, blauen und orangefarbenen Blüten verziert war. Mit erhobener Hand und freundlichem Lächeln lenkte sie die Blicke der Zuschauer zu den Bildern natürlicher Erhabenheit, die ringsum erstrahlten.

Dekien, der ungeschliffene Diamant des Outer Rim. Hier blühte die Natur. Juwelenbäume mit rosafarbenen Blättern ragten hoch über schmalen Tälern auf, die Morgenbrise und Abendwind in den Fels geschnitten hatten. Jede Jahreszeit ließ neue Blumen erstrahlen – Weiß im Frühling, Gelb im Sommer, Blau im Herbst und Violett im Winter. Die Flüsse waren so klar wie Glas, und das Meer schillerte in allen Farben, die das Auge wahrnehmen kann. Wahrlich, es war der Inbegriff unberührter Schönheit …

Heute erwartet Sie ein neues Dekien, das ganz Ihrem Vergnügen gewidmet ist. Besuchen Sie mehrstöckige Teehäuser, von denen man die majestätischen Schutzgebiete mit ihren Bergen, Wäldern und Wüsten bewundern kann. Genießen Sie atemberaubende Darbietungen auf unseren mobilen Lotusbühnen, die die Landschaft selbst verwan-

deln. Genießen Sie die besten Getränke der Galaxis unter dem Nachthimmel. Und all das, während Sie auf unseren hochmodernen Vergnügungsbarken rund um den Planeten reisen.

Lassen Sie mich nun die Erste sein, die Ihnen im Namen von Eternity Enterprises sagt: Willkommen auf Dekien!

An dieser Stelle wiederholte sich das Holo. Der Ronin starrte zu dem Projektor an der Decke hoch, der das Bild auf das Hauptdeck der Vergnügungsbarke zauberte. Das Schiff war beeindruckend und groß, so wie die meisten Dinge auf Dekien, mit wallenden goldenen Segeln, die an die Flossen eines Karpfens erinnerten, seine Flanken in prächtigen Mustern bemalt, sodass der Eindruck weißer und scharlachroter Schuppen entstand. Die Gäste waren auf dem Oberdeck versammelt, welches auf allen Seiten von der Illusion eines weiten Himmels umgeben war – Bildschirme, die die Welt außerhalb nach innen wiedergaben, während ein internes System perfekt bemessene Brisen über das reichhaltige Früchtebuffet blies.

Sie hatten den Raumhafen gerade erst verlassen, und das Werbe-Holo bot dem Ronin daher einen ersten Eindruck von vielen Sehenswürdigkeiten, die die Barken während ihrer Rundreisen besuchten. Riesige vergoldete Pagoden, extravagant dekorierte Theater und Freiluftbühnen, Teehäuser, Casinos, Cantinas und jede erdenkliche Form von Touristenattraktion, voneinander getrennt durch ein schimmerndes Gewirr künstlicher Wasserwege und miteinander verbunden durch ein unerschöpfliches Muster rot lackierter Brücken.

»Sieht es wirklich überall so aus?«, murmelte er.

»Du meinst, auf dem ganzen Planeten?« Der Schweifling betrachtete nachdenklich das Holo. »Mehr oder weniger.«

»Das alles – in nur zwanzig Jahren?«, fragte der Ronin. Als er Dekien das letzte Mal gesehen hatte, war es ein fast unberührter Felsbrocken gewesen.

»Nun, ein Imperium möchte immer beweisen, wie beeindruckend es ist. Und da es keine Kriege mehr gab, die sie gewinnen konnten, beschlossen sie eben, ihre Pracht auf friedliche Weise zu zelebrieren.«

Der Ronin schnitt eine Grimasse, und der Schweifling lachte. Als die Vergnügungsbarke die Hauptstadt von Dekien – Dazenma – hinter sich ließ, um auf das offene Meer hinauszusegeln, wurde ein neues Segment des Holos abgespielt:

Willkommen, verehrte Gäste. Sie treten nun die Reise Ihres Lebens an. Vor uns liegen die Seikara-Höhlen, die schon die größten Künstler inspirierten.

Dieses prächtige Höhlensystem erstreckt sich über zehn Kilometer, durch Kathedralen aus natürlichem Blumstein und unterirdische Täler voller üppiger biolumineszenter Pflanzen. Dank der Repulsorbrücken von Eternity Enterprise können Besucher das gesamte Höhlensystem durchstreifen. Diese Brücken sind strategisch platziert, sodass Sie bei jedem Schritt majestätische Ausblicke erwarten.

Um die Schönheit von Seikara zu bewahren, wird jeden Monat nur eine Handvoll Besucherpässe ausgegeben. Als Teilnehmer an unserer Rundfahrt haben Sie alle einen solchen Besucherpass erhalten, verehrte Gäste. Freuen Sie sich also auf ein Erlebnis, das nur den wenigsten Wesen vergönnt ist.

Falls Sie in den Seikara-Höhlen selbst auf eine Eingebung hoffen, möchten wir darauf hinweisen, dass Eternity Enterprises diese Barke mit allem ausgestattet hat, was Sie für ein inspirierendes Erlebnis benötigen. Ob Sie nun mit einem Priester meditieren oder durch große Kunst Ihre Kreativität stimulieren möchten – alles steht bereit, damit Sie Ihre Träume in die Realität umsetzen können.

Nur die wenigsten der anderen Gäste achteten auf das Holo. Sie hatten vermutlich monate–, wenn nicht gar jahrelang gewartet, um Seikara zu besuchen, und es gab nichts Neues mehr, was ihnen ein Hologramm noch darüber erzählen könnte. Als er sich die Kleidung und die Haltung der Gäste so ansah – selbst in ihrer Gelassenheit machten sie noch einen eleganten, weltmännischen Eindruck –, wunderte der Ronin sich einmal mehr, wie sie es geschafft hatten, überhaupt einen Platz an Bord zu ergattern. Ekiyas Kontaktperson hatte wirklich ganze Arbeit geleistet.

Neben ihm machte B5–56 eine abfällige Bemerkung über die Kleidung der Passagiere, obwohl er selbst einen neuen, eleganten Strohhut trug.

»Wenn sie dich hören, werden sie dich über Bord werfen«, warnte der Ronin. »Heuchler.«

Aber, aber. Kein Grund, gemein zu sein, tadelte die Stimme.

»Ich sehe aus wie ein Narr.« Ein schwarzer Mantel über schwarzen Roben, dazu schwarze Stiefel und – der schlimmste Teil – eine schwarze Halbmaske, die seine untere Gesichtshälfte verbarg, verziert durch ein stilisiertes Maul mit langen Zähnen. Sie diente dazu, sein auffälligstes Merkmal zu verbergen: seine metallene Prothese. Zumindest hatte man ihm seine Kyberkristalle gelassen, auch wenn er sie nun in einer verborgenen Tasche unter seinem Mantel trug.

Ihre Kleidung hatten sie nach der Landung in Dazenma von derselben Person bekommen, von der auch ihre Tickets stammten. Es war ein junger Mann gewesen, ausgestattet mit dem gleichen intensiven Gesichtsausdruck wie Ekiya – und mit einer Kiste voller Ausrüstung. Er war wenig später wieder verschwunden, aber erst nachdem er die Gruppe amüsiert gemustert hatte.

»Sei froh«, hatte Ekiya gesagt, als der Ronin sich das erste Mal im Spiegel betrachtete. »Shogo hat uns einen Sonderpreis gemacht. Er meinte, er hätte schon seit Jahren nicht mehr so gelacht.«

»Was soll ich bitte darstellen?«, hatte der Ronin gefragt.

»Einen *Künstler.*« Der Schweifling war deutlich besser weggekommen. Andererseits hatte er ja von Anfang an ausgesehen wie ein Possenreißer. Er trug noch immer seine Maske, aber sein Haar war nun kunstvoll nach oben gebunden, und seine fahle Robe wirkte sauberer und heller, wenngleich sie im Vergleich zu den anderen Passagieren immer noch unscheinbar und farblos aussah. Jetzt gerade unterhielt er sich mit einer Frau, die in mehrere Lagen Samt und Seide gehüllt war und immer wieder neugierig in Richtung des Ronin herüberblickte. Sie sprachen in gedämpftem Ton – aber doch laut genug, dass interessierte Umstehende ebenfalls mithören konnten.

»Der berühmteste Theaterschauspieler im gesamten Akeno-Sektor«, sagte der Schweifling gerade. »Bislang hat er sich strikt geweigert, in einer Holoaufführung mitzuwirken. Er will nur eine echte Bühne und echtes Publikum. Ich weiß, was Ihr denkt! Was ist an diesem Stück anders? Nun, seine

Rolle … Sie ist einzigartig. Die Dramatisierung einer historischen Begebenheit – die noch gar nicht so lange zurückliegt. Ich glaube, die Herausforderung reizt ihn. Aber er will erst eine Entscheidung treffen, falls er in den Höhlen von Seikara die nötige Inspiration findet.«

»Und glaubt Ihr, er wird sie finden?«, wisperte die Frau, begierig darauf, in ein Geheimnis eingeweiht zu werden.

»Andernfalls wäre ich wohl kaum hier – wenn er nicht annimmt, werde ich auch nicht bezahlt!«

»Diese Sache macht ihm eindeutig zu viel Spaß«, brummte der Ronin.

»Und du könntest ein wenig freundlicher dreinblicken.« Ekiya trat vor ihn, auf dem Arm ein Tablett mit farbenfrohen Häppchen. Sie war von Kopf bis Fuß in die dezente Uniform einer Barkenkellnerin gekleidet. Ihr Hackerfreund hatte nur zwei Tickets organisieren können; der Rest der Gruppe hatte auf andere Weise einen Platz an Bord ergattern müssen. »Hier. Vielleicht heitert dich ja etwas Süßes auf.«

»O nein, das würde seine Tarnung ruinieren.« Chie tauchte in einer ganz ähnlichen Uniform neben Ekiya auf. »Dieser mürrische Blick definiert seinen Charakter.« Trotz der spitzen Bemerkung nickte sie ihm mitfühlend zu, bevor sie und Ekiya wieder in der Menge verschwanden. An ihrer Stelle schob sich eine Herde neugieriger Gäste heran.

»Ist es wirklich wahr?« Ein gertenschlanker Kaminoaner in durchscheinender Robe löste sich vom Rest der Gruppe, seine dünnen Finger gefaltet, sein langer Hals neugierig vorgeneigt. Leider konnten seine Worte niemand anderem als dem Ronin gelten – oder B5, aber die Chance war verschwindend gering. »Ihr werdet *ihn* spielen?«

»Wen?«, fragte der Ronin.

»Den *Dunklen Lord*«, hauchte der Kaminoaner. Einen Moment lang konnte der Ronin nur die Stimme hören, die sich in seinem Kopf heiser lachte.

»Oh, ich bitte dich«, schnaubte die Begleiterin des Kaminoaners – eine aristokratisch aussehende Mon Calamari, ihr Kleid mit glänzenden geometrischen Mustern geschmückt. Ihre Nasenschlitze bebten. »Das wird doch nur ein weiteres Propagandastück.«

»Propaganda? Es geht um ein Stück Geschichte. Und es ist romantisch. Der Dunkle Lord und seine Hexe …«

»O ja. Wie sie all diese Jedi abgeschlachtet haben, ist bestimmt unglaublich romantisch.« Die Mon Calamari richtete ihre vorquellenden vorwurfsvollen Augen auf den Ronin. »Sagt, wer finanziert dieses Stück?«

»Sei nicht unhöflich«, beschwor sie der Kaminoaner.

»Das hat nichts mit Höflichkeit zu tun. Nun sagt schon. Welcher Prinz glaubt, dass er den nächsten Krieg gewinnen kann, indem er uns daran erinnert, wie sein Vater den letzten gewonnen hat?«

Das Ganze eskalierte rapide zu etwas, was man wohl am diplomatischsten als eine hitzige philosophische Debatte bezeichnen konnte. Jeder der Kunstliebhaber versuchte, seine Begleiter in Sachen Tiefe und Scharfsinnigkeit zu übertrumpfen, während sie über den Charakter des einen Prinzen oder die akademischen Referenzen eines anderen debattierten. Ein paar warfen auch die Namen beliebter Lords in den Ring. Und nicht zu vergessen die Jedi: Diejenigen, die man in den Stand von Lords erhoben hatte, waren strahlende Beispiele für moralische Stärke, dabei aber nicht halb so salbadernd wie die alten Jedi.

In einem Punkt sind sie sich alle einig: dass nur ein *Prinz gewinnen sollte*, sagte die Stimme in diesem leisen Ton, den sie immer anschlug, wenn sie jemanden absolut nicht ausstehen konnte.

»Aber was ist mit den vermissten Jedi?«, fragte der Kaminoaner mit angemessener Sorge.

Der Ronin konnte sich nicht zurückhalten. »Den was?«

»Wenn du jetzt auch noch Verschwörungstheorien verbreiten willst, brauche ich mehr Wein«, stöhnte die Mon Calamari.

»Ich meine ja nur, dass es besorgniserregend ist.« Der Kaminoaner wandte sich dem Ronin zu, vermutlich damit dieser ihm den Rücken stärkte. »Ich war sicher, dass Ihr schon davon gehört hättet, Herr. Es gibt Berichte über Jedi, die in Ausübung ihrer Pflicht ihr Leben ließen, aber ihre Überreste wurden nicht zu ihren Klans zurückgeschickt. Da fühlen sich einige natürlich an die Geschichten über die Hexe erinnert, die die Toten stahl, um sie in Dämonen zu verwandeln. Ich glaube natürlich nicht, dass so etwas wirklich passiert ist, aber es ist schon seltsam. Findet Ihr nicht auch?«

»Das ist im besten Fall politische Stimmungsmache und im schlimmsten Fall Mystizismus«, betonte die Mon Calamari. »In Wirklichkeit ist niemand verschwunden. Merk dir meine Worte, in ein paar Monaten wird man diese toten Jedi im Ahnenschrein irgendeines Prinzen finden. Und der wird dann behaupten, dass es ein Zeichen des Himmels ist und dass es ihm das göttliche Recht verleiht, den Thron zu erben.«

»Was, wenn es doch die Hexe ist?«, hörte der Ronin sich fragen. Alle starrten ihn an. Das hatte er sich selbst zuzuschreiben, und um seiner Tarnung willen hätte er sich schnellstmöglich zurückziehen sollen. Doch stattdessen blickte er abwartend und mit verschränkten Armen in die Runde.

»Es kann nicht die Hexe sein. Die Hexe ist tot«, sagte die Mon Calamari.

»Oder wollt Ihr nur glauben, dass sie tot ist?«, entgegnete er.

»Ich hoffe, Ihr scherzt.« Die Mon Calamari bedachte ihn mit einem abfälligen Blick; sie zog es vor, ihn für verrückt zu halten, als ernsthaft über seine Worte nachzudenken. »Ich bin halb überzeugt, dass diese Hexe nie existiert hat. Und selbst wenn doch, gibt es keinen Grund, so zu tun, als müssten wir Angst vor ihr haben. Sie hat ein paar Jedi ermordet, mehr nicht. Jeder gute Krieger wäre dazu in der Lage. Und letzten Endes hatte sie dem Imperium ja doch nichts entgegenzusetzen. Genauso wenig wie die Sith. Das Imperium hat sie überlebt, und es wird auch solche idiotischen Verschwörungen überleben.«

Eine alte Wut füllte den Brustkorb des Ronin. Er hatte sie tief vergraben, aber nach der letzten Woche waren seine inneren Schutzwälle rissig geworden, und das dunkle gnadenlose Feuer quoll durch sämtliche Ritzen. Wenn er sich jetzt nicht zusammenriss, würde er etwas Schlimmeres tun, also nur ein paar Frachtkisten zum Schweben zu bringen. Zuallererst musste er sich aus diesem Gespräch zurückziehen.

Doch er tat genau das Gegenteil. »Die Sith mordeten und starben, und Ihr findet das idiotisch? Wofür haltet Ihr Euch?«

Die Mon Calamari starrte ihn kampflustig und mit geblähten Nasenschlitzen an. Vermutlich glaubte sie, dass sie sein Ego gekränkt hatte. Wenn sie nur wüsste …

»Wir sind Künstler, Herr.« Das kam von einer Pantoranerin, deren Kleid von der Farbe eines rosaroten Sonnenuntergangs war und einen interessanten Kontrast zu ihrer blauen Haut bildete. Bislang hatte sie sich aus der Diskussion herausgehalten, aber nun sprach sie mit höflicher Entschlossenheit. »Wir haben keinen Einfluss auf das Los der Jedi oder der Galaxis. Wir beobachten lediglich, was geschieht, und halten es für die Nachwelt fest. Das ist unsere Aufgabe: Visionen begreiflich zu machen. Zu inspirieren. Ist das nicht derselbe Grund, aus dem Ihr den Geist von Seikara aufsuchen wollt? Was für eine Vision sucht Ihr?«

Der Ronin wollte nicht darauf antworten, und ein Teil von ihm bezweifelte, dass er überhaupt darauf antworten *könnte*. Seine Kehle war wie zugeschnürt. Die Pantoranerin senkte den Blick; sie wollte seine Wut nicht auf sich ziehen. Seine Wut … die noch immer in ihm loderte. Für die er ein Ventil brauchte, wenn er nicht platzen wollte.

Abrupt schob sich der Schweifling zwischen den Ronin und die Frau. Seine Stimme klang versöhnlich, als er sagte: »Nein, nein, nein. Verzeiht bitte, meine Dame, aber ich fürchte, ich kann nicht zulassen, dass Ihr den künstlerischen Prozess des Meisters unterbrecht.«

Anschließend führte er die Menge davon, wobei er in musikalischem Tonfall von einer Entschuldigung zur nächsten eilte und immer wieder in Richtung des Ronin nickte. »Bitte, falls Ihr Fragen habt, richtet sie an mich, und ich werde versuchen, sie zu beantworten … O nein, meine Dame, natürlich nicht … Also, was das angeht …«

Den Rest hörte der Ronin nicht mehr. Er hatte bereits auf dem Absatz kehrtgemacht und marschierte aus der großen Kuppel, wobei B5 zwitschernd hinter ihm herrollte. Der

Droide gab seinem Meister Tipps, was er tun könnte, wenn er das nächste Mal in die Enge gedrängt wurde. Seine Vorschläge waren erstaunlich gewalttätig und vermutlich nicht ganz ernst gemeint. Aber der Ronin ging nicht darauf ein.

Eine Vision, hatte die Pantoranerin gesagt. Falls er Glück hatte, würde er nie wieder etwas Derartiges erleben. Genau deshalb hatte er das Relikt damals doch auf Dekien zurückgelassen.

Ekiya fand ihn als Erste. Sie trug noch immer das Tablett mit den Häppchen, als sie sich neben ihm ans Geländer lehnte. Hier hinten am Heck schirmten die voluminösen goldenen Flossensegel des Schiffes sie größtenteils vor den anderen Passagieren ab. Die Barke segelte dicht über dem Wasser dahin, aber die Repulsoren warfen trotzdem brodelnde weiße Wellen auf. Ekiya bot ihm etwas an, und als er ablehnte, ließ sie das gesamte Tablett kurzerhand über das Geländer kippen. Aus einem Reflex heraus griff der Ronin danach, aber die Häppchen waren verloren.

»Du hättest lieber das Essen retten sollen«, kommentierte sie.

»Du hast es doch weggeworfen.«

»Weil es grässlich schmeckt.« Ekiya zuckte mit den Schultern. »Aber was will man anderes erwarten. Ich meine, sieh dich nur um. Das Einzige, was diese Leute schmecken, sind Credits.«

Der Ronin stellte keine großen Ansprüche an sein Essen. Vor langer Zeit hatten seine Brüder und Schwestern ihn deswegen einen kulinarischen Banausen genannt. Manchmal hatte er entgegnet: *Ich habe Euch die Fähigkeit geschenkt, Eure Lichtschwerter auf alle nur erdenklichen Arten umzufor-*

men. Das sollte einen anspruchslosen Gaumen doch mehr als aufwiegen, oder? Woraufhin sie gekontert hatten: *Nein, das zählt nicht. Schließlich ist Euch für Euer eigenes Lichtschwert nichts Besseres eingefallen, als es antiquiert aussehen zu lassen.*

Jahre später, als er begonnen hatte, allein umherzuziehen, hatte er sich schließlich eine zweite Waffe gebaut, aber vermutlich hätten seine alten Gefährten auch daran viel zu kritisieren gefunden; schließlich war diese Klinge kein Ausdruck einer Persönlichkeit gewesen, sondern nur ein Werkzeug.

Bis zu diesem Tage war er nicht sicher, was die Fehlfunktion in seinem ersten, nunmehr gestohlenen Lichtschwert ausgelöst hatte. Ein Kampf? Ein Fluch? Seine eigenen aufgewühlten Emotionen? Der Wille der Macht? In jedem Fall hatte es gebrannt und gebrannt, und da er nicht riskieren wollte, dass die Flamme dauerhaft erlosch, hatte er kurzerhand entschieden, eine Hülle für die Waffe anzufertigen. Die nötigen Teile entnahm er den Schwertgriffen seiner besiegten Gegner.

Diese Hülle hatte sich immer wieder als nützlich erwiesen – sie hatte verborgen, was er nicht zeigen wollte, und von seiner wahren Identität abgelenkt –, aber sie war zugegebenermaßen hässlich gewesen.

Ich würde sagen, sie hat deinen Sinn für Theatralik ausgedrückt, sagte die Stimme. Nicht wirklich ein Kompliment.

»Es ist sinnlos, mit diesen Leuten zu reden.« Ekiya nahm ihm das Tablett aus der Hand und blickte argwöhnisch über die Schulter. »Na ja, ein paar von ihnen meinen es vermutlich sogar gut. Aber wenn sie so über die Toten reden, will ich gar nicht erst hören, wie sie über andere Dinge reden.« Als er nichts darauf erwiderte, seufzte sie und lehnte sich über das Geländer. »Ich verstehe schon. Irgendetwas nagt an dir. Ich will nur wissen, was es mit diesen Höhlen auf sich hat. Ist Seikara wirklich ein heiliger Ort? Und falls ja, wirst du dann nicht ... in Flammen aufgehen oder so, wenn du diesen Ort betrittst?«

»So funktioniert das nicht«, brummte er.

Als wärst du ein Experte, spöttelte die Stimme.

»Sind die Höhlen dann verflucht? Oder ... leben dort Geister?«, hakte Ekiya nach. Sein vages Schulterzucken schien sie nicht zufriedenzustellen. »Ach, komm schon. Du bist ein ... Was immer du eben bist. Die Macht hört dir zu. Deine Sorte soll doch mit Geistern und Göttern in Kontakt treten können, oder etwa nicht?«

Chie lachte, als sie zu ihnen trat, die Hände hinter dem Rücken verschränkt. »Es heißt, dass wir früher mal alle mit den Geistern kommunizieren konnten.«

»Solltet Ihr beiden nicht arbeiten?«, fragte der Ronin. B5 rollte gegen sein Knie: *Benimm dich.*

»Dann hast du also keine Weisheiten für uns?«, fragte Chie, den Kopf zur Seite geneigt. Als der Ronin sich demonstrativ wieder zum Geländer umwandte, tätschelte sie seinen Ellbogen. »Also, ich habe noch nie mit einem Geist gesprochen und erst recht nicht mit einem Gott, aber es kann ihnen wohl kaum gefallen haben, dass die Jedi sich von ihnen abwandten, um dem Imperium zu dienen. Das heißt, wenn wir ehrlich sind, haben wir *alle* vergessen, wie man sie angemessen ehrt. Vielleicht ist es ja so, dass sie liebend gern mit uns sprechen würden und wir nur ihre Sprache verlernt haben.«

»Ich bete«, warf Ekiya ein wenig pikiert ein.

»Ich auch«, brummte der Ronin, woraufhin ihn die Pilotin mit einem widerwillig anerkennenden Blick bedachte.

»Und ich weiß einiges über Geister«, fuhr Ekiya fort, während sie an ihrem Ärmel zupfte. »Richtige Geister, meine ich. Nicht so wie diese Frau, die Grimm auf Genbara verfolgt hat.«

»Das war auch ein Geist – aber ein verirrter Geist. Ein genötigter Geist, wenn man so will«, sagte der Schweifling in ungewöhnlich ernstem Ton, als er sich ebenfalls zu ihnen gesellte – zum Glück ohne ein Gefolge aus wohlhabenden Visionären. Der Ronin trat zur Seite, um ihm am Geländer Platz zu machen, und das Wesen nickte zum Dank. Seine Hände hielt es jedoch weiter unter den Ärmeln seines Gewandes verschränkt. »Es gibt einen Grund, warum man ihresgleichen während des Krieges ›Dämon‹ nannte.«

»Das klingt, als hättest du eine Geschichte zu erzählen«, sagte Chie.

Der Schweifling schwieg. Seine Stille stand in scharfem Kontrast zu der Musik, die vom vorderen Teil der Barke herüberhallte. Bis zu diesem Moment hatte sich der Ronin unbehaglich unter der Sonne des Dekien-Systems gewunden. Sie war groß und strahlend und brannte vom grünblauen Himmel auf sein Gesicht herab, wann immer ihre Strahlen eine Lücke zwischen den aufgebauschten Segeln fanden. Gleichzeitig versuchte sie, ihn mit ihrer Reflexion auf dem schillernden Wasser zu blenden. Und die lächerliche Menge an schwarzem Stoff, in den man ihn gesteckt hatte, machte die Hitze noch drückender. Nicht zu vergessen die kondensierte Wärme seiner Atemzüge unter der Halbmaske. Doch nun rückte all das jäh in den Hintergrund, während er darauf wartete, dass der Schweifling sein Schweigen brach.

»Wir haben alle von diesen Dämonen gehört«, sagte er schließlich. »Geknechtete Geister, die gegen ihren Willen kämpfen müssen. Aber es gibt auch andere Geschichten, über Geister, die durch ihre unerfüllten Wünsche in dieser Welt gehalten werden. Über Geister, die beschworen wurden und an die Bedürfnisse anderer gebunden sind. Ein Ritter, der von seinem Bruder niedergestreckt wurde und dann auf ein Kind einwirkte, welches seinem Bruder Frieden bringen sollte. Eine greise Meisterin, die dem Gewicht des Alters erlag, deren Geist aber zurückblieb, um ihre ratlosen Schüler zu trösten.« Er zögerte, den Kopf gesenkt. Unter seiner Maske war der Ansatz eines sardonischen Lächelns zu erahnen. »Man kann sich durchaus fragen, ob wir in einer Zeit leben, da die Geister unter uns bleiben, um die Welt zu formen – um mehr zu werden, als sie je in Fleisch und Blut waren. Ich persönlich würde mir wünschen, dass es so ist.«

Der Ronin stellte verwirrt fest, dass er einen ganz ähnlichen Wunsch in seinem Herzen trug. Vermutlich hatte es damit zu tun, wie viele Leben er schon beendet hatte. War es egoistisch, sich zu wünschen, dass all diese Geister etwas Besseres zu tun hätten, als ihn heimzusuchen?

Oder vielleicht lag es auch daran, dass er sich selbst manchmal wie ein Toter fühlte; da wäre es ganz schön, eine Erklärung dafür zu haben, warum er so hartnäckig in dieser Welt verweilte.

Du bist kein Geist, zischte die Stimme. Ihr Ton war wie ein Nadelstich in seinen Ohren, und er verzog unwillkürlich das Gesicht.

»Aber sei dem, wie es sei«, schloss der Schweifling, nun wieder heiterer und mehr wie er selbst. »Die Visionen, die den Besuchern von Seikara zuteilwerden, haben weniger mit

Geistern zu tun und mehr mit dem unheimlichen Sith-Relikt, das wir dort finden werden.«

»Was für ein Glück«, kommentierte Ekiya.

Glück? Nein. Der Ronin bezweifelte, dass es irgendetwas mit Glück zu tun hatte.

13. Kapitel

Dekien stank. Eine passendere Beschreibung gab es wohl nicht für den Geruch des Exzesses, der jeder Straßenecke entströmte und die Atmosphäre verpestete. Kouru hatte seit Jahren nicht mehr ein so unangenehmes, klebriges Gefühl auf ihrer Haut gespürt.

Gleichzeitig freute sie sich jedoch, wieder festen Boden unter den Füßen zu haben. Die Macht strömte in sie hinein, durch sie hindurch, halb weißes Lodern, halb schwarzes Wogen. Sie fühlte sich wieder in der Macht verankert, wieder wie sie selbst, und sie war dankbar dafür.

Leider gab es auch schlechte Neuigkeiten. Der alte Mann und seine Begleiter waren mit ihrem Frachter am Raumhafen von Dazenma gelandet, dann aber in aller Hast zum Hafen geeilt, wo sie eine Vergnügungsbarke bestiegen hatten. Das Schiff hatte von der goldenen Pagode der Eternity Enterprises abgelegt – einem stilisierten Bau, reich dekoriert mit Exemplaren der einzigartigen Pflanzenwelt von Dekien und erhellt durch farbenfrohe Illustrationen der diversen Zielorte an den Wänden. Das Ziel der heutigen Rundfahrt: die Seikara-Höhlen.

Am liebsten wäre Kouru mit ihrem gestohlenen Scoutschiff geradewegs zu den Höhlen gerast, um dort den alten

Mann zu stellen, aber sie sah, dass diese Reisen auf eine wohlhabende Klientel abzielten; vermutlich waren die Höhlen ebenso gut bewacht wie die Schatzkammer des Imperators. Es würde ihr also nichts bringen, so kurz vor dem Ziel alle Vorsicht fahren zu lassen.

Somit blieben ihr folgende Optionen: sich hier auf die Lauer legen oder ihrer Beute folgen.

Kouru wusste, in welchem Hangar der Frachter des alten Mannes stand, und sie war sicher, dass sie einen Weg an Bord finden würde. Dann müsste sie nur noch warten, bis er zurückkehrte. Aber sie hatte Genbara nicht vergessen. Bevor der alte Mann auf die Rampe des Frachters gesprungen war, hatte sie ihn fast schon gehabt – nur um von einer schwarzen Woge zurückgeschleudert zu werden.

Zuvor, auf dem staubigen Platz des Bergdorfes, war sie schon einmal nach hinten gestoßen worden, aber da hatte eine Explosion weißen Feuers den Angriff begleitet – ganz anders als der unglaublich präzise schwarze Pfeil, der sie im Hangar zu Boden befördert hatte.

Daraus schloss sie, dass der alte Mann nicht allein war. Und obwohl sie um ihre eigene Stärke wusste, konnte Kouru nicht ignorieren, dass der Kerl sie umgebracht hatte. Jetzt, mit einem Verbündeten an seiner Seite, könnte es ihm ein zweites Mal gelingen. Insofern war es nicht die beste Idee, ihm in der Beengtheit der *Armen Krähe* aufzulauern, wo man sie mühelos überwältigen könnte.

Also würde sie ihm folgen. Falls sie ihn in diesen fernen Höhlen erwischte, weit entfernt von seinem Schiff, könnte er ihr zumindest nicht wieder davonfliegen. Sie würde ihn stellen, sie würde ihn auf Dekien ausbluten lassen, und wenn sie den Planeten danach wieder verließ …

Weg hier ... aber erreg keine Aufmerksamkeit.

Einen Moment lang irritierte das körperlose Wispern Kouru, doch schon im nächsten Moment tauchte sie in die bunte Menge ein, die sich auf der Straße dahinschob. Sie war nicht sicher, warum sie es tat, aber sie wusste, dass sie es tun *musste*. Sie vermutete – na schön, sie hoffte –, dass es das schwarze Tosen der Macht war, das sie in eine schmale Gasse gegenüber der goldenen Pagode führte.

Auf der Hauptstraße teilte sich die Menge, und ehrfürchtiges Gemurmel ertönte, als eine glänzende Schwebesänfte herbeiglitt. Kouru hatte schon einige Sänften auf Dekien gesehen, aber was diese hier einzigartig machte, war nicht ihre Größe oder ihr Prunk. Nein, es waren die Gestalten, die sie flankierten. Jedi.

Kourus Magen zog sich zusammen beim Anblick der braunen Mäntel, der weißen Roben und der Lichtschwertgriffe, die stolz von den Gürteln derer hingen, die den Rang eines Ritters erreicht hatten. Sie bleckte die Zähne in den Schatten ihrer Gasse, als ein Lord aus der Sänfte stieg. Seine Robe, seine Leibbinde, sein Mantel ... Der teure Stoff entsprach einem Mann von seiner Position, aber er bewegte sich genauso wie seine Leibwächter, und an seinem Gürtel hing ebenfalls ein Lichtschwert.

Ein Jedi *und* ein Lord. Sie hatte gehört, dass einige Ritter nach der Sith-Rebellion in höhere Ränge befördert worden waren. Kouru hasste das Imperium ebenso sehr, wie sie die Jedi-Klans hasste. Sie waren allesamt gierige Heuchler. Eigentlich hätte es sie nicht überraschen sollen, dass es Wesen gab, in denen sich beide Übel vereinten. Aber vielleicht war das, was sie empfand, auch gar keine Überraschung, sondern eher Abscheu. Ekel.

Ihre zusammengekniffenen Augen verfolgten, wie der Jedi-Lord sein Gefolge in die Pagode der Eternity Enterprises führte. Die Angestellten mussten sich beeilen, um mit ihnen Schritt zu halten.

Das ist deine Chance.

Kourus Lippe zuckte irritiert, während sie einen Blick über die Schulter warf – aber die Stimme war noch immer körperlos.

Es war nicht weiter schwer, sich den Augen der Jedi in der Menge zu entziehen. Jedi waren ihr nie sonderlich aufmerksam erschienen, jedenfalls nicht auf die Weise, die wirklich zählte. Meistens achteten sie nur darauf, ob jemand eine Waffe trug oder zielstrebig auf sie zumarschierte. Kouru und ihre Mitschüler – jene, die man erst für unzuverlässig gehalten hatte, von denen viele aber trotzdem zu Sith geworden waren – hatten deshalb gelernt, durch ihre Körpersprache Schwäche und Harmlosigkeit auszustrahlen. Kouru hatte es schon immer gehasst, sich klein zu machen, doch im Moment gab es Wichtigeres als ihre Würde.

Sie mischte sich unter eine Gruppe von Touristen, die an einer Führung durch die Pagode teilnahmen, und schließlich hörte sie, was sie wissen musste.

Einer der Angestellten sagte: »Ich fürchte, Ihr habt die Barke nach Seikara knapp verpasst. Sie hat vor zwei Stunden abgelegt …«

Daraufhin der Lord: »Das ist kein Problem. Dann nehmen wir ein schnelleres Schiff. Falls Ihr uns einen Eurer Navigatoren zur Verfügung stellen würdet.«

Kouru tat so, als würde sie die Angebote an einem Holostand studieren, während sie lauschte. Der Jedi-Lord traf die Vorbereitungen für seine Reise im ruhigen Tonfall eines

Mannes, der erwartete, dass man ihm wegen seiner Wärme und Güte gehorchte. Allein der Klang seiner Stimme ließ Kouru wünschen, dass sie ihm das Genick brechen könnte. Doch gleichzeitig fragte sie sich: Weswegen wollte dieser Lord wohl so dringend zu den Höhlen? Sie bezweifelte, dass er nach der Inspiration suchte, mit welcher die Rundfahrt beworben wurde. Sicher, es wäre einem Jedi durchaus zuzutrauen, dass er sich einen Moment der Erleuchtung erkaufen wollte, doch Kouru glaubte nicht an Zufälle.

Falls dieser Jedi-Lord es ebenfalls auf ihre Beute abgesehen hatte, musste sie ihm zuvorkommen – oder ihn töten, sollte er ihr in die Quere kommen.

Lass dich nicht ablenken.

Nein, natürlich nicht. Aber ...

Aus den Augenwinkeln beobachtete Kouru zwei junge Jedi, die vor der Abfahrtshalle auf und ab gingen. Sie waren keine Ritter, denn sie trugen keine Lichtschwerter; sie gehörten zu der niederen Kaste fertig ausgebildeter Jedi, die man Hüter nannte. Sie waren einer Klinge nicht würdig, aber man hielt sie zumindest für vertrauenswürdig genug, um sie patrouillieren zu lassen, wenn ihre Meister in der Öffentlichkeit erschienen.

Gleichzeitig hörte sie, wie der Lord seinen Begleitern Befehle erteilte; einige sollten ihn auf dem bereitgestellten Schiff begleiten, der Rest sollte kleine Skiffs nehmen, um vorauszufliegen und die Lage auszukundschaften. Kouru wusste bereits, welcher Gruppe er die beiden Hüter zuteilen würde.

Ein dumpfes, vertrautes Gefühl, das fast an Mitleid grenzte, stach zwischen ihren Rippen. Wäre sie bei den Jedi geblieben, würde sie jetzt vielleicht auch eine so unwürdige Aufgabe erfüllen. Sie wusste noch genau, wie es war, ausgenutzt, kontrolliert und manipuliert zu werden, die Marionette eines anderen zu sein und dessen Wünschen gehorchen zu müssen, ohne jede Rücksicht auf die eigenen Bedürfnisse.

Da war etwas an diesem Gedanken, das sie innehalten ließ. Halb erwartete sie, wieder die Stimme zu hören.

Doch nichts geschah, also atmete langsam ein, um den Schmerz anzuerkennen, und dann stoßartig aus, um ihn zu verbannen.

Vielleicht hatten diese Hüter den Tod nicht verdient. Aber jeder Kampf forderte nun einmal Opfer.

Einige Zeit später stand Kouru über den Leichen der jungen Jedi-Hüter. Sie hatte sich auf ihrem Skiff versteckt, bevor die beiden den Hafen von Dazenma verlassen hatten. Immerhin waren sie schnell gestorben; einer von ihnen hatte nicht einmal Zeit gehabt, Angst zu empfinden, bevor er unter Kourus Klinge gefallen war. Jetzt musste sie nur den Antrieb wieder starten und weiterfahren, bevor das Schiff des Jedi-Lords sie einholte und seine Ritter spürten, dass etwas nicht stimmte.

Sie beugte sich über die Leichen, um sie ins Meer hinabzuwerfen.

Nein. Sie haben noch einen Nutzen. Bei dir war es doch auch so, oder? Ah. Da war sie wieder. Diesmal blickte Kouru sich nicht um, aber sie erkannte die Stimme dennoch als real an. »Einen Nutzen?«, fragte sie. »Drück dich klar aus oder halt den Mund.«

Eine Weile hörte sie nur das Summen des Motors, das Rauschen der Wellen, das Klingeln in ihren Ohren.

Dann: *Kouru, es wird leichter, wenn du einfach das tust, was ich dir sage.* Und danach: nichts mehr. Ein Schweigen, so tief, dass man es nur als Warnung verstehen konnte.

Trotz der Hitze von Sonne und Meer fröstelte Kouru. Aber die Stille barg auch ein Gefühl der Freiheit, und sie war entschlossen, es zu genießen.

Die beiden Leichen schleifte sie in die Steuerkabine, wo sie vor der Sonne geschützt wären. Sie versuchte, sich einzureden, dass sie es aus eigenem Antrieb tat. Das war besser, als über die Alternative nachzudenken.

14. Kapitel

»Das sind viele Jedi. Ein ganzer Haufen.« Ekiya unterbrach sich und blickte Chie an. »Oder ein Rudel? Eine Herde?«

»Ein Schwarm«, erwiderte Chie mit wissendem Unterton und einem Seitenblick in Richtung des Schweiflings.

Welcher seinerseits leise seufzte, bevor er einen Fluch ausstieß, der selbst den Ronin die Augen aufreißen ließ. »Ein Problem, das sind sie«, schlug das Wesen mit der Fuchsmaske vor. »Sie dürfen uns nicht sehen.«

Die Jedi waren vor der Barke bei den Höhlen angekommen – mehrere Skiffs, die dicht über dem Wasser flogen, und ein requiriertes Schiff, vermutlich mit einem Lord an Bord. Ekiya war länger bei der Mannschaft geblieben, während sich die anderen in eine der privaten Suiten der Barke zurückgezogen hatten; nun übermittelte sie ihnen die Beobachtungen und Gerüchte, die sie aufgeschnappt hatte.

Schließlich blickte sie mit krausgezogener Nase zu dem Ronin hoch. »Solange Grimm nicht ein paar von ihren Freunden auf dem Gewissen hat, können wir vielleicht weiter behaupten, dass er nur ein Schauspieler ist, der sich auf eine Rolle vorbereitet, oder?«

»Vielleicht«, murmelte der Schweifling. »Aber als ich

›uns‹ sagte, da meinte ich nicht nur ihn. Mich sollte auch niemand sehen.«

Jetzt richteten sich alle Augen auf ihn.

»Als wäre ich nicht die auffälligste Person, die ihr kennt«, sagte er. »Ich meine es ernst. Diese Sache könnte übel enden.«

Chie kam von dem gewölbten Fenster herüber; sie hatte die Situation an der Anlegestelle beobachtet. Als der Schweifling den tadelnden Ausdruck auf ihrem Gesicht sah, hob er abwehrend die Hände, aber sie berührte ihn nur leicht an der Schulter. »Ich nehme an, du kennst diesen Lord. Was könnte ihn hierherführen?«

Der Schweifling hob die Hände in einer nachdenklichen Bewegung an den Mund. »Lord Hanrai ... Er ist neugierig. Möglicherweise möchte er nur die Visionen von Seikara erleben.«

»Denkst du, er glaubt an so etwas?«, fragte Ekiya.

»Ich denke, dass er es zumindest nicht einfach abtun würde.« Die Fingerspitzen des Schweiflings färbten sich weiß, so fest presste er sie gegen seine Maske. Dieser Hanrai bereitete ihm Sorgen. »Aber wir sollten vermutlich besser davon ausgehen, dass er ebenfalls hinter Eurem Relikt her ist, Meister Ronin.«

Ganz gleich, weswegen er hier war, sie konnten nicht warten. Der Ronin legte eine Hand auf die Kuppel von B5–56, und der Droide summte zustimmend; er hatte eine Karte der Seikara-Höhlen aus der Datenbank der Vergnügungsbarke heruntergeladen und sie bearbeitet. Nun projizierte er sie in die Mitte des Raums, damit alle sie sehen konnten. Die farbige Version der Karte, auf die die Passagiere zugreifen konnten, war zu einem Muster aus blauen Linien reduziert, damit sie schneller einen Weg durch die Tunnel und Gewölbe des Höhlensystems planen konnten.

Der schmale Strand, vor dem die Vergnügungsbarke angelegt hatte, ging in einen steilen Hang über, der mit dichter tropischer Vegetation bewachsen war. Eternity Enterprises hatte einen gewundenen Pfad durch das Meer von Blättern und Farnen gebahnt, der direkt zum Eingang der Höhlen führte, und sowohl der Pfad als auch die Höhlenmündung waren vom Strand aus einsehbar.

»Ich sehe zwei logische Möglichkeiten«, sagte der Ronin. »Direkt durch den Vordereingang …« Auf seinen Wink hin änderte B5 die Ansicht der Karte, sodass sie nun aus der Vogelperspektive auf die Höhlen hinabblickten. »Oder von oben.«

»Das ist eine Höhle, Grimm«, bemerkte Ekiya. »Die nennt man so, weil es ein dunkler unterirdischer Ort ist, weißt du? ›Oben‹ gibt es nichts als Fels. Es sei denn, du willst ein Loch in die Berge sprengen.«

Der Ronin schüttelte den Kopf. »Es gibt bereits eine Öffnung.«

Vom Eingang am Strand führte das Seikara-Höhlensystem zehn Kilometer in den Planeten hinab, bevor die Tunnel einen unterirdischen Fluss kreuzten; von dort an konnte man sich nur noch mit spezieller Ausrüstung weiterwagen. Der Ronin deutete auf eine Stelle drei Kilometer vom Eingang entfernt, wo sich die Höhlen zu einem breiten Becken weiteten; er zeichnete mit dem Finger eine Linie nach oben, zu einer Lücke in den Bergen. B5 hob die Öffnung in der Höhlendecke farblich hervor.

»Wir schleichen uns dorthin und klettern runter«, erklärte der Ronin.

»Oh, sicher«, schnaubte Ekiya. »Wir sprinten einfach drei Kilometer durch den Dschungel, springen in einen stockdunklen Abgrund ... und hoffen, dass wir schneller sind als die Jedi.«

»Ja, das ist ein Problem. Wir müssen die Jedi ausbremsen«, sagte Chie, was ihr einen ungläubigen Blick von Ekiya einbrachte. Die alte Frau schmunzelte und wandte sich dem Schweifling zu. »Ich mische mich unter die Mannschaft und versuche, die Jedi irgendwie zu behindern.«

»Was, wenn einer von ihnen *dich* erkennt?«, protestierte Ekiya. »Sollte dieser Hanrai wirklich so ›neugierig sein‹, dann kennt er dein Gesicht vielleicht auch.«

Der Schweifling presste bei diesen Worten unmerklich die Kiefer zusammen. Er war gerade im Begriff, dem Einwand der Pilotin zuzustimmen, da schnalzte Chie tadelnd mit der Zunge.

»Nicht alle Jedi hassen mich«, verkündete sie. »Einigen von ihnen gefällt, dass ich ihre Rivalen aus dem Weg geräumt habe. Sollte Hanrai nicht in diese Kategorie fallen ... nun, größer kann der Ärger dann auch nicht werden. Ich finde schon einen Weg. Und zumindest wärt ihr dann vorgewarnt.« Sie machte eine kurze Pause, gerade lange genug, um dem Schweifling zuzulächeln. »Schaut nicht so besorgt drein. Als hätte ich etwas von einem Jedi zu befürchten, der so arrogant ist, dass er sich Lord nennt.«

Die Finger des Schweiflings streiften ihr Handgelenk. »Unterschätze ihn nicht. Er ist ein schlauer alter Mann.«

»Und ich bin eine schlaue alte Frau. Konzentriert euch lieber darauf, eure eigenen grauen Zellen zu benutzen.«

Ekiya stöhnte. »Ich werde versuchen, uns eine Fluchtmöglichkeit zu organisieren. Nur für den Fall, dass wir nicht sofort niedergemetzelt werden. Hast du Lust mitzukommen, Bee?«

B5 trillerte zustimmend und deaktivierte das Hologramm. Der Ronin, der noch immer die Karte studiert hatte, sah sich nun mit dem Blick des Schweiflings konfrontiert.

»Damit bleiben wir beide. Ich würde fast behaupten, wir haben die einfachste Aufgabe«, erklärte das Wesen mit heiterer Stimme. Für eine ganze Weile sollte es das Letzte sein, was er sagte.

Zum Glück für sie waren viele aufgeregte Gäste schon an Land gegangen, um einen Blick auf einen waschechten Jedi-Lord zu erhaschen. Es war also gar keine große List nötig, um die Barke zu verlassen, und auch vom Strand in die üppige Vegetation unterzutauchen, war nicht weiter schwer. Die subtropischen Pflanzen füllten den Hang zwischen dem schwarzen Sand und dem schwarzen Höhleneingang mit einem Dutzend von Grüntönen, und viele der Wedel und Blätter waren so breit, wie der Ronin groß war.

Der Weg zur Höhle wurde von Schreintoren gesäumt, deren Eingänge man grellrot markiert hatte. Ihr Anblick erfüllte den Ronin mit vagem Unbehagen, und er hielt kurz inne, bis der Schweifling ihn mit einem leisen Pfiff antrieb, tiefer in die Schatten des Unterholzes zu schleichen. Je länger sie in der Nähe des Strandes blieben, desto größer war das Risiko, von einem Jedi oder einem der Eternity-Sicherheitsdroiden entdeckt zu werden.

Der Ronin war schon einmal hier gewesen, auch wenn er damals den Weg durch die Höhlen genommen hatte, anstatt darüber hinwegzuklettern. Doch er konnte sich noch an die ungefähre Richtung erinnern, und sobald sie erst die

Öffnung erreicht hatten und in die Höhle hinabgeklettert waren, würden sie noch schneller vorankommen.

»Hast du vielleicht Fähigkeiten, die uns hier weiterhelfen könnten?«, fragte der Ronin, als sie hinter einem Busch mit gelben Blüten kauerten und darauf warteten, dass eine vielbeinige Wachdrohne über ihnen vorbeischwebte.

»Ich tue mein Bestes«, flüsterte der Schweifling. »Lass uns einfach vorsichtig sein.«

Das war wohl kaum eine echte Antwort, bemerkte die Stimme. Der Ronin musste seine Erleichterung verbergen, als er sie hörte. Nach all dem Gerede über Geister und Dämonen an Bord der Barke hatte er schon befürchtet, sie könnte verstimmt sein. Dass sie noch immer bei ihm war, selbst auf dem Weg zu dem alten Relikt, erfüllte ihn mit ebenso unerwarteter wie unbegründeter Zuversicht.

Das Schweigen des Schweiflings hingegen bewirkte das exakte Gegenteil. Das Wesen sprach kaum ein Wort, während sie gemeinsam durch das Dickicht huschten, zwischen dürren Bäumen mit hauchdünnen Ästen hindurch. Vermutlich hätte es den Ronin nicht so nervös machen sollen, aber ihm waren zwei Dinge aufgefallen: Zum einen war dies das erste Mal, dass er wirklich allein mit dem Schweifling war, und zum anderen war er es nicht gewohnt, sich auf jemanden verlassen zu müssen, insbesondere wenn dieser Jemand ein großes Geheimnis aus seinen Fähigkeiten machte. Ganz abgesehen davon hätte er nie erwartet, dass sein Begleiter sich so lautlos bewegen konnte.

Wenn es dir zu leise ist, frag ihn doch, was er getan hat, dass die Jedi ihn ebenso hassen wie einen Sith? In ihren enervierendsten Moment hatte sie eine fast schon spürbare Präsenz, und der Ronin warf einen finsteren Blick in die Richtung, in der er sie fühlte, während er sich ein stechendes Insekt vom Gesicht wischte.

Wieso nicht? Du hast doch wohl das Recht dazu, oder?

Sollte er fragen? Ja, vermutlich. Es wäre definitiv von Vorteil zu wissen, mit was für einem Wesen er sich da eingelassen hatte. Aber hatte er das Recht dazu? Da war er sich nicht so sicher. Der Schweifling hatte ihn schließlich auch nicht um Geschichten aus der Zeit der Rebellion gebeten.

Und dennoch ...

Und dennoch, wisperte sie. Und dennoch hatte der Schweifling ihn gefunden. Nachdem er zwei Jahrzehnte an den äußersten Grenzen der Zivilisation umhergesteift war, von einer entlegenen Welt zur nächsten, ohne nennenswerte Spuren zu hinterlassen. Er war davon ausgegangen, dass der Schweifling durch seine Konfrontation mit der Banditin angelockt worden war; schließlich hatten sie sich während dieses Duells beide öffentlich zum Narren gemacht und einander auf eine Weise beharkt, wie nur Sith es konnten.

Aber hätte er ihn wirklich so schnell aufspüren können? Nur einen Tag nachdem er das Dorf verlassen hatte?

Der Schweifling bemerkte seinen Blick. »Was ist?«

Der Ronin zog die Brauen zusammen. »Ich mache mir Sorgen.«

»Meinetwegen? Oder vielleicht *um mich*?« Das Wesen legte die Hand auf die Brust. »Wie rührend.«

»Ich weiß fast nichts über dich.«

»Und das ist kein Zufall.«

»Was, wenn ich mehr über dich erfahren wollte?«

»Dann solltest du fragen.« Der stichelnde Tonfall machte klar, dass er vermutlich keine Antwort erhalten würde.

Einmal mehr wurden sie gezwungen, sich zu verstecken, als zwei Drohnen tiefer gingen, um eine Lichtung vor ihnen zu überprüfen. Der Schweifling berührte den Ronin an der Schulter und deutete nach oben, zu einem Gewirr ineinander verschlungener Äste – das verlassene Nest eines riesigen Vogels. Es war groß genug, um ihnen beiden Platz zu bieten.

Während sie sich dort zusammenkauerten, nutzte der Ronin die Gelegenheit, um endlich die grässliche Maske abzunehmen, die seine Verkleidung abgerundet hatte. Die Feuchtigkeit des Dschungels ließ ihn sich an seinem eigenen Atem verschlucken, und er begann, seinen Kiefer zu massieren; das Narbengewebe unter dem Metall schmerzte von dem zusätzlichen Gewicht, das er hatte tragen müssen.

Der Schweifling lehnte sich gegen die hohe Außenwand des Nests und musterte ihn. War das Misstrauen in seinen Augen? Oder Neugier?

Der Ronin tippte an den Rand seiner Prothese. »Falls du willst, erzähle ich dir, wie ich dazu gekommen bin.«

»Oh, willst du mich beeindrucken?«

»Und im Gegenzug verrätst du mir etwas über dich.«

»Ah.« Der Schweifling breitete die Arme aus. »Was könntest du denn wissen wollen, was ich nicht bereits erzählt habe?«

Beinahe hätte der Ronin gelacht. Als hätte das Wesen *irgendetwas* über sich erzählt! »Keine Sorge, ich bin nicht wählerisch.«

Der Schweifling stützte das Kinn auf die Hand und beugte sich wie ein erwartungsvoller Gelehrter vor. Der Ronin erkannte, dass er gerade versprochen hatte, sich zu erklären. Das würde nicht einfach werden; er war es nicht gewohnt,

Geschichten aus seiner Vergangenheit zu erzählen; in der Regel versuchte er nicht einmal, sie im Gedächtnis zu behalten.

Aber der Anblick des Jedi-Lords am Strand hatte einen langen spitzen Dorn in sein Herz getrieben, und diese Geschichten bluteten daraus hervor, ganz gleich, ob er sich an sie erinnern wollte oder nicht. Die klarste und unheilvollste unter diesen Erinnerungen war die an seine letzte Begegnung mit einem Lord. Sie pulsierte förmlich, und die Schmerzen in seinem Kiefer pulsierten mit ihr. Der Lord damals war kein Jedi gewesen, aber er hatte über Jedi geherrscht. Zumindest bis zu seinem Tod.

»Ein törichter Moment«, sagte der Ronin schließlich, seine Stimme kaum lauter als das Knirschen der Bäume und das ferne Summen der Drohnen. »Ich ließ einen Mann angreifen, ohne mich zu verteidigen.«

Der Schweifling schien durch ihn hindurchzublicken, so, als könnte er die knotige Haut unter der Prothese sehen, den verunstalteten Kiefer, der auf der linken Seite das Gesicht des Ronin abschloss. Mehr noch: als könnte er die Wunde sehen, wie sie unmittelbar nach dem Angriff geklafft hatte – die geschwärzte Spur eines nicht abgewehrten Blasterstrahls.

»Es muss ein brutaler Angriff gewesen sein, wenn er eine solche Narbe zurückließ«, sagte das Wesen.

»Es war mehr eine Verzweiflungstat.«

»Hast du dich deshalb nicht verteidigt?«

»Der Kerl war ohnehin schon tot.« Natürlich hatte der Ronin dem Mann den Blaster abgenommen, um sicherzugehen, dass er kein zweites Mal feuerte. Es war mehr ein Schmuckstück als eine Waffe gewesen, aber der Ronin hatte ein paar praktische Änderungen vorgenommen, und seitdem trug er diese Pistole neben seinem Lichtschwert am Gürtel.

Der Schweifling seufzte. »Ich habe das Gefühl, du hast alle interessanten Details ausgelassen.«

Da hatte er nicht unrecht. »Du bist der Geschichtenerzähler. Was habe ich ausgelassen?«

»Fangen wir mit dem Motiv an.«

»Er wollte mich umbringen.«

»*Dein* Motiv, meine ich.« Er hob erklärend die Hand. »*Sein* Motiv hast du bereits verraten. Verzweiflung! Aber was hat ihn zur Verzweiflung getrieben? Und warum hast du dich von ihm abgewandt, ohne dich zu verteidigen? Das ist das interessantere Rätsel.«

»Dann bist du also doch interessiert.«

Der Schweifling neigte den Kopf – *Punkt für dich* – und stand dann auf. »Ich glaube, der Weg ist frei. Beeilen wir uns lieber. Das waren fürs Erste genug düstere Geheimnisse.«

Das Wesen hatte seinen Teil der Abmachung nicht eingehalten, aber es hatte recht: Der Weg war frei, und sie waren nicht mehr weit von ihrem Ziel entfernt. Jenseits der Lichtung gähnte ein runder Schlund, und an seinem Grund – ungefähr einen halben Kilometer unter ihrer Position – erstreckten sich weitere Bäume.

»Dann müssen wir jetzt wohl klettern«, bemerkte der Schweifling, als sie an den Rand der Öffnung traten.

»Nein.« Der Ronin deutete auf die andere Seite des Schlunds hinüber. Dort stand ein weiteres der rot bemalten Schreintore, und daneben führte eine Reihe von Schwebebrücken und hölzernen Laufstegen im Zickzack zum düsteren Grund der Höhle hinab. »Da lang.«

»Hmm, ich frage mich …«, begann der Schweifling, während sie den Schlund umrundeten. »Bei all den Veränderungen, die Eternity hier durchgeführt hat, um die Höhlen zu einem Touristenziel zu machen … könnte es da nicht sein, dass sie dein Relikt schon längst gefunden haben?«

Der Ronin runzelte die Stirn. »Wenn die Besucher noch immer Visionen haben …«

»Oh, es gibt viele Methoden, um Visionen auszulösen, und nur die wenigsten haben mit der Macht zu tun. Nehmen wir zum Beispiel die Kraft der Suggestion.«

Die Furchen auf der Stirn des Ronin wurden tiefer. »Du klingst, als würdest du bereits damit rechnen, dass es fort ist.«

Sein Begleiter richtete sich auf, sichtlich verdutzt angesichts der Unterstellung. »Ich … Nun, vielleicht suche ich nur nach einem Grund, mich nicht in eine Höhle voller Jedi zu …«

Er verstummte abrupt, und sie erstarrten beide mitten in der Bewegung, als das Geräusch von Stimmen aus der Höhle emporhallte. Sie schienen irgendwo hinter ihnen zu erklingen, in Richtung der Küste.

Mehr Gäste. Noch ließ sich nicht sagen, ob es Jedi waren, und falls sie es nicht herausfinden wollten, sollten sie sich jetzt besser beeilen und ihren Vorsprung so weit wie möglich ausbauen.

In wortlosem Einvernehmen eilten der Ronin und der Schweifling los, zu dem Schreintor hinüber und dann nach unten, weiter und immer weiter in die Tiefe.

Ekiya wartete, bis die meisten Jedi ihrem Lord in die Höhlen gefolgt waren, bevor sie begann, sich die Skiffs genauer anzusehen.

Mit B5-56s Hilfe behielt sie außerdem die Hüter im Auge, diese bemitleidenswerten niederen Jedi, die am Strand auf und ab gingen.

Das Gefolge des Lords hatte insgesamt vier Skiffs mitgebracht, allesamt gepanzert und mit einer Kanone am Bug. Ekiya fand die Sicherheitsmaßnahmen mehr als nur ein wenig übertrieben. Jedi mussten einen Normalsterblichen nur ansehen, um ihm das Genick zu brechen, und doch fuhren sie bewaffnete Schwebegleiter und schwirrten um ihren Lord herum, als müsste er vor einer ganzen Horde – oder war das richtige Wort Rudel? – von Rancors beschützt werden.

Eines der Skiffs wirkte seltsam verlassen. Vielleicht hatte Ekiya nur übersehen, wie die Jedi von Bord gegangen waren, oder möglicherweise war sie Opfer eines Jedi-Gedankentricks geworden. In jedem Fall stand dieses Skiff ein Stück abseits am Strand, was es zu einem attraktiven ersten Ziel machte. Nachdem auch der Rest der Passagiere von der Barke in die Höhlen aufgebrochen war, schlenderte Ekiya in die Bordküche. Ihre Kontaktperson, die sie und Chie auf die Personalliste gesetzt hatte, reichte ihr ein weiteres Tablett mit Häppchen, und sie bedeutete B5, dass er sich bereithalten sollte.

Nur eine Handvoll Jedi drehte am Strand seine Runden, dazu zwei weitere auf dem Deck des Schiffes, das sie in Dazenma beschlagnahmt hatten – ein schlankes weißes Modell, dessen Form einem Wasservogel nachempfunden war –, und ein weiteres Paar auf dem Pfad, der zum Höhleneingang hochführte. Aber wirklich gut konnten sie nicht sein, wenn der Fuchs und Grimm es unbemerkt an ihnen vorbeigeschafft hatten. Und auch Ekiya schienen die Jedi kaum Beachtung zu schenken, als die junge Frau die Barke verließ und mit ihrem Tablett zu dem verlassenen Skiff hinüberstapfte.

Zunächst klopfte sie einmal an die glänzende Seitenwand. Keine Reaktion. Also klopfte sie noch einmal, diesmal begleitet von einem lauten: »Ich habe hier etwas zu essen. Hallo?« Nichts.

Also gut.

Ekiya tippte ihr Kommlink an, und B5 rollte den Landungssteg der Barke herab, beladen mit seinem eigenen Tablett samt Teekanne und -tassen. Sie nahm ihm das Tablett ab, als er das Fahrzeug erreicht hatte, dann wartete sie in der schweißtreibenden Mittagshitze von Dekien, während der Droide begann, auf der dem Strand abgewandten Seite die Tür der Steuerkabine zu hacken.

Noch immer tat sich nichts. Ekiya knirschte mit den Zähnen. Falls niemand an Bord war, fein. Dann hatte sie einfach nur nicht mitbekommen, wie die Jedi an Land gegangen waren. Aber falls noch jemand da war, dann musste er inzwischen mitbekommen haben, was B5 trieb …

Die Tür glitt auf, und der Gestank des Todes wallte hervor. Ekiya hustete; um ein Haar hätte sie die Tabletts fallen lassen.

Ein Augenblick, zwei Optionen: Sie könnte um Hilfe rufen, denn da befand sich definitiv eine Leiche in diesem Skiff – aber dann würden sie und ihre Freunde garantiert nicht mehr unbemerkt von hier fortkommen. Oder sie kümmerte sich selbst um das Wesen, das an Bord gestorben – oder ermordet worden war.

Ihr Zähneknirschen wurde lauter, während sie Häppchen und Teegeschirr ins Wasser kippte, dann huschte sie vorwärts, bewaffnet mit zwei Tabletts und bereit, damit nach allem zu schlagen, was sich an Bord rührte.

Neben ihr surrte B5.

»Ja«, flüsterte sie. »Greif sie mit allem an, was du hast.« Gemeinsam betraten sie das Steuerhaus. Die Beleuchtung war deaktiviert, und obwohl die Sonne durch die großen von außen verspiegelten Fenster hereinschien, war es deutlich dunkler als draußen.

Als Erstes sah sie die Leichen; man hatte sie nicht versteckt. Zwei junge Männer – so alt wie Ekiya, wenn nicht sogar noch jünger – lagen in Jedi-Roben auf dem Boden, ihre Augen glasig, ihre Züge im Tod erschlafft.

Als Nächstes sah sie deren Mörderin. B5 trillerte eine elektronische Warnung, als die Tür hinter ihnen zugeschoben wurde. Ekiya wirbelte herum und blickte in Augen von der Farbe von Feuer und Bernstein. Die Hand der Sith-Dämonin schnellte auf ihren Hals zu, und Ekiya schwang ihre Tabletts mit aller Kraft.

Hanrai verlangsamte seine Schritte und blickte über die Schulter. Ringsum sangen die Höhlen von Seikara ihr Lied, während die schwarze Strömung und das weiße Lodern der Macht in perfektem Einklang durch sie hindurchströmten. Trotz alldem war er sicher, dass er etwas gespürt hatte; eine Verwirbelung, die sich zu einem Knoten zusammenzog und dann zerplatzte. Und er hatte es nicht voraus gespürt, sondern hinter ihnen.

Aber seine Beute wartete vor ihm, da war er ganz sicher. *Sie* konnte er nämlich ebenfalls spüren. Andernfalls hätte er nicht all die Ritter und Hüter mitgebracht, diese Leibgarde, in deren Mitte er nun über die Laufstege von Eternity Enterprises auf das Ende des Höhlensystems zumarschierte.

Doch hinter ihm tat sich ebenfalls etwas – oder zumindest hatte sich etwas getan. Mittlerweile hatte sich die schwarze Strömung wieder geglättet. »Stimmt etwas nicht, mein Lord?«, fragte die kleine alte Frau, die mit ihnen gekommen war.

»Nein, Chie«, sagte Hanrai, bevor er sich wieder nach vorn wandte. »Es ist nichts, worum wir uns nicht später noch kümmern könnten.«

15. Kapitel

Ganz gleich, wie weit sie sich von der Öffnung in der Höhlendecke entfernten, es wurde nicht dunkler. Das Licht stammte größtenteils von den Laufstegen und Brücken, die Eternity Enterprises für die Besucher installiert hatte. Wie eine fahlgolden glühende Linie führten sie durch kolossale Amphitheater aus Stein, in die noch nie ein Sonnenstrahl gefallen war. Scheinwerfer erhellten den gewundenen Verlauf unterirdischer Bäche, die dem mächtigen Fluss im Zentrum des Höhlensystems entgegengluckerten. Der Schein reichte weit an den Felswänden empor, und nur die tiefsten Schatten an der Decke verwehrten sich ihnen. Aber selbst dort oben leuchtete und schimmerte es: Kolonien biolumineszenter Bakterien hatten in Stalaktiten ganze Konstellationen geschaffen, anderswo erblühten glühende Flechten in Ritzen und Spalten.

Leider half das Licht nicht, die Erinnerungen des Ronin an seinen ersten Besuch hier unten zu verbessern. Was sein Gedächtnis ihm zeigte, wurde durch den Schleier der Jahre getrübt – und durch den wenig schmeichelhaften Schleier der Trunkenheit, welche ihn überhaupt erst dazu gebracht hatte, in dieses tiefe Loch im Angesicht des Planeten hinabzuspringen.

Der Schweifling griff nach seinem Ellbogen, und der Ronin wich von der Stelle zurück, zu der er gerade hatte hinüberspringen wollen. Die Plattform schwebte auf Repulsoren über einem Bach, und darunter ragte ein breiter schuppiger Rücken mit dunklen Dornen aus dem Wasser hervor. Die Kreatur musste länger als die Plattform selbst sein. Nach einer schier endlosen Minute zog sie ihren stacheligen Schwanz ins Wasser zurück und verschwand. Erst jetzt ließ der Schweifling den Arm des Ronin los.

»Mir scheint, du bist abgelenkt«, sagte er in heiterem und gleichzeitig tadelndem Tonfall.

»Da irrst du dich.« Dennoch hielt der Ronin sich fortan in der Nähe seines Begleiters. Die Instinkte des Schweiflings schienen hier unten schärfer zu sein als seine eigenen, und er wäre ein Narr, das zu ignorieren.

Die Höhlen fraßen sich tiefer und tiefer in die Kruste des Planeten hinab, und je weiter sie kamen, desto breiter und reißender wurden die Bäche. Die Luft veränderte sich ebenfalls; sie wurde feuchter und dicker, und sie weckte ein vertrautes und doch unerklärliches Verlangen in dem Ronin, das seine Schritte beschleunigte.

Schließlich erreichten sie eine düstere Höhle, wo sie ein letztes Schreintor über einem gigantischen schwarzen Fluss erwartete. Die Laufstege lösten sich hier von den gewundenen Höhlenwänden und führten über das Wasser hinaus zu einer Plattform. Sie war groß genug, dass Besucher sich dort hinsetzen und über die natürliche Pracht dieses Ortes meditieren konnten. Im Gegensatz zu den Laufstegen schwebte die Plattform nicht; sie war auf einem Vorsprung errichtet, der aus der steilen Felswand auf der anderen Seite hervorragte. Dieser Vorsprung beherbergte außerdem einen

Schrein, der einen angenehm schlichten Eindruck machte: eine hüfthohe Steinsäule und darüber ein kleines Ziegeldach, um die Geister zu schützen.

Der Ronin runzelte die Stirn, als sie sich der Säule näherten.

»Entweihen wir jetzt einen Schrein?«, fragte der Schweifling. »Nicht, dass es mich schockieren würde.«

»Nein. Das hier ist neu.«

Als er zuvor in den Höhlen gewesen war, hatte hier kein Schrein gestanden und auch kein Schreintor. Aber es wirkte angemessen, schließlich war er weder der Erste noch der Letzte gewesen, der einem Ruf ins dunkle Herz von Dekien gefolgt war.

»Also gut, wonach suchen wir dann?«, fragte der Schweifling, einen Moment bevor der Ronin ihn am Kragen packte und mit ihm von der Plattform sprang.

Da war etwas am äußersten Rand seiner Wahrnehmung. Eine Präsenz, und sie kam näher.

Seltsam, dass es dem Schweifling nicht aufgefallen war, zumal er doch gerade vor ein paar Minuten so scharfe Sinne bewiesen hatte. Doch jetzt war keine Zeit für solche Fragen.

Sie stürzten in die durchdringende Kälte des tiefen Flusses. Seine Ausbildung und die schwarzen Ranken der Macht verhinderten, dass sie sich die Knochen brachen, aber der Schock der Temperaturveränderung ließ den Ronin dennoch zusammenzucken. Gleichzeitig erblühte in seiner Brust dieses drängende Gefühl, das ihn begleitete, seit sie die Höhle betreten hatten. Es trieb seine Gliedmaßen an, zog ihn nach vorne, nach unten.

An der Oberfläche wirkte der Fluss träge, aber darunter lauerten hungrige Strömungen und wogende Schatten. Der

Ronin tauchte tiefer, beseelt von einer alten Erinnerung, die mit jeder Sekunde an Schärfe gewann. Der Schweifling folgte ihm – oder zumindest ging der Ronin davon aus; die dunklen Wassermassen machten es schwer, ihn im Auge zu behalten. Und die Rufe in seinem Kopf, in seinem Herzen, in seinem gesamten *Sein* taten ihr Übriges, um ihn abzulenken. Sie drängten ihn, weiter zu tauchen, weiter ... auf einen Spalt in der Wand zu, direkt unter dem Vorsprung mit der Plattform.

Je näher er der Öffnung kam, desto deutlicher konnte er erkennen, dass die Ränder glatt geschliffen waren. Es war das Resultat zahlloser Jahre – und bewusster Arbeit. Der Ronin schob sich hindurch in einen nachtschwarzen Tunnel. Seine Lunge brannte inzwischen, seine Glieder wurden unter ihrem eigenen Gewicht träge, aber er schwamm dennoch weiter. Die Stimme rief ihn, und er wollte nichts mehr, als diesem Ruf zu folgen. Er *erinnerte* sich nun.

Licht schimmerte von oben herab, ein leichenblasser Finger in der Düsternis. Der Ronin ließ sich von ihm führen, bis er keuchend durch die Oberfläche brach und seine hungernde Lunge mit Luft füllte. Es kostete ihn alle Kraft, Wasser zu treten. Sein erschöpfter Körper wollte nichts sehnlicher, als in die Tiefe zurückzusinken, aber seine Augen waren so fasziniert von dem, was sie sahen, dass sie es nicht zuließen.

Der Moment endete jäh, als der Schweifling hustend und würgend neben ihm auftauchte. Er platschte kraftlos zum Wasserrand hinüber – der Höhlenboden stieg sanft an und formte einen Hügel oberhalb des Beckens, in dem sie aufgetaucht waren –, und nachdem er mehrere Mundvoll Wasser ausgespuckt hatte, ließ er sich mit einem Ächzen auf den Rücken fallen.

»Du bist ein Idiot«, erklärte er, als der Ronin zu ihm hinüberstapfte. »Wir sind keine Freunde mehr.«

Kurz war der Ronin versucht, ihn mit einem sanften Tritt zurück ins Wasser zu befördern, doch dann nahm das Wesen seine Maske ab, damit es ihn finster anstarren konnte, und das ließ ihn innehalten.

Das Gesicht des Schweiflings war nicht genau zu erkennen; es gab hier keine Scheinwerfer wie oben bei den Laufstegen, aber vollkommen dunkel war es auch nicht. Halme hohen biolumineszenten Grases bedeckten den Hügel. Außerdem erhoben sich hier und da kleine Pfeiler, die von glühenden Flechten überwuchert waren. Weiter hinten stiegen faustgroße Kugeln aus gasartigem Licht in die Luft empor, die sich jedoch fast sofort wieder in der Düsternis auflösten.

Auf gewisse Weise konnte er den Schweifling also deutlicher sehen als je zuvor. Er war nicht menschlich – zumindest das hatte der Ronin bereits vermutet. Er hatte ihn nie essen oder schlafen sehen; er hatte höchstens mal an einer Tasse Tee genippt. Die Augen des Wesens waren genauso weiß wie sein Haar, und falls die Linien auf seinem Gesicht sein Alter anzeigten, so wie es bei Menschen der Fall war, dann war er schon lange nicht mehr jung. Jünger als Chie, sicher. Aber doch alt genug, um zu wissen, wo sie hier waren.

Der Ronin konnte keine hervorstechenden Merkmale oder Narben in diesem Gesicht erkennen. Er hätte es als attraktiv beschrieben – andererseits betrachtete er die unterschiedlichsten Wesen als attraktiv –, vor allem aber als müde. Und das war etwas, womit er sich nur zu gut identifizieren konnte.

Der Schweifling zog die Brauen zusammen, dann seufzte er und hob seine Maske. »Nein, das ist nicht mein echtes Gesicht. Überraschung.«

»Warum überhaupt die Maske?«

»Warum nicht?« Der Schweifling setzte sich auf, das Fuchs-Konterfei noch immer zwischen seinen Händen. »Entschuldige, ich war unhöflich. Aber ich glaube, du verstehst. Schließlich benutzt du auch nicht deinen echten Namen.«

Der Ronin drehte sich um, damit sich das Wesen ungestört das Gesicht abwischen und die Maske aufsetzen konnte.

Als der Schweifling auch sein Haar wieder hochgebunden hatte, trat er neben den Ronin, um sich in der Grotte umzusehen. »Ein außergewöhnlicher Friedhof.«

Der brennende Wunsch in der Brust des Ronin war abgekühlt, aber jetzt loderte er wieder heller. Der Schweifling hatte die Höhle richtig identifiziert: Es war ein Ort für die Toten und ihr Gedenken. Er ging los, über die uralte Erde zur Kuppe des Hügels hinauf. Die Pfeiler schienen zu flackern, als er an ihnen vorüberging; die Leuchtflechten hatten sich in den Ritzen eingenistet, wo einst Schriftzeichen in den Stein gehauen worden waren.

»Es ergibt Sinn …«, murmelte der Schweifling nachdenklich, während er ihm folgte, seine Maske erhellt von den leuchtenden Gaskugeln. »Das Imperium deklarierte Dekien als unzivilisierte Welt. Aber wenn man lange genug in dieser Galaxis lebt, dann weiß man, wie unpassend dieser Begriff ist. Egal, wo du bist, unter deinen Füßen liegt der Staub vergangener Monumente. Manchmal sehen wir noch, wo diese Wesen lebten. Aber meistens bleibt nichts von ihnen zurück, egal, ob sie nun weitergezogen oder gestorben sind. Oder ermordet wurden.«

»Sie haben mich hierhergerufen – beim letzten Mal. Die Toten«, sagte der Ronin. »Ich wollte Ruhe. Frieden. Etwas in der Art.«

Während er sprach, erkannte er, dass er all dies vor einem Tag noch nicht zugegeben hätte ... oder auch nur vor einer Stunde. Aber jetzt hatte er das Gesicht des Schweiflings gesehen, und sie waren gemeinsam an diesem Ort aus seiner Erinnerung. Ein Ort der Geister. Eine Erinnerung, die durch etwas verschleiert wurde, was er selbst nicht recht benennen konnte: Es war nicht Trauer, Zorn oder Verzweiflung ... eher eine lodernde verhasste Einsamkeit. Sie hatte gedroht, ihn zu Asche zu verbrennen, und er war in der Hoffnung hierhergekommen, dass die Dunkelheit die Flamme löschen könnte.

Der Ronin war lebend von diesen Gräbern zurückgekehrt. Und vermutlich auch verflucht. Aber war nicht die gesamte Galaxis verflucht, weil nichts darin wirklich enden konnte? Ganz gleich, wie tot die Wesen aus diesen Gräbern auch sein mochten, sie hatten sich doch erhoben und ihn gerufen. Und weil er ihnen gefolgt war, war er nicht gestorben. Kein Ende. Kein Frieden. Nur Leben, dauerhaft und schrecklich.

»Das Relikt, das wir suchen? Du hast es hiergelassen«, sagte der Schweifling.

»Ja. Es war das, was von einer Entscheidung übrig blieb ... eine, die ich lieber vergessen wollte.« Der Ronin blickte zu seinem Begleiter hinüber, der gerade einen besonders gut erhaltenen Grabpfeiler studierte. Die leuchtenden Gaskugeln schienen auf seltsame Weise von ihm angezogen zu werden; sie glitten dicht um seine Beine und die Falten seiner durchnässten Ärmel herum. Der Anblick löste irgendetwas in der Brust des Ronin aus. Die alten Geister, die diese Grotte liebten, hatten ihn einst hierhergerufen, aber die Licher hatten sich nie so eng um ihn geschart.

Der Schweifling lächelte, als ihm sein Blick auffiel. »Du machst dir ja doch Sorgen um mich. Aber du weißt so gut wie nichts von mir. Folglich könntest du dir ebenso gut um nichts Sorgen machen.«

»Ich weiß, was ich nicht weiß. Und ich *hatte* dich danach gefragt.«

Das Lächeln verschwand. Der Schweifling stand kerzengerade da, nicht weniger starr als der Grabpfeiler, den er gerade noch bewundert hatte. »Ich …«

»Ich habe dir inzwischen schon *zwei* Dinge über mich verraten.«

»Ich versuche es ja«, blaffte der Schweifling. Die Härte in seinen Worten schien ihn fast ebenso zu überraschen wie den Ronin. Er straffte die Schultern, wandte sich ab und blickte den Hügel hinab zu dem dunklen Wasser, aus dem sie aufgetaucht waren. »Ich … Vielleicht, wenn die Situation weniger ernst ist. Ich weiß, sie wird vermutlich ernst bleiben, schließlich suchen wir eine Sith-Hexe mit der Fähigkeit, Tote wiederzuerwecken, aber … Vielleicht wenn wir zumindest nicht mehr die Jedi im Nacken haben …«

»Sobald wir wieder auf der *Krähe* sind«, entschied der Ronin.

»Aber doch nicht sofort«, protestierte der Schweifling, als könnte er es einfach nicht ertragen, einmal kein zweideutiger Schwindler zu sein. »Wir wissen schließlich nicht, was …«

Ein stechender Blick ließ die Worte auf seinen Lippen ersterben. »Ich bin dir bis hierher gefolgt«, sagte der Ronin. »Ich war geduldig. Du bist es mir schuldig.«

»Na schön!« Der Schweifling warf die Hände in die Luft. »Ich bin es dir schuldig, o großzügiger Sith. Und jetzt verrate mir endlich, wo du dieses Ding versteckt hast.«

»Ich kann es nicht glauben. Ich kann es einfach nicht glauben!« Ekiya wusste, dass sie jammerte, aber das hielt sie nicht davon ab. »Als ich heute Morgen aufgewacht bin, dachte ich, wir würden in einer unheimlichen Höhle herumklettern und nach einem verfluchten Sith-Relikt suchen – aber nein! Selbst das wäre noch zu einfach gewesen! Es musste noch schlimmer werden!«

»Ja«, stimmte ihre unausstehliche neue Begleiterin zu. »Viel schlimmer.«

Ekiya blickte finster über die Schulter zu der Sith hoch, die daraufhin eine Augenbraue hob. Das brachte ihr blaues Auge noch mehr zur Geltung – es war das Einzige an ihr, was Ekiya gefiel. Aber sie verstand die Botschaft; die Hand der Frau entfernte sich nie weit von dem Schwertgriff an ihrer Hüfte, und sie hatte bereits bewiesen, dass sie auch vor Mord nicht zurückschreckte.

»*Viel* schlimmer.« Ekiya wandte sich wieder den Kontrollen zu, während sie das Skiff dicht über den Baumwipfeln dahinfliegen ließ, welche die Berge über den Seikara-Höhlen bedeckten. »Weißt du, wann ich mir das letzte Mal gewünscht habe, von einer psychopathischen Sith-Lady entführt zu werden und sie mit ihrem gestohlenen Gleiter und zwei toten Jedi herumzuchauffieren? Soll ich es dir sagen? Nie. Nie in meinem ganzen Leben.«

»Ich habe dich nicht entführt«, entgegnete die psychopathische Sith-Lady. »Wir arbeiten zusammen.«

»So nennst du das also, wenn du jemanden mit einem Lichtschwert bedrohst?«

»Du hast mich zuerst angegriffen.«

Es war lächerlich gewesen anzunehmen, dass sie den rachsüchtigen Geist einer Sith-Kriegerin mit zwei Tabletts besiegen könnte. Aber es war ihr besser erschienen, als kampflos zu sterben. Zum Glück wollte die Dämonin ebenso wenig die Aufmerksamkeit der Jedi erregen wie sie selbst. Folglich konnte sie Ekiya nicht einfach mit der Macht zu einem Ball zusammenquetschen, solange eine ganze Horde Ritter in der Nähe war. Aber Ekiya konnte ihrerseits auch nicht um Hilfe schreien, falls ihre Freunde noch eine Chance haben sollten, von hier zu entkommen.

Natürlich hätte die Sith sie auf dieselbe Weise erledigen können wie die beiden Jedi-Hüter. Warum sie es nicht getan hatte, entzog sich Ekiyas Verständnis. Es konnte jedenfalls nicht daran liegen, dass sie eine Pilotin brauchte; sie hatte es schließlich auch allein zu den Höhlen geschafft.

Doch aus welchem Grund auch immer, hier waren sie nun und flogen mit wimmernden Repulsoren über die Berge hinweg, um vor den Jedi das Ende des Höhlensystems zu erreichen.

Wie würde es danach weitergehen?

»Wie geht es weiter, wenn wir gelandet sind?«, fragte sie rebellisch. »Wenn du mich nicht länger brauchst? Wirst du mich dann erwürgen oder vierteilen oder einfach nur erstechen?«

»Ich werde nichts tun, es sei denn, du lässt mir keine andere Wahl«, erklärte die Sith. Lügnerin.

Ekiyas Oberlippe zuckte. »Klar.« Es musste einen Ausweg geben. Vielleicht wenn sie es schaffte, die Dämonin zu überrumpeln …

Es war ihr schon einmal gelungen, als sie jünger und leichtsinniger gewesen war – und verzweifelt. Aber damals hatte sie Hilfe gehabt. Die anderen zwangsrekrutierten Kinder hatten sich gemeinsam mit ihr in einer frostig kalten

Höhle zusammengekauert und ausgelost, wer von ihnen den Sith-Kommandanten vergiften sollte, wer einen Blaster bekommen würde und wer mit Messern vorliebnehmen müsste. Sie waren insgesamt zu zehnt gewesen. Sechs hatten überlebt. Diesmal gab es nur sie und B5–56.

»Ich werde dich nicht töten«, sagte die Sith mit seltsamer Entschlossenheit. Sie saß im Schneidersitz auf dem Platz neben Ekiya, und sie sah tatsächlich aus, als würde sie es ernst meinen. Oder als würde sie sich zumindest wünschen, dass sie es ernst meinte.

»M-hm«, machte Ekiya. Es war töricht, aber sie konnte nicht anders, als zu fragen: »Warum?«

»Ich habe meine Entscheidung getroffen«, knurrte die Sith. Sie presste die Faust gegen die Schläfe und blickte Ekiya mit zusammengekniffenen bernsteinfarbenen Augen an. »Ich bin Kouru.«

Ekiya hatte keine Ahnung, was sie davon halten sollte, aber Kouru hatte offensichtlich eine Art von Sith-Dämonen-Existenzkrise; das sollte sie nutzen, um möglichst lange nicht ermordet zu werden. »Wie schön«, sagte sie. »Und ich bin Ekiya.«

Kouru brummte, während sie den Handballen gegen ihre Stirn drückte und auf die Karte deutete, die auf die Navigationskonsole projiziert wurde. »Da hin.«

»Was ist dort?«

»Möchtest du deine Freunde vor den Jedi erreichen oder nicht?«, blaffte die Sith.

»Du hättest einfach nur sagen müssen, dass es Macht-Zauberei ist«, murmelte Ekiya.

Kouru wirkte seltsam gekränkt von diesen Worten.

Schrecklich.

Kouru war schrecklich – genauso schrecklich wie jeder Sith und so ziemlich jeder Jedi, denen Ekiya in ihrem Leben begegnet war. Na schön, ausgenommen der Fuchs … aber nur weil Ekiya chronisch und unheilbar weichherzig war und ihr das herzliche Auftreten des maskierten Wesens gefiel. Der Fuchs schien sich wirklich für die Personen zu interessieren, die er traf, selbst jene, deren Weg sich nach ein paar Minuten wieder von seinem trennte. Und natürlich gefiel Ekiya, dass der Fuchs die Jedi auch nicht mochte, obwohl er selbst mal einer gewesen sein musste.

Jetzt, da sie darüber nachdachte, musste sie zugeben, dass sie Grimm ebenfalls leiden konnte. Zumindest teilweise. Den Teil, der verwirrt reagierte, wenn ihm jemand einen simplen Gefallen tat. Den Teil, der gütig war. Den Teil, der betete. Den Teil, den der Fuchs mochte – und den B5-56 regelrecht zu lieben schien.

Apropos: Den Droiden konnte Ekiya auch leiden. Sehr sogar. Er war ehrlich, er entschuldigte sich, und er war bereit, ihr all die verrückten, cleveren Dinge zu erklären, die er tat, wenn er an den Systemen der *Krähe* arbeitete. Wenn B5 es so lange mit Grimm ausgehalten hatte, konnte der Sith gar nicht so übel sein.

Ekiyas Herz schmerzte, als sie zu dem kleinen Astromech hinüberblickte, der auf der anderen Seite der Steuerkabine neben den beiden toten Jedi vor sich hin blinkte.

Manchmal wippte er vor und zurück, manchmal stand er still. Seit sie den Strand von Seikara verlassen hatten, versuchte er nun schon, Grimm zu kontaktieren.

Ekiya blickte auf ihr eigenes Kommlink. Nichts. Keine Nachricht von Chie oder dem Fuchs. Sie versuchte, sich einzureden, dass es an den Höhlen selbst lag. Die Vorstellung, dass eine unheimliche, von Sith-Geistern verfluchte Höhle die Kommsignale störte, war nämlich immer noch angenehmer als die Möglichkeit, dass die Jedi sie bewusst voneinander abschnitten. Ekiya wusste vielleicht nicht, wie man eine Frau bekämpfte, die schon einmal tot gewesen war, aber sie wusste, wie man einen Sith bekämpfte. Jedi hingegen …

Sie packte den Steuerbügel fester. Falls sie Pech hatte, würde sie bald herausfinden, wie sie sich gegen einen Jedi schlug.

16. Kapitel

Auf der Kuppe des Hügels in der Grotte stand eine Ansammlung rissiger, halb zerfressener Steine. Einst hatten sie vermutlich zu einem Schrein gehört – oder wie immer die Leute, die hierhergekommen waren, so eine Stätte genannt hatten. Beim ersten Besuch des Ronin hatte er das Relikt auf einen dieser Steine gelegt. Nun bückte er sich, um die Stelle genauer zu betrachten. Sie war leer.

»Wonach suchen wir denn?«, fragte der Schweifling hinter seiner Schulter.

»Einen Kybersplitter.« Der Ronin hielt die Finger hoch, um die ungefähre Größe des Kristalls anzuzeigen: klein genug, dass er im Griff eines Lichtschwerts Platz finden würde. »Ursprünglich stammt er aus dem Spiegel des Shinsui-Tempels. Auf Rei'izu.«

»Was du nicht sagst.« Der Schweifling klang, als wüsste er nicht, ob er lachen oder weinen sollte. »Das erklärt dann wohl, warum Seikara so berühmt für seine Visionen ist.«

Der Ronin brummte zustimmend. »Ja, würde es. Wenn er hier wäre.«

Der Schweifling hatte die Hand ausgestreckt, um eine der kleinen Gaskugeln auf seiner Handfläche zu balancieren, aber jetzt erstarrte er. »Er ist nicht hier?«

Der Ronin deutete mit der Hand auf die Steine vor ihnen. Dort, wo er den Splitter seinerzeit abgelegt hatte, schienen die glühenden Flechten ein wenig platt gedrückt zu sein, doch das war der einzige Beweis, dass sich je etwas hier befunden hatte.

Der Schweifling ließ den Arm sinken und ging neben dem Ronin in die Hocke. Die Leuchtkugel, die auf seiner Hand getanzt hatte, löste sich auf. »Oh.«

Dieser kurze Laut war schlimmer als jede Verwünschung, denn er hielt sie beide in diesem Moment schrecklicher Erkenntnis fest. Der Schlüssel zu ihrer Mission ... war fort.

Hatte ihn jemand mitgenommen? Der Ronin legte die Hand auf den flachen Stein und suchte in der Macht nach Spuren. Dem Echo von Intelligenz. Von Gier. Von Absicht. Die Höhle war voller Leben, von den Flechten in den Ritzen dieser Steine bis hin zu den großen Schlangen im Wasser. Und ebenso war sie voller Tod: Die Geister, deren Ruf er in dieses finstere Loch gefolgt war, hausten noch immer hier, das konnte er deutlich fühlen.

Seine Kiefer verspannten sich, und die Nerven in seinen Zähnen explodierten vor Schmerz. Waren womöglich diese Geister die Diebe, die er suchte? Hatten sie ihn nur hierhergelockt, in diese vergessene Grotte, um den Kristall für sich selbst zu beanspruchen?

»Vorsicht«, sagte der Schweifling.

Der Ronin blinzelte. Der Stein unter seiner Hand zitterte, dann brach er auseinander. »Du ... Bevor wir hier ankamen, hast du dich gefragt, ob das Relikt vielleicht nicht mehr hier ist. Was hat dich auf diesen Gedanken gebracht?«

Das Wesen wirkte kurz so reg- und leblos wie alles andere in der Höhle; dann legte es dem Ronin die Hand auf den Arm, seine Finger noch immer kalt von ihrem Tauchgang, sein

Ärmel triefend nass. Der Ronin war vermutlich ebenso kalt und durchnässt, aber die kühle Berührung ließ ihn erkennen, dass ein schreckliches Feuer in seinem Inneren brannte. Da waren Zorn und Furcht und noch viel Schlimmeres in ihm. Er schüttelte sich.

Die Stimme des Schweiflings war leise und doch bestimmt – etwas, woran er sich festhalten konnte. »Ich hatte mich gefragt, ob unsere fleißigen Freunde von Eternity Enterprises vielleicht über das Relikt gestolpert sein könnten, aber da wusste ich noch nichts von diesem abgeschiedenen kleinen Garten. Ich denke, wir können davon ausgehen, dass Eternity nicht die geringste Ahnung von diesem Ort hat. Andernfalls hätten sie längst eine weitere Touristenattraktion daraus gemacht.«

Der Ronin verzog die Lippen. Das Feuer in ihm war heruntergebrannt, doch er war froh darüber, denn nun konnte er gestehen: »Ich weiß nicht, was ich tun soll.«

Der Schweifling richtete sich auf, und kurz konnte der Ronin sehen, dass sein Mund unter der Fuchsmaske zu einem angespannten Strich zusammengepresst war. Sein Ton blieb aber ruhig. »Wir finden einen anderen Weg.«

Du solltest von hier verschwinden, wisperte die Stimme.

Der Ronin zuckte innerlich zusammen ... und wohl auch äußerlich, denn der Schweifling neigte verwirrt den Kopf zur Seite. Die Stimme klang, als würde sie sich nicht wirklich auf ihn konzentrieren, sondern auf etwas anderes. Das machte ihre Worte nur umso beunruhigender. All diese Zeit hatte sie ihn angespornt, und jetzt sollte er plötzlich umkehren? Was wollte sie von ihm?

Doch er hatte nicht vor, die Aufforderung zu ignorieren. Sie warnte ihn nur selten, und auch wenn sie immer ihre eigenen Motive hatte, würde sie ihn nicht anlügen. Also erhob er sich ebenfalls. »Es wäre besser, wenn wir jetzt gehen.«

Seine neu gewonnene Entschlossenheit ließ den Kopf des Schweiflings noch weiter zur Seite wandern, doch dann nickte er. »Vermutlich hast du recht. Aber ich werde nicht noch einmal durch diesen Tunnel tauchen.«

»Wie kommst du darauf, dass wir eine Wahl haben?«

»Es muss einen anderen Weg geben.« Das Wesen machte eine ausladende Bewegung, die die gesamte Grotte einschloss. »Jemand hat diese Gräber errichtet. Jemand hat sie gepflegt – zumindest eine Zeit lang. Und ich bezweifle, dass sich diese Leute jedes Mal in die Fluten gestürzt haben und an Riesenschlangen vorbeigetaucht sind, wenn sie den Toten ihren Respekt bezeugen wollten. Andernfalls würde dieser Friedhof nämlich aus allen Nähten platzen. Also ... *muss* es einen anderen Ausgang geben.«

Der Ronin quittierte das mit einem Nicken, ebenso wie die nächsten Worte des Schweiflings: »Die Luft ist in Bewegung. Wo kommt der Wind her?«

Die Suche trug viel schneller Früchte, als der Ronin erwartet hätte. Aber es erschreckte ihn ein wenig, dass er es nicht schon viel früher entdeckt hatte. Da war ein schmaler Pfad, in die Felswand der Grotte hineingehauen, der sich spiralförmig in die Höhe wand und dann an einem Sims oberhalb des Beckens endete.

»Wie bist du beim letzten Mal hier rausgekommen?«, fragte der Schweifling, während er probeweise einen Fuß auf den Pfad setzte. »Sag jetzt nicht, du bist gegen die Strömung zurückgeschwommen.«

»Ich war jünger«, war alles, was der Ronin antwortete. »Schnell jetzt.«

Die kleinen leuchtenden Gaskugeln trieben noch ein paar Meter hinter dem Schweifling her, als würden sie ihn nur ungern ziehen lassen, und kurz zögerte der Maskierte. Wollte er etwa ein Gebet sprechen? Aber dann ging er doch weiter, und der Grabhügel blieb unter ihnen zurück. Der Ronin war dankbar, dass auch der Ruf der Toten, der ihn hierhergelotst hatte, mit jedem Schritt schwächer wurde. Welche Geister hier auch immer hausen mochten, sie schienen zuversichtlich zu sein, dass sie ihn wieder herführen könnten, wenn sie es wünschten. Er konnte davonrennen, aber er würde nie weit genug kommen, um ihnen zu entfliehen.

Der Sims über der Grotte führte in einen künstlich erschaffenen Tunnel, welcher seinerseits zu der Höhle mit dem Fluss führte. Dieser Gang war breiter als die Unterwasserpassage, durch die sie den Friedhof erreicht hatten, und sie konnten nebeneinander hindurchgehen. Am anderen Ende fanden sie sich auf einem kleinen Vorsprung wieder, etwas zwanzig Meter über den goldenen Brücken von Eternity Enterprises, die ihrerseits ungefähr dreißig Meter über den schwarzen Wassermassen schwebten.

Von ihrem Vorsprung führte eine geschwungene Steinbrücke in einer bizarren Wölbung an der Höhlendecke entlang. Sie war vom Boden aus nicht zu sehen gewesen, verborgen zwischen den Schatten der natürlichen Deckenunebenheiten. Der Ronin vermutete, dass die Erbauer dieser Brücke sie ganz bewusst auf diese Weise errichtet hatten, völlig vom Rest der Höhle losgelöst. Es *sollte* sich so anfühlen, als würde man von einer Welt in die nächste übergehen.

Diese Abtrennung gereichte ihnen nun zum Vorteil, denn die anderen Besucher der Höhle kamen nicht einmal auf den Gedanken, nach oben zu sehen. Die ersten Passagiere der

Eternity-Rundfahrt hatten den Fluss erreicht, ebenso wie eine Gruppe Jedi in weit schlichterer Kleidung. Die Passagiere schlenderten über die Brücken, um den Fluss in der Tiefe zu bewundern oder den Schrein in Augenschein zu nehmen. Ihre leisen, gewisperten Ehrfurchtsbekundungen hallten bis zur Decke hoch, wo sich der Ronin und der Schweifling an der Mündung des Tunnels zusammenkauerten und abschätzten, ob es sicher war, die Brücke zu benutzen.

Schließlich nickte der Schweifling, und der Ronin stimmte zu. Also gut, schön vorsichtig. Sie schlichen hintereinander los – nicht weil die Brücke zu schmal war, sondern weil sie auf diese Weise das Risiko verringerten, von unten gesehen zu werden. Der Ronin übernahm die Führung; die Schatten, die die Decke verbargen, verbargen auch, was sich auf der anderen Seite befand, und sollten irgendwelche Gefahren im Dunkel auf sie lauern, wollte er der Erste sein, der sich ihnen stellte.

Folglich war er der Erste, der sah, was vor ihnen lag: ein weiterer Felsvorsprung und dahinter ein Gang, der zu einer schwach erhellten Kammer führte. Sonnenlicht schien dort durch einen Schacht herab, der steil nach oben ging. Genaueres konnte der Ronin leider nicht erkennen, denn seine Sicht wurde durch den Mann behindert, der sich auf dem Vorsprung aufgebaut hatte.

Ein Jedi. Seiner prächtigen Kleidung nach zu urteilen, vermutlich sogar der Lord, den die Jedi unter ihnen zu den Höhlen eskortiert hatten. Und auch wenn er nun ein Lord sein mochte, war seine Haltung noch immer die eines Ritters.

Der Lord – Hanrai, hatte der Schweifling ihn genannt – trat auf die Brücke hinaus, und seine bis dato verborgene

Präsenz loderte in der Macht auf, eine weiße Fackel auf einer brodelnden schwarzen Woge. Mit gemessenen, sicheren Schritten kam Hanrai näher.

Der Ronin schob einen Fuß nach hinten und legte die Hand auf den Griff seines Lichtschwerts. Seine andere Hand zuckte in Richtung des Blasters; sein Instinkt verlangte, dass er Hanrai mit seiner eigenen Klinge begegnete, aber er musste jede Option in Betracht ziehen. Nicht, dass er wirklich glaubte, ein Blasterstrahl könnte am Lichtschwert des Jedi vorbeigelangen.

Als Hanrai näher kam, konnte der Ronin erkennen, dass der Mann lächelte. Und als er schließlich sprach, war seine Stimme voller Wärme und Vertrautheit. »Du hast dich also an den Ausgang erinnert. Ich dachte mir schon, dass du nicht den direkten Weg zurück nehmen würdest.«

Der Ronin durchforstete seine Erinnerungen nach dem Gesicht des alten Jedi. Er war in seiner Jugend vielen von seiner Sorte begegnet: Ritter, die in dem ehrgeizigen Jungen einen der Ihren gesehen hatten – einen möglichen Erben, wenn er sich nur anstrengte.

Nein. Er kannte diesen Mann nicht. Die letzten Zweifel verflogen, als der Schweifling hinter ihm leise den Atem einsog. »Zieh nicht deine Waffe«, flüsterte er, damit nur der Ronin es hören konnte. »Hanrai, er … Das ist ein Kampf, den wir nicht gewinnen können.«

Der Blick des Ronin huschte zu seinem Armband. Nichts. B5-56 hatte ihn nicht gewarnt und ebenso wenig die Stimme, abgesehen von ihrer kurzen Aufforderung in der Grotte. Wenn er entkommen wollte, musste er es ohne fremde Hilfe schaffen. Er und der Schweifling waren auf sich allein gestellt.

»Haben wir denn eine Wahl?«, wisperte er über die Schulter, die Hand weiter auf seinem Schwert.

»Eine Wahl? Mir scheint, Ihr habt Eure Wahl schon vor einer ganzen Weile getroffen«, erwiderte Hanrai. Seine Stimme war nun lauter, und seine nächsten Worte hallten durch die Höhle bis zu der Menge in der Tiefe hinab. »Dann eben ein Duell. Eine saubere Angelegenheit. Der Sieger kann diesen Ort verlassen, wie immer er möchte.«

»Nicht«, zischte der Schweifling.

Hanrai konterte die Warnung, indem er sein Lichtschwert zündete. Es leuchtete blau wie Wasser hinter einer Glasscheibe, und als der Lord vorsprang, schnitt es so entschlossen durch die Luft wie eine Brandungswoge.

Die Sith-Banditin war ganz brennende Intensität gewesen, ungezügelt, weil man sie nie wirklich auf die Probe gestellt hatte. Während ihrer Schreckensherrschaft als größte Macht auf dem kleinen Genbara hatte sie niemand herausgefordert. Hanrai hingegen war ein abgehärteter Kämpfer des Imperiums, und er bewegte sich mit der Intelligenz und Entschlossenheit eines Mannes, dessen Fähigkeiten durch Jahre blutiger Schlachten gestählt worden waren. Seine Klinge würde der Ronin ganz sicher nicht abfangen, weder mit den Händen noch mit der Macht.

Also hielt er Hanrais Hieb das rote Gleißen seines eigenen Lichtschwerts entgegen. Die Wucht hinter dem Angriff des Lords ließ ihn über den Fels nach hinten schlittern. Der Taktiker in ihm wollte dem nächsten Schlag ausweichen, damit der Schwung seiner eigenen Bewegung den Jedi aus dem Gleichgewicht brächte … aber so ein Manöver funktionierte nur, wenn man sicher ausweichen konnte, und dafür war die Brücke zu schmal. Nein, er musste Hanrai vor sich halten – bis er einen Weg fand, ihn von der Brücke zu befördern.

Während der Ronin seinen Gegner analysierte, spürte er seinerseits den abschätzenden Blick des Jedi auf sich. Beide wogen sie das Risiko jeder Attacke ab, den Preis für jedes Zögern. Als der nächste Angriff kam, war unmöglich zu sagen, wer von ihnen sich zuerst bewegte – wer zuschlug und wer parierte.

Doch ganz gleich, wie oft er Hanrais Verteidigung auch mit Hieben, Stichen und Schüben des weißen Feuers und der schwarzen Wogen testete, er fand einfach keine Schwachstelle. Hanrais Fußstellung war ebenso perfekt wie seine Haltung und sein Griff um das Lichtschwert – dies war ein Mann, der die Vorliebe der Sith für schmutzige Tricks kannte. Als der Ronin seinen Schwertgriff ohne Vorwarnung zu einem Stab ausfuhr, um den Lord von den Füßen zu fegen, sprang dieser mühelos über das Metall hinweg, um sich anschließend ebenso mühelos am anderen, rot glühenden Ende der Waffe vorbeizuducken.

Hanrai kämpfte, als hätte er seit dem Ende des Krieges jeden Tag geübt; seine Konzentration ließ nie nach, und obwohl er den Eindruck erweckte, als würde er das Duell genießen, blieb sein Blick stets ernst und entschlossen.

Doch auch der Ronin fühlte sich ungewohnt selbstsicher – viel selbstsicherer als noch bei seinen Kämpfen mit der Banditin oder Chie. Vielleicht so selbstsicher wie seit dem Tag nicht mehr, als er den verfluchten Kyberkristall in den Schlund dieser Höhlen gebracht hatte. Die letzten Tage hatten ihm gutgetan. Die Übungen und Sparringskämpfe, die regelmäßigen Mahlzeiten und der erholsame Schlaf, die Shogi-Partien, ja, auch das Gefühl der Kameradschaft. Er kämpfte nun wie jemand, der ein Ziel und eine Überzeugung hatte.

Letztlich wurde ihm genau das zum Verhängnis.

Keine Minute war vergangen, seit sie ihre ersten Hiebe ausgetauscht hatten, und der Ronin glaubte, eine Möglichkeit gefunden zu haben: Falls er Lord Hanrai auf eine Seite locken könnte, wäre er einem präzisen Distanzangriff des Schweiflings schutzlos ausgeliefert.

Doch dann riskierte er einen Blick über die Schulter, und er erkannte seinen Fehler. Der Schweifling war nicht länger der Einzige, der hinter ihm stand.

Chie war auf der Brücke aufgetaucht. Wie? Woher? Der Ronin hatte keine Zeit, sich darüber zu wundern. Die alte Frau berührte den Ellbogen des Schweiflings, um ihn von einem Kampf zurückzuhalten, für den ihm augenscheinlich ohnehin der Wille fehlte. Anschließend machte sie einen Schritt zur Seite, über den Rand der Brücke hinaus, und zog den Schweifling mit sich in den Abgrund.

Als die beiden in die Tiefe stürzten, stieß der Ronin in einem verzweifelten Reflex die Hand vor, um die knochenzerschmetternden Kräfte ihres Falls in den schwarzen Fluss abzufedern ... nur um von einem weiteren mächtigen Angriff von Lord Hanrai unterbrochen zu werden.

Diesmal lösten sich ihre Lichtschwerte nicht gleich wieder voneinander. »Ihr könnt meinen widerspenstigen Lehrling ruhig Chie überlassen«, sagte Hanrai so ruhig, als würden sie gemeinsam am Essenstisch sitzen. »Sie kommt schon mit ihm zurecht. Ich möchte sehen, was Ihr könnt, Sith. Konzentriert Euch ganz auf mich. Keine Ablenkungen.«

Der Ronin bleckte die Zähne. Keine Ablenkungen? Was für ein Narr dieser Jedi doch war – andererseits, hatte er je einen von seiner Sorte getroffen, über den sich das nicht sagen ließe? Ganz gleich, wie sich ihr Duell entwickelte, der Ronin würde seine Furcht nie abstreifen können ...

Aber er konnte versuchen, Stärke aus ihr zu ziehen.

Als sie sah, wie ihre Gefährten von der Höhlendecke in den Fluss hinabstürzten, stieß Ekiya einen wilden Fluch aus. Kouru presste ihr die Hand auf den Mund, und als Ekiya instinktiv zubiss, knurrte die Sith sie mit gepresster Stimme an: »Wenn du sie lebend wiedersehen willst, sei leise.«

Sie kauerten nebeneinander in der mit Reliefs verzierten Felskammer, die der Jedi-Lord verlassen hatte, und B5-56 schwebte dicht hinter ihnen. Ihnen gegenüber, auf der anderen Seite der Brücke, waren der Sith und sein Begleiter mit der Fuchsmaske aufgetaucht, nur um von dem Jedi-Lord in Empfang genommen zu werden – dem Jedi, der nun im Begriff war, Kouru ihre Beute zu stehlen.

Nein. Noch hast du eine Chance. Greif an, wenn sie verwundbar sind.

Sie schüttelte den Kopf, um den wachsenden Druck zwischen ihren Schläfen zu verscheuchen. Inzwischen hörte sie die Stimme glockenklar, die mit gewisperten Worten die Kontrolle über sie zu erlangen versuchte. Seit sie in dem verlassenen Tempel auf Genbara das erste Mal zu ihr gesprochen hatte, war sie erst zu einem Jucken geworden, dann zu einem nagenden Hunger, dann zu einem Verlangen, das alles andere vernebelte. Aber was für eine Art Geist suchte jemanden heim, der bereits gestorben war ...?

Nein, kein Geist. Kouru kannte einen Namen für solche Mächte, die die Toten umgarnten und sie zu ihren Waffen machten – zu Dämonen. *Hexe.* Doch dieser Gedanke warf weitere Fragen auf, für die Kouru schlichtweg die Energie und die Geduld fehlten. Während des Fluges über den Dschungel hatte sie versucht, sich vorzustellen, was es für eine Hexe bedeutete, lebendig zu sein. Sofern sie überhaupt lebendig war. Kouru war es jedenfalls nicht …

Es war einfach zu viel. Es gab nur einen Punkt, in dem sie Gewissheit hatte: Die Hexe wollte, dass sie den alten Mann tötete. Falls er der Verräter war, für den sie ihn hielt – und die Klinge, die sie ihm abgenommen hatte, ließ kaum einen Zweifel daran –, dann wollte sie ihn blutend im Staub sehen, vorzugsweise durch ihre eigene Hand niedergestreckt.

Aber sie wollte bestimmen, wie es geschah.

Sträube dich nicht so, Kouru. Ich will dir nur helfen. Die Banditin knirschte mit den Zähnen. Sie hatte der Stimme schon zuvor nachgegeben. Als sie Ekiya zu einer taubedeckten Lichtung inmitten des Bergdschungels gelotst hatte. Als sie zu einem Gewirr von Ranken hinübergegangen war und es mit ihrem Lichtschwert entzweigeschnitten hatte. Als sie den kurzen aus dem Fels gehauenen Schacht entdeckt hatte, der auf der anderen Seite wartete und über zahllose Stufen zu einer Kammer mit prächtigen Reliefs hinabführte – und zu der schmalen Brücke unter der Höhlendecke, auf der sie nun ihre Beute sah.

Das Verlangen, den alten Mann zu töten, loderte heller denn je, während sie ihn im Kampf beobachtete. Sie wollte nichts lieber, als mit lautem Gebrüll zwischen die Duellanten zu stürmen und Rache zu üben, solange sie abgelenkt waren.

Dieser Impuls stieß jedoch auf unerwartet starken Widerstand aus ihrem Innern. Ein Teil von ihr hatte nicht vergessen, was bei ihrem ersten Kampf mit dem alten Mann geschehen war. Und bei ihrem zweiten. Er kämpfte mit der Gerissenheit eines Kriegers, der sich nicht um Ruhm und Ehre scherte, sondern allein ums Gewinnen. Kouru würde ihn erst besiegen können, wenn sie dieses Spiel besser beherrschte als er.

Aber du hast den Vorteil ... Hör auf mich, Kouru. Es wäre so viel leichter, wenn du nachgibst.

Die Banditin ballte die Fäuste. Sie verzehrte sich danach zu tun, wozu die Stimme sie antrieb, doch sie sträubte sich mit jeder Faser ihres Wesens dagegen, irgendjemandem *nachzugeben.* Es war ein verwirrender, leidiger Widerspruch, aber sie hielt daran fest. So herrlich zielstrebig und rein sie sich unter dem Befehl der Hexe auch gefühlt hatte, konnte ihre Seele den Gedanken an Unterwerfung doch nicht akzeptieren. Also presste sie die Finger gegen ihre Stirn, so fest sie nur konnte, bis die Nägel ihre Haut zu durchstoßen drohten ...

»He!« Ekiya tippte ihren Arm an, so vorsichtig, als hätte sie es mit einer instabilen Chemikalie zu tun. »Was ist?«

Kouru fletschte die Zähne. »Nichts.«

»Sah aber nicht so aus«, kommentierte Ekiya, nur um abwehrend die Hände zu heben, als Kouru sie mit ihrem Blick aufspießte. »Schon gut. Interessiert mich ohnehin nicht, dieser Machtkram. Ich will nur ...«

Aber offensichtlich wusste sie nicht, was sie wollte. Ihr Blick huschte jedenfalls rastlos zwischen der Felsbrücke hier oben und den goldenen Brücken in der Tiefe hin und her.

Dort unten schoben sich mehrere Jedi durch eine Horde verweichlichter, reicher Besucher. Inmitten dieser Menge entdeckte Kouru auch den Maskierten, den Ekiya Fuchs genannt hatte – den Halb-Jedi, dem sie vermutlich diesen gezielten Machtstoß im Hangar auf Genbara zu verdanken hatte.

Der Fuchs war auf der Hauptplattform auf der anderen Seite der Höhle gelandet, direkt gegenüber der Kammer, wo Kouru und Ekiya kauerten. Etwas hatte seinen Sturz von der Höhlendecke gebremst, ansonsten wäre er jetzt nur noch ein nasser Klumpen und seine Robe garantiert nicht mehr so weiß. Teils hatte er sich aus eigener Kraft gerettet – seine Aura war eine fast völlig schwarze Woge in der Macht –, aber mehrere der Jedi hatten ebenfalls die Arme in die Höhe gerissen, um seinen Sturz zu verlangsamen.

Die Art, wie die Jedi sich am Rand des Flusses entlangbewegten, sprach Bände über ihre Absicht. Ein paar lotsten die Besucher zu dem roten Schreintor, das zurück zum Höhleneingang führte, doch die anderen gingen in die entgegengesetzte Richtung, um dem Fuchs jeglichen Fluchtweg abzuschneiden. Sie wollten ihn also lebendig.

»Was tut sie da?«, zischte Ekiya, wobei sie nach ihrem Kommlink griff. Ihr Blick war ebenfalls auf den Fuchs gerichtet … und auf die alte Frau vor ihm. Falls es ihr Name war, den Ekiya wisperte, dann hieß sie Chie, und ihr Verhalten schien die junge Pilotin besonders aufzuwühlen. Offensichtlich wollte sie dieser Chie vertrauen, ganz gleich, was ihre Augen ihr zeigten.

Die alte Frau stand zwischen dem Schrein und dem Fuchs, der gerade erst begonnen hatte, sich wieder auf die Beine hochzustemmen.

»Sie werden kämpfen«, erklärte Kouru. Es war deutlich zu sehen, aber Ekiya musste es hören und akzeptieren, andernfalls könnte sie etwas Dummes tun und alles kaputt machen.

»Nein … Warum?« Ekiya presste die Kiefer zusammen. »Das ergibt keinen Sinn …«

Kouru packte sie an ihrer zur Faust geballten Hand. »Der Sinn ist egal. Man entscheidet, was man will, und dann handelt man. Fragen kommen später. Falls man sie dann noch stellen will.«

Ekiya starrte sie wütend an, hielt aber den Mund. Kein »Warum hilfst du mir?« oder »Warum sollte ich auf dich hören?«. Sie war konzentriert. Pragmatisch, trotz ihrer Emotionen. Das hatte Kouru von Anfang an gefallen. Tatsächlich war es einer der Hauptgründe, warum sie sich dem Drängen der Hexe widersetzt und das Mädchen nicht getötet hatte. Die Galaxis brauchte mehr Realisten, und wenn Ekiya eines war, dann Realistin.

Schließlich flüsterte sie: »Du hast gesagt, ›lebend‹.«

»Was?«

»Meine Freunde … ›Wenn du sie lebend wiedersehen willst‹. Heißt das, du bist nicht hier, um sie zu töten? Auf Genbara sah es nämlich ganz danach auch.«

Kouru hatte schon den Mund geöffnet, um zu sagen: *Ich will nur den einen.* Aber dann presste sie die Lippen zusammen, als das *Tu es* der Hexe wie ein Nagel in ihren Geist gehämmert wurde.

TU ES.

»Still!«, fauchte Kouru, und dann: »Nicht du«, als sie Ekiyas erschrockenes Gesicht sah. Nach ein paar Sekunden presste sie hervor: »Was … Was ist ein Sieg wert, wenn er zur Hälfte von einem anderen errungen wurde?«

Es fühlte sich nicht wirklich richtig an, nicht einmal, während sie es aussprach. Aber es ergab Sinn. Tat es doch, oder? Sie musste nach ihren eigenen Regeln Rache nehmen, ansonsten würde sie nie Genugtuung haben. Der Druck in ihrem Kopf ballte sich auf gefährliche Weise zusammen.

Zu ihrer Überraschung nickte Ekiya. Was in ihrem Blick lag, war nicht Respekt, aber auch nicht Verachtung. Verständnis vielleicht? Wohl kaum. Kouru verstand ja nicht einmal selbst ihre Gefühle und Gedanken. Ganz zu schweigen von ihren Worten und Taten.

Zumindest hatte sie nun ein Ziel; etwas, worauf sie sich konzentrieren konnte, bis sie ihren Geist wieder unter Kontrolle hatte.

Sie spähte hinab, erst zu der großen Plattform auf der gegenüberliegenden Seite der Höhle, dann zu der Brücke direkt vor ihr. Sowohl dort unten als auch hier oben standen sich zwei Widersacher gegenüber. Kouru war nicht mächtig genug, um das Duell vor ihr zu beenden, und sie würde die Plattform nicht schnell genug erreichen, um den Kampf dort zu beeinflussen. Es sei denn ... Sie legte den Kopf nach hinten und starrte zur Höhlendecke hoch.

Möchtest du jetzt meine Hilfe? Na also. Das ist alles, was ich je wollte, Kouru.

Sie rammte die Knöchel gegen ihre Stirn, aber fürs Erste musste sie wohl akzeptieren, dass der Einfluss der Hexe auch seine Vorteile hatte.

Im dichten Dschungel direkt über dieser Höhle stand ihr Skiff – und in seinem Innern wartete das entscheidende Werkzeug.

Habe ich nicht gesagt, dass sie von Nutzen sein können? Sie sind dein. Rufe sie.

Die beiden toten Jedi hatten noch eine Rolle zu spielen.

17. Kapitel

Es musste schnell gehen, oder es würde nicht funktionieren. Da waren einfach zu viele Jedi auf zu kleinem Raum. »Das nennst du kleinen Raum?« Ekiya deutete in die Höhle hinaus, die sich vor ihnen mehrere hundert Meter weit erstreckte.

Kouru schickte sie nach oben zum Skiff. Den Droiden des alten Mannes ließ sie derweil in der Zugangskammer in Position gehen, wo er geschützt war und freien Blick auf einen ganz bestimmten Teil der Höhlendecke hatte.

Anschließend huschte sie, halb kletternd, halb schlitternd, die Felswand hinab, wobei sie den Griff der Schwerkraft durch die schwarze Strömung der Macht abschwächte. Als sie auf der Schwebebrücke direkt unter ihr landete, kam sie mit genügend Wucht auf, um die Repulsoren zu überfordern. Die Besucher, die die Brücke gerade überquerten, wichen kreischend an das goldene Geländer zurück. Ihr Kreischen wurde sogar noch schriller, als die rote Klinge von Kourus Lichtschwert die Brücke in zwei Hälften schnitt und sie alle in die Wassermassen hinabstürzten.

Kouru selbst stieß sich von den Trümmern ab und schnellte zu dem benachbarten Laufsteg hinüber. Hier standen ihr zwei Jedi-Hüter gegenüber, aber sie duckten sich an ihr vorbei und sprangen zu der glatten Höhlenwand, um zum Rand des Flusses hinabzurutschen. Die hilflosen Zivilisten zu retten, war ihre oberste Pflicht. Kaum dass sie sich von der Brücke gestürzt hatten, durchtrennte Kouru auch diese, um anschließend ebenfalls weiterzuspringen. Hinter ihr kippten die beiden Hälften des Laufstegs mit ersterbenden Repulsoren in die Tiefe. Gut. Die Jedi sollten alle Hände voll zu tun haben.

Auf der nächsten Brücke stieß sie schließlich auf einen Ritter: ein hünenhaftes Wesen mit schwarzen Hufen, schwarzen Hörnern und aufgestellter weißer Mähne. Wie ein lebender Berg stand er vor Kouru, seine smaragdgrüne Klinge warnend erhoben. Schade, dass sie keine Zeit hatte, sich mit ihm zu amüsieren.

Auf der Brücke hoch über ihr gewann das Duell zwischen den beiden alten Männern weiter an Intensität. Auf der Plattform vor ihr entfaltete sich ein frenetischer Tanz zwischen Verräterin und Verratenem. Keiner dieser beiden Kämpfe konnte warten, bis sie sich um den Jedi gekümmert hatte.

Der Ritter warf seine ganze Masse in einem stürmischen Angriff nach vorn. Sicher war er daran gewöhnt, dass seine imposante Statur die halbe Arbeit für ihn erledigte. Kouru sprang seitlich über das Geländer und hielt sich an der Unterseite der Schwebebrücke fest.

Hinter der Reaktion steckte mehr Instinkt als Planung, und es erschreckte sie, dass sie trotzdem genau wusste, was sie tun musste. Mit schnellen, flüssigen Bewegungen riss sie eine Platte aus der Unterseite der Brücke, dann rammte sie die Hand in die elektronischen Innereien, um eine ganz bestimmte Komponente herauszureißen. Sie wusste nicht mal, wie das Ding hieß, das sie in den Fluss hinabfallen ließ. Aber für Fragen war keine Zeit – die Brücke begann, auf die Seite zu kippen. Kouru kletterte nach oben, als der Laufsteg senkrecht zu seiner ursprünglichen Ausrichtung in der Luft hing, dann katapultierte sie sich zur nächsten Brücke.

Ihre Finger bekamen das Geländer zu fassen, und sie wirbelte darüber hinweg. Diesmal verharrte sie jedoch nach ihrer Landung – eine bewusste Entscheidung –, und sie rührte sich nicht, ganz gleich, wie sehr der Druck in ihrem Schädel sie vorwärtstrieb. »Lass das«, fauchte sie, wobei sie sich mit der Faust gegen die Brust schlug. »Ich bin keine Marionette.«

Oh, Kouru. Es wäre viel leichter, wenn du einfach ...

Sie biss die Zähne zusammen. Die Höhle erbebte, als würde sie ihre Frustration teilen. Stimmen schrien erschrocken und panisch durcheinander – die Passagiere, die am Rand des schwarzen Flusses in Sicherheit gebracht worden waren. Und der Grund für ihr Entsetzen? Einer der dunklen gewundenen Umrisse aus dem Wasser war an die Oberfläche gestiegen.

Ein langer Hals, verziert mit Stacheln und schwarz schimmernden Schuppen, reckte sich in die Höhe, und ein klaffendes Maul mit nadelspitzen Zähnen öffnete sich, während die Schlange ihre Nackenkrause aufstellte und ein schrilles Kreischen ausstieß.

Erneut bebte die Höhle, dann schob sich auf der anderen Seite des Flusses eine zweite Schlange an Land. Sie warf sich gegen die Wand und schlug mit ihrem dornenbesetzten Schwanz nach den verbliebenen Schwebebrücken.

Es war beinahe, als wollten die Schlangen ihr helfen.

Betrachte es als Geste meines guten Willens. Ich kann dir auf viele Arten helfen, Kouru.

Die Härchen an Kourus Armen stellten sich auf. Dass die Hexe einen Dämon kontrollierte, war eine Sache, aber das hier, diese Manipulation der realen Welt außerhalb von … nein. Sie musste sich konzentrieren.

Die Jedi-Ritter, mit denen sie es als Nächstes zu tun bekommen hätte, rannten an ihr vorbei oder in die entgegengesetzte Richtung von ihr weg, um die Brücken zu verlassen und die Zivilisten an den Rändern der Höhle zu beschützen. Jene, die an ihr vorbeimussten, machten einen großen Bogen um sie. Als hätte sie vor, die Jedi aufzuhalten! Nein, sie wollte nur nicht, dass sie ihr im Weg standen.

Vergeude mein Geschenk nicht. Schnell, weiter.

Kouru schüttelte den Kopf. Ja, der Weg war frei. Sie durfte keine Zeit verlieren. Mit der Hexe konnte sie sich später noch auseinandersetzen.

Auf der Plattform vor dem Schrein tänzelte der Fuchs außer Reichweite von Chie. Ein Teil von Kouru stellte sich vor, sie müsste gegen so einen Widersacher kämpfen, und sie schnitt eine Grimasse. Der alte Mann hatte wenigstens den Anstand gehabt, ihre Klinge mit der seinen zu parieren. Die Hände des Fuchses waren noch immer leer, und sie war nicht mal sicher, ob er überhaupt ein Lichtschwert bei sich trug.

Chie schien ihre Irritation zu teilen, und so oft ihr Gegner auch versuchte, ihr zu entkommen, sie hielt ihn stets zurück. Ihre Bewegungen waren so gleichmäßig wie die schwarze Strömung selbst, aber Kouru konnte keine Machtempfänglichkeit in ihr spüren. Das steigerte ihre Neugier noch; sie hatte stets Krieger bewundert, die auch ohne die Manipulation der Macht tödliche Fähigkeiten entwickelten.

Der Kampf – wenn man es denn so nennen wollte – folgte einem Muster: Chie sprang vor, der Fuchs wich zurück, und

Chie sagte etwas. Der Fuchs hielt inne, sammelte sich … und wich erneut aus. Mit jeder Sekunde wurden seine Bewegungen jedoch steifer, wohingegen die von Chie immer geschmeidiger wurden. Sie blieb nie stehen, nicht einmal, wenn sie auf ihr Gegenüber einredete.

Kouru schnappte Wörter wie »Verräter«, »verloren« und »geglaubt« auf, dann »gute Seele« und »bester Lehrling«. Jedes dieser Worte ließ den Fuchs starrer werden, und er zuckte förmlich zusammen, als Chie sagte: »Er will, dass du nach Hause kommst.«

Natürlich will er das. Der alte Narr.

»Ruhe. Du hast doch gesagt, ich soll mich konzentrieren«, zischte Kouru.

Chie hatte den Fuchs inzwischen vor der Wand neben dem kleinen Schrein in die Enge gedrängt. Für Kouru sah es aus, als würde der Maskierte in sich zusammensacken. Das machte seine nächste Handlung nur umso überraschender für sie.

Der Fuchs zog einen Schwertgriff aus seinem Gürtel und stürmte vor, kaum dass die Klinge aufgeleuchtet hatte. Sie war fahl wie der Winterhimmel, und sie brannte selbst in der Macht wie eine Fackel. Einen wirbelnden Hieb später fiel Chies Stab in zwei Hälften zu Boden.

Die alte Frau stolperte außer Reichweite zurück, aber der Fuchs setzte ihr nicht nach. Er stand einfach nur da, mit bebenden Schultern und knisterndem Lichtschwert. Das Licht der Klinge schien zu flackern und zu pulsieren; ein Fehler in dem Kristall – oder in ihrem Träger? Etwas Derartiges hatte Kouru erst vor ein paar Tagen gesehen, als sie den Schwertgriff des alten Mannes auseinandergebaut hatte. Sie kniff die Augen zusammen. Damit war zumindest eine Frage beantwortet: die, ob der Fuchs ein echter Jedi war oder nicht. Oder ob er zumindest mal einer gewesen war.

Chie änderte ihre Beinstellung, während sie ihr Gegenüber musterte. Sie versuchte nicht, die Hälften ihres Stabes aufzuheben. Sie öffnete lediglich den Mund, um zu sprechen. Sie war nie gefährlicher gewesen als in diesem Moment.

Also brachte Kouru sie aus dem Gleichgewicht.

Der Absprung war nicht gerade elegant, das musste sie selbst zugeben, aber solange sie ihr Ziel erreichte, war das unwichtig. Sie landete auf der letzten Brücke, machte eine wischende Handbewegung ... und Chie wurde von einer Welle der schwarzen Strömung über den Rand der Plattform geschleudert.

Der Fuchs reagierte einen Sekundenbruchteil zu spät. Er sprang vor und schlitterte über die Plattform, zweifellos, um Chie durch eine meisterhafte Manipulation der Macht aufzufangen. Aber was immer er vorhatte, er wurde jäh unterbrochen, als Kouru neben ihm landete und ihn am Arm in eine aufrechte Position hochriss.

Sie kam keinen Moment zu früh. Über ihnen ertönte das Jaulen von B5s Blasterfeuer, anschließend das Grummeln und Knirschen von nachgebendem Fels und das ohrenbetäubende Dröhnen des Skiffs, das Ekiya herbeiflog. Und dann stürzte die Höhlendecke über ihnen zusammen.

Hanrai konnte sich nicht erinnern, wann er das letzte Mal wirklich erschrocken gewesen war.

Insofern genoss er das Gefühl beinahe, als die Decke der Höhle einbrach.

Das gesamte Ausmaß der Situation brandete auf sein Bewusstsein ein, während er reflexartig seinen Geist ausstreckte und die gestählte Zielstrebigkeit des Duells hinter sich ließ.

Sein Gegner hatte dieses Maß an Konzentration erforderlich gemacht. Der Ronin besaß eine intensive, fein geschliffene Energie, die Hanrai ihm nie zugetraut hätte. Andererseits hätte er wohl wissen sollen, dass sich sein ehemaliger Lehrling nicht einfach mit irgendwem umgeben würde; er hatte schon immer ein Talent gehabt, die Erwartungen seines Meisters zu übertreffen.

Mit dieser Explosion von Fels und Staub hatte sein Lehrling jedoch nichts zu tun. Das war das Werk des gestohlenen Skiffs, das inmitten des zerstörerischen Felsregens herabsank – und der beiden Gestalten, die oben am Rand des eingestürzten Bereichs standen, ihre schlaffen Gesichter dem Resultat ihres Handelns zugewandt.

Hanrai verspürte einen reumütigen Stich in der Brust. Er kannte sie, alle beide. Die Wesen, die durch den rücksichtslosen Einsatz der schwarzen Strömung und des weißen Loderns die Höhle aufgebrochen hatten, waren junge Hüter. Teil seines Gefolges.

Oder zumindest waren sie Teil seines Gefolges gewesen, bevor man sie ermordet hatte. Diese Marionetten, die sich vor dem Hintergrund der strahlenden Sonne über den Abgrund beugten und die Szene der Zerstörung betrachteten, waren nicht länger Mitglieder von Hanrais Klan. Er konnte nur beten, dass er ihren Seelen eines Tages Frieden schenken könnte.

Schließlich war es nicht ihre eigene Bosheit, die sie dazu getrieben hatte, das Leben aller in dieser Höhle zu gefährden. Oder dazu, die zerbrechlichen Überbleibsel der Vergangenheit von Seikara zu zerstören. Nein, diese grausame Gleichgültigkeit, diese Bereitschaft, alles und jeden unter

Felsen zu begraben, war nur einer anzulasten: der Kreatur, die schon so viele von Hanrais Toten gestohlen hatte.

Er blickte nach unten, vorbei an dem kleinen Astromech, der sich in die Kammer am Ende der Brücke zurückzog, und hin zu dem Chaos in der Tiefe.

Inmitten des Durcheinanders von Leibern und Felstrümmern am Flussufer erspähte er Chie. Sie war angeschlagen, aber sie lebte. Was die anderen anging – viele waren verwundet, einige schwer. Seine Jedi hatten ihr Möglichstes getan, um die hilflosen Besucher zu schützen, und dafür alle anderen Ziele aufgegeben. Trotzdem würden manche Opfer diesen Tag nicht überleben.

Eine der Gestalten dort unten war bereits tot – aber das hatte sie nicht davon abgehalten, Hanrais alten Lehrling zu packen (*er* lebte noch, der Macht sei Dank). Und nun zerrte diese wildäugige Sith-Dämonin mit dem wogenden weißen Haar ihn an Bord des wartenden Skiffs.

Die Pilotin des Gleiters wollte auch den Sith retten, das war für Hanrai so sicher wie der nächste Sonnenuntergang. Doch das war etwas, was er nicht zulassen konnte.

Obwohl er seine Wahrnehmung in alle Richtungen ausgestreckt hatte, um die Lage abzuschätzen, war er die ganze Zeit über in Kampfhaltung geblieben, bereit, den nächsten Hieb des Mannes abzufangen. Der Sith hatte sich als geschickter Schwertkämpfer erwiesen, angetrieben von einem schier bodenlosen Reservoir an scharfkantigen Emotionen. Er bewegte sich nur, wenn es nötig war, und selbst dann legte er eine unheimliche Zielstrebigkeit an den Tag. Jetzt gerade bewegte er sich überhaupt nicht, und Hanrai vermutete, dass sein nächster Hieb blitzschnell und gnadenlos sein würde. Da durfte er nicht abgelenkt sein.

Doch der Hieb kam nicht, und stattdessen verharrte der Sith in verdächtiger Reglosigkeit. Obwohl das Skiff nun in Richtung der Steinbrücke hochschwebte, bewegte er sich nicht. Seine Augen waren auf den Punkt über der Höhle gerichtet, dem zuvor auch Hanrais Aufmerksamkeit gegolten hatte – die Stelle, wo die beiden einstigen Jedi-Hüter standen und, nun, da ihre Aufgabe erledigt war, in die Tiefe starrten. Die Haltung des Ronin war wie ein Spiegelbild dieser Dämonen, abwesend und unachtsam.

Umso besser. Chie hatte Hanrai vor der Unberechenbarkeit des Mannes gewarnt. Sie hatte ihn als unbeherrscht und ruhelos beschrieben, aber jetzt gerade stellten diese Eigenschaften keine Gefahr dar, sondern eine Gelegenheit. Ein paar wertvolle Sekunden lang hatte Hanrai Gewissheit, dass sein Gegner nichts unternehmen würde.

Der Lord schloss die Augen, streckte sein Bewusstsein aus, berührte das näher kommende Skiff …

Weiter kam er nicht. Sein Lehrling schreckte vor seinem Willen zurück, und was immer er als Nächstes tat, es zwang das Skiff, seinen Kurs zu ändern und aus der Höhle zu rasen – ohne den Ronin, der allein auf der Brücke zurückblieb.

Hanrai öffnete die Augen wieder und blickte dem fliehenden Gleiter nach. Etwas in dieser Art hatte er befürchtet – und erwartet. Sein Lehrling schien ihn nicht länger für einen Verbündeten zu halten.

»Bedauerlich«, murmelte er, auch wenn der Sith noch immer zu tief in seinem eigenen, gequälten Geist versunken war, um es zu hören. Sei's drum. Sie würden sich noch früh genug unterhalten können.

18. Kapitel

Sie ließen die Seikara-Höhlen mit einem schrillen mechanischen Jaulen hinter sich. Dass Chie zurückblieb, nachdem sie von der Plattform geschleudert worden war, war in Ordnung. Aber B5–56 und Grimm – sie hatte Ekiya nicht zurücklassen wollen. Zu dumm also, dass der Fuchs aus dem Fenster geschaut, den alten Jedi erblickt und vollkommen den Verstand verloren hatte.

Zugegeben, es *war* unheimlich gewesen, wie Lord Hanrai die Steuerkabine des Skiffs angestarrt hatte, so als könnte er trotz der herabfallenden Trümmer und der verspiegelten Scheibe jeden von ihnen sehen. Das war aber keine Rechtfertigung dafür, den Gleiter durch die Macht nach oben zu reißen und mit einer Geschwindigkeit davonzurasen, die die Antriebe und die strukturelle Stabilität des armen Skiffs an ihre Grenzen trieb.

Wie eine Rakete heulten sie aus der eingestürzten Höhle, und fast hätte Ekiya sich auf ihre Kontrollen übergeben. Schließlich gewann sie die Kontrolle über den Gleiter zurück, aber zu dem Zeitpunkt war es bereits sinnlos, noch einmal umzukehren; jetzt würde man sie garantiert erwischen. In ihrem Kopf drehte sich noch immer alles, aber zumindest *das* war ihr klar.

Also flogen sie weiter, über dem Dschungel dahin, im Zickzack zwischen hoch aufragenden Bäumen und Überwachungsdroiden hinweg, bis sie schließlich die weißblaue Weite des dekienischen Ozeans erreichten.

Anfangs wurden sie verfolgt, aber zum Glück hatte Ekiya Erfahrung darin, Jedi abzuhängen, und außerdem griff ihr Kouru unter die Arme, genau so, wie sie es während des Fluges zur Höhle getan hatte. Die Sith saß im Schneidersitz auf dem Platz des Co-Piloten, die Augen geschlossen, die Stirn in tiefe Falten gelegt, und rief ihr in regelmäßigen Abständen Kursänderungen zu. Schon bald verschwanden jegliche Anzeichen der Verfolger von ihren Sensoren. Jetzt gab es nur noch sie und das schillernde Wasser, das sich unter ihnen bis zum Horizont erstreckte.

Ihr Bauch wollte, dass sie umkehrte. Ihre Knochen warnten sie, auf Kurs zu bleiben. *Immer schön geradeaus. Bleib konzentriert.*

Kouru hatte ihre Gefühle leider nicht so gut im Griff. Die Sith blickte über die Schulter und funkelte den Fuchs an, der an die hintere Wand der Steuerkabine gelehnt saß. Wenn Ekiya ehrlich sein sollte, machte sein Anblick ihr Angst. Sie hatte ihn schon ernst erlebt, auch schweigsam, aber nie *apathisch.*

»Steh auf«, blaffte Kouru ihn an.

»Lass ihn«, zischte Ekiya.

Kourus Oberlippe zuckte. »Vergeude dein Mitgefühl an jemand anderen.« Sie streckte die Hand aus, und einen schrecklichen Moment lang befürchtete Ekiya, dass sie etwas wirklich Monströses tun würde.

Doch nichts geschah. Abgesehen davon, dass der Fuchs sein Gewicht verlagerte und einen schmalen Gegenstand aus den Falten seiner feuchten weißen Robe hervorzog. Das Ding vibrierte leicht … Dann flog es aus seiner Hand und in Kourus ausgestreckte Finger. Jetzt, da sie es aus der Nähe betrachten konnte, stellte Ekiya fest, dass es der Griff eines Lichtschwerts war. Eines außergewöhnlich schönen Lichtschwerts. Der Griff war auf elegante Weise mit Streifen schwarz gefärbten Leders umwickelt und mit kleinen Plättchen eines silbernen Metalls verziert.

»Eine Ahnenwaffe«, schnaubte Kouru. »Die Art Lichtschwert, die nur von dem Erbe einer Blutlinie getragen wird. So jemandem kann man nicht trauen.«

Der Fuchs hatte nicht versucht, den geraubten Schwertgriff zurückzugewinnen. Das war seltsam, wenn man bedachte, wie mühelos er die Gesetze der Physik durch die Macht beugen konnte. Doch er saß einfach nur da, das Kinn auf den gefalteten Händen, als wäre er in Gedanken versunken. *»So jemandem kann man nicht trauen?* Und das von einer Banditin.«

Kouru schnaubte.

»Moment, einer *Banditin*?«, entfuhr es Ekiya. Kouru hatte die Frechheit, ihr einen herablassenden Blick zuzuwerfen – als wäre sie eine Idiotin, weil sie nicht von allein darauf gekommen war. Am liebsten hätte Ekiya sie noch einmal gebissen. Und aus irgendeinem Grund sah Kouru plötzlich so aus, als wäre sie *tatsächlich* gebissen worden. Sie erhob sich, einen empörten Ausdruck im Gesicht, und Ekiya wurde mit wachsendem Grauen bewusst, dass sie gerade eine untote Sith-Kriegerin wütend gemacht hatte …

Eine Sith-Kriegerin, deren Körper sich ganz plötzlich versteifte. Einen Moment später warf Kouru den Kopf in den Nacken und ächzte. Ihre Arme zuckten, als würde sie vergeblich versuchen, sie zu bewegen. Ekiya blickte über die Schulter zum Fuchs hinüber: Er hatte sich nicht gerührt, aber der Blick seiner Maske blieb weiter auf die Sith fixiert, die in der Umklammerung eines erdrückenden Machtgriffes bebte.

Abscheu erfüllte Ekiya.

Der Fuchs drehte den Kopf in ihre Richtung, und sie spürte, wie er ihre Abscheu *betrachtete*, ihre Furcht ... und die Wut, die bei dieser Behandlung in ihr hochkochte. Einen Moment später wandte der Fuchs sich ab. Kouru sackte nach vorn und presste keuchend die Hand auf ihren Hals.

»Ich kann deine Beweggründe durchaus verstehen, Banditin«, sagte der Fuchs leise. »Eure Rebellion wurde niedergeschlagen. Natürlich hast du da nach einer Linderung für deinen Schmerz gesucht – einen Weg, dich wieder mächtig zu fühlen. Und was wäre da leichter, als Beute zu jagen, die sich nicht wehren kann?«

»Du willst mir eine Moralpredigt halten?«, krächzte Kouru, außer Atem, aber nicht eingeschüchtert. »Deine Leute haben mich von meiner Heimatwelt verschleppt. Ihr wolltet Marionetten aus uns machen, damit wir eure Macht festigen. Ich weiß nicht, warum du solche Angst vor Jedi hast, doch du bist genauso verblendet wie sie. Tu nicht so, als würde dir meine ›Beute‹ leidtun. Die armen Unschuldigen! Und was tust du für sie? Nichts! Stattdessen jagst du Sith durch den Outer Rim und treibst dich an Touristenfallen herum.«

Ekiya musste sich auf die Anzeigen kontrollieren, aber das war gar nicht so einfach, wenn man zwei verrückte Machtbenutzer hinter sich hatte, die jeden Moment aufeinander losgehen konnten.

Der Fuchs lachte, doch es war nicht das Lachen, das Ekiya von ihm kannte. Es klang schärfer, härter. Kouru verzog das

Gesicht, und Ekiya befürchtete schon, dass *sie* anfangen würde, Leute zu beißen.

»Bitte!«, rief die Pilotin. »Ich versuche, uns in der Luft zu halten, in Ordnung?«

Kouru wirbelte zu ihr herum, und Ekiya wappnete sich dafür, als Blitzableiter für ihren Zorn zu dienen – doch irgendetwas hielt die Sith zurück, und diesmal war es nicht der Fuchs. Kourus Züge wurden weicher, dann öffnete sie den Mund, als wollte sie ... Aber das spielte jetzt keine Rolle!

»Nein«, blaffte Ekiya. »Seid einfach still. Ich bringe uns zum Hafen, dann holen wir die *Krähe*, und dann überlegen wir, was zur Hölle wir tun sollen. Aber bis dahin will ich kein Wort mehr hören. Von keinem von euch!«

Es sollte ein langer stiller Flug werden.

Ekiya wünschte sich nichts sehnlicher, als wieder an Bord ihres Schiffes zu sein. Die *Arme Krähe* repräsentierte für sie Sicherheit, Freiheit, den Luxus eines echten Bettes und einer gelegentlichen Tasse Tee. An Bord der *Krähe* könnte sie mit der Frustration darüber fertigwerden, dass sie Chie nie wirklich gekannt hatte; mit den Gewissensbissen, weil sie B5–56 zurückgelassen hatte; und mit den schwer definierbaren Gefühlen, die sie Grimm entgegenbrachte.

Auf der *Krähe* hätte sie ihre Relikte – all die Geister, die im Frachtraum ruhten. Es ging ihr immer besser, wenn sie etwas hatte, worum sie sich kümmern konnte.

Aber natürlich liebte das Universum nichts mehr, als ihr den Boden unter den Füßen wegzuziehen. Und so konnte Ekiya nicht wirklich überrascht sein, als sie den Hafen erreichten und die *Krähe* aus ihrem Hangar verschwunden war.

Kouru war nicht verärgert. Das wäre kindisch gewesen. Der Fuchs meditierte lediglich auf dem Boden der Steuerkabine, seine Haltung der Inbegriff von friedlicher Entspannung, mehr nicht. Allerdings hatte er diesen Frieden nicht verdient, und deshalb verspürte Kouru den verzweifelten Wunsch, um ihn herum ein Loch ins Deck zu schneiden, damit er ins ölglänzende Wasser hinabstürzte.

Sie waren gemeinsam am Hafen von Dazenma zurückgeblieben, während Ekiya losgegangen war, um ihr Schiff zu holen. Die Dockarbeiter ignorierten das Skiff völlig – was sie vermutlich den Machtfähigkeiten des Fuchses zu verdanken hatten. Kouru hatte jedenfalls nichts unternommen, um sie von der Außenwelt abzuschirmen.

Zumindest nicht bewusst. Sie konnte aber nicht ausschließen, dass die Hexe ihr schon wieder ungefragt unter die Arme griff.

Kouru zog die Brauen zusammen und rieb sich zum wiederholten Mal die Stirn. Dieser fremde Druck in ihrem Kopf … Er schien nachgelassen zu haben, so als hätte die Präsenz des Fuchses die Hexe irgendwie eingeschüchtert.

»Falls du glaubst, dass ich es nicht bemerkt habe, irrst du dich«, sagte der Maskierte, ohne ihr allerdings seine Maske zuzudrehen.

»Wovon sprichst du?«, fragte Kouru.

»Von deiner Freundin.«

»Sie ist nicht meine Freundin.« Die Vehemenz der Worte überraschte sie selbst. Der Fuchs neigte den Kopf, und sie konnte seine Verwirrung förmlich spüren; es war, als hätte sie in einer fremden Sprache zu ihm gesprochen.

»Du hast wirklich keine Ahnung, was hier vor sich geht, nicht wahr?«, murmelte er.

»Es ist mir egal«, blaffte Kouru. Das war gelogen, aber sie hätte sich lieber die Zunge abgebissen, als vor diesem Schwachkopf Unwissenheit einzugestehen.

Der Moment endete, als Kouru ruckartig den Kopf hob. Der Fuchs tat dasselbe. Sie hatten beide die Präsenz vor der Steuerkabine wahrgenommen. Es war kein Dockarbeiter, sondern … Ekiya. Und sie war aufgewühlt.

Kurz bevor sich die Tür der Steuerkabine öffnete, flüsterte der Fuchs: »Sollte ich je auch nur den Eindruck gewinnen, dass du ihr wehtun willst, wirst du den Rest deines Lebens mit den Armstümpfen essen.«

Kouru starrte ihn an, bis Ekiya durch die Tür trat. Es war nicht seine Drohung, die sie beunruhigte; es war die Vorstellung, dass sie lernen könnte, ihn zu mögen.

Doch jetzt erst einmal zu Ekiya. Die Pilotin weigerte sich zu sprechen, bis sie die Tür hinter sich geschlossen hatte. Dann deutete sie auf ihre beiden ungleichen Begleiter. »Kein Wort. Ich habe für den Rest meines Lebens genug von euch gehört.«

Anschließend ging sie mit einem Fluch zum Navigationscomputer im hinteren Teil der Kabine hinüber. Kouru und der Fuchs folgten ihr lediglich mit ihren Blicken; keiner der beiden wollte die Entfernung zwischen ihnen auch nur um einen Millimeter verringern. Ekiya schien es zu ignorieren, während sie eine Karte von Dazenma aufrief und an den Raumhafen heranzoomte – dorthin, wo sie gerade gewesen war.

»Jemand hat die *Krähe* genommen«, erklärte sie. »Und ich will sie zurück. *Ich*, nicht *wir*. ›Wir‹ brauchen mein Schiff nicht, ›ich‹ schon. Und es geht nicht mal wirklich um mich. Es geht um das, was sich an Bord befindet. Es gehört mir nicht. Es gehört keinem von uns, am allerwenigsten den *Jedi.*«

Das letzte Wort sprach sie aus, als wäre es eine Verwünschung.

»Wie wertvoll kann es schon sein, wenn du es unbewacht auf einer Rostmühle zurückgelassen hast?«, warf Kouru ein.

Sie erwartete, dass Ekiya wütend zu ihr herumwirbeln würde, doch die Pilotin zeigte keinerlei Reaktion, und Kourus Lippen zuckten.

»Sachen. In Ordnung? Einfach nur ... Sachen.« Ihre Frustration ließ die Pilotin doppelt so alt wirken. »Sie sind nicht von Belang. Nicht für dich. Aber ich brauche sie zurück, und ihr werdet mir dabei helfen, weil ...«

»Ich bin es dir schuldig«, sagte der Fuchs.

Ekiya verstummte, und nun drehte sie sich doch um – eine wortlose Einladung an sie beide, ausnahmsweise einmal nicht das Falsche zu sagen.

Der Fuchs stand auf und streckte sich. »Genau genommen sind *wir* es dir schuldig.« Er bedachte Kouru mit einem Seitenblick. »Aber ich maße mir nicht an, für dich zu sprechen, Banditin.«

Kouru kämpfte gegen ein gehässiges Lächeln. »Ja, ich bin es dir auch schuldig«, sagte sie an Ekiya gewandt. Und es stimmte. Die Frau hatte mehr als einmal Gelegenheit gehabt, um Hilfe zu rufen und Kouru die Jedi auf den Hals zu hetzen, erst am Strand von Seikara, dann in den Höhlen. Außerdem hatte sie ihr geholfen, sich mit der Tatsache auseinanderzusetzen, dass sie nicht mehr wirklich sie selbst war. Abgesehen davon konnte Ekiya ihr noch von Nutzen sein. Was den Fuchs anging ... »Sag noch einmal ›Banditin‹ zu mir, und du wirst lernen müssen, ohne gewisse Gliedmaßen zurechtzukommen. Ich habe einen Namen, also benutz ihn auch.«

Kouru hatte noch immer sein Lichtschwert, und falls er es je wiederhaben wollte, lernte er besser, sich zu benehmen.

Ekiya kehrte aus der Steuerkabine in die schmutzige, nach Schmieröl stinkende Realität der Hauptstadt zurück. Das Spinnennest war der zwielichtige Teil des strahlenden Dazenma. Es war nicht die Art Bezirk, wo Touristen hingingen, wenn sie nach Nervenkitzel suchten – wenn sie Gefahr spüren und sich vielleicht ein paar Credits aus der Tasche stehlen lassen wollten. Nein, es war eher der Bezirk, wo Touristen höflich zu ihrem Hotel zurückeskortiert wurden. Ausgenommen streitlustige Touristen, die sich weigerten, umzukehren (und davon gab es immer welche). Die kehrten überhaupt nicht in ihr Hotel zurück.

Das Spinnennest hatte sogar seinen eigenen Hafen, der unmittelbar an das eigentliche Hafengelände anschloss. Das Herz dieses Hafens schlug in einem ehemaligen Lagerhaus, das man mit übrig gebliebenen Materialien von den anderen, prestigeträchtigeren Bauprojekten umgestaltet hatte. Es war der Knotenpunkt für die meisten illegalen Genüsse, die reiche Wesen in ihrem tropischen Urlaub ausprobieren wollten – und der Ort, den Leute wie Ekiya aufsuchten, wenn sie etwas verstecken mussten. Die meisten Schiffe, die die Docks bevölkerten, waren unauffällig, nichtssagend, Frachtschlepper und Fischerei-Skimmer. Ihr gestohlenes Skiff fügte sich perfekt in das Bild ein – abgesehen von der Kanone am Bug, die ein paar misstrauische Blicke auf sich zog.

Die Leute hier wirkten erfrischend real. Jede Spezies, die Ekiya kannte, war vertreten und noch einige weitere obendrauf. Sie trugen Kleider, in denen man lebte und arbeitete, und sie unterhielten sich über nachvollziehbare Themen, zum Beispiel, ob es schon Essenszeit war und wo es den besten Eintopf gab.

Das Tantchen, das den Hafen leitete, war eine alte Huttin, die fast ebenso viele Muskeln wie Fett am Körper hatte und ihren massigen Leib mit antrainierter Anmut bewegte. Sie redete gerade vor ihrem Büro mit einem dürren jungen Menschen. Als Ekiya sich den beiden näherte, drehte zunächst die Huttin den Kopf, dann auch der Mann. Er kratzte sich am Hinterkopf, als er sie erkannte, dann verbeugte er sich vor dem Tantchen und schlenderte mit einem halbherzigen Grinsen zu Ekiya hinüber.

»Kiya, lang nich' gesehen. Jagst du noch immer Träumen hinterher?«

Sie zupfte an seinem struppigen Bart. »Das habe ich nie getan, Shogo. Ich brauche Klamotten – und Informationen.«

Ihr Ton verriet den Ernst der Lage, und Shogo führte sie rasch aus dem Hangar. Sein Grinsen war allerdings eine Spur zu breit, um aufrichtig zu sein.

Er führte sie zu einem langgezogenen Hausboot, das an einem der Docks festgemacht war. Einerseits machte es Ekiya nervös, sich so weit von ihrem Skiff fortzuwagen, andererseits konnte sie im Moment eigentlich gar nicht weit genug davon entfernt sein. Die blutrünstige Ex-Sith (Ex wie in tot) und der emotional labile Ex-Jedi (Ex wie in »Was zur Hölle geht hier eigentlich vor sich?«) konnten jederzeit wieder aufeinander losgehen, und was sollte sie dann tun? Mit dem Finger wedeln? Nein, da wartete sie besser, bis die beiden sich verausgabt hatten.

Shogos Hacker-Ausrüstung hatte sich seit ihrem letzten Treffen nur geringfügig verändert, andererseits hatte er schon immer versucht, nichts offensichtlich Illegales zu benutzen: ein paar Datenblöcke und dergleichen mehr, außerdem eine kleine Konsole und das mobile Terminal, das er unterwegs verwendete. Diese Handvoll Geräte – und sein bemerkenswert durchschnittliches Gesicht – half ihm, sich in jedes System einzuklinken und seine zwielichtigen Aufträge auszuführen.

Ekiya hatte schon ehrgeizigere Datendiebe getroffen, ja, aber die meisten von denen übernahmen sich früher oder später und endeten hinter Gittern. Shogo arbeitete manchmal ein volles Jahr an einem Auftrag, ohne dass irgendjemand Notiz von ihm nahm – nicht einmal, wenn ganz plötzlich eine Bank unterging, ein Jedi verschwand oder jemand sein gesamtes Vermögen verlor. Das gab ihm aber nicht das Recht, sie eine Träumerin zu nennen.

Obwohl er vielleicht nicht mal unrecht hatte. Vielleicht.

»Es geht um die *Krähe*«, sagte sie, nachdem er ihr neue Kleider gereicht hatte. »Sie ist weg.«

Shogo verzog das Gesicht, als hätte er fast schon mit so etwas gerechnet, dann klemmte er sich hinter seine Kommunikationskonsole, während Ekiya sich umzog. Sie machte sich nicht die Mühe, ein anderes Zimmer aufzusuchen. Sie und Shogo hatten zwei Jahre miteinander gekämpft und geblutet – sie hatten schon viel mehr voneinander gesehen als ihre nackte Haut. Die Kleidung – eine Hose, ein Kimono und eine Arbeitsweste – war sauber, aber da waren ein paar Flecken echter, harter Arbeit, die sich nicht mehr herauswaschen ließen.

Shogo erzählte ihr von den jüngsten Gerüchten, während er arbeitete, und auch davon, was die anderen Mitglieder ihrer alten Einheit so trieben. Sae und Haba waren weit draußen am Outer Rim und halfen, ein unabhängiges Kommunikationsnetzwerk aufzubauen – und sie schliefen wieder miteinander, aber das war bislang noch nie gut ausgegangen. Kabeji hatte es derweil in den Kern verschlagen, wo sie versuchte, ausbeuterische Kredite zu unterbinden, indem sie den ein oder anderen Banker verschwinden ließ. Sie hatte Shogo ein paar leckere Reisriegel geschickt, und falls Ekiya einen probieren wollte, sie lagen in der Ecke da drüben. Von Unsuke hatte er seit Monaten nichts gehört, aber so war es meistens, und vermutlich würde er bald mit einer Handvoll neuer Sith-Schwertaufsätze oder ein paar Kunstwerken auftauchen, die Shogo für ihn zu Geld machen sollte.

Schließlich wurden Shogos Augen noch schmaler, und er starrte auf seinen Bildschirm hinab. »Verdammt, Kiya. Sag jetzt bitte nicht, die Relikte sind alle auf der *Krähe.*«

»Wo hätte ich sie denn bitte sonst unterbringen sollen, Sho?«, fragte sie angespannt.

Er zeigte ihr den Bericht. Beschlagnahmung ... Imperium ... Ekiya setzte sich auf den Boden des kleinen Hausbootabteils. Erst befürchtete sie, sie müsste sich zusammenreißen, um nicht laut zu schreien, aber sie fühlte sich vollkommen leer. Schock konnte es nicht sein; sie hatte bereits mit etwas Derartigem gerechnet, auch wenn sie natürlich gehofft hatte, dass es irgendeine andere unvorhergesehene Komplikation wäre. Also: Warum fühlte sie sich dann so leer, jetzt, da sie wusste, wer die *Krähe* genommen hatte?

Shogo seufzte und ließ sich schwerfällig neben ihr auf dem Boden nieder. Sein Knie machte ihm noch immer zu schaffen. Ihr Kommandant hatte es zerschmettert, gleich während ihrer ersten Mission nach der Ausbildung. Und als er schließlich genug Geld zusammengekratzt hatte, um sich eine Prothese zu leisten, hatte er bereits zu viel Angst davor, fremde Technologie in seinem Körper zu haben. Stattdessen begnügte er sich nun mit einer Knieschiene, die er selbst zusammengeschraubt hatte.

Deswegen hatte Ekiya ihn auf dem Weg nach Dekien auch um eine neue Prothese für Grimm gebeten. Sie konnte sie auf der Werkbank in der hinteren Ecke des Raumes sehen, schlank und robust. Selbstgebaut. Perfekt für einen ewig verkniffenen Kiefer. Hoffentlich bekam sie noch Gelegenheit, sie dem Sith zu geben.

Ekiya stöhnte in ihre Handflächen. »Machst du deine Übungen?«

»Du kannst es immer noch nicht ertragen, über dich selbst nachzudenken, hm?« Shogo reichte ihr die Schale mit den schicken Reisriegeln aus dem Kern. Ekiya nahm einen, weil es von ihr erwartet wurde, doch sie brachte es einfach nicht über sich, die farbenfrohe Verpackung aufzureißen.

Shogo hatte den unbeholfenen Ausdruck eines Mannes in den Augen, der nicht wusste, was er mit den Gefühlen seines Gegenübers anfangen sollte. Aber Ekiya wusste es ebenso wenig, darum konnte sie es ihm nicht übel nehmen, dass er eine ganze Weile einfach nur schweigend dasaß, ehe er schließlich wieder das Wort ergriff.

»Es wird dir nicht gefallen«, sagte er, »aber du solltest es wissen. Deine Mission – Rei'izu, die Relikte, dieser Mystiker und dieser große Kerl, den ihr auf Genbara aufgegabelt habt … Ihr werdet es nicht schaffen. Ihr hattet nie eine Chance, nicht mal, bevor die Imperialen die *Krähe* genommen haben. Das weißt du doch, oder?« Er beugte sich vor und suchte in ihrem Gesicht. »Komm schon, Kiya. Du bist diejenige, die uns immer was zu essen besorgt hat. Und Wasser. Du weißt, dass man erst überleben muss, bevor man träumen kann. Wieso hast du dich auf diese Sache eingelassen? Was kann ich tun, um dich zur Vernunft zu bringen?«

Sie kannte bereits alle Argumente, die er hätte anbringen können. Dass es besser war, ein neues Leben zu beginnen; dass man im Hier und Jetzt Frieden finden musste, nicht in irgendwelchen Fantasien; dass es besser war, den Leuten um sich herum zu helfen als Geistern, die man bereits verloren hatte.

»Ich weiß nicht«, sagte sie tonlos. »Ich kann es nicht rechtfertigen. Es … ist einfach so.« Vielleicht war es der Fuchs gewesen, der diese fixe Idee von Rei'izu in ihr verankert hatte. Leider war ihr Vertrauen in ihn ebenso erschüttert worden wie die Höhlen von Seikara. Ekiya konnte noch immer nicht fassen, wie schnell, wie bereitwillig er seine Kräfte gegen Kouru eingesetzt hatte. Sie mochte eine Banditin sein, eine Sith, eine Dämonin – aber nichts davon konnte sein Handeln rechtfertigen. Was immer sie jetzt also noch an Rei'izu festhalten ließ, es war nicht der Fuchs.

Denn sie hielt daran fest.

Ekiya drehte sich von der Wand weg und streckte sich der Länge nach auf dem Boden aus. »Was soll ich denn sonst tun?«, fragte sie die Decke. »Ich kann nicht einfach aufgeben. Nicht, solange eine Chance besteht, dass wir Erfolg haben.« Die Dämonen der Sith-Hexe waren nicht die einzigen rastlosen Seelen in dieser Galaxis. Die Geister in den Laternen und Spiegeln und anderen Relikten, all die verborgenen Kyberkristalle – sie mussten nach Rei'izu zurückkehren.

Nach Hause. Falls Ekiya das schaffte, für *sie*, für die Toten und für die Lebenden, die ihr diese Seelen anvertraut hatten, dann wäre es all die Schrecken, all den Schmerz und all das Leid wert gewesen. Sie würde kämpfen, um Rei'izu zu befreien – bis zum Tod, falls nötig. Weil dieser Ort für so viele so wichtig war, wenn auch nicht unbedingt für sie selbst.

Shogo stieß ihren Stiefel mit seinem eigenen an und seufzte. »Jeder braucht ein Ziel, Kiya. Ich schätze, das ist wohl deines.« Er warf ihr eine Datenkarte zu. »Das sollte euch Zugang zu den Hangars des Hohen Lords verschaffen. Ihr beeilt euch besser, bevor die *Krähe* von Dekien weggeschleppt wird. Danach ... müsst ihr euch selbst was einfallen lassen.«

Ekiya hielt dankend die Karte hoch. Mehr konnte sie von Shogo nicht erwarten. Für alles Weitere musste sie auf den Fuchs vertrauen. Und sie traute ihm. Die Frage war nur, ob dieses Vertrauen sie irgendwann das Leben kosten würde.

19. Kapitel

Die Hangars von Dazenma reckten sich in Form polierter, mit Lichtern versehener Pagoden in den Himmel. Bunte Banner hingen in ordentlichen Reihen von ihren Dächern, und die Schiffe, die hier landeten oder starteten, hielten unter den Anweisungen von Dekiens Flugkontrolle eine nicht weniger ordentliche Reihenfolge ein. Bei ihrer Ankunft hatte man der *Armen Krähe* einen Platz in einem der unteren, bescheideneren Hangars zugewiesen, nicht weit vom Rand des Spinnennestes entfernt. Jetzt stand sie auf dem höchsten Turm, einer obszön prunkvollen Monstrosität.

Kouru konnte ihre Abscheu nicht verbergen.

Ekiya stieß sie mit dem Ellbogen an. »Wenn du vor den Jedi so eine Grimasse ziehst, werden sie uns nie durchlassen.«

»Na ja, ich muss sie nur schnell genug töten«, murmelte Kouru.

Aber das würde Aufmerksamkeit erregen, und Ekiya hatte gerade mehrfach darauf hingewiesen, dass sie *keine* Aufmerksamkeit erregen durften.

Während ihres Vortrags hatte Kouru dem Fuchs einen abfälligen Blick zugeworfen und gefragt: »Aber wird seine Maske nicht auffallen?«

»Oh, mach dir meinetwegen keine Sorgen«, hatte er erwidert. »Ich verstehe mich auf solche Dinge.«

Und er hatte recht. Als sie das reich verzierte Holztor erreichten, das zu den Hangars des Hohen Lords führte, schlenderte der Fuchs so selbstverständlich hindurch, dass niemand auch nur in seine Richtung blickte.

Hinter ihm passierten Kouru und Ekiya das Tor ebenfalls ungehindert. Ein paar Mechaniker spähten anfangs verwirrt zu ihnen herüber, aber nach ein paar Sekunden widmeten sie sich wieder ihren eigenen Aufgaben.

Als sie den Kopfsteinhof überquerten, der vom Haupttor zur untersten Ebene der Pagode führte, würdigte sie niemand mehr eines Blickes. Sie kamen an mehreren Kontrollpunkten vorbei, manche klar als solche zu erkennen, manche eher verborgen. Doch sie wurden nicht aufgehalten, weder von den Wachen mit den dunklen Uniformen und den strengen Gesichtern noch von den attraktiven Bediensteten in ihren langen bunt gemusterten Kimonos oder den Jedi, die in wachsamen Paaren auf dem Gelände patrouillierten. Es war fast so, als würde sich jeder hier größte Mühe geben, die drei Eindringlinge zu ignorieren.

Das sprach nicht gerade für die Kompetenz des Imperiums, eher für ein System, in dem niemand den Unwillen seines Meisters erregen wollte. Der Fuchs musste nur so tun, als würde er hierhergehören, und schon konnte er ins Herz der Jedi-Macht spazieren.

Als sie den Hangar erreicht hatten, winkte der Fuchs sie in Richtung des Besucheraufzugs – der ganz aus duftendem Holz geschnitzt war. Ein vornehm gekleidetes Pärchen, das ebenfalls nach oben fahren wollte, hielt er mit vorgehaltener Hand zurück, dann drückte er den Knopf für die gewünschte

Ebene und wandte sich seinen Begleitern zu. »Du würdest mir wirklich einen großen Gefallen tun, wenn du dich ein wenig entspannen könntest.«

»Ich werde es versuchen«, sagte Ekiya, die Arme vor der Brust verschränkt. Ihre Augen blieben auf den Hof unter ihnen gerichtet, der durch das Gittermuster der Aufzugwand sichtbar war.

Der Fuchs wandte sich Kouru zu.

Sie zeigte ihm die Zähne. »Ich *bin* entspannt.«

»Ich weiß. Könntest du damit aufhören? Nur für ein kleines Weilchen?« Er erklärte nicht, was genau er *»damit«* meinte, und Kouru hatte nicht vor, danach zu fragen. Sie war auch so schon wütend genug. Wo der Fuchs leichtfüßig durch die Welt spazierte und die Wesen in seiner Umgebung mühelos manipulierte, brodelte sie wie ein Vulkan, der immer kurz vor dem Ausbruch stand. Vermutlich gefährdete sie den Plan des Fuchses allein durch ihre bloße Anwesenheit.

Um ehrlich zu sein, gefiel es ihr, dass sie einen Meister der Macht so leicht aus dem Konzept bringen konnte. Doch sei dem, wie es sei, die Zeit für Fingerspitzengefühl würde bald enden. Kouru trug jetzt zwei Lichtschwerter – eines, das sie dem alten Mann abgenommen hatte, und eines, das dem Fuchs gehört hatte. Sobald sie die Ebene erreichten, auf der die *Alte Krähe* abgestellt war ... *Sei nicht dumm. Halte dich an den Plan.*

Kouru drehte den Kopf. Gern hätte sie die Hexe angefaucht, aber nicht hier, nicht vor dem Fuchs. Das wäre leichtsinnig, vielleicht sogar gefährlich. Die Augen hinter der Fuchsmaske blieben unablässig auf sie gerichtet. Sie durfte ihm nicht geben, was er wollte. Auch wenn es ihr schwerfiel.

Deine Ausbildung endete viel zu früh. Hier, lass mich dir helfen.

Die Falten auf Kourus Stirn fraßen sich tiefer in ihre Haut, und ihre Hände öffneten und schlossen sich reflexhaft, als sie sich ihrer selbst und ihres Körpers mit einem Mal viel deutlich bewusst wurde. Es fühlte sich an, als hätte sie gerade eine völlig neue Dimension ihres Seins entdeckt. Wenn sie die Faust ballte, krümmte sich das Licht in ihr. Wenn sie sich konzentrierte, schlossen sich die Risse in ihrem Innern, und das Licht sammelte und verdichtete sich.

Der Fuchs legte den Kopf schräg. »Na also. Hättest du das nicht schon früher tun können?«

Nein, hätte sie nicht – jedenfalls nicht ohne die Hilfe der Hexe. Doch das konnte sie natürlich nicht zugeben. Der Fuchs starrte sie auch so schon an, als würde er sich fragen, wie sie es geschafft hatte … oder, ob sie es wirklich allein geschafft hatte. Kouru hasste, was mit ihr geschah, aber den *Fuchs* hasste sie noch mehr. Vor allem, weil es einfacher war. Ihm könnte sie wenigstens ins Gesicht schlagen. »Solltest du dich nicht konzentrieren?«, presste sie hervor.

Der Fuchs verschränkte die Hände hinter dem Rücken und wandte sich in einer wohlwollenden Geste nach vorn. Kouru hätte nicht übel Lust gehabt, ihn auf der nächsten Ebene aus dem Lift zu treten. Ekiya flüsterte ihnen leise zu, dass sie sich zusammenreißen sollten; danach verlief der Rest der Liftfahrt wortlos.

Kouru erkannte, dass sie ihre Begleiter brauchte, um sich … nun, vielleicht nicht glücklich zu fühlen, aber doch zumindest besser. Lebendig. Ohne die beiden würde sie ein antriebsloses Wrack sein, lange bevor sie den alten Mann fand. Wenn sie im Gegenzug Ekiyas Schiff und Fracht retten musste, dann nahm sie das gern in Kauf. Um die Wahrheit zu sagen, hatte sie sogar das Gefühl, es mehr für sich selbst zu tun als für …

Sie beendete den Gedanken nicht. Kurzum: Sie war nicht überheblich genug, um sich einzureden, dass sie allein besser dran wäre. Zumindest im Moment nicht. Das hieß aber nicht, dass sie dem Fuchs traute. Um ehrlich zu sein, war sie nicht einmal sicher, ob sie es überhaupt könnte. Oder ob es einen Versuch wert wäre.

Das Wesen strahlte Ärger aus. Wenn es eine Person nur ansehen musste, um jegliches Interesse in ihr wegzuwischen, was könnte es dann erst tun, wenn es sich wirklich auf jemanden konzentrierte? Diese Frage beschäftigte Kouru auch, nachdem der Lift gehalten und der Fuchs wieder die Führung übernommen hatte. Er bewegte sich mit der Zuversicht eines Wesens, das seine Fähigkeiten genau kannte, und wann immer sich ihnen ein Gesicht zuwandte, drehte es sich einen kurzen Augenblick später auch schon wieder weg.

Und es waren viele Gesichter. Die oberste Ebene der großen Pagode beherbergte neben der *Armen Krähe* – die zentral abgestellt und von einem Schwarm Techniker umringt war – nämlich auch noch eine halbe Staffel von Sternjägern, jeder mit seinen eigenen Droiden und Mechanikern und einem Jedi in Pilotenuniform. Ekiyas Frachter sollte den Planeten offenbar mit einer Eskorte verlassen.

Als sie die Rampe erreichten, die in den Bauch der *Krähe* hinaufführte, kam ihnen ein Jedi entgegen. Er blieb stehen und musterte sie überrascht, wobei sein Blick einen Moment länger auf dem Fuchs verharrte als auf den anderen. Der Ritter war menschlich, sein Äußeres gepflegt, aber von langer Erfahrung gezeichnet – und mit jeder Sekunde, die verstrich, zogen sich seine Brauen dichter zusammen. Der Fuchs schnalzte mit der Zunge, begleitet von einer wedelnden Handbewegung, und der Jedi schüttelte den Kopf. Einen Moment später ging er mit weiten zielgerichteten Schritten weiter.

»Das war unheimlich«, bemerkte Ekiya.

»Allerdings«, wisperte Kouru.

»Ein alter Freund«, winkte der Fuchs mit beifälligem Ton ab, so, als würde er »Freunden« in etwa so viel Bedeutung zumessen wie einem Kieselstein. »Weiter jetzt.«

Die Banditin und die Pilotin wechselten einen Blick; Ekiyas Augen waren voller Sorge – Sorge um den Fuchs und bis zu gewissem Grad auch Sorge um den Jedi. Kouru ihrerseits hatte das Gefühl, dass der Fuchs der am wenigsten vertrauenswürdige Jedi war, den sie je gesehen hatte.

Sie wusste, ihre Abneigung gegenüber seinen Machttricks rührte teilweise daher, dass sie selbst alle Willenskraft aufbringen musste, wenn sie die schwarze Strömung manipulieren wollte. Aber dass jedes Mal ihre Zähne klapperten, wenn der Fuchs in ein Bewusstsein eindrang und sein Interesse in eine andere Richtung lenkte, hatte einen anderen Grund. Es war die Vorstellung, dass jemand *sie* auf diese Weise kontrollieren könnte. Da wäre sie lieber wieder tot. Nein. Sie würde jeden töten, der versuchte, sie zu seiner Marionette zu machen.

Es gab da eine Erinnerung, die sie nur selten in ihr Bewusstsein zurückließ: Die Jedi hatten sie gerade erst gefunden. Sie war noch so jung gewesen und immer aufgewühlt. Wenn sie nicht weinte, schrie sie, und wenn sie nicht schrie, stritt sie sich. Ein Meister war regelmäßig vorbeigekommen, um sie zu beruhigen; er hatte ihre Hand genommen und sie gewiegt, bis sie wieder still war. Kouru konnte sich weder an seinen Namen noch an sein Gesicht erinnern, nur an sein Murmeln und das sanfte Pulsieren der schwarzen Strömung, das sie einlullte.

Erst nachdem die Sith sie befreit hatten, hatte sie schreien dürfen, ohne dass man sie sofort zum Schweigen brachte.

Kouru berührte ihren Hinterkopf und runzelte die Stirn. Sie hatte einen Druck erwartet, eine Stimme. Aber da war nichts, nur Stille.

Neben ihr ebbte Ekiyas Nervosität schlagartig ab. Sobald sie an Bord der *Krähe* waren, schob sie sich am Fuchs vorbei und rannte los. »Was jetzt?«, rief Kouru ihr nach.

Der Fuchs deutete auf ihre Hand, die sich instinktiv um ihren Lichtschwertgriff geschlossen hatte, dann schüttelte er den Kopf. »Wir holen, weswegen wir gekommen sind.«

Aber waren sie nicht wegen des Schiffes gekommen? Kouru runzelte die Stirn, während sie an ein, zwei, drei weiteren Personen vorbeikamen, die noch immer an Bord waren: zwei Techniker im Maschinenraum und ein Jedi-Hüter in der Bordküche. Ekiya achtete nicht weiter auf sie, während sie zum Frachtraum im Bauch des Schiffes eilte.

Die Tür stand offen, das konnte Kouru bereits sehen, als sie die Leiter hinunterrutschte. Was sie jedoch nicht sehen konnte, war, warum Ekiya vor ihr plötzlich langsamer wurde.

Die Pilotin brachte keinen Laut heraus. Kouru sah die Verzweiflung in ihrer Starre, den Zorn in ihren hochgezogenen Schultern, und sie schlussfolgerte, dass der Frachtraum der *Krähe* eigentlich nicht leer sein sollte.

Der Fuchs legte Ekiya eine Hand auf den Arm, und die Pilotin war zu wütend, um seine Berührung abzuschütteln. »Sie haben die Relikte vermutlich als sichergestellte

Wertgegenstände klassifiziert und sie auf Hanrais imperialen Schlachtkreuzer gebracht. Man wird sie einem Museum übergeben oder ...«

»Oder man wird sie benutzen, um herauszufinden, wem sie ursprünglich gehörten, ich weiß.« Ekiya fluchte und hob die Hand an ihren Mund. »*Ich weiß.* Ich hasse sie.«

»Wir werden sie zurückholen«, sagte der Fuchs.

»Ach? *Vom Schlachtkreuzer eines Jedi-Lords?*«

»Nun, wie der Zufall so will, wird man die *Krähe* ebenfalls dorthin bringen. Wir müssen uns also nur an Bord verstecken.«

Kouru schnaubte. »So simpel ist das also? Wir schmuggeln uns einfach in den Bauch der Bestie?«

»Wäre es dir lieber, man holt uns wie ein lästiges Insekt vom Himmel?«, konterte der Fuchs. »Oder verbirgst du vielleicht besondere Sith-Talente, die du noch nicht erwähnt hast?«

Kouru starrte ihn finster an, aber das Wesen neigte nur den Kopf zur Seite und schwieg.

Ekiya stöhnte und trat zwischen sie, um sie voneinander wegzuschieben. »Bei allem, was heilig ist, lasst uns einfach nur die Relikte zurückholen.«

Sie versteckten sich, ohne sich zu verbergen. Ekiya schmollte während des Fluges im Frachtraum, der Fuchs stand an der Leiter Wache, und Kouru zog sich in die Geschützkuppel am linken Flügel der *Krähe* zurück. Wäre sie dem Blick des Fuchses noch länger ausgesetzt geblieben, hätte sie ihm vermutlich zuerst die Maske und dann das Gesicht vom Schädel gerissen.

Von hier aus konnte sie außerdem beobachten, wie die *Arme Krähe* die große Pagode verließ, eingerahmt von ihrer

Sternjäger-Eskorte. Von der anderen Seite von Dazenma gesellte sich eine weitere Staffel zu ihnen, dann rasten sie auf dem von der Flugkontrolle vorgegebenen Kurs aus der Atmosphäre. Um sich die Zeit zu vertreiben, malte Kouru sich aus, wie die Sternjäger miteinander kollidierten und als feuriger Hagelschauer auf die Vergnügungsviertel von Dazenma hinabregneten.

Aber natürlich blieb es eine Wunschvorstellung. Die Jäger tanzten koordiniert um die *Krähe* herum, während sie ein Symbol imperialer Dekadenz hinter sich ließen und durch zu Schwärze zu einem weiteren flogen.

Der Schlachtkreuzer nahm einen großen Teil des Himmels vor ihnen ein, seine gewaltige Form mit Gold und Grün verziert, während rote Säulen sein Kommandodeck einrahmten – ein Symbol der imperialen Macht, die er verkörpern sollte. Pomp und Prunk, wohin man blickte. Irgendjemand hatte sich sogar angemaßt, das Schiff die *Ehrfurcht* zu nennen. Bezeichnend für ein Imperium, das sich wegen seiner Größe für unbesiegbar hielt. Kourus Augen konnten den Kreuzer nicht in seiner Gänze erfassen, und eine Leere breitete sich in ihrer Magengrube aus, als sie erkannte, dass sie dieser Monstrosität keinen echten Schaden zufügen könnte. Ihre Fingernägel gruben kleine Sichelmonde in ihre Handflächen.

Du streckst dein Bewusstsein aus. Nimm dich zusammen.

»Ich weiß, was ich tue«, knurrte sie, ballte ihre Fäuste noch fester und presste die Augen zu. Die Schnitte in ihren Handflächen pulsierten, während sie das weiße Lodern in ihr wieder unter Kontrolle brachte und eindämmte. Kontrolle. Mehr *Kontrolle.* Sie atmete durch den Mund ein und durch die Nase aus, bevor sie die Augen schließlich wieder öffnete und sich auf die unmittelbare Realität vor ihr konzentrierte – die Dinge, die sie tatsächlich berühren konnte.

Während ihre Augen geschlossen gewesen waren, hatte die *Krähe* ihren Kurs geändert, und nun waren weder Dekien noch die *Ehrfurcht* zu sehen. Da waren nur das hungrige Schwarz und das blinkende Leuchten von Sternen. Und mehr Sternen. Und noch mehr Sternen.

Instinktiv zog sich Kourus Magen zusammen. Doch als sie einatmete, spürte sie ... nichts. Keinen Schrecken, keinen Zorn. Keine Panik. Nur die Schwärze, ihren Körper, die Fackel aus weißer Macht, die tief in ihrem Innersten brannte. Sie lebte – oder zumindest war sie nahe dran, lebendig zu sein. Sie hatte keine Angst.

Wirklich nicht?

Kouru zog die Brauen zusammen und öffnete die Fäuste auf ihren Knien, während sie diese neu entdeckte, dreidimensionale Wahrnehmung ihrer selbst nach alten Instinkten absuchte. Sie wusste, dass sie das All hasste – die Weite, die Einsamkeit, die ewig drohende Gefahr –, aber irgendwie war diese Furcht nicht mehr Teil von ihr. Als hätte man sie in einer Kiste eingesperrt und an einem Ort vergraben, den Kouru niemals finden würde ...

Was hat dir diese Furcht je gebracht? Ich habe es schon einmal gesagt: Lass einfach los.

Kouru rieb sich den Nacken. Als würde das helfen. Sie musste ... weg von hier. Sie brauchte andere Wesen um sich. Die Hexe hielt sich zurück, wenn sie nicht allein war. Und falls sie im Gegenzug ein paar schnippische Bemerkungen des Fuchses ertragen musste, sollte es eben so sein.

Kouru kletterte aus der Geschützkuppel, nur um sich oben im Korridor einer Gestalt gegenüberzusehen. Die gute

Nachricht: Es war keines der Mannschaftsmitglieder, vor denen sie sich verstecken sollten. Die schlechte Nachricht: Es war der Fuchs.

Er bot ihr nicht die Hand an, als sie sich aus dem Schacht hochstemmte – nicht dass sie seine Hilfe angenommen hätte –, und er starrte sie auf eine gefühllose Weise an, die sie selbst durch seine lächerliche Maske spüren konnte. Als wäre sie ein Forschungssubjekt unter einem Mikroskop.

»Du bist nervös«, stellte er fest.

»Wärst du auch, wenn dir unheimliche Gestalten in dunklen Korridoren auflauern würden«, knurrte sie.

Einen Moment lang senkte der Fuchs den Blick. Verständlich. In diesem schmalen Gang des Frachters waren seine Sandalen das Interessanteste, was er betrachten könnte. »Es war vermutlich nicht deine eigene Entscheidung.«

Gerade hatte Kouru noch mit dem Gedanken gespielt, ihn in den Schacht der Geschützkuppel zu stoßen, aber jetzt erstarrte sie. »Ich habe keine Ahnung, was du meinst.«

»O doch. Deine Wiederauferstehung. Deine Verbindung mit der Hexe.«

Sie wich vor ihm zurück und hasste sich dafür. Sie wusste, was mit ihr passiert war. Sie *wusste* es. Aber es zu hören, es zugeben zu müssen … Das war zu viel. Zu gefährlich. Zu …

»Ich habe aber noch nie einen ihrer Dämonen gesehen, der so viel … eigenen Willen hatte.«

Da war er, der grässliche Gedanke, den Kouru bislang hartnäckig ausgesperrt hatte. Sie hatte gesehen, wie die Hexe andere zu Dämonen machte – während des letzten, verzweifelten Aufbäumens der Sith auf Rei'izu. Sie wusste, dass diese Kreaturen nicht lange überlebten; das war nicht ihre Aufgabe. Sie waren kaum mehr als Schatten, beseelt allein von einem Ziel: ihrer Herrin zu dienen.

Was also war Kouru? Sie wagte es nicht zu fragen. Dafür hatte sie zu viel zu verlieren.

Lass los, hörte sie erneut, diesmal nicht als Wispern, sondern, schlimmer noch, als Erinnerung. Lass los. Lass los.

»Genug«, brauste sie auf, die Hand wieder auf ihren Nacken gepresst.

Der Fuchs wich ein kleines Stück zurück und spannte seinen Körper. Kouru war nicht sicher, ob ihr Fauchen wirklich ihm oder dem Ding in ihrem Innern gegolten hatte, aber nichtsdestotrotz genoss sie seine Nervosität. Der große Fuchs hatte Angst – das gefiel ihr beinahe so sehr, wie ihr der Rest der Situation missfiel. Ja, wenn er aus Furcht vor etwas erzittern sollte, dann vor *ihr*.

Das lenkte sie von ihrem eigenen Zittern ab.

Kouru machte einen Schritt nach vorn. Der Fuchs wich zurück. Bevor die Situation eskalieren konnte, ließen näher kommende Schritte sie beide den Kopf drehen.

Ein Jedi tauchte am Eingang des Korridors auf – der Ritter, den der Fuchs vor nicht mal einer Stunde im Hangar fortgescheucht hatte. Instinktiv zogen Kouru und der Fuchs sich an die Wände zurück. Der Fuchs hatte erklärt, dass er sie vor der Aufmerksamkeit der Mannschaft abschirmen könnte, aber Kouru war nicht sicher, ob es funktionieren würde, wenn dieses Mannschaftsmitglied direkt vor ihnen stand. Und ein Jedi war.

Der Ritter wurde langsamer, als er zwischen ihnen hindurchging. Er runzelte die Stirn, dann wanderte sein Blick zur Seite auf den Fuchs zu. »Was ...?«

Der Maskierte machte einen kleinen Schritt nach hinten.

Der Jedi blickte weiter in seine Richtung. Kouru wartete darauf, dass der Fuchs etwas unternehmen würde. Das Gehirn des Ritters mit der schwarzen Strömung fluten … *ihn* in die Geschützkuppel hinabstoßen … aber das Wesen rührte sich nicht vom Fleck.

Also blieb Kouru nichts anderes übrig, als selbst zuzuschlagen. Sie traf den Kiefer des Jedi, hart und direkt, und er kippte um wie ein gefällter Baum.

Der Fuchs sprang vor, um ihn aufzufangen. Er konnte nicht verhindern, dass der Kopf des Ritters unsanft gegen den Rand der Leiter prallte, aber er war schnell genug, um den Bewusstlosen zurückzuziehen, bevor er kopfüber in den Schacht hinabrutschen konnte. Während er den schlaffen Körper auf seinen Schoß bettete, blickte er zu Kouru hoch.

»Wundervoll. Stell dir nur vor, du hättest ihn umgebracht.«

»Hätte ich es gewollt, wäre er tot.« Kouru nickte in Richtung des Schachts, und nach kurzem Zögern half ihr der Fuchs, den Jedi nach unten zu transportieren und ihn auf dem Geschützsessel zu platzieren. Anschließend benutzte Kouru das Lichtschwert des alten Mannes, um die Einstiegsluke zu verschweißen, und zu guter Letzt brannte sie ein einzelnes glühendes Loch in das Metall. »So«, brummte sie, »jetzt geht ihm nicht mal die Luft aus.«

Der Fuchs schüttelte irritiert den Kopf, aber als er sprach, wurde klar, dass seine Verärgerung in erster Linie ihm selbst galt. »Ich habe dir unrecht getan. Habe Probleme auf dich projiziert, an denen du keine Schuld trägst.«

Sie kniff die Augen zusammen, um ihre Überraschung zu verbergen. »Wenn du glaubst, dass eine Entschuldigung dich moralisch überlegen macht …«

»Als würde dich so etwas interessieren.« Er atmete ein und rückte sein Haar zurecht. »Was dir widerfahren ist ... das ist von existenzieller Tragweite. Und wie du vielleicht schon erraten hast, habe ich einige Erfahrung mit diesem Phänomen.«

»Bietest du mir gerade deine Hilfe an, Jedi?«

Es missfiel ihm sichtlich, dass sie ihn so nannte. Seine Augen hinter der Maske funkelten. »Wenn du bereit bist, sie anzunehmen?«

Ein spöttisches Lachen stieg in Kourus Kehle hoch, aber sie erstickte es. Irgendetwas pulsierte unter ihrer Haut. Sie war damit infiziert. Und der Gedanke daran hatte denselben Effekt auf ihren Magen wie drei Wochen altes Fleisch.

Falls du Zweifel an seinen Absichten hast – dafür gibt es keinen Grund, sagte die Hexe. *Er hasst dich nicht.*

Kouru blickte über die Schulter. Rings um sie summte die *Krähe*, vor ihr atmete der Fuchs, und unter ihr zischte das abkühlende Metall. »Lass mich in Ruhe«, sagte sie an die Hexe gerichtet. Nicht dass sie irgendetwas tun könnte, falls ihre Warnung ignoriert wurde.

»Dann hörst du sie also. Du kannst verstehen, was sie sagt.«

Kouru brachte es nicht über sich, den Fuchs anzublicken. Je länger sie sich der Präsenz der Hexe bewusst war, desto schwerer lastete sie auf ihr. Ein Kiesel war zu einem Fels geworden.

»Sie ist der Grund, warum wir uns ›an dieser Touristenfalle herumgetrieben haben‹, um deine Worte zu benutzen«, sagte der Fuchs. »Wir suchen nach ihr. Einerseits würde ich dich also gerne bitten, dich uns anzuschließen, damit wir ihr ein paar wichtige Fragen stellen können.«

Kouru zog die Brauen zusammen, weil sie nicht wusste, was sie sonst tun sollte. Ein Teil von ihr wünschte, der Fuchs würde einfach den Mund halten; Feingefühl schien für ihn wirklich ein Fremdwort zu sein.

»Andererseits kannst du dir sicher vorstellen, dass diese Unterhaltung alles andere als freundlich verlaufen würde.« Er neigte nachdenklich den Kopf. »In jedem Fall kann ich dir nicht verübeln, dass du einen Groll gegen unseren großen grimmigen Freund hegst. Aber ich bitte dich, darüber nachzudenken, was ohne seinen Einfluss aus dir geworden wäre. Ich weiß, das ist nichts, worüber man nachdenken möchte, wenn man tot und gleichzeitig doch nicht tot ist. Trotzdem: Verrate mir dies, Kouru, um deiner selbst willen. Was genau hast du vor? Was willst du sein? Und wieso?«

»Und wer bist du?«, entgegnete sie, wobei sie sich selbst wie ein störrisches Kind vorkam. Umso überraschter war sie, als der Fuchs offen auf die Frage antwortete.

»Ich kann dir sagen, wer ich zu sein glaube – wer ich gern sein möchte. Jemand, der seine Fehler wiedergutmacht. Jemand, der dafür sorgt, dass die Welt nicht noch mehr unter seinen Versäumnissen leiden muss, als sie es bereits getan hat.« Dann lächelte er. »Und jetzt du.«

»Das geht dich nichts an.«

»Ich fürchte schon. Schließlich bist du darauf versessen, meine Begleiter in Stücke zu schneiden.«

»Nur einen ... und dich«, grollte Kouru. Anschließend verstummte sie. Sie konnte es selbst kaum fassen, aber sie dachte ernsthaft über die Frage nach. Natürlich gab es keine einfache Antwort, aber sie war bereit, weiter nach einer zu suchen.

Das mitfühlende Lächeln des Fuchses brachte sie fast zur Weißglut. »Ich schlage vor, du denkst darüber nach«, sagte er. »Allein schon, da es viel befriedigender ist, jemanden umzubringen, weil man es wirklich will, nicht nur, weil einem jemand eingeredet hat, dass es eine gute Idee wäre.«

Kouru musterte ihn misstrauisch. »Du bist der schlechteste Jedi, den ich je getroffen habe.«

Der Fuchs hob die Hand an seine Brust, als wäre es ein Kompliment. Und in gewisser Weise war es das sogar.

20. Kapitel

Der Ronin wusste, dass seine Sinne ihn täuschten, trotzdem konnte er den süßlichen Herbstgeruch nicht aus seiner Nase vertreiben. Das All roch nicht nach Herbst. Das All war absolute Abwesenheit, erdrückend und leer. Oft wünschte er, er könnte Trost in dieser Leere finden, aber früher oder später wurde er zwangsläufig durch die mechanische Schöpfung abgelenkt, welche ihn durch das Vakuum trug.

Diesmal war es ein Jedi-Schlachtkreuzer namens *Ehrfurcht.* Ein Palast in der Form einer Messerklinge, königlich weiß, mit goldenen und grünen Verzierungen. Der Ronin konnte nicht anders, als die perfekten Details seines Innenlebens zu bewundern, obwohl er genau wusste, welch hohen Preis die Instandhaltung eines so gewaltigen Schiffes forderte. Man musste ihm Arbeiter opfern. Planeten. Zahllose Leben und Heimstätten waren dem Dienst des Imperiums unterworfen worden, damit dieser Kreuzer fliegen konnte.

Die Einrichtung der *Ehrfurcht* war nicht weniger beeindruckend. Die Knie des Ronin ruhten auf einer gewebten Matte, und sein Blick ruhte auf einer Schiebetür aus Papier und Holz. Auf der anderen Seite hörte er Stimmen, die einander zuriefen – nicht panisch, sondern routiniert –, und außerdem etwas, das wie fließendes Wasser klang. Und dann war da noch dieser seltsame Geruch – eine Mischung aus Duftblüten und anderen Pflanzen. Der Lord dieses Schiffes schien eine exzessive Ader zu haben.

Aber er war auch vorsichtig, wie sich bei genauerer Betrachtung zeigte. Man hatte den Ronin bewusstlos hergebracht, ihn jedoch nicht gefesselt. Tatsächlich hatte man ihm nicht einmal seine Waffen abgenommen; das Einzige, was fehlte, war die Tasche mit den Kyberkristallen. Es wirkte widersinnig, dass die Jedi ihm sein Lichtschwert gelassen hatten, vor allem, da es die mit Abstand gefährlichste seiner Habseligkeiten darstellte. Auch das Armband war noch an seinem Handgelenk, wenngleich es die ganze Zeit über dunkel geblieben war – er hatte keine Ahnung, was mit B5–56 geschehen war.

Jedes vernünftige Wesen in seiner Position würde weder auf Rettung hoffen noch darauf, dass es sich selbst befreien könnte. Der Ronin spürte, dass mindestens eine Wache vor der Tür kniete, und weitere Jedi-Ritter waren auf dem Korridor postiert. Ihre Präsenz pendelte zwischen den beiden Extremen der Macht: der eine ganz weißes Lodern, der nächste fast völlig schwarzes Wogen, immer paarweise, immer in dieser Kombination. Zweifellos waren diese Ritter gemeinsam ausgebildet worden – perfekt eingespielte Duos, die auf alles eine Antwort hatten, was ein Machtbenutzer ihnen entgegenschleudern könnte. Auf dem Schlachtfeld wäre diese Abhängigkeit von einem Partner ein Nachteil, weil die individuellen Schwächen viel zu leicht ausgenutzt werden könnten, aber um einen machtempfänglichen Gefangenen zu bewachen, war es perfekt.

Dreimal hatten sich die Wachen bereits abgewechselt, doch der Ronin hatte ihnen noch keinen Grund zum Handeln gegeben. Seit er wieder zu sich gekommen war, saß er reglos da und dachte nach.

Du hast nicht nachgedacht, sagte die Stimme. *Du hast die Wand angestarrt.*

Der Ronin atmete langsam ein, als könnte er sie so näher heranlocken, aber sie weigerte sich. Natürlich. Seine Schwäche widerte sie an.

Also gut, dann würde er eben jetzt nachdenken. Wie war er hierhergelangt?

Es war lange her, seit sein Geist das letzte Mal so völlig den Bezug zu seiner Umgebung verloren hatte. In den Jahren unmittelbar nach dem Ende der Rebellion hatte er fast regelmäßig unter solchen Aussetzern gelitten, meistens wenn er mit den Schatten seiner Sünden konfrontiert worden war. Und fielen die beiden jungen Dämonen, die die Höhlendecke zum Einsturz gebracht hatten, nicht in dieselbe Kategorie? Zwei Jedi-Hüter, aus dem Tod zurückgeholt und von einem Willen gelenkt, der nicht ihr eigener war. Die Wiederauferstehung der Banditin hatte ihn nicht halb so bestürzt; sie war schließlich eine Sith, grausam und mordlüstern. Aber harmlose junge Jedi? Das war in der Tat ein Grund, Angst zu haben.

»Stimmt es?«, fragte er sie. »Hast du noch andere geholt?«

Du zweifelst an mir?, fragte sie. Doch es war offensichtlich, dass sie etwa ausheckte. Der Ronin hatte seit zwanzig Jahren keine Dämonen mehr gesehen und nun plötzlich drei innerhalb weniger Wochen.

Die Frage war: Warum jetzt? Er hatte nicht den Eindruck gehabt, dass es sie störte, in Vergessenheit zu geraten. Sie schien ihren Frieden damit gemacht zu haben, dass sie fortan nur noch ihn ärgern würde. Was also hatte sie dazu bewogen, wieder in den Lauf der Galaxis einzugreifen?

Oder besser: Warum war sie wieder dazu in der Lage?

Ein Geräusch an der Tür. Die Wache verlagerte ihr Gewicht und hüstelte leise, dann fragte sie mit klarer, aber zögerlicher Stimme: »Herr?«

Der Ronin runzelte die Stirn. »Meinst du mich?«

Eine Weile schien es, als hätte die Wache den Mut verloren, dann: »Ihr hattet etwas gesagt.«

»Das war nichts weiter.«

Verwirrtes Schweigen folgte. Der Ronin konnte die Silhouette der Wache durch die Tür erkennen. Ein junger Twi'lek, der Rücken gerade, der Kopf zur Seite geneigt, damit er besser hören konnte. »Herr …«

»Ist das nicht eine unpassende Anrede für einen Gefangenen?«

»Ich kenne Euren Namen nicht.« Die Wache zögerte. »Niemand kennt ihn.«

»Aber du kennst *mich.*« Er hörte es am Tonfall des Jungen. Die Stimme schien es ebenfalls zu bemerken, denn sie richtete ihre Aufmerksamkeit auf ihn; dieselbe Art träger Neugier, die man einem wagemutigen Narren schenken würde.

»Euer Gesicht«, gestand der Twi'lek schließlich. »Ich habe Euch gesehen, als ihr jünger wart. Auf einem Rekrutierungsplakat.«

Ein cleverer Junge, sagte die Stimme. *Und ein Lügner.*

Ein harsches Urteil, aber nicht unbegründet. Falls der Junge tatsächlich das Konterfei eines viele Jahre jüngeren Ronin auf einem Plakat gesehen hatte, dann kannte er auch den Namen, bei welchem man ihn damals gerufen hatte. Was bedeutete: Der Twi'lek wusste genau, wen sein Lord an Bord der *Ehrfurcht* gebracht hatte … aber er hatte Angst, es zuzugeben. Was ihn jedoch nicht von seiner Neugier kurierte.

Ein Jammer. Neugierige Schüler brachten es bei den Jedi nicht weit. Falls es ihm gelang, diese Eigenschaft in strategisches Geschick umzumünzen, könnte er sich vielleicht als Spion einen Platz in seinem Klan sichern. Falls seine Neugier ihn jedoch dazu trieb, die Motive seiner Lords zu hinterfragen …

»Du solltest vorsichtiger sein«, brummte der Ronin. Er wusste nicht, was er sonst sagen könnte, um den Jungen zu warnen.

»Ich will nur wissen … wenn Ihr wieder unsere Toten holt – warum?«

Der Ronin schnitt eine Grimasse. »Das weiß ich nicht.«

»Wieso nicht?«

»Warum sollte ich es denn wissen, wenn ich wirklich der bin, für den du mich hältst?«

Das Lachen der Stimme hallte in seinen Ohren wider.

Die Wache konnte es natürlich nicht hören, also fragte sie: »Es stimmt also? Ihr habt sie ebenfalls verraten? Aber … warum seid Ihr dann hier?«

»Das musst du schon deinen Meister fragen.«

Schritte hielten den Jungen von weiteren Fragen ab. Er richtete sich hastig wieder auf und blickte geradeaus. In dieser Position verharrte er auch, als wenig später die Tür aufglitt.

Chie kam herein. Sie wirkte mehr als nur ein wenig mitgenommen. Ein Arm steckte in einer chirurgischen Schlinge, der andere war auf einen Gehstock gestützt. Es war dem Ronin ein Rätsel, warum jemand auf einem Schlachtkreuzer mit solchen Verletzungen umherhumpelte; die *Ehrfurcht* hatte zweifellos genug Bactatanks an Bord, um eine ganze Armee zu heilen. Doch zu seiner milden Frustration gefiel es ihm, sie in diesem Zustand zu sehen. Es war lange her, seit er einer Person das letzte Mal Schmerzen gewünscht hatte.

Du glaubst immer noch, dass so etwas Unglück bringt?, spottete sie. *Abergläubisch bis zuletzt.*

»Da bist du ja«, sagte Chie, als hätte man den Ronin nicht schon seit über einem Tag in diesem Raum festgehalten. Für jemanden, der mit den Jedi zusammenarbeitete, sollte es ziemlich einfach sein, ihn zu finden. »Komm schon, hoch mit dir. Vertritt dir deine alten Beine.«

Die Augen des Twi'lek-Schülers blieben starr geradeaus gerichtet, als Chie den Ronin nach draußen führte – abgesehen von einem kurzen Blick, nachdem die Frau bereits auf den Korridor hinausgetreten war. Der Ronin nickte ihm zu, und der Junge senkte rasch wieder den Kopf. Aber seine Lippe zuckte vor unverbesserlicher Neugier.

Der Korridor bestand aus den gleichen natürlichen Materialien wie die Zelle des Ronin – Holz und Papier –, und an seinem Ende erstreckte sich ein Garten. In den vier Ecken erhoben sich junge Bäume; sie waren die Quelle des Geruchs, der bis in seine Zelle vorgedrungen war. In der Mitte des Raums wand sich ein kleiner Bach dahin, sein klares Wasser bevölkert von bunten Fischen. Durch geschickte Beleuchtung und Hologramme wirkte die Decke wie ein endloser Herbsthimmel, aber der Ronin war schon auf den Kreuzern anderer Lords gewesen, darum wusste er, dass sie sich in einem Hangar von normaler Höhe befanden. Das machte den Garten allerdings nicht weniger beeindruckend. Auf den anderen Flaggschiffen hatte er goldene Thronsäle gesehen, riesige Speisesäle aus duftendem Holz, ausladende Schlafzimmer, behangen mit teuerster Seide ... Nichts davon kam an dieses Abbild planetarer Normalität heran.

Der Großteil seiner Aufmerksamkeit galt aber weiter Chie. Ihre Robe war der eines Jedi-Hüters nicht unähnlich, mit brauner Ober- und weißer Unterkleidung, aber sosehr er sich auch anstrengte, an ihr selbst konnte er keinerlei Veränderung erkennen. Sie war noch immer dieselbe Person, die er an Bord der *Armen Krähe* kennengelernt hatte. Keine Jedi. Keine Sith. Nur eine Frau, die ihr Stärken kannte und ihre Schwächen akzeptierte.

»Nun frag schon«, sagte sie. »Bevor dein Blick noch ein Loch in meinen Rücken brennt.«

Ein Druck legte sich auf die Schläfen des Ronin. »Dafür, dass du kein gutes Haar an den Jedi gelassen hast, scheinst du überraschend gut mit ihnen auszukommen.«

Chie lächelte grimmig über die Schulter. »Und du scheinst dich gerade eben gut mit dem Schüler verstanden zu haben. Siehst du? Wir haben alle viele Facetten.«

Sie erreichten die Quelle der Rufe, die der Ronin in seiner Zelle gehört hatte: eine große Halle mit offenen Wänden und poliertem Holzboden, wo Dutzende Schüler in schlichter Kleidung in perfektem Einklang Schläge und Tritte übten. Dann gab ihr Meister – ein Jedi mit einem Lichtschwertgriff an der Hüfte – ein Kommando, und die Kinder hielten inne. Zwei von ihnen traten vor und gingen in Position für einen Kampf mit hölzernen Übungsschwertern.

»Es wird einen Krieg geben, weißt du? All die Prinzen und Lords wollen, was sie wollen, und ihnen ist egal, wie viel Blut sie vergießen müssen, um es zu bekommen. Ich bin schon alt.« Chie deutete mit ihrem verletzten Arm auf ihren Gehstock. »Zu alt, um noch kämpfend durch den Outer Rim zu ziehen. Aber es gibt etwas, was ich noch für die Galaxis tun kann.« An dieser Stelle schmunzelte sie. »Lord Hanrai lässt mich den Kindern alle möglichen Arten von Ketzerei beibringen.«

Der Ronin schaffte es nicht, das Lächeln zu erwidern.

Chie seufzte. »Du bist immer noch wütend wegen der Höhle.«

»Du hättest einfach allein von der Brücke springen können.«

»Vertrau mir, ich hatte die schmerzhaftere Landung.« Sie schnalzte mit der Zunge, als sie seinen finsteren Blick auffing. »Wir sind uns ähnlicher, als du denkst – das wirst du bald schon erkennen.«

Er bezweifelte, dass sie ebenso viele Freunde auf dem Gewissen hatte wie er. Andererseits ... Chie hatte nicht gezögert, ihren Begleitern Schaden zuzufügen. Der Ronin beschloss, sich fürs Erste eines Kommentars zu enthalten, und warf stattdessen einen weiteren verstohlenen Blick auf sein Armband.

Es blinkte. Ein einzelnes Aufflackern, so kurz, dass es ebenso gut ein Produkt seiner Einbildung hätte sein können. Aber er neigte nicht zu Optimismus, also ging er davon aus, dass er es wirklich gesehen hatte.

Ein einzelnes Blinken war natürlich noch lange keine Botschaft. Es verriet ihm lediglich, dass B5 – durch welche List auch immer – an Bord der *Ehrfurcht* gelangt war und seinen Meister darüber in Kenntnis setzen wollte.

Er verschränkte die Arme, um seine Antwort zu verbergen. Sein Daumen schwebte schon über dem Kreis an seinem Armband, um das Signal des Droiden zu bestätigen, aber dann hielt er inne.

Er war noch am Leben. Aber welchen Inhalt hatte dieses Leben? Das war eine Frage, mit der er sich schon seit vielen Jahren nicht mehr auseinandergesetzt hatte, ebenso wenig wie mit seinen Zielen oder den Taten, durch die er sie zu erreichen suchte. Im Grunde gab es nur ein Ziel: das Ende der Sith. Dann hatte die Hexe alles verändert. Natürlich hatte er nach ihr gesucht, Jagd auf sie gemacht, genau so, wie er jeden anderen Sith vor ihr gejagt hatte. Aber er hatte nie darüber nachgedacht, was ihr Ende für ihn bedeuten würde. Er wusste, dieser Gedanke könnte ihn völlig verzehren, ihn überwältigen – und in den Höhlen von Seikara war schließlich genau das geschehen.

Er ließ die Hand sinken, ohne mit Gewissheit sagen zu können, ob er B5 eine Nachricht geschickt hatte oder nicht. Chie verlangte seine Aufmerksamkeit.

Der Ronin riss sich aus seinem Dämmerzustand los und sah, dass sie ihn durch die Übungshalle hindurch zu einem überdachten Fußweg geführt hatte, der sich zwischen dem Hof und einem zweiten Garten erstreckte. Dieser Garten wiederum umschmiegte ein kleines Holzgebäude mit dunklem Schrägdach, ebenso elegant wie spartanisch. Eine fette alte Tooka-Katze lag vor einer offenen Tür, und dahinter konnte der Ronin eine breitschultrige Gestalt ausmachen, die an einem niedrigen Tisch saß und auf ihn wartete.

Er hatte keine Lust hinüberzugehen, aber noch weniger wollte er allein mit seinen Gedanken sein.

Also überquerte er den Fußweg; er merkte kaum, dass Chie ihn nicht länger begleitete. Die Katze öffnete ein Auge, als er näher kam, dann rollte sie sich auf die andere Seite und versank wieder in ihrem Schlummer. Der Mann im Innern hatte eine Teekanne und ein Shogi-Brett bereitgestellt. Kein Vergleich zu ihrer letzten Begegnung auf der schmalen Steinbrücke über dem schwarzen Fluss von Seikara.

Lord Hanrai bedeutete dem Ronin, ihm gegenüber Platz zu nehmen. »Ich freue mich, Euch zu sehen. Seid Ihr bereit für Runde zwei?«

21. Kapitel

Sie begannen die Partie in tiefem Schweigen. Hanrai studierte neugierig die Strategie seines Gegners. Der Sith legte ein Geschick an den Tag, wie es nur durch Übung entstehen konnte. Seine Eröffnungszüge erinnerten Hanrai an jene, die er in seiner Jugend gelernt hatte, doch schon bei der ersten Gelegenheit wechselte der Sith zu gewagten, unberechenbaren Manövern. Er verzog keine Miene, als Hanrai eine seiner eigenen neuen Strategien anwandte, aber seine Hand verharrte gerade lange genug über seinen Steinen, um ein Zögern anzudeuten.

»Kennt Ihr diese Taktik?«, fragte Hanrai.

Die zusammengezogenen Brauen des Sith waren Antwort genug.

»Dann habt Ihr mit meinem alten Lehrling gespielt. Falls man das *Spielen* nennen kann. Ich nehme an, er betrügt immer noch?«

Die Züge des Sith glätteten sich wieder zu völliger Ausdruckslosigkeit. »Ich bezweifle, dass Ihr mich wegen solcher Fragen hergebracht habt.«

»Wir spielen.« Hanrai zog seine Hand vom Spielbrett zurück und trank von seinem Tee, während er die Landschaft außerhalb des kleinen Teehauses betrachtete. Eine steinerne Mauer war alles, was diesen Teil des Gartens von der Halle trennte, wo die Schüler übten, doch in den Wänden des Hauses waren moderne Geräte eingebaut, die die Rufe und das Schwerterklacken der Sparringskämpfe dämpften. Kurz überlegte Hanrai, ob er diese Geräte abschalten sollte, aber dann konzentrierte er sich wieder auf den Tisch, auf das Spiel – und auf den Mann, der ihm gegenübersaß und schon wieder die Brauen zusammengezogen hatte.

»Bei einem Spiel geht es um viel mehr als nur um den Sieg«, fuhr Hanrai fort. »Zu spielen heißt, einen Teil eines größeren Rätsels aufzudecken – das Rätsel des Spiels in seiner Ganzheit. Seines Ursprungs. Seines Potenzials. Ich habe Euch nicht herbringen lassen, weil ich gewinnen will, sondern weil ich das größere Spiel verstehen möchte, das hier im Gange ist.«

Der Blick des Sith blieb auf das Brett gerichtet. »Ich habe nie viel von Philosophie verstanden.«

»Dann beginnen wir doch mit etwas Einfachem: der Wahrheit.«

Der Sith schnaubte. Hanrai lächelte. Er lehnte also die Sache ab, die die meisten Wesen für offensichtlich hielten. Wenn das mal nicht das Zeichen eines Philosophen war.

»Vor nicht allzu langer Zeit gab es einen Jedi«, sagte Hanrai, während sie weiterspielten. »Einer unserer hochgeachteten Klans hatte ihn als Kind aufgenommen, und er stieg schnell in den Rang eines Ritters auf. Man könnte sagen, dass er mit einem besonderen Talent gesegnet war. Oder dass ihm die Götter gewogen waren, falls das mehr Euren Überzeugungen entspricht. Vielleicht war er auch einfach nur gut darin, Befehle zu befolgen und zu tun, was seine

Meister von ihm erwarteten. Doch heute kennen ihn alle nur noch als den Mann, der sich auf so berühmte Weise von den Jedi abwandte. Ich habe mich oft gefragt, was ihn dabei angetrieben hat.«

Der Sith erstarrte nicht. Er zuckte nicht mal mit der Wimper. Hanrai wusste, dass er die Geschichte kannte. Andererseits, wer in dieser weiten Galaxis kannte sie nicht?

»Möchtet Ihr meine Theorie hören?«, fragte Hanrai.

»Ich weiß nicht. Möchte ich?«

»Ich wage zu behaupten, dass sie einzigartig ist.« Hanrai lehnte sich zurück und schloss die Augen. Während er sprach, trug die schwarze Strömung Bilder, Gerüche und Laute in sein Bewusstsein. Das schwere Pergament, das man traditionell für Berichte an den Imperator benutzt hatte. Das leise Wispern der zivilen Beamten, die sich nicht trauten, offen zu sprechen. Die duftende Suppe, die er und sein bevorzugter Informationshändler bei jedem Treffen miteinander geteilt hatten. »Ich studierte die Aufzeichnungen. Sie zeichneten das Bild eines unglaublich talentierten Mannes. Er war ehrgeizig. Hatte einen starken Beschützerinstinkt. Und er war loyal, mit Leib und Seele, sowohl seinem Lord als auch seinen Brüdern gegenüber. Und damit meine ich die anderen Kinder, die gemeinsam mit ihm adoptiert wurden. Als er in den Ritterstand aufstieg, machte er sie zu seinen Hütern, und er verteidigte ihr Leben ebenso entschlossen wie sein eigenes. Doch die Galaxis ist nur selten gut zu Wesen mit einem so reinen Geist. Er wurde vor die Wahl gestellt. Eines Tages stand er auf dem Schlachtfeld allein zwischen seinem Lord und dem Tod. Und was tat er? Er ging und ließ den Lord untergehen. Feigheit, glaubten manche. Schlimmer, sagten andere. Denn der Ritter hatte überlebt, ebenso wie seine Hüter. Und ein Jedi sollte niemals seinen Meister überleben. Nicht auf diese Weise. Um der Ehre willen, um der natürlichen Ordnung und des Imperiums willen konnte das nicht geduldet werden. Doch der Mann lehnte seine Bestrafung ab. Das brachte die anderen Jedi nur noch weiter auf. Ich bin sicher, Ihr könnt die Gründe dafür verstehen. Indem er seine Rolle ablehnte, bedrohte er das Fundament des Imperiums selbst. Also erklärte man ihn zum Rebellen. Ihn und seine Hüter. Gefährliche Verräter, die den Tod verdient hatten, egal auf welche Weise.«

Endlich begegnete der Sith seinem Blick. »Wissen Eure Brüder und Schwestern, dass Ihr so respektlos über die alten Jedi sprecht?«

Hanrai lachte. »Sie wissen, dass meine Loyalität über jeden Zweifel erhaben ist. Also – verratet mir: Warum handelte der große Jedi auf diese Weise?«

Der Sith ließ seinen Blick über die Wände und den Garten schweifen, während er nachdachte. »Er spielte ein größeres Spiel.«

»Ah, dann habt Ihr meine Worte nicht als Unsinn abgetan. Danke. Obwohl mir eines immer noch rätselhaft bleibt. Es wird viel darüber diskutiert, warum die Rebellion letztendlich scheiterte, aber ich teile die Vermutung einiger, dass der Same dieser Niederlage vom Dunklen Lord selbst gesät wurde. Die nächste logische Frage muss also lauten: Warum? Warum würde ein Mann sich gegen die Seinen wenden, nachdem er so große Risiken auf sich genommen hatte, um sie zu schützen? Welche Rechtfertigung kann es dafür geben?«

Die einzige Antwort des Sith bestand in seinem nächsten Spielzug. Hanrai bewegte selbst einen Stein über das Brett, dann schenkte er ihnen beiden Tee nach. Zweimal schien sein Gegenüber kurz davor, etwas zu sagen, aber erst beim dritten Mal kamen tatsächlich Worte über seine Lippen.

»Habt Ihr je den Spiegel des Shinsui-Tempels gesehen?«, fragte er.

»Auf Rei'izu? Nein, dieses Privileg war mir nie vergönnt«, antwortete Hanrai. »Ich wurde erst zum Lord, nachdem der gesamte Planet verschwunden war.«

»Er war prächtig, dieser Spiegel«, sagte der Sith. »Und furchteinflößend. So hoch wie zehn Mann und vollkommen rund. Hauchdünn und makellos. Ein einziger Blick reichte, um zu erkennen, warum die Leute ihn für heilig hielten.«

»Es heißt, er gewährte Visionen. Der Kyber.«

»Ja. Visionen von Möglichkeiten. Er zeigte einem Gründe, um für seine Wünsche zu kämpfen, und die Mittel, um diesen Kampf zu führen.« Der Sith hob eine Hand an seinen Kiefer; Hanrai war bereits aufgefallen, dass er unbewusst seine Prothese massierte, wenn er sich mit düsteren Gedanken auseinandersetzte. »Die Sith nahmen Rei'izu ein, weil sie genau danach suchten: nach einem Weg zum Sieg.«

»Das ging leider nicht gut für sie aus.«

»Nein. Manche Visionen sind es nicht wert, gesehen zu werden.«

»Aber waren diese Visionen in der Lage, jemanden gegen seine Brüder und Schwestern aufzubringen?«

»Vielleicht sollten wir einfach froh sein, dass der Spiegel gemeinsam mit Rei'izu verschwand.«

Hanrai musterte den Sith einen Moment lang. Die schwarze Strömung der Macht würde ihm nicht verraten, ob der Mann log oder die Wahrheit sagte; das musste er schon selbst herausfinden. Was er jedoch spürte, war, dass sein

Gegenüber eine ausgeprägte Abneigung dagegen hatte, sich zu verstellen. Entweder er sagte, was er dachte, oder er hielt den Mund. In den nächsten Minuten würde das eine entscheidende Rolle spielen.

»Er verschwand, ja«, sagte Hanrai. »Aber nicht ganz.«

Der Sith schwieg. Er berührte weder das Spielbrett noch seine Teetasse, und sein Blick war fest auf die Tischkante vor ihm gerichtet. Er dachte nach.

»Die Seikara-Höhlen. Bis vor zehn Jahren war dort ein Splitter des Spiegels verborgen. Wie er dorthin gelangte, ist ein Rätsel.«

»Mir ist ein Rätsel, wie Ihr ihn gefunden habt«, sagte der Sith in frostigem Ton.

Hanrai tippte sich an die Schläfe. »Habe ich Euch nicht gesagt, dass ich eine einzigartige Sicht auf die Dinge habe? Ich würde ja behaupten, die Macht war mit uns, doch wir beide wissen, dass die Macht auf niemandes Seite steht. Aber zurück zum Thema. Wir suchten eine Möglichkeit, um nach Rei'izu zurückzukehren.«

Das entlockte dem Sith ein Stirnrunzeln. Er hatte die Höhlen schließlich aus exakt demselben Grund aufgesucht.

»Wir fanden den Splitter«, führte Hanrai weiter aus, »und ich vertraute ihn meinem besten Lehrling an. Damals schien es mir die richtige Entscheidung.«

Die Falten auf der Stirn des Sith vertieften sich. Hanrai war nicht sicher, was den Mann so beunruhigte – seine eigenen Worte jetzt oder etwas, was sein Lehrling zuvor zu ihm gesagt hatte.

»Kurz darauf unternahm er eine Reise, begleitet von einigen meiner vertrauenswürdigsten Hüter«, erzählte Hanrai. »Niemand kehrte zurück. Es gab keine Spuren, keine Nachrichten … Aber dann tauchte er plötzlich wieder auf, jetzt in Begleitung von … nun, einem Mann wie Euch.«

Der Sith legte den Spielstein, den er in der Hand gehalten hatte, auf seinen alten Platz zurück. »Ich würde ein wenig mehr Ehrlichkeit zu schätzen wissen.«

»Mehr Ehrlichkeit? Inwiefern?«

»Wie lang war Chie schon Eure Spionin?«

»Nicht lange. Idzuna rekrutierte sie zuerst. Aber ich streckte meine Fühler aus, und wir fanden eine für beide Seiten befriedigende Lösung.« An dieser Stelle unterbrach sich Hanrai. Der Sith runzelte noch immer die Stirn, doch die Natur seiner Unruhe schien um ein Vielfaches komplizierter geworden zu sein. »Oh. Ihr kanntet seinen Namen nicht.«

»Er hat ihn nicht genannt.«

»Ich glaube, ich kenne den Grund. Er hat beinahe ebenso viel aufgegeben wie Ihr.« Hanrai legte die Hände auf den Tisch, offen und bittend. »Ich möchte, dass er zurückkehrt.«

»Dann hätte Chie ihn vielleicht nicht von einer Brücke werfen sollen.« Humor klang aus der Stimme des Sith, aber auch Schärfe. Ein Teil davon war echt. Der andere nicht.

»Nun, wie sonst hätte ich Euch in die Enge treiben können?«, entgegnete der Jedi-Lord. Sein Gast verspannte sich immer mehr – als würde er erwarten, dass sie jeden Moment von Worten zu Waffen wechseln könnten. Hanrai achtete darauf, die Hände gut sichtbar auf dem Tisch zu lassen. »Ich will mich ein wenig direkter ausdrücken.«

Die Geduld des Sith schien aufgebraucht. Er starrte ihn wortlos an, und Hanrai vermutete, dass sein Mund geschlossen bleiben würde, es sei denn, man gab ihm einen außergewöhnlichen Grund, dieses Schweigen zu brechen.

»Ihr habt sicher gehört, dass ein neuer Krieg droht«, begann Hanrai. »Nur wenn die Leute solche Worte benutzen, ist der Krieg meist schon unvermeidlich. Der Imperator wird nicht mehr lange unter uns weilen, und wenn er fort ist, wird jeder Prinz Anspruch auf den Thron erheben. Außerdem gibt es ein halbes Dutzend Lords, die darin weniger eine Gefahr sehen, sondern eher eine Gelegenheit. So viele Wesen, die die Galaxis nach ihren eigenen Vorstellungen umformen wollen. Ein wenig wie die Sith damals, würdet Ihr nicht auch sagen? Und nun muss der Rest von uns entscheiden, welchen Platz wir in diesem Spiel einnehmen wollen.«

Die Lippe des Sith zuckte. Sein Mund schien sich gegen seinen Willen zu bewegen, als er sagte: »Und Ihr möchtet, dass *mein* Platz … an Eurer Seite ist.«

»In der Tat. Als Anführer. Ein Anführer der *Jedi.* Ihr wolltet die Welt verändern, und Ihr seid gescheitert. Aber Ihr müsst kein zweites Mal scheitern. Außerdem brauche ich jemanden, der unsere eigenen Schwächen – die Schwächen der Klans – versteht.« Hanrai breitete die Arme in einer Geste aus, die das Teehaus, den Garten, den Hof dahinter und das gesamte Flaggschiff mit einschloss. »Das Imperium ist bereit, jene zu belohnen, die nach seinen Regeln spielen. Folgt in meine Fußstapfen. Zeigt ihnen, dass sie Euch vertrauen können … Und wenn sie Euch zu einem der Ihren erklärt haben, denn nehmt ihre Macht und tut damit, was immer Ihr wollt.«

»Ihr scheint nicht zu verstehen, wie viele Wesen ich getötet habe«, entgegnete der Sith leise. »Oder wie viele von ihnen mir vertrauten, als ich sie niederstreckte.«

Er hielt es für einen Trick. Hanrai konnte es ihm nicht übel nehmen. »Ich weiß, dass Eure Überzeugungen im Konflikt mit Euren Taten stehen. Aber bedenkt dies: Ich habe mich eingehend mit Euch befasst. Und *ich* sehe einen Mann, der es wert ist, an ihn zu glauben. Ein Mann, dessen Entscheidungen uns zu einem Sieg führen können, von dem wir andernfalls nicht einmal träumen dürften.«

Das schien dem Sith noch weniger zu gefallen, denn nun verzog er offen das Gesicht. »Hättet Ihr gern einen simpleren Grund? Gut, auch damit kann ich dienen.« Hanrai schob einen Datenblock an dem Shogi-Brett vorbei über den Tisch. »Seht Euch das an.«

Die Bilder auf dem Datenblock zeigten die beiden toten Hüter, die aus mehreren Gründen nicht zur letzten Ruhe gebettet worden waren. Ihre Gesichter schlugen den Sith mehr in den Bann als irgendetwas, was Hanrai während der letzten Minuten gesagt hatte. Vermutlich hätte er es gleich damit versuchen sollen. Schließlich hatten die Dämonen den Sith auch in den Höhlen aus dem Konzept gebracht. Dann war diese Reaktion also keine Ausnahme gewesen, sondern die Regel.

Hanrai machte sich eine mentale Notiz und brachte es schließlich ganz offen auf den Punkt: »Eure Hexe holt sich seit Monaten unsere Toten. Ich glaube, ich muss Euch nicht erklären, was sie tun wird, wenn wir ihr nicht Einhalt gebieten.«

22. Kapitel

Die Jedi saßen in zwei getrennten Zellen, allein und bewegungslos, während der Ronin sie von oben beobachtete. Das Observationsdeck über den Zellen war von unten durch einen Einwegspiegel verborgen. Diese künstliche Barriere war alles, was ihn von den kleinen kargen Räumen trennte, die frappant an die Zelle erinnerten, in der er vor ein paar Stunden noch selbst gesessen hatte. Vermutlich hatte er sogar einen ganz ähnlichen Anblick abgegeben wie die Dämonen unter seinen Füßen. Außer ihm war nur eine einzelne Wache hier. Lord Hanrai hatte ihn zunächst auf das Observationsdeck begleitet, war aber wieder verschwunden, nachdem sie sich kurz unterhalten hatten.

Es ist keine Unterhaltung, wenn nur einer spricht, korrigierte die Stimme.

Zugegeben, größtenteils hatte Hanrai das Reden übernommen. »Wir brauchen Euer Wissen über die Hexe«, hatte er gesagt. »Wir vermuten, dass sie zu seinen Hütern gehörte, als er noch ein Ritter war – bevor er seinen Lord verriet.«

»Ihr Titel interessiert mich nicht«, brummte der Ronin.

»Nun, wie habt Ihr sie denn genannt?«

Der Ronin antwortete nicht darauf. Es fühlte sich falsch an, unerlaubt ihren Namen zu nennen.

Hanrai schien sein Schweigen als Widerwillen zu interpretieren. »Nun gut, ich will Euch nicht bedrängen. In jedem Fall hatte sie Fähigkeiten kultiviert, die ... Ich würde fast so weit gehen zu behaupten, dass Eure Rebellion ohne sie schon viel früher geendet hätte. Nicht, dass ich die Krieger herabwürdigen will, die Ihr ausgebildet habt. Im Gegenteil. Ihr Sith habt etwas zu Eurer Tugend gemacht, was wir Jedi schon lange aufgegeben hatten. Ihr habt individuelle Talente gefördert und sie aufs Schlachtfeld gebracht – und uns so mehr als einmal in die Knie gezwungen.«

In die Knie gezwungen, sagte er. Nicht *niedergemetzelt.*

»Ich hätte wirklich zu gern gewusst, wer diese Lichtschwertaufsätze für Euch angefertigt hat. Sie waren wirklich meisterhaft. Ich habe alle gesammelt, auf die ich je gestoßen bin. Im Moment muss ich sie noch in einem geheimen Raum meines Anwesens verbergen, aber eines Tages vielleicht ...« Hanrai lächelte wehmütig. »Die anderen Lords sagen noch immer, dass die Taktiken der Sith ehrlos waren. Vielleicht haben sie recht. Aber es lässt sich nicht bestreiten, dass Ihr brillant wart.«

Vermutlich sollte das ein Kompliment sein. Und vermutlich erklärte es auch, warum man dem Ronin seine beiden Waffen gelassen hatte.

»Wie Ihr Eure Fähigkeiten perfektioniert habt, hat mir geholfen, meine eigenen Stärken besser zu verstehen. Mein Meister – mein Vater – sah in mir schon von klein auf ein Talent für Strategie und Logik. Er jubelte, denn für ihn waren das Eigenschaften eines klugen Kriegers. Ich hätte mir nie zugetraut, über den Stand eines Ritters hinauszuwachsen, hätte Euer Beispiel mich nicht inspiriert. Und seitdem bemühe ich mich, meinen Schülern dasselbe Verständnis zu vermitteln.«

Und was hatte der Dunkle Lord *seinen* Schülern vermittelt – insbesondere der einen, die der Ronin so gut kannte?

»Diese Hexe, sie konnte Dinge vollbringen ... die unvorstellbar erscheinen. Selbst heute noch.«

Er hatte recht. Obwohl der Beweis für die Fähigkeiten der Hexe direkt unter ihnen saß, war es fast unmöglich zu begreifen und zu akzeptieren, was sie getan hatte. Und diese beiden Jedi waren nicht die Ersten, ebenso wenig wie die junge Sith-Kriegerin vor ihnen. Hanrai bestätigte all die Geschichten, die der Ronin auf dem Weg zum Osou-Raumhafen auf Genbara und unter den betuchten Kreuzfahrtpassagieren auf Dekien gehört hatte. Diese beiden Hüter waren lediglich die Ersten, die die Jedi gefasst hatten.

Als Hanrai gegangen war, hatte er einen Datenblock mit Details über all die vermissten Toten dagelassen. Der Lord glaubte sicher, dass ihn die Sache mit ebensolchem Entsetzen erfüllte wie die Jedi – dass allein die Existenz dieser atmenden Geister ausreichen müsste, um ihn zur Zusammenarbeit zu bewegen. Sein Vorschlag war simpel: Wendet Euch von Eurer Ketzerei ab. Schließlich Euch wieder den Jedi an, und wir werden sie gemeinsam neu formen.

Und, funktioniert sein Plan?, wollte die Stimme wissen. *Ist das, was du willst?*

»Ich weiß es nicht.«

»Herr?«, sagte die Wache zögerlich. Es war derselbe Schüler, der es gewagt hatte, vor seiner Zelle mit ihm zu sprechen. Das war inzwischen mehrere Stunden her; sollte der Dienst des Twi'lek nicht schon zu Ende sein?

»Warum bist du noch immer hier?«, fragte der Ronin.

»Ich glaube, mein Meister denkt, dass ich Eure Entscheidung beeinflussen kann«, antwortete die Wache kleinlaut.

»Dein Meister ist gerissen.« Aus den Augenwinkeln sah der Ronin, wie der Schüler den Kopf senkte; er hatte die Worte als die Beleidigung verstanden, die sie waren.

»Ihr solltet wissen, dass alles, was wir sagen, aufgezeichnet wird.«

Natürlich. Er hätte es genauso gemacht. »Das kann ich deinem Meister nicht übel nehmen.«

Und was nimmst du ihm dann übel?

Zum ersten Mal seit einer ganzen Weile wünschte er, sie würde still sein. Aber eine alternative Realität herbeizuwünschen, war sinnlos – genau deswegen hatte er damit aufgehört. Er konnte ihr keine Vorschriften machen. Vermutlich wollte er es nicht einmal wirklich, aus demselben Grund, aus dem er sich nicht vorstellen konnte, sie zu töten.

Sein Blick war noch immer auf die Dämonen in ihren Zellen gerichtet. Sie saßen völlig reglos, schienen kaum zu atmen. Aber wozu auch?

»Hast du sie gekannt?«, fragte er den Twi'lek.

»Ja, Herr. Ogara führte in unserem dritten Jahr meine Gruppe an. Tsuden machte Meditationsübungen mit uns.«

»Wie sollte deiner Meinung nach mit ihnen verfahren werden?«

»Ich weiß nicht.« Der Ronin hörte Zweifel in der Stimme des Jungen und Kritik ... Selbstkritik. »Sie wirken noch immer wie sie selbst. Aber ...«

»Sie sind tot. Sinnlos gestorben.«

Die Stimme lachte. *Was hatte für dich schon je einen Sinn?*

Du, dachte er. Einst warst du der einzige Sinn, den ich brauchte.

Sie glaubte ihm nicht. Natürlich nicht. Schließlich hatte er sie damals verraten.

Er widmete sich wieder den beiden Geistern – denn sie hatten keine der anderen Bezeichnungen verdient, die ihnen aufgebürdet wurden. Sie waren durch die Hand der Banditin gestorben, die ihn verfolgte. Und warum verfolgte sie ihn? Weil er zuvor Jagd auf sie gemacht hatte. Weil er seine ganze Existenz der Aufgabe gewidmet hatte, Sith zu finden und zu töten. Zwanzig Jahre lang war ihm das Lebensinhalt genug gewesen. Doch jetzt konnte er den Rest der Galaxis nicht mehr ausblenden. Nicht, wenn die Hexe zu guter Letzt beschlossen hatte, Rache zu nehmen. Nicht, wenn die Jedi am Rande eines Krieges standen. Nicht, da diese Krise doch ein so hässliches Zerrbild der Situation war, mit der vor vielen Jahren alles begonnen hatte.

Er wandte sich dem Schüler zu. Der Junge hielt seinem Blick stand, seine Augen weit, sein Kinn vorgereckt. Es gab so viel, was er von seinem Gefangenen wissen wollte.

»Dein Meister denkt, ich erkenne die Wahrheit nicht«, brummte der Ronin. »Sag ihm, er ist ein Narr. Ich kenne die Wahrheit.«

Während er sprach, stieg das Bild eines gigantischen Spiegels aus seinem Gedächtnis empor, ein Kunstwerk, zehn Mann hoch, das Dunkelheit als Licht reflektierte und Licht als Dunkelheit. Allein die Erinnerung machte ihn schwindlig.

»Wahrheit ist Leid. Sie ist Gewalt ohne Gerechtigkeit. Der unvermeidliche Schmerz eines Übels, das nicht wiedergutgemacht werden kann. Der Einzelne, das Imperium und die Toten. Sie sind die Wahrheit.« Als er wieder zu den Geistern hinabsah, den Dämonen der Hexe, hoben sie die Köpfe und starrten zu ihm hoch. »Ich bin die Wahrheit.« Einen Moment später schüttelte er den Kopf. Über sich … und über alles andere. »Hier ist noch eine Wahrheit«, sagte er. »Ich werde deinem Lord nicht dienen.«

Hanrai hatte viel zu bereitwillig seinen Wunsch bekundet, die Galaxis zu verändern. Er war nicht weniger ehrgeizig als die Lords und Prinzen, deren Motive er anprangerte. Solche Ziele machten Personen zu Monstern. Das wusste der Ronin, weil er einst selbst so gewesen war. Er war ein Monster. Und sie war ebenfalls eines, nun, da sie beschlossen hatte, diese Seelen auf den glimmenden Scheiterhaufen des Krieges zu werfen.

Der Ronin wusste, was er tun musste. Dasselbe, was er schon seit langer Zeit tat: Sith töten.

Er streckte die Hand aus und krümmte die Finger, als würde er ein Stück Stoff zerreißen. Eine unnötige Bewegung – aber befriedigend.

Die *Ehrfurcht* bäumte sich auf. Der Ronin beobachtete durch die dicke versiegelte Glasscheibe, wie sich der Boden unter den knienden Geistern wölbte und aufbrach. Verflochtenes Metall klaffte auseinander und setzte die Zellen dem Schwarz des Weltraums und dem Leuchten von Dekien in der Tiefe aus. Die Geister wurden durch die klaffende Wunde im Bauch des Schiffes in die Leere hinausgesaugt, wo niemand sie mehr als Werkzeug benutzen konnte.

Anschließend wandte der Ronin sich dem Jungen zu, der ihn bewachen sollte. Der Twi'lek starrte durch den transparenten Boden – die verstärkte Glasplatte war alles, was ihn von dem gierigen Schlund trennte –, sein Mund in überforderter Überraschung aufgerissen, die sich noch nicht zu Furcht verfestigt hatte.

»Ich hatte eine Tasche«, sagte der Ronin. »Man hat sie mir abgenommen. Weißt du, wo sie ist?«

Der Junge richtete seine aufgerissenen Augen auf den Sith. »Warum?«

»Ich brauche sie.«

Die geraubten Kyberkristalle, die man nun ihm geraubt hatte, dienten als Erinnerung daran, was er getan hatte und warum er nicht aufhören durfte. Der Ronin konnte es sich nicht leisten zu zögern oder zu vergessen. Das war die Wurzel der Schwäche, die ihn letztlich in Hanrais Gefängniszelle geführt hatte. Er musste sich voll und ganz auf die Tode konzentrieren, die er der Galaxis schuldig war. Das war der einzige Zweck, den er in dieser Welt noch erfüllte.

Der Twi'lek sagte ihm, was er wusste. Im Gegenzug sagte der Ronin ihm, dass er fliehen sollte, und der Junge war schlau genug, diesen Rat zu befolgen.

B5-56 wartete noch immer in seinem Versteck auf eine Nachricht des Ronin. Der Droide hatte gelernt, seinem Meister und der Macht vollkommen zu vertrauen, und im Lauf der letzten zwanzig Jahre hatte diese Treue mehr als einmal das Herz des Ronin gerührt.

Doch jetzt wurde sie zu einem Problem. Als er B5 seine Anweisungen gab, erkannte der Astromech sofort, was er vorhatte, und er begann, vehement zu protestieren. Der Ronin musste ihm versprechen, dass es keine Selbstmordaktion war und er die Absicht hatte zu überleben.

Die Worte dienten hauptsächlich dazu, B5 zu beruhigen, aber sie waren nicht gelogen. Der Ronin war entschlossen, die *Ehrfurcht* lebend zu verlassen. Schließlich musste irgendjemand die Hexe aufhalten, und der Einzige, dem er diese Aufgabe zutraute, war er selbst.

23. Kapitel

Selbst wenn es ihnen gelang, ihre Fracht zurückzuholen und von dem Schlachtkreuzer zu entkommen, war Ekiya fest überzeugt, dass sie bis dahin bereits den Verstand verloren hätte. Das wahrscheinlichere Szenario war aber, dass sie ihr Leben verlieren würde, aufgespießt auf dem Lichtschwert eines pflichtbewussten Jedi.

Leider war es nicht so, als hätte sie eine große Wahl. Dafür war das, was man ihr genommen hatte, zu wichtig. Sie hatte die Bürde der Geister von Rei'izu freiwillig auf sich genommen. Also fiel es auch ihr zu, sie zurückzuholen.

Zumindest schienen der Fuchs und Kouru zu einer Art Übereinkunft gelangt zu sein. Ihr Streit war noch lange nicht beigelegt, doch sie wahrten beide tiefes Schweigen, während die *Krähe* im Shuttle-Hangar der *Ehrfurcht* landete. Früher oder später würde allerdings jemand den Mund aufmachen müssen, denn Ekiya hatte nicht vor, ohne einen verdammt guten Plan in diesen Jedi-Kreuzer hinauszuspazieren.

»Wir sollten uns erst mal einen Ort suchen, wo man uns nicht so leicht findet«, sagte der Fuchs, als sie versuchte, das Thema anzusprechen.

Ekiya hätte nichts dagegen gehabt, fürs Erste im Frachtraum der *Armen Krähe* zu bleiben, aber sobald die Mannschaft die Rampe hinabgestiegen war, führte der Fuchs sie und Kouru hinter ihnen her.

Ekiya fiel gerade auf, dass der Jedi, der die Techniker begleitet hatte, nicht mehr bei ihnen war – und war das nicht der Ritter gewesen, der den Fuchs erkannt hatte? –, als sich plötzlich Dunkelheit über den Hangar senkte.

Völlige Dunkelheit. Das Einzige, was sie noch sehen konnte, waren die Sterne vor den offenen Hangartoren. Im ersten Moment glaubte Ekiya, dass die Anspannung ihre Sinne überwältigt hatte, aber dann sprang die Notfallbeleuchtung an: kraftlose rote Leuchtstreifen in Bodennähe, die die Bäuche der *Krähe* und der Sternjäger erhellten, welche sie hierher eskortiert hatten. Ringsum geisterten wie in Zeitlupe die Silhouetten der Mechaniker umher, während sie einander verwirrt etwas zuriefen.

Kouru, die Närrin, zückte eines ihrer Lichtschwerter. Ekiya schlug der Sith gerade noch rechtzeitig auf die Hand, bevor sie die Klinge zünden konnte, und zog dann einen kleinen Leuchtstab unter ihrer Weste hervor. Das Erste, was sie sah, als sie ihn aktivierte, war Kourus wütendes Gesicht, aber zum Glück hielt die Sith den Mund.

Der Schein des Leuchtstabs erhellte auch die Falten auf der Stirn des Fuchses; sie waren tief genug, dass man sie an den Rändern seiner Maske erkennen konnte, und straften seinen sorglosen Tonfall Lügen, als er sagte: »Da scheint jemand einen kleinen Wutanfall zu haben.«

»Der alte Mann?«, fragte Kouru.

Wie zur Antwort setzten die Gravitationsgeneratoren aus. Nur für einen Augenblick.

Ekiya erlebte das schwindelerregende Gefühl völliger Schwerelosigkeit, unmittelbar gefolgt von einem knochenerschütternden Aufprall, als ihre Stiefel wieder auf dem Deck aufkamen. Sie musste stolpernd um ihr Gleichgewicht kämpfen, und den Schreien und Flüchen ringsum nach zu urteilen, war sie eine der wenigen in dem großen Hangar, die diesen Kampf gewann.

»Zum Glück ist die *Ehrfurcht* zu groß, als dass er ihr ernsten Schaden zufügen könnte.« Der Fuchs bedeutete ihr und Kouru, ihm zu folgen. »Zum Hauptfrachtraum geht es hier entlang.«

Sie mischten sich in den Strom des durcheinanderplappernden Personals, das aus dem Hangar in die relative Sicherheit der inneren Korridore drängte. Halb erwartete Ekiya, dass Kouru rebellieren und auf eigene Faust losmarschieren würde, aber die Sith blieb bei ihnen, wenn auch mit schmalen Augen und zusammengekniffenen Lippen.

Ganz gleich, wie sehr die Sith es hasste, sie ahnte wohl, dass man sie innerhalb von Sekunden überwältigen würde, falls sie den Einflussbereich des Fuchses und seines mächtigen Gedankentricks verließ.

Ekiya wechselte einen Blick mit Kouru, während sie einen Korridor hinabeilten, dessen Beleuchtung ungleichmäßig flackerte. Die Mundwinkel der anderen Frau wanderten noch weiter nach unten als üblich. Sie hatte es also auch gemerkt.

Mehrere Besatzungsmitglieder der *Ehrfurcht* blickten kurz in ihre Richtung herüber. Nicht lange, es gab schließlich einen Notfall. Doch diese Blicke hafteten eindeutig länger auf dem ungleichen Trio, als es in der Pagode des hohen Lords auf Dekien der Fall gewesen war.

Noch hielt der Fuchs seinen Einfluss aufrecht, aber lange konnten sie nicht mehr darauf zählen. Vor ihnen verlangsamte ein Jedi – einer der Hüter, die die Sternjäger geflogen hatten – plötzlich seine Schritte. Er hatte ein Komm an seinen Mund gepresst und sprach hektisch hinein. Der Fuchs hielt ebenfalls inne und ging zu dem Hüter hinüber, bis er ihm die Hand auf die Schulter legen konnte. »Was gibt es?«

»Der Sith, Meister«, antwortete der Hüter. »Er ist entkommen. Und die Dämonen …« Eine Explosion schnitt ihm das Wort ab. Ekiya hatte keine Ahnung, was da in die Luft geflogen war oder wo, aber sie erkannte das polternde Echo, das durch das Metall unter ihren Füßen vibrierte.

Sirenen heulten auf dem Korridor los, und das Flackern der Lichter wurde noch ungleichmäßiger, während sich das Deck unter einer zweiten Explosion schüttelte.

Der Fuchs drückte die Schulter des Hüters. »Los, helft den anderen.«

Der Jedi nickte, rief eine Handvoll Techniker zu sich und stürmte an der nächsten Kreuzung in einen Nebenkorridor. Der Fuchs winkte derweil Ekiya und Kouru zu, und sie ließen sich hinter der Gruppe der Flüchtenden zurückfallen. Sekunden später waren sie allein in der flackernden Dunkelheit.

Der Fuchs deutete auf eine Wandtafel, die durch einen unauffälligen Verriegelungsmechanismus gesichert war. »Eine Wartungsstation«, erklärte er. »Das Terminal sollte uns Zugriff auf die Frachtliste ermöglichen. Falls wir Glück haben, finden wir vielleicht sogar heraus, was unser grimmiger Freund da gerade treibt.«

Kouru bleckte die Zähne.

»Und?« Ekiya deutete auf das Schloss. »Worauf wartest du noch?«

Der Fuchs drehte sich zu ihr um. »Sehe ich wie ein Hacker aus?«

Noch bevor er zu Ende gesprochen hatte, zündete Kouru ihr Lichtschwert und rammte die Klinge in die Wand.

»Dafür haben wir keine Zeit«, knurrte sie, während sie ein rechteckiges Loch in das Metall schnitt.

Die Kammer dahinter war mit Reinigungsutensilien gefüllt, und zu Ekiyas grenzenloser Erleichterung erwachte das Terminal an der hinteren Wand folgsam zum Leben, als der Fuchs den Schirm berührte.

Doch nachdem er eine schweißtreibende Minute lang auf den Tasten herumgetippt hatte, ohne dass irgendetwas geschehen war, löste sich diese Erleichterung schnell wieder auf. »Kommst du nicht in das System?«, fragte sie.

»Doch, doch. Das Programm ist nur … neu.«

»Bist du wirklich *so alt*?« Ekiya stieß ihn zur Seite. »Wonach muss ich suchen?«

Zum Glück war Kouru an der Tür zurückgeblieben, um Wache zu halten; andernfalls hätte sie vielleicht versucht, auch dieses Problem mit dem Lichtschwert zu lösen. Der Fuchs spähte über Ekiyas Schulter und nannte ihr die nötigen Passwörter, während sie sich durch die Daten wühlte.

Das Ganze war schrecklich mühselig, vor allem, da die Lichter immer wieder aus- und angingen und die Konsole mit ihnen. Einmal wurde das gesamte System neu hochgefahren, und sie warteten mehrere nervenaufreibende Sekunden in stockfinsterer Dunkelheit, bevor der Bildschirm wieder zum Leben erwachte.

Der Boden erzitterte gerade unter der nächsten Explosion – kam es ihr nur so vor, oder war sie stärker als die vorherigen? –, als Ekiya ein weiteres nutzloses Frachtregister wegdrückte. Sie hatte nichts über ihre Relikte gefunden, weder im Hauptfrachtraum der *Ehrfurcht* noch im sekundären

Frachtraum oder in den tertiären Frachträumen. Jetzt blieb ihr nur noch das Verzeichnis eines gesicherten Verwahrungsraums in den Offiziersquartieren …

Mit einem Fluch duckte sich Kouru zu ihnen in die Kammer.

Ekiya wirbelte herum und hielt den Atem an … bis eine vertraute hüfthohe Erscheinung vor der Wartungsstation auftauchte und mit einem neugierigen Trillern vor den verkohlten Überresten der Tür stehen blieb.

»Bee, bist du das?«, rief Ekiya von der Konsole. »Wo zur Hölle warst du? Komm rein, schnell …«

B5–56 erging sich in einer ausufernden Entschuldigung.

»Wie meinst du das, ›beschäftigt‹?«, fragte Ekiya. Und auf B5s unschuldiges Zwitschern hin: »Du willst *was* zerstören? Warum?«

»Ein Ablenkungsmanöver«, murmelte der Fuchs. »Ich verstehe. Worauf hat unser Freund es abgesehen?«

B5 rollte mit einer weiteren Entschuldigung auf den Korridor zurück, aber Kouru ließ den Droiden mit einer Handbewegung einen halben Meter über den Boden emporschweben.

»Wie unhöflich«, tadelte der Fuchs.

»Der alte Mann«, knurrte Kouru. »Wo ist er?«

B5s Erwiderung ließ Ekiyas Kiefer herunterklappen. »Wo hast du denn solche Ausdrücke gelernt?« Aber das war jetzt unwichtig. Wichtig war allein, dass sie auf diesem imperialen Schlachtkreuzer festsaßen – ganz gleich, was Bee und Grimm damit anstellten –, und dass sie eine nicht unerhebliche Mitschuld an dieser Situation hatte.

Sie hätte warten können. Anstatt den Fuchs und Kouru sofort hierherzuschleppen, hätte sie nach einer weniger selbstmörderischen Möglichkeit suchen können, um ihre Relikte – und vielleicht sogar ihren abhandengekommenen

Sith – zu retten. Aber nein, sie hatte ihren Willen durchsetzen müssen. Das Mindeste, was sie jetzt tun konnte, war, die Sache wieder in Ordnung zu bringen.

»Bee«, sagte sie ernst. »Bitte.«

Sein blaues Auge blinkte in rascher Folge, und als die *Ehrfurcht* ein weiteres Mal erbebte, wurde es kurz zur einzigen Lichtquelle.

Schließlich seufzte der Astromech und zirpte Kouru an. Auf Ekiyas Nicken hin ließ die Banditin ihn auf den Boden zurücksinken, und er projizierte den Bauplan der *Ehrfurcht* in die Luft. Ein glühender Punkt zeigte ihre gegenwärtige Position an, ein zweiter das Ziel des Sith.

»Die Offiziersquartiere?«, wunderte sich Ekiya. »Haben sie ihm sein Lichtschwert abgenommen?«

»Möglich«, sagte der Fuchs. »Und falls der gute Lord Hanrai dort seine wertvollsten Beutestücke lagert, werden wir deine Ladung bestimmt auch dort finden. Bee Fünf, teile deinem Meister bitte mit, dass wir uns dort ...«

Seine Worte gingen im Kreischen des Schiffes unter. Die Lichter fielen aus, und diesmal sprangen sie nicht wieder an. Es dauerte eine Weile, bis die gelben Notfallleuchten an den Korridorwänden zum Leben erwachten, und während dieser finsteren Sekunden war das Knirschen fernen Metalls das einzig hörbare Geräusch.

»Er tut es tatsächlich«, murmelte Kouru. Zum ersten Mal, seit Ekiya ihr begegnet war, klang sie nicht wütend.

»*Was* tut er?«, fragte sie, obwohl die Furcht vor der Antwort ihr die Kehle zuschnürte.

Das bernsteinfarbene Glühen erhellte Kourus kühlen Gesichtsausdruck, aber sie konnte das Grauen nicht verbergen, das darunter brodelte. »Er reißt das Schiff auseinander.«

24. Kapitel

Kouru hörte, wie Ekiya fluchte und der Fuchs einen ähnlich fassungslosen Ausruf von sich gab (»Er reißt das Schiff auseinander ... *dieses* Schiff?«), aber Sekunden später rückten Wut und Panik in den Hintergrund, und ihre Worte spiegelten strategische Überlegungen und Überlebenswillen wider. (»Deine Geister, Ekiya ...« »... sind Geister, Fuchs. Die Lebenden gehen vor.«)

Kouru wollte ihre eigene Meinung hinzufügen, aber sie blieb still. Ihre Gedanken waren verschwommen und bewegten sich wie in Zeitlupe. Als sie schließlich doch den Mund öffnete, kam ein alarmierender Schwall Geräusche über ihre Lippen, der weniger wie gesprochene Worte und mehr wie Laut gewordene Verwirrung klang.

Der Fuchs legte ihr die Hand auf den Arm. Sie mochte es nicht, dass er sie berührte – zumindest glaubte sie, dass sie es nicht mochte –, aber es war wie zuvor, als sie nicht hatte sprechen können; ihr Körper wollte nichts unternehmen, um seine Hand abzustreifen.

»Eine klassische Sith-Taktik, nicht wahr?«, sagte der Fuchs. Sein Ton war weder spöttisch noch feindselig, und Kouru beschloss, dass es in Ordnung war, nicht wütend auf ihn zu sein. Fürs Erste. »So viele Unschuldige gefährden wie nur möglich, um die selbstlosen Jedi zu beschäftigen und die tapferen unter ihnen zu sich zu locken. Nun, ich schätze, es gibt einen Grund, warum es ein Klassiker ist. Zum Glück fallen wir nicht darauf herein.«

»Was?« Das Wort klang beinahe normal. Kouru war zu stolz auf diesen Erfolg, um sich wie eine Närrin vorzukommen.

»Unsere liebe Ekiya will zum Hangar zurück und bei der Evakuierung helfen ...«

»Versuch nicht, dich zu drücken. Du kommst auch mit«, fuhr Ekiya den Fuchs an.

Seine Finger um Kourus Ellbogen zuckten unmerklich. »Und sie hat mich überzeugt, dass meine speziellen Fähigkeiten hilfreich sein könnten.«

Kouru verzog die Lippen. Sie konnte Ekiyas Beweggründe verstehen; die Gedankentricks des Fuchses könnten sicherlich helfen, eine Horde panischer Wesen zu den Fluchtschiffen zu lotsen, aber wann immer sie daran dachte, wie sich diese schwarzen Ranken um ein schutzloses Bewusstsein zusammenzogen ...

Konzentrier dich.

Die Stimme der Hexe war wie ein Eiszapfen, der sich geradewegs in Kourus Innerstes bohrte. Sie versteifte sich unter der Berührung des Fuchses, und schließlich ließ er sie los. »Es ist nicht wegen dir«, murmelte sie, nur um es sofort zu bereuen.

Und der Fuchs machte es noch schlimmer. »Es tut mir leid«, sagte er. »Aber wenn sie so besessen davon ist, dir ihren Willen aufzuzwingen ... wäre es doch vielleicht ganz befreiend, etwas zu tun, was sie *nicht* möchte. Sie will, dass du unseren Freund umbringst. Ich sage nicht, dass du das nicht auch möchtest, nur dass sie es mindestens genauso will. Also ... solltest du sie vielleicht um diesen Genuss bringen. Zumindest für ein Weilchen.«

»Du willst, dass ich ihm helfe?«

»Ich will, dass du ihn lebend zurückbringst. Betrachte es als einen Test, um herauszufinden, wie viel Selbstbestimmung dir noch geblieben ist.«

Kouru schüttelte den Kopf, um nicht weiter darüber nachzudenken. »Wo treffen wir uns?«

»Im Hangar, falls möglich. Falls nicht ...« Der Fuchs berührte B5s Hut, woraufhin eine Klappe an der Seite des Droiden aufsprang. In ihrem Innern befand sich ein Armband, ähnlich dem, das der alte Mann selbst trug, mit einem kleinen blauen Licht, das langsam blinkte. »Dann finden wir dich damit.«

Kouru streifte das Armband über ihr Handgelenk, ohne sich lange bitten zu lassen. Der Fuchs übersetzte derweil B5s Instruktionen für sie: Das Armband war mit dem des alten Mannes verbunden, und je näher sie ihm kam, desto schneller würde das Licht blinken. Und wenn sie ihn erreichen wollte, bevor das ganze Schiff auseinanderbrach, sollte sie sich besser beeilen. Ekiya schlug vor, dass Kouru sich an die Hauptkorridore hielt; die Wahrscheinlichkeit, auf Mannschaftsmitglieder zu stoßen, war dort natürlich am größten, aber die meisten von ihnen hatten im Moment sicher andere Sorgen, als sich um eine seltsame Frau zu kümmern, die in die falsche Richtung ging.

Die Hexe blieb stumm, und das war gut, denn ansonsten hätte Kouru vermutlich versucht, die Stimme durch ihre Ohren aus ihrem Schädel zu reißen.

Der Gedanke ließ sie innehalten. Bevor sie es sich anders

überlegen konnte, zog sie das Lichtschwert des Fuchses und warf es ihm zu. Er war so überrascht, dass es ihm beinahe durch die Hände rutschte, aber sobald sich seine Finger um den lederumwickelten Griff geschlossen hatten, hielt er die Waffe so fest, als wäre sie ein Teil von ihm. Bevor er irgendetwas sagen konnte, hatte Kouru sich bereits abgewandt und die Wartungsstation verlassen.

Jenseits der zerstörten Tür erwartete sie eine Welt, in der sich lange Momente fast gänzlicher Stille mit plötzlichen Geräuschexplosionen abwechselten. Zunächst waren die Korridore völlig verlassen; erst als sie eine Kreuzung erreichte, stieß sie auf die ersten Gruppen von Flüchtenden: uniformierte Offiziere, Mannschaftsmitglieder, die nicht im Dienst waren und ihre Zivilkleidung trugen, und auch Jedi. Kouru hielt sich dicht an der Wand, während der Pulk an ihr vorbeidrängte. Ein Offizier rief ihr zu, dass sie mit ihnen kommen sollte, aber sie stieß ihn von sich weg und ging weiter.

Mit einem echten Hindernis wurde sie erst konfrontiert, als das Deck direkt unter ihr nachgab. Schreie hallten durch den Korridor, und sie fanden ein quälendes Echo in ihrem Hinterkopf, als Kouru an ein anderes Schiff denken musste, das auseinandergebrochen war. Sie knirschte mit den Zähnen und zwang ihre zitternden Glieder zur Ruhe.

Die Decke über ihr hatte ebenfalls nachgegeben, und mehrere Wesen waren vom oberen Deck herabgestürzt. Ein paar hingen an abgebrochenen Trägern und Stützen, andere lagen verkrümmt und ächzend auf dem Boden. Kouru kletterte an ihnen vorbei, um das Loch im Boden herum, und warf dabei einen kurzen Blick auf ihr Armband: Es blinkte schneller als zuvor. Gut, dann kam sie ihrem Ziel näher.

Am Ende des flackernden Korridors angelangt, sah sie

sich einer geschlossenen Schutztür gegenüber. Sie wollte sich nicht öffnen lassen, und die Anzeige neben der Kontrolltafel leuchtete in warnendem Rot. Auf der anderen Seite der dicken Metallplatte war nichts zu hören. Kouru hatte keine Ahnung, was dort lauerte: noch mehr Trümmer und Leichen? Ein intakter leerer Korridor? Nichts davon wäre ein Problem. Aber falls die Hülle aufgebrochen und dieser Bereich dem Vakuum ausgesetzt war ... Sie schauderte.

Das Blinken des Armbandes verlangsamte sich, als sie gezwungenermaßen nach einem anderen Weg suchte. Es war unmöglich, sich auf einem auseinanderbrechenden Schlachtkreuzer seines Weges sicher zu sein. Es gab zu viele Kreuzungen, Korridore und Seitengänge, und ob ein Weg weiter in die gewünschte Richtung oder zu einer Sackgasse führte, ließ sich nur herausfinden, indem man ihm bis zum Ende folgte.

Zurück zur letzten Kreuzung und dann rechts. Dort gibt es einen Wartungskorridor, der zu einem verstärkten Transportschacht führt.

Kourus ganzer Körper versteifte sich vor Abscheu. »Halt den Mund«, zischte sie die Hexe an.

Sie starrte wieder auf ihr Armband; es blinkte noch, aber sie vermochte nicht zu sagen, ob nun schneller oder langsamer als vor einer Minute. »Na schön«, grollte sie.

Die Stimme schwieg, während Kouru umdrehte, aber der Druck in ihrem Kopf schien um eine Winzigkeit nachzulassen. War die Hexe erleichtert, weil sie letztlich doch ihren Worten folgte? Kouru schnitt eine Grimasse. Das war ganz sicher nicht ihre Absicht gewesen.

Trotzdem, sie musste weiter. An der Kreuzung angelangt, bog sie rechts ab, dann den nächsten Korridor hinunter, bis sie einmal mehr vor einer verschlossenen Tür stand – diesmal schien es sich aber definitiv um eine mechanische Fehlfunktion zu handeln. Die Stimme gab ihr neue Anweisungen, und Kouru rannte weiter. Wann immer sie auf ihr Handgelenk hinabblickte, leuchtete das kleine Licht ein wenig rascher.

Andere Wesen kamen ihr an diesem Punkt kaum noch entgegen, und die meiste Zeit herrschte befremdliche Stille. Doch gelegentlich brüllte noch immer der Lärm der Zerstörung durch das Schiff, mit solcher Intensität, dass Kouru jedes Mal der Atem stockte.

Weiter.

Schließlich fand sie sich in einem abgeschirmten Kommandoraum wieder, dessen Aussichtsfenster den Blick auf einen Hangar freigaben, angefüllt mit einer ganzen Armada von Bodenfahrzeugen, darunter ein Dutzend vierbeiniger Läufer, die in ihrer Form an Ochsen oder Eber erinnerten. Alle Vehikel waren mit klassischen imperialen Verzierungen versehen – heilige Bänder und Quasten, gesegnete Banner –, wie Kouru sie das letzte Mal bei der Schlacht um Rei'izu gesehen hatte.

Auf halber Strecke durch den Kontrollraum erregte ein Flackern unten im Hangar ihre Aufmerksamkeit. Der Boden krümmte sich ...

Und der Hangar brach auf. Sämtliche Ausrüstung, die nicht festgezurrt oder -geschraubt war, wurde schlagartig vom gierigen Vakuum verschlungen. Die Fahrzeuge rissen sich eins nach dem anderen von ihren Transportklammern los und wirbelten in die Dunkelheit hinaus. Das Deck faltete sich auf wie zerknülltes Papier. Die Wände ächzten und spien Wolken aus formlosem Feuer in die schwerelose Halle.

Kourus Augen waren so weit aufgerissen, dass es wehtat. Alles, was sie hören konnte, war ihr Atem. Ihre Sicht schien zusammenzuschrumpfen, während sie dem letzten Läufer nachblickte, der im All verschwand. Jetzt war nur noch ein klobiger Reparaturkarren übrig, der wie ein Drachen an seiner Halteleine hin und her gewirbelt wurde.

Der Anblick weckte alte Albträume in ihr: Erinnerungen an panische Gesichter, die in dunklen Korridoren verschwanden, an metallisches Kreischen, an ihre Meisterin, die sie vorwärtstrieb, an die Furcht, die sie zu jenem Zeitpunkt vollkommen überwältigt haben musste – andernfalls hätte sie gewiss erkannt, dass sie nicht nach einem Saboteur suchten, sondern vor seinem Werk flohen.

Doch jetzt, in diesem Moment, empfand sie keinerlei Furcht. Auch kein Grauen. Höchstens einen dumpfen Schmerz. Kouru hatte derartige Zerstörung schon gesehen, und damals war alles ausgelöscht worden, was ihr Leben definiert hatte. Was *sie* definiert hatte.

Seit jenem Tag, seit dem Ende der Sith, hasste und fürchtete sie die endlose, ewig lauernde Weite des Alls und seinen gleichgültigen Hunger. Sie *wusste,* dass sie es fürchtete ... Aber sie fühlte nichts.

Hatte die elende Hexe ihr nun auch ihre Angst gestohlen?

»Aber warum?«, zischte sie in die leere Dunkelheit. Wenn sie keine Furcht haben konnte, dann würde sie eben Zorn wählen – solange sie noch konnte. »Bin ich dir nicht nützlich genug, wenn ich mich fürchte?«

Lass los, hatte die Hexe ihr unablässig zugeflüstert. Lass los. Doch jetzt spürte Kouru ein Zögern.

Mein einziger Wunsch ist, dass du bekommst, was dir zusteht, erklärte die Stimme. *Ich bitte dich lediglich, loszulassen, damit ich es dir geben kann.*

Kouru wirbelte herum, wie um die Hexe anzuspringen ... aber natürlich war sie nicht da. Sie war nie da. Das bedeutete allerdings nicht, dass Kouru allein war. Das Licht an ihrem Armband flackerte hektisch.

Der alte Mann hatte den Korridor betreten, in dem Kouru stand. Sie hatte ihn nicht gehört, sah ihn erst jetzt, als er auf sie zuging … und an ihr vorbei. Der Korridor war so breit, dass sie sich dabei nicht berührten. Kouru hätte hinüberspringen müssen, um ihn zu packen.

Er blickte sie nicht einmal an.

In diesem Augenblick vergaß sie die Bitte des Fuchses – dass sie der Hexe trotzen und den alten Mann retten sollte. Stattdessen stieg eine brutale Mordlust in ihr hoch. Sie hatte kein Druckmittel, keinen Vorteil, aber jede Faser ihres Seins wünschte seinen Tod, und zwar durch ihre eigene Hand.

Doch der Augenblick verstrich, und sie blieb reglos stehen, die Faust um den Griff des Lichtschwerts verkrampft, das sie ihm gestohlen hatte.

Kouru kannte die Stärken des alten Mannes. Er war effizient in seinen Bewegungen, wachsam in seiner Wahrnehmung, gerissen in seiner Taktik. Sie hatten zweimal gegeneinander gekämpft, und beide Male hatte er ihre Bewegungen studiert, selbst wenn es aussah, als wäre seine Aufmerksamkeit ganz woanders.

Der alte Mann wurde nicht langsamer, drehte auch nicht den Kopf, als er vorüberging; seine Augen blieben fest nach vorne gerichtet. Aber Kouru bildete sich nicht ein, dass sie deswegen im Vorteil war. Sie würde nicht noch einmal den Fehler machen, ihn zu unterschätzen. Nicht, nachdem er sie umgebracht hatte.

Dennoch fühlte sie sich … unbeachtet. Es war nicht so, als würde er sie bewusst ignorieren, mehr so, als … wäre sie überhaupt nicht da. Als wäre sie wirklich nur noch ein Geist.

Der alte Mann betrat den nächsten Abschnitt der *Ehrfurcht*, und hinter ihm ertönte das unheilvolle Quietschen von Metall aus dem Kontrollraum.

Über dir!

Kouru gehorchte blind – sie hatte keine Zeit, um nachzudenken. An der Decke des Korridors zog sich ein Ventilationsschacht entlang, und sie schnitt hastig ein Loch hinein. Die Ränder glühten noch immer rot und verbrannten ihre Handflächen, als sie sich hochzog.

Weiter, drängte die Hexe.

Kouru kroch los. Unter ihr kreischte Metall. Sie konnte sich die Zerstörung des Kontrollraums bildlich vorstellen. Sie würde ganz ähnlich ablaufen wie der Untergang des Hangars vor ein paar Minuten. Und falls Kouru nicht zu den Läufern ins All hinausgeblasen werden wollte, musste sie schnellstmöglich den Punkt erreichen, wo dieser Schacht den Rest des Ventilationsnetzwerks kreuzte.

Schneller, zischte die Hexe. *Die Notfallprotokolle wurden bereits ausgelöst. Gleich wird dieser ganze Abschnitt abgeriegelt.*

Kouru wagte es nicht, einen Atemzug an eine Verwünschung zu verschwenden. Sie warf sich nach vorn und schlitterte über das Metall, angetrieben von der schwarzen Strömung, nach der sie in ihrer Verzweiflung gegriffen hatte.

Im selben Moment, als sie zum Stillstand kam, schoss zwei Meter hinter ihr das Notfallschott herab.

Kourus Körper bebte unter ihren keuchenden Atemzügen, während sie sich aufsetzte und die Arme in der Dunkelheit um die Knie schlang. Die pulsierende Brise des Ventilationssystems verwandelte den Schweiß auf ihrem Nacken in Eiswasser, und eine ähnlich gnadenlose Kälte breitete sich in ihrem Bauch aus. Sie versuchte, alle Gedanken zu verbannen, sich ganz auf die weiße Flamme zu konzentrieren, die ihr innewohnte.

Doch das Bild des alten Mannes, als er an ihr vorbeigegangen war, ohne sie überhaupt zur Kenntnis zu nehmen ... Dieses Bild ließ sich nicht abschütteln. Sein Gesicht hatte so hohl gewirkt, so leer. Als wäre er eine Marionette, die an einem Faden gezogen wurde. Oder ein weiterer Dämon der Hexe.

Er war starr geradeaus gegangen. Immer geradeaus. Folgte er seiner eigenen Stimme, so wie Kouru der Hexe folgte – denn genau das tat sie, auch wenn sie versucht hatte, gegen ihre letzten Anweisungen aufzubegehren. Was trieb den alten Mann an? Was *wollte* er?

Bis der Fuchs sie darauf angesprochen hatte, hatte Kouru nie über die Frage nachgedacht. Auf Genbara hatte er sie offensichtlich umbringen wollen. Aber danach? Nachdem er sie niedergestreckt hatte?

Sie hatte ihn gejagt, ohne je über den Tellerrand ihrer Rachegelüste hinauszublicken. Auch jetzt noch, nach allem, was sie inzwischen gelernt hatte, hatte sie allen Grund, ihn tot sehen zu wollen. Nur war das Motiv nun nicht mehr Rache, sondern Selbsterhaltung. Schließlich wollte er vernichten, was sie ins Leben zurückgebracht hatte.

Das Problem war nur, dass sie dieses Ding selbst hasste, das sie gegen ihren Willen lenkte. Was brachte es, weiter zu existieren, wenn diese Existenz von jemandem kontrolliert wurde?

Kouru schnaubte leise in ihrem stickigen Fleckchen Dunkelheit, diesem winzigen Abschnitt eines auseinanderbrechenden Schiffes. Sie machte sich keine Illusionen, was ihren Platz in der Galaxis anging. Ihre Eltern hatten sie gewollt, aber nicht behalten dürfen, denn ihre Machtempfänglichkeit bedeutete, dass sie den Jedi gehörte, und die Jedi gehörten den Lords.

Erst als die Sith beschlossen, dass sie selbst der Schmied ihres Schicksals sein wollten, hatte Kouru ihren ersten Tropfen Freiheit gekostet. Dieser Geschmack war stets von Blut und Schweiß getrübt worden – und vom Tod jener, die nicht akzeptieren wollten, dass sie nach ihren eigenen Regeln lebte. Es hatte nicht gut ausgehen können.

Danach hatte sie weiterhin versucht, ihre eigene Herrin zu sein, aber in Wirklichkeit war sie eine Sklavin von Trauer und Zorn gewesen. Schon seltsam, wie klar der Tod einen solche Dinge sehen ließ. Und jetzt? Kouru ballte die Fäuste, um sich selbst zu spüren, äußerlich und innerlich. Jetzt hatte der Fuchs (den Kouru verachtete) sie gebeten, den alten Mann zu retten (den sie hasste), und zwar, um gegen die Hexe zu rebellieren (die sie verabscheute). Sie hatte keine Antworten. Keinen Plan. Keinen Ausweg.

Sie ließ sich vom Karussell dieser Gedanken einlullen, und als der Schacht sich plötzlich in einem spitzen Winkel neigte, wurde sie mitgerissen.

Kouru griff nach der schwarzen Strömung, um ihre Rutschpartie durch die Dunkelheit abzubremsen, und sie wurde ein wenig langsamer – bis sie erneut die Kontrolle verlor und ein Zusammenstoß mit einem Gitter ihr die Luft aus der Lunge presste.

Sie ächzte. In diesem Moment war es schwer, dankbar für einen Körper zu sein, der sie so sinnlosen, frustrierenden Schmerz erleben ließ.

Weißes Lodern züngelte aus ihrer Frustration empor, während sie sich herumrollte und mit der Handfläche gegen das Gitter schlug. Das Metall verbog sich, und nach einem zweiten Hieb gab es nach und fiel klappernd auf den Boden.

Oder gegen die Wand. Denn als Kouru sich aus dem Ventilationsschacht gewunden hatte, fand sie sich auf einem Korridor wieder, der in gefährlichem Winkel nach unten geneigt war. Sie schaffte es, die tückische Schräge bis zu der Stelle hinabzuschlittern, wo der Boden aufgebrochen war und eine Ansammlung von Kabeln herabhing. Kouru sprang über die Lücke hinweg und landete schwankend auf der anderen Seite.

Als sie ihr Gleichgewicht wiedergefunden hatte, stellte sie fest, dass sie nicht allein war. Außer dem alten Mann hatte sie schon seit einer Weile niemanden mehr gesehen, aber das hier war jemand anderer; das zeigte sich allein schon daran, dass das Wesen sie direkt anblickte. Kouru erkannte die Gestalt im selben Moment, als die Gestalt auch sie erkannte.

Es war die alte Frau, die Kouru in den Höhlen von Seikara von der Schreinplattform befördert hatte. Chie, das war ihr Name. Ihr Arm hing in einer Schlinge, und ihr Bein zitterte, als sie in so etwas wie eine Kampfstellung ging, doch in ihrer heilen Hand hielt sie einen Stab, von dessen Spitze Funken stoben. Ein Ersatz für den Schockstab, den der Fuchs auf Dekien entzweigehackt hatte.

Kourus Oberlippe zuckte. Chie war keine Bedrohung, aber sie würde sie wertvolle *Zeit* kosten.

»Lasst es, Tantchen.«

Plötzlich tauchte ein junger Twi'lek in den Roben eines Jedi-Schülers hinter Chie auf. Er ließ Kouru nicht aus den Augen, und seine Haltung kündete von Entschlossenheit. Das gefiel ihr, auch wenn sie es nur ungern zugab.

»Bitte, lasst uns zu den anderen …«

Chie schnalzte mit der Zunge. »Yuehiro.«

Yuehiro, der Schüler, schüttelte den Kopf, seine ganze Aufmerksamkeit noch immer auf Kouru gerichtet. »Nein, Tantchen.«

»Nein, was?« Chie drückte Yuehiro mit ihrem Stab nach hinten, dann machte sie einen Schritt auf Kouru zu, ihr Blick ruhig, aber hart. Sie versuchte nicht einmal, ihr Humpeln zu verbergen. »Wir haben keinen Streit mit dir, Sith. Lass uns einfach weitergehen, und wir werden dich nicht aufhalten.«

Inzwischen konnte Kouru die anderen Schüler sehen. Es waren ungefähr fünf, allesamt jung – jünger noch als Yuehiro. Kinder. Dennoch sahen ein paar von ihnen aus, als wären sie bereit, im Notfall zu kämpfen. Sie hatten das Glänzen von Verzweiflung – und Wildheit – in ihren Augen, während sie Kouru anstarrten.

Sie kannte diesen Ausdruck, ebenso wie sie das grässliche Knirschen kannte, das ringsum widerhallte, als ein weiterer Teil der *Ehrfurcht* losbrach und ins Vakuum über Dekien davontrudelte. Sie kannte die Drohung in Chies Haltung, während die alte Frau sich zwischen den Kindern und der Person aufbaute, die womöglich ihren Tod wollte. Und in all diese Eindrücke platzte die Erinnerung an ihrer Meisterin hinein, unmittelbar bevor ihr Schiff auseinandergebrochen war, zerstört von dem Mann, der die Sith hintergangen hatte.

Nein, sie hatte keinen Streit mit Chie und dieser Bande von Kindern. Aber vielleicht konnten sie in ihrem Streit eine Rolle spielen.

Kouru drehte sich um und nickte den Korridor hoch. »Also gut, folgt mir.«

Yuehiro blickte Chie an, doch sie rührte sich nicht, also blieb der Junge ebenfalls stehen.

Die Schüler hinter ihnen verspannten sich.

»Würde ich euch töten wollen, gäbe es effizientere Wege«, grollte Kouru. »Jetzt kommt schon. Ich kenne den Weg.«

Chie senkte nachdenklich den Kopf, und nach ein paar Sekunden winkte sie ihre Schüler nach vorn. Die Kinder starrten sie an, manche ziemlich verängstigt, andere weniger, aber sie alle kamen der Aufforderung nach.

Yuehiro ging voran, bis er auf selber Höhe mit Kouru war, anschließend baute er sich an der gegenüberliegenden Wand auf, um den anderen über das Loch im Boden hinwegzuhelfen. Und viele von ihnen brauchten Hilfe, wie Kouru überrascht feststellte. Yuehiro stützte sie mit den schwarzen Ranken der Macht oder hielt sie fest, wenn sie auf der steilen Rampe ins Schlittern gerieten.

Chie kämpfte sich allein die Schräge hoch, wobei sie sich mit einer Hand an der Wand abstützte. »Das ist eine interessante Entwicklung«, bemerkte sie, als sie neben Kouru innehielt.

»Was stimmt mit ihnen nicht?«, fragte die Sith. »Sind sie krank?«

Chie wackelte tadelnd mit dem Finger. »Nicht jedes Kind kann rennen. Hilf mir.«

Sie hatte natürlich recht. Dass ein Kind machtempfänglich war, hieß nicht automatisch, dass es auch die körperlichen Fähigkeiten besaß, die ein Lord von seinen Rittern erwartete. Solche Schüler waren dazu verdammt, Hüter zu bleiben – falls sie so lange überlebten. Kouru hatte viele solche Geschichten von ihren Brüdern und Schwestern gehört – den Kindern, die die Sith befreit hatten.

Die Erinnerung ließ sie die Zähne fletschen, aber sie hielt Chie dennoch die Hand hin, um sie zu stützen. Anschließend waren nur noch sie und Yuehiro auf dieser Seite des Loches. Dieser blickte zu ihr herüber, sein Kinn tapfer vorgereckt.

»Ihr seid eine Sith«, sagte er. »Seid Ihr auch so wie *er*?«

»Willst du mich beleidigen?«, blaffte Kouru.

Seltsamerweise schien die Spannung aus den Schultern des Jungen zu weichen, als sie das sagte. Er nickte und sprang über das Loch, kurz darauf gefolgt von Kouru selbst.

Chie und die anderen Kinder waren bereits auf halbem Weg zur nächsten Kreuzung. Kouru warf einen letzten Blick über die Schulter, den Gang hinab, dem sie eigentlich hatte folgen wollen. Irgendwo dort befanden sich die Offiziersquartiere der Jedi, die B5 zufolge das Ziel des alten Mannes waren.

Die Hexe schwieg, aber ihr Verlangen war deutlich spürbar. Sie wollte, dass Kouru ihm nachsetzte.

Die Sith wandte sich ab.

Es gab mehr als nur einen Weg, sich an ihnen zu rächen: an dem Verräter, der Hexe und allen anderen. Den alten Mann zu töten, wäre eine Sache – und es war durchaus möglich, dass sie das noch nachholte (sofern er nicht vorher durch seinen eigenen Tobsuchtsanfall das Leben verlor). Aber ihm – und *ihr* – das vorzuenthalten, was sie beide so dringend brauchten, den Treibstoff, von dem sie zehrten ... *das* war etwas völlig anderes.

Diese Kinder würden nicht zu Geistern werden. Oder zu Dämonen. Diese Kinder würden leben.

Und falls der Fuchs ein Problem mit ihrer Entscheidung hatte ... nun, dann hätte er eben selbst losziehen sollen, um diesen abscheulichen alten Mann zu retten.

25. Kapitel

Die *Ehrfurcht* war dem Untergang geweiht, und Hanrai konnte nicht alle an Bord retten. Er kannte die Grenzen seiner Kontrolle, aber dieses marternde Wissen hielt ihn nicht davon ab, seine Wahrnehmung auf Hunderte Besatzungsmitglieder auszuweiten, während er sich in die Tiefen seines zerfallenden Schiffes stürzte.

Er verfolgte die Evakuierung, die überall auf dem Schlachtkreuzer stattfand. Jeder half dem anderen, und wenn jemand vermisst wurde, suchte man nach ihm. Jedes Leben zählte für sie, und das zu sehen, erfüllte Hanrai mit brennendem Stolz.

Er hatte seine Hüter und Ritter losgeschickt, um zu helfen, wo und wie immer sie konnten; sie spürten verirrte Nachzügler auf oder setzten ihre Energie ein, um das Schiff lange genug zusammenzuhalten, bis andere in Sicherheit waren. Jeder von ihnen setzte seine Talente unermüdlich und selbstlos ein, und das schenkte Hanrai Frieden.

Es rechtfertigte sogar die Lüge, auf die er zurückgegriffen hatte, um sie fortzuschicken: Sie glaubten, dass er längst in einem Rettungsshuttle auf dem Weg nach Dekien war. Zunächst hatte er natürlich erklärt, dass er bleiben müsste, aber seine Hüter hatten ihn getadelt. »Ihr vergesst Euch, mein Lord. Ihr müsst gehen. Ihr müsst *überleben.*«

Doch er konnte nicht gehen. Es war sein Fehler gewesen, den Sith an Bord der *Ehrfurcht* zu holen, und somit trug er die Verantwortung für jedes Leben, das nun in der Schwebe hing. Er würde niemand anderen vorschicken, um den Mann an seiner statt aufzuhalten.

Er erwartete nicht, dass er diese Konfrontation überleben würde. Doch diese Gewissheit hatte etwas Beruhigendes an sich. Es war die heilige Pflicht eines Jedi, im Dienste seines Meisters zu sterben. Aber wie sollte er Ehre finden, wenn er selbst der Mann war, für den andere ihr Leben gaben? Andere Lords hätten gesagt: durch den Dienst am Imperium. Und Hanrai hätte vermutlich gelacht und genickt, um eine Diskussion zu vermeiden – aber im Stillen hätte er den Kopf geschüttelt. Für jemanden wie ihn gab es keine größere Aufgabe mehr, als für sich selbst zu sterben.

Der Jedi, der er einmal gewesen war, hätte ihn sicher einen Egoisten geschimpft. Aber dieser Mann hatte nicht verstanden, wie sehr sich ein Name veränderte, wenn andere Schwüre darauf ablegten. *Hanrai* stand heute für viel mehr als nur den Körper, den er bewohnte. Die Galaxis würde aufhorchen, wenn er für diesen Namen starb. Sein Tod hätte eine Bedeutung.

Sein Name war genau von der Sorte, gegen die der Sith – der Dunkle Lord, der Rebell, der Verräter, die gequälte Seele – einst aufbegehrt hatte. War ihm wirklich bewusst gewesen, was er getan hatte, als er seine Hüter über seinen Lord stellte? Oder war sein Beschützerinstinkt einfach nur stärker gewesen als das Wissen um die möglichen Konsequenzen?

Was dachte er wohl jetzt, während er die *Ehrfurcht* auseinanderriss? Doch die Zeit für solche Fragen war vorbei. Hanrai hatte seinen Fehler gemacht. Der Sith war zu zerrissen, um auf ihn bauen zu können, also blieb nur eine Alternative: Hanrai musste ihn töten. Denn wenn nicht … Aber darüber wollte er nicht nachdenken. Er *würde* den Sith besiegen, und er würde sein Leben dafür geben, und trotz der tadelnden Stimme in seinem Kopf würde es ein berauschender, herrlicher Moment sein.

Natürlich wäre es ihm lieber, er hätte mehr Gründe zu leben, als zu sterben, aber die Galaxis schien seine Entscheidung gutzuheißen, denn sie gewährte ihm einen Vorteil: Hanrai spürte, dass er auf dieser Jagd nicht allein war.

Während er durch die Tiefen der *Ehrfurcht* stapfte, nahm er eine weitere Gestalt wahr, die sich von den hektischen Evakuierungsarbeiten fernhielt. Lautlos arbeitete sie sich von einem der Hangars in das zerbröckelnde Schlachtschiff vor. Niemand folgte ihr, denn sie verstand sich darauf, Wege zu nehmen, auf denen niemand sie erwarten würde. Ihr Geschick erfüllte Hanrai von Neuem mit Stolz. Und warum auch nicht? Schließlich hatte er dem Wesen diese Fähigkeiten selbst beigebracht.

Wie ein Gespenst huschte die Gestalt durch die einstürzenden Korridore der *Ehrfurcht*, und lange war sie nur ein Schemen am Rande von Hanrais Wahrnehmung, bis ihre Pfade schließlich auf denselben Punkt zuführten. Dabei versuchte keiner bewusst, den anderen abzufangen – sie hatten lediglich dasselbe Ziel. Was nicht heißen sollte, dass Hanrai sich nicht auf dieses Wiedersehen freute, und ebenso wenig wollte er ausschließen, dass das andere Wesen ihrem Treffen mit ebenso ungeduldigen Schritten entgegeneilte. So lange schon hatte er sich gewünscht, diese Person wiederzusehen; eigentlich seit dem Moment, als er erfahren hatte, dass sie noch lebte.

Er erreichte den Raum unmittelbar nach der Gestalt. Sie hatte die beeindruckende Rotunde der Offiziersquartiere auf der obersten der acht Ebenen betreten. Jede dieser gestaffelten Terrassen formte einen Kreis, und jede Ebene erhellte den darunterliegende mit künstlichem Sonnenlicht. Gegenwärtig war alles so bepflanzt und angelegt, um ein herbstliches Gefühl zu erzeugen, denn das war die Jahreszeit, die gegenwärtig auf Watoru herrschte, der Welt, wo Hanrai seinen Stammsitz hatte.

Eine Brücke führte von der obersten Terrasse zu einem Hof, wo sich ein Gebäude aus Holz und Papier erhob – Hanrais Domizil an Bord der *Ehrfurcht*. Und auf dieser Brücke trat der Lord nun seinem alten Lehrling gegenüber. Die künstliche Beleuchtung flackerte, so, wie sie es überall an Bord tat, und sterile Schatten tanzten über die Rampe, das Haus und den umliegenden Garten. Die beiden gingen aufeinander zu, bis sie eine der wenigen Stellen erreichten, wo noch gleichmäßige Helligkeit herrschte.

Idzuna blieb zuerst stehen. Er kniete sich hin, die Arme ausgestreckt, und ein kleiner rundlicher Schatten löste sich von dem Haus. Die Katze huschte über den Hof und an Hanrai vorbei auf die Brücke, um sich in Idzunas Umarmung zu werfen. Er drückte sie an seine Brust, was sie mit disharmonischem Schnurren goutierte.

»Kyuu, du unverbesserlicher kleiner Narr«, murmelte Idzuna, nachdem er sich wieder erhoben hatte. »Was tust du denn hier?«

»Ich habe ihn mit Fisch und Grillen gefüttert«, erklärte Hanrai, der mit dem Rücken zum Garten stand. »Ich hatte gehofft, dass du zurückkehren würdest.«

Idzuna blickte weder auf, noch spannten sich seine Schultern. Er hatte seine perfekte Selbstbeherrschung also nicht eingebüßt. »Und um die Sache zu beschleunigen, habt Ihr Chie zu Eurer Spionin gemacht.«

»Es tut mir leid.« Hanrai winkte Idzuna auffordernd zu, dann ging er zu dem Ahornbaum hinüber, dessen rote Blätter über einem flachen Teich herabhingen. Die Wasseroberfläche kräuselte sich aufgeregt, wann immer eine neue Erschütterung durch die *Ehrfurcht* vibrierte. »Du hast so darauf geachtet, verborgen zu bleiben. Vor allem vor mir. Als würdest du in mir eine Bedrohung sehen.«

Jetzt hob Idzuna den Kopf. »Das tue ich auch.«

»Ich muss zugeben, ich habe Angst, nach dem Grund zu fragen. Als du verschwunden bist, Idzuna ... da musste ich deinen Eltern erzählen, dass ich dich verloren habe.«

Was Idzuna darüber dachte, blieb hinter seiner Maske verborgen. Er hielt Kyuu noch immer sanft auf dem Arm, aber Hanrai sah die Anspannung in seiner Haltung.

Das Deck erzitterte, und der Garten selbst ächzte, als die Energie vollends auszufallen drohte.

»Ich fürchte, wir haben keine Zeit, um in Erinnerungen zu schwelgen«, bemerkte Idzuna und trat von der Brücke auf den Hof.

»Dem mag so sein«, erwiderte Hanrai. »Aber da wir beide dasselbe Ziel haben, kann ich ebenso gut sagen, was ich zu sagen habe.«

Er achtete darauf, einen Schritt Abstand von Idzuna zu halten, während sie den Hof überquerten. Sein persönlicher Garten, der anfangs nur seiner eigenen Erbauung hatte dienen sollen, war im Lauf der Zeit zu einem Treffpunkt für seine Schüler geworden. Oft waren sie hergekommen, um im Schatten der Bäume zu diskutieren oder sich in akrobatischen Wettkämpfen miteinander zu messen. Das Blattwerk war so gestutzt, dass der Eindruck entstand, dies wäre ein kleiner natürlicher Hain inmitten eines größeren Waldes. Jetzt erzitterte das Laub, während sich ein fingerbreiter Riss im Boden auftat und blaue Funken daraus hervorsprühten. Es war nur eine Frage der Zeit, bis der ganze Garten in Flammen aufging.

Obwohl ein verbrannter Geruch andeutete, dass die ersten Systeme unter ihren Füßen bereits ausfielen, schritt Idzuna ohne Hast davon. Als seine Katze ein leises verängstigtes Fauchen ausstieß, streichelte er ihre Wange.

Schließlich fragte der Lehrling von sich aus: »Würdet Ihr mir verraten, was Ihr wollt?«

»Gern«, antwortete Hanrai. »Ich möchte, dass du nach Hause zurückkehrst. Dass du wieder dem Imperium – der Galaxis – dienst, so wie früher.«

Die Worte trafen einen Nerv. Idzuna verlangsamte kurz seine Schritte. Vielleicht war er einen Moment lang sogar versucht, stehen zu bleiben. Sein Schweigen war Antwort genug: nein.

»Ich werde nicht fragen, was mit dir passiert ist«, fuhr Hanrai fort. »Du musst es mir nicht erzählen, wenn du nicht möchtest. Oder kannst. Aber wir haben viel verloren, als du gingst, mein Lehrling. Die Galaxis war ärmer ohne dich. Und ich ebenfalls. Du hattest so viel, was du geben konntest. Was du noch immer geben kannst.«

Idzuna stieg die leichte Anhöhe zu Hanrais Domizil hinauf. Diesmal gerieten seine Schritte nicht ins Stocken.

Aber noch wollte Hanrai nicht aufgeben. Er sah seinen Lehrling auf einem Pfad, der zu einem tiefen Abgrund führte, und wenn er die Klippe erreichte, würde er entweder springen oder stürzen, und der Gedanke schmerzte Hanrais Herz. »Es gibt einen jungen Schüler – Yuehiro. Aufgeschlossen, philosophisch. Von der Macht gesegnet. Und neugierig. Er erinnert mich an dich. Stell dir nur vor, was aus ihm werden könnte, wenn du ihn zu deinem persönlichen Lehrling machst.«

Idzuna blieb auf der Veranda stehen und wartete, bis Hanrai zu ihm aufgeschlossen hatte. Anschließend musterte er das Gesicht seines alten Meisters und gab ihm Gelegenheit, dasselbe zu tun, indem er seine Maske abnahm. Die Züge darunter waren weicher, als Hanrai erwartet hatte; das Alter hatte Linien um seine Augen und Lippen gezeichnet, aber davon abgesehen wirkte er noch immer schrecklich jung. Oder rührte dieser Eindruck vielleicht nur daher, dass er selbst so schrecklich *alt* geworden war?

»Eure Worte sind stets voller Güte«, sagte Idzuna. »Im Gegensatz zu den Dingen, die Ihr von mir verlangt habt ...«

»Ich bereue nichts davon. Du etwa?«

»Ja.«

»Das tut mir leid.« Hanrai beugte den Kopf, die Hände hinter dem Rücken verschränkt. »Du warst immer bewundernswert, Idzuna. Loyal und entschlossen. Falls ich die falschen Anforderungen an dich gestellt habe, dann bedaure ich das.«

Idzuna lachte humorlos. »Die falschen Anforderungen? So nennt Ihr das also?«

Hanrai war nur selten sprachlos, aber hin und wieder wahrte er gerne Schweigen, während er sich die geeignetsten, höflichsten oder nützlichsten Worte zurechtlegte. Auch jetzt gab es so vieles, was er seinem Lehrling verständlich machen wollte. Tiefe Stille legte sich über das Haus und den

Garten; die Zeit schien stillzustehen, damit er nach der Erwiderung suchen konnte, die die Zweifel seines Lehrlings besänftigen und sie wiedervereinen würde.

Doch keine der Antworten, die er in sich fand, war ausreichend. Er hatte Worte, die sein Bedauern, seine Trauer und seine Frustration verdeutlichten, aber diese Dinge waren nebensächlich. »Was muss ich tun?«, fragte er schließlich. »Die Kinder brauchen dich. Das Imperium braucht dich. Du sollst haben, was immer du verlangst, aber komm zurück.«

Idzunas Lächeln wirkte aufrichtig. »Das wollt Ihr nicht wirklich.«

»Doch. Du warst ein elementarer Bestandteil der Zukunft, die wir verloren haben. Deine Rückkehr …«

»Das wollt Ihr nicht«, fauchte sein Gegenüber. Auch diese Reaktion war ehrlich, aber oh, wie sie schmerzte!

»Wieso nicht?«

»Es geht nicht darum, was Ihr aus mir gemacht habt.«

Der Hieb kam von hinten. Er schnitt von Hanrais Schulter bis zu seiner Hüfte quer durch seinen Körper – eine helle glühende Linie, die ihn in Sekundenschnelle töten würde.

Er verspürte keine Schmerzen, als er auf der Veranda zusammenbrach. Vielleicht verdankte er das dem Schock. Vielleicht war seine Wirbelsäule durchtrennt worden. Oder vielleicht lag es einfach daran, dass sein Geist seinen Körper verließ. In jedem Fall war ihm so ein letzter klarer Moment vergönnt. Er hatte keine Ahnung, was ihn getötet hatte; er konnte nur Idzuna sehen, der reglos auf ihn herabblickte, die Katze noch immer auf seinem Arm. Und kurz glaubte er, Trauer in der schmalen Linie seiner Lippen zu erkennen. Der Anblick erfüllte Hanrai mit einem letzten Schimmer egoistischer Hoffnung, bevor alles schwarz wurde.

26. Kapitel

Das letzte Mal, als der Ronin mit seinen eigenen Händen gemordet hatte, hatte er in einem vergessenen Tempel im Schatten eines rauschenden Wasserfalls eine junge Frau durchbohrt und anschließend ein Gebet gesprochen.

Nun lag sein jüngstes Opfer tot da, gefallen vor dem Schrein seiner eigenen Arroganz. Der Ronin hatte den alten Mann mit brennender Klinge niedergestreckt, aber die Zeit für Gebete war längst vorüber.

Der Schweifling sah auch nicht aus, als wollte er des Toten gedenken. Er stand dem Ronin gegenüber, eine Katze an seine Brust gedrückt, während er auf die Leiche zu seinen Füßen hinabstarrte. Seine hölzerne Maske hing an der Kordel von seinen Fingern, aber sein Gesicht war genauso undeutbar wie eh und je. »Hast du, weswegen du hergekommen bist?«

Der Ronin nickte. Unter seiner Robe schmiegte sich ein vertrautes Gewicht gegen seine Seite. Die Berührung war jedoch alles andere als tröstlich.

Er hatte seine leere Tasche neben einer verschlossenen Trickkiste im Schlafzimmer von Lord Hanrais bescheidenem Domizil gefunden. In das Haus zu gelangen, war kein Problem gewesen, das Kästchen zu öffnen hingegen schon.

Die beweglichen Tafeln auf der Oberseite waren mit Dutzenden geometrischen Formen bedeckt, und der Mechanismus öffnete sich nur, wenn diese Formen in exakt der richtigen Reihenfolge verschoben wurden. Das machte das Kästchen an sich schon zu einem handwerklichen Meisterstück, aber der Ronin hatte noch eine zweite Sicherheitsvorkehrung an den Seiten entdeckt. Ein falscher Zug würde eine Sprengkapsel im Innern aktivieren und das Kästchen, ihren Inhalt und die Hände des Diebes in Fetzen reißen.

Also hatte er gezwungenermaßen das ganze Kästchen mitgenommen.

Und dann ... war er erstarrt, seine Glieder bleischwer, seine Sinne umnebelt. Er vermochte nicht zu sagen, wie lange er so im Bauch der auseinanderbrechenden Bestie gestanden hatte, erfüllt von unaussprechlichen Gefühlen, die jeden seiner Instinkte beleidigten.

Es war, als hätte sein Geist versucht, seinem Körper zu entkommen. Durch das Feuer, die Lecks und das kreischende Metall des waidwunden Kreuzers war er geflohen, fort von dem Leib, mit dem er scheinbar nichts mehr anfangen konnte, obwohl seine eigentliche Aufgabe noch nicht beendet war.

Er musste die Hexe umbringen.

Ja, das war sein eigentliches Ziel. Warum also konnte er sich nicht vom Fleck rühren? Dann war er abrupt in die Realität zurückgekehrt, als zwei vertraute Stimmen durch die stille Luft des Hofes schnitten: der Schweifling und Lord Hanrai. Keiner von ihnen schien die Präsenz des Ronin zu spüren. Auch das war rätselhaft.

Bist du sicher, dass sie dich beide *nicht spüren?*, fragte die Stimme.

Sie hatte schon seit einer ganzen Weile nicht mehr zu ihm gesprochen – oder vielleicht doch, und er war nur nicht bereit gewesen, ihr zuzuhören. Nichtsdestotrotz erkannte er die Wahrheit in ihren Worten. Es war kein Zufall, dass seine Anwesenheit hier unbemerkt geblieben war. Einer der beiden verbarg ihn vor dem anderen. Wer?

Als wäre das ein so großes Rätsel, stichelte sie.

Und sie hatte recht. Lord Hanrai war vieles – manipulativ, gerissen und anmaßend –, aber er war kein Lügner. Nein, er bediente sich anderer Methoden, um jene zu gefügig zu machen, deren Loyalität er wünschte.

Der Schweifling hingegen war ganz eindeutig ein Lügner und ein Meister darin, Dinge unter den Wogen der schwarzen Strömung zu verbergen.

Nun, da Lord Hanrai tot zu ihren Füßen lag, lautete die Frage: Hatte der Schweifling seinen alten Meister getäuscht, damit der Ronin Gelegenheit zur Flucht hatte oder damit er unbemerkt zuschlagen konnte? War dieser Mord ein Risiko gewesen, das er hatte eingehen müssen – oder das Ziel, auf das er spekuliert hatte?

Der Schweifling wirkte nicht schockiert, jetzt ebenso wenig wie in dem Moment, als Hanrai gestorben war. *Aber* er wirkte aufgewühlt. Seine Züge waren starr, seine Finger tief in das Fell der Katze gepresst.

Letztlich machte es wohl keinen Unterschied. Es wäre tröstlich zu wissen, dass er den Lord für jemand anderen umgebracht hatte, aber umgebracht hatte er ihn so oder so. Der Ronin hatte etwas gebraucht, um sich von seinen Zweifeln zu befreien und sich selbst seine Entschlossenheit zu beweisen. Einen Mann zu töten, dessen Absichten in krassem Gegensatz zu seinen eigenen standen, war ihm als passende

Demonstration erschienen. Doch es hatte nicht funktioniert. Er fühlte sich kein bisschen entschlossener als vor der Tat.

Der Schweifling schob die Katze ein Stück auf seinem Arm nach oben. »So viel dazu. Wir gehen jetzt besser.«

Der Ronin blieb, wo er war. Der Griff seines Lichtschwerts hing zwischen seinen Fingern, nunmehr deaktiviert, aber unmöglich zu ignorieren. »Warum bist du hergekommen?«

Der Schweifling lächelte. »Als ich dich das letzte Mal allein ließ, wurdest du entführt. Gefangen genommen. Wie immer du es nennen möchtest. Ich habe jemanden geschickt, um dich zu holen.« Er runzelte die Stirn, als würde er sich an eine leidige Aufgabe erinnern. »Aber sie … ließ sich ablenken. Also bin ich selbst gekommen. Los jetzt. Ein Schiff wartet, um uns von diesem Chaos hier fortzubringen.«

Der Ronin war überzeugt, dass das Wesen log. Nur in welchem Punkt, das war unklar. Für jedes Wort, das er sagte, blieben drei weitere unausgesprochen. Er wollte mehr als den Tod seines Meisters, mehr als den Tod der Hexe. Aber was? Und warum? Ganz gleich, wann oder wie der Ronin ihn nach seinen Motiven gefragt hatte, er hatte nie eine echte Antwort bekommen. Und vermutlich würde er auch nie eine bekommen – es sei denn, er zwang den Schweifling zum Reden.

Er konnte so nicht weitermachen. Nicht zu wissen, was vor ihm lag … ob sein Handeln überhaupt einen Unterschied machte. Er zündete das Lichtschwert, sodass die Klingenspitze nur einen Fingerbreit von der Kehle des Schweiflings entfernt knisterte. In diesem Moment schien die Waffe die einzige Lichtquelle an Bord zu sein, die nicht unstet flackerte.

»Ich habe hier eine Katze«, sagte der Schweifling.

»Die Katze kann gehen. Aber du wirst mir sagen, warum ich dir trauen sollte.«

»Das ist unwichtig.« Sein Gegenüber wich nicht vor der glühenden Klinge zurück.

»Ich schätze, deine Vergangenheit spricht für sich.« Der Ronin erwartete einen Kommentar der Stimme, aber sie hielt sich zurück. Verständlich. Es gab nur eine Sache, an die sie ihn jetzt hätte erinnern können, und die war bereits in seinem Kopf präsent. Er hatte sie gemocht – sie sogar geliebt –, als er ihre Welt zerstört hatte.

Seitdem versuchte er, irgendwie Wiedergutmachung zu leisten, aber bis heute war er nicht in der Lage, das ganze Ausmaß seiner Sünde zu artikulieren. Sie war zu gewaltig, um sie unter einem Punkt zusammenfassen zu können. Doch er kannte die Elemente seines größten Fehlers: Kameraderie und Ehrgeiz, auch Hoffnung genannt.

Das war der Grund, warum er jetzt innehielt, der Grund, warum er schon vor ein paar Minuten erstarrt war. Den Tod der Hexe zu wünschen, war ein großes, ehrgeiziges Ziel – und das machte es gefährlich. Er hatte geglaubt, nun immun gegen die Verlockungen von Idealen zu sein. Eine törichte Einbildung, die bereits unter oberflächlicher Betrachtung in sich zusammenfiel. Es war egal, was er tat, um sich vor Wünschen und Überzeugungen zu verbergen. Solange er lebte, würde jeder seiner Schritte Wellen aufwerfen, so wie ein Stein in einem Teich. So, wie es bei allen Wesen war. Und jede Welle würde die nächste nähren, bis sie zu Sturmwogen anschwollen, groß genug, um die Welt zu überschwemmen.

Vor langer Zeit hatte er einen wahnhaften Moment lang geglaubt, er könnte diese Wellen wieder beruhigen, sie womöglich sogar hinfortbrennen. Wie naiv. Er konnte sich vielleicht eine kurze Pause verschaffen, aber er würde niemals echten Frieden haben.

Seine Hand zitterte, und die rote Klinge bewegte sich um eine Winzigkeit auf den Hals des Schweiflings zu. Das Wesen atmete kurz und scharf ein.

Es hatte Angst.

Aber nicht vor dem Ronin.

Die Leiche von Lord Hanrai zuckte. Erst bewegten sich ihre Schultern, dann ihre Ellbogen, dann setzte sie sich auf.

»Ah«, machte Hanrai, seine Stimme so volltönend, als wäre er nie tot gewesen. »Das war schlau.«

27. Kapitel

Ekiya war allein. Diese Erkenntnis traf sie wie ein Schlag in die Magengrube, während sie von der Einstiegsrampe der *Krähe* in den ansonsten leeren Hangar der *Ehrfurcht* hinausstarrte. Die anderen Schiffe, die Mannschaft, alle nützlichen Maschinen, die nicht festgeschweißt waren … fort.

»Allein« war natürlich nicht ganz richtig – sie hatte immer noch B5–56. Aber der Fuchs war verschwunden, und sie hatte keine Ahnung, wann und wohin.

Theoretisch hätte er sich jederzeit davonschleichen können, während Ekiya sich bemüht hatte, Leute zu den Schiffen zu dirigieren, auf denen noch Platz war, doch sie wusste mit freudloser Gewissheit, dass er nicht einfach im Chaos untergetaucht war; nein, er hatte in ihrem Gehirn herumgepfuscht. Es fühlte sich schmutzig an. Wie ein Verrat. Und das Schlimmste von allem: Sie hatte keine Ahnung, *warum.*

B5 stieß ihr Bein an und piepste zerknirscht. Der Droide wusste, wonach sie Ausschau hielt, und er gestand, dass er den Fuchs beim Verlassen des Hangars gesehen hatte.

»Warum sagst du das erst jetzt?«

Ein kleinlautes Zirpen. Er hatte Angst um seinen Meister und wollte, dass Grimm jede Hilfe bekam, die er nur kriegen konnte. Außerdem …

Außerdem hatte der Fuchs nicht wie er selbst gewirkt, als er in den Schatten verschwunden war.

»Das wird ja immer besser.« Ekiya stöhnte. Wie sollte sie wütend auf jemanden sein, dessen wurmzerfressenes Hirn von fremden Mächten übernommen worden war?

Nicht dass dieses Mitgefühl ihr bei ihrem drängendsten Problem weiterhelfen würde. Sie hatte ihr Schiff wieder, ja, aber außer ihr und B5 war nichts und niemand an Bord. Sie wollte nicht starten, solange das alles war, was sie retten konnte, doch die *Ehrfurcht* jaulte unter ihren Füßen, und immer wieder rüttelten Erschütterungen ihre Knochen durch, wenn die nächste Sektion auseinanderbrach. Sie musste sich jetzt entscheiden – oder die *Ehrfurcht* würde ihr die Wahl abnehmen.

»Ekiya!«

Sie hätte nicht gedacht, dass sie ihren Namen einmal mit solcher Freude aus dem Mund hören würde, der ihn nun ausrief. Chie kam mit einer Gruppe von Jedi-Schülern in den Hangar gehumpelt, ihre geweiteten Augen rot schimmernd im Glimmen der Notfallbeleuchtung. Was den Anblick noch verwirrender machte, war, dass Kouru den Abschluss der kleinen Prozession bildete. Die Sith blickte immer wieder über die Schulter, während sie die anderen vor sich her auf die *Arme Krähe* zu scheuchte.

»Es kann losgehen«, sagte Chie, nachdem sie und die Kinder die Rampe erreicht hatten. Es klang so selbstverständlich, als hätte sie die *Krähe* im Voraus herbestellt, um sie abzuholen.

Aber Ekiya hatte nicht vor zu protestieren. Ihr Schiff war das einzige, das Chie und die Kinder noch in Sicherheit bringen konnte. Das würde sie Rei'izu zwar nicht näher bringen, doch jetzt konnte sie zumindest starten, ohne schlaflose Nächte befürchten zu müssen.

Dann sah sie, dass Kouru außer den Überlebenden nichts weiter mitgebracht hatte, und eine gähnende Leere breitete sich in ihrer Brust aus. Es fühlte sich grausam und falsch an, enttäuscht zu sein, vor allem, da sie die Sith ja losgeschickt hatte, um Grimm zu retten, nicht ihre Relikte. Sie zählte die Kinder durch, während sie an Bord der *Krähe* eilten – es sollte schließlich niemand verloren gehen –, aber das Wissen um all die Dinge und Personen, die sie zurücklassen würden, machte es ihr unmöglich, Erleichterung zu empfinden.

Kouru stellte sich auf die andere Seite der Rampe und lenkte Ekiyas Blick auf sich. Sie sagte etwas, das jedoch von den düsteren Echos des Hangars und den Todesschreien der *Ehrfurcht* verschluckt wurde. Ekiya glaubte, »Tut mir leid« gehört zu haben.

Als die beiden Frauen hinter B5 an Bord stiegen, beugte sie sich zu Kouru hinüber und flüsterte: »Danke.«

Eine Entschuldigung, weil sie die Lebenden über die Toten gestellt hatte? Der Verlust schmerzte Ekiya, aber sie hatte keinen Zweifel daran, dass es die richtige Entscheidung gewesen war – vor allem, da noch viele weitere Tote hinter ihnen zurückbleiben würden.

28. Kapitel

Hanrai setzte sich aufrecht hin, zog die Beine in den Schneidersitz und hob die Arme, um die Aufmerksamkeit einzufordern, die ihm zustand.

Der Schweifling starrte seinen alten Meister an, seine Lippen vor Entsetzen zusammengekniffen.

Der Ronin wünschte, er könnte auch so erschrocken sein. Das wäre besser, als nur diesen brodelnden Zorn zu spüren, der sich in seinem Brustkorb entzündete und seine Glieder zur Bewegung drängte, bevor er bewusst darüber nachdenken konnte.

Die rote Klinge des Lichtschwerts surrte von der Kehle des Schweiflings weg und auf den verhassten Geist des Mannes zu, den er ebenfalls gehasst hatte.

Gehasst, ja. Verachtet. Sein Zorn war wie ein Fixstern, an dem sich der Mahlstrom in seiner Brust orientieren konnte. Der Ronin hasste Hanrai. Ihn und jeden anderen Lord, der Bewunderung und Loyalität benutzte, um andere in den Tod zu schicken. Dafür würde er ihn auch ein zweites Mal umbringen. Und ein drittes Mal, falls es sein musste. Es würde sich nicht gut anfühlen – es würde ihm keine Befriedigung schenken –, aber er wusste, dass es das Richtige war.

Außerdem wäre es sicherer, ihn zu töten, als mit dem Gedanken zu leben ...

Doch natürlich wollte Hanrai sich nicht so einfach umbringen lassen. Der Dämonenlord rollte sich nach hinten von der Veranda und kam zwischen den bebenden Steinen seines Gartens auf die Beine. »Aber, aber ... Ich will nur reden.«

»Wir haben lange genug geredet.«

»Aber nicht so.«

Der Ronin sprang hinter ihm her, und Hanrai fügte sich in sein Schicksal.

Als sie in einem Schauer aufgewirbelter Kiesel zusammentrafen, parierte der Lord das Schwert des Ronin mit seiner eigenen blau gleißenden Klinge.

Dann zog Hanrai seine Waffe zurück und wirbelte nach hinten, auf die Brücke und die Terrassen zu. Der Ronin fragte sich nicht, was sein Gegner vorhatte. Wenn er ihn schnell genug umbrachte, würde es ohnehin keine Rolle mehr spielen.

Er musste und wollte ihn töten. Dieser Mann durfte nicht länger unter den Lebenden verweilen – durfte nicht länger versuchen, den Lauf seines Schicksals durch beschwörende Worte zu ändern.

»Wir haben nicht viel Zeit, also will ich direkt sein.« Hanrai wich dem nächsten Hieb des Ronin aus, als sie die Brücke erreichten. »Sie hat mir vieles gezeigt. Mehr, als ich je selbst hätte sehen können.«

Der Ronin wirbelte um den Lord herum und schlug nach seinem Rücken. Diesmal hatte Hanrai keine andere Wahl, als die Attacke zu parieren, und Klinge traf zischend auf Klinge.

»Sie lädt Euch ein.« Der Dämon versuchte, den Blick des Ronin auf sein Gesicht zu lenken. »Nach Rei'izu.«

Der Knoten aus Zorn, der sich in der Brust des Ronins zusammengezogen hatte, explodierte. Er stieß Hanrai von sich, mit aller Kraft, die in seinem Körper steckte, mit aller Macht, die er aus dem weißen Lodern ziehen konnte, und mit einem durchdringenden gellenden Schrei. Der Lord wurde quer über die Brücke auf die oberste Terrasse gewirbelt, aber er landete so leichtfüßig, als hätte er es von Anfang an so geplant. Ein tadelnder Ausdruck lag auf seinen Zügen, als er den Kopf hob.

Wut pochte unter den Rippen des Ronin, während er wieder Kampfhaltung einnahm. Sie lud ihn also ein, ja? Und sie ließ ihm diese Einladung durch einen gestohlenen Mund übermitteln, obwohl sie es ihm ebenso gut in seinem Kopf hätte sagen können. Warum? Um ihn zu provozieren? Um ihn zu quälen?

Er hatte keine Ahnung, und sie verwehrte ihm eine Erklärung. Tatsächlich konnte er sie inzwischen kaum noch fühlen. Nur ein schwacher Druck in seinem Hinterkopf zeigte an, dass sie noch da war. Der Ronin war es gewohnt, sie deutlicher zu spüren, als Gewicht auf seiner Lunge und seinen Gedanken, das besonders schwer wog und ihm das Atmen erschwerte, wenn sie sprach.

Er lauschte auf ihre Stimme. Ein Wispern, ein Lachen, irgendetwas ...

Doch sie schwieg. Da war nichts, nichts, nichts.

Gerne hätte er ebenfalls geschwiegen, aber die Worte waren wie eine bittere Frucht auf seiner Zunge; er musste sie ausspucken. »Und wird sie mir auch den Weg dorthin zeigen?«

»Ihr habt bereits, was Ihr benötigt, um den Weg zu finden«, erwiderte Hanrai in dem gleichen gelassenen Ton, den er auch während ihrer Shogi-Partie angeschlagen hatte. »Den Spiegelsplitter.«

Schwachsinn. Der Ronin drehte ruckartig das Handgelenk, und mehrere faustgroße Steine schwebten aus dem Boden empor, um quer über die Brücke auf Hanrai zuzurasen. Während der Lord die Geschosse mit seinem Lichtschwert abwehrte, zog der Ronin seinen Blaster und gab in rascher Folge zwei Schüsse ab, wobei er versuchte, unter dem wirbelnden Kreis von Hanrais Verteidigung hindurchzuzielen.

Der Dämon wich aus, indem er nach oben und vorne sprang – direkt auf den Ronin zu. Dieser konnte gerade noch rechtzeitig sein Schwert hochreißen, um einen mächtigen Überkopfhieb abzuwehren. Doch obwohl Hanrai in die Offensive gegangen war, waren seine Augen über der blau glühenden Klinge nicht auf den Ronin gerichtet, sondern auf einen Punkt hinter seiner Schulter. Auf der Brücke.

»Ah«, rief der Lord. »Aber ich habe sie dir doch gegeben, Idzuna.« Es wäre närrisch gewesen, den Blick von ihm abzuwenden, und dass der Ronin es überhaupt in Erwägung zog, war schon beschämend genug. Doch er konnte den Impuls nicht abschütteln.

Denn er wusste, falls er sich umdrehte – falls er hinsah –, würde ihm das Gesicht des Schweiflings die Wahrheit verraten.

Das Problem war nur: Er befürchtete, dass Hanrai nicht log. Also würde er sich auch nicht umdrehen. Er konnte sich jetzt keine Zweifel leisten. Nicht, bis er diesen Jedi ein zweites Mal in den Tod geschickt hatte.

Dementsprechend frustrierend war es, dass er einfach nicht an Hanrai herankam. Seine Hiebe waren wohlplatziert, und er spürte, dass sie treffen *sollten*, aber sie taten es nicht. Ganz gleich, wie präzise oder schnell, kein Angriff kam dem Lord nahe, es sei denn, er wollte es. Dass der Ronin es trotzdem versuchte, ließ einen mitleidsvollen Ausdruck auf Hanrais Zügen erscheinen.

Dann brach der Boden der Terrasse mit einem markerschütternden metallischen Kreischen entzwei, und der Jedi stürzte wie ein Stein in die Tiefe.

Der Ronin, der gerade zum nächsten Schlag ausgeholt hatte, erstarrte. Seine Klinge blieb kampfbereit erhoben, während er mit pumpender Brust Atem schöpfte.

Das Geräusch hastender Schritte ertönte hinter ihm, dann war der Schweifling auch schon an seiner Seite, auf dem Arm noch immer die fette alte Katze, die verängstigt ihre Krallen in seine Kleidung gegraben hatte. Das Tier starrte mit großen Augen zu dem Spalt hinab, doch der Schweifling senkte nicht einmal den Blick, während er den Ronin am Ellbogen packte.

»Lass uns verschwinden«, sagte er.

»Er ist noch nicht tot«, entgegnete der Ronin.

»Er *ist* tot.« Der drängende Ton seiner Stimme beunruhigte den Ronin. Die Emotionen, die sich darin vermischten, kamen seinen eigenen erschreckend nahe: Schuldbewusstsein und Trotz, Hoffnung und Grauen. Er wollte Klarheit – ein klares Ziel, einen klaren Pfad –, auch wenn es ein kindischer Wunsch war. Ohne Klarheit würde er sich verlieren, so, wie es schon einmal geschehen war. Und diesmal …

In gewisser Weise wurde ihm sein Wunsch erfüllt, denn die Terrasse gab nach und kippte unter ihnen weg. Nebeneinander schlitterten sie in die Tiefe, während sie verzweifelt versuchten, sich irgendwo festzuhalten, beide jeweils nur mit einer Hand – der Schweifling, weil er noch immer die Katze auf dem Arm hatte, und der Ronin, weil er das Lichtschwert von seinem empfindlichen Fleisch wegdrehen musste.

Als sie der darunterliegenden Terrasse entgegenrutschten, wurde schnell klar, was geschehen war. Hanrai war durch den Riss gestürzt, ja, aber er hatte sich an den Stützstreben unter der aufgebrochenen Terrasse festgeklammert – entweder das, oder er war nach seiner Landung blitzschnell wieder dort hinaufgesprungen –, und dann hatte er einen der Repulsorlifte zerstört, auf welchen die obere Plattform ruhte, um diesen Teil der Terrasse zum Einsturz zu bringen.

Während sie über die Schräge schlitterten, sprang Hanrai mit gezücktem Schwert hinter ihnen her. Die Schwerkraft war eindeutig auf seiner Seite.

Der Ronin wechselte einen kurzen Blick mit dem Schweifling, dann nickte er zu Hanrai nach oben. Sein Begleiter schimpfte ihn einen Idioten, hob aber die freie Hand.

Als sie gemeinsam auf der siebten Terrasse landeten, reichten nicht einmal die Machtfähigkeiten des Schweiflings aus, um ihren Aufprall effektiv abzufedern. Wozu sie aber ausreichten, war, den Ronin sogleich wieder auf die Beine hochschnellen zu lassen.

Hanrai kam mit der ganzen Wucht und Geschwindigkeit seines Sprungs dort auf, wo einen Herzschlag zuvor noch der Ronin gestanden hatte. Er versuchte, sich wegzudrehen, aber er war zu langsam. Der Ronin klappte den Griff seines Lichtschwerts zu voller Länge aus und rammte die Waffe wie einen Speer vor. Die glühende Klinge verkohlte Hanrais Ärmel und die darunterliegenden Muskeln.

Das verbrannte Fleisch eines Dämons roch anders als das eines normalen Wesens. Aber das hatte der Ronin schon vor langer Zeit gelernt.

Hanrai sprang zurück und schüttelte seinen verletzten Arm, während der Ronin ihm gegenüber in Position ging, seine Stabwaffe fest umschlossen. Er musste vorsichtig sein; der längere Griff verhalf ihm zu mehr Reichweite, bot allerdings auch ein einfacheres Ziel für die Klinge seines Gegners. Trotzdem war er sicher, dass er nun im Vorteil war. Und zur Not hatte er ja auch noch seinen Blaster …

Hanrai runzelte die Stirn, als wäre er gerade zu derselben Schlussfolgerung gelangt. Sein nächster Sprung trug ihn nicht auf den Ronin zu, sondern auf den Schweifling, dem nichts anderes übrig blieb, als vor der hackenden, stechenden Klinge zurückzutänzeln. Er schaffte es aber nicht, mehr Distanz zwischen sich und seinen Lehrmeister zu bringen, denn Hanrai setzte ihm gnadenlos nach, selbst als der Schweifling die schwarze Strömung nutzte, um einen flachen Zierfelsen aus dem Boden zu reißen und ihn dem Lord gegen die Seite zu schleudern.

Hanrai hielt erst inne, als der Ronin auf ihn feuerte, und selbst dann nur für einen kurzen Moment – gerade lange genug, um den Blasterstrahl abzuwehren. Zuvor mochte der Jedi-Lord ein unberührter See gewesen sein; jetzt war ein reißender Fluss.

Dennoch konnte der Ronin keinen bösen Willen in ihm spüren. Keinen Zorn, keinen Hass, kein Anzeichen dessen, was mit ihm geschehen war. Selbst die immer panischer werdenden Ausweichmanöver seines früheren Lehrlings betrachtete Hanrai mit einem Wohlwollen, das in krassem Kontrast zu seinen wilden Schwerthieben stand.

»Du hast Angst, nicht wahr?«, fragte er, als sein Schwert auf den Kopf des Schweiflings hinabsauste, nur um im letzten Moment von dem vorspringenden Ronin abgeblockt zu werden. »Was wolltest du durch meinen Tod bewirken? Was hat dich dazu veranlasst?«

Der Schweifling antwortete nicht, sondern kletterte auf einen großen Felsen in einem Teich, der den Eindruck eines Berges in einem Ozean vermitteln sollte. Dort verharrte er, unruhig und unbewaffnet, und noch immer mit dieser verfluchten Katze auf dem Arm. Warum ließ er sie nicht endlich los und *kämpfte*?

»Ich frage nicht, um dich zu quälen«, rief Hanrai zu ihm hoch. »Ich möchte dich verstehen. Findest du nicht, dass ich eine Erklärung verdient habe?«

»Das Einzige, was Ihr verdient, ist der Tod«, knurrte der Ronin, während seine Klinge einmal mehr mit der des Lords zusammenstieß. »Für jeden Tod, den *Ihr* veranlasst habt.«

Etwas in Hanrai veränderte sich. Er wirkte mit einem Mal resigniert, und als er sein Lichtschwert deaktivierte, hätte der nächste Hieb des Ronin ihn um ein Haar in zwei Hälften geschnitten. Sein Ausweichmanöver trug ihn außer Reichweite, aber auch an den Rand der Terrasse, wo er reglos verharrte und abwartete.

Der Ronin trat auf ihn zu. »Ihr Jedi, Ihr Lords. Ständig hungert Ihr nach dem nächsten Krieg. Wie bereitwillig Ihr doch die Kinder anderer auslöscht – und ebenso bereitwillig schickt Ihr Eure eigenen in den Tod. Eine Welt, in der wir nicht für Euch bluten, morden und sterben, ist für Euch unvorstellbar.«

Vage war er sich bewusst, dass der Schweifling noch immer auf seinem Felsen kauerte und sie beobachtete und *nichts unternahm*.

»Und deswegen tötet Ihr mich?«, fragte Hanrai. Sein Schwert blieb deaktiviert. »Welche Ironie!«

»Ihr habt es nicht anders verdient.«

»Und mein Schiff? Ich bin ein Kommandant. Ich trage die Verantwortung, die Ihr mir vorwerft. Aber was ist mit meiner Mannschaft? Meinen Schülern? Die habt Ihr ebenfalls auf dem Gewissen.«

Ja, wollte ein Teil des Ronin antworten. *Ja, ich habe sie getötet. Sie und viele andere mehr. Denn zu töten, ist das Einzige, was Ihr mir je wirklich beigebracht habt.*

Natürlich war Hanrai nicht der Lord, vor dem er auf die Knie gefallen war, um seinen Treueschwur abzulegen, trotzdem war der Ronin seine Schöpfung ebenso wie alle anderen Kinder, die zu Jedi ausgebildet wurden. Wenn er ein kaltblütiger Mörder war, dann, weil Hanrai und seinesgleichen es ihm vorgelebt hatten. Vor dem Blut, das er vergossen hatte, zu fliehen, war das Beste, was er je getan hatte. Schade nur, dass er nicht weit genug gerannt war, um ihm wirklich zu entkommen.

Der Ronin ließ zitternd den Atem entweichen und ging wieder in Kampfstellung. Sein Wunsch nach Klarheit war töricht. Das letzte Mal, als er nach Klarheit gesucht hatte, hatte ihm eine Vision sein wahres Selbst gezeigt, und dieses Bild war so hässlich gewesen, dass er alles in seiner Macht Stehende getan hatte, um es zu zerstören. Also, warum übersprang er diesen Teil nicht einfach und tötete Hanrai ein zweites Mal? Seine Finger um den Schwertgriff zuckten in einer Mischung aus Zorn und Furcht.

Und was, wenn er Hanrai nicht tötete? Nun, in dem Fall würde er sterben. Dann gäbe es ohnehin keine Bürden mehr, die er mit sich herumschleppen müsste. Es sei denn, sie holte ihn zurück. Vermutlich war das der Gedanke, der ihn aus der Fassung brachte; vermutlich hätte er gar nicht erst über seinen Tod nachdenken sollen …

Der Ronin schwang sein Schwert. Hanrai nicht. Stattdessen duckte sich der Jedi-Lord zur Seite weg – und stach zu. Seine Klinge fand ihr Ziel mit chirurgischer Präzision: Sie bohrte sich durch die Hände des Ronin und durch den Schwertgriff, den sie umschlungen hielten. Seine rote Klinge flackerte und erlosch, während Hanrais blaue Klinge sein Fleisch verbrannte.

Doch anstatt sein Lichtschwert herumzureißen und dem Ronin die Hände abzuhacken – wie ein Sith es getan hätte –, deaktivierte Hanrai seine Waffe erneut. Zurück blieben zwei schwarze Löcher in den Händen des Ronin, die gleichzeitig wie Feuer brannten und doch völlig gefühllos waren. Sie zitterten leicht, während der zerstörte Schwertgriff zwischen ihnen hindurchrutschte.

Er wusste, dass er zurückweichen müsste, aber er verspürte den bizarren Wunsch, stehen zu bleiben. Aus den Augenwinkeln sah er, wie sich Hanrais Stirn furchte. Als hätte er nicht erwartet, dass sein Manöver Erfolg haben würde. Dennoch schlug er erneut zu, ein tödlicher waagrechter Streich. Die Klinge traf den Ronin an der Seite.

Doch sie schnitt nicht tief.

Wie bei dem Duell in dem feuchten, dunklen Tempel unter dem Wasserfall glühte ein drittes, bis dahin ungesehenes Lichtschwert auf, dieses winterweiß und knisternd. Seine Klinge stach durch Hanrais Brust – genau so, wie die Klinge des Ronin damals die Sith-Banditin aufgespießt hatte. Mit dem Unterschied, dass dieses Opfer nicht zum ersten Mal starb.

Als die Klinge sich auflöste, sank Hanrai auf die Knie, und hinter ihm kam der Schweifling zum Vorschein, seinen Schwertgriff mit verkrampften Fingern umklammernd.

Der Atem des Ronin kam röchelnd und abgehackt. Seine Knie zitterten, aber er schaffte es, auf den Beinen zu bleiben. Er wollte sichergehen, dass Hanrai endgültig tot war, bevor er sich selbst gestattete zu sterben.

»Bemerkenswert, wie immer«, ächzte Hanrai, während der Schweifling vor ihn trat.

»Danke.« Er bückte sich, um das Lichtschwert seines alten Meisters aufzuheben. »Aber warum habt Ihr uns nicht einfach gehen lassen? Schließlich will *sie*, dass wir zu ihr kommen.«

Hanrais angespanntes Gesicht gab keine Antwort preis. Alles, was sich daran ablesen ließ, waren Qualen unterschiedlichster Art. »Du kennst die Antwort.«

Der Schweifling zögerte. Sein Gesicht war ebenfalls angespannt – vor Verwirrung, einem inneren Konflikt.

Eine seltsame Güte trat in Hanrais Augen. »Du hast recht. Ihr solltet jetzt gehen.«

Der Schweifling konnte ihm nicht länger ins Gesicht blicken. »Ich habe nie gewollt, dass es so endet.«

Er wandte sich von seinem Lehrmeister ab, ohne ein weiteres Wort zu sagen. Stattdessen ging er zum Ronin hinüber, um seinen Arm und seine Seite abzutasten. Seine Sorge war offensichtlich, also ließ der Ronin ihn gewähren, auch wenn diese Behandlung ihn beschämte. Er brauchte, er *wollte* die Hilfe des Schweiflings. Schließlich nahm das Wesen einen Arm und legte ihn sich über die schmalen Schultern.

Während die Katze hinter ihnen hertrippelte, ließ der Ronin sich zum Ausgang führen, seinen freien Arm unterhalb der Wunde auf seine Seite gelegt. Der Schweifling neben ihm hielt die Augen geradeaus gerichtet, aber er selbst blickte noch einmal zurück.

Hanrai beobachtete ihre Flucht von der bebenden Terrasse in die knirschenden, quietschenden Korridore des Schiffes mit starrem Blick. Er war noch immer auf den Knien, die Fäuste auf seinen Schenkeln geballt. Das Loch in seiner Brust war so klein, dass mit jedem stolpernden Schritt zunehmend der Eindruck entstand, es wäre überhaupt nie da gewesen.

29. Kapitel

Die *Ehrfurcht* lag im Sterben, und nichts und niemand konnte die Katastrophe noch abwenden. Die einzigartige Kettenreaktion der Zerstörung, die der Ronin in Gang gesetzt hatte, hatte sich verselbstständigt und war nun völlig außerhalb seiner Kontrolle.

Die Fähigkeiten des Schweiflings im Umgang mit der schwarzen Strömung erleichterten ihnen das Vorankommen, aber auch er war machtlos gegen das Zittern der Schiffshülle, das sie durch den Kreuzer begleitete. Alles, was er tun konnte, war zu beten, dass sie halten würde, bis sie von Bord waren. Bis sie irgendwo durchatmen konnten.

Der Ronin wusste dies, weil der Schweifling seine Bitten leise vor sich hin murmelte, unterbrochen immer wieder von lauten Rufen, wenn er seine Katze anflehte, ihnen zu folgen.

Sie bewegten sich in Richtung Steuerbord, vermutlich zu einem der privaten Hangars der *Ehrfurcht* oder zu einer Rettungskapsel, sofern noch welche übrig waren. In jedem Fall schien der Schweifling ein festes Ziel zu haben, während er seine halb tote Last durch die ächzenden Korridore schleppte. Er kannte dieses Schiff – und wenn nicht dieses, dann zumindest ein anderes von derselben Sorte.

»Wo warst du während des Krieges?«, ächzte der Ronin.

Der Schweifling blickte kurz zu ihm herüber. Er verbarg seine Gefühle noch immer in der schwarzen Strömung, so wie sich ein Fisch in einem trüben Teich verbarg, aber seine Tarnung funktionierte nur noch bedingt. Sie hatten schon zu viel voneinander gesehen während der vergangenen Tage und insbesondere während der vergangenen Minuten und ihrer Flucht durch die zerbröckelnden Ruinen des Lebens, das der Schweifling hinter sich gelassen hatte. Darüber hinaus hatte er irgendwann zwischen dem ersten und zweiten Tod Hanrais seine Maske verloren, und die Falten der Erschöpfung auf seiner Stirn waren ebenso deutlich wie die Furcht in seinen gewisperten Worten.

»Für gewöhnlich redet man doch mit Verwundeten, damit sie bei Bewusstsein bleiben«, stöhnte der Ronin.

»Wir könnten Shogi spielen. Ich fange an: vierter Soldat, ein Feld nach vorn.«

»Langweilig.«

»Nicht frech werden.« Der Schweifling benutzte die schwarze Strömung, um eine Tür zu öffnen, dann hievte er den Ronin hindurch und winkte seine Katze heran. »Außerdem, welchen Krieg meinst du? Die Lords haben nie wirklich die Waffen niedergelegt ... Sie gehen inzwischen nur subtiler vor, wenn sie einander die Kehlen durchschneiden.«

»Ich meine den Krieg, der zählte.«

»Für dich vielleicht.« Der Schweifling schwieg eine Weile, während er den Ronin zu einer Wand führte und ihm bedeutete, sich dagegen zu lehnen. Natürlich rutschte er prompt nach unten und endete in sitzender Position auf dem Boden. Es tat weh, aber auch nicht mehr als jede andere Bewegung seines Körpers. Und als er nun reglos dasaß, verblasste der Schmerz, und alles, was übrig blieb, war Müdigkeit – Müdigkeit und das langsame Ausbluten seines Geistes.

Vermutlich war es falsch, den Schweifling abzulenken; er hatte alle Hände voll damit, einen Fluchtweg frei zu machen, bevor die Hülle der *Ehrfurcht* um sie herum auseinanderbrach.

Das Problem war, dass der Ronin sich schrecklich benommen fühlte. Und die Stimme schwieg noch immer.

»Ich habe meine Pflichten vernachlässigt«, sagte der Schweifling, ein Leuchtturm in nebliger Nacht. »Das habe ich während des Krieges getan.«

»Was, du?«

Das Wesen lachte. »Meine Moral hat sich seitdem sichtlich verbessert, wie du sehen kannst.«

»Hast du Sith getötet?«

Eine Pause. Er war so nervös, dass es wehtat. »Nein.«

»Warum nicht?«

»Das klingt, als wärst du enttäuscht.«

Der Ronin konnte nicht sehen, was der Schweifling gerade tat; er stand vor einer Art Konsole, die langsam blinzelnde Katze neben seinen Füßen. Aber er klang, als wollte er seinem verwundeten Begleiter keine Angst machen. Nicht dass der Ronin noch vor irgendetwas Angst hatte außer vor sich selbst.

Den Tod zum Beispiel hatte er regelrecht herbeigesehnt – zumindest als er noch geglaubt hatte, er wäre danach frei von Bewusstsein und Konsequenzen. Jetzt musste er sich fragen, ob *sie* ihn wirklich ruhen lassen würde. Viele andere hatte sie schließlich schon zurückgeholt und zu Dämonen gemacht. Erwartete ihn dasselbe Schicksal? Oder wollte sie ihn tot sehen? Es könnte es durchaus verstehen, falls sie nichts mit seinem Geist zu tun haben wollte.

Die Stimme antwortete nicht auf seine Gedanken. Er blieb allein mit der Welt, die im Augenblick nur aus einem geschundenen, schwindenden Körper und einem anderen Wesen bestand. Einem Wesen, das sich weigerte, ihn im Stich zu lassen. Ein Reisender auf derselben Straße.

Der Ronin wünschte, er könnte dankbar für seine Beharrlichkeit sein. Aber da war ein unangenehmer Gedanke, der in seinen Schläfen pochte – ein Gedanke, den Lord Hanrai dort eingepflanzt hatte. Er hatte versucht, ihn auszujäten und zu verbrennen, aber offensichtlich hatte es nicht funktioniert.

Falls der Lord vor all den Jahren den Kybersplitter auf Dekien gefunden und ihn seinem Lehrling gegeben hatte ... und falls dieser Lehrling damit verschwunden war, um nach Rei'izu zu suchen ... Hmm. Vielleicht hatte der Schweifling den Splitter nicht mehr. Vielleicht hatte er ihn verloren oder zerstört. Aber falls er ihn einst bei sich getragen hatte, dann kannte er auch seine Herkunft.

Warum also hatte er vorgegeben, er wüsste nichts darüber? Oder über Dekien? Oder über Seikara? Warum hatte er den Ronin glauben gemacht, er würde zum ersten Mal von alldem hören?

Die Antwort auf diese Fragen war kein großes Rätsel, aber sie war unangenehm und, schlimmer noch, vertraut. Schließlich hatte der Ronin bereits gewusst, dass der Schweifling ein Lügner war. Also, warum hatte er in diesem speziellen Fall gelogen? Er musste es wissen.

»Du gibst dir große Mühe, mich zu retten«, sagte er, seine verkohlten, nutzlosen Hände in seinen Schoß gebettet.

»Aber ich muss gestehen, ich verstehe den Grund nicht mehr.«

»Was soll das bedeuten?«

»Du weißt, wie man tötet.«

Es klang grausam, vor allem, da er gesehen hatte, wie der Schweifling vor jeglicher Gewalt zurückgeschreckt war.

Aber gleichzeitig hatte er auch gesehen, wie das Wesen die schwarze Strömung der Macht manipulierte, um sie gegen andere einzusetzen. Die Abneigung des Schweiflings vor vergossenem Blut und gebrochenen Knochen rührte von dem Wissen, dass er sehr wohl zu solchen Dingen in der Lage war.

Hanrai hatte ihn ausgebildet, ihm vertraut. Vielleicht hatte er ihm sogar beigebracht, wie man Geschichten erzählte (das Flötenspiel hatte er ihm aber definitiv *nicht* beigebracht). Seine anderen Lektionen waren durch den sauberen, blitzschnellen Hieb sichtbar geworden, als der Lehrling seinen Meister niedergestreckt hatte.

Das Morden war für den Schweifling also keine Frage des Könnens, sondern des Wollens – und bis vor ein paar Minuten hatte er nicht gewollt. Schließlich hatte er dafür den Ronin gehabt. Aber jetzt? Welche Verwendung hatte er noch für einen bemitleidenswerten alten Mann, der seine Hände nicht mehr benutzen konnte?

»Das kann doch nicht so schwer zu verstehen sein«, sagte der Schweifling schließlich. »Er musste sterben. Das heißt aber nicht, dass ich mir selbst die Hände schmutzig machen möchte.«

»Nein.« Der Ronin erkannte, dass er die Frage falsch gestellt hatte. Es ging weniger darum, wozu der Schweifling ihn gebraucht hatte, sondern eher darum, *dass* er ihn gebraucht hatte.

Er wollte gebraucht werden. Früher war dieses Bedürfnis die einzige Rechtfertigung gewesen, die er benötigt hatte. Seine Brüder und Schwestern hatten einen Beschützer gebraucht. Sie hatten jemanden gebraucht, der ihnen half. Jemanden, der sie anführte. So hatte er den Rest dieser Galaxis ausblenden können, die so schrecklich groß und komplex war, dass sie sein Verständnis sprengte. Es hatte sein Dasein erträglich gemacht. Es hatte ihm einen Lebenssinn gegeben.

»Warum ich?«, fragte er. Warum hatte der Schweifling ihn nicht einfach zurückgelassen? Warum lebte er noch?

»Es tut mir leid«, sagte sein Begleiter, ohne ihn anzublicken. Als er weitersprach, war jedes Geständnis wie ein Stein, der einen Hügel hinabrollte. »Ich habe versucht, sie zu vernichten. Aber ich konnte nicht. Ich wünschte, es wäre anders, und ich weiß, wie grausam es ist, es stattdessen von dir zu verlangen. Aber … du bist der Einzige, der es kann. Du musst dich ihr stellen.«

Der Ronin richtete sich unter Schmerzen auf, jeder Atemzug ein scharfer Stich in seine Seite. Er wollte diese herabrollenden Steine auffangen, in der Hoffnung, dass sich einer davon richtig anfühlen würde, aber sie kullerten an ihm vorbei, durch ihn hindurch … und dann waren sie fort.

Vage hörte er noch das Geräusch einer aufgleitenden Tür, dann fühlte er, dass man ihn in einen neuen Raum schleifte und auf einer Bank absetzte. Oder vielleicht bildete er sich das auch nur ein. Er war zu sehr mit anderen Dingen beschäftigt, um darauf zu achten.

Er hatte eine Antwort verlangt, und der Schweifling hatte ihm zu guter Letzt eine gegeben. Seine Motive waren vielleicht nicht so rein, wie er vorgab, aber er brauchte den Ronin.

Doch aus irgendeinem Grund reichte das nicht mehr. Eine Hand strich über seine Stirn, die Handfläche weich – zu weich für einen Schwertkämpfer – und die Finger schwielig von laienhaftem Flötenspiel. Aber die Berührung reichte nicht, um ihn zurückzuhalten, und der Ronin versank in tiefem, dunklem Nichtsein.

30. Kapitel

Das erste Mal erwachte der Ronin in trübem Halblicht. Er lag reglos da, als wäre er auf einem endlosen, tristen Feld aus anderen zerschmetterten Dingen zusammengebrochen. Unmögliche Formen schwebten über und neben ihm – unmöglich, weil sie heil und vertraut waren und weil sie (sofern sie das waren, wofür er sie hielt) nicht einfach nur auf ihn hinabblicken würden. Nein, sie würden ihn töten.

Das zweite Mal erwachte der Ronin im beißenden Licht eines Raums, der ihm vermutlich bekannt vorkommen sollte. Die Einrichtung erinnerte an eine Krankenstation, ebenso der Geruch – eine Mischung aus Desinfektionsmittel, Blut und Schweiß. Die Sauerstoffmaske, die man an seiner Prothese angebracht hatte, bedeckte sein Gesicht von der Nase bis zum Kinn, und die Verbände um seine Hände isolierten ihn noch weiter von der Welt. Das Bactapflaster an seiner Seite juckte.

Zögerlich drückte er eine Hand gegen die andere. Er hatte noch Gefühl in ihnen, und er konnte seine Finger bewegen, auch wenn sie im Moment steif und taub waren. Doch als er versuchte, sich auf seinem Bett hochzustemmen, zitterten seine Muskeln, als wären sie noch nie solcher Anstrengung ausgesetzt gewesen.

Er war genesen, aber nur teilweise. Seinen Rettern fehlte es offensichtlich an den nötigen Mitteln. Oder sie *wollten* ihn schwach halten.

So oder so gab es keinen Grund, länger zu warten. Er stützte sich mit einer Hand an der Wand ab und zwang sich, das Brennen an seiner Seite und den Druck auf seiner Brust zu ignorieren, während er aufstand. Wenn er erst mit beiden Füßen auf dem Deck stand, würde das Schiff ihm alles verraten, was er wissen musste.

Leider wollte sich der Nebel in seinem Kopf partout nicht lichten. Ganz gleich, wie sehr der Ronin sich auch auf das Pulsieren des Schiffes konzentrierte, er konnte es nicht klar definieren. Er musste sich sammeln und ...

Die Tür glitt auf. Auf der anderen Seite stand eine schlanke, hochgewachsene Gestalt, ihre Statur akzentuiert durch hochhackige Stiefel und einen schwarzen Umhang über ihren Schultern. Mit anderen Worten: Die Sith-Banditin sah genauso aus wie an dem Tag, als sich ihre Wege das erste Mal gekreuzt hatten. Ihre Augen loderten durchdringend, und ihre Mundwinkel waren tief nach unten gezogen – als wollte sie ihn herausfordern.

Der Ronin reagierte sofort; dies war seine einzige Chance, wenn er überleben wollte. Er mochte schwach sein, aber er war der Größere, Schwerere von ihnen beiden, und manchmal hatte Masse da Erfolg, wo Finesse scheiterte. Also warf er sich nach vorn.

Sie tat genau das, was er erwartet hatte: Sie drehte sich zur Seite und fegte ihm die Beine unter dem Körper weg. Der Türrahmen war jedoch zu schmal, als dass er ihr hätte ausweichen können. Oder sie ihm.

Seine Hand zuckte vor und zog an der schwarzen Strömung, um das Lichtschwert, das sie ihm auf Genbara gestohlen hatte, von ihrer Hüfte in seine Hand sausen zu lassen. Seine Finger zitterten, aber er presste den lederumwickelten Griff an seine Brust, so fest er nur konnte, während er auf das Deck prallte und sich danach an ihr vorbei auf den Korridor hinausrollte.

Sie wirbelte herum, die Arme ausgestreckt … aber nicht nach dem Lichtschwert, das er umklammerte. Nein, höher. Nach seinem Gesicht. Ihre Finger bekamen die Sauerstoffmaske zu fassen und rissen sie ihm vom Gesicht. Dabei erwischte sie auch vier Fingernägel voll Haut, doch von all den Schmerzen, die seinen Körper durchschüttelten, waren diese Kratzer sein geringstes Problem.

Egal. Er stand auf seinen eigenen Beinen, und er atmete – in langen rasselnden Zügen zwar, aber doch aus eigenem Antrieb. Diese Zuversicht trug ihn ungefähr drei Schritte durch den Korridor, bevor er ins Straucheln geriet.

Die Banditin folgte ihm, die Sauerstoffmaske noch immer in der Hand. Während der Ronin über die Schulter zu ihr hochstarrte, versuchte er, mit tauben Fingern den Schwertgriff herumzudrehen. Er würde ihr nicht davonrennen, so viel war sicher.

Nachdem er kurz auf der Stelle gewankt war, sank er nach hinten gegen die Wand. Sein Keuchen wurde noch tiefer, ließ seine ganze Brust erzittern. Und die Banditin kam immer noch näher. Der Ronin aktivierte sein Lichtschwert, sodass die Klinge zwischen ihnen in der Luft zitterte.

Seine Sicht war zu verschwommen, um ihr Gesicht richtig zu erkennen; er wusste nur, dass ihr Mund nicht aus Furcht so verkniffen war. Diesen Ausdruck hatte er schon früher gesehen. Hass. Verachtung.

Ein elektronisches Fauchen unterbrach seine Gedanken. Die Welt vor seinen Augen trübte sich weiter, während eine vertraute Form um die Ecke schlitterte. B5–56 stieß die Banditin aus dem Weg und riss ihr mit einem Werkzeugarm die Sauerstoffmaske aus der Hand. Jetzt war sie diejenige, die fauchte.

Er war gerettet. Oder zumindest glaubte der Ronin das, bis B5 seiner Schwerthand einen Stromschlag verpasste. Die Waffe entglitt seinen zuckenden Fingern, und der Astromech fing sie mit einem ungehaltenen Trillern. *Idiot*, schimpfte er seinen Meister, und noch vieles andere mehr.

Der Ronin öffnete den Mund, um zu protestieren. Dann war er eben verletzt. Na und? Er ...

Er hustete und rutschte weiter an der Wand nach unten. Während er röchelnd nach Atem schnappte, drückte B5 ihm hastig die Sauerstoffmaske in die Hand. Der Ronin presste sie auf seinen Mund, und durch den verschwommenen Nebel seiner Gedanken – Sauerstoffmangel trübte die Denkfähigkeit, erinnerte er sich – merkte er, dass die Prothese um seinen Kiefer neu war. Sie war glatter und passte besser. Er hatte keine Ahnung, wo er sie herhatte.

Die grässliche Kurzatmigkeit hielt noch eine geschlagene Minute an, und die Banditin verbrachte diese Zeit damit, thronend über ihm zu stehen. Kurz sah es aus, als wollte sie B5 das Lichtschwert wegschnappen, doch der Droide verstaute die Waffe gedankenschnell in einem der Fächer an seiner Seite. Bevor die Klappe zuschnappte, konnte der Ronin erkennen, dass die Sith den Griff fachmännisch repariert hatte. Er sah genauso aus wie früher.

»Und da dachten alle, *ich* würde Probleme machen«, murmelte die Banditin.

»Du *machst* Probleme«, keuchte der Ronin, die Sauerstoffmaske weiter auf sein Gesicht gepresst.

B5 stieß sein Knie an und zwitscherte eine Mahnung.

»Was für Kinder?«

Zu spät. Es gab noch andere Türen entlang des Korridors, und zwei von ihnen standen halb offen.

Dahinter spähten kleine Gestalten hervor – jung, aber zu alt, als dass er sie noch »Kinder« nennen würde. Der Ronin erkannte sie nicht an ihren Gewändern – jemand musste ihnen Zivilkleidung geliehen haben –, doch er erkannte sie an ihrer Haltung: wachsam und hoch aufgerichtet, bereit, jederzeit zu Schwert oder Schild zu werden. Jedi-Schüler.

Die Banditin drehte sich zu ihnen um. »Ihr könnt hier nicht helfen. Geht schlafen.«

»Wir sind nicht müde«, sagte einer – ein junger Twi'lek. Der Ronin kannte ihn … Natürlich, seine Wache von der *Ehrfurcht.* Als der Junge seinen Blick bemerkte, hob er schützend einen Arm vor die anderen Kinder.

»Dann geht runter in den Frachtraum und rennt im Kreis, bis ihr müde seid.« Die Banditin machte eine wegscheuchende Handbewegung. »Aber das hier geht euch nichts an.«

Zwei Jedi-Schüler huschten aus ihrer Kabine und eilten davon. Die anderen drängten sich noch dichter hinter dem Twi'lek zusammen, während die Banditin den Ronin am Kragen packte.

Sein Instinkt sagte ihm, dass er sich wehren sollte, aber sein Körper war anderer Meinung, und so ließ er sich widerstandslos in eine aufrechte Position hochziehen.

»Dann willst du mich nicht länger töten?«, fragte er.

Sie schnaubte. »O doch. Aber erst wenn du es wert bist, getötet zu werden.«

B5 war derjenige gewesen, der die Rettungskapsel gefunden hatte. Selbst jetzt war Ekiya nicht sicher, warum sie sich bereit erklärt hatte, mit der *Armen Krähe* umzudrehen und sie an Bord zu holen.

Halt, nein, sie *konnte* es erklären; die Erklärung gefiel ihr nur nicht. Sie hätte damit leben können, dass Grimm in der Kälte des Alls ausblutete … aber der Fuchs? Er mochte in ihrem Kopf herumgepfuscht – und außerdem die Schränke in der Bordküche ohne Erlaubnis neu eingeräumt – haben, aber sie konnte ihn nicht im Stich lassen.

Als sie ihn und Grimm an Bord im Empfang genommen hatte, hatte der Fuchs sogar die Frechheit besessen, erleichtert dreinzublicken.

»Ich habe das nicht deinetwegen getan«, hatte Ekiya rasch erklärt. »Ich brauche dich, damit Chie diese Jedi-Knirpse nicht zu einer Meuterei aufstachelt.«

Die Schüler hatten allen Grund, den anderen Passagieren der *Armen Krähe* zu misstrauen – und das nicht nur, weil darunter der Mann war, der in Eigenregie die *Ehrfurcht* auseinandergerissen hatte. Sie wussten zwar, dass Kouru sie gerettet hatte, aber sie erkannten sie auch als die Sith aus den Jedi-Berichten über die Katastrophe in den Seikara-Höhlen. Und Chie machte die Sache nur noch schlimmer; sie beantwortete offen alle Fragen der Kinder, ganz gleich, welches Licht ihre Ausführungen auf die anderen Passagiere des Schiffes warfen.

Natürlich, so beteuerte Chie, hatte sie den Kindern auch erklärt, dass niemand im Imperium von Kourus wahrer Identität erfahren durfte – und erst recht nicht von Grimm, jetzt, da er wieder an Bord war. Doch Chie hatte schon so einiges beteuert, bevor sie sich in den Seikara-Höhlen mit dem

Fuchs von einer Brücke gestürzt hatte. Ekiya war nicht bereit, einfach so auf ihr Wort zu vertrauen.

Vermutlich sollte sie dem Fuchs auch nicht mehr vertrauen. Aber das war ungleich schwerer.

Als er aus der Rettungskapsel geklettert war, hatte er in einer Hand eine jaulende alte Tooka-Katze gehalten und Ekiya mit der anderen ein Kästchen entgegengestreckt.

Es war klein, kaum größer als ihre Handfläche, mit geometrischen, kunstvoll verflochtenen Feldern auf der Oberseite. Außerdem war es fest verschlossen, und der Fuchs hatte sie gewarnt, dass es auch so bleiben müsste; Grimm würde das Kästchen öffnen, wenn er wieder zu sich kam. Aber bis dahin sollte sie es aufbewahren. Weil er ihr vertraute.

Ekiya hatte nicht fragen müssen, was sich im Innern befand. Vielleicht konnte sie die Aura des Kybers spüren, nachdem sie ihn so lange in ihrem Frachtraum herumchauffiert hatte – oder vielleicht war es der Kyber, der *sie* wiedererkannte. In jedem Fall wusste sie ohne jeden Zweifel, dass das Kästchen ihre Geister enthielt. Was ihre vorigen Behausungen anging, diese wunderschönen Lampen, Kämme und Glücksbringer ... Die waren fort.

Natürlich hatten die Jedi nie vorgehabt, den Flüchtlingen von Rei'izu ihre Erinnerungsstücke zurückzugeben; so viel wertvollen Kyber konnten sie sich schließlich nicht entgehen lassen. Also hatten sie die Relikte zerbrochen und sich genommen, was ihnen von Nutzen sein konnte. Der Rest war verstreut und verloren, genauso wie die Überreste der *Ehrfurcht*, die Ekiya gerade durch das Cockpitfenster der *Krähe* betrachtete.

Kleine Scoutschiffe und Shuttles huschten zwischen den Trümmern von Hanrais großem Flaggschiff dahin, um nach

Überlebenden und Material suchen, das sich noch bergen ließ. Sie sahen aus wie glänzende Fliegen auf einem metallenen Kadaver.

Die Kiste wog fast nichts, als Ekiya sie an ihre Brust drückte. Trotzdem musste sie froh sein, dass zumindest ein Teil ihrer Fracht gerettet worden war. Sie hatte keine Ahnung, was die Zerstörung der *Ehrfurcht* sonst noch überlebt hatte, aber sie sah, dass die Zahl der Aasgeier stetig abnahm. Vermutlich hatten sie alle wertvollen Überbleibsel inzwischen von den Knochen des Schiffes gepickt. Nicht zu vergessen, dass die Geschwister des toten Giganten schon bald hier auftauchen würden. Mehr Schlachtkreuzer, mehr Lords, mehr Jedi.

Auf jedem HoloNetz-Kanal wurde die Katastrophe in einen anderen Kontext gesetzt. Die Meldungen verschmolzen in Ekiyas Ohren zu einem Geräuschbrei, während Chie an der Kommunikationskonsole von Sender zu Sender wechselte.

»Vor wenigen Momenten hat der Kronprinz auf dem Imperialen Kanal eine Mitteilung verlesen, in der er jegliche …«

»… hat der Zweite Prinz den Zwischenfall in einer Ansprache als grässlichen Angriff bezeichnet, geplant und durchgeführt von niemand anderem als …«

»… gemeinschaftlichen Stellungnahme der Lords aus der Mid-Rim-Allianz. Darin erklären sie, dass sie ein volles Kontingent Jedi nach Dekien schicken werden, um diese Bedrohung …«

Und immer so weiter. Kein Prinz oder Lord, der nicht mit ernsten Worten an die Öffentlichkeit getreten war, um zu betonen, dass Lord Hanrai das Opfer einer Sith-Aggression geworden war.

Nicht, dass die Umstände wichtig wären; sie hatten alle lediglich nach einem Vorwand gesucht, um ihre Truppen zu mobilisieren. Die einzige Frage, die jetzt noch blieb, war, ob es Tage oder nur Stunden dauern würde, ehe sie anfingen, sich gegenseitig der Komplizenschaft mit den Sith zu beschuldigen, und einander an die Kehlen gingen.

»Muss das sein?«, fragte Ekiya. »Was können wir schon aus den Nachrichten erfahren, was wir nicht schon selbst herausgefunden haben?«

»Es geht nicht um Nachrichten«, erwiderte Chie. »Es geht um Gefühle. Und es kann nur von Vorteil sein, wenn wir wissen, wie die Leute fühlen – und wie ihre Meister gern hätten, dass sie fühlen.«

»Was sollen sie schon fühlen, außer Furcht und Zorn?«

Chie warf ihr einen Blick zu, der vermutlich aufmunternd wirken sollte. »Bist du noch wütend auf mich?«

»Tantchen, bitte. Wäre ich dir böse, würde ich dich von meinem Schiff werfen. Und wärst du nicht mehr auf meinem Schiff, würdest du uns an die Jedi verraten. Und das würde unsere Chance ruinieren, dieses Hexen-Dämonen-Problem zu lösen. Du siehst also, ich kann dir gar nicht böse sein.«

Ein neuer Ausdruck trat in Chies Augen. Es sah aus, als würde sie gleich zu einer Entschuldigung ansetzen, und Ekiya war nicht sicher, ob sie das ertragen würde.

Zum Glück meldete sich Kouru über das Interkomm, bevor Chie etwas sagen konnte.

»Der alte Mann ist wach«, meldete sie aus Grimms Kabine. »Was soll ich … mit ihm machen?«

Ekiya zögerte, das Kästchen noch immer an ihre Brust gepresst. Sie kannte den Plan, zumindest die nächste Phase davon. Sie würden Grimm die Kiste geben, damit er sie öffnete. Im Innern befand sich der Kristall, nach dem sie auf Dekien gesucht hatten – oder zumindest war der Fuchs überzeugt, dass er da drin war. Und dann würden sie schleunigst aus dem System verschwinden.

Alles, was Ekiya tun musste, war, Grimm das Kästchen zu überreichen … und zu vergessen, dass er gerade einen imperialen Schlachtkreuzer von innen heraus in Fetzen gerissen hatte, ohne Rücksicht auf die zahllosen Wesen an Bord – von denen längst nicht alle entkommen waren.

Chie ergriff die Initiative. »Ich bin schon unterwegs«, sagte sie ins Komm und wandte sich dann Ekiya zu. »Ich werde nachsehen, wie es ihm geht. Mit der Kiste warten wir besser noch ein Weilchen. Falls sie so schwer zu öffnen ist, wie der Fuchs behauptet, brauchen wir Grimm im Vollbesitz seiner geistigen Kräfte.«

Ekiya war dankbar, als Chie das Cockpit verließ. Sie wusste, dass die ältere Frau ihr Zeit und Raum geben wollte, um ihren Frieden mit der Situation zu machen, und das war … genau die Reaktion, die sie von Chie erwartete. Was Grimm anging, hatte sie ebenfalls recht; er musste voll da sein, falls sie dieses Relikt je in die Finger bekommen wollten. Das war einer der Gründe, warum Ekiya ihn überhaupt wieder an Bord der *Krähe* gelassen hatte. Warum sie dem Fuchs geholfen hatte, ihm Kleider anzuziehen, die nicht blutverschmiert waren. Warum sie ihm die neue Prothese gegeben hatte, obwohl er sie nicht verdiente.

Und trotzdem … hasste sie es.

Aber sie würde damit klarkommen. Sie *musste* damit klarkommen. Es gab keine Alternative – außer, die *Krähe* auf Kollisionskurs mit der schillernden Sonne des Dekien-

Systems zu setzen und diese freudlose Geschichte zu einem vorzeitigen Ende zu bringen.

Während sie im Cockpit saß und ins All hinausstarrte, versuchte Ekiya, nicht auf die Geräusche hinter ihr zu achten. Chie durchquerte die Bordküche; der Fuchs sagte etwas; seine Katze jaulte klagend, als ein paar der Schüler versuchten, mit ihr zu spielen. Ihr Geist stürzte sich auf jedes Wort, das er verstehen konnte, aber ganz gleich, was sie auch aufschnappte, am Ende nährte es doch nur die namenlose Furcht in ihrem Herzen.

Der Zyklus wurde erst durchbrochen, als sich Schritte näherten. Ekiya rieb sich die Anspannung aus dem Gesicht und drehte sich auf ihrem Sessel herum.

Es war einer der Schüler. Der Twi'lek – der Anführer der Bande. Yuehiro. Er wirkte vorsichtig, aber entschlossen, und in den Händen hielt er eine Schale mit Suppe.

»Es gibt in der Bordküche einen Esstisch. Ihr müsst ihn nur ausklappen«, sagte Ekiya, wobei sie nach hinten deutete.

»Ich weiß.« Der Junge setzte sich auf den Platz des Co-Piloten. »Aber das ist für Euch.«

»Ich habe keinen Hunger.«

Er machte keine Anstalten zu gehen, also packte Ekiya mit einem leisen Seufzen das Kästchen weg und ließ sich anschließend die Schale reichen. Die Suppe war schlicht – Misopaste, aufgelöst in Dashi mit rehydriertem Gemüse –, aber schmackhaft. Während Ekiya aß, blieb Yuehiro neben ihr sitzen, den Blick auf das ausgeweidete Schlachtschiff gerichtet, das einst seinem Lord gehört hatte. Die Falten auf seiner Stirn wurden dabei zusehends tiefer.

»Falls ihr Angst habt …«, begann Ekiya. »Dafür gibt es keinen Grund. Chie wird auf euch Kinder aufpassen.«

»Ich glaube, wir sind keine ›Kinder‹ mehr.« Er klang jedoch definitiv wie eins.

»Nur weil ihr …« Sie verzog das Gesicht, als sie erkannte, was sie gerade fast gesagt hätte. »Ihr könnt trotzdem weiter Kinder sein.«

»Wirklich?« Yuehiro studierte die dunklen Umrisse über Dekien mit einer Intensität, die Ekiya Rätsel aufgab. Sein Blick wanderte von einem Wrackteil zum nächsten, bis er schließlich auf einem Fleckchen leeren Raums verharrte. Einen Moment später tauchte an genau dieser Stelle eine imperiale Fregatte auf. Wie ein Messer stach sie aus dem Hyperraum hervor, und es war nur eine Frage der Zeit, bis ihr weitere folgen würden. »Meister Idzuna meinte, die Sith hätten Euch gezwungen, im letzten Krieg zu kämpfen.«

»*Meister Idzuna* sollte besser aufpassen, was er alles ausplaudert.«

Yuehiro entschuldigte sich nicht, aber er schaffte es auch nicht, ihr in die Augen zu sehen. »Was sollten wir Eurer Meinung nach tun?«

Ekiya schnaubte. »Von all den Personen auf diesem Schiff fragst du *mich* das? Ich bin keine Jedi. Vermutlich versteht sogar Bee mehr von der Macht als ich.«

Yuehiro ballte die Hände auf den Knien. Er wirkte regelrecht zerknirscht. »Genau deswegen wollte ich Euch fragen. Ich glaube, ich verstehe, was Ihr vorhabt. Niemand wollte uns etwas sagen, aber ich habe die Dämonen von Seikara gesehen. Und ich habe in Lord … in Hanrais Bibliothek über weitere Vorfälle gelesen.« Er nahm allen Mut zusammen und drehte seinen Kopf in Ekiyas Richtung. »Wir wollen helfen. Wir alle. Wir sind zwar nicht die Besten … Keiner von uns wäre je als Ritter akzeptiert worden. Dafür fehlen uns die

Fähigkeiten – oder das Temperament. Aber wir sind hier. Also, was können wir tun?«

»Ihr ... Was? Wie alt bist du? Zwölf?«

»Vierzehn«, korrigierte Yuehiro, als würde das einen Unterschied machen. »Wie alt wart Ihr, als die Sith Euch holten?«

»Niemand mag Besserwisser«, brummte Ekiya, weil sie ebenfalls vierzehn gewesen war.

Yuehiro schien das als persönlichen Sieg zu werten, und seine Züge hellten sich sichtlich auf.

Ekiya schnalzte mit der Zunge. »Fürs Erste solltet ihr ... einfach aufeinander aufpassen. Im Moment kann niemand eure Sicherheit garantieren, verstehst du? Die *Krähe* ist voll von seltsamen Zeitgenossen, und bei den meisten von ihnen bin ich nicht sicher, ob sie auf sich selbst achtgeben können, geschweige denn auf eine Jedi-Rasselbande.«

Yuehiro runzelte die Stirn. Erst wollte Ekiya ihn an den Schultern packen und schütteln, dann fiel ihr Blick auf die Schale in ihrer Hand. Es war das erste Mal seit langer Zeit, dass ihr jemand etwas zu essen gebracht hatte. Aber der Junge hätte sich nicht dazu verpflichtet fühlen sollen.

»Ihr *seid* Kinder.« Sie legte Yuehiro die Hand auf den Arm und blickte ihm direkt in die Augen. »Und das ist nichts Schlimmes. Ihr könnt trotzdem helfen. Oder glaubst du, ich kann all diese Verrücken an Bord allein im Auge behalten? Vergesst nur einfach nicht, dass ihr hier nicht die Erwachsenen seid, in Ordnung?«

Die Falten auf seiner Stirn blieben, doch er nickte.

Ekiya gab ihm die Schale und schickte ihn zurück zu seinen Freunden. Zuvor erklärte sie ihm aber noch, wo sich die medizinischen Vorräte der *Krähe* befanden, nur für alle

Fälle – ihr war aufgefallen, dass eines der kleineren Kinder hustete, und ein anderes zog sein rechtes Bein nach. Und falls sie Hormone brauchten, könnte sie ihnen ein wenig von Shogos Geheimvorrat abgeben.

Anschließend rief Ekiya B5–56 über das Interkomm. Sie wollte sich endlich mal wieder mit einem Erwachsenen unterhalten.

31. Kapitel

Unter den wachsamen Augen von Chie und der Banditin aß der Ronin den Reisbrei, den man ihm vorgesetzt hatte. Vermutlich wollten sie sichergehen, dass er seine Hände bei sich behielt. Er konnte ihnen ihr Misstrauen nicht verübeln, denn sie machten ihn ebenfalls nervös, Chie seltsamerweise noch mehr als die Banditin. Die alte Frau war von einer ungewöhnlichen Zuversicht erfüllt – ungewöhnlich vor allem, wenn man bedachte, wie viele der anderen Wesen an Bord der *Krähe* sie in letzter Zeit hintergangen und in Gefahr gebracht hatte. Die Banditin war wenigstens angespannt.

Gerade als er fertig war, rollte B5–56 herein, um zu verkünden, dass sie alle im Cockpit gebraucht wurden. Also führten sie den Ronin nach vorne, so schnell seine Lunge es zuließ. Als sie ihr Ziel erreichten, wurden sie bereits von Ekiya und dem Schweifling erwartet – und von seiner Katze, die mit erwartungsvoll zuckendem Schwanz neben seinen Füßen lag.

Auf Ekiyas Nicken hin schloss B5–56 die Tür und verriegelte sie. Der Ronin runzelte die Stirn, aber dann drückte Ekiya ihm die Trickkiste in die Hände. »Du weißt sicher schon, wofür wir das brauchen, oder?«, fragte sie.

Ja, man hatte es ihm erzählt. Der *Krähe* ging allmählich der Treibstoff aus, und die wachsende imperiale Präsenz bedeutete, dass kein Schiff das Dekien-System noch unbemerkt verlassen konnte. Eine Flucht war also riskant, egal wohin. Aber dieses Relikt – der Kybersplitter aus dem Shinsui-Tempel – könnte ihnen einen entscheidenden Vorteil verschaffen. Denn selbst wenn es jemandem gelang, sie nach Rei'izu zu verfolgen, sollte ihn der Anblick der lange verlorenen Heimatwelt des Imperiums eine Weile von seiner ursprünglichen Beute ablenken.

Der Ronin begnügte sich mit einem Nicken; es wäre ihm schwergefallen, so kurz nach seinem Marsch durch das Schiff schon wieder zu sprechen.

»Gut. Spar deinen Atem. Im Moment möchte sowieso niemand hören, was du zu sagen hast.«

»Kann ich verstehen«, krächzte er. Es gab viele Gründe, warum sie seine Meinung ignorieren sollten. Der offensichtlichste befand sich direkt vor den Cockpitfenstern: die Trümmer der *Ehrfurcht*, die sich durch das Dekien-System verteilten, und die wachsende Flotte imperialer Schiffe ringsum.

Ekiya zog die Brauen zusammen. »Hör auf, vernünftig zu sein. Ich mag es nicht, wenn du vernünftig bist.« An die anderen gewandt, fügte sie hinzu: »Ich *hasse* es, wenn er vernünftiger ist als der Rest von euch. Wir müssen reden.«

Es gab nur zwei freie Plätze. Chie setzte sich neben Ekiya, als wäre das ihr Recht, und der Schweifling ließ sich ebenfalls nieder, nachdem die Banditin den Kopf geschüttelt hatte.

Nein, nicht »die Banditin«, korrigierte er sich. Kouru. So nannten die anderen sie. Und ganz gleich, was sie einmal gewesen war – eine Banditin, eine Diebin, eine Kriegerin –, er hatte maßgeblich dazu beigetragen, sie zu der Frau zu machen, die nun vor ihm stand. Angefangen damit, dass er sie umgebracht hatte. Insofern war das Mindeste, was er tun konnte, sie bei ihrem richtigen Namen zu nennen.

Als hätte sie seine Gedanken gelesen, warf ihm Kouru von ihrem Platz neben der Tür einen finsteren Blick zu. Einen Blick, der sagte, wo er seine Meinungen hinstecken konnte.

»Was ist passiert?«, fragte der Schweifling, während seine Katze vom Boden hochsprang und es sich auf seinem Schoß gemütlich machte. Er klang so ruhig wie immer, doch seine Präsenz in der Macht war eine tiefschwarze unkontrolliert brodelnde Wolke. Aber das war wohl kaum verwunderlich; er hatte schließlich gerade seinen eigenen Meister getötet.

Einen Moment blickte der Schweifling ihn an, und er war versucht, etwas zu sagen. Doch ihm fehlte nicht nur der Atem, sondern auch die richtigen Worte, und davon ganz abgesehen hatte man ihm gesagt, dass er den Mund halten sollte. Also widmete er sich wieder dem Kästchen.

»Genau da liegt das Problem.« Ekiya deutete aus dem Fenster. »*Alles* ist passiert. Und ich bin nicht sicher, ob wir alle noch dasselbe wollen.«

Dafür, dass Kouru nie ihre Verbündete gewesen war, blickte sie erstaunlich besorgt drein. Der Ronin war noch immer nicht sicher, warum sie an Bord der *Krähe* war – abgesehen von dem offensichtlichen Grund, dass sie nicht von den Jedi erwischt werden wollte.

Chie hingegen legte neugierig den Kopf schräg.

»Meine Absichten sind immer noch dieselben«, erklärte der Schweifling.

»Deine etwa nicht, Ekiya?«, fragte Chie.

Die Pilotin reckte das Kinn vor. »Du zuerst.«

Chie nahm in aller Seelenruhe einen Schluck aus ihrer Thermosflasche. »Ich würde nicht sagen, dass sich etwas *verändert* hat. Die Optionen sind klarer in den Fokus gerückt, das ist alles. Aber falls du andeuten willst, dass du Zweifel hast ...«

»Chie, das reicht«, unterbrach sie der Schweifling.

»Nein. Unser Hals steckt in der Schlinge, und wir können dieses Thema nicht länger aufschieben. Falls ihr nicht mehr sicher seid, ob ihr überhaupt nach Rei'izu fliegen wollt ...«

»Warum sollten wir da nicht mehr sicher sein?«

Chie blickte den Schweifling an, wie ein Tantchen ein besonders naives Kind anblicken würde. »Weil wir uns dann auf Personen verlassen müssten, denen wir vielleicht nicht mehr trauen.«

»Das klingt wie ein Vorwurf.«

»Weil es einer ist. Wir stehen gerade am Anfang eines Krieges, Idzuna, und die Wahl deiner Verbündeten hat ganz sicher ihren Teil dazu beigetragen.«

Die Worte waren unmissverständlich: Der Schweifling mochte die *Ehrfurcht* nicht selbst in Stücke gerissen zu haben, aber hätte er den Ronin weiter durch die Randgebiete der Galaxis ziehen lassen, wäre all das hier nie geschehen.

»Sei keine Närrin«, blaffte Kouru. Sie deutete auf das glänzende Meer aus Trümmern vor dem Cockpitfenster. »Deine Lords wollten schon lange Krieg. Das hier ist ein Vorwand, kein echter Grund.«

»Ich wäre vorsichtiger mit meinen Vermutungen«, entgegnete Chie.

»Und ich wäre vorsichtiger mit meinen Anschuldigungen.«

»Ich möchte lediglich, dass wir ein wenig Verantwortung übernehmen.«

»Verantwortung übernehmen?«, wiederholte Ekiya. »Was ist mit deiner Verantwortung, als du dich den Jedi angeschlossen hast? Du wusstest, womit wir es zu tun haben. Du hast die Dämonen gesehen. Und trotzdem hat du ihnen geholfen, uns aufzuspüren.«

Chie begegnete ihrem wütenden Blick mit unerschütterlicher Ruhe. »Bist du so sicher, dass es die falsche Entscheidung war?«

»Ja«, sagte Ekiya. Dass sie danach in eisiges Schweigen verfiel, ließ ihre Antwort aber nicht gerade überzeugender klingen. Sie hatte Zweifel, in erster Linie vermutlich an sich selbst. Das war nur verständlich, wo die Konsequenzen ihres Bündnisses doch den gesamten Raum über Dekien füllten.

Der Schweifling gab ein Geräusch von sich, das unter angenehmeren Umständen als Lachen durchgegangen wäre. »Falls du solche Zweifel an mir hattest, Chie, hättest du sie vielleicht früher zur Sprache bringen sollen.«

»Ich hatte keine Zweifel an dir.« Chie hob eine Hand an ihre gefurchte Stirn. »Ekiya hat recht. Ich weiß, was gerade in der Galaxis geschieht. Vermutlich weiß ich sogar mehr als ihr. Hanrai hat mir seine Berichte über all die toten und vermissten Jedi gezeigt. Eure Sith-Hexe ist emsig dabei, Marionetten zu sammeln.«

»Aber trotzdem hast du lieber politische Spielchen gespielt?« Der Schweifling konnte die Härte nicht länger aus seiner Stimme heraushalten. »Chie, was glaubst du, wird wohl geschehen, wenn die Jedi beginnen, sich in großem Stil abzuschlachten? Wenn die Hexe eine ganze Armee von Dämonen aufstellen kann?«

Chie streckte den Arm aus, um ihn am Knie zu berühren. Der Körper des Schweiflings verspannte sich, unwillig, ihr zu vertrauen, aber Chies Berührung war ebenso sanft wie ihre Stimme, als sie sagte: »Ich kann deine Angst verstehen, Idzuna. Ich habe auch Angst. Aber ich habe noch nie von einem Krieg gehört, der durch eine einzelne Aktion abgewendet werden konnte, ganz gleich, wie groß oder symbolisch sie war.«

»Ach nein?«, meldete sich der Ronin zu Wort.

Alle Augen richteten sich auf ihn, und er beugte sich rasch wieder über die Trickkiste. Es war leichtsinnig, sie an das zu erinnern, was er getan hatte, um den letzten Krieg zu verhindern. Dass er nun auf ganz ähnliche Weise den nächsten Krieg ausgelöst hatte, entbehrte nicht einer gewissen Ironie, aber er bezweifelte, dass sie das auch so sehen würden.

»Es sollte uns wohl nicht verwundern, dass der Dunkle Lord noch immer so eine oberflächliche Sicht auf die Dinge hat«, brummte Chie.

»Schmeichel ihm nicht mit einem Titel«, knurrte Kouru. »Mein Lord ist er jedenfalls nicht.«

»Er ist ... was?« Ekiyas Stimme war vollkommen tonlos. Der Ronin hätte mehr Zorn erwartet, aber vielleicht hatte ihr Hass auf ihn schon sämtliche Wutreserven aufgebraucht. Ihr suchender Blick richtete sich auf den Schweifling. »Hast du das gewusst?«

Seine Miene strafte seine Worte Lügen. »Ich war mir nicht sicher, doch ich hatte einen Verdacht. Es gab Anzeichen ...«

Er unterbrach sich, weil Ekiya hochgefahren war, um ihn anzubrüllen, aber dann ließ sie sich doch nur auf ihren Sitz zurückfallen, die Hand an ihre Stirn gepresst.

Der Ronin schürzte die Lippen. Es überraschte ihn nicht wirklich, dass der Schweifling seine wahre Identität enträtselt hatte; zum einen kannte er viele Geschichten, zum anderen war er Hanrais Schüler. Aber etwas an seiner Miene, an seinem rastlosen Blick erfüllte den Ronin mit einem vagen, unheilvollen Verdacht.

»Idzuna«, sagte Chie. Merkte sie, dass er jedes Mal zusammenzuckte – sein Körper ebenso wie seine weiß züngelnde Präsenz in der Macht –, wenn sie diesen Namen benutzte? »Ich kann verstehen, dass du Mitleid mit diesen beiden hast. Mit diesem Mann und dieser Frau. Wir müssen versuchen, ihnen zu helfen, allein schon, damit sie nicht noch mehr Leid anrichten. Aber du musst doch einsehen, dass du einem Wunschtraum nachjagst. Die Prinzen werden ihre Waffen nicht niederlegen, selbst wenn du ihnen den Kopf der Sith-Hexe hinwirfst. Wenn wir etwas bewirken wollen, dann *hier*.«

»Falsch«, betonte der Schweifling. »Hier geht es nicht um Prinzen und Lords, Chie, sondern um etwas viel Schlimmeres.«

Kouru zischte. »Es gibt nichts Schlimmeres als die Prinzen.«

»Was ist mit Jedi?«, warf der Ronin ein.

»Oder Sith?«, konterte Chie.

»Genug«, blaffte Ekiya. »Ihr seid *alle* schrecklich!«

Der Schweifling zuckte zurück. »Ekiya ...«

»Nein. Du bist der Schlimmste von allen.« Die Pilotin stand auf, die Hände auf ihre Konsole gelegt, unwillig, die anderen auch nur anzusehen. »Verflucht, genau deswegen müssen wir reden. Seit wir uns begegnet sind, hast du uns hinter dieser Hexe hergescheucht – nicht, dass du je erklärt hättest, wie du ihrer Spur folgen kannst. Aber ich dachte mir:

Das ist schon in Ordnung, bestimmt ist er eine Art Jedi oder so, und er redet nur nicht darüber, weil er die Jedi inzwischen genauso wenig leiden kann wie wir. Alles kein Problem.« Ihre Hände schlossen sich zu Fäusten. »Aber dass du uns nie vor dem Jedi-Lord gewarnt hast, der uns im Nacken saß ... Nicht ein Wort! Kein Wunder, dass Chie die Seiten wechselte. Hanrai hat ihr zumindest ein Fitzelchen Wahrheit angeboten ... Nicht dass die Sache damit vergeben und vergessen ist, Tantchen. Ich sage lediglich, dass ich es verstehe!« Zu guter Letzt drehte sie sich um und deutete auf den Ronin. »Ich meine, wie könnte dir noch irgendjemand trauen, nachdem du diesen Mistkerl von einem *Dunklen Lord* hier angeschleppt hast ... Das war übrigens eine Beleidigung, Grimm ...«

»Zur Kenntnis genommen«, sagte er.

Sie verdrehte die Augen, dann erinnerte sie sich wieder daran, wie sehr sie ihn verabscheute, und wandte den Blick ab, angewidert von ihm, aber auch von sich selbst. »Fuchs, hör zu. Ich habe alles für diese Mission aufgegeben. Für dich. Aber wie soll ich dir jetzt noch trauen? Wie soll ich noch glauben, dass du das Richtige tust?«

»Ich muss zugeben, ich hatte gehofft, ein wenig Mystizismus würde eure Bedenken zerstreuen«, erklärte der Schweifling.

»Nein«, sagte der Ronin, und dann klappte er das Kästchen auf. Einen Moment lang herrschte völlige Stille, als sie den Schatz anstarrten, den er gerade enthüllt hatte. Das Kästchen war nur knapp so groß wie seine Handfläche, aber es war bis zum Rand mit Kristallen gefüllt. Sie glänzten und schillerten und ließen bunte Lichter über die versammelten Gesichter tanzen. Da waren natürlich die roten Kristalle, die er über so viele Jahre hinweg gesammelt hatte, aber auch blaue und grüne und zahlreiche farblose Splitter, die einst in Ekiyas Artefakten auf der *Krähe* geschlummert hatten.

Der Ronin pickte einen Kristall aus dem Kästchen und drehte ihn zwischen seinen Fingern, dann legte er ihn zurück und nahm den nächsten. Die anderen starrten ihn immer noch mit einer Mischung aus Staunen und Grauen an. Einen Moment später ließ er auch den zweiten Splitter wieder in das Kästchen fallen.

»Du hast nie erwähnt, was mit dem Kyber geschehen ist, den du auf Dekien gefunden hast«, sagte er, wobei er dem Schweifling direkt ins Gesicht sah. Das Wesen verlagerte unruhig sein Gewicht, als würde es jeden Moment mit einem Angriff rechnen. »Hier drin ist er jedenfalls nicht. Falls wir den Weg nach Rei'izu finden sollen, musst du uns endlich die Wahrheit erzählen.«

Der Schweifling rutschte auf seinem Sessel nach vorn. Falls er hinausstürmen wollte, würde der Ronin ihn nicht aufhalten können; er war zu schwach, und von den anderen konnte er auch keine Hilfe erwarten; ganz gleich, wie sehr sie dem Schweifling inzwischen misstrauten, *ihm* trauten sie noch viel weniger. Also tat er das Einzige, was ihm noch blieb. Er flehte. »Bitte. Ich brauche Antworten.«

Der Schweifling öffnete den Mund, nur um ihn wieder zu schließen, und als er lächelte, glaubte der Ronin schon, dass er alles verloren hätte. Doch dann legte das Wesen ein ebenso ehrliches wie erschütterndes Geständnis ab: »Tja, die Sache ist die: Ich kann mich nicht erinnern.«

Was ich noch weiß? Oh, die wichtigen Dinge, ihr wisst schon. Meine Lieblingsteesorte. Wie man betet. Rechnen. Aber alles andere? Nun, es kommt und geht.

An den Kybersplitter erinnere ich mich natürlich noch. Eine Scherbe, durchsichtig, abgesehen von einem dünnen Riss, der sich durch seine Mitte zieht. Hübsches Ding. Es wurde mir anvertraut, damit es uns den Weg zu einer unheilvollen Sith-Bedrohung weisen konnte.

Aber an dieser Stelle werden die Dinge ein wenig ... Wie soll ich sagen? Verschwommen. Ich erinnere mich an den Kristall. Ich erinnere mich daran, wie er an mir gezogen hat. Und ich erinnere mich an Rei'izu.

Ich habe versucht, sie zu töten – die Hexe. Da bin ich ganz sicher. Ich fühle es in meinen Fingern und in meiner Brust. Dass ich versagt habe. Ich konnte es nicht tun. Warum auch immer.

Ich scheiterte also. Und was geschah danach mit unserem armen Jedi? Ich habe keine Ahnung. Aber ich bin dortgeblieben. Mehrere Jahre sogar, glaube ich. Könnt ihr euch das vorstellen? Ich frage mich, ob ich nicht wegkonnte oder nur einfach nicht wegwollte.

Ein paar Eindrücke habe ich noch aus dieser Zeit. Manche sind beinahe ... schön. Feuerschein. Der Ausblick aus einem Fenster auf einen verschneiten Hof. Stille, die jedoch hin und wieder unterbrochen wurde – von Gelächter, glaube ich, und von Gesang. Ein Funke Hoffnung, vergraben unter dem Frost.

Aber später? Furcht – meine eigene, vermutlich. Außerdem Zorn, gequält und verletzt. Verlust. Trauer. Sie flossen zusammen, verschmolzen, verhärteten sich. Es war schmerzhaft, in ihrer Nähe zu sein. Aber ich bin trotzdem geblieben. Vielleicht bedeutet das ja, dass ich nicht gehen konnte.

Aber irgendwie muss ich schließlich entkommen sein, richtig? Ich stelle mir gern vor, dass ich es aus eigenem Antrieb schaffte. Dass ich einen Schlüssel fand oder entschied, dass es Zeit war, oder dass ich zumindest darum bat, gehen zu dürfen. Aber ich fürchte, es war anders.

Ich erinnere mich an einen Kampf. An Blutvergießen. Und ich erinnere mich an Verwüstung, bis die gesamte Welt sich veränderte … Dann war ich frei. Nun, vielleicht …

Ich glaube, sie hielt mich für tot. Warum sonst hätte sie mich gehen lassen? Ich war wieder in dieser Welt, aber ich fühlte mich nicht länger wie ein Teil davon. Ich hatte mich verändert. Außerdem hatte ich Angst, in dieses alte Leben zurückzukehren, weil ich versagt hatte und …

Nein, mehr kann ich nicht mit Gewissheit sagen. Wenn ihr die Wahrheit und nichts als die Wahrheit hören wollt, ist das alles, was ich zu bieten habe.

32. Kapitel

»Jetzt fragt ihr euch natürlich, ob ihr mir glauben könnt«, fuhr der Fuchs fort, während er seine Katze zwischen den zuckenden Ohren kraulte. »Ich meine, wer weiß schon, warum ich mich an bestimmte Dinge erinnere und andere vollkommen vergessen habe? Vielleicht hat die schwarze Strömung Löcher in meinen Geist gefressen. Vielleicht bin ich nur traumatisiert. Doch so oder so, man kann mich wohl kaum eine verlässliche Quelle nennen.«

Seine Stimme war unerträglich ruhig. Kouru suchte nach einem Anzeichen von Verzweiflung oder auch nur Sorge, aber da war nichts. Am liebsten hätte sie sich abgewandt, doch sie konnte die Augen einfach nicht von ihm abwenden.

Sosehr sie ihn für seine Bereitschaft hasste, in den Köpfen anderer herumzuwühlen, fühlte sie doch mit ihm, weil er selbst derartiger Manipulation anheimgefallen war. Er war gleichzeitig Täter und Opfer, und sie wusste nicht, ob ihn das unheimlich oder bemitleidenswert machte.

Erneut hörte sie das Echo der Stimme: *Lass los, lass los.* Was hatte die Hexe dem Fuchs geraubt? Was hatte sie aus ihm herausgerissen?

Kouru musste es wissen, damit sie sich selbst davor schützen konnte. Es war immer leichter, eine Verteidigung zu planen, wenn man das Ziel des Angreifers kannte.

Zweifel stachen in ihre Brust, als sie die Arme davor verschränkte. Was, wenn die Hexe bereits hatte, was sie von ihr wollte? Die Stimme hatte in letzter Zeit kaum noch zu ihr gesprochen ...

»Warum hast du nichts gesagt?«, wollte Ekiya voller Mitgefühl wissen; ihr Zorn war verschwunden, gelöscht durch das Leid eines anderen.

Der Fuchs blickte nachdenklich zur Decke hoch. »Scham? Paranoia? Irgendein anderes Produkt eines entgleisten Verstandes? Oder nichts von alledem. Ich weiß es nicht.« Er lachte. »Das ist ziemlich beunruhigend, nicht wahr? Vielleicht solltet ihr *mich* in der Geschützkuppel einsperren.«

»Dich in die ... was?«, fragte Ekiya.

Mit einem Fluch machte Kouru auf dem Absatz kehrt, auch wenn sie insgeheim dankbar für die Ablenkung war.

Ihr erster Vorschlag war, den Jedi zu töten, aber Ekiya wollte nichts davon wissen.

»Ich habe keine Lust, noch einen Dämon auf meinem Schiff zu haben«, knurrte sie. »Einer von eurer Sorte reicht mir.«

»Er muss ja nicht an Bord bleiben«, konterte Kouru.

Leider interpretierten die anderen ihre Worte falsch. Kouru hatte eigentlich gemeint, dass sie den Kerl erledigen und dann durch die Luftschleuse ins All hinausblasen sollten. Doch stattdessen führte die Mannschaft den alten Mann zu der Rettungskapsel, die noch immer unter dem Bauch der *Krähe* hing, und ließ ihn die Komm- und Navigationssysteme manipulieren. Er sollte dafür sorgen, dass die Kapsel den Jedi sicher nach Dekien zurückbrachte, ohne dass dieser in der Lage war, vor seiner Ankunft jemanden zu kontaktieren. Falls sie das System bis dahin nicht verlassen hätten, wäre ohnehin alles verloren.

Kouru und Ekiya hielten derweil über der Geschützkuppel Wache, und Chie ging in Richtung Frachtraum davon.

Bevor sie aufbrach, sagte die alte Frau noch: »Ich vermute, die Kinder wissen bereits, wer er ist. Mal sehen, ob ich sie überzeugen kann, dass er nicht mehr zu retten ist.«

Kouru bezweifelte, dass Chie Erfolg haben würde. Jedi-Sprösslinge waren entweder stolz oder furchtsam, und solange sie in der Gesellschaft von Sith und Verrätern waren, würden ihnen Stolz und Furcht sagen, dass sie dem einzigen wahren Jedi an Bord vertrauen mussten.

Doch sie und Ekiya standen nicht weit vom Frachtraum entfernt, und sie konnten keine lautstarke Diskussion hören. Entweder die Knirpse hatten Chie lautlos das Genick gebrochen, oder die alte Frau hatte sie auf wundersame Weise zur Ordnung gerufen.

Oder ... sie hatte sie gegen ein anderes Opfer aufgehetzt. Die wahrscheinlichsten Kandidaten hierfür wären Kouru selbst, der alte Mann und der Fuchs. In dem Fall konnten die Jünglinge aber noch nicht zugeschlagen haben, denn die schwelende Präsenz des alten Mannes war deutlich zu spüren, ebenso wie der silbrige Schatten des Fuchses.

Von ihnen beiden war der Fuchs im Moment derjenige, der Kouru mehr beschäftigte. Tatsächlich war sie so sehr auf ihn konzentriert, dass sie kaum noch auf die zugeschweißte Luke der Geschützkuppel achtete. Während alle anderen versuchten, sich nützlich zu machen, hatte er sich mit dem Kästchen und den Kyberkristallen in die Bordküche zurückgezogen.

»Du sagtest doch, der Splitter wäre nicht dabei«, hatte er sich gewundert, als der alte Mann ihm das Kästchen in die Hand gedrückt hatte.

»Und dein Meister sagte, er hätte ihn dir gegeben«, lautete die Entgegnung des alten Mannes. »Oder neigte er zum Lügen?«

In jenem Moment hatte Kouru zum ersten und einzigen Mal einen Riss in der Fassade des Fuchses gesehen; die Frage hatte sein Lächeln entgleisen lassen, so als wäre eine alte, vergessene Wunde wieder aufgebrochen. »Normalerweise nicht, nein.«

Seitdem hatte Kouru keinen weiteren Aufruhr mehr in ihm gespürt. Zugegeben, sie war nie gut darin gewesen, solche Dinge zu erfassen – eine Schwäche, wie ihre Meister es genannt hatten. Aber sie hatte Wesen schon immer lieber nach ihrer Miene und ihrer Körpersprache beurteilt als nach der Zusammensetzung ihrer Präsenz in der Macht. Leider gab der Fuchs auch in dieser Hinsicht nicht viel preis. Und trotzdem konnte sie nicht aufhören, ihn zu studieren. Es fühlte sich beinahe schon zwanghaft an, und sie wünschte, sie könnte es irgendwie abstellen.

Mehr noch wünschte sie jedoch, sie könnte benennen, was sie in ihm sah – und was sie in ihm sehen wollte. Teils hatte es gewiss mit seinem Angebot zu tun, mit der Frage, die er ihr gestellt hatte. Damals hatte sie ihn noch für einen Wichtigtuer und Sophisten gehalten, angetrieben von Schuldgefühlen oder irgendeiner anderen Krankheit. Doch nun sah sie, dass er wirklich mehr über den Fluch des Untodes wusste, der sie heimgesucht hatte.

Schließlich musste er während seiner Zeit auf Rei'izu andere wie sie gesehen haben. Zahllose andere.

Ekiya stieß sie mit dem Ellbogen an. Der arrogante kleine B5–56 war herbeigerollt, um ihnen mitzuteilen, dass die Rettungskapsel bereit war.

Es war nicht ganz einfach, den Jedi aus der Geschützkuppel zu holen – er war noch immer bewusstlos, aber Ekiya bestand darauf, ihn persönlich nach oben zu ziehen. »Du würdest ihn ja doch nur wieder fallen lassen. Eine weitere Kopfverletzung ist das Letzte, was er jetzt braucht.«

»Ich hatte eigentlich eher vor, ihm die Beine zu brechen«, entgegnete Kouru.

Oder genauer: ein Bein und einen Arm. Wenn sie den Jedi schon am Leben lassen mussten, sollten sie zumindest seine körperlichen Fähigkeiten einschränken oder ihn starken Schmerzen aussetzen, damit er sich nicht konzentrieren konnte.

»Ich kann sehen, dass du gerade etwas ganz Furchtbares denkst«, ächzte Ekiya, während sie den Mann den Korridor hinabschleiften.

Kouru schnaubte. »Ich denke, du machst dir zu viele Sorgen.«

»Über den Jedi, der seit Stunden bewusstlos in meinem Schiff liegt, ohne dass ich davon wusste? Natürlich.«

»Wir hätten es auch einfach auf meine Weise machen können.« Ekiya starrte sie wütend an, und Kouru funkelte unbeeindruckt zurück. »Du bist nie zufrieden, oder? Wir machen es doch so, wie du wolltest. Was willst du noch?«

Zu ihrer Überraschung seufzte Ekiya, so als wollte sie sich wortlos entschuldigen. »Ich weiß auch nicht. Dass der Fuchs ein echter Mistkerl und Grimm ein richtiges Monster wäre, damit ich sie ohne schlechtes Gewissen hassen kann. Dass Chie sich irrt. Dass du nicht hier wärst. Dass ich nicht so leichtsinnig mit den Toten umgegangen wäre … Und dass von Anfang an alles anders gelaufen wäre.«

Kouru bedachte sie mit einem nachdenklichen Blick. »Das sind absolut sinnlose Wünsche.«

»Du bist unausstehlich, weißt du das?«

Der alte Mann stand vom Boden auf, als sie sich der Luke näherten, die zur Rettungskapsel hinabführte.

»Hättest du etwas gesagt, hätten wir dir einen Stuhl gebracht«, tadelte Ekiya.

Der alte Mann nickte und schleppte sich davon; Kouru bezweifelte, dass er überhaupt zugehört hatte.

Vermutlich schmollte er noch immer über seine eigenen Unzulänglichkeiten oder die Halbwahrheiten seines angeblichen Verbündeten – oder darüber, dass sie keine Ahnung hatten, wie sie die Hexe erreichen, geschweige denn töten sollten. Kouru wünschte, es würde ihr mehr Freude bereiten, ihn so zerknirscht zu sehen, aber aus irgendeinem Grund wollte sich einfach keine Schadenfreude einstellen.

Sie ließen den Jedi vorsichtig in die Rettungskapsel hinabrutschen und betteten ihn auf die Sitzbank. »Heuchlerin.«

Es dauerte einen Moment, ehe Kouru erkannte, dass sie gemeint war. »Was redest du da jetzt schon wieder?«

»Du sagst, meine Wünsche sind sinnlos.« Ekiya deutete in die Richtung, in welcher der alte Mann verschwunden war. »Aber ich sehe, wie du auf deiner Lippe herumkaust, wann immer du ihn erblickst. Du weißt selbst nicht, ob du ihn tot sehen willst. Du bist einfach nur wütend.«

Die Unterstellung traf Kouru wie ein Schlag gegen die Brust. Vor allem, weil sie ein Gefühl in Worte fasste, das die Sith bislang nur als unsichtbares Gewicht wahrgenommen hatte. Sie fletschte die Zähne, um zu zischen: *Natürlich will ich ihn tot sehen! Aber die Hexe will es auch, und ich werde alles tun, um sie zu ärgern.*

Doch gleichzeitig drängten andere Worte in ihre Kehle: *Hast du ihn dir mal angesehen? Er ist erbärmlich. Was hätte ich davon, so einen Wurm zu töten?*

Am liebsten wäre es ihr, der alte Sith würde einfach von sich aus tot umfallen – damit sie nicht mehr über ihn nachdenken oder auch nur von seiner Existenz wissen müsste.

Kouru biss sich auf die Zunge und begann, aus der Kapsel zu klettern. Sinnlose Wünsche? Pah! Sie konnte ja nicht mal sicher sein, dass es ihre *eigenen* Wünsche waren.

»Es tut mir leid«, sagte Ekiya hinter ihr.

Das überraschte sie. Und verwirrend war es auch. »Was?«

»Chie hat es mir erzählt. Sie und die Kinder hätten es ohne dich nicht geschafft. Also ... du weißt schon. Du bist offensichtlich nicht die schlimmste Person, der ich je begegnet bin. Außerdem weiß ich selbst nicht, ob Grimm lebend oder untot ein größeres Problem für die Galaxis wäre. Ich habe kein Recht, dir irgendwelche Vorwürfe zu machen.« Ekiya ließ sich neben dem bewusstlosen Jedi auf die Bank plumpsen und zog das Medikit unter der Sitzfläche hervor, um seinen Inhalt zu überprüfen. Das meiste hatten sie bereits geplündert, um den anderen Verwundeten zu helfen, also holte sie zwei wertvolle Bactapflaster aus ihrem eigenen Vorrat hervor und legte sie in das Kästchen, bevor sie es wieder zuklappte und unter Kourus skeptischem Blick an seinen Platz zurücksteckte. Anschließend rieb sie sich den Nacken und blickte auf den Boden hinab. »Ich weiß, dass niemand nur eine Seite hat. Ich würde auch nicht nur eine Sache sein wollen. Es ist ... kompliziert.«

Kouru wusste nicht, was sie sagen sollte, also wartete sie darauf, dass Ekiya von sich aus erkannte, welchen Unsinn sie da gerade einer toten Frau erzählt hatte. Doch nichts dergleichen geschah.

Also zog sich das Schweigen in die Länge, während Ekiya die Startsequenz eingab und die Kapsel in Richtung von Dekien davontrudeln ließ.

Niemand war nur eine Sache? Kouru sah keine anderen Seiten an sich, abgesehen von Frustration, Zorn und dem ewigen Drang, der sie vorwärtstrieb – sofern diese Gefühle überhaupt ihr selbst gehörten. Wie könnte eine Dämonin mehr sein als das? Ihre gesamte Existenz hing von den Launen einer Hexe ab, auch wenn sie wieder und wieder versuchte, sich ihr zu widersetzen.

Als sie in den Rachen der *Ehrfurcht* geflogen waren, hatte der Fuchs sie gefragt, was sie sein wollte und wofür.

Möglich, dass er diese Fragen für sich selbst beantworten konnte, selbst nach allem, was die Hexe ihm geraubt hatte. Aber Kouru konnte es nicht. Jetzt noch viel weniger als damals.

Ekiya schnitt eine Grimasse, als das Komm an ihrem Handgelenk blinkte. »Das ist Shogo. Vermutlich gibt es ein Problem. Was muss ich tun, damit du in die Geschützkuppel steigst und die Umgebung im Auge behältst, während ich mich um diese Sache kümmere?«

Kouru nickte nur. Die Aufgabe würde ihr Zeit zum Nachdenken verschaffen, und davon ganz abgesehen: Wenn sie schon etwas für jemanden tun musste, dann lieber für Ekiya als für irgendjemand anderen an Bord – sie selbst eingeschlossen.

Es war unhöflich zu lauschen, das wusste der Ronin, vorallem, wenn man auf engem Raum zusammengezwängt war. In einer solchen Situation lernte man, zu hören, aber nicht zuzuhören, und für sich zu behalten, was man zufällig doch aufschnappte.

Er hatte nicht vor, gegen diese Regel zu verstoßen. Anstatt Ekiya – oder gar Kouru – auf das anzusprechen, was er gehört hatte, nahm er ihre Unterhaltung mit in die Bordküche, wo der Schweifling saß. Die Katze, die halb zusammengerollt auf seinem Schoß lag, öffnete ein gelbes Auge, als der Ronin eintrat. Ihr Besitzer hingegen blickte weder auf, noch bot er ihm eine Tasse Tee an. Er blieb ungerührt sitzen, während sich seine Hände mit der Katze und den Kyberkristallen beschäftigten.

»Bist du gekommen, um mir wieder zu drohen?«, fragte er nach einer Weile.

»Nicht, wenn es sich vermeiden lässt.«

»Das ist kein Nein.«

Der Ronin scharrte mit dem Stiefel. »Warum musst du immer alles so kompliziert machen?«

»Würdest du mir glauben, wenn ich sage, es ist chronisch?«

Während der Ronin sich selbst Tee einschenkte – er war lauwarm und bitter –, tat der Schweifling so, als würde er weiterarbeiten: Er nahm einen dämmerungsblauen Kristall, drehte ihn hin und her, strich mit dem Daumen über seine Kanten und platzierte ihn dann neben mehreren anderen Splittern auf einem gemusterten Stofftuch, bevor er sich dem nächsten Stein zuwandte. Jeder der Kristalle hatte einen einzigartigen Farbton: einer war sonnenrot, der nächste frühlingsgrün, dann ein wolkenweißer und immer so weiter.

Wenn man ein Lichtschwert konstruierte, brauchte man nicht nur Geschick und Geduld, man musste dem Kyber auch Gelegenheit geben, seinen eigenen Zweck zu definieren. Jedem Kristall wohnte ein natürlicher Impuls inne, und wenn man sein ganzes Potenzial entfalten wollte, durfte man ihn nicht entgegen diesem Impuls einsetzen. Die Klingen, die die Meister in der alten Zeit geschmiedet hatten, waren nicht nur für einen bestimmten Träger gedacht; sie sollten einer ganzen Blutlinie dienen, und man hatte keine Mühen gescheut, damit sie dieser Aufgabe gerecht wurden.

Insofern war es wohl nicht verwunderlich, dass die Jedi die roten Klingen der Sith als verflucht bezeichneten. Die Rebellen hatten Jedi-Kyber gestohlen, um ihre Schwerter zu befeuern, ganz ohne Rücksicht auf die Natur der Kristalle; sie hatten den Kyber pervertiert und ihn zu einem Mordinstrument gemacht.

Oder zumindest erzählte man sich das. Der Ronin hatte Dutzende Klingen angefertigt und dabei nie das Gefühl gehabt, dass die Kristalle gequält oder widerspenstig wirkten ... oder sonst irgendwelche Eigenschaften zum Ausdruck brachten. Das geschah erst, wenn ein Sith die Waffe an sich nahm und sie eine Verlängerung seines Willens wurde. *Das* war der Moment, in dem sich der Kristall rot verfärbte – wenn er sich an seinen Träger anpasste und entschied, dass er nicht länger einer Blutlinie dienen wollte, sondern nur einer einzelnen Person. Das hatte nichts mit einem Fluch zu tun.

Der Schweifling nahm den nächsten Splitter in die Hand, dieser war tiefrot, beinahe purpurn. Wie alle roten Kristalle hatten die Sith auch diesen während ihrer jahrelangen Rebellion gegen die Jedi gestohlen. Der Ronin erkannte ihn als einen der Steine aus seiner Sammlung wieder. Er erinnerte sich noch gut an die Waffe des Wesens, das er dafür getötet hatte – einen Sith, der in einer glühenden Wüste ein Dasein als Einsiedler gefristet hatte. Der Griff seines Schwerts war aus einem schönen Relikt geschnitzt gewesen, hier und da um Hornstücke und Lederstreifen ergänzt, wo man die Waffe repariert oder umgebaut hatte.

»Weißt du, warum ich sie gesammelt habe?«, fragte der Ronin.

»Nein.« Der Schweifling legte den Kristall zu den anderen. »Du hast es mir nie erzählt.«

»Aber ich habe dir erzählt, dass ich nach Dekien ging, um zu sterben.«

Der Schweifling hielt inne. »So hast du es aber nicht ausgedrückt.« Er weigerte sich noch immer, ihm in die Augen zu blicken. »Und offensichtlich hast du überlebt«, fügte er hinzu.

»Ja. Ich fand ... einen Weg.«

»Du meinst, ein Ziel?«

»Das wäre zu viel gesagt.« Der bittere Tee betäubte seine Zunge. »Ich konnte mich nur noch an meine Fehler erinnern. Ich war nicht sicher, ob ich überhaupt je etwas richtig gemacht hatte.«

Der Schweifling schloss die Hand, und seine Lippen teilten sich um eine Winzigkeit. Er sprach seinen Einwand nicht aus, trotzdem konnte der Ronin ihn förmlich hören: dass er durchaus das Richtige getan hatte, als er sich von seinen Lords abwandte, um seine Hüter zu beschützen. Oder als er den Jedi-Kindern ein neues Zuhause bot, nachdem die Klans sie ihren Familien entrissen hatten. Trotz allem, was aus diesen Dingen erwachsen war, wollte er die Absichten des Ronin ehrenhaft nennen.

Wie konnte ein Jedi nur solches Mitgefühl mit einem Sith haben? Wie viel von seinem Leben hatte die Hexe ihm geraubt? Wie viel von dieser Güte entstammte wirklich ihm selbst?

Aber nein, seine Milde konnte kein Produkt der Hexe sein. Der Ronin war viele Jahre lang ihr Schild und ihr Schwert gewesen und sie dasselbe für ihn; mehr noch, sie hatten einander geliebt, soweit Wesen wie sie zu Liebe fähig waren. Aber nie während all dieser Zeit hatte sie Milde mit ihm gezeigt. Es gab vieles am Schweifling, was er infrage stellen konnte – aber seine gutmütigen Impulse waren eindeutig seine eigenen.

Deshalb war es so einfach, ihm gegenüberzusitzen, selbst jetzt, da keiner dem anderen traute. Der Ronin hatte in seinem Leben nur selten Güte erfahren. In seiner Jugend war sie ihm vorenthalten geblieben, und später hatte er geglaubt, dass er sie nicht verdiente – weswegen er sie oft aktiv abgelehnt hatte. Selbst jetzt noch fühlte er sich wie ein Dieb, weil er die Worte des Schweiflings akzeptierte. Es wäre einfacher gewesen, könnte er noch wütend auf ihn sein, so wie auf der *Ehrfurcht*, als er von seinen Lügen erfahren hatte. Doch der einzige Zorn, den er jetzt spürte, war der alte Zorn, der seit seiner Kindheit in seinen Knochen brannte und dort weitertoben würde, bis er eines Tages zu Asche zerfallen wäre.

»Als die Hexe Rei'izu verschwinden ließ«, sagte der Ronin. »Ich glaube, da handelte sie in großer Hast. Sie wollte um jeden Preis verhindern, dass ich allem, was wir aufgebaut hatten, das Herz herausriss. Ich bin nicht sicher, wie sie es angestellt hat. Aber alles, was mir danach blieb, war der Splitter … und der Hass. Ich hasste sie. Dafür, dass sie mich zwang, meine Entscheidung zu hinterfragen.« Er betrachtete die Handvoll Kristalle, die noch in der Kiste lagen. »Ich glaube, hätte ich es gewollt, hätte der Splitter mich in der Zeit zurücktransportiert.«

»Aber du wolltest nicht?«, fragte der Schweifling, und seine Hand verharrte über dem Kästchen mit den Kristallen. Wollte er sie vor dem Ronin beschützen ... oder den Ronin vor ihnen?

»Nein. Deshalb habe ich ihn auf Dekien versteckt. Ich wusste, dass es eine ... Einladung war. Und dass wir einander umbringen würden, sollte ich sie je annehmen.« Gern hätte der Ronin an dieser Stelle gelächelt, aber er konnte nicht. »Also habe ich stattdessen die anderen getötet. Ich konnte nicht ungeschehen machen, was ich angerichtet hatte, doch ich sagte mir, dass ich noch viel mehr zu bereuen hätte, würde ich die Sith gewähren lassen. Und so begann ich mit der Jagd.«

»Du glaubst, dass sie es verdient haben, gejagt zu werden?«

»Vielleicht nicht alle. Anfangs habe ich diese Frage immer vermieden. Ich begann erst, mich damit auseinanderzusetzen, als es schwieriger wurde, sie zu finden. Zu dem Zeitpunkt hörte ich auch zum ersten Mal ihre Stimme. Sie wies mir den Weg zu den Sith – natürlich nur zu denen, die stark genug waren, um mich vielleicht zu besiegen.«

Der Schweifling blieb eine Weile reglos sitzen. Die Erkenntnis, die sich in seinem Geist ausbreitete, blieb nach außen hin unsichtbar, bis er seine Hand von dem Kästchen zurückzog und den Ronin mit neuer Intensität musterte. Er hatte die Bedeutung seiner Worte verstanden: An welchen weit entfernten, isolierten Ort die Hexe auch mit Rei'izu verschwunden war, sie konnte noch immer mit ihm kommunizieren. Mit dem Lord, den sie verbannt hatte.

Kurz fragte er sich, ob die Hexe wohl auch zum Schweifling gesprochen hatte – oder es womöglich immer noch tat. Er selbst hatte sie nicht mehr gehört, seit sie Hanrais Geist zu ihrem jüngsten Sklaven gemacht hatte.

Andererseits hatte sie ihm nur ins Ohr geflüstert, um ihn neuen Gefahren auszusetzen. Vermutlich hielt sie es jetzt für nützlicher, ein anderes Opfer zu beschwatzen.

»Wie ... unhöflich von ihr«, murmelte der Schweifling zu guter Letzt.

»Ich konnte es ihr nie übel nehmen. Vor allem, da es nie funktioniert hat. Zumindest nicht bis jetzt.«

»Ah, ich verstehe.« Der Schweifling schien lachen zu wollen, und als er auf die Kristalle hinabblickte, hatte er zumindest ein Lächeln im Gesicht. »Du glaubst, dass sie dich zu mir geführt hat. Oder mich zu dir. Weil sie dachte: Wenn all diese Sith versagen, warum versuche ich es dann nicht mal mit einem Jedi?«

»Der Gedanke ist mir gekommen. Aber falls du versucht hast, mich umzubringen, warst du nicht sonderlich effektiv.«

»Vielleicht finde ich dich einfach zu charmant.« Das war keine eindeutige Antwort. Der Ronin beschloss, sich das zu merken, ebenso wie die Nervosität, die der Schweifling zu verbergen suchte.

»Oder vielleicht«, sagte er, »hat sie dich aus einem anderen Grund geschickt.«

Sein Gegenüber runzelte die Stirn. »Wie unheilvoll.«

»Wer sagt, dass es unheilvoll sein muss?« Der Ronin neigte nachdenklich den Kopf zur Seite. »Dein Meister ... Hanrai«, korrigierte er sich hastig, als der Schweifling die Kiefer zusammenpresste.

»Ich weiß«, sagte er, nun in schärferem Tonfall. Er wollte nicht über den Jedi-Lord sprechen, außer er selbst kontrollierte den Verlauf dieses Gesprächs. »Er deutete an, der Splitter wäre noch immer in meinem Besitz. Ich bin sicher, dass er es wirklich glaubte. Er war nie ein Lügner. Aber« – seine Hand deutete auf die Kristalle vor ihm – »er ist nicht hier.«

»Ich glaube dir«, sagte der Ronin, woraufhin sich die Haltung des Schweiflings ein wenig entspannte. Bevor Schuldgefühle aus dieser Entspannung erwachsen konnten, fuhr der Ronin entschlossen fort: »Aber das hier sind nicht die einzigen Kyberkristalle, die wir haben.«

Er legte seine offene Hand auf den Tisch. Den Verband hatte er abgenommen, als er an der Rettungskapsel gearbeitet hatte, und das Fleisch in der Mitte seiner Handfläche war so rosa und weich wie bei einem Neugeborenen. Der Schweifling betrachtete die Narbe wortlos; er hatte sicher Fragen, aber letztlich waren sie nebensächlich, also stellte er sie nicht. Stattdessen teilten sie einen Moment gemeinsamen Verständnisses und gemeinsamer Entschlossenheit – ein Kräuseln in der schwarzen Strömung, das in weißem Lodern ein Echo fand.

Der Schweifling zog sein Lichtschwert unter den Falten seiner Robe hervor. Ganz gleich, wie sehr es ihm missfiel, die Waffe einzusetzen, oder wie problematisch seine Beziehung zu diesem Erbstück war, behandelte er es doch mit all dem Respekt, den dieses geschichtsträchtige Schwert verdiente. Er wirkte beinahe andachtsvoll, als er dem Ronin den Griff hinhielt.

Dieser nickte, und seine Mundwinkel zuckten, aber er zog die Hand zurück, ohne die Waffe zu nehmen. Stattdessen verharrte sie über dem Tisch in der Luft, festgehalten von den Wogen der schwarzen Strömung.

»Ich habe kein Talent für solche Dinge«, erklärte der Schweifling. »Wenn man der Erbe des Lords ist, verlangt niemand von einem, dass man sein eigenes Schwert baut.«

Er runzelte die Stirn, während er sprach, und der Ronin kannte den Grund dafür: Falls sie tatsächlich fanden, was sie zu finden hofften, dann musste der Griff irgendwann geöffnet worden sein, entweder vom Schweifling selbst oder von jemand anderem.

Der Ronin neigte den Kopf – ein Versprechen, dass er die Gedächtnislücken und die handwerkliche Ungeübtheit des Schweiflings durch seine eigene Erfahrung aufwiegen würde. Und so begannen sie, gemeinsam das Lichtschwert zu zerlegen. Mal gab der eine dem anderen Anweisungen, mal war es umgekehrt, während sie ein Bauteil nach dem anderen entfernten.

Sie lösten die Lederriemen und die Metallplättchen, die die Waffe verzierten; sie zogen die hölzernen Klammern heraus, die die Hälften des Griffes zusammenhielten; sie lockerten den Durastahlkern mit all der Vorsicht, die eine so alte und kunstvolle Klinge verdiente.

Es wäre natürlich einfacher gewesen, den Griff zu zerschmettern oder ihn aufzuschneiden, wie der Ronin es bei Dutzenden Waffen zuvor getan hatte. Doch dies war ein Relikt aus einer Zeit, als die Jedi-Klans noch den Schwur geehrt hatten, allein dem Willen ihrer Lords zu dienen – welche ihrerseits den Willen aller Wesen in sich vereinten. Eine Zeit, bevor sie angefangen hatten, die Interessen des Imperiums zu verfolgen – eines Imperiums, das ihre Hingabe nie verdient hatte, wie der Ronin fand. Doch seine Gedanken über das Imperium änderten nichts daran, dass dieses Lichtschwert das Produkt hehrer Ideale war und dass es entsprechend geehrt werden sollte.

Schließlich schwebte die Waffe in ihren Einzelteilen zwischen ihnen, den Trümmern der *Ehrfurcht* nicht unähnlich, die vor der *Krähe* trieben. Und im Zentrum dieses zerlegten Schwertes hing ein Kristall: klein, farblos und winterklar, abgesehen von einer Trübung in der Mitte, wo ein winziger Riss von oben nach unten verlief.

Der Schweifling hielt den Atem an, ebenso der Ronin. Er hatte fieberhaft nach diesem Splitter gesucht, aber er hatte keine Ahnung, was er damit tun sollte, jetzt, da sie ihn gefunden hatten. Schließlich hob er die Hand und nahm ihn zwischen Daumen und Zeigefinger, angetrieben von dem Wunsch, ihm irgendwie sein Geheimnis zu entlocken.

In dem Moment, als er ihn berührte, verschlang der Kristall sein Bewusstsein genau so, wie der große Spiegel es vor all den Jahren getan hatte.

33. Kapitel

Bevor er irgendetwas anderes wahrnahm, erkannte der Ronin *sie*. Ein Gesicht, das er seit Rei'izu nicht mehr gesehen hatte. Die Hexe. Sie saß auf ihren Knien vor ihm, allein in endlosem Nichts.

Dieser Umgebung wurde er sich als Nächstes bewusst, auf dieselbe Weise, wie sich die Augen an einen sonnigen Himmel gewöhnten. Erst war da nur die Macht, dann verdunkelte sich das weiße Lodern, und die schwarze Strömung leuchtete heller, bis sie miteinander verschmolzen und zu nichts wurden. Alle Substanz und Wahrheit lösten sich auf beängstigende Weise auf, und eine alte Furcht erblühte in seiner Brust.

Also konzentrierte er sich verzweifelt auf das einzig Materielle, was noch übrig war: die Hexe. Dabei stellte er fest, dass sie keinen Tag älter aussah als an dem Tag ihrer letzten Begegnung. Eine attraktive Frau, hochgewachsen und kantig, ihr langes Haar zu einem Dutt nach hinten gebunden, gekleidet in einen dunklen einfarbigen Kimono und die weite Hose, die sie bevorzugte.

Einen Moment war er versucht, die Hand auszustrecken und sie zu berühren. Tief in seinen Knochen spürte er jedoch, dass es ihm nicht gestattet war. Außer ihr gab es nicht viel, was man berühren könnte; diese Welt, die sie bewohnte und in die der Ronin nun eingedrungen war … Sie schien nicht wirklich eine Welt zu sein.

»Oh, es ist viel mehr als eine Welt«, sagte sie.

»Du weißt, dass ich nichts für Rätsel übrighabe«, erwiderte er.

»Ungeduldig wie eh und je.« Kurz glaubte er, dass sie lächeln wollte, so wie früher, wenn er sie während ihrer Spiele geneckt hatte. Doch ihr Gesicht blieb unbewegt. Sie hob lediglich den Kopf, um ihn zu mustern, alt und schwach, wie er war. »Was ist dein Begehr?«

Er öffnete den Mund, ohne aber etwas zu sagen. Was sollte diese Frage? *Sie* hatte ihn doch hergeführt – sie wusste ganz genau, was er wollte. Oder wollte sie es nur aus seinem eigenen Mund hören?

Die Welt nahm ihm die Antwort ab. Das Nichts vor seinen Augen und unter seinen Füßen nahm schlagartig Formen an, und einen Wimpernschlag später stand er auf der berühmten breiten Veranda, die aus der Haupthalle des schneegekrönten Shinsui-Tempelkomplexes herausragte. Das uralte Holz der Veranda war poliert und sorgsam gepflegt und folgte der Neigung des Berghanges. Als der Ronin einen Schritt nach vorn machte, sah er in der Ferne einen steilen Abgrund und dahinter die Heilige Stadt: Yojou, die alte imperiale Hauptstadt von Rei'izu. Mit bloßem Auge konnte man ordentliche Häuserreihen erkennen, über denen nur hier und da Rauch aufstieg.

Da begriff er, dass er Rei'izu nicht so sah, wie es heute sein mochte, sondern so, wie es in der Vergangenheit gewesen war. Um die letzten Zweifel zu vertreiben, richtete er seinen Blick nach oben. Da war ein wolkenloser weißer Himmel, besprenkelt mit einer zusammengewürfelten Flotte von Schiffe. O ja, er erinnerte sich an diesen Tag.

Die Sith hatten Rei'izu auf dieselbe Weise eingenommen wie all die anderen Welten zuvor – durch Feuer und Entschlossenheit. Sie hatten den Planeten erobert, weil sie ihn erobern mussten; weil ihr Lord und ihre Hexe es befohlen hatten. Und die Sith vertrauten darauf, dass diese beiden immer ihr Wohl im Sinn hatten. Wenn sie Rei'izu einnehmen sollten, dann, weil es ihnen allen zum Vorteil gereichte. Aber sie hatten während dieser Schlacht viele Schiffe und noch mehr Leben verloren – mehr als während der gesamten Rebellion bisher.

»Wir glaubten, es wäre den Preis wert, nicht wahr?«, sagte die Hexe. Sie stand nun neben dem Ronin, genau so, wie sie an jenem Tag neben ihm gestanden hatte. Ihre Augen waren auf die Stadt gerichtet, auf den Horizont, die Stadt, die Berge, den Himmel. Aber ihr Blick reichte viel weiter, bis ans Ende der Strömungen, die alle Welten zusammenhielten. »Es *musste* den Preis ganz einfach wert sein.«

Der Ronin atmete die frostige, von Schweiß, Blut und Weihrauch geschwängerte Luft ein. »Ja.«

Erneut musterte er sie. Sie sah genauso aus wie die Frau, für die er Rei'izu gestürmt hatte; die Frau, die Rei'izu für ihn erobert hatte, indem sie die Geister der Gefallenen gegen ihre lebenden Kameraden wandte oder ihre eigenen Toten wiederauferstehen ließ, auf dass sie ein weiteres Mal für sie morden konnten. Doch sie war nicht länger diese Hexe, genauso, wie er nicht länger der junge Mann von damals war. Der junge, arrogante Mann, der geglaubt hatte, dass er ganze Planeten und Sterne bezwingen könnte, ganz einfach, weil er es *wollte*.

Die Lippen der Hexe krümmten sich auf undeutbare Weise, während sie seinen Blick erwiderte. Sah sie in ihm den Mann, der er einst gewesen war, oder den Mann, der er nun war? Welche Version war ihr wohl lieber? Wessen Antworten interessierten sie mehr?

»Das hängt ganz davon ab, welcher von euch beiden hierher zurückkehren wollte«, sagte sie.

»Ich wollte nicht, ich musste.«

»Du musstest gar nichts tun.« Ihr Blick wurde härter, und sie wandte sich um, dem Rest des Tempelkomplexes zu.

Im selben Moment weitete sich die weiß-schwarze Machtleere um sie herum aus; sie umfasste jetzt nicht mehr nur die Veranda und den Ausblick auf Rei'izu, sondern die Gesamtheit von Shinsui. Der Tempel war vollkommen verlassen. Ihre Krieger hatten die Mönche und Nonnen in die Stadt hinabgeschickt, damit sie sich dort versteckten. Hier oben auf dem Berg waren allein der Lord, die Hexe und die Ihren zurückgeblieben – jene, die man Gesetzlose und Ketzer schimpfte.

Das war auch der Grund, warum sich der Himmel in wenigen Stunden vor weiteren Schiffen verdunkeln würde – den makellosen klingenförmigen Kreuzern des Imperiums, die Leben und Sterne gleichermaßen durchschnitten. Bis zu diesem Tag waren die Sith in den Augen der Imperialen nichts weiter gewesen als Abschaum. Doch jetzt hatten sie die imperiale Stammwelt erobert – das reine, geliebte Herz ihres Reiches. Nun waren die Sith ein Geschwür, welches das Imperium bis zum letzten Kämpfer ausmerzen musste, wenn es nicht davon zerfressen werden wollte. Denn die Sith hatten bewiesen, dass eine Galaxis ohne Imperium möglich wäre. Dass das Imperium schwächeln könnte. Dass es sterblich war.

»Andererseits glaubst du vermutlich auch, dass du den Zorn des Imperiums auf uns lenken *musstest*, oder?«, fragte sie, aber er bezweifelte, dass sie eine Antwort erwartete. Zumindest bis sie über die Schulter blickte, ihre Lippen auffordernd gespitzt. »Die Wahrheit ist, wir haben es genossen – dieses Wissen, dass wir dem Imperium seine Fehler aufzeigten. Dass es in uns die Frage sah, die es nicht zu stellen wagte. Die Frage, mit welchem Recht es uns wie Eigentum behandelte. Welches Recht es hatte, überhaupt zu *existieren.*«

Seine Brust zog sich zusammen. »Deswegen haben wir das hier nicht getan.«

Die Hexe drehte sich wieder dem Komplex zu. »Nein, natürlich nicht.« Sie betrachtete den Tempel. Hier befand sich das Letzte, was sie beide – gemeinsam, vereint – gewollt und gebraucht hatten.

Er wünschte, er könnte sein eigenes Gesicht sehen, so wie es an jenem Tag gewesen war. Ob er wohl seine alten Zweifel darin erkennen könnte? Seine Furcht, dass die Sith dem Untergang geweiht waren? Die dunkle Ahnung, dass sie – auch wenn er und seine Hüter kämpften und immer weiterkämpften, auch wenn ihre Reihen immer weiter anschwollen, auch wenn täglich neue Flüchtlinge von den Klans zu ihnen überliefen, auch wenn immer mehr Wesen ihre Furcht und Ehrfurcht vor dem Imperium verloren –, dass sie trotz alledem schon bald bis auf den letzten Mann untergehen würden?

Deswegen war er nach Rei'izu gekommen. Um eine Antwort auf diese Fragen zu finden und wieder die gleiche Überzeugung verspüren zu können wie sie. Bis heute war er nicht sicher, ob es seine oder ihre Idee gewesen war,

Rei'izu anzugreifen. Bis dahin hatten sie alles in emotionalem Gleichschritt getan, jeden Triumph und jeden Schmerz, jede Hoffnung und jede Furcht miteinander geteilt. So, wie sie nun nebeneinander von der Veranda in den dunklen Korridor traten. Ihre Schritte hallten in unheimlichem Gleichklang mit den Schritten von vor zwanzig Jahren wider.

Schließlich erreichten sie den Hauptsaal des Shinsui-Tempels, und kurz gab es nur sie beide in seiner leeren Weite. Sie hatten all jene evakuiert, die freiwillig gegangen waren; den unvermeidlichen Widerstand der anderen hatten sie mit der nötigen Härte gebrochen. In seiner Erinnerung stachen die Blutflecken auf den polierten Holzböden scharf hervor, aber er war nicht sicher, ob sie ihm damals überhaupt aufgefallen waren.

»Was hast du gefühlt, als du das hier sahst?«, fragte sie.

Sie meinte nicht das Blut. Und er dachte auch nicht weiter darüber nach, als er den Kopf hob und vor sich den Spiegel erblickte. »Hoffnung«, sagte er, weil er es nicht ertragen hätte zu lügen.

Der Kyberspiegel erhob sich auf einer hölzernen Plattform, die gleichzeitig sein Altar war. Es gab viele Geschichten über seine Herkunft: dass man ihn gefunden hätte, dass dieser oder jener ihn angefertigt hätte, dass er ein Geschenk der Götter wäre – oder selbst eine Gottheit. Doch all diese Geschichten verblassten, als der Ronin den Anblick in sich aufsog.

Der Spiegel war so gewaltig, dass man unmöglich seine ganze Fläche auf einmal betrachten konnte, und die Schatten der Halle verwandelten ihn in einen vertikalen See aus Finsternis. Die monolithischen Laternen, die von den Deckenbalken herabhingen und den Spiegel normalerweise erhellten, waren erloschen. Das einzige Licht stammte von zwei Kerzen auf schlanken Haltern, die man links und rechts der Plattform aufgestellt hatte. Ihr Schein tanzte über das Gesicht der Hexe, als sie vortrat.

Die Geschichten drehten sich natürlich um mehr als nur die Herkunft des Spiegels. Angeblich hatte er schon etlichen Lords, Herrschern und Jedi zu Macht und Einfluss verholfen. Doch der Ronin und die Hexe, sie wollten in erster Linie Sicherheit und Frieden für ihre Leute, die sich bislang jede Verschnaufpause hatten erkämpfen müssen. Sie wünschten sich ein Ende dieses endlosen Kampfes, und sie waren bereit, den Preis dafür zu bezahlen, wenn sie nur sehen könnten, worauf all ihre Mühen zuführten.

Als er die Reflexion ihres Gesichts auf der alles verschlingenden Oberfläche des Spiegels gesehen hatte … da war ihm nichts unmöglich erschienen.

»Würde ich es nicht besser wissen, würde ich mich geschmeichelt fühlen«, sagte sie. Was sie meinte, war: Würde ich nicht wissen, was als Nächstes passierte.

Er wollte sich abwenden, aber er konnte nicht. Die Hexe setzte sich vor die Plattform, wo die Knie von tausend anderen Bittstellen den Boden glatt geschabt hatten. Vor zwanzig Jahren hatte sie auch so hier gesessen; es war, als wäre sie an die Ereignisse der Vergangenheit gekettet … und er durch sie ebenfalls. Also stellte er sich hinter sie und wartete, ein wachsamer Beschützer.

Stundenlang beteten sie. Die ganze Nacht über bis in den nächsten Tag hinein. Und in die nächste Nacht.

Hin und wieder kamen ihre Gefährten in stiller Verehrung herein. Sie glaubten nicht an den Spiegel und seine Geheimnisse, sondern an das Duo, das sie hierhergeführt hatte. Er aß und trank, was sie ihm brachten, und er zehrte von ihrer Überzeugung, weil seine eigene gefährlich ins Wanken geriet.

Sie hingegen aß nichts. Sie schlief nicht. Sie rührte sich nicht, ganz versunken in ihrer Trance. Er hatte sich noch nie so weit von ihr entfernt gefühlt.

Ihre Leute brauchten sie. Das Imperium war im Anmarsch; Spähschiffe und Drohnen waren bereits am Rande des Systems gesichtet worden, und ihre eigenen Kundschafter und weit entfernten Verbündeten berichteten von einer gewaltigen Flotte und einem Zusammenschluss der Lords. Er wies seine Leutnants an, sich zu wappnen, denn sie würden schon bald ein weiteres Mal um ihr Recht zu atmen kämpfen müssen. Sobald sie wieder fort waren, wankte er auf seinen Beinen und versank in Träumen, in denen er die Tempelböden von Neuem mit Blut besudelte, um die Hexe zu verteidigen, bis sie endlich ihre Wahrheit fand.

Doch ihre Augen blieben geschlossen, ihre Atemzüge ruhig, und irgendwann überkam ihn die Angst, dass sie hier sterben könnte.

»Wann hast du die Geduld verloren?«, wollte sie wissen, ohne sich von dem Spiegel abzuwenden. Der Ronin war nicht sicher, ob sich ihr Mund bewegt hatte.

»Lässt sich das denn so genau festmachen?«, presste er zwischen zusammengebissenen Zähnen hervor. Er wollte sich umdrehen, wollte gehen – aber sie zwang ihn, reglos stehen zu bleiben. »Gibt es da einen definitiven Moment, wenn man zerbricht?«

»In deinem Fall, ja.«

»Nun, dann war es jedenfalls nicht hier. Hier hatte ich nur Angst. Vor dem Imperium. Um dich. Davor, was du gesehen hast. Oder dass du vielleicht überhaupt nichts sehen würdest.«

»Du hast mir nicht vertraut.«

»Doch«, betonte er. »Ich wusste, dass du ebenso eine Antwort wolltest wie ich, vielleicht sogar mehr.« Er zitterte. Sein Körper versuchte noch immer, sich zu bewegen, und inzwischen hatte er Angst davor, dass es ihm gelingen könnte. »Aber sie zu wollen, war nicht genug.«

Der Ronin machte einen Schritt nach vorn. Seine Muskeln und Gelenke schmerzten, nachdem er so lange gestanden war, aber er löste sich aus seiner Position hinter der Hexe und stieg auf die Plattform hoch. Er näherte sich dem Spiegel, wie man sich einem vertrauten Schmuckstück aus seinem Alltag nähern würde, und legte die flache Hand auf die Kyberscheibe.

Einmal mehr hatte er das Gefühl, verschluckt zu werden, aber der Spiegel saugte ihn so tief in sich hinein, dass er eine Weile nicht einmal mehr zu existieren schien.

Er wollte einen Abschluss. Eine Antwort. Und er erhielt …

»Was hat der Spiegel dir gezeigt?«, wollte sie wissen.

Er konnte sie nicht länger sehen. Zu antworten war schrecklich anstrengend, doch er klammerte sich an den Worten fest, als wären sie Treibholz auf stürmischer See. »Hast du es nicht auch gesehen? Das ist doch der Grund, warum du dort sitzen geblieben bist – weil du es vor mir geheim halten wolltest. Du hast nach einer anderen Antwort gesucht. Einer, die besser ist als die Wahrheit.«

Sie hatte geglaubt, dass die Wahrheit ihn zerstören würde.

Er sah es wieder vor sich, genauso deutlich wie damals. Die Bilder, die der Spiegel ihm gezeigt hatte. Es war eine Geschichte von Aufstieg und Fall, von endlosen Konflikten, die immer neuen Zwiespalt nach sich zogen. Es gab kein Ende, Konsequenz folgte auf Konsequenz, Gewalt gebar Gewalt und immer so weiter, über Jahrhunderte hinweg. Jahrtausende. Ganze Weltenalter voller Schmerz und Gier. Die Sith hatten ihre Freiheit auf Kosten anderer erlangt, und sie verteidigten sie durch noch mehr Blutvergießen.

Es gab nichts an dieser Zukunft, was sie nicht bereits geahnt hatten, aber solange das Szenario nur in ihren Gedanken existiert hatte – in den Gedanken zweier ehemaliger Jedi und jetziger Sith, die sich aneinanderklammerten, um der Woge standzuhalten, die sie ertränken wollte –, war ihnen der Preis akzeptabel erschienen.

Doch der Spiegel hatte Gedanken und Ahnungen durch eine *Vision* ersetzt.

Mit einem Mal spürte er das Gewicht jedes Verlusts und den Schmerz jeder Sünde, die aus seinen Entscheidungen erwachsen waren. All die Wesen, die Heim und Herd verloren hatten, all die Welten, die nur noch ein verwüsteter Schatten ihrer selbst waren, all die bitteren Erinnerungen an wimmernde, weinende Seelen.

Er dachte: Ich will nichts von alldem. Ich will, dass es zu Ende ist. Ich will die Stille einer lieblichen Nacht und warmer Arme. Ich will das Recht, erst zu sterben, wenn meine Knochen mich nicht länger tragen können. Und ich will dasselbe für alle anderen, die mir die Treue geschworen haben und für die ich im Umkehrschluss alles andere aufgegeben habe. Ich will es. Ich verlange es!

»Verlangen«, murmelte sie. »Ja, ich glaube, das war unser Fehler. Wir wollten zu viel, und wir hatten nichts davon verdient.«

Der Ronin riss sich los. Es war, als würde er aus erstickender Tiefe in frostiger Luft auftauchen; eine Kälte wurde durch eine andere ersetzt. Die Hexe hatte ihn an den Armen gepackt und zerrte ihn von dem Spiegel weg, aber sein Körper weigerte sich.

Der Spiegel enthüllte alles, so behaupteten die Geschichten. Völlige Klarheit. Und in seinem Licht sahen manche den Pfad zu uneingeschränktem Triumph.

Doch was er gesehen hatte, war kein Triumph. Es war Tod und Leid und Qual. Das konnte er nicht tolerieren.

Er riss sich von ihr los, stürmte zu dem Spiegel zurück und schlug mit der nackten Faust zu, angetrieben von Zorn und Furcht und dem unerbittlichen Wirbeln der Macht.

Ein Riss zuckte über den Spiegel nach oben, dann von derselben Stelle nach unten, aber das reichte ihm nicht. Er wollte, dass jedes Bild und jede Pein, die in seinen Geist geströmt waren, wieder in dem Abgrund verschwanden, aus dem sie gekommen waren.

Beseelt von diesem Wunsch schlug er noch einmal zu, und die Risse wurden breiter. Um sie herum entstand ein Netz weiterer, haarfeiner Linien, die sich vom Zentrum der Wunde nach außen hin verästelten, bis ihre schiere Zahl die Oberfläche des Spiegels trübte. Der Kyber erzitterte. Es schien, als würde er einen Seufzer ausstoßen, und dann … barst er auseinander.

Tausende und Abertausende Scherben ergossen sich über den Boden. Eine hatte sich in die Faust des Sith gebohrt, und dort würde sie bleiben, bis er sie geraume Zeit später endlich herauszog. Zu dem Zeitpunkt würde er aber schon weit, weit von diesem Ort entfernt sein.

Jetzt, in diesem Moment, konnte er nur auf das glänzende Splittermeer hinabstarren, ebenso wie die Hexe. Welchen Schaden er wirklich angerichtet hatte, wurde ihm erst klar, als er sich umwandte. Er hatte nicht nur ein Relikt zerstört; er hatte sie zerstört.

Der Ronin wusste, was als Nächstes geschehen würde. Er verließ den Tempel in völligem Schweigen. Halb erwartete er, dass sein Körper ihn zurück zu der Plattform zwingen würde, aber welcher Zauber ihn auch immer an sein früheres Selbst gekettet hatte, er war gebrochen, ebenso wie die Erinnerung an die Welt um ihn herum; sie zersplitterte und verblasste, bis nur noch er und sie übrig waren, umgeben von allem und nichts.

Die Hexe fixierte ihn mit einem unnachgiebigen Blick, als sie fragte: »Wann wusstest du, dass du uns töten würdest?«

Er wollte sich wegdrehen, aber er konnte nicht – es gab nichts, dem er sich hätte zuwenden können. »Damals noch nicht«, antwortete er.

»Wann dann?«

»Erst als ich damit anfing. Ich ... Ich handelte einfach, ohne zu denken. Ich war gebrochen. Und irgendwie glaubte ich wohl, es wäre richtig, die Krankheit auszumerzen, die ich erschaffen hatte.«

Die Hexe presste die Hand auf ihren Bauch, als hätte seine Faust sie getroffen und nicht den Spiegel. »Du hast uns getötet.«

»Soll ich mich rechtfertigen?«

»Das kannst du gar nicht.«

»Was willst du dann?« Mit einem Mal fühlte er sich unglaublich alt, schwach und atemlos. Er riss die Sauerstoffmaske von seinem Gesicht. »Möchtest du mich tot sehen?«

Ihre Augen waren dunkel und reglos. »Das würde nichts ändern.«

Der Ronin keuchte rasselnd und hob die Maske wieder vor sein Gesicht. Er wollte etwas erwidern, hustete aber nur. Er fühlte sich erbärmlich. Erniedrigt. Antriebslos. Vermutlich diesen letzten Teil sollte er jedoch als Segen betrachten. Ihm war gerade vor Augen geführt worden, was geschah, wenn er ein Ziel fand, dem er alles andere unterordnen konnte.

»Warum wolltest du, dass ich zurückkomme?«, ächzte er zu guter Letzt.

»Wollte ich nicht.«

Er runzelte die Stirn. Das stimmte nicht; sie hatte ihn eingeladen. Sie hatte ihm den Schweifling mit dem Splitter geschickt – ebenjenem Splitter, den er aus seiner verletzten Hand gezogen hatte, nachdem genug Entfernung zwischen ihm und ihr und den Konsequenzen seines Handelns lag. Dem Splitter, den er anschließend auf Dekien versteckt hatte. Und nun ... Nun holte sie Dämonen in die Welt zurück, zu irgendeinem Zweck, den er nicht verstand, aber fürchtete.

Ihre Finger streiften seine Wange und verharrten auf der Prothese, die seinen Kiefer umspannte. Dann blickte sie ihn an, und was er in ihrem Gesicht sah, war die Wahrheit. Genau dasselbe hatte der Spiegel repräsentiert, selbst nach seiner Zerstörung noch: Wahrheit.

»Ich wollte nie, dass du zurückkommst«, sagte sie leise. »Ich konnte den Gedanken nicht ertragen. Aber wenn es sein muss ...«

Die Hexe verschwand vor seinen Augen. Sie hinterließ ein Loch in ihm, das gierig um sich griff, ihm das schmerzende Fleisch von seinen knirschenden Knochen fraß. Insofern fühlte es sich wie eine Erlösung an, als sie wieder zu ihm sprach, auch wenn ihre Stimme ihn umschlang, ihn erdrückte, ihn in Fetzen riss. Nichts davon konnte ihn schrecken; dafür wollte er schon zu lange kein lebendes, fühlendes Wesen mehr sein. Oder zumindest glaubte er das, bis sie ihn mit ihrem letzten Fluch belegte.

Wenn du zurückkehrst, sollst du es in meinem Namen tun, sagte sie, und da war etwas Neues in ihrer Stimme. Etwas, was er noch nie gehört hatte. *Ehre das meine, wie du das deine nie ehren konntest.*

Zunächst umfing ihn das Nichts, dann waren da Weiß und Schwarz, und schließlich ließ sie ihn wieder sehen.

34. Kapitel

Der Ronin bewegte sich, ohne zu denken, sein Körper erfüllt von einem Drang, aber keiner Absicht. Er hatte jegliches Zeitgefühl verloren, wusste weder, wie lange er fort gewesen war, noch, wie viel Zeit jetzt verstrich, während er eine Hand auf seine Seite drückte, mit der anderen den Spiegelsplitter an seine Brust presste und aus der Bordküche stolperte. Der Schweifling stand auf und rief ihm nach, aber er war bereits fort. Dass sein Ziel das Cockpit war, erkannte er erst, als er durch die Luke trat.

Ekiya war bereits dort, und obwohl sie aussah, als würde sie ihn am liebsten fortjagen, blieb sie angespannt vor den Kontrollen sitzen. »Ich hoffe wirklich, du hast eine Lösung, Grimm. Diese Sache hier könnte nämlich gleich brenzlig werden.«

Ein Blick auf die Konsolen und den Raum jenseits der Cockpitfenster verdeutlichte das Problem: Die imperiale Flotte hatte sich durch das Trümmerfeld vorgearbeitet und fast alle anwesenden Schiffe überprüft. Die *Arme Krähe* war eines der letzten verbliebenen Fragezeichen, und die Kreuzer kamen immer näher.

Anstatt sich mit Erklärungen aufzuhalten, streckte er ihr den Kristall hin, der dumpf auf seiner Handfläche schimmerte. »Ich kenne den Weg nach Rei'izu.«

Ekiya blickte von seinem Gesicht zu dem Splitter und wieder zurück. Zunächst spiegelten ihre Züge die Art Mitleid wider, die man normalerweise nur für einfältige Kinder aufbrachte. Dann wurde daraus die Miene einer Frau, der theoretisch gefiel, was sie hörte, die aber die Person verachtete, von der sie es gehört hatte. Mit einer Handbewegung gestattete sie ihm, auf dem Sessel des Co-Piloten Platz zu nehmen. »Na schön. Es ist nicht so, als hätten wir Zeit zu diskutieren. Sag mir, was du weißt, und dann überlegen wir uns den Rest.«

Sie versuchten es einmal, dann noch einmal. Er sagte die Berechnungen auf, sie gab sie in den Navigationscomputer ein … aber der Computer enthielt keinerlei Informationen über diese Daten. Ekiya wurde mit jeder Sekunde ungeduldiger, und ihr Blick huschte immer wieder zu der Kommunikationsanlage und der weiten, leeren Schwärze vor dem Cockpitfenster. Als der Navigationscomputer schließlich auch ein drittes Mal blökte und die eingegebenen Daten für fehlerhaft erklärte, warf sie mit einem Fluch die Hände über den Kopf.

Inzwischen hatte sich der Rest der Gruppe hinter ihnen versammelt. Zwei der Jedi-Schüler reckten die Hälse, um über Ekiyas Schulter zu spähen, aber bislang gab es für sie nichts weiter zu sehen als einen alten Mann, der einer zunehmend frustrierten Frau widersinnige Koordinaten soufflierte.

B5-56 trillerte protestierend, schließlich war er am besten geeignet, um mit dem Navigationscomputer zu reden.

»Nein.« Der Ronin hielt den Splitter so fest umklammert, dass die Kanten in seine Haut schnitten. »Das wird nicht funktionieren. Ich muss es tun. Sie hat nur mir die Erlaubnis gegeben.«

Bei diesen Worten weiteten sich die Augen des Schweiflings, und die von Kouru verwandelten sich zu Schlitzen. Chie schob die Kinder hinter sich, bereit, sie falls nötig zu beschützen.

Und Ekiya sah aus, als hätte sie genug von der ganzen Sache. Doch bevor sie protestieren konnte, blinkte die Kommanzeige. Draußen vor dem Cockpitfenster schob sich die Spitze eines gewaltigen weißen Speers in ihr Blickfeld. Sekunden später hatte der Jedi-Schlachtkreuzer die Sonne von Dekien vollkommen ausgesperrt. Ekiya ballte hilflos die Fäuste über den Kontrollen der *Krähe.* »Ein Versuch noch«, rief sie über die Schulter. »Mehr ist nicht drin, Grimm.«

Falls sie nicht bald losflogen – und zwar schnell und weit von hier weg –, gäbe es kein Entkommen mehr für sie.

Diesmal gewährte sie dem Ronin direkten Zugang zu dem Navcomputer. Er musste die gewisperten Anweisungen des Splitters also nicht mehr in Worte umformen – er musste sie nur noch *wissen.* Die Koordinaten ergossen sich aus seinen Fingern in das Schiff. Ekiyas Brauen zogen sich immer weiter zusammen, während sie ihn beobachtete. Auf ihrem eigenen Schirm wurden die eingegebenen Koordinaten noch immer als fehlerhaft angezeigt, und sie schüttelte den Kopf, wie um ein störendes Insekt zu verscheuchen.

Doch dann akzeptierte der Navcomputer die Zahlen plötzlich. Und keinen Moment zu früh. Ein Schwarm kleiner Sternjäger hatte sich in perfektem Einklang von dem Schlachtkreuzer über ihnen gelöst, und gleichzeitig blinkte die Meldung auf, dass sie mit einem Traktorstrahl anvisiert wurden.

»Festhalten!«, warnte Ekiya die anderen noch, dann rasten sie los.

Der Hyperraum sprang ihnen entgegen, blau, weiß und wirbelnd … doch nur einen Moment lang. Eigentlich war es unmöglich, nach so kurzer Zeit schon wieder in die kalte schwarze Realität des Normalraums zurückzukehren, aber hier waren sie. Von dem Schlachtkreuzer, der gerade noch über ihnen aufgeragt hatte, fehlte jede Spur, ebenso von Dekien und allem anderen. Vor ihnen war nichts außer leere Weite.

Doch unter der *Armen Krähe* drehte sich eine goldumrandete blaue Kugel – ein Planet. Nicht Dekien. Rei'izu. Und er verspottete sie mit der unleugbaren Unmöglichkeit seiner Existenz.

35. Kapitel

Der Ronin sank auf seinem Platz zusammen. Ekiya neben ihm starrte atemlos auf Rei'izu, bis die Instrumente der *Krähe* alle gleichzeitig eine Sinfonie widersprüchlicher Fehlermeldungen anstimmten.

Die Systeme des Schiffes konnten sich nicht darauf einigen, ob sich der Planet tatsächlich unter ihnen befand oder über ihnen; ob sie im Orbit waren oder ob es überhaupt etwas gab, worum sie kreisen konnten.

Und woher stammte dieses Licht, das Rei'izu in seinen goldenen Schein tauchte? Es fiel ins Cockpit, auf ihre Hände – die des Ronin waren auf seine Rippen gepresst, die von Ekiya um die Navigationskonsole gekrallt –, aber seine Quelle war nicht zu sehen.

Ein Paradoxon. Wie passend. Schließlich hatten sie diesen Ort auch auf absolut unerklärliche Weise erreicht. Nichts ergab Sinn. Alles, was der Ronin mit Gewissheit sagen konnte, war, dass sie mit Erlaubnis der Stimme – der Hexe – hier waren.

Oder etwa nicht?

Sie lädt euch ein, hatte Hanrai gesagt. Doch sie selbst hatte diesen Worten in den schwindelerregenden Tiefen des Kristallsplitters widersprochen. Sie hatte gesagt, dass sie den

Gedanken an seine Rückkehr nicht ertragen könnte – und sie auch nie gewollt hätte.

Dennoch hatte sie ihnen den Weg frei gemacht. Wieso?

Aber diese Frage musste warten. Es gab im Moment drängendere Probleme, die ihre Aufmerksamkeit verlangten. Ekiya las sie von den Anzeigen der *Krähe* ab, und der Ronin spürte sie in seinen Knochen und seinen Haarspitzen. Das Schiff litt Qualen. Von einem Winkel der Galaxis, der existierte, in einen anderen geschleudert zu werden, der nicht existierte, hatte die Eingeweide des Schiffes über ihre Belastungsgrenzen hinausgetrieben.

Ekiya griff nach den Kontrollen. »Das ist nicht gut«, warnte sie die anderen. »Was immer das für ein Sprung war, er hat der *Krähe* nicht gefallen. Oh, Mist …«

Alle Augen im Cockpit weiteten sich furchtsam, als die *Arme Krähe* unter ihren Füßen wimmerte. Sie hatten gerade erst den Untergang eines Schiffes überlebt, und sie konnten den Verdacht nicht abschütteln, dass sie gleich einen zweiten erleben würden. Ekiya warf einen anklagenden Blick in Richtung des Ronin. Vermutlich hatte er das verdient, schließlich war er derjenige, der diese Furcht in ihren Herzen gepflanzt hatte.

Er hob beschwichtigend die Hand und wandte sich dann an den Schweifling. »Wir brauchen vielleicht die Fähigkeiten, die du auf der *Ehrfurcht* angewandt hast.«

»Ich fürchte, die *Krähe* zu stabilisieren, könnte ein wenig komplizierter sein«, warnte das Wesen.

»Aber diesmal bist du nicht allein«, warf Chie ein. Sie drehte sich zu den Schülern herum. »Meister Idzuna braucht euch. Lasst eure Sinne von ihm führen.«

Sogar Kouru folgte der kleinen Gruppe, als sie nach hinten

ging – aber nicht, ohne vorher noch einen misstrauischen Blick über die Schulter zu werfen.

Dann waren sie allein, und Ekiya schwenkte ihren Sessel herum. »Ich bin noch nie … Wo soll ich hinfliegen?«

Was war sie noch nie? Er kannte die Antwort, noch während er die Frage dachte. Sie war noch nie nach Hause geflogen. Vermutlich hatte sie Rei'izu nie von oben gesehen, bis man sie und die anderen zwangsrekrutierten Kinder an eine weit entfernte Front abtransportiert hatte.

Er hingegen kannte den Himmel über Rei'izu. Einst hatte er den Planeten ganz allein überflogen – ein egoistisches Manöver, für das er viel Tadel geerntet hatte, insbesondere von B5-56. Aber er hatte stets der Erste sein wollen, der eine neue Welt erkundete und ihre Gefahren abschätzte, bevor er seine Leute nachkommen ließ.

Also gab er die Koordinaten ihres Ziels in den Navcomputer ein. »Dorthin.«

Ekiya setzte die *Krähe* in Bewegung, und als sie in die Atmosphäre des Planeten eintraten, leuchteten weitere Lämpchen auf, um vor drohenden Systemausfällen zu warnen. Die Hülle des Schiffes knirschte unter der Schwerkraft.

Der Ronin richtete seine Aufmerksamkeit auf die stotternden Maschinen. Es war, als hätte ein schweres Fieber die *Krähe* erfasst, und sie zitterte kraftlos. Wenn er den anderen schon nicht dabei helfen konnte, den Frachter zusammenzuhalten, wollte er zumindest sein mechanisches Innenleben überwachen. Wann immer ein System zusammenzubrechen drohte, informierte er Chie über das Interkomm, und sie gab die Warnung an die Jedi weiter.

Sie überflogen gerade einen hohen Berggipfel, als sich unheilvolle Stille ausbreitete. Die Antriebe waren ausgefallen.

Kurz glitt die *Arme Krähe* noch dahin … dann stürzte sie in die Tiefe, und alles an Bord wurde einen Moment lang schwerelos.

Die Zeit schien sich in die Länge zu ziehen. Durch das trübe weiße Winterzwielicht erblickte der Ronin die Stadt, die das Tal vor ihnen ausfüllte: Hunderte und Aberhunderte kunstvoller, spitz zulaufender Dächer, unterbrochen von ungezählten Schreinen und Tempeln. Yojou, die alte Hauptstadt und der Geburtsort des Imperiums, war auch das Zuhause von Tausenden Gottheiten gewesen. Und jenseits der Stadt, hoch oben auf den Bergen, thronte der Shinsui-Tempel.

Der Anblick war eine Erleichterung, aber auch ein Fluch – ihrem Ziel so nahe zu sein, nur um jetzt abzustürzen. Da sprang der Antrieb plötzlich wieder an, ob nun durch Glück oder durch Gebete, und Ekiyas Hände tanzten hektisch über die Konsole. Sie nutzte diesen letzten Atemzug der *Krähe*, um sie von der Bergflanke wegzudrehen, dem Landefeld entgegen, auf das der Ronin deutete.

Sie überlebten – insofern war die Landung wohl ein Erfolg. Außerdem war die *Krähe* noch immer als Schiff zu erkennen, ungeachtet der Schneise aus geschwärztem Asphalt und abgebrochenen Teilen, die sie auf den Boden gemalt hatte. Es war aber vermutlich nicht mehr sicher, an Bord zu bleiben, also verließen sie schleunigst das Schiff.

Die Welt, die sie erwartete, entzog sich ihrem Verständnis. Einerseits war sie real genug, dass sie vor bitterer Kälte zitterten, andererseits aber doch so irreal, dass sie mit ungläubigen Augen umherblickten.

Sie waren an dem Raumhafen nahe dem Pilgerviertel von Yojou gelandet, wo es die dichteste Konzentration von religiösen Stätten gab. Das Viertel war uralt und dank eines imperialen Dekrets in seiner ursprünglichen Form geblieben, mit Häusern aus dunklem Holz und Dächern mit langen weißen Ziegeln. Um dorthin zu gelangen, musste man eine der vielen Brücken über den winterlich trägen Fluss Moga nehmen, der diesen Bereich vom Rest von Yojou abtrennte. Wegen der Nähe zum Pilgerviertel war dieser Raumhafen das bevorzugte Ziel zahlreicher Pilger und Touristen gewesen, und viele Sith waren aus demselben Grund hier gelandet.

Dutzende ihrer Schiffe standen noch immer über das Landefeld verstreut. Die unterschiedlichsten Modelle und Typen waren vertreten, aber in der Regel waren sie klein und zivilen Ursprungs. Die großen Kampfschiffe hatten die Sith in die Schlacht gegen die Jedi geworfen, und nachdem Rei'izu verschwunden war, hatte nichts mehr diese Lücken gefüllt.

Sie sahen die Gestalten, während sie die *Krähe* verließen, aber nie direkt. Sie tauchten immer nur am Rand ihres Blickfelds auf und verschwanden, sobald man sich ihnen zudrehte: ein Mann im Overall eines Mechanikers, der sich über einen Werkzeugkasten beugte; ein Gesicht mit großen Augen, das aus den Schatten eines nahen Cockpits spähte; eine zusammengedrängte Gruppe von Pilgern in gelben Roben, ihre nervösen Blicke auf die Heiligtümer gerichtet, die sie nicht länger gefahrlos erreichen konnten; und zahlreiche Schemen mehr, jetzt hier, einen Herzschlag später schon wieder fort.

Chie knurrte. Sie hatte zum Horizont hinübergeblickt, wo die Sonne wie eingeklemmt zwischen zwei Berggipfeln stand, doch jetzt drehte sie sich wieder herum. »Ich weiß nicht, was die Hexe hier treibt, aber die Sonne bewegt sich nicht.«

»Das tut sie nie«, sagte der Schweifling. Ein seltsamer, friedlicher Ausdruck lag auf seinem Gesicht, als er zu den Bergen hochspähte.

»Zum Glück ist das überhaupt nicht unheimlich«, kommentierte Ekiya.

B5-56 neben ihr zirpte vorwurfsvoll. Der Droide war seit ihrer unsanften Landung seltsam apathisch, aber jetzt nutzte er die Gelegenheit, um seine eigene Einschätzung abzugeben.

»Wenn du meinst«, brummte Ekiya. »Mich interessiert eher, was wir heute Abend essen sollen. Und wo wir schlafen können. Und …« Sie machte eine Pause, während sie fröstelnd die Arme um sich schlang. »… wie es danach weitergehen soll.«

»Ich nehme mal an, ihr tut, weswegen ihr hergekommen seid.« Kourus Stimme klang gleichzeitig vertraut und fremd. Ihr Tonfall war noch immer derselbe, aber ihr Sprechrhythmus hatte sich völlig verändert. Und als sie sich von der Gruppe löste und zum Pilgerviertel hinüberging, sah es aus, als würde sie ihren Schatten hinter sich zurücklassen. Schließlich blickte sie über die Schulter zum Ronin hinüber. »Du bist hier, um mich zu töten, oder nicht?«

Der Ronin blieb reglos stehen, obwohl jede Faser seines Körpers vorschnellen wollte. Er kannte die Bedrohung, der er gegenüberstand, und wusste, dass er seine Kräfte sparen musste. Das Wesen vor ihm war nicht Kouru; Kouru wollte ihn nicht länger umbringen, und die Augen, die ihn aus dem Gesicht der Banditin anstarrten, wünschten nichts sehnlicher als seinen Tod.

Ein unheilvolles Gefühl überkam ihn, das er nicht benennen konnte. Die ganze Sache fühlte sich … *falsch* an. Natürlich. Er musste schließlich mit ansehen, wie eine Seele, die er kannte, zu etwas anderem verdreht wurde. Wie könnte so etwas *nicht* falsch sein? Andererseits hatte er schon unzählige Male beobachtet, wie die Hexe Gefallene auf deren vormalige Verbündete hetzte, um den Sith den Sieg zu sichern. Lag es vielleicht daran, dass er nun das erste Mal zu den Leidtragenden ihrer Fähigkeiten gehörte?

Nein. Dieses unheilvolle Gefühl hatte einen anderen Ursprung. Sie, die Hexe, war nicht dieselbe, die er einst gekannt hatte.

Er konnte das Gefühl nicht rechtfertigen, aber ebenso wenig konnte er es verdrängen. Es war in ihm herangewachsen, seit der Kybersplitter ihn verschlungen und ihn in seine Vision innerhalb einer Vision hineingeschleudert hatte. Die Hexe, die er dort angetroffen hatte, war ihm in seinem Innersten vertraut gewesen, in dem Teil seiner selbst, dessen Echo in ihr weiterlebte.

Die Hexe, die jetzt vor ihm stand und ihn dazu bringen wollte, seine Klinge zu ziehen, während sie Kouru als Mantel trug ... Er *kannte* sie, kannte ihre wispernde Stimme. Aber ...

Ihr herausforderndes Lächeln wirkte unheimlich auf Kourus schmollenden Lippen. »Ich werde es dir nicht leicht machen«, sagte sie. Als hätte er das je geglaubt. »Schließlich brauche ich Gewissheit, dass du all die Mühe wert warst.«

Sie – die Hexe, falls er sie noch so nennen konnte – deutete mit Kourus sehnigem Arm am Pilgerviertel vorbei. »Ich warte dort, wo du mich zurückgelassen hast. Hinter den Schreinen und der Schlucht. Nimm den Pilgerweg. Wir werden uns wiedersehen, wenn du sein Ende erreichst.«

»Und falls ich nicht komme?« Er musste fragen.

Sie runzelte die Stirn, als hätte sie diese Möglichkeit überhaupt nicht in Betracht gezogen. »Du wirst kommen. Und wenn du nicht willst, dass Rei'izu euch ebenfalls verschlingt, dann solltest du dich besser beeilen.«

Sie verschwand ebenso schnell, wie sie erschienen war, und Kouru sank in sich zusammen. Der Ronin kniete sich neben sie. Er bezweifelte, dass er die Kraft gehabt hätte, noch weiter stehen zu bleiben.

36. Kapitel

»Was hat sie damit gemeint: ›dass Rei'izu euch ebenfalls verschlingt‹?«, fragte Chie nach dem Zwischenfall.

Der Fuchs war ebenso erstarrte wie alle anderen, als die Hexe in ihrem Kouru-Kostüm vor ihnen auf und ab stolziert war, und Ekiya hätte seinen Gesichtsausdruck vermutlich als »ungläubig« bezeichnet (auch wenn »gequält« vielleicht die passendere Beschreibung gewesen wäre). Nun versuchte er, seine Miene durch ein reuevolles Lächeln zu entschärfen, während er sagte: »Ich bin nicht sicher. Aber ich weiß, dass ich das letzte Mal nicht allein hergekommen bin ... Ich war jedoch der Einzige, der von hier zurückkehrte.«

Ekiya stöhnte. »Na großartig! Dann lasst uns Grimm schnellstens diesen Berg hochschaffen.«

Niemand hatte Einwände. Selbst Kouru nickte nur, nachdem sie aus eigener Kraft wieder aufgestanden war, ihr Gesicht zu der vertrauten verkniffenen Miene verzogen. Die Zeit der Streitereien schien endgültig vorbei zu sein, jetzt, wo Grimm sie durch diesen verrückten Macht-Unsinn hierher befördert hatte, nach ...

Sie wagte kaum, den Namen zu denken. Rei'izu. Der Boden unter ihren Füßen war real, aber ihr Geist weigerte sich, es zu akzeptieren.

Ekiya kannte die Silhouette von Yojou hauptsächlich von Propagandaplakaten. Oh, wie es das Imperium geschmerzt hatte, dieses wertvolle Kronjuwel zu verlieren! Ihre eigenen Erinnerungen waren hingegen verschwommen. Sie war im südlichen Bezirk auf die Welt gekommen, fernab des Pilgerviertels. Den Shinsui-Tempel hatte sie zum ersten Mal gesehen, als sie und die anderen zwangsrekrutierten Kinder auf dem Weg zum Raumhafen darüber hinwegflogen.

Das machte die nächste Stunde noch seltsamer und befremdlicher. Ihre Ortskenntnis verlieh ihrem Hiersein einen theoretischen Sinn, und sie war dankbar, als Chie sie nach dem schnellsten Weg vom Landefeld zur Schlucht fragte. Aber ihr tatsächliches Wissen über ihre Heimat war so verschwindend gering, dass sie nur betreten mit den Schultern zucken konnte. Zum Glück hatte der Fuchs noch immer eine mentale Karte des Pilgerviertels im Kopf.

Also konzentrierte sich Ekiya stattdessen darauf, die Nahrungsvorräte und Notfallrucksäcke der *Krähe* an die Schüler zu verteilen und mit Grimm darüber zu diskutieren, wie sie B5–56 den Berg hochbekommen sollten.

»Seine Prozessoren sind angesengt«, erklärte Ekiya. »Und sein Belüftungssystem gibt auch nicht mehr viel her. Wenn er mitkommt, wird er überhitzen, bevor wir es über den ersten Hang geschafft haben.«

»Er kommt mit«, beharrte Grimm.

»Er wird es nicht überleben«, betonte Ekiya.

B5s Zwitschern war nicht gerade hilfreich.

»Nein, es geht dir nicht gut«, blaffte sie. »Du kannst von Glück reden, dass du überhaupt so lange durchgehalten hast. Aber wenn wir dir noch mehr zumuten, endest du als besserer Mülleimer … mit einem Hut.«

An dieser Stelle rief Chie Ekiya zu sich herüber, vordergründig, weil sie ihr helfen sollte, einen alten Speeder wieder in Gang zu bringen, den die Kinder auf der anderen Seite eines Touristentransporters entdeckt hatten.

Als sie zu dem Fahrzeug hinübergingen, murmelte Ekiya leise: »Ich habe doch recht, oder etwa nicht? Was immer die Hexe mit diesem Ort angestellt hat, es zerfrisst sämtliche Technologie, die komplexer ist als ein simples Chrono. Deswegen ist die *Krähe* abgestürzt. Und Bee macht es auch zu schaffen. Wir können ihn nicht noch tiefer in diesen Schlamassel hineinziehen, oder …«

»Ich fürchte, du hast recht«, sagte Chie. »Andernfalls hätten wir längst ein paar neugierige Droiden gesehen.«

Doch da waren keine Droiden. Ebenso wenig wie andere Wesen.

»Unserem kleinen Freund ist das sicher auch nicht entgangen«, fuhr Chie fort. »Und trotzdem ist er entschlossen, uns zu begleiten. Ich glaube, er möchte sich noch einmal nützlich fühlen, bevor sein Prozessor durchbrennt. Er möchte nicht allein sein, wenn es passiert. Also sollten wir ihn mitkommen lassen.«

»Falls ich mich jetzt besser fühlen soll …« Ekiya seufzte und ließ den Satz unbeendet. Sie wollte Verständnis haben – mit B5, mit den anderen. Sogar mit Grimm, zumindest ein klein wenig. Er schien wirklich Wiedergutmachung leisten zu wollen. Wie sehr, erkannte sie aber erst, nachdem sie den Gleiter wieder in Gang gesetzt hatte. Als sie ihre Schätzung darüber abgab, wie lange er wohl durchhalten würde – was in etwa derselbe Zeitraum war, den sie B5 gab –, überreichte ihr Grimm zu ihrer grenzenlosen Überraschung die Trickkiste.

»Deine Geister sind alle noch da drin«, sagte sie unbeholfen. Die roten Splitter schillerten inmitten der anderen Kristalle.

»Es ist besser, wenn du auf sie aufpasst.« Er machte eine Pause. »Wenn du nicht für sie beten willst, kannst du sie vergraben, wo immer du willst.«

Sie drückte das kleine Kästchen gegen ihre Brust, bevor sie es unter ihrem Mantel verschwinden ließ. »So respektlos bin ich nicht.«

Sie beschloss, dass sie auch später noch wütend auf ihn sein konnte. Wenn sie nicht mehr darüber nachdenken müsste, was die Hexe wohl gegen sie ausheckte, weil sie in ihre Zuflucht eingedrungen waren.

Die Schüler beschäftigten sich anderweitig.

»Schau, da ist noch einer«, wisperte einer seinem Freund zu.

»Das ergibt keinen Sinn. Es muss eine Illusion sein.«

Sie überquerten gerade die Brücke zum Pilgerviertel, und der Speeder brummte unheilvoll, während er dahinglitt. Solange er funktionierte, würde Chie am Steuer bleiben – gemeinsam mit der Tooka-Katze, die sich nervös im Fußraum zusammengekauert hatte. Die Rückbank war für Grimm und B5 reserviert; anfangs hatten sie versucht, Kouru ebenfalls einen Platz anzubieten, aber sie hatte nichts davon hören wollen und ging stattdessen zu Fuß mit den anderen neben dem Speeder her. Dabei suchten ihre scharfen Augen unermüdlich die Umgebung ab, ihre Hand nie weit von dem verzierten Lichtschwertgriff entfernt, der einst dem toten Jedi-Meister des Schweiflings gehört hatte. Sie wirkte regelrecht angewidert, die Waffe zu tragen, doch im Moment konnte keiner von ihnen wählerisch sein, was seine Ausrüstung anging. Nicht an einem so unberechenbaren Ort wie Rei'izu.

Wie unberechenbar der Planet war, stellten sie spätestens fest, als sie die andere Seite des Flusses erreicht hatten und im Pilgerviertel von einem unheimlichen Anblick begrüßt wurden.

Ein Wolkenhirsch – oder zumindest sah er so aus: lange Beine, weißfleckiges Fell mit violett-grauen Einsprengseln, ein Geweih, das sich auf wunderschöne Weise über seinem Kopf verästelte. Das Tier stand am Eingang einer Gasse und starrte ihnen mit feuchtschwarzen Augen entgegen. Hinter ihm tauchte eine Hirschkuh auf, deren Ohren neugierig zuckten.

Ekiya erinnerte sich noch an das Wolkenwild. Im nördlichen Teil des Pilgerviertels hatte es einen Tempel gegeben – einen der größten und ältesten auf ganz Rei'izu –, umgeben von einem Park, wo Dutzende dieser Tiere gelebt hatten.

Mehr und mehr Hirsche und Hirschkühe kreuzten ihren Pfad, als sie sich einen Weg durch die staubigen Straßen bahnten. Vereinzelt sahen sie weitere Spuren von Leben: lange Ranken, die aus Höfen und Gassen hervorwucherten und den Schweifling und die anderen mehr als einmal ins Stolpern brachten. Nester, die Tiere in Verkaufsständen gebaut hatten, und immer wieder kleine bunt gefiederte Singvögel, die von Straßenecke zu Straßenecke hinter ihnen herflatterten, offenbar ohne jede Angst vor den Eindringlingen. Yuehiro streute ein paar Körner Reis in seine Hand und schaffte es so, einen besonders furchtlosen Vogel anzulocken.

»Sie wurden domestiziert«, wandte er sich an die anderen Kinder. »Oder sie wurden geboren, nachdem all die Bewohner starben.«

Natürlich sahen sie auch immer noch die flüchtigen Schemen, und wenn einer von ihnen nicht wieder verschwand, entpuppte er sich in der Regel als reglose Droidenleiche.

»Es ergibt trotzdem keinen Sinn«, beharrte einer der Schüler. »Sie hat die Seelen eingefroren, aber nicht die Tiere. Sie hat die Sonne angehalten, aber ...«

»Sie hat nicht die Sonne angehalten, sondern den Planeten ...«

»Nein, das kann nicht sein, weil dann wäre die Schwerkraft ...«

»Hör auf, nach Erklärungen zu suchen. Es ist die Macht ...«

»Bei dir ist immer alles die Macht ...«

Ekiya hätte gerne mit ihnen gejammert, aber die kleinen Jedi verstummten jedes Mal abrupt, wenn ein Erwachsener in ihre Nähe kam. Der Fuchs schien ihre Unruhe zu spüren, denn er winkte sie zu sich an die Spitze ihrer kleinen Karawane.

Er teilte die Schüler in Zweiergruppen auf, welche er anschließend beauftragte, nach Vorräten zu suchen, wann immer sie an einer Apotheke oder einem Lebensmittelladen vorbeikamen. Was die Kinder fanden, warfen sie neben Chie auf die vordere Sitzbank des Gleiters, damit die Katze es bewachen konnte – Medikits, Rationen, Komponenten für Grimm und so weiter. Apropos: Grimm hatte auf der Rückbank eine Wartungsklappe an B5s Chassis geöffnet und inspizierte das Innenleben des Astromech. Er wirkte regelrecht ... neurotisch? War das die passende Beschreibung, wenn der dunkelste aller Dunklen Lords verzweifelt versuchte, seinen Droiden davon zu überzeugen, dass dessen Schaltkreise nicht auf mysteriöse Weise durchbrannten?

Nicht, dass er im Moment zu viel mehr in der Lage wäre. Grimm sah nach wie halb tot aus. Sofern die Jedi-Knirpse nicht über einen tragbaren Bactatank stolperten, würde seine Lunge noch immer kränkeln, wenn sie Shinsui erreichten.

Ekiya winkte Yuehiro zu sich und trug ihm auf, nach einem Gesichtsschutz zu suchen – etwas, was Grimm über seiner Sauerstoffmaske tragen könnte. Der Junge wirkte ein wenig zu selbstsicher für Ekiyas Geschmack, als er davonhuschte. Er hatte irgendwo ein Küchenmesser gefunden und es sich unter den Gürtel gesteckt. Einerseits war es natürlich gut, dass er eine Waffe hatte, aber sie wollte nicht, dass er übermütig wurde.

Der Fuchs hatte einen seltsamen Blick in den Augen, als Ekiya zu ihm aufschloss. War er überrascht, weil sie sich noch immer um Grimm kümmerte? Vielleicht. Zu ihrer Verteidigung musste sie sagen, dass sie rein logisch handelte. Sie wollte nicht sterben, und es schien nur einen unter ihnen zu geben, der die Hexe besiegen konnte. Also …

»Wie fühlst du dich?«, fragte das Wesen.

Ekiyas Mund klappte auf. »Was? Warum? Ich …«

»Du bist zu Hause. Ich nehme an, das ist ziemlich überwältigend.«

Ein Dutzend mulmiger Gefühle ballte sich in ihr zusammen, während sie verwirrt zu ihm hochblickte. Schlussendlich wandte sie sich wortlos wieder ab.

Vor ihnen kreuzten sich zwei Straßen zwischen den dunklen Holzbauten des Pilgerviertels. Am Ende der einen Straße erhoben sich die grauen Mauern eines Schreinkomplexes; die andere weitete sich zu einem Platz, der von lange verwaisten Verkaufsständen und bunten Bannern gesäumt wurde. In beiden Richtungen konnte Ekiya kurz einen Schemen sehen, hier einen, der gähnte, dort einen, der über den Platz rannte.

Nichts an diesem Ort war ihr vertraut. Das hieß, irgendwie schon, gleichzeitig aber auch nicht. Sie erinnerte sich an die Farben, in gewissem Maße auch an die Gerüche, doch alles andere war entweder zu nah oder zu weit vom Objektiv ihres Gedächtnisses entfernt. Es wurde verfremdet durch einen Schleier aus Nostalgie und Entfremdung.

Es konnte nicht nur daran liegen, dass sie auf der anderen Seite der Stadt aufgewachsen war, fernab vom Pilgerviertel. Oder daran, dass es hier wegen des imperialen Edikts keine Häuser aus Metall gab, so wie im Rest von Yojou. Auch nicht daran, dass diese Gebäude verlassen waren – quasi Geschichte ohne Textur. Oder daran, dass die Natur, wo sie nur konnte, durch Ritzen und Lücken aus sorgsam gepflegten Bauten hervorquoll, ganz ohne Rücksicht auf die Gesetze des Imperiums.

Nein, vielleicht war der eigentliche Grund, dass sie die letzten zwanzig Jahre damit verbracht hatte, von Rei'izu zu träumen, während sie durch die Galaxis gezogen war. Ihre Heimat war eine Fantasie gewesen, die sie jedes Mal neu zusammengebaut hatte. Was sie jetzt spürte, war die Lücke zwischen Erinnerung und Realität. Sie erinnerte sich an *ein* Rei'izu. Aber nicht an dieses.

Und da war noch etwas. Dass sie *hier* waren, bedeutete nämlich, dass sie nicht *dort* waren: in der Welt, wo ein zerfetzter Schlachtkreuzer über Dekien hing; wo die Prinzen gerade die Fassade des Friedens niederrissen, um sich ihre Jedi auf den Hals zu hetzen – ohne Rücksicht auf die armen Seelen, die zwangsweise zwischen die Fronten geraten würden.

Was dieses Gefühl noch verschlimmerte, war, dass sie überhaupt nicht hier wäre – zwischen diesen Schreinen und Schatten, auf dem Weg, ihre eigenen Geister zur letzten Ruhe zu betten –, hätte sie nicht die Hilfe des Fuchses gehabt. Na schön, und die Hilfe von Grimm. Dies hatte ihre persönliche Mission sein sollen, aber andere hatten den Preis gezahlt. Natürlich war es die Sache trotzdem wert … Es fühlte sich eben nur nicht so an.

Der Fuchs besaß die Dreistigkeit, mitleidig zu ihr herüberzublicken. Eine kleine Geste, so wie alle ehrlichen Gesten für ihn klein waren. Ekiya wünschte, er würde wieder seine Maske tragen. Und dann machte er es noch schlimmer, indem er ihr voller Mitgefühl die Hand auf die Schulter legte.

»Danke«, brachte sie heraus und ließ sich dann ans Ende der Gruppe zurückfallen.

So musste sie wenigstens nicht sehen, wie der Fuchs zielsicher durch die Straßen wandelte. Dass er sich hier auskannte, ließ ihre Heimat nämlich nur umso unwirklicher erscheinen.

Ekiya fiel bis zu Kouru zurück, die anfangs misstrauisch reagierte, sich aber wieder entspannte, als klar wurde, dass die Pilotin ihr keine Unterhaltung aufzwingen wollte.

Kouru musterte ihre Umgebung mit einem Argwohn, um den Ekiya sie beneidete. Andererseits suchte die Sith ja auch nicht nach etwas Vertrautem, sondern nach Gefahren. Und dass sie keine fand, schien sie zunehmend zu enttäuschen. Wann immer sie an einer weiteren Gasse vorbeikamen, in der sich außer spektralen Schatten nichts rührte, presste sie ihre Lippen ein wenig fester zusammen. Fast wollte Ekiya ihren Arm tätscheln, aber sie hatte nicht vergessen, wie schrecklich sich das mitleidige Schulterklopfen des Fuchses angefühlt hatte, also unterdrückte sie den Impuls.

Nach zwei Stunden – oder zumindest war das Chies Schätzung; keines ihrer Chronos zeigte noch dieselbe Zeit an – gab der Speeder schließlich den Geist auf. Sie überquerten gerade einen großen Platz, ein paar Blocks vom nördlichen Rand des Pilgerviertels entfernt, und nun mussten sie entscheiden, was sie mitnehmen und was sie zurücklassen würden. Und was sie wegen Grimm und B5 unternehmen sollten.

Ekiya hielt sich bewusst aus dieser Diskussion heraus; stattdessen begleitete sie Kouru auf einem Rundgang über den Platz. Die Sith warf ihr einen langen Seitenblick zu, aber offenbar fehlte ihr die Geduld, um Fragen zu stellen.

Sie hielt inne, als sie eine Ecke des Platzes erreichten, von wo aus man Shinsui sehen konnte. Der Großteil des Komplexes war zwar durch die Bäume eines Berghanges verborgen, der hinter der Schlucht aufragte, aber das unheimliche Licht der erstarrten Sonne ließ die schneebedeckten Dächer hell schillern. Kouru starrte grimmig hinüber, als wollte sie den Tempel selbst herausfordern.

Dann drehte sie abrupt den Kopf in Richtung einer Straße, die auf dieser Seite vom Platz fortführte und durch den Stand der Sonne in ewige Schatten getaucht wurde. Gesäumt wurde diese Straße von zwei hölzernen Bauwerken; sie stieg leicht an, ehe sie an einer Steintreppe und einer Reihe frostgezeichneter Bäume endete.

Auf halber Höhe der Treppe stand eine Gestalt in dunkler Kleidung. Es sah aus, als wäre es nur ein weiterer Schatten, trotzdem konnte Kouru den Blick nicht abwenden und Ekiya ebenso wenig.

Die Gestalt verschwand.

Ekiya schluckte. *Natürlich* war sie verschwunden. Diese Schemen verschwanden doch immer. Sie tauchten kurz auf, und dann, bei der kleinsten Bewegung, waren sie wieder weg. Vermutlich hatte sie den Kopf gedreht oder zu tief eingeatmet oder …

Dann konnte sie die Gestalt plötzlich wieder sehen. Und diesmal stand sie am Fuß der Stufen.

Ekiya fluchte und packte Kourus Arm, aber die Sith wollte sich nicht rühren. Sie stand vollkommen starr – nicht starr wie eine Statue, eher wie der Fels über einer vulkanischen Ader: reglos, bis er explodierte.

Und weil sie sich nicht bewegen wollte, konnte Ekiya auch nicht gehen. Stattdessen blieb sie neben Kouru stehen, ihr ganzer Körper von Grauen durchflutet, während die Gestalt näher kam. Den Hang hinab. Zwischen den beiden Holzkonstruktionen hindurch. Näher und näher. Das nächste Mal würde sie an einer Stelle auftauchen, wo durch eine Lücke zwischen den Häusern goldenes Dämmerlicht herabsickerte. Dort wäre sie deutlich sichtbar, und ihr Schatten würde sich wie ein Schwert vor ihr ausstrecken …

Kouru zog einen Fuß zurück und griff nach ihrem Schwert. Ekiya zerrte erneut an ihrem Arm. »Nein, wir müssen hier weg«, wisperte sie flehend. *Schrei*, drängte ein Teil von ihr. Ruf um Hilfe. Deswegen reisten sie doch überhaupt als Gruppe; damit sie sich derartigen Gefahren nicht allein stellen mussten. »Kouru, *komm mit.*«

Die Sith knurrte und schüttelte ihre Hände ab, aber es war der Zorn in ihren Augen, der Ekiya erschrocken nach hinten stolpern ließ. Instinktiv legte sie die Hand auf den Blaster, den sie nur ungern einsetzte, aber natürlich trotzdem bei sich trug, denn man legte sich nicht mit einer Sith-Hexe an, wenn man sich nicht verteidigen konnte …

Mehrere Sekunden standen sie so da und starrten einander an. Schließlich wurde aus Sekunden eine Minute – und die Straße war noch immer verlassen.

Ekiya wusste nicht, wie sie den Ausdruck auf Kourus Gesicht beschreiben sollte, als die Sith schließlich erkannte, dass der Geist nicht wieder auftauchen würde. Ihre Züge waren verzerrt vor Zorn, Frustration und … Trauer. Mit einem Mal überkam Ekiya Mitgefühl.

»Es tut mir leid«, sagte sie. »Ich muss es verscheucht haben.«

»Nein«, zischte Kouru. »Das war kein normaler Schatten. Es war ein Krieger. Ein Sith.«

»Wie kommst du darauf? Wegen seines dramatischen Auftritts?«

Die Knöchel an Kourus Händen traten weiß hervor. Sie hielt das Schwert des toten Lords umklammert, als wollte sie es zerbrechen. »Es war ein Gefäß der Hexe. Ein Dämon.«

Neben Wut und Ungeduld hörte Ekiya in diesen Worten auch das Zittern von Furcht. Mit einem Anflug von schlechtem Gewissen beschloss sie, Kouru eine Minute für sich zu geben, während sie Chie kontaktierte – die anderen hielten besser auch die Augen nach Schatten offen, die nicht gleich wieder verschwanden oder gar anfingen, sich zu bewegen.

Kourus Blick blieb die ganze Zeit auf die Straße vor der Treppe gerichtet. Ekiya hätte den Bereich vermutlich auch besser im Auge behalten sollen; sie mussten auf alles gefasst sein, bis der Rest der Gruppe aufbruchsbereit war. Doch stattdessen spähte sie immer wieder zu Kouru hinüber. Wie starr ihre Haltung war. Und wie zerbrechlich sie selbst.

Sag nichts, dachte sie. *Halt den Mund.* Aber ihr Mund schien das als Herausforderung aufzufassen. »Also ... möchtest du vielleicht über das reden, was auf dem Landefeld passiert ist? Es hat dir offensichtlich nicht gefallen, als Marionette benutzt zu werden.«

Kourus Gesichtsausdruck machte klar, dass es ihr noch viel weniger gefallen würde, darüber zu sprechen.

Ekiya hob die Hände. »Ich verstehe dich. Grimm ist ja schon schlimm genug, aber die Hexe? Was ich sagen will, ist ... Es tut mir leid, dass du in dieser Sache drinsteckst. Das hast du nicht verdient.«

Inzwischen blickte Kouru die leere Straße hinab, als würde sie sich *wünschen*, dass der Schatten zurückkehrte. Ekiya ließ ihre Hand wieder zu dem Blaster an ihrer Hüfte sinken. Nur für alle Fälle. »Ich habe das Werk der Hexe schon einmal gesehen«, sagte Kouru unvermittelt. »Als die Sith sich für die große Schlacht hier sammelten.«

Die Invasion, dachte Ekiya, auch wenn sie es nicht laut aussprach. Kouru hielt ebenfalls inne, ihr Mund von widerstreitenden Impulsen verzerrt. Vermutlich schämte sie sich, andere Gefühle zuzulassen, die ihren Zorn verwässern könnten.

»Wir haben gekämpft«, fuhr sie schließlich fort. »Wir haben geblutet. Wir sind gestorben. Und sie hat uns zurückgeholt. Unsere gefallenen Brüder und Schwestern – mit einem Mal wieder an unserer Seite. Und auch die toten Feinde wurden zu unseren Verbündeten. Es ... raubte mir den Atem. Ich war voller Ehrfurcht. Voller Freude. Voller *Hoffnung.*« Sie drehte den Kopf in Richtung der Schlucht und des Tempels, die aus diesem Winkel jedoch beide hinter Häuserfassaden verborgen lagen. »Als sie ihre Aufgabe erfüllt hatten, ließ die Hexe sie wieder frei, und wir verabschiedeten sie mit einem Gebet.« Jetzt blickte sie auf ihre Hände hinab, als könnte sie nicht glauben, dass sie wirklich ihr gehörten. »Und ich ... Ich erfülle nicht die Aufgabe, die sie für mich bestimmt hat.«

Das war die unausgesprochene Frage: Falls die Hexe Kouru zurückgeholt hatte, um Grimm zu töten, und Kouru sich gegen diese Aufgabe auflehnte, warum besaß sie dann überhaupt noch Hände, auf die sie hinabstarren konnte? Warum war sie nicht wieder tot und formlos, eine Erinnerung in der kosmischen Endlosigkeit?

Ekiya hatte keine Antwort darauf. Sie wusste, was mit den Geistern ihres Volkes geschah, und sie hatte ein vages Verständnis davon, was die Jedi glaubten. Aber sie hatte keine Ahnung, welche Geschichten Kourus Volk über das Jenseits erzählte. Folglich konnte sie ihr auch keinen Trost spenden. Die Einzige, die die Antworten kannte, war die Hexe, und die machte keinen sonderlich hilfsbereiten Eindruck.

»Also gut«, sagte Ekiya. »Du bist immer noch hier. Vielleicht hat die Hexe weniger Kontrolle über dich, als du glaubst.«

»Rede keinen Unsinn. Ich bin gestorben. Sie hat mich durch ihren Willen zurückgeholt. Ich bin ihre Schöpfung.« Kouru schnaubte in Richtung der Steintreppe, die noch immer menschenleer war. Regelrecht einladend. »Nichts hat sich geändert.«

»Wirklich? Sie hat vielleicht Besitz von dir ergriffen, als wir gelandet sind, aber jetzt ist sie nicht mehr da, oder?«

»Was macht dich da so sicher?«

»Wenn du den Zweifeln nachgibst, hast du schon verloren.«

Kouru drehte sich um und spähte über den Platz zum Rest ihrer zusammengewürfelten Truppe; sie schienen inzwischen alles aus dem Speeder ausgeladen zu haben, was sie tragen konnten. Ekiya wollte ebenfalls hinüberblicken, aber da sah sie aus den Augenwinkeln einen Schatten vor der Treppe. Ihr Atem stockte. Doch der Schemen bewegte sich nicht.

»Ich … Ich habe keine Ahnung, warum ich euch helfe«, murmelte Kouru.

»Möchtest du es überhaupt wissen?«

Die Sith zeigte die Zähne.

Ekiya rieb sich den Nacken. »Tut mir leid, falsche Frage. Ich weiß ja selbst kaum, was ich will, und dabei stehe ich mitten in dem größten Wunsch, den ich je hatte. In meinem Zuhause.« Sie legte die Hand auf ihre Seite, wo sie die Trickkiste trug, angefüllt mit den Geistern ihres Volkes. »Ich … Ich frage mich immerzu: Warum bin *ich* hier? Ich dachte, ich würde es nur für meine Leute tun, nicht meinetwegen. Aber das stimmt nicht. Als ich Rei'izu sah und nichts dabei fühlte … Das war schrecklich. Ich *will* etwas fühlen.«

»Und was?« Es schien Kouru wirklich zu interessieren, und Ekiya suchte nach den richtigen Worten, um es ihr verständlich zu machen.

In diesem Moment blinkte das Kommlink an ihrem Handgelenk – Chies Signal, dass sie bereit waren. Die beiden Frauen eilten zurück in den sonnenbeschienenen Teil des Platzes, und alles, was Ekiya noch sagte, war: »Ich möchte das Gefühl haben, dass ich alles getan habe, was ich konnte. Dass ich mit diesem Kapitel abschließen kann. Vielleicht ist das mein Problem.«

Kouru sah aus, als wollte sie eine Grimasse schneiden, aber ihre Züge entgleisten nicht wirklich. »Du sagst, du willst mehr als nur eine Sache sein.« Sie klang, als würde sie glauben, dass Ekiya sie nicht hören konnte, aber dafür war ihre Stimme zu laut. »Anstatt dich immer an den Wünschen anderer zu orientieren, solltest du vielleicht darüber nachdenken, welche Wünsche du in dir selbst trägst.«

Ekiya legte in einer spöttischen Respektbezeugung die Hände aneinander. »Wie philosophisch.«

»Halte deine Zunge im Zaum, bevor ich sie dir abbeiße.«

»Du meine Güte …«

Kouru lächelte nicht, aber sie schnaubte, und Ekiya lachte, weil … sie es verdient hatte? Doch selbst wenn nicht – sie bezweifelte, dass sie in nächster Zeit oft Gelegenheit dazu bekommen würde. Und wenn sie ihre inneren Wünsche aufzählen müsste, wäre Lachen ganz sicher auf der Liste.

37. Kapitel

Sie kamen deutlich langsamer voran, als sie sich der Schlucht näherten. Der alte Mann wollte seinen Droiden nicht im Stich lassen, und der Droide konnte sich kaum noch bewegen. Nicht mehr lange, und er würde das Schicksal des Speeders teilen. Kourus Hand strich über ihr Lichtschwert, und sie überlegte, ob sie dem Astromech die Beine abhacken sollte. Doch die Schatten wurden immer zahlreicher, je näher sie dem Park am nördlichen Ende des Pilgerviertels kamen – solange der Droide noch einen Dämon erschießen konnte, bevor er den Geist aufgab, würde sie sein träges Tempo also zähneknirschend akzeptieren.

Zu guter Letzt trennte sie nur noch der frostige Park vom Eingang der Schlucht. Kleine Gruppen Wolkenwild beobachteten sie aus den Schatten der Fruchtbäume, deren Äste wegen der Kälte schwarz und abgestorben in die Höhe ragten. Die Zahl der leblosen Schemen nahm hier stark ab. Als die Sith auf Rei'izu ihre letzte Schlacht geschlagen hatten, war der Weg zum Shinsui-Tempel längst für Pilger gesperrt gewesen – und wo es keine Pilger gab, konnten sie auch keine Geister hinterlassen.

Nur Sith suchten diesen Ort noch heim, und sie waren alles andere als leblos. Sie barsten aus der schwarzen Strömung der Macht hervor, durchzuckt von weißem Lodern, und manifestierten sich so unvermittelt in der realen Welt wie Blut, das aus einer frischen Wunde hervorquoll.

Dem Ersten sprang Kouru kampfbereit entgegen. Die Gruppe hatte einen breiten Pfad aus hellem Kies und Sand gewählt, der durch den Park zur ersten Brücke führte, und der Dämon tauchte hinter einem der dicken Baumstämme auf, die den Weg säumten.

Er bewegte sich genauso schnell wie die Gestalt, die Kouru vor einer Stunde gesehen hatte, aber in seinen Händen hielt er einen langen Stab mit einer rot glühenden Klinge an der Spitze – die direkt auf den Kopf des alten Mannes zuraste.

Das weiße Lodern der Macht züngelte durch jede Faser von Kourus Muskeln, als sie vorsprang und den Dämon von den Füßen riss. Ihre blauweiße Klinge durchbohrte seine Mitte, und die Erscheinung löste sich auf, noch bevor sie auf dem gefrorenen Boden landete, sodass Kouru hart zwischen Wurzeln und abgestorbenen Grasbüscheln aufkam. Sofort sprang sie auf die Beine und wirbelte wieder in Richtung des Pfades herum.

Der alte Mann hatte sowohl sein klobiges Lichtschwert als auch seinen Blaster aus dem Speeder mitgenommen. Kouru fand, dass er in seinem Zustand lieber auf die Pistole setzen sollte, aber es war das surrende Lichtschwert, das er nun in den Händen hielt, während er auf den nächsten Angriff des Dämons wartete.

Als der Schatten auftauchte, spaltete der alte Mann ihn sauber in zwei Hälften, welche sich sofort in aschefarbene Spinnweben auflösten. Nicht einmal sein Stab blieb zurück. Die Klinge spiegelte sich auf der schwarzen Halbmaske, die die untere Gesichtshälfte des alten Mannes bedeckte. Sie hatte vermutlich zur Rüstung eines Sith-Kriegers gehört, denn ein monströses Maul mit langen scharfen Zähnen war in die Außenseite geritzt. Tatsächlich sah sie fast genauso aus wie die Maske, die Kouru vor gar nicht allzu langer Zeit getragen hatte. Die Augen über dem Maskenrand fingen ihren Blick auf, und der alte Mann nickte ihr zu. Kourus Lippe zuckte – sie hatte das nicht für ihn getan –, aber sie sagte nichts.

Dies sollte der letzte Moment der Ruhe sein, der ihnen vergönnt war, bevor aus jedem dunklen Winkel ein wütender Sith-Dämon hervorsprang und sich die Welt in Chaos, Klingen und Blut auflöste.

Kouru wirbelte einem Dämon mit zwei feurigen Kurzschwertern entgegen und bohrte ihre eigene Waffe durch seinen Rücken. Der Schatten krümmte sich lautlos und verschwand in einer Wolke. Zu sehen, wie er sich auflöste, versetzte Kouru einen schmerzhaften Stich.

Während sie hieb, hackte und stach, träumte ein Teil von ihr davon, mit diesen Echos zu kämpfen anstatt gegen sie, und fast beneidete sie sie um ihre düstere, schemenhafte Gestalt. Doch sie waren Marionetten der Hexe, und jede ihrer gestohlenen Kyberklingen war ein Artefakt, das einst der alte Mann entworfen hatte. Kouru hasste sie beide, die Hexe und den verräterischen Lord, oder zumindest versuchte sie, sich das einzureden. Denn Hass war herrlich unkompliziert.

Doch die Schatten konnte sie nicht hassen. Sie wünschte ihnen die Freiheit, ebenso, wie sie ihre eigene wünschte – auch wenn sie nicht wusste, wie viel von ihrem alten Selbst noch übrig war.

Kouru wurde prompt für diesen Moment des Zauderns bestraft. Ein weiterer Dämon hatte sich aus dem Schatten eines alten Kirschbaumes gelöst und stürmte vor, als wollte er geradewegs durch sie hindurchrennen. In letzter Sekunde stieß einer der Schüler Kouru zur Seite; der Twi'lek, der sich um die anderen kümmerte, Yuehiro. Der Junge ging hinter ihr zu Boden und ächzte, während der süße Geruch von verbranntem Fleisch die Luft erfüllte.

Zorn brandete in ihr hoch, heiß und unwiderstehlich. Kouru stürzte sich auf den Dämon, aber er wich dem Hieb aus und rannte weiter, dem alten Mann entgegen, der gerade mit einem anderen Schemen die Klingen kreuzte.

Ringsum herrschte Chaos. Aus den Augenwinkeln sah Kouru, wie der Fuchs einen Dämon durch die Luft schleuderte, wie B5 in rascher Folge zwei Schüsse abgab, wie Ekiya ...

Nein. *Konzentrier dich.* Es war sinnlos, sich einen Überblick über die Schlacht verschaffen zu wollen, solange die Dämonen immer wieder verschwanden. Ihre einzige Chance bestand darin, sich auf den Moment zu konzentrieren, wenn sie wieder auftauchten.

Der Schatten, den sie verfolgt hatte, war mit einem Mal nicht mehr da. Aber Kouru war sicher, dass er noch immer den alten Mann angreifen wollte. *Schnell, denk nach: Wenn du ihn töten wolltest, von welcher Seite würdest du zuschlagen?*

Der alte Mann hatte gerade seinen derzeitigen Gegner enthauptet, doch seine Brust hob und senkte sich wie ein Blasebalg, und er musste ein Bein nach vorne stellen, um nicht ins Wanken zu geraten. Vor seiner gebeugten Form materialisierte sich Kourus Ziel, die Klinge bereits zu einem tödlichen Überkopfhieb erhoben.

Kouru war wie eine weiß lodernde Flamme, als sie vorschnellte und den Dämon von Kopf bis Kreuzbein in zwei

Hälften spaltete. Er löste sich in nichts auf, und sie stand nahe genug, dass sie spüren konnte, wie sie seine entschwindenden Partikel einatmete.

Ihr Blick fiel auf den alten Mann, seinen keuchenden Mund, seine eingefallenen Wangen. Er nickte ihr erneut zu und sank dann auf die Knie hinab. Eine unerwartete Furcht überkam Kouru, als sie ihn so schwächeln sah. Sie hatten noch nicht einmal die Brücken erreicht.

Ein schmerzerfülltes Ächzen lenkte ihren Blick in eine andere Richtung. Yuehiro lag verkrümmt auf dem Boden. Ein schwarzer Schnitt klaffte in seinem linken Arm, dicht unterhalb der Schulter. Er presste den Arm an seine Seite, aber die Gliedmaße hing schlaff in seinem Griff.

»Was hast du dir dabei gedacht?«, donnerte Kouru, während sie zu ihm hinübereilte.

Yuehiro presste die Kiefer zusammen und schüttelte den Kopf. Da war kein Bedauern in seinen Augen, und kurz fühlte Kouru sich an ihre eigene Jugend erinnert. Es hatte eine Zeit gegeben, da hatte sie sich ebenfalls kopfüber in die Gefahr gestürzt, um erfahrenere Krieger vor einem tödlichen Hieb zu bewahren.

Aber *sie* war zumindest schlau genug gewesen, sich dabei nicht halb den Arm abhacken zu lassen. Insofern hatte sie keine Gewissensbisse – keinen einzigen –, weil sie ihn wütend anknurrte. »Ich habe dir nicht das Leben gerettet, damit du es gleich wieder wegwirfst.«

Yuehiro schluckte hart und schlug die Augen nieder.

Chie schnalzte mit der Zunge, als sie zwischen ihnen auftauchte. Sie hielt Kouru ihren Stab hin und kniete sich dann neben Yuehiro, um seine Wunde zu inspizieren. »Es ist wohl kaum die Schuld des Jungen, dass er fast auf einem imperialen Schlachtkreuzer gestorben wäre – oder dass wir hier von Geistern angegriffen werden. Ich würde sagen, unter den gegebenen Umständen schlägt er sich ganz gut.«

»Ja, aber ich fürchte, das reicht nicht«, sagte der Fuchs. Seine Katze hatte das Fell aufgestellt und fauchte mit peitschendem Schwanz und zurückgelegten Ohren jeden vorbeihuschenden Schatten an. »Es wäre vermutlich das Beste, wenn wir uns trennen.«

Kouru wirbelte zu dem Wesen herum – wobei sie eine weitere Schülerin auf dem Boden liegen sah; sie presste die Hände auf ihren Bauch, während zwei ihrer Kameraden über ihr standen. »Du willst sie hier zum Sterben zurücklassen?«

»Ganz und gar nicht. Ist dir nicht aufgefallen, dass unsere schattenhaften Freunde nur an einem aus unserer Gruppe interessiert zu sein scheinen?« Der Fuchs nickte in Richtung des alten Mannes, der inzwischen neben B5 kauerte, Ekiya an seiner Seite. Eine winzige Rauchfahne stieg über dem Hut des Droiden auf.

»Sie sind Sith«, konterte Kouru. »Sie *denken*. Wenn wir etwas zurücklassen, was sie in irgendeiner Form gegen uns einsetzen können, werden sie genau das tun.«

»Sie sind Schatten, fast ohne Präsenz. Wären sie so intelligent, wie du glaubst, würde keiner von uns mehr atmen.«

Ihre nächsten Widerworte blieben Kouru im Hals stecken. Auf einer instinktiven Ebene wusste sie, dass er recht hatte, auch wenn es schmerzte, das zuzugeben.

Die Füße des Fuchses knirschten auf dem gefrorenen Boden, als er herüberkam. »Wir haben es bis hierher geschafft, weil wir zusammengehalten haben«, sagte er leise und nachdenklich. »Sie haben ihren Beitrag dazu geleistet. Aber jetzt haben sie außer ihrem Leben nichts mehr zu geben.«

»Schöne Jedi sind mir das«, knurrte Kouru, doch sie wünschte die Worte sofort in ihre Kehle zurück, als sie den stoisch entschlossenen Ausdruck in Yuehiros Gesicht sah, während Chie seine Wunde verband.

»Sie werden nicht hierbleiben«, sagte die alte Frau.

»Und ob sie das werden.« Ekiya trat auf sie zu, die Arme vor der Brust verschränkt, sodass ihre Hände in den Ärmeln ihres Mantels verschwanden. »Irgendjemand muss mir schließlich helfen, auf Bee aufzupassen. Seine Antriebsschaltkreise sind hinüber. Wir könnten versuchen, ihn mitzuschleifen, aber ebenso gut könnten wir uns selbst die Knöchel brechen.«

»Dann willst du also auch hierbleiben«, sagte der Fuchs.

Kouru starrte Ekiya an. Sie konnte vertretbare Gründe finden, um die Kinder zurückzulassen; sie waren verletzt, sie waren Amateure, und ihre übertriebene Hilfsbereitschaft würde sie alle ins Grab bringen. Aber Ekiya ...

»Richtig«, erwiderte die Pilotin, holte dann etwas aus den Falten ihres Mantels hervor und drückte es Kouru in die Hand.

Es dauerte einen Moment, ehe sie begriff. Natürlich *wusste* sie, was da unter ihren Fingern prickelte; sie spürte es, so instinktiv, wie andere Wesen Hitze oder Schmerz wahrnahmen. Aber sie hatte keine Ahnung, warum Ekiya es jemand anderem anvertrauen würde und noch dazu *ihr*. Das kleine Kästchen mit den Kyberkristallen – den Trophäen des alten Mannes und den geliebten Geistern der Pilotin – lastete schwer auf ihrer Hand. Als sie aufblickte, begegnete Ekiya ihr mit einer Mischung aus Nervosität und Trotz, dann neigte sie den Kopf.

»Bitte.«

»Warum?«, fragte Kouru, weil sie noch immer nicht akzeptieren konnte, was gerade geschah. Sah Ekiya denn nicht, dass sie einen Fehler machte? Kouru hatte keine Ahnung, was sie mit diesem Geschenk anstellen sollte.

»Weil ich weiß, wo meine Stärken liegen. Und gegen eine untote Sith zu kämpfen, gehört nicht dazu.« Ekiya nickte über die Schulter in Richtung der Schüler. »Mit denen komme ich schon klar. Kinder sind Kinder, ob sie einem nun im Gehirn herumwühlen können oder nicht. Außerdem sind sie verletzt.«

Kouru fühlte sich außerstande, die Kristalle einzustecken. Sie blickte noch einmal zu Ekiya hinüber, aber die Pilotin hatte sich bereits abgewandt, um die Katze des Fuchses aufzuheben; das Tier schien zu spüren, dass ihr Besitzer es zurücklassen wollte, und dementsprechend jaulte es nun.

»Aber das ist doch gar nicht das, was du willst«, sagte Kouru. »Du hast gesagt ... du bist hergekommen, um sie dorthin zurückzubringen, wo sie hingehören. Nicht, um sie einfach wegzugeben.«

Ekiya verpasste ihr einen spielerischen Tritt gegen den Stiefel. »Und du hast gesagt, dass ich auf die Wünsche in meinem Innern hören soll, nicht auf das, was ich glaube, anderen schuldig zu sein. Darum bitte ich dich: Bring diese Sache für mich zu Ende.«

»Du vertraust mir?«

»Warum nicht? Du bist unendlich stur, du magst mich, und außerdem habe ich bitte gesagt.«

Kouru schob das Kästchen unter ihre Robe. Halb erwartete sie noch immer, dass Ekiya ihren Schatz zurückfordern würde, aber stattdessen versuchte die junge Frau weiterhin, das närrische Haustier des Fuchses zu beruhigen. Während sie das Kästchen unter ihren Gürtel klemmte, fiel Kouru noch ein letzter Einwand ein. »Ich kenne die Gebete deines Volkes gar nicht.«

Ekiya zog eine Augenbraue hoch. »Ich habe ja auch nicht verlangt, dass du für sie betest.«

Nein, sie sollte nicht beten – sie sollte das Gebet *sein.* Bring meine Geister dorthin, wo sie hingehören, und schenke ihnen Frieden. Tu es für mich, denn ich vertraue dir.

Lächerlich.

Und doch war Kouru entschlossen, diese Bitte zu erfüllen. Denn zum ersten Mal seit langer Zeit wurde sie von etwas motiviert, was nicht mit der Hexe oder dem alten Mann zu tun hatte.

Nichts und niemand würde sie davon abhalten.

38. Kapitel

Sie ließen die Schüler und B5–56 unter der Aufsicht von Chie, Ekiya und der Katze auf einem kleinen Hügel zurück, von wo aus man die erste Brücke sehen konnte. B5 konnte sich nicht länger aus eigenem Antrieb bewegen, aber sein internes Kommlink war noch nicht ganz ausgefallen, sodass das Armband des alten Mannes hin und wieder blinkte. Einmal sagte er dem Droiden, dass er weiter auf die anderen aufpassen müsste, und B5 erwiderte, dass er beten würde.

Vor einem Tag hätte es Kouru noch wütend gemacht, solche Äußerungen von dem Droiden zu hören, aber als sie nun mit dem alten Mann und dem Fuchs die Brücke überquerte, beschloss sie, sich ein Beispiel an Ekiya zu nehmen und einfach die Hilfe anzunehmen, die sie kriegen konnte.

Die lange Brücke, die zum ersten Schrein führte, bestand aus uralten Wurzeln und Ästen, die man zu dicken Strängen verflochten hatte. Sie spannte sich knirschend über der Schlucht – einem Meer aus Nebel, so dicht und so tief, dass selbst das Zirpen der Vögel verschluckt wurde, die an den steilen Felswänden nisteten. Was den ersten Schrein selbst anging: Er stand in einer fünfstöckigen Pagode auf einer gewaltigen Säule aus verwittertem altem Stein, dem ersten von insgesamt sieben massiven Pfeilern. Es gab keinen Weg, der um den Schrein herumführte; von den Pilgern war erwartet worden, dass sie auf dem Weg zum Shinsui-Tempel an jedem Altar beteten. Kouru hatte eigentlich nichts für Gebete übrig, aber es würde sich falsch anfühlen, einfach so durch einen heiligen Ort hindurchzumarschieren.

»Jeder Schrein beherbergt ein Relikt, das einem lange toten Mönch oder einem Jedi oder vielleicht sogar einem Imperator gehört haben soll«, erklärte der Fuchs, als sie sich der Säule näherten. »Vielleicht sind sie göttlich, vielleicht auch nicht. Vielleicht enthüllen sie, dass das Universum ein zyklisches Muster unendlich komplexer Elementarpartikel ist, oder vielleicht versinnbildlichen sie, wie dumm es ist, an materiellen Symbolen der Weisheit festzuhalten, wo der einzig wahre Pfad zur Göttlichkeit doch darin besteht, über unsere Körper hinauszuwachsen. In jedem Fall sind sie ziemlich hübsch. Habt ihr sie schon einmal gesehen?«

»Nein«, sagte Kouru.

Der alte Mann nickte nur. Seine Miene war verschlossen; alles, was sich daran ablesen ließ, war seine Kraftlosigkeit. Es hatte ihn geschmerzt, seinen Droiden zurückzulassen, aber er stapfte mit der unerschütterlichen Haltung eines Sterbenden weiter. Das rang Kouru zähneknirschenden Respekt ab.

Ihre größere Sorge galt im Moment ohnehin dem Fuchs. Er war so begeistert vom ersten Schrein, so fasziniert von dem Abgrund unter ihnen. Es schien ihn überhaupt nicht mehr zu stören, dass er so viele Dinge über seinen Aufenthalt auf Rei'izu vergessen hatte. Kouru beschloss, ganz besonders wachsam auf ihre Gefühle zu lauschen – zumindest jene, von denen sie sicher sagen konnte, dass es ihre eigenen waren.

Vor dem Eingang des ersten Schreins wartete eine hochgewachsene breitschultrige Gestalt auf sie. Ein weiterer Dämon – und er löste sich nicht auf, als das Trio näher kam.

Der Fuchs hob seinen Arm, und die schwarze Strömung schleuderte den Dämon zur Seite. Er krümmte sich, um die Balance wiederzufinden, aber bevor es ihm gelang, war Kouru bereits vorgeschnellt, eine Pfeilspitze aus weißem Feuer. Sie rammte ihre blauweiße Klinge in die Schulter ihres Gegners und hackte ihm in einer fließenden Bewegung den Arm ab. Der Schwung des Hiebes ließ den Dämon an ihr vorbeitaumeln, auf den alten Mann zu, welcher dem Spuk mit einem gut platzierten Stich ein Ende machte. Die Gestalt verdampfte zu schwarzem Dunst ebenso wie all die anderen Dämonen vor ihm.

Der Fuchs klopfte sich imaginären Staub von den Händen und winkte seine Begleiter auf den Schrein zu.

»Es wäre einfacher, wenn du auch mal dein Schwert benutzen würdest«, murmelte Kouru, während sie ihm folgte.

»Oh, wir sollten uns nicht zu sehr darauf verlassen. Meister Ronin hatte nur wenig Zeit, um es wieder zusammenzusetzen. Außerdem könnte es sein, dass wir den Splitter noch einmal herausnehmen müssen.«

Kouru war nicht überzeugt.

Der alte Mann zog nur die Brauen zusammen. »Er braucht die Klinge nicht.«

Kouru atmete geräuschvoll aus, ging aber weiter, während sie hintereinander die Pagode durchquerten, in der eine gewaltige Statue stand. Als sie auf der anderen Seite wieder in das ewige Abendlicht hinaustraten, erhaschte Kouru einen ersten Blick auf den zweiten Schrein. Die Säulen waren auf so clevere Weise erbaut, dass man das nächste Heiligtum erst sehen konnte, nachdem man das vorherige verlassen hatte.

Auf der Brücke dorthin setzte der Fuchs zu einer weiteren Geschichte an, aber Kouru zischte und deutete auffordernd mit dem Kinn nach vorn.

Auf den Stufen vor dem zweiten Schrein wartete ein weiterer Dämon, aber er war nicht allein; er hatte einen Kameraden, der auf dem dritten der fünf schneebedeckten Pagodendächer hockte.

Und hinter ihnen, am Eingang des ersten Schreins, sahen sie, wie eine dunkle Silhouette aus dem Boden emporwuchs – eine Silhouette, die auf erschreckende Weise dem Dämon ähnelte, den sie gerade besiegt hatten.

»Entweder, der da hat sich irgendwo versteckt, oder wir haben ein ernstes Problem«, murmelte der Fuchs.

Der alte Mann blickte angespannt auf sein Handgelenk. Das Armband übertrug blinkend eine Nachricht von B5, aber sie schien abrupt abzubrechen, denn er fluchte laut.

»Im Park erheben sie sich auch wieder«, teilte er ihnen anschließend mit. Jetzt war es an Kouru zu fluchen, und ihre Verwünschung ließ die des alten Mannes regelrecht harmlos erscheinen.

»Wir können nur beten, dass sie mehr Interesse an ihrem alten Anführer haben als an einer Gruppe Kinder«, sagte der Fuchs. »In jedem Fall sollten wir uns beeilen.«

Kouru ballte die Fäuste, aber natürlich hatte er recht. Die Hexe kontrollierte die Toten. Solange sie sie wiederauferstehen ließ, würde keiner von ihnen hier auf Rei'izu sicher sein.

Und so lange würde Kouru auch nie frei sein. Dieser neueste Hinterhalt bewies nämlich, dass die Hexe nicht mehr nach ihren alten Regeln spielte. Sie gab die Toten nicht wieder her, auch nicht, nachdem sie ein zweites Mal gestorben waren.

Sie eilten den beiden Dämonen vor dem zweiten Schrein entgegen, bevor die Erscheinung hinter ihnen folgen konnte. Noch hatten sie den zahlenmäßigen Vorteil auf ihrer Seite, aber der alte Mann schien bereits zu schwächeln. Er stolperte während des Kampfes, und hätte der Fuchs ihn nicht mithilfe der schwarzen Strömung zurückgerissen, wäre er einem vernichtenden Hieb zum Opfer gefallen.

Kouru sprang an den beiden vorbei und schmetterte den einen Dämon gegen die bemalte Mauer der Pagode. Sie ließ einen Tritt gegen seine Seite folgen, hart genug, dass er zu Boden geschleudert wurde, dann durchbohrte sie seinen Kopf mit ihrer Klinge.

Der Dämon nutzte seine letzten Kräfte, um sein eigenes Schwert wie einen Speer nach oben zu rammen. Kouru versuchte auszuweichen, aber die Waffe brannte sich gierig in ihre Seite. Einen Moment später löste sich die Gestalt unter ihr auf, als hätte sie nie existiert, und Kouru presste die Hand auf ihre Rippen …

Nur um festzustellen, dass sie vollkommen unversehrt war.

»Das ist definitiv ein Vorteil«, kommentierte der Fuchs, als er nach dem Sieg über den zweiten Dämon die Stufen hochstieg. Hinter ihm folgte der alte Mann, eine Hand auf seiner eigenen verletzten Seite. »War das vorher schon so?«

Kouru runzelte die Stirn. Sie spürte ein seltsames Pochen in ihrem Kopf, als sie versuchte, sich zu erinnern. Ja, sie war sicher, dass sie seit ihrem Tod ein paar Verletzungen davongetragen hatte – auf Seikara hatte Ekiya ihr beispielsweise ein blaues Auge verpasst, und auf der *Ehrfurcht* hatte sie sich die Hände verbrannt, aber … »Ich habe meine Wunden nicht gespürt«, sagte sie.

Der Fuchs warf einen Blick über die Schulter. Der Wächter des ersten Schreins hatte die Brücke zur Hälfte überquert und kam schnell näher, wiederbelebt, intakt und genauso stark wie zuvor – so wie Kouru. »Ich schlage vor, dass du ab jetzt die Führung übernimmst. Nichts für ungut.«

Kourus Stirn blieb gefurcht, während sie durch den Schrein hasteten. Irgendetwas an der Bemerkung des Fuchses stieß ihr übel auf. Oder war es vielleicht der Umstand, dass er selbst noch keinen Kratzer abbekommen hatte? Aber nein, das lag sicher nur daran, dass er seine Feinde lieber aus der Entfernung angriff. Und sollte doch etwas mit ihm nicht stimmen, würde der alte Mann es sicher vor Kouru spüren.

Es sei denn, der alte Mann wurde durch seine Sympathien für den Fuchs geblendet. Es ließ sich nicht leugnen, dass er Zuneigung für den ehemaligen Jedi empfand, sich auf ihn verließ. Vermutlich war es das Beste, Kouru behielt sie beide im Auge.

Und sich selbst natürlich auch. Obwohl die Hexe seit dem Landefeld geschwiegen hatte – seit sie vollständig Besitz von Kourus Körper ergriffen hatte –, hallte hin und wieder ein Wispern in ihren Ohren wider. Sie weigerte sich natürlich, genauer hinzuhören; die Hexe würde ihr nie wieder Befehle geben.

Sie setzten ihren Weg fort, so schnell sie konnten – was zu Kourus grenzenloser Frustration nicht sonderlich schnell war. Der alte Mann wurde immer schwächer, und der Fuchs verbrachte mindestens ebenso viel Zeit damit, ihn voranzutreiben, wie mit dem Kampf gegen mordlüsterne Dämonen. Die Aufgabe, diese Dämonen zu besiegen, oblag also größtenteils Kouru. Nicht, dass es sie störte. Gewalt war schon immer ein Teil ihrer Natur gewesen, und die Macht der Hexe erlaubte es ihr nun, sich furchtlos in jeden Zweikampf zu stürzen, überzeugt, dass sie unversehrt daraus hervorgehen würde.

Dennoch holten ihre Verfolger mit jedem Gefecht weiter auf, und sie konnten es sich nicht leisten, mehr als die ein oder zwei Dämonen zu bekämpfen, die sie bei jedem neuen Schrein antrafen. Auf der sechsten Säule schließlich lauerte ihnen noch ein dritter Wächter auf. Kouru durchbohrte ihn mit ihrem Lichtschwert, bevor der alte Mann ihn über den Rand der Schlucht hinausschleuderte. Leider brauchte er danach eine halbe Minute, um wieder zu Atem zu kommen, und Kouru musste ihn stützen, damit er nicht in sich zusammensackte.

»Du bist leichtsinnig«, krächzte er.

»Du bist neidisch«, konterte sie und setzte dann rasch wieder einen finsteren Blick auf. Sie wollte seine Fürsorglichkeit nicht, aber sie verstand seine Beweggründe. Der alte Mann wurde von seinem schlechten Gewissen geplagt – berechtigterweise! –, und das nicht zuletzt wegen des Leids, das er nun schon zweimal über Kouru gebracht hatte. Ein Teil von ihr wollte in ihm immer noch den Sith sehen, der er einst gewesen war – den Rebellen, den Feldherrn, den Lord. Aber letztlich war es doch nur ein alter Mann, den der Fuchs halb hinter sich herschleifen musste, als sie die Brücke zum letzten Schrein überquerten.

»Verrate mir, Kouru«, sagte das Wesen. »Wie viele von ihnen stehen gerade hinter uns wieder auf?«

Sie strengte ihre Augen an, konnte aber nur zwei dunkle Gestalten erkennen.

»Dann haben wir Glück – sie erscheinen dort wieder, wo sie gefallen sind. Wir hätten sie von Anfang an in den Abgrund stoßen sollen.«

Die Dämonen am siebten Schrein schienen bereits eine derartige Taktik zu erwarten, denn sie hielten sich mit unnatürlichem Geschick von den Rändern des Abgrunds fern, während sie zuschlugen und auswichen. Entweder sie hatten gesehen, was mit ihrem Kumpan auf der sechsten Plattform geschehen war, oder die Hexe hatte es ihnen zugeflüstert. Kouru verlor beinahe einen Arm, bevor sie ihre Feinde schließlich besiegte.

»Er soll allein vorgehen«, keuchte sie, als sie zu dem Fuchs und dem alten Mann an die Brücke trat, die zum Ende der Schlucht hinüberführte. »Auf der anderen Seite zum Tempel hoch. Wir bleiben hier und schneiden die Brücke durch, wenn sie kommen.«

Der alte Mann wirbelte herum.

»Keine Sorge, wir schließen schon wieder zu dir auf«, versicherte ihm der Fuchs. »Wir können dich schließlich nicht unbeaufsichtigt lassen.« An Kouru gewandt, fügte er hinzu: »Wir sollten warten, bis möglichst viele von ihnen auf der Brücke sind. Wenn wir sie alle in den Abgrund schicken, werden sie einen anderen Weg finden müssen … oder eine ganze Weile mit Klettern beschäftigt sein. In jedem Fall sollte es uns einen ausreichenden Vorsprung verschaffen.«

Kouru nickte zögerlich. Es war nicht so, als würde ihr der Plan missfallen – schließlich war es ihr eigener –, aber die Erkenntnis, dass sie mit dem unnatürlich gelassenen Fuchs allein sein würde, ließ ihren ganzen Körper kribbeln.

Die letzte Brücke war ebenso schön wie die vorigen, behängt mit zahlreichen Laternen. Weil Kouru vorhatte, sie zu zerstören, stach ihr diese Schönheit nun noch viel deutlicher ins Auge. Sie blieben in der Mitte stehen, während der alte Mann weiter auf die Hänge unter dem Tempel zustolperte, und der Fuchs legte in einer eleganten Pose die Hand auf das Rankengeländer. Er hatte seine Klinge noch nicht einmal berührt.

Kouru kam sich allmählich paranoid vor, weil sie immer noch dieses ungute Gefühl im Hinterkopf hatte – aber es ließ sich nicht abschütteln. Die Jedi-Klans rühmten sich damit, wie ruhig ihre Krieger im Angesicht der Gefahr blieben und wie perfekt sie ihre Machtfähigkeiten beherrschten. Kouru hatte zehn Jahre unter dem gleichen Größenwahn gelitten, während sie auf ihrer kleinen Welt für Angst und Schrecken gesorgt hatte. Ihre Entschlossenheit jetzt hatte einen anderen Ursprung. Es war unwichtig, dass ihr Körper sich von jeder Verletzung zu erholen schien oder dass jeder Schmerz sofort wieder verblasste. Was sie antrieb, war ... Ja, im Moment war es der Wunsch, diese Dämonen in die tiefsten Tiefen zu verbannen, aber *danach* wollte sie ihre Rechnung mit der Hexe begleichen. Das war ihr Ansporn, ihr alles überschattendes Ziel.

Dem Fuchs hingegen ... schien einfach alles egal zu sein. Kouru hatte gesehen, wie er Gefahren ignoriert oder ihnen mit Nonchalance und Grausamkeit begegnet war. Er verhielt sich nicht wie ein Jedi und auch nicht wie ein Rachegetriebener. Nein, das hier war etwas anderes, und sie war sicher, dass es irgendwie mit den Lücken in seinem Gedächtnis zu tun hatte und mit seinem vollkommen unversehrten Fleisch.

Als die ersten Dämonen rings um die siebte Pagode auftauchten, konnte Kouru es nicht länger zurückhalten. »Was immer mit dir passiert«, presste sie hervor. »Du musst dich zusammenreißen.«

»Höre ich da einen Anflug von Sorge? Ich bin gerührt.«

»Es ist mehr als nur ein Anflug. Ich kann dir nicht trauen.«

»Kann ich *dir* denn trauen?«

Kouru starrte ihn an. Sie hatte den Verdacht, dass der Fuchs noch immer die Hexe hörte; dass ihre Stimme durch die Löcher hallte, die sie in seinen Geist gefressen hatte. Bei Kouru hatte sie das Gleiche getan – und sie versuchte es selbst jetzt noch. Aber der Fuchs hatte nie zugegeben, dass er solches Gewisper vernahm. Und inzwischen befürchtete Kouru, dass er es hörte, ohne überhaupt zu erkennen, dass es da war.

Ihr Blick ließ ihn innehalten, und er hob die Hand an seine Lippen, als hätten ihn seine letzten Worte selbst erschreckt. Als wären es nicht seine eigenen gewesen. Er war so verwirrt, dass er reglos stehen blieb, während die Dämonen die Brücke betraten und Kouru vorstürmte, um ihnen zu begegnen.

Erst als Kouru zu der Stelle zurückgedrängt wurde, wo der Fuchs die ganze Zeit gestanden hatte, und sie einen Hieb abwehrte, der seinem Hals gegolten hatte, schien er wieder zu sich zu kommen. Er atmete scharf ein und griff zu guter Letzt in den Kampf ein, einmal mehr mit der schwarzen Strömung als seiner einzigen Waffe. Dennoch wurde das Wispern in Kourus Ohren lauter. *Vorsichtig*, säuselte es. *Du kannst ihm nicht trauen.*

Natürlich konnte sie ihm nicht trauen. Sie war schließlich keine Närrin.

Aber warum sollte die Hexe sie vor einem ihrer eigenen Geschöpfe warnen?

»Kouru«, sagte der Fuchs, als sie sich gemeinsam zurückfallen ließen und mehr und mehr Feinde auf die Brücke lockten. »Weißt du, warum du hier bist?«

Er meinte nicht hier auf Rei'izu oder auf dieser Mission. Er meinte ihre bloße Existenz. Wer sie war. Und wozu. Dieselbe Frage, die er ihr schon einmal gestellt hatte.

Ekiyas Geister unter ihrem Mantel waren ein bleiernes Gewicht. Das Lichtschwert des Jedi zwischen ihren Fingern fühlte sich hart und unangenehm an. Und die Hexe lauerte in den Schatten hinter ihrem Rücken, während sie darauf wartete, dass Kouru den Verräter zu ihr führte.

Doch keines dieser drei Dinge definierte sie. Sie war etwas anderes. Sie war *mehr*. Noch konnte sie es nicht in Worte fassen, aber ... »Frag mich später noch mal. Und du? Hast du eine Antwort?«

Wollte er seine Fehler wiedergutmachen?

»Ja.« Das Wort war schnell ausgesprochen, aber die Wolke hinter seinen Augen blieb.

Kourus Herz war noch immer voller Misstrauen, doch in diesem Moment schlug es höher vor unerwarteter Sympathie. »Dann verrat es mir«, drängte sie. »Was bist du? Und wieso?«

Sie hatten das Ende der Brücke fast erreicht. Die Dämonen der Hexe kamen näher, und ihnen blieb nicht mehr viel Zeit, aber Kouru musste es wissen. Die Augen des Fuchses wurden abwesend, als würde er in weite Ferne blicken. Er wollte ihr eine ehrliche Antwort geben, dachte sie. Und in gewisser Weise tat er das auch.

Ein winterweißer Lichtblitz, ein lautes Surren, und die Brücke gab unter Kourus Füßen nach. Der Fuchs hatte ohne Vorwarnung die Ranken und Wurzeln durchtrennt und sich mit einem weiten Sprung nach hinten in Sicherheit gebracht. Während er auf sicherem Boden landete, warf Kouru sich ebenfalls dem Rand der Klippe entgegen, aber sie begann zu fallen, während ihre Hände blind nach Halt suchten.

Im letzten Moment packten kräftige Finger ihren Unterarm und hielten sie mit fiebriger Entschlossenheit fest. Dieselben Finger, die gerade eben die Brücke zerstört hatten. Mit *diesem* Retter hatte Kouru definitiv nicht gerettet. Das Gesicht des Fuchses über ihr war verzerrt vor benommener Erkenntnis und Grauen.

Sie grub ihre eigenen Finger tief in sein Fleisch, ihre Zähne zusammengebissen, ihre Augen weit. Falls er wusste, dass er in seinem Geist nicht allein war, dann konnte er kämpfen, genau so, wie Kouru es getan hatte. Und falls er sich lange genug von der Hexe befreite …

Lass los.

Kourus Fingernägel kratzten den Arm des Fuchses blutig, aber er ließ nicht los. Ja, er konnte es schaffen. Er konnte sich auf sein eigenes Selbst besinnen …

Lass los. Lass los.

Kouru ächzte. Es tat weh, ihre tote Lunge mit Atem zu füllen. Ihre Existenz war nur ein Schatten echten Lebens, aber sie würde sich festhalten, mit aller Kraft, weil …

Lass los.

Sie ignorierte den Befehl. Der Fuchs aber nicht. Sein Griff lockerte sich, Kourus Arm glitt zwischen seinen Fingern hindurch, und dann fiel sie in die Tiefe. Er hatte losgelassen.

Während sie stürzte und der Wind in ihren Ohren rauschte, starrte sie weiter zu der schrumpfenden weißen

Gestalt empor, und sie dachte: Er könnte mich immer noch mit der Macht auffangen.

Dann verschwand der Fuchs außer Sicht, als Kouru in den alles verschlingenden Nebel eintauchte. Nun war sie wirklich allein.

39. Kapitel

Der Ronin beobachtete den Einsturz der Brücke aus der Ferne. Er war auf den Steinstufen zusammengebrochen, die zum Shinsui-Tempel hochführten, eine Hand auf seine schmerzende Seite gedrückt, die andere erhoben, während er auf ein Lebenszeichen von B5 hoffte. Das Armband war noch immer dunkel, als die Brücke nachgab und, anmutig wie ein zerrissenes Spinnennetz, in den Nebel hinabschwang, wobei sie eine Vielzahl winziger schwarzer Umrisse abschüttelte.

Danach war er mehrere Minuten allein, bis schließlich der Schweifling auftauchte. Nur der Schweifling. Er hielt seinen Arm vor sich, als wäre er verletzt, aber unter dem zerrissenen Ärmel war von Handgelenk bis Ellbogen lediglich makellose Haut zu sehen. Er wartete, bis er auf Hörweite heran war, dann sagte er mit der tonlosen Stimme einer Person, die unter Schock stand. »Sie hat losgelassen.«

Der Ronin presste die Lippen zusammen und richtete sich auf, seine Augen geschlossen. Er war nicht sicher, ob er Kouru ein weiteres Gebet schuldig war. Vermutlich schon. Aber sie würde es nicht wollen, also blieb er stumm.

Keiner von ihnen sprach, während sie sich die Stufen hochschleppten. Der Ronin ging langsam, und der Schweifling überredete ihn, sich auf seine Schulter zu stützen. So brauchten sie eine lange halbe Stunde, ehe sie das obere Ende der Treppe erreichten.

Sie wurden nicht von Dämonen verfolgt, und der Weg vor ihnen war ebenfalls frei bis hin zu dem weiten Hof vor dem Tempel. Da waren lediglich ein paar Vögel, die um eine turmhohe Kiefer herumflatterten. Doch von Feinden – ob nun in Form von Schatten oder einer Hexe – fehlte jede Spur.

Ein paar hölzerne Stufen führten zur großen Veranda von Shinsui, die auf Stelzen errichtet war, damit man einen optimalen Blick auf die Schlucht und die Hauptstadt dahinter hatte. Sie war ebenfalls verlassen. Die Sonne schien zwischen den hölzernen Säulen hindurch auf die bemalten Türen, die ins Innere führten, zu dem gewaltigen Raum, in dem sich einst der Spiegel befunden hatte. Sie waren fest verschlossen. Der Ronin blickte seinen Begleiter fragend an.

»Falls du wissen willst, wie es beim letzten Mal lief …« Er konnte sich nicht erinnern. Und doch …

»Du wirkst … zufrieden.«

»Du auch.«

Der Ronin schnaubte. Er hatte keine Ahnung, wie er sich fühlte. Sie hatten gekämpft, und sie hatten Verluste erlitten; tatsächlich wussten sie nicht einmal, wie viele Verluste. Sorge lastete schwer auf seinem Herzen, aber er konnte ihr nicht nachgeben. Wenn er sich dem stellen wollte, was jenseits dieser Türen wartete, brauchte er seine ganze Entschlossenheit.

Vertrieben, *so* fühlte er sich. Er hatte diese Türen nur einmal durchschritten, aber in seinem Kopf war er wieder und wieder zu ihnen zurückgekehrt. Vor allem am Anfang hatte die Erinnerung ihn verfolgt; später war sie seltener geworden, nur noch hin und wieder ohne Sinn oder Zweck in seinem Geist erblüht, gelegentlich auch, wenn er träumte.

Er zeigte an, dass er sich setzen wollte. Nein, musste. Erschöpfung und Kälte ließen seine Knochen knirschen, und da die Türen geschlossen waren, konnten sie sich hier eine kurze Verschnaufpause leisten. Der Schweifling half ihm, sich auf dem Boden niederzulassen, dann setzte er sich hinter ihn, Rücken an Rücken, sodass einer die Tür und einer die Veranda im Auge hatte. Kein Angreifer sollte sie überraschen können.

»Ich hätte nie gedacht, dass ich hierher zurückkehren würde«, gestand der Ronin. »Ich weiß nicht, was ich fühlen soll.«

»Für deine Verhältnisse sind das tief greifende Einblicke. Ah, du hoffst, dass ich jetzt auch meine letzten Geheimnisse preisgebe.«

Sein Ton war neckisch, aber unsicher. Der Ronin hatte gelernt, dass Schweigen die beste Taktik war, um den Schweifling zum Reden zu bringen. Während er wartete, sah er, wie das Wesen seinen Arm rieb – den Arm, den er nach seiner Rückkehr von der Brücke an die Brust gepresst hatte.

Hatte er sich doch verletzt? Nein, da war nicht mal ein Kratzer.

Der Ronin berührte seine Stirn, um seinen umnebelten Geist zu klären. Es war schrecklich lange her, seit er das letzte Mal geschlafen hatte.

Der Schweifling brach die Stille. »Ich kann mir nicht vorstellen, dass dich die Geschichte eines unscheinbaren Erben interessieren würde, oh, grausamer Lord der Sith, der du eine Rebellion gegen die Ungerechtigkeit der kinderstehlenden Jedi angeführt hast.«

»Ich möchte lediglich mehr über meinen Verbündeten wissen.«

Das Zögern des Schweiflings wirkte fehl am Platz, aber andererseits war ihnen beiden klar, dass dies die letzte Gelegenheit für ein solches Gespräch war. Falls sie jetzt nicht ehrlich miteinander waren, konnten sie ebenso gut schweigen.

»Kannst du mich wirklich so nennen?«, fragte das Wesen. »Ich meine, wer weiß, was ich sonst noch alles vor dir verberge?«

»Vieles vermutlich. Aber man kann einem Kind nicht die Schuld daran geben, wie es erzogen wurde.«

Der Schweifling versteifte sich, dann lachte er. »Vielleicht solltest du das aber tun.« Die Worte waren kühl, der Ton nachdenklich. »Ich hatte nie große moralische Bedenken. Ich war ein ängstliches Kind. Und faul. Meine Eltern glaubten, Hanrai könnte mich auf den rechten Weg bringen ... Und vermutlich hat er das. Es ist schon erstaunlich, wie dankbar man für einen Hauch von Freiheit sein kann.«

»Er hat dir das Töten beigebracht.«

»Auf sehr subtile Weise, aber ja. Und ich war wirklich gut darin.«

»Hier hast du versagt.«

»Ja, es sieht ganz so aus, als hätte die Hexe überlebt.«

»Früher oder später erreicht jeder seine Grenzen.« Der Ronin blickte über die Schulter, bis er den Schweifling sehen konnte. Die Wölbung seines Gesichts wirkte seltsam starr. »Du sprichst von der Furcht, als hättest du sie überwunden. Aber du hast ihn gefürchtet. Hanrai.«

»Habe ich das? Vermutlich, ja.« Ein bestimmter Ton, zu gleichen Teilen gequält und amüsiert, trat in seine Stimme. »Du hast gesagt, ich sehe zufrieden aus. Vielleicht bin ich das. Ich weiß nicht, wer ich war, als ich das erste Mal diesen Tempel aufsuchte. Als ich blieb. Aber eines weiß ich: Ich hatte keine Angst.«

Nein, die war erst zurückgekehrt, als man ihn von hier fortgeschickt hatte. Er hatte von Blut und Trauer gesprochen, von einem katastrophalen Versagen, an das er sich nicht erinnern konnte. Aber davor: Melancholie. Gelächter und Gesang. *Ein Funken Hoffnung*, das waren seine Worte gewesen.

Und jetzt?

»*Ich* hatte Angst«, sagte der Ronin. »Genauso wie jetzt auch.« Es fühlte sich wie ein fataler Fehler an, das zuzugeben, aber der Schweifling reagierte nicht darauf. Er hörte ihm nur zu, sein Rücken warm am Rücken des Ronin. »Ich glaube, diese Angst hat mich nie verlassen ... von dem Moment an, als die Jedi mich aufnahmen.«

Ja, er hatte Angst vor den Jedi gehabt, vor seinem Platz in der Galaxis, vor der Verantwortung und dem Risiko. Angst auch um seine Mitschüler, Angst davor, wozu sie heranwachsen würden, denn sie könnten nie mehr sein als eine Waffe, die ohne Zögern in den sicheren Tod geschickt wurde. Angst auch, weil ihm das Töten so leichtfiel. Und Angst vor sich selbst. Welches Recht hatte er, hier zu sein? Was war sein Zweck?

Sein Körper verspannte sich angesichts der Erinnerung.

»Wovor hast du jetzt Angst?«, wollte der Schweifling wissen.

»Davor, dass es ein Fehler war herzukommen.« In dem Splitter des Spiegels hatte die Hexe behauptet, ihn nie nach Rei'izu eingeladen zu haben. Hatte Hanrai gelogen? Falls ja ... »Um ehrlich zu sein, bin ich nicht sicher, warum ich es doch getan habe.«

»Nun, ich habe dich darum gebeten. Aber ich schätze, mein Wort war nie ein sonderlich überzeugendes Argument. Jetzt noch weniger als zuvor.«

»Es ... Es fühlte sich unausweichlich an. Das heißt aber nicht, dass ich es hätte tun sollen.« Vor allem, da er so viele Jahre in der Überzeugung gelebt hatte, dass er nie nach Rei'izu zurückkehren würde. Und das nicht nur, weil Rei'izu verschwunden war. Nein, er hatte einen guten Grund gehabt, es nie auch nur zu versuchen. Und doch war er nun hier, aus freiem Willen und mit ihrer Erlaubnis.

Er und die Hexe. Nur einer von ihnen würde in ein paar Stunden noch am Leben sein. Oder in ein paar Minuten, je nachdem, wann die Türen sich öffneten. War das womöglich der Grund, warum er die ganze Zeit davongerannt war? Weil sie beide weiterleben konnten, solange sie nur voneinander getrennt blieben?

Der Schweifling stand auf, die Arme vor sich; vermutlich hielt er wieder sein Handgelenk. Er blickte den Ronin nicht an, während er sprach. »Mir scheint, du hast zu lange darüber nachgedacht, was du früher falsch gemacht hast, und zu wenig darüber, was du jetzt richtig machen könntest.«

»Woher hätte ich noch wissen sollen, was richtig ist?«

»Du hättest es versuchen können.«

Der Ronin legte die Stirn in Falten, und diese Falten wurden tiefer, als der Schweifling um ihn herumging und ihn anblickte. Er wollte das Gesicht abwenden – was bedeutete, dass er es vermutlich nicht tun sollte. »Wenn man so viele Fehler gemacht hat wie ich, kann man dann überhaupt noch entscheiden, was richtig ist?«

»Nun, es schien dir jedenfalls richtig hierherzukommen.«

Die Augen des Schweiflings waren müde, aber sanft, und er streckte die Hände aus, um den Ronin auf die Beine zu ziehen. Sein Körper schmerzte, doch dieser Schmerz rührte daher, dass er so lange still gesessen hatte. Er würde vergehen, wenn der Ronin erst ein Weilchen gestanden und sich gestreckt hatte.

»Eine Zeit lang dachte ich, es würde reichen, einfach nur am Leben zu sein. Solange ich niemandem etwas schuldig bin außer mir selbst meinen Atem. Aber jetzt ...« Der Blick des Schweiflings richtete sich auf die Türen. »Welchen Sinn hat es, am Leben zu sein, wenn man nichts mit diesem Leben anfängt?«

Es klang beinahe wahr, doch der Ronin lebte schon zu lange in der Überzeugung, dass er unfähig war, etwas Richtiges zu tun, geschweige denn etwas Gutes. Der Berg seiner Fehler war einfach zu hoch, und er wurde stetig größer. Das Problem war nur, wenn man keine Hoffnung mehr für sich selbst hatte, war es schrecklich einfach, die Hoffnungen anderer zu ignorieren.

Im Schein der halb versunkenen Sonne berührte der Schweifling das Gesicht des Ronin. Seine Hand fühlte sich gleichzeitig schwielig und glatt an, genauso wie während ihrer Flucht von der auseinanderbrechenden *Ehrfurcht*. Er nahm ihm erst seine Sith-Maske ab, dann seine Sauerstoffmaske. Es war töricht, aber der Ronin ließ ihn gewähren.

Nun, da sein Gesicht nackt war, wurden seine Atemzüge schneller. Einerseits lag es natürlich daran, dass sie hier hoch oben auf einem Berg standen, und seine Erschöpfung spielte auch eine Rolle. Es hatte aber auch damit zu tun, dass dies nach vielen, vielen Jahren der erste Moment echter Intimität für ihn war.

Umso seltsamer, dass der Druck auf seine Brust nachließ und seine Lunge sich tiefer zu füllen schien, als er sah, dass der Schweifling einen vertrauten Lichtschwertgriff in seiner anderen Hand hielt – den des Ronin nämlich. Wie immer hatte das Wesen geschummelt, ohne dass er es rechtzeitig bemerkt hatte. Aber Verrat war etwas, womit er mehr Erfahrung hatte als mit der sanften Berührung auf seinem Gesicht.

Der Ausdruck auf dem Gesicht des Schweiflings war schwer zu beschreiben. Die Verunsicherung auf seinen Zügen wuchs, auch wenn er das Lichtschwert fester mit den Fingern umschloss. Der Ronin hatte sich inzwischen so an seine Gegenwart in der Macht gefühlt, in der schwarzen Strömung und dem weißen Lodern, dass er die Verwirbelungen seiner Unruhe so deutlich fühlte, als wären es seine eigenen. Das Wesen konnte selbst nicht ganz verstehen, was es gerade tat, und erst recht nicht, was es als Nächstes tun würde. Das hieß aber nicht, dass es diese Dinge nicht trotzdem tun würde.

Oder dass es sie nicht tun *wollte.*

»So endet es also?« Die Stimme des Ronin war kraftlos von Verrat und Verletzungen. »Ist es das, was *du* für richtig hältst?«

Einen langen Moment stand die Welt still. Der Schweifling sagte nichts, seinen Blick gebannt auf das Lichtschwert in seiner Hand geheftet. Schließlich öffnete er den Mund, und der Ronin erwartete seine Antwort. Doch stattdessen gleißte der rote Strahl seiner Klinge auf, ihre Spitze nur Millimeter von seiner nackten Kehle entfernt.

40. Kapitel

Kouru fiel. Und fiel. Und fiel, bis sie auf etwas Hartem, Flachem aufprallte und zerschmettert wurde.

Sie war zerstört, so vollkommen, dass sie nicht einmal sagen konnte, was sie zerstört hatte. Ihr Körper war ein Knäuel aus Schmerz und Frustration, und das war das Einzige, was Sinn ergab. Rings um sie verschmolzen Schwarz und Weiß. Eins ging ins andere über, bis es das andere *war*. Und doch war es immer noch es selbst, als hätte es nie einen Unterschied gegeben.

Unsinn.

Sie war nur zu einem klaren Gedanken fähig: der Hoffnung, dass sie bei ihrem nächsten Atemzug sterben würde. Und dass sie danach wieder ganz wäre – neu und bereit … Nur, wozu eigentlich?

Einen flüchtigen Moment lang hatte ihr Dasein einen echten Sinn gehabt: den Geistern in den Kyberkristallen zu ihrer letzten Ruhe zu verhelfen. Und zwar nicht aus eigennützigen Motiven, sondern weil jemand anders ihr diese Aufgabe anvertraut hatte. Vertrauen war etwas, was sie normalerweise nicht erfuhr. Sie war anfällig für jede Art von Manipulation, insofern war es gut, von etwas angetrieben zu werden, was ihr selbst gänzlich fremd war.

Denn Kouru konnte niemandem vertrauen, auch sich selbst nicht. Aber als jemand anders ihr Vertrauen schenkte, hatte sie sich mit aller Kraft daran festgeklammert.

Nicht, dass dieses Band letztlich viel gebracht hatte. Es hatte sie jedenfalls nicht vor ihrem Sturz bewahrt. Aber ein Band, das nicht hielt, war besser als eine Leine, die ihr die Kehle zuschnürte, bis sie erstickte.

Kouru schnaubte, dann hustete sie und ertrug die Schmerzen. Ihr Kopf lag auf etwas Hartem, etwas Hell-Dunklem. Das musste Fels sein, oder? Und aus den Augenwinkeln erspähte sie etwas Glänzendes.

Der Atemzug, von dem sie hoffte, es wäre ihr letzter, blieb in Kourus Kehle stecken. Ein Kybersplitter, durchsichtig und schillernd und knapp außer Reichweite. Sie rollte ihren zerschmetterten Leib in seine Richtung herum. Der Kristall musste beim Aufprall aus dem Kästchen gefallen sein. Als sie ihn in die Hand nahm und ihn an ihre Brust heranzog, erblickte sie noch einen zweiten Splitter und daneben einen dritten. Ekiyas Geister lagen um sie herum in dieser Landschaft aus Weiß-Schwarz-Weiß verstreut.

Kouru weigerte sich, weiter über diese Welt nachzudenken. Das tat nur weh, und außerdem hatte sie eine Aufgabe. Ihr Körper war nicht in der Verfassung, um sich aufzurichten, aber sie versuchte es trotzdem, und zu ihrer großen Überraschung schaffte sie es sogar. So begann sie, umherzustolpern und einen Kristall nach dem anderen aufzuheben. Sie hatte versagt – hatte Ekiya enttäuscht, sich selbst enttäuscht –, aber falls sie die Steine einsammeln konnte, dann …

»Lass los«, sagte eine Stimme in ihrem Ohr.

Kouru zischte – sie hatte genug von körperlosen Stimmen – und schloss die Hände schützend um die Kyberkristalle, fest genug, dass sich die Ecken in ihre Handflächen bohrten.

Doch einer der Steine rutschte dabei zwischen ihren Fingern hervor. Kouru wollte ihn auffangen, aber er landete auf dem weiß-schwarzen Boden, und sie verlor ihn aus den Augen.

Kouru ließ sich auf die Knie fallen, den Rest ihrer Schätze an die Brust gepresst. Sie suchte nach dem Geisterkristall, der ihr entglitten war, aber sie konnte nirgends eine Spur entdecken. Andererseits wäre es ganz leicht, auf diesem unmöglichen dunklen und doch hellen Untergrund einen durchsichtigen silbernen Stein zu übersehen, also suchte sie weiter.

Furcht breitete sich in ihr aus. Was, wenn der Kristall nicht einfach nur auf den Boden gefallen war? Was, wenn er *fort* war, für immer?

Kaum dass dieser Gedanke durch ihren Kopf geschwirrt war, entglitt ihr ein weiterer Kristall. Und dann noch einer und noch einer. Erneut versuchte Kouru, sie aufzufangen, und erneut scheiterte sie.

»Lass los«, sagte die Stimme, und diesmal hatte sie sogar einen Körper – in gewisser Weise zumindest. Eine Hand schoss aus dem seltsamen Boden unter Kourus Knien hervor und packte ihren Arm; dann hielt sie sie fest, bis weitere Kyber zwischen ihren Fingern hervorglitten. Diesmal konnte Kouru allerdings sehen, was mit ihnen geschah: Sie fielen wie ein feiner schillernder Regen zu Boden, und wo sie aufprallten, warf der Fels kleine kreisförmige Wellen. Ob er die Splitter nun verschluckte oder ob sie sich einfach auflösten, ließ sich nicht genau sagen.

Die Hand hielt noch immer ihren Unterarm, aber ihr Griff

lockerte sich. Sie musste Kouru nicht länger festhalten; die Erkenntnis ließ sie ganz von allein erstarren.

Man hatte ihr diese Kyber, diese Geister, überantwortet, damit sie dorthin zurückkehren konnten, wo sie hingehörten. Nun verschwanden sie im weißen Lodern und der schwarzen Strömung, denn genau das war es, was Kouru umgab: die farblose Farbe der Macht, die letztlich das Gewebe dieser Welt (und jeder anderen auch) darstellte. Die Kristalle lösten sich darin auf und wurden gleichzeitig zu etwas viel Größerem.

Sie hatte die Splitter so fest umklammert gehalten, dass es nun schmerzte, die Hände zu öffnen. Sie streckte ihre Finger, so weit es ging, und ließ die letzten Kyber in die Macht fallen, dorthin, wo sie hingehörten. Weitere Wellen formten sich um ihre Knie, als die Geister ihrer kristallinen Gestalt entflohen und die Form annahmen, die ihnen bestimmt war.

Kouru wünschte, das wäre genug, aber sie fühlte sich noch immer, als hätte sie nichts erreicht.

»Genau deswegen sage ich dir, dass du loslassen sollst«, hörte sie die Stimme. Und dann wurde ihr schlagartig klar, dass sie die Stimme nie zuvor gehört hatte. Nicht so. Nicht *wirklich.*

Sie blickte an dem Arm hinab zu der Stelle, wo er aus dem Boden hervorragte. Und dort, zwischen ihren Knien, starrte ihr eine andere Person entgegen. Ihr gebückter Körper war das genaue Ebenbild von Kourus Haltung, doch es war keine Reflexion. Sie kannte diese Frau nicht. Zumindest nicht wirklich. Sie hatte das Gesicht schon einmal gesehen, aber nur aus der Ferne. Das hatte jedoch nicht verhindern können, dass sie sich sofort und innig darin verliebte. Diese kantigen Züge, diese vollen Lippen …

Es war die Hexe, die auf der anderen Seite wartete und ihren Arm festhielt. Und sie machte den Anschein, als würden sie beide gerade ein großes Geheimnis miteinander teilen.

Kouru wollte sich noch immer aus dem Griff losreißen, aber sie tat es nicht. Vielleicht konnte sie es auch gar nicht – nicht ohne Erlaubnis. »Ich soll loslassen?«, knurrte sie, denn ihre Zunge gehörte immer noch ihr selbst. »Damit du wieder Besitz von mir ergreifen kannst? Lieber würde ich mir selbst die Augen auskratzen.«

»Musst du denn alles so schwierig machen?« Die Hexe ignorierte Kourus wütenden Blick und drehte ihren Arm, sodass Kourus leere Handfläche nun nach oben zeigte. »Du weißt ja nicht einmal, woran du dich festklammerst.«

Kouru rollte die Finger zu einer Faust zusammen. »Du kriegst mich nicht. Nicht noch einmal.«

»Ich hatte dich nie.«

Es war eine Lüge, aber es klang nicht so. Kouru suchte im gleichgültigen Gesicht der Hexe nach Anzeichen von Tücke, aber das Einzige, was sie fand, war Verdruss. »Was soll das heißen?«, blaffte sie.

»Das Band, an das du gedacht hast. Deine Leine.«

Während die Hexe diese Worte sprach, verwandelte sich ihre Hand um Kourus Arm in eine Schraubzwinge, die ihr Fleisch und ihre Knochen zusammenpresste. Kouru versuchte, sich gegen sie zu stemmen, aber sie fand keinen Halt. Ihre Füße waren dabei, ebenfalls in der harten Formlosigkeit des Bodens zu versinken. Sie wurde in das Reich der Hexe hinabgezogen!

Kouru wehrte und wand sich. Die Rettung kam ganz unvermittelt, als sich etwas um ihre Hüfte schlang und sie in die andere Richtung zog. Es war ein Strang ... nein, viele Stränge, lang und straff gespannt. Sie griff danach, zog sich an ihnen nach oben, fort vom Griff der Hexe.

Schließlich wagte sie es, mit bebenden Atemzügen den Kopf zu heben und nach dem Ursprung der Stränge zu suchen. Das wurde ihr beinahe zum Verhängnis.

Jeder Strang führte zu einer Erinnerung, und als sie zu ihnen hochblickte, erlebte sie sie in all ihrer Intensität erneut. Der Tag, an dem die Jedi sie geholt hatten. Der Tag, an dem sie ihren Geist in Ketten gelegt hatten. Der Tag, an dem die Sith sie befreit hatten ... Jede Erinnerung raubte ihr Kraft und Atem, bis sie keuchend in dem Gewirr hing ... Der Tag, an dem die Sith untergingen. Der Tag, an dem schließlich auch sie selbst starb. Und ...

Finger schnappten nach ihr. Die Hexe hatte ihren Arm durch die sich kräuselnde Oberfläche der Welt nach oben gestreckt und Kourus kalte zitternde Hand gepackt. »Lass los«, murmelte sie. Inzwischen klang es beinahe wie ein Versprechen. »Lass los, so wie ich es tat.«

So, wie die Geister es getan hatten. Die Kristalle, in denen sie so viele Jahre gehaust hatten, hatten sich im Nichts der Macht aufgelöst, und sie waren frei gewesen. Lass los. Sei auch du frei.

Kouru konnte den Gedanken nicht ertragen. »Ich will nicht verschwinden«, sagte sie, und sie hasste sich dafür, wie schrecklich jung sie klang.

»Wer sagt, dass du verschwindest?«, entgegnete die Hexe. »Ich bin doch auch noch da.«

Kouru krallte ihre eigenen Finger in die der Hexe, dann rollte sie sich mühsam in den Strängen ihrer Erinnerung herum, bis sie einmal mehr nach unten sehen konnte. Doch wo zuvor das Gesicht der Hexe gewesen war, erstreckte sich nun die gefrorene Landschaft von Rei'izu auf der anderen Seite der Welt.

»Was bist du?«, fragte Kouru. Einmal mehr spiegelte ihre Stimme mehr Verwunderung als Wut wider.

»Nicht mehr als du. Oder zumindest nicht mehr, als du sein könntest.« Die Hand zog sie sanft nach unten, bis Kourus Gesicht die Oberfläche berührte, die die Welt hier von der Welt dort trennte. Was sie unter sich sah, war:

Eine Frau, einst betrogen, dann gestorben, um dieser frosterstarrten Welt zu dienen. Nein, nicht, ihr zu dienen. Um Rei'izu *zu werden.*

All das hier könnte auch dir gehören. Nicht in der Form, die ich gewählt habe, sondern in einer Form nach deinen eigenen Vorstellungen.

Kouru glaubte ihr. Sie glaubte den Worten der Hexe mit jedem Nervenende, mit jeder Faser ihrer Seele, denn sie befanden sich hier in einer Welt, wo Falschheit nur eine Farce war und die Wahrheit hell und klar von einem Herzen zum anderen widerhallte. Sie könnte etwas ebenso Gewaltiges haben, wenn sie es nur wünschte.

Und doch zögerte sie.

»Warum?«, wollte Kouru wissen. »Warum würdest du mir so etwas anbieten?«

Eine zweite Hand streckte sich ihr entgegen und berührte ihr Gesicht, wie eine Mutter ihr Kind berühren würde. »Ich habe mir so viel für dich gewünscht – für euch alle. Alle Kinder, die gestohlen und befreit wurden. Aber was hat eure Befreiung euch gebracht? Mehr Blut. Mehr Krieg. Letzten Endes konnte ich euch nichts geben. Das möchte ich wiedergutmachen. Und …«

Die Hexe zog sie näher zu sich heran. Kouru leistete keinen Widerstand. Das wollte sie auch gar nicht mehr. Ihr Gesicht durchstieß die Grenze zwischen den Welten, und sie sah, was die Hexe ihr auf Rei'izu zeigen wollte – ein Land, das ihr gehörte.

Kouru konnte alles sehen, auch die zwei Gestalten, die sich auf der großen Veranda vor der Haupthalle des Shinsui-Tempels gegenüberstanden. Eine hielt ein Lichtschwert, aktiviert und rot glühend; die Hände der anderen waren leer. Schon bald würde die eine die andere töten, aber Kouru hatte keine Ahnung, wer der Sieger sein würde. Dafür kannte sie die beiden zu gut.

Der Fuchs war gerissen, aber gütig. Der alte Mann schlug erst zu und bereute später; er war niemand, der zögerte. Aber er mochte den Fuchs, und er war schwach. Es würde keiner großen Anstrengung bedürfen, ihn zu töten.

»Wer immer stirbt, es wäre eine Tragödie«, wisperte die Hexe. »Es würde ein Schicksal besiegeln, das ich verhindern möchte. Es würde diese Zuflucht vernichten. Diese Bastion. Und das Versprechen von Frieden, das sie in sich birgt.«

»Ich verstehe nicht.« Kouru griff nach der Hand, die ihre Wange hielt. »Du hast uns doch hergebracht. Du *wolltest*, dass das geschieht.«

»Nein«, versicherte ihr die Hexe. »Ich habe nichts dergleichen gewollt. Nie.«

Es ergab keinen Sinn, aber es stimmte, denn an diesem Ort gab es nur die Wahrheit. Was bedeutete: Das Ding, das Kouru aus dem Tod zurückgeholt und sich in ihren Geist hineingefressen und sie bis hierher getrieben hatte und sie selbst jetzt noch kontrollieren wollte … Dieses Ding war nicht die Hexe. Es war nie die Hexe gewesen. Etwas *anderes* grub seine Klauen in die Welt und trug die Toten als Maske. Was immer es beabsichtigte, es war das Gegenteil von dem, was die Hexe wollte. Sie fürchtete seinen Erfolg, und sie betete, dass Kouru ihn ebenfalls fürchtete.

Es gab nicht viel, wovor Kouru Angst hatte. Aber eine Ewigkeit, in der sie wieder und wieder aus dem Tod zurückgeholt wurde, für immer eine Marionette, dazu gezwungen, einem Ziel zu dienen, das sie nicht verstand und auch gar nicht verstehen sollte ... Das gehörte definitiv dazu.

Doch die Alternative, die die Hexe – die diese *Welt* – ihr anbot, überstieg jegliche Vorstellungskraft.

Ruhe und Frieden; ein unergründlicher Traum, völlig losgelöst von der Welt der kleinen und großen Grausamkeiten, die an Kouru klebten wie eine zweite Haut. Aber so unmöglich es schien, ein Teil von ihr sehnte sich danach. Ein Teil von ihr wollte glauben, dass diese Existenz möglich war.

Denn sie kannte jemanden, der solche Überzeugungen in sich trug. Jemanden, der zu echter Hoffnung fähig war und dessen Glauben Kouru während der letzten Tage gerührt hatte. Eine Person, die an Welten jenseits ihrer eigenen dachte und versuchte, eine bessere Zukunft zu erschaffen, auch wenn sie sie selbst nie erleben würde. Als Kouru an diese Person dachte, wurde es mit einem Mal viel leichter, sich vorzustellen, dass sie dasselbe tun könnte.

Ja, dachte sie. Ich will so eine Welt. Ich will es um ihretwillen. Ich will es um meinetwillen. Ich werde es tun.

Kouru löste sich auf, innerlich ebenso wie äußerlich. Sie schrumpfte und dehnte sich gleichzeitig aus, ihre Hand noch immer um die der Hexe geschlossen. »Wenn ich es tue, kann ich sie aufhalten«, sagte sie, weil sie nicht wagte, die Worte als Frage auszusprechen.

»Komm«, forderte die Hexe sie auf.

Kouru atmete ein letztes Mal ein, dann nickte sie und ließ sich von der Hand der Hexe weiterführen, heraus aus der einen Welt und hinein in die nächste.

Kouru ließ los.

41. Kapitel

Die mühsamen Atemzüge des Ronin waren das einzige Geräusch auf der Veranda. Ihn zu töten, wäre ein Kinderspiel für den Schweifling; er müsste nur seinen Arm ausstrecken oder einen Schritt nach vorne machen, und schon wäre der ungeschützte Hals seines Opfers durchbohrt. Aber er rührte sich nicht. Der Ronin war nicht sicher, ob das Wesen sich überhaupt bewegen konnte.

Er hatte keine Lust zu sterben. Nicht hier, nicht so. Und er war überzeugt, dass der Schweifling ihn auch nicht umbringen wollte; tatsächlich gab es wenige Dinge, von denen er je so überzeugt gewesen war. Und doch würde Hanrais Lehrling ihn töten, falls er ihm die Gelegenheit gab. Insofern käme es ihm ganz gelegen, falls das Wesen sich wirklich nicht bewegen konnte.

Er hatte keine Ahnung, was er tun sollte, aber er befürchtete, dass es mit dem Tod des Schweiflings enden würde. Und er wollte ihn nicht töten. Seine Finger zitterten allein schon bei dem Gedanken. Aber er durfte sich nicht beirren lassen.

Dann entglitt die rote Klinge den Fingern, die sie hielten. Der Schweifling blickte auf die Stelle hinab, wo das Schwert auf dem uralten Holzboden landete, sein Gesichtsausdruck irgendwo zwischen Sorge und Erleichterung. Einen Moment später fiel er ebenfalls.

Der Ronin griff nach ihm, und einen Herzschlag spürte er den Widerstand von Stoff und Fleisch unter seinen Fingern. Doch dann verdunstete diese feste Materie wie Nebel über einem See. Sein weißes Gesicht, seine Hand, seine Robe – alles löste sich in hellem Licht auf, bis nur noch ein kalter Schmerz zwischen den Fingern des Ronin von ihm übrig war.

Als er seine Hand öffnete, sah er einen winterfarbenen trüben Kybersplitter, der sich in sein Fleisch gebohrt hatte, ganz ähnlich wie vor zwanzig Jahren, als er den Spiegel zertrümmert hatte.

Es war das erste und einzige Mal, dass einer der Schatten von Rei'izu etwas zurückgelassen hatte, und der Ronin wollte glauben, dass es eine tiefere Bewandtnis damit hatte. Dass es ein letztes Geschenk war. Aber Gewissheit würde er wohl nie haben.

Er wandte sich der Mörderin des Schweiflings zu, die vor ihm auf der Veranda stand. Die blauweiße Klinge, mit der sie den tödlichen Streich ausgeführt hatte, versengte die kalte Luft, und ein seltsamer Schein hüllte Kouru ein, obwohl die Sonnenstrahlen nicht bis zu ihr vordrangen.

Der Ronin atmete gepresst ein. Er war wütend. Und er war erleichtert, auch wenn es ihn anwiderte, das zuzugeben. Kouru hatte ihm die grausige Tat abgenommen, aber den Schweifling tot zu sehen, erfüllte sie beide mit Bedauern. Während er reglos stehen blieb, musterte die Sith ihn gleichgültig – nicht als den Mann, den sie verachtete, auch nicht als einen, für den sie Mitgefühl empfand, sondern vielmehr als einen Mann, von dem sie mehr erwartet hätte. Ein kleiner

Teil von ihm fröstelte, aber er ließ nicht zu, dass dieses Schaudern auf seinen Körper übersprang; er war zu schwach, und falls er jetzt nachgab, würde er hier auf dem Boden zusammenbrechen.

Schließlich wandte Kouru den Blick ab, um sich hinzuknien. Kurz glaubte der Ronin, etwas zu sehen, neben ihr oder hinter ihr oder dort, wo gerade sie gestanden hatte. Etwas so Vertrautes, dass sein Herz unvermittelt zu schmerzen begann. Doch dann richtete Kouru sich wieder auf, und sie war wieder allein. Allein ... aber mehr als zuvor. Würde sie auch gleich verblassen? Oder würde ihr Glühen immer heller werden, bis seine Augen sie nicht mehr erfassen könnten?

Mit einer Hand hielt sie ihm die Sith-Maske und das Sauerstoffgerät hin, mit der anderen seinen Lichtschwertgriff. Nachdem er mit zitternden Händen den Kybersplitter eingesteckt hatte, nahm der Ronin zuerst das Schwert entgegen, das er unter seine Leibbinde schob, und anschließend die Masken, die er eine nach der anderen über seine Kieferprothese stülpte.

Kouru wandte sich den Türen zu. Sie hatten sich um eine Winzigkeit geöffnet, sodass ein schmaler schwarzer Spalt zwischen ihnen klaffte. »Sie wartet auf dich.«

»Du scheinst mir besser gerüstet, um ihr gegenüberzutreten«, sagte er.

»Jetzt verlässt dich der Mut?« Sie bedachte ihn mit einem stechenden Blick, dann krümmten sich ihre Lippen, und sie drehte den Kopf weg, um wieder in die Düsternis jenseits der Türen zu spähen. »Denk daran, warum du hergekommen bist. Was du hier finden wolltest.«

Eine Antwort. Einen Grund weiterzuleben. Etwas, was den ewigen Kreislauf von Tod auf Tod brechen würde. Der

Spiegel hatte ihm schon einmal eine Vision gezeigt, doch er hatte nicht verstanden, mit dem Grauen dieser Wahrheit umzugehen; stattdessen war er geflohen und selbst zum Grauen geworden.

Aber jetzt konnte er nicht mehr davonrennen. Jetzt wurde die Galaxis von einer Armee von Geistern heimgesucht, dem Tod entrissen, versklavt und zu Dämonen pervertiert, welche niemals Ruhe finden würden, solange ihr Meister noch einen Nutzen für sie sah. Der Tod war keine Erlösung mehr, sofern er je eine gewesen war – der Ronin hoffte es zumindest, denn er hatte zahllose Leben beendet.

»Geh«, sagte Kouru. »Bring es zu Ende.«

Es war das Mindeste, was er tun konnte: jene zu befreien, die er diesem Schicksal ausgesetzt hatte. Also tat er wie ihm geheißen und trat durch die Türen, um seine Mission zu beenden oder bei dem Versuch zu sterben.

42. Kapitel

Der Saal sah noch genauso aus, wie der Ronin ihn in Erinnerung hatte, eine gewaltige Leere, definiert durch die künstlerische Absicht ihrer Erbauer. Es war nicht die schiere Größe, die einen beeindrucken sollte – es war die Tatsache, dass lebende Hände sie erschaffen hatten, um die Weite der natürlichen Welt zu imitieren. Die Laternen mit ihren komplexen Metallmustern, die an langen Ketten von der Decke hingen, glühten dumpf, und die Kerzen auf den schlanken Metallständern entzündeten sich, als der Ronin an ihnen vorüberging.

Jeder Schritt frischte seine Erinnerung mehr auf. Der Geruch von Blut und Rauch stieg in seine Nase; er sah wieder die blutigen Schlieren auf dem Boden; er hörte ferne Schreie, noch fernere Gebete, das Heulen von Schiffen in der Atmosphäre. Und einen heiseren Atemzug an seinem Ohr.

Er wurde langsamer – ohne jedoch stehen zu bleiben – und schloss kurz die Augen. Als sich seine Lider wieder öffneten, existierten Rauch und Blut, Schreie, Gebete und Atemzüge nicht länger. Dafür erhob sich vor ihm der große Spiegel.

Er stand auf seiner kleinen Plattform, dort, wo er immer gestanden hatte, riesig und rund. Seine Oberfläche wurde durch ein Netz von tausend haarfeinen Rissen getrübt, abgesehen von einer winzigen gezackten Lücke in der Mitte, in der das Kerzenlicht funkelte.

Der Ronin trat näher, aber das war noch nicht nah genug, also stieg er auf die Plattform hoch. Anschließend zog er den Kybersplitter unter seiner Robe hervor und steckte ihn an seinen Platz zurück.

In diesem Moment wurde der Spiegel wieder ein Spiegel, und er zeigte dem Ronin seine Silhouette. Doch nur kurz, dann verschwamm die Reflexion, und als er sie wieder klar sehen konnte, wirkte sie ungleich jünger, als er es jetzt war. Nein, die Gestalt war nicht länger er selbst – auch wenn er Züge von sich in ihrem Lächeln und ihren Augen wiedererkannte. Und ihre Nase und ihre Haltung erinnerten ihn an die Frau, die man seine Hexe genannt hatte.

Der Ronin sog scharf den Atem ein. Niemand musste ihm sagen, was – *wen* er da vor sich sah. Er hatte die Hexe geliebt, und sie hatte ihn geliebt, zumindest, bis er alles verriet, was sie gemeinsam aufgebaut hatten. Alles, was sie erschaffen hatten. So auch diese Person vor ihm, eine junge Frau in schlichter, funktioneller Robe und Hose, die so sehr an ihre Mutter erinnerte. Im Gegensatz zur Hexe trug sie ihr Haar aber kurz, in einem praktischen kinnlangen Schnitt.

Auf ihre Geste hin setzten sie sich einander gegenüber. Ein niedriger Tisch stand zwischen ihnen, zur Hälfte auf seiner Seite, zur Hälfte auf ihrer, aber der Ronin verschwendete keine Zeit mit der Frage, wie er gleichzeitig inner- und außerhalb des Spiegels existieren konnte. Wie töricht wäre es gewesen, vor einem göttlichen Spiegel zu sitzen und sich dann über einen Tisch zu wundern? Wichtiger war ohnehin, was auf dem Tisch lag: ein Spielbrett mit vertrauten Steinen, in Form von Pfeilspitzen geschnitzt und mit dunklen Symbolen auf der Oberseite. Es sah fast genauso aus wie das Brett, auf dem er mit ihrer Mutter gespielt hatte. Sie machte den ersten Zug, er den zweiten.

»Bist du gar nicht neugierig?«, fragte sie schließlich. »Frag mich, wer ich bin.«

Ihre Stimme ließ ihn zusammenzucken wie eine falsch gestimmte Saite. Er erkannte, dass sie nicht zum ersten Mal zu ihm sprach; sie hatten sich schon zuvor unterhalten, viele Male sogar – in der Regel, wenn sie versuchte, ihn zu anderen Sith zu führen, auf dass sie ihn umbrachten.

»Ich glaube, ich weiß es«, sagte er.

Ihr Lächeln war scharf wie Stahl. *Lügner*, sagte es, und der Ronin musste ihm beipflichten. Er hatte lediglich einen Verdacht. Wie gern hätte er sie gefragt, ob ...

... Einst war sie ein Kind, und sie war allein ...

Das Bild spülte über ihn hinweg wie eine eisige Woge, und seine Finger zitterten, als er den Lanzenreiter über das Feld schob.

Ihm gegenüber zog die Frau die Schultern hoch. »Ich habe nichts zu verbergen. Nicht mehr.« Sie nutzte seine Schwäche aus – denn er wollte es wissen, auch wenn er dieses Wissen nicht verdient hatte.

Und so zeigte sie es ihm ...

Ein Mädchen, allein. Aber nicht immer allein. Anfangs ist da noch die Mutter, die voller Wärme dafür sorgt, dass sie satt und eingekleidet und behütet ist. Doch dann verspricht die Mutter, sich selbst aufzugeben, für Rei'izu, auf dass diese Welt eine sichere Zuflucht für das Kind und die anderen sein möge – die Sith, die mit ihnen hiergeblieben sind. Nun ist ihre Mutter nicht länger eine Person, nicht länger Fleisch, sondern eine Welt und eine Zeit. So kann das Mädchen in Sicherheit leben, aber ihm fehlt, was ein Kind am meisten braucht.

Natürlich ist das Kind nicht allein, solange die Freunde und Kameraden ihrer Mutter noch da sind. Ihre Krieger, ihre Sith. Sie kümmern sich um das Mädchen, so gut es ihnen möglich ist, aber allzu bald schon verblassen sie. Stück für Stück. Einer nach dem anderen. Nach einer Weile sind schließlich nur noch Schatten und Erinnerungen von ihnen übrig. Zurück bleibt ein Mädchen, das kaum etwas über sich weiß und nur einen Bruchteil der Ausbildung genossen hat, die es eigentlich bräuchte.

Allein der Spiegel überdauert mit ihr die Jahre. Anfangs liegt er noch in zahllosen Splittern über den Boden des Tempels verstreut, aber seit sie alt genug war, um zu krabbeln, fühlte sie sich zu diesen Splittern hingezogen. Und noch bevor sie sprechen konnte, hatte sie bereits begonnen, die Scherben zu sammeln. Sie zeigen ihr mehr, als sie begreifen kann, zumindest anfangs, aber sie wird immer tiefer hineingezogen und lernt und wächst.

Dann, eines Tages, als nur noch sie und der Spiegel übrig sind, verkündet er ihr, dass jemand kommen wird …

»Ich war sicher, dass du es sein würdest«, sagte seine Tochter, während sie den Läufer bewegte.

Aber er war es nicht gewesen, und dieses Wissen schmerzte schrecklich. »Wieso hast du das geglaubt?«, fragt er.

Sie schmunzelte, und der Ronin musste an den Schweifling denken; daran, wie er stets gelächelt hatte, ganz gleich, welche Gefühle sich wirklich hinter seinen Augen regten. »Ich wusste damals noch nicht, was du bist«, sagte sie.

Die Gestalt, die den Tempel aufsucht, ist allein und erschreckend vertraut, wenn natürlich auch viel jünger als zu dem Zeitpunkt, als der Ronin ihr auf Genbara begegnete. Das Wesen trägt keine Maske, sein Haar ist dafür lang, und wie der Ronin erfährt, hatte es schon damals nichts für Jedi-Kleidung übrig. Stattdessen trägt es eine Robe mit langen Ärmeln und mehrfarbigen Quasten.

Die Situation offenbart dem Ronin mit erdrückender Plötzlichkeit: Es ist der Schweifling, Idzuna, der am Eingang der Haupthalle auftaucht. Vor ihm steht die Tochter, ein Kind, nur halb so groß, wie sie es jetzt ist, und sie starrt forschend zu ihm hoch. Dabei wandert ihr Blick zwischen seinem Gesicht und seiner Waffe hin und her, einer Ahnenklinge, deren elegante Form sie offen bewundert. Idzuna schließt die Hand noch fester um das Schwert, wie um es von ihr abzuschirmen.

Er ist im Auftrag seines Lords nach Rei'izu gekommen, um die Überbleibsel der Sith-Rebellion auszulöschen. Doch alles, was hier noch getötet werden kann, ist ein junges, einsames Mädchen. Also nimmt er die Hand von seiner Waffe, kniet sich hin und winkt das Kind näher, um mit ihm zu sprechen. Sie legt ihre Hand in seine offene, nach oben gedrehte Handfläche.

Und so kommt es, dass Idzuna sich des Mädchens annimmt und es mehrere Jahre großzieht, es beschützt und unterrichtet. Denn der Gedanke, dass sie den Tod verdient haben könnte, ist ihm absolut unerträglich …

»Ich tat ihm leid«, sagte seine Tochter. Sie war amüsiert und verbittert, aber auch mitfühlend – eine Mischung, um die sie selbst ein Mönch beneidet hätte. »Und er tat sich ebenfalls leid; er hasste es, dass wir hierbleiben mussten.«

Der Ronin atmete gedehnt ein; die Luft stach wie eine Klinge in seine Brust. »Was ist passiert?«

»Nun stellst du also doch Fragen.« Die Verbitterung in ihrer Stimme blieb, während sie ihn mit der Wahrheit konfrontierte.

Idzuna möchte ein echter Lehrer sein, ein würdiger Meister – das, wofür die Jedi einst gerühmt wurden. Er bringt ihr bei, was man ihm selbst vorenthielt, lehrt sie die Geschichte und ihren Platz darin. Dabei ist er gleichzeitig nachsichtig und beharrlich. Er fördert ihre Verbindung mit dem Spiegel, hilft ihr zu deuten und einzuordnen, was sie darin sieht.

Während ihr Verständnis der Welt wächst, spürt sie den Geistern der Schatten nach, die sich vormals um sie kümmerten, und sie spürt all ihren Zorn und ihren Schmerz aus der Zeit vor und während der Rebellion bis hin zu jenem schrecklichen Tag, als sie scheiterte. Das ist der Moment, der sie am meisten beschäftigt: der Moment, als ihr Vater sich entschied, ihre Mutter zu verraten …

»Ich wollte wissen, wieso«, sagte sie, als wäre ihr Interesse lediglich akademischer Natur gewesen. »Ich hatte Angst vor dem, was ich finden würde, aber ich brauchte Antworten.«

»Du musst enttäuscht von mir gewesen sein.«

Ihr Mund krümmte sich mitleidig. »Ich wusste bereits, was ich zu erwarten hatte.«

Sie ist jetzt beinahe die Frau, die er vor sich sieht – hochgewachsen, mit sehnigen Gliedern und scharf geschnittenen Zügen, mit einer steilen Falte zwischen den Brauen, in der sich der Schweiß sammelt, wenn sie auf der Plattform sitzt und an ihrem großen Projekt arbeitet: der Instandsetzung des Spiegels. Dabei nutzt sie in gleichem Maße die schwarze Strömung und das weiße Lodern, um die Teile zu wenden, zu drehen und zusammenzufügen. Ihr Meister kann ihr längst nicht mehr vorschreiben, wann sie zu essen und zu schlafen hat. Sie steht kurz vor einer Offenbarung, vor einer tieferen Wahrheit. Einem Wunder, das all ihrem Leid einen Sinn geben wird ebenso wie dem Leid derer, die vor ihr kamen.

Sie lernt, ihren Geist mithilfe des Kybers auszustrecken, in andere Welten fernab von Rei'izu zu blicken. Was sie dort sieht, sind die herrschenden Jedi, die schwindenden Überbleibsel der Sith, und nach langer, langer Suche ... sieht sie schließlich auch ihn.

Es ist ein Fluch, von dem es kein Zurück gibt. Schon die erste Berührung mit seinem erbärmlichen Streben erfüllt ihr Herz mit Fragen und einem quälenden Bedürfnis. Nach und nach erfährt sie durch seine Träume, was er einst sah, als er selbst in den Spiegel eintauchte. Den unabänderlichen, gnadenlosen Kreislauf und das Grauen, das er mit sich bringt. Die Hilflosigkeit. Die Verzweiflung.

Diese Dinge stürmen auf das Mädchen ein – und zerreißen sie.

»Es lässt mir noch immer keine Ruhe«, erklärte sie leise. Was aus ihrer Stimme klang, war ... Mitgefühl mit dem Wesen, in welches Schicksal und Jedi, Lord und Sith ihren Vater verwandelt hatten. »Welche Wahl hattest du schon, außer zu rebellieren? Und welche Wahl, als du schließlich die Zukunft sahst?«

»Ich bin nicht stolz auf das, was ich getan habe.« Alles, woran er denken konnte, war der Schmerz, den er verursacht hatte.

»Ich verurteile dich nicht.«

Was sollte er davon halten? Von allen Wesen hatte sie es am meisten verdient, ihn zu verurteilen.

»Aber du hast kein Recht, mir zu sagen, was ich tun soll, Vater.«

Das Wort ließ ihn vor Unbehagen zusammenzucken. Er hatte es nicht verdient, ihr Vater zu sein, und sie benutzte den Titel nicht als Belohnung, sondern als Klinge, die sie ihm zwischen die Rippen rammte. Dabei neigte sie mit einem trockenen Halblächeln den Kopf, wie um zu sagen, dass er diesen Schmerz verdient hatte.

Anschließend bewegte sie einen Spielstein über das Brett und schlug damit seinen Turm. »Ich habe dir Folgendes zu sagen: Du hattest recht. Die Prinzen und Jedi schätzen ihre Ehre höher als die Leben, an deren Wohl sie sich messen sollten. Sie sind egoistisch und grausam. Und ungerecht. Ich glaube, es war richtig von dir, ihnen die Stirn zu bieten. Und es ist bedauerlich, dass du gescheitert bist.«

Eine Hand noch immer auf dem Spielbrett, blickte sie plötzlich zum oberen Rand des Spiegels hoch, und während er ihrem Blick folgte, stieg ein nagender Verdacht in ihm auf.

»Aber auch an diesem Scheitern kann ich dir keine Schuld geben«, fuhr sie fort. »Er kann überwältigend sein, mein Spiegel. Er birgt in sich die ganze Welt. Alle Welten. Damit konfrontiert zu werden, wenn man noch in einem jungen, verwundbaren Körper gefangen ist … Ich könnte es mir gar nicht ausmalen, wäre es mir nicht genauso ergangen.«

Sie kennt den Spiegel besser als sich selbst, aber nicht einmal er konnte sie auf das vorbereiten, was die Echos im schwachen Fleisch ihres Vaters offenbarten.

Es zerstört sie, dieses junge Mädchen, und es bricht zusammen. Natürlich muss sie ihr Leid nicht allein ertragen, denn sie hat einen Meister und eine Welt, und beide würden alles tun, um ihren Schmerz zu lindern. Aber die Tragweite dieser giftigen Erkenntnis ist zu groß. Sie braucht Tage, bis sie wieder schlafen, und Wochen, bis sie wieder sprechen kann, so hilflos ist sie in den Klauen dieser monströsen Wahrheit.

Dann, eines Tages, wacht sie auf und fühlt sich erneuert. Erfrischt. Sie erhebt sich mit grimmiger Entschlossenheit im Herzen.

»Ich werde es zu Ende bringen«, erklärt das Mädchen, noch immer schweißdurchnässt von der Tortur, die es durchlitten hat. »Ich werde es für dich zu Ende bringen. Für sie. Für alle.«

Der Ronin, der all dies sprach- und formlos durch die Augen des Mädchens erlebt, kann die Worte kaum verstehen. Und ebenso wenig kann es die Person, an welche das Mädchen sie richtet: ihr Meister, Idzuna. Er sieht dem Schweifling, den der Ronin kannte, inzwischen schon viel ähnlicher. Doch auf seinem Gesicht liegt ein Ausdruck, den der alte Mann erst ganz am Ende an ihm sah: Verwirrung, Sorge und ein Anflug von Furcht.

»Prinzen, Jedi!« Das Mädchen spuckt die Worte förmlich aus. »Ich kann sie alle stürzen!«

Idzuna redet sanft auf sie ein, auch wenn seine Worte in ihrem Kopf verschwimmen. Er sagt, sie solle sich ausruhen, dass sie sich später über ihre Gefühle unterhalten werden und darüber, was sie gemeinsam tun können ...

Er will sie besänftigen, erkennt sie. Aber das kann sie nicht dulden. Was sie in seinen Worten hört, ist: Du übertreibst. Du gehst zu weit.

Das Mädchen will – *kann* – es nicht akzeptieren. Sie hat es im Spiegel gesehen, diesem göttlichen Gefäß, das die Gesamtheit aller Welten in sich birgt. Hat Idzuna nicht selbst gesagt, dass niemand je so tief in diesen Spiegel eintauchen konnte wie sie? Sie, die Tochter des Dunklen Lords und der Hexe. Sie sieht, was allen anderen verborgen bleibt, sieht mehr als je ein Wesen vor ihr. Wer, wenn nicht sie, hat das Recht, die Galaxis zu packen und sie in Fetzen zu reißen und sie von Neuem zusammenzusetzen?

Genau das sagt sie nun auch, ihre Worte erfüllt von Wahrheit und Leidenschaft.

»Nein«, entgegnet Idzuna, und es fühlt sich an, als hätte er ihr eine Ohrfeige gegeben. »Nein. Du hast Macht, eine Gabe ... aber du bist ein Kind. Du weißt nicht, was es heißt, jemanden zu töten.«

»Ach nein?«, faucht sie, denn sie ist der Spiegel, und die Argumente ihres Lehrers sind lächerlich kleingeistig und falsch. »Ich habe getötet. Ich *wurde* getötet. Ich kenne den Schmerz und die Qual. Tausendmal habe ich es erlebt. Auch durch dich. Ja, der Spiegel hat mir gezeigt, was du getan hast.«

Sein Gesicht wirkte mit einem Mal fahl und eingefallen.

»Du kannst meine kleine Seele nicht beschützen. Ich habe alles gesehen, was du gesehen hast, habe alles getan, was du getan hast.« In einer flehentlichen Geste nimmt sie seine schlaffe Hand in die ihre. »Ich verstehe, warum du es getan hast. Warum andere es tun. Ihr tötet, um andere zu schützen, um andere zu retten. Um denen ihre Macht zu nehmen, die sie nicht verdient haben. Es ist richtig.«

Während sie ihren Lehrer beschwört, spürt der Ronin eine Berührung in seinem Herzen – ein Bewusstsein, das nicht sein eigenes ist und diesen Moment in einer anderen Zeit mitverfolgt.

Seine Tochter weiß, dass ihr Meister sie beschützen will. Sie weiß aber auch, dass er zu viel in seiner eigenen Vergangenheit bedauert, um zu akzeptieren, dass sie ihn ebenso beschützen kann.

Sie lässt seine Hand los. Und dann benutzt er diese Hand, um die schwarze Strömung zu einer Sturmwoge aufzutürmen, auf dass sie den Spiegel zerschmettern möge.

Ihr bleibt keine andere Wahl. Sie muss etwas tun.

Eine Schockwelle aus purer Frustration und Furcht schleudert ihn nach hinten, und als er auf dem Boden landet, sind seine Knochen gebrochen, sein Fleisch aufgerissen. Sein Leben verrinnt.

»Wie zerbrechlich ein Körper doch ist, wenn er den Angriff nicht erwartet«, sagte sie leise, ihre Hände reglos vor ihr, das Spielbrett und die Steine unberührt. »Er wusste das nur zu gut. Ironisch, nicht wahr?«

Gern hätte der Ronin erwidert: Das ist kein passender Vergleich. Sie wollte ihn nicht töten.

Das Schmunzeln auf ihren Lippen geriet ins Wanken. »Und ich wollte ihn nicht zurückbringen.«

In gewisser Weise unterstreicht es ihr Argument; sie und der Spiegel sind so eng miteinander verbunden, dass sie tun kann, was immer sie will. Wenn sie etwas bedauert oder will, antwortet ihr Herz mit endlosem Wissen, und die Welt muss sich ihr beugen. Diesmal ist es das Wissen ihrer Mutter, das in sie hineinströmt.

Das Mädchen fängt Idzunas Geist ein und bindet ihn an eine neue Aufgabe, so selbstverständlich, als hätte sie es schon Tausende Male zuvor getan.

Er ist der Erste von vielen. Jeder gefallene Jedi und jeder Sith, jede Seele, die für die Zwecke eines anderen ihr Leben geben musste – sie fängt sie mit Lodern und Strömung ein und macht mit ihnen, was ihr beliebt. Und so wird es weitergehen, bis sie genug Seelen gesammelt hat, um das Schicksal aller Jedi, Prinzen und Imperatoren zu besiegeln, die es je wagten, anderen Welten vorzuschreiben, wie sie zu leben haben. Und wenn sie dieses Geschwür hinfortgebrannt hat ... dann und erst dann kann die Galaxis heilen und neue, süßere Früchte tragen.

Der Ronin kam sich winzig vor. Im Vergleich zu ihrer strahlenden Aura war er ein zerlumptes Phantom. Tränen rannen über seine Wangen, und er war nicht einmal sicher, ob er eine Antwort verdient hatte, als er fragte: »Warum?«

Was er meinte, war: Warum bin ich hier? Warum hast du sie geschickt, um mich zu holen? Wolltest du mich denn nicht töten?

Sie blickte ihn von der anderen Seite des Tisches an, ihre Augen erfüllt von einem brennenden Wunsch. Dann neigte sie beschwörend den Kopf. »Es geht mir nicht um deinen Tod, Vater. Ich will dich stärker machen. Besser. Du sollst wieder der Mann sein, der du warst, gestählt durch Schlachten, Not und Entscheidungen – oder ihm zumindest wieder nahekommen. Und dann … möchte ich, dass du deine Macht in meine Dienste stellst.«

Er sollte ihr Ritter sein, ihr Krieger, ihr Dämonenfürst. Sie zeigte ihm sogar, was das bedeuten würde, was sie gemeinsam sein und erreichen könnten: ein Wirbelwind der Vernichtung, der das gesamte Imperium ins Chaos stürzen würde, bis nur noch Asche auf verbranntem Boden übrig wäre.

»Tu es – für mich«, bat sie. »Lass mich dein Ende sein.«

43. Kapitel

Es ist, als würde er träumen. Oder beten. Eine unbestimmbare Zeitspanne, während der er in sich geht und fragt: Hat sie recht? Und selbst wenn nicht, hat er das Recht, Nein zu sagen? Er hatte schließlich seine Chance, und er hat sie vertan. Wie kann er es da wagen, sie um die ihre zu bringen?

Ein altbekanntes Schnauben ertönt an seinem Ohr. »Sie hat das Recht. Hätte ich ihre Fähigkeiten, würde ich vermutlich dasselbe tun.«

Kouru steht zu seiner Rechten, die Arme verschränkt, während sie mit zusammengezogenen Brauen zu der gewaltigen Platte aus Schwarz und Weiß und Farbe hochblickt.

»Tatsächlich?«, fragt der Ronin. »Warum zögerst du dann?«

Sie richtet ihre schmalen Augen auf ihn, als könne sie selbst nicht glauben, dass sie die Frage mit einer Antwort würdigen will. Aber sie will. Da ist ein Drängen in ihrer Stimme, als sie sagt: »Das Einzige, was ich je wollte, war, meine eigenen Entscheidungen zu treffen. Aber sie? Alles, was sie tut, tut sie für diesen Spiegel. Für dich. Sie ist ebenso wenig frei wie ich. Und sie wird nie frei sein, solange das hier existiert.«

Dann sollte es zerstört werden, oder? Um ihretwillen. Und um all derer willen, für die diese Welt nichts weiter ist als ein Gefängnis.

Links von sich hört er ein nachdenkliches Brummen. Ein Mann steht dort, ein Mann, den er nur kurz kannte, und wartet auf seine Gelegenheit zu sprechen. Wie bescheiden für einen Lord. Hanrai neigt wissend den Kopf. »Man könnte sagen, diese Sache geht mich auch an. Sie hatte nie eine Chance, etwas anderes zu sehen.«

»Dies ist der einzige Ort, wo sie sicher ist«, entgegnet der Ronin.

»Ich verstehe, dass du das so siehst.« Hanrai runzelt die Stirn, dann verhärten sich seine Züge, als er das Rund des Spiegels betrachtet. »Aber wie viele mehr wie dich wird sie wohl erschaffen, ehe sie zufrieden ist? Verlorene, verzweifelte Seelen. Wird sie wissen, wann es genug ist? Wann sie aufhören muss? Kann sie das überhaupt wissen? Wie viele müssen sterben, um sie zufriedenzustellen?«

So viele, wie nötig sind, denkt der Ronin, nur um sich abzuwenden, beschämt ob dieses Gedankens. Das ist die Denkweise des Mannes, der er einst war – des Mannes, vor dem er zwanzig lange Jahre davongerannt ist.

Doch diese Sünden, vor denen er floh … Für seine Tochter sind sie eine Tugend. In ihren Augen ist das Problem nicht, dass er zu viele tötete; das Problem ist, dass er nicht genug tötete.

»In was für einen Schlamassel habe ich dich da hineingeführt?« Die Stimme des Schweiflings ertönt hinter ihm. Er sitzt Rücken an Rücken mit ihm, genauso wie vorhin, und der Ronin spürt die Wärme seines Körpers. »Was, keine Reaktion? Bist du etwa böse auf mich?«

»Du musst dich für nichts entschuldigen«, erklärt der Ronin, seine Stimme ein Wispern, nachdem er den Schweifling gerade sterben sah, erst einmal und dann noch einmal.

»Nun, irgendjemand muss es ja tun … Und ich habe oft genug beim Shogi geschummelt, um es dir schuldig zu sein.«

Der Ronin hustet, und ein Schmunzeln gräbt sich in seine Mundwinkel, während er den Rücken streckt. Es wärmt sein Herz, die Zufriedenheit im Ton des Schweiflings zu hören. »Willst du mir nicht auch einen Rat geben?«, fragt er.

»Ich glaube, ich habe bewiesen, dass ich ein grauenvoller Ratgeber bin.«

Er will protestieren, aber die Aussage ist so absurd, dass sie keiner Entgegnung würdig ist.

Er weiß es besser. Sie beide wissen es besser. Das Wesen hat der Tochter des Ronin, seiner Erbin, Jahre seines Lebens geschenkt. Es hat sie beraten, sie begleitet, für sie gesorgt. Und ein paar kurze Tage lang hat es dasselbe für den Ronin getan. Falls es eine Meinung hat, will er sie hören. Doch das Schweigen zieht sich in die Länge, und würde der Ronin nicht immer noch die Wärme an seinem Rücken fühlen, würde er sich fragen, ob der Schweifling überhaupt noch bei ihm ist.

Zu guter Letzt hört er: »Ich will nicht fatalistisch klingen, aber ich bezweifle, dass ich in dieser Sache noch ein Mitspracherecht habe. Es ist deine Entscheidung. Nur so viel: Ich würde mir wünschen, dass sie … lebt. Nach ihren eigenen Regeln. Es tut mir leid, dass ich ihr nicht mehr helfen konnte.« Eine flüchtige Berührung streift die Hand des Ronin. »Ich hätte übrigens auch nichts dagegen, wenn du überlebst. Aber wie gesagt, das ist deine Entscheidung.«

Dann ziehen sie sich zurück, alle drei. Während ihre Präsenz in immer weitere Ferne rückt, konzentriert sich der Ronin ganz besonders auf den einen, den er nicht sehen kann, denn er vermutet, dass sein Abschied vom Schweifling endgültig ist. Es wird immer schwerer, der Spur der Geister zu folgen, denn an ihrer Stelle erstrahlt eine lodernde Intensität, der er sich nicht entziehen kann.

Was für eine herrliche Erscheinung sie doch ist – seine Hexe.

»Und was ist mit dir?«, fragt er. »Du wolltest nicht, dass ich sie sehe – dass ich sie kennenlerne. Du hast sie vor mir beschützt. Sag, hat sie dich gebeten, dass du mich nun doch zu ihr lassen sollst?«

Sie flüstert: *Du kanntest meine Bedingungen.* Die Erinnerung sticht wie ein Atemzug in eisiger Luft. *Wenn du zurückkehrst, sollst du es in meinem Namen tun,* das waren ihre Worte. *Ehre das Meine, wie du das Deine nie ehren konntest.*

Er soll sie ehren und das, wofür sie stand … wofür sie steht. Als Hexe, als Mutter, als Welt.

Was hat sein schrecklicher Verrat nur aus ihnen gemacht? Eine tote Frau und einen toten Mann, der nicht wirklich tot ist. Aber jetzt muss es enden. Er muss sie ehren. Was sie jetzt ist, was sie beide erschaffen haben und was noch daraus erwachsen mag …

Der Ronin stand auf und streckte seiner Tochter die Hand entgegen. Darin lag der Griff seines Lichtschwerts; die Waffe, die er erschaffen hatte, um seine eigene Blutlinie, seinen eigenen Klan zu repräsentieren – alle, die mit ihm entschieden hatten, selbst über ihre Seelen zu bestimmen. Das geschmiedete Versprechen eines Vermächtnisses.

Seine Tochter nahm die Waffe mit gesenktem Kopf entgegen, und als sie schließlich wieder aufblickte, leuchtete Dankbarkeit in ihren Augen.

Sie zündete das Lichtschwert und breitete die Arme aus. Einen Moment später stach sie zu, und Hitze und Kälte durchbohrten den Bauch des Ronin. Er griff mit zitternden Fingern nach ihren Schultern, um sie in eine tiefe Umarmung zu ziehen. Ihre Nase presste sich gegen seine Schulter … Dann keuchte sie überrascht, als er sich nach hinten fallen ließ und sie mit sich riss.

Gemeinsam stürzten sie aus dem Spiegel und in die Realität. Die mächtige Scheibe, gerade erst wieder vervollständigt, zerbarst hinter ihnen, und glitzernde Scherben regneten auf den Boden herab. Einen Moment später gab es den Spiegel nicht mehr. Vater und Tochter fanden sich allein in einer unzerstörten Welt wieder.

44. Kapitel

Das Teehaus erhob sich auf einem kleinen Hügel am südöstlichen Rand des Pilgerviertels, weswegen man einen guten Ausblick auf die Umgebung hatte, auch wenn die berühmtesten Sehenswürdigkeiten von Yojou zu weit entfernt waren, um sie von hier aus zu sehen. Aus diesem Grund waren die meisten Gäste keine Touristen oder Pilger, sondern Einheimische. An diesem Abend saßen lediglich drei Männer auf der Veranda.

Einer von ihnen, der Besitzer des Teehauses, überprüfte gerade sein Inventar. Zu seiner Überraschung war ein Großteil des Teevorrats noch immer in gutem Zustand und überaus schmackhaft. Sein Freund massierte sich derweil die müden Knochen; er hatte den ganzen Tag lang geholfen, den Laden eines Nachbarn leer zu räumen, welcher die Unwägbarkeiten der Zeit nicht halb so gut überstanden hatte wie das Teehaus. Die Männer erzählten einander von den Geschehnissen des Tages und wie es ihnen so ergangen war. Für sie war seit ihrer letzten Begegnung lediglich eine Woche verstrichen, nicht eine Woche und zwanzig Jahre.

Insofern war es nur eine Frage der Zeit, bis die Rede schließlich auf ebendiese verlorenen Jahrzehnte kam. Der Gedanke, dass all diese Zeit vergangen war, ohne dass irgendjemand auf Rei'izu es bemerkt hatte, war noch immer befremdlich. Und nicht weniger befremdlich: Das Letzte, woran sich die meisten hier erinnerten, war die blutige Belagerung durch die Sith, aber jetzt waren diese dunklen Krieger allesamt fort, verschwunden wie Geister im Sonnenlicht.

»Ich glaube, die Jedi heute sind besser als die, die wir damals hatten«, sagte der Besitzer des Teehauses.

»Wie kommt Ihr denn darauf?«, fragte der dritte Anwesende. Keiner der anderen kannte ihn, aber er hatte offensichtlich während der Invasion der Sith gelitten, denn seine Wunden waren noch immer frisch und verbunden. Aufgrund seiner respektgebietenden Erscheinung hätte man ihn fast für einen Jedi halten können ... aber dafür war er natürlich viel zu zerlumpt, ganz zu schweigen davon, dass er mit der Frage zu ihnen gekommen war, ob sie vielleicht einen Droiden hatten, der repariert werden musste.

Gegenwärtig saß er am Eingang neben dem Energiedroiden des Teehauses. Seit seiner Ankunft hatte er sich nur hin und wieder in die Unterhaltung eingeschaltet; vermutlich lag es daran, dass er wegen seiner Verletzungen eine Kieferprothese und eine Sauerstoffmaske trug. Aber seine Hände waren flink und geschickt, und wenige Minuten nachdem er mit seiner Arbeit begonnen hatte, hatte der Energiedroide bereits erste surrende Lebenszeichen von sich gegeben. Dadurch hatte sich der Fremde in den Augen des Wirtes einen Sympathiebonus verdient, weshalb er ihn mit einem steten Strom an frischem Tee versorgte.

»Ich weiß ja nicht, ob Ihr Euch erinnert, aber als die Sith kamen ...« Das war natürlich ein Scherz. Wie könnte irgendjemand die Invasion der Sith vergessen, wo sie doch erst letzte Woche hier eingefallen waren? »... töteten sie alle Jedi auf Rei'izu. Und jetzt bricht eine Handvoll Jedi-Schüler einen jahrzehntealten Fluch!«

Der Fremde blickte nachdenklich drein, während er einen Schluck Tee nahm. »Vielleicht waren sie nur die Ersten, die furchtlos genug waren, um es zu versuchen.«

»Ich bin ihnen jedenfalls dankbar. Oh … seid Ihr mit dem Droiden fertig? Ha, Ihr seid wirklich ein Geschenk der Götter, Herr!«

»Es ist das Einzige, worin ich gut bin«, erwiderte der Fremde. Sein eigener Droide, ein exzentrischer kleiner Astromech, blinkte hinter ihm auf der Veranda.

Kurze Zeit später kam eine dünne alte Frau vorbei, um den Fremden abzuholen. Ihr Arm hing in einer Schlinge, und sie ging auf einen Stock gestützt. Der Fremde seufzte leise, während er aufstand und zu ihr hinüberging. Der Wirt und sein Freund winkten und luden ihn ein, bald wiederzukommen; das nächste Mal müsste er auch nicht erst einen Droiden reparieren, um eine Tasse Tee zu bekommen.

Der Ronin hätte nichts dagegen gehabt, auf ihre Einladung zurückzukommen, aber die Anspannung in Chies Zügen verriet ihm, dass daraus wohl nichts werden würde.

»Ich dachte schon, du wärst weggerannt«, sagte sie.

B5-56 zwitscherte eine Bestätigung. Wenn es nach dem Droiden ginge, würde der Ronin noch immer im Bett liegen. Sie hatten ihn mit Bacta behandeln wollen, doch er hatte darauf bestanden, nur das absolute Minimum zu nehmen; Rei'izu brauchte im Moment alle Hilfsmittel, die es bekommen konnte. So viele Wesen waren Opfer der Sith und der vergangenen zwanzig Jahre geworden. Aus demselben Grund hatte Chie die Bactabehandlung ebenfalls verschmäht – daher das Humpeln und der verbundene Arm.

»Nun, er ist jedenfalls nicht schnell genug gerannt«, sagte sie zu B5.

»Wenn ihr mich anketten wollt, sagt nur Bescheid«, entgegnete der Ronin.

Chie zog eine Braue hoch. Ihre Beziehung war während der vergangenen Woche angespannt geblieben, und diese scherzhafte Bemerkung überraschte sie offensichtlich. Um ehrlich zu sein, war er selbst überrascht. Aber es fiel ihm schwer, mürrisch zu bleiben, während sie den Hügel hinabstiegen, auf eine Kreuzung zu, wo Dutzende Leute geschäftig hin und her eilten, um neuen Geschäften nachzugehen oder ihre Häuser wieder aufzubauen.

»Die Kinder hätten vermutlich nichts dagegen, dich in Ketten zu sehen«, sagte Chie. »Sie wissen, dass du schwach bist, Onkel Grimm.«

Die Schüler waren zurückgeblieben, als die anderen zum Tempel geeilt waren, um dem Ronin zu helfen. Folglich waren sie die Ersten gewesen, die die Einheimischen nach ihrer Rückkehr aus den Schatten gesehen hatten, und nun wurden sie als die Retter von Rei'izu gepriesen. Tatsächlich waren sie so damit beschäftigt, sich auf die Schulter klopfen und hoch leben zu lassen, dass sie es vermutlich erst in einer Woche bemerken würden, sollte Chie den Ronin wirklich in einer vergessenen Berghütte anketten. Oder falls sie das andere Ende der Kette um einen Felsen band und ihn in einem Fluss versenkte. Aber nein, das würde sie nicht tun; diese Waffenruhe zwischen ihnen war echt und aufrichtig. Das bewiesen allein schon ihre nächsten Worte.

»Es gibt aufregende Neuigkeiten. Ein imperiales Schiff wird in ein paar Stunden eintreffen. Leider haben sie nicht ausdrücklich gesagt, wer die alte Heimatwelt besuchen will, aber wenn sie sich die Mühe machen, ihre Ankunft anzukündigen …«

Dann war es zweifellos jemand Wichtiges. Jemand, der den alten Mechaniker wiedererkennen könnte, welcher gerade neben Chie durch das Pilgerviertel stapfte. Aber wenn Chie ihn warnte, hatte sie zumindest nicht vor, ihn selbst zu verraten. Das hieß, er hoffte es jedenfalls.

»Hast du noch immer eine so geringe Meinung von mir?«, sagte sie mit einem Stirnrunzeln.

»Ganz im Gegenteil.« Wenn jemand einen Sith allein durch einen Blick nervös machen konnte, hatte er größten Respekt verdient. Und umso mehr, wenn dieser Jemand dabei vollkommen gelassen neben besagtem Sith dahinschlenderte. Chie lächelte schmal.

Sie wurden aufgehalten, als mehrere Einheimische vor ihnen eine Gruppe Wolkenwild über die Straße scheuchten; die Tiere waren wieder mal in einen der Essensläden hineingetrampelt. Der Ronin und Chie verlangsamten ihre Schritte, um den Leuten zu helfen, auch wenn B5 sie mit einem drängenden Piepsen aufforderte weiterzugehen.

Zum Glück für den Droiden erhielt er Unterstützung von einer lauten Stimme, die aus einer nahen Gasse hervorhallte. Einen Moment später lenkte Ekiya ihren Gleiter auf die Straße – denselben Gleiter, den sie auf dem Landefeld repariert hatte. Normalerweise war moderne Technologie im Pilgerviertel verboten, aber man hatte diese Regel kurzfristig aufgehoben, um die Reparaturarbeiten voranzutreiben.

»Hattet ihr ernsthaft vor, den ganzen Weg zu laufen?«, fragte sie tadelnd, nachdem alle in den Gleiter gestiegen waren. »Erstens seid ihr dafür zu alt. Zweitens seid ihr zu schwach. Und drittens haben wir es eilig!«

»Wo sind die Schüler?«, erkundigte sich Chie.

»Ich bin nicht ihr Kindermädchen«, entgegnete Ekiya, nur um anschließend doch in rascher Folge aufzuzählen, wo sich die jungen Jedi gerade herumtrieben. Yuehiro hielt sie beschäftigt, damit sie »dem Ronin nicht im Schlaf die Kehle durchschnitten«, um es mit Ekiyas Worten auszudrücken. »Ist vermutlich besser so. Allein, dass Yuehiro dich im Krankenhaus besucht hat, war schon zu auffällig. Wir können uns keine Gerüchte darüber leisten, dass die Retter von Rei'izu mit einem unheimlichen alten Kerl herumhängen.«

Der Ronin musste ihr zustimmen. Einige Leute munkelten bereits, dass sich ein voll ausgebildeter Jedi im Pilgerviertel aufhielt. Zum Glück gab es mindestens ebenso viele Leute, die daraufhin das Gesicht verzogen und sagten: »Ja, natürlich, als würde sich ein Jedi *verstecken*.«

Kurz hörte er eine Stimme in seinem Ohr wie das Lachen eines Passanten.

Ekiya war unterwegs gewesen, um Proviant zu besorgen. Sie wollte den Einheimischen nicht mehr wegnehmen als unbedingt nötig; ihre Vorräte waren auch so schon bedenklich mager. Was die Pilotin besorgt hatte, reichte gerade, um in ein nahes System zu springen, wo sie dann alle weiteren Besorgungen machen könnten. Ihre Wortwahl ließ den Ronin stutzen.

»Du kommst mit uns?«

»Hattest du etwa vor, selbst zu fliegen?«

»Warum nicht?«

»Mit deinen Verletzungen? Wohl kaum.«

Er schürzte die Lippen. Ekiya war gerade erst in ihre Heimat zurückgekehrt; sie hatte es verdient hierzubleiben. Aber als er ihr das erklären wollte, verdrehte sie nur die Augen.

»Stell dir vor, du hörst ganz plötzlich, dass Rei'izu wieder aufgetaucht ist. Würdest du das wirklich glauben? Vor allem jetzt? Nein, selbst im besten Fall würdest du es für Propaganda halten!« Ihre Hände schlossen sich fester um den Steuerbügel. »Jemand muss ihnen sagen, dass es wahr ist, und ihnen falls nötig helfen herzukommen. Ich denke, ich werde mit den Leuten anfangen, deren Geister bereits nach Hause zurückgekehrt sind.«

Bei diesen letzten Worten spürte der Ronin einen seltsamen Druck auf seiner Brust. Es fühlte sich an, als würde dieses Gewicht von außen kommen – als wären es die Gefühle eines anderen, die auf ihm lasteten.

»Sie hat ihr Wort gehalten«, murmelte er. »Sie hat deine Seelen zur letzten Ruhe gebettet.«

»Natürlich hat sie das«, erwiderte Ekiya. »Die sture Närrin.«

Nachdem sie sich getrennt hatten – Ekiya ging zur *Armen Krähe*, um sie für den Start vorzubereiten, und Chie fuhr nach einem knappen Nicken mit dem Speeder in die Stadt zurück –, gestattete sich der Ronin einen letzten Blick auf das Pilgerviertel und den fernen Shinsui-Tempel. Die Sonne ging gerade unter, und ihre letzten Strahlen glänzten auf den Dächern des nunmehr vom Schnee befreiten Komplexes.

»Du könntest selbst mit ihr reden, weißt du?«, flüsterte er.

»Sag mir nicht, was ich tun soll«, blaffte Kouru. Es war nicht so wie damals, als er mit der Stimme gesprochen hatte – mit seiner Tochter. Kouru zeigte sich ihm, auch wenn sie nicht mehr so aussah wie noch zu ihren Lebzeiten ... oder ihrer Zeit als wiedererweckte Dämonin. Ihre halb durchsichtige Gestalt schien sich immer wieder neu in dem Licht zu brechen, das aus der offenen Einstiegsluke der *Krähe* fiel.

Und während der Ronin ein letztes Mal den Anblick von Rei'izu in sich aufgesogen hatte, waren ihre Augen fest auf das Schiff gerichtet. Sie hatte ihre eigenen Prioritäten.

»Es macht dir sicher keinen Spaß, an mich gebunden zu sein«, sagte er, während er, gefolgt von B5, die Einstiegsrampe hochstieg.

»Ich bin nicht an dich gebunden«, entgegnete Kouru. »Ich kann hingehen, wohin immer ich will.«

»Sie beschwert sich nur gerne«, warf der Schweifling ein. Er war bereits an Bord und kniete neben seiner Katze, die sich erwartungsvoll auf den Rücken gerollt hatte. Als er begann, mit halb durchsichtigen Fingern ihren Bauch zu kraulen, schnurrte sie zufrieden. Ebenso wie die Hexe war auch er in der Lage, gewissen Einfluss auf die reale Welt zu nehmen; welchen Umfang dieser Einfluss hatte und wie er sich erklären ließ, war dem Ronin bislang ein Rätsel, und er bezweifelte, dass er je eine logische Antwort finden würde.

Aber er hatte das seltsame Gefühl, dass sie eine Partie Shogi miteinander spielen könnten, falls er darum bat. Später vielleicht.

»Du hast diesen Ausdruck in den Augen«, sagte der Schweifling. Dann noch einmal, an Kouru gewandt: »Er hat diesen Ausdruck.«

Sie hatte selbst einen ganz bestimmten Ausdruck in den Augen. »Lasst mich da raus.«

»Werdet ihr mitkommen?«, fragte der Ronin.

Beide Geister zogen die Augenbrauen hoch. Kourus Überraschung war echt, die des Schweiflings aufgesetzt.

Und weil Kouru es ernst meinte, versuchte sie zumindest, ihm eine aufrichtige Antwort zu geben. Die Worte schienen ihrem Mund wehzutun, aber sie sprach sie voller Nachdruck aus. »Nur weil ich mitkomme, heißt das nicht, dass ich es deinetwegen tue.«

»Ich für meinen Teil möchte sehen, was du als Nächstes vorhast«, sagte der Schweifling. Auch seine Erscheinung erinnerte an eine Reflexion in einem zersplitterten Spiegel, und nun schienen sich diese Splitter fester zusammenzufügen. Die schwarze Strömung und das weiße Lodern summten um ihn herum, so wie sie auch die Hexe umschmiegt hatten. Die beiden mochten einst Dämonen gewesen sein, aber jetzt …

Jetzt sah der Ronin zwei Geister vor sich; die einzigen Toten, die zurückgeblieben waren. Aber keiner von ihnen schien sein Schicksal zu bedauern.

»Du bist natürlich die Einzige, die wirklich erklären kann, was mit dir geschehen ist, Kouru«, fuhr der Schweifling fort. »Aber ich habe den Eindruck, dass du nicht eher Ruhe finden wirst, bis nirgendwo mehr Kinder dasselbe Schicksal erleiden wie du.«

Kouru rollte die Finger langsam zur Faust zusammen und starrte auf sie hinab. Sie in diesem Moment anzusehen, war, als würde man in eine Sonne blicken, die aus Tausenden und Abertausenden möglichen Versionen der Zukunft bestand, in welchen das Imperium brannte oder ausgelöscht war oder von Neuem aufgebaut wurde. Doch als sie den Kopf hob, verschmolzen diese lodernden Strahlen zu einem einzigen, persönlichen Wunsch. Sie zog die Nase hoch. »Ich hätte nichts dagegen, wenn die Jedi sich an höhere Standards halten würden.«

»Und was mich angeht …« Der Schweifling hielt inne und blickte den Korridor in Richtung Bordküche hinab. »Ich werde vielleicht Frieden finden, nachdem ihr beide einen natürlicheren Tod gestorben seid.«

Das verriet dem Ronin, dass seine Tochter bereits an Bord der *Krähe* war. Es war keine Überraschung, trotzdem fühlte es sich seltsam an, sie an dem niedrigen Tisch in der Mitte der Bordküche zu sehen, gehüllt in die Weltlichkeit von Fleisch und Leben.

Ihr Name war Mirahi. Das hatte sie ihm erst verspätet verraten, als er wieder aufgewacht war – nachdem die anderen ihn aus dem Tempel geborgen und die Wunde an seinem Bauch verbunden hatten.

Mit einem Mal fühlte er sich wie erstarrt, außerstande, sich zu bewegen oder zu sprechen. Er war sicher, dass Mirahi es spürte; ihre Augen blieben auf das Buch in ihren Händen gerichtet – falls er sich nicht irrte, hatte sie es aus dem Tempel mitgenommen –, doch ihre Finger verspannten sich unmerklich.

Der Ronin hob die Hand, aber nicht aus eigenem Antrieb; der Schweifling hatte sie genommen und nach oben gedrückt. »Sieh es mal so«, sagte das Wesen leise. »Den schwierigen Teil hast du bereits hinter dir. Jetzt geh. Lebe ein wenig.«

»Du sagst das, als wäre es einfach.«

»Natürlich nicht. Und vermutlich wird es nie einfach sein.« Der Schweifling drehte seine Hand herum. »Aber zum Glück musst du ja nicht allein leben.«

Er legte seine Wange an die Hand des Ronin, und mit einem Mal fiel dem alten Mann das Atmen wieder leichter. Anschließend reckte der Geist auffordernd das Kinn vor und stieß ihn in die Bordküche.

Mirahi hob den Kopf. Sie nickte ihrem ehemaligen Lehrer abgehackt zu, dann folgte ein zweites, noch knapperes Nicken in Kourus Richtung. Für ihren Vater erübrigte sie lediglich einen strengen Blick, während er sich mit knackenden Gelenken – oder zumindest glaubte er, dass sie hörbar knackten – auf der anderen Seite des Tisches niederließ.

Nachdem der Ronin sich auf den Boden gesetzt hatte, waren die Geister verschwunden; nur sie beide und B5 waren noch hier. Und einen Moment später rollte mit einem unschuldigen Trillern auch der Droide davon, um Ekiya bei den Startvorbereitungen zu helfen.

»Wo warst du denn?«, fragte Mirahi, nachdem sie ihr Buch beiseitegelegt hatte.

»Hast du das nicht gewusst?«

»Du hast meinen Spiegel zerbrochen, schon vergessen, Vater?«

Der Ronin nickte, auch wenn er sich dabei fragte: *Hält sie es immer noch für ihren Spiegel*? Er war nicht sicher, was genau im Tempel geschehen war, aber er wusste, dass er gestorben wäre, hätte Mirahi es gewollt. Doch stattdessen war der Spiegel geborsten, Rei'izu war schlagartig wieder zum Leben erwacht, und Mirahi hatte Chie und Ekiya geholfen, den Ronin aus dem Tempel fortzubringen, bevor jemand Fragen über den großen sterbenden Mann und sein verdächtig rotes Lichtschwert stellen konnte.

Ihre Motive waren ihm nach wie vor ein Rätsel. Es wäre eine Sache, wenn sie seitdem versucht hätte, die Sache zu Ende zu bringen, indem sie ihm im Schlaf den Kopf abgehackt hätte. Aber sie hatte nichts dergleichen getan; stattdessen saß sie die meiste Zeit zurückgezogen im Bauch der *Krähe* und las.

»Ich habe zehn Jahre gebraucht, um ihn wieder zusammenzusetzen, und ich bezweifle, dass irgendjemand anderes es schneller schafft«, sagte Mirahi. Nach einem Moment atmete sie durch die Nase aus und zog einen kleinen Kristall unter ihrer Robe hervor. Sein Kern war wintertrüb, seine Ränder makellos klar. »Außerdem habe ich den hier behalten.«

»Hältst du das für eine gute Idee?«

»Er gehört mir. Obwohl sich inzwischen nicht mehr viel damit anfangen lässt.«

Sie zögerte, während sie den Splitter auf ihrer Handfläche hielt. »Aber vielleicht könnte man ihn noch in ein Lichtschwert einsetzen, wenn man die Klinge entsprechend anpasst.«

Es war eine Einladung, ihr dabei zu helfen, erkannte der Ronin. Das war der Teil, der ihn besonders nervös machte. Einfach so mit Mirahi zu reden, als Wesen aus Fleisch und Blut, war schon schwer genug. Aber als Vater ...?

»Glaubst du denn, dass du eine Waffe brauchen wirst?«, fragte er.

»Ich habe nicht vor, die Jedi einfach so weitermachen zu lassen. Du etwa?«

Er saß wortlos da, aber auch fasziniert.

Mirahi nahm den Kyberkristall derweil zwischen Daumen und Zeigefinger und betrachtete ihn eingehend. »Du hast mich in diese Welt zurückgebracht. Ich kann nicht behaupten, dass ich glücklich darüber bin – vor allem, da ich keine Ahnung habe, wie du das angestellt hast.«

Er wusste es ebenso wenig. Falls Kouru und der Schweifling ihm tiefere Einsichten offenbaren konnten, hatten sie es jedenfalls noch nicht getan. Es gab nur eine Sache, derer er sich sicher war: Der Spiegel hatte sich nicht gewehrt, als der Ronin hindurchgegriffen hatte – doch er wäre zweifellos dazu in der Lage gewesen, hätte er es wirklich gewollt.

»Kurz gesagt«, fuhr seine Tochter fort, »hast du alles unendlich kompliziert gemacht. Aber das Imperium, die Jedi, all ihre Machenschaften. Das kann so nicht weitergehen. Und du bist mir immer noch etwas schuldig, vergiss das nicht.« Im Grunde bat sie ihn um dasselbe, was sie schon vor ihrem großen Spiegel von ihm erbeten hatte. Der einzige Unterschied bestand darin, dass sie ihn dafür nicht länger tot brauchte, sondern lebendig.

Und er war mehr als bereit, ihr sein Leben zu geben. Er konnte nicht mehr rechtfertigen, was für eine Person er gewesen war, und noch viel weniger, was für eine Person er davor gewesen war. Oder *davor*.

Kurz hörte er ein Wispern in seinem Ohr. Es waren nicht wirklich Worte, denn das Bewusstsein, dem es entstammte, konnte sich nicht länger in der Sprache der Lebenden ausdrücken. Stattdessen sprach die Hexe durch Erinnerungen und Wünsche zu ihm. *Ehre meinen Namen, so, wie du deinen eigenen nie ehren konntest.*

Ehre das Leben deiner Tochter. Ehre, was aus ihr werden mag. Ehre die Welt, wie sie sein kann und sein sollte. Ehre das Leben jedes Kindes, jedes Geistes und jedes Gottes, der sich demselben Ziel verschrieben hat. Ehre es durch deinen Einsatz. Ehre es durch dein Leben. Und nun geh in diese Welt hinaus und blicke nie wieder zurück.

Der Ronin legte den ramponierten Griff seines Lichtschwerts auf den Tisch. »Ich werde mein Bestes tun«, versprach er und begann dann, unter ihrem Blick die Waffe zu zerlegen.

Danksagung

Wie viele junge Leute wurde auch ich verwandelt, als ich das erste Mal mit *Star Wars* in Berührung kam. Es nahm die Aufmerksamkeit meines siebenjährigen Ich gefangen und hat mich nicht wieder losgelassen. Seitdem bin ich dieser Galaxis mit Haut und Haaren verfallen. Meine Beziehung mit meinem japanischen Erbe ist ein wenig komplizierter. Ich hatte das Glück, in Hawaii aufzuwachsen, wo das Land mit japanischer Kultur vollgesogen ist, aber die Traumata von Krieg und Internierung haben ihren Schatten auf die Generationen vor mir geworfen. Ich lernte Japanisch nicht zu Hause, sondern in der Schule, und die Geschichte meiner Familie ist voll von unausgesprochenen Erinnerungen.

Insofern war es ein wunderbares Geschenk, dass ich dieses Buch schreiben durfte. Ich ertappe mich immer wieder dabei, wie ich einen metaphorischen Schritt nach hinten mache und bewundere, wie alles ineinandergreift – dass ich als japanische Amerikanerin der vierten Generation die Chance hatte, eine amerikanische Saga zu erweitern, die ihrerseits von japanischen Geschichten beeinflusst wurde. Dafür bin ich unendlich dankbar.

Tom Hoeler, Gabriella Muñoz, dem Redaktionsteam von Del Rey und den tollen Leuten bei Lucasfilm möchte ich sagen: Ohne euren Ansporn hätte ich diese Geschichte nie schreiben können. Ich hielt es für unmöglich, bis ihr mir gesagt habt, dass es doch geht. Danke, dass ihr mir Türen geöffnet und mich ermutigt habt, jeder Idee eine Chance zu geben.

Ich danke Caitlin McDonald, meiner Agentin und Freundin: Dein Adlerauge hilft mir schon seit so vielen Jahren, eine bessere Autorin zu werden. Nur durch dein Vertrauen und deine Ermutigung bin ich so weit gekommen. Ich wäre weniger Mensch ohne diesen Job, ich wäre weniger Mensch ohne dich.

Dank auch an Suzanne, die dafür sorgt, dass alles seine Ordnung hat. Meine IRL-Jedi, die mich stets aufs Neue inspiriert und mir ein Vorbild ist. Du hast eine wichtige Rolle dabei gespielt, diesen Roman über die Ziellinie zu bringen – wichtiger sogar noch als sonst. Ich kann es kaum erwarten, dich bei deinem nächsten Unterfangen anzufeuern.

Ich danke jedem Autor, dem ich je in einer Bar oder einem Baumhaus begegnet bin oder mit dem ich mich anderweitig verbrüdert habe, während wir verzweifelt versuchten, diese Mechs, die unsere Geschichten sind, ans Ziel zu steuern. Eure Freundschaft und eure Mut machenden Worte sind für mich die süßeste Frucht. Bitte, füttert mich weiter. Ich habe Hunger.

Danke an meine Familie: Ohne euch würde dieses Buch nicht existieren. Nur dank eurer Unterstützung bin ich noch hier, ganz gleich, wie sehr mein Körper dagegen rebelliert hat. Für euch möchte ich am Leben bleiben.

Und ich danke meiner Frau, mit der ich am College neun Stunden lang Schluss gemacht hatte, bis wir ein eklatantes Versäumnis in ihrem Leben nachgeholt und die Original-

Trilogie angesehen haben. Du hast mir immer so viel von dir gegeben, um mir zu helfen, sei es nun, damit mein chaotischer Körper zur Ruhe kommt, oder indem du darauf bestehst, dass ich mein Recht auf Glück in Anspruch nehme. Oder indem du aufmerksam zuhörst, wenn ich mal wieder wehklage. Oder indem du mein *Star Wars*-Geheimnis bewahrst. Oder indem du mich einen hoffnungslosen Nerd sein lässt, wenn es um *Star Wars* geht. Oder indem du jedes Mal gleich zum Kinostart – oder so früh es eben geht – den neuesten *Star Wars*-Film mit mir ansiehst. Ich werde immer für dich schreiben.

(Und nein, ich habe keinen Dilithium-Kristall in eine *Star Wars*-Geschichte gepackt, du Troll.)